KB074858

피버 드림

피버 드림

더글러스 프레스턴 · 링컨 차일드 지음

정윤희 옮김

문학수첩

제임스 러바인에게 이 책을 바칩니다.

작가의 말

《피버 드림》에 등장하는 대부분의 마을과 지명은 완벽하게 상상력에 기초한 것이며, 뉴올리언스나 배턴루지처럼 실제 존재하는 지명 일부는 그대로 차용하기도 했다. 그런 경우, 이야기의 필요성에 따라서 지리적, 위상기하학적, 역사적 그리고 여타의 세부적인 사항들을 수정해서 사용했음을 밝혀둔다.

이 작품에 언급되는 모든 인물, 장소, 경찰서, 회사, 공공 기관, 박물관과 정부 기관 들은 허구이거나 허구적인 의도로 사용된 것이다.

1

잠비아 공화국, 무살란구

불이라도 난 것처럼 후끈한 열기를 뿜는 아프리카 대륙, 뜨거운 태양이 덤불 사이를 비집고 어두운 숲속에 자리 잡은 캠프를 달구었다. 마크웰레 시내 상류를 따라서 동쪽으로 이어진 언덕들은 푸른 하늘을 등지고 뭉툭한 초록색 이빨을 드러내며 삐죽이 솟아 있었다.

발로 다져서 평평하게 만든 공터 주변으로 뿌연 먼지를 뒤집어쓴 캔버스 천 텐트 몇 개가 오래된 무사사 숲의 그림자 아래 자리를 잡고 있었다. 사파리 캠프 위로는 푸른 나뭇가지들이 에메랄드 빛 양산을 활짝 펼치고 있었다. 요리를 하기 위해 불을 지폈는지 하얀 연기가 나뭇가지 사이로 피어올랐고, 모파네 나무가 타는 냄새에 쿠두(아프리카에 사는 몸집이 큰 영양―옮긴이)가 노릇노릇 익어가는 냄새가 더해져 구수한 향이 저 멀리로 퍼져 나갔다.

나무 그늘 아래로 두 사람의 모습이 보였다. 한 남자와 여자가 테이블을 사이에 두고 캠핑용 의자에 앉아서 시원한 얼음을 넣은 버번을 홀짝이고 있었다. 둘 다 먼지투성이가 된 카키색 긴 바지와 셔츠를 입고 있었다. 저녁이면 하나둘 모습을 드러내는 체체파리들을 피하기 위한 것이 분명했다. 둘 다 20대 후반 정도로, 남자는 호리호리하고 키가 훤칠한 체형으로 눈에 띄게 차가운 인상이었고, 제아무리 뜨거운 열기가 덮쳐도 꿈쩍도 하지 않을 것 같은 얼음처럼 차가운 표정이었다. 하지만 그의 냉기는 여자에게까지는 미치지 못했다. 여자는 구명줄을 잘라서 탐스러운 적갈색 머리카락을 뒤로 느슨하게 묶은 채, 커다란 바나나 잎으로 느릿느릿 부채질을 하고 있었다. 뜨거운 햇볕에 피부를 그을리며 한창 휴식을 취하는 중이었다. 두 사람은 낮은 목소리로 중얼중얼 대화를 이어갔고, 여자는 이따금 밝은 웃음을 터뜨렸다. 아프리카 초원의 시끄러운 소음 탓에 두 사람의 대화 내용은 전혀 들리지 않았다. 긴꼬리원숭이의 소리, 자고새의 꽥꽥거리는 소리, 홍옥조들이 재잘거리며 움직이는 소리가 텐트 한쪽에 만들어진 부엌에서 나는 냄비와 팬이 달그락대는 소리와 합쳐져 온갖 소음을 자아냈다. 저녁 식사 준비로 달그락거리는 소리가 저 멀리 숲속 깊숙한 곳에서 들려오는 사자의 으르렁대는 소리와 함께 배경음악처럼 울려 퍼졌다.

캠프 앞에 앉아 있는 남녀는 바로 알로이시어스 X. L. 펜더개스트, 그리고 결혼한 지 갓 2년 된 그의 부인 헬렌이었다. 두 사람은 무살란구 사냥 관리 구역에서의 사파리 여행을 마무리 짓는 중이었다. 잠비아 정부 허가를 받아서 부시벅과 다이커 영양의 개체 수 감축 프로그램의 일환인 사냥을 하느라 한참 열을 올린 후 휴식을 취하는 중이었다.

"석양 본 기념으로 한잔할까?" 펜더개스트가 칵테일이 든 병을 들고 아내에게 물었다.

"또?" 그녀는 웃으면서 대답했다. "알로이시어스, 내가 엉망으로 취하는 걸 보고 싶은 건 아니지?"

"그런 생각은 절대로 한 적 없어. 그냥 칸트의 '정언적 명령'의 개념에 대해서 밤새 토론이나 할까 싶어서."

"우리 엄마가 걱정하던 게 바로 이런 거였어. 당신이 총을 잘 쏘는 모습에 콩깍지가 씌어서 결혼한다고 난리였지만 언젠가 오실롯(표범 비슷하게 생긴 동물—옮긴이)의 뇌를 가진 평범한 남자일 뿐이란 걸 깨닫게 될 거라고 하셨거든."

펜더개스트는 낄낄거리며 술잔을 홀짝이더니 다시 잔을 쳐다보았다. "내 입맛에는 아프리카 민트가 좀 센 것 같아."

"불쌍한 알로이시어스, 줄렙(버번위스키에 설탕과 물을 섞은 시원한 칵테일—옮긴이)이 그립구나. 마이크 데커 씨가 제안했던 FBI 요원 임무만 받아들이면 밤낮으로 줄렙을 마실 수 있을 거야."

그는 다시 신중하게 술 한 모금을 마시고 아내를 쳐다봤다. 이렇게 빨리 아내의 피부를 구릿빛으로 만들 수 있다니, 아프리카 태양은 정말 대단했다. "거절하기로 했어."

"이유가 뭔데?"

"온갖 골치 아픈 일들을 감수하면서까지 뉴올리언스에 살 준비가 됐는지 확신이 서지 않아서. 우리 가족 문제도 그렇고 기분 나쁜 기억들도 있고. 게다가 폭력적인 장면이라면 진저리 날 만큼 충분히 봤잖아. 안 그래?"

"난 모르겠어. 정말 그랬어? 당신이 과거 얘기는 별로 안 해서 말이야. 지금도 그렇잖아."

"내 체질에는 FBI 요원이 맞지 않아. 규칙 같은 건 싫어. 어쨌거나 당신이 '날개 달린 의사 협회' 가운을 입고 있는 한 세계 어디에라도 갈 수 있잖아. 국제공항과 가까운 곳이라면 어디든. '그리하여 우리 두 사람의 영혼은 오랜 두드림으로 가느다랗게 늘어난 금박처럼 영원히 끊이지 않고 길게 늘어나리라.'"

"기껏 아프리카까지 데려와서 존 던의 글까지 인용하려고 들지 마. 키플링 정도면 몰라도."

"'여자들이란 모든 것에 대해 알고 있는 존재이다.'" 펜더개스트가 읊조렸다.

"생각해보니까 키플링도 별로 같아. 당신은 10대 시절에 뭘 했어? 바틀릿의 작품이나 암송하면서 보냈어?"

"이것저것 다 했어." 펜더개스트가 고개를 들고 저편을 흘끗 쳐다봤다. 서쪽부터 길게 이어진 길을 따라서 누군가가 두 사람 쪽으로 다가오고 있었다. 키가 큰 님바족 남자로 짧은 바지와 더러운 티셔츠를 입고 오래된 소총까지 어깨에 둘러메고는 지팡이를 짚고 천천히 걸어오고 있었다. 캠프에 다다르자 그는 걸음을 멈추고 이 지역의 공용어인 벰바족의 언어로 인사를 건넸다. 텐트촌의 부엌 쪽에서 큰 소리로 대답이 들려왔다. 그는 캠프 안으로 들어오더니 펜더개스트 부부가 앉아 있는 테이블 쪽으로 다가왔다.

부부가 일어섰다. "*Umú-ntú ú-mó umú-sumá á-áfiká.*" 펜더개스트가 인사말을 건넸고, 잠비아 방식대로 먼지가 뿌옇게 쌓인 원주민의 따뜻한 손을 붙잡았다. 그 남자는 펜더개스트를 향해서 지팡이를 내밀었다. 끝부분에 쪽지 한 장이 걸려 있었다.

"저한테 온 건가요?" 펜더개스트가 영어로 물었다.

"지역 사령관께서 보낸 것입니다."

펜더개스트는 아내를 흘끗 보고 나서 쪽지를 꺼내서 펼쳤다.

친애하는 펜더개스트,

가능한 한 빨리 무전을 통해 접선할 수 있기를 바라오. 킹가주 캠프에 끔찍한 일이 생겼어요. 너무나 끔찍한 일이.

지역 사령관 앨리스테어 워킹

사우스 루앙와

추신. 나의 친구여, 아프리카 숲속 캠프에 갈 때는 반드시 무전기를 켜놓아야 한다는 규정을 잘 알고 있겠죠? 이렇게 심부름꾼까지 보내야만 연락이 되다니 정말 짜증이 나는군요.

"반가운 소식이 아니잖아." 헬렌 펜더개스트가 남편의 어깨 너머로 쪽지 내용을 쳐다보면서 말했다. "'끔찍한 일'이라니 대체 무슨 일일까?"

"관광객이 사진을 찍다가 코뿔소의 생식기에 부딪쳐서 크게 다쳤나 봐."

"재미없거든." 헬렌이 언제나처럼 활짝 웃으면서 말했다.

"요즘 코뿔소들이 한창 발정기잖아." 펜더개스트는 쪽지를 접어 가슴팍에 있는 주머니에 무심하게 쑤셔 넣었다. "이걸로 우리 사파리 여행이 끝나버릴 것 같아서 걱정이야."

그는 텐트로 걸어가서 상자를 열고, 둘둘 말린 낡은 안테나선을 무사 사 나무 위로 훌쩍 넘겨서 위쪽으로 자라난 나뭇가지에 걸었다. 그리고 다시 아래로 내려 테이블 위에 놓아둔 단측파 라디오에 안테나선을 연결했다. 그러고는 무전기 전원을 높이고 다이얼을 돌리며 주파수에 맞춰 전화를 걸었다. 잠시 후 지지직거리는 소음 사이로 지역 사령관의 짜증 나는 목소리가 뻑뻑거리며 들려왔다.

"펜더개스트? 대체 어디 있는 거요?"

"마크웰레 시내 상단 쪽에 있는 캠프예요."

"빌어먹을. 반타 로드 근처에 있기를 바랐는데. 왜 무전기를 연결하지 않았던 거요? 몇 시간 동안 고생을 했는지!"

"무슨 일인지 여쭤봐도 될까요?"

"킹가주 캠프에서 독일인 관광객이 사자한테 당했소."

"사자 코털을 건드릴 정도로 멍청했나 보죠?"

"그런 게 아니오. 놈이 대낮에 캠프로 급습해서 식당 텐트에서 오두막으로 걸어가고 있던 사진작가를 덮쳤어. 끝까지 살아보려고 소리를 지르는 남자를 수풀 속으로 끌고 들어갔어."

"그래서 결과는요?"

"'결과'야 누구나 상상할 수 있는 거잖아! 희생자 부인이 히스테리를 부리는 통에 온 캠프에 난리가 났고 결국 헬리콥터까지 불러서 관광객들을 대피시켰어. 지금은 공포에 질린 캠프 직원들만 엿 같은 상황에 방치되어 있다고. 그 친구, 독일에서 아주 유명한 사진작가라던데, 이번 일로 우린 완전히 망했어!"

"그놈을 추적했나요?"

"근방에 사냥꾼들도 있고 총기류도 충분히 있었지만 그놈이 나타난 후로는 아무도 숲에 얼씬도 하려고 들지 않아. 경험이 부족하거나 배짱이 없어서겠지. 그래서 자네한테 연락을 한 걸세, 펜더개스트. 여기 와서 그놈을 잡아주면 좋겠어. 그리고 가루조차 남지 않고 뜯어 먹히기 전에 독일인의 유해도 찾아야 하네."

"아무것도 못 찾은 겁니까?"

"그 끔찍한 사건 이후로 아무도 숲에 가려고 하지 않는다니까! 킹가주 캠프가 어떤 곳인지 알잖아. 코끼리 밀렵 때문에 온 사방에 수풀이 우거져 있다네. 아주 노련한 사냥꾼이 필요해. 붉은 식인 동물을 상대할 수만 있다면 사냥 자격증을 가지고 있는지 따위도 중요치 않아. 어쩌면 자격증이 필요할 수도 있겠지만."

"알았어요."

"차는 어디에 있지?"

"팔라 팬스에요."

"최대한 빨리 와주게. 캠프 분위기는 개의치 말고 그냥 총만 챙겨서 얼른 이리로 와."

"꼬박 하루는 걸릴 거예요. 주변에 도와줄 수 있는 사람이 하나도 없습니까?"

"아무도. 최소한 내가 믿을 수 있는 사람은 없어."

펜더개스트는 아내를 흘끔 쳐다봤다. 그녀는 미소를 지으면서 윙크를 하더니 구릿빛 피부의 손가락으로 방아쇠를 당기는 시늉을 했다.

"좋아요. 당장 움직이죠."

"한 가지 더." 무전기 저편에서 잠시 망설이는 듯한 목소리가 이어지더니, 쉭쉭 소리와 틱틱 소리가 긴 침묵의 시간을 채웠다.

"뭔데요?"

"별로 중요한 건 아닐지도 모르지만……. 그 사고를 목격한 부인, 그 여자 말로는……." 다시 한 번 긴 침묵이 흘렀다.

"뭐라는데요?"

"아주 특이한 놈이었다고 하더군."

"어떻게요?"

"붉은 갈기를 가진 놈이래."

"보통 사자보다 조금 더 어두운 색깔이라는 말씀이세요? 별로 놀랄 일도 아닌데요."

"그냥 짙은 색이 아니라, 이 녀석의 갈기는 짙은 **빨간색**이었어. 새빨간 색, 핏빛 갈기."

긴 침묵이 흘렀다. 마침내 그쪽에서 먼저 입을 열었다. "물론 같은 녀석일 리는 없겠지. 그 일은 벌써 40년 전 보츠와나 북부에서 벌어진 일이니까. 사자 수명이 25년을 넘겼다는 얘기는 한 번도 들어본 적이 없어. 안 그런가?"

펜더개스트는 아무 말 없이 무전기 전원을 껐다. 그의 은색 눈동자가 아프리카 덤불 속으로 점차 사라져가는 석양빛을 받아서 반짝였다.

루앙와 강, 킹가주 캠프

랜드로버는 쿵쾅거리고 기우뚱거리면서 반타 로드를 따라 전속력으로 달렸다. 근처 도로 중에서도 험하기로 성명이 난 곳이었다. 펜너개스트는 떡하니 입을 벌리고 있는 움푹 파인 도랑을 피하기 위해 핸들을 좌우로 돌렸다. 자동차의 허리까지 물이 잠길 정도로 깊은 도랑도 간간이 눈에 띄었다. 때마침 에어컨까지 고장이라 창문을 활짝 열어놓아서 반대쪽에서 달려오는 자동차들과 마주칠 때마다 차 내부에 뿌연 흙먼지가 쌓였다.

두 사람은 동이 트기도 전에 마크웰레 시내를 출발했고, 표지판 하나 없는 무성한 덤불을 헤치고 20킬로미터나 걸었다. 사냥총과 식수, 딱딱한 살라미와 차파티 빵, 그 이외에는 별다른 짐도 없었다. 드디어 정오 무렵 자동차에 도착했고, 그때까지 몇 시간 동안 가난에 찌든 마을 몇 개를 지나쳐 달려갔다. 마을에는 짚으로 엮은 원뿔 모양의 지붕을 긴 막대기로 떠받치고 있는 원형 가옥들이 있었고, 먼지 쌓인 도로는 제멋대로 떼 지어 돌아다니는 소 떼와 양 떼로 군데군데 막혀 있었다. 구름 한 점도 없이 맑은 하늘은 마치 푸른 강물을 보는 듯했다.

헬렌 펜더개스트는 스카프를 만지작거렸다. 사방에서 불어오는 먼지와의 전쟁으로 처참하게 흐트러진 머리카락을 더 단단히 감기 위한 것이었다. 미처 옷으로 가리지 못한 피부 곳곳에는 뿌연 먼지까지 달라붙어서 병이라도 걸린 것처럼 얼룩덜룩했다.

"정말 이상해." 닭들과 어린아이들을 피해서 천천히 마을로 진입하는 자동차에서 헬렌이 말했다. "내 말은, 그 무서운 사자를 잡을 만한 사냥꾼이 근처에 없다니 말이야. 그렇다고 당신이 뛰어난 명사수도 아니잖아." 그녀는 다소 비꼬는 투로 웃으며 말했다. 평소에도 자주 하는 말장난이었다.

"그래서 당신을 데려가는 거잖아."

"식용 아닌 동물을 사냥하는 건 싫어."

"우리를 잡아먹으려고 덤벼드는 동물을 죽이는 거라고 생각하는 건 어때?"

"그 정도면 예외를 둘 수도 있겠지." 그녀는 앞 좌석에 붙은 햇빛 가리개를 만지작거리며 각도를 고쳐 잡은 다음 펜더개스트를 향해 고개를 돌렸다. 그러고는 보라색 반점이 있는 파란 눈동자를 태양 빛을 피하며 가늘게 떴다. "그래, 붉은 갈기의 사자가 뭐가 그렇게 특이하다는 건데?"

"대부분 터무니없는 속설들이야. 붉은 갈기의 식인 사자를 두려워하는 건 이쪽 아프리카 지역의 오래된 전설 때문이야."

"얘기해봐." 그녀의 눈동자가 흥미로 반짝거렸다. 마을마다 전해져 내려오는 민담은 그녀를 매혹하기에 충분했다.

"좋아. 40년 전에 지독한 가뭄이 남부 루앙와 강을 덮쳤어. 사자 무리는 배가 고파 죽을 지경에 이르자 서로를 잡아먹으면서 끝까지 버텼지. 마지막 한 마리의 사자가 남을 때까지. 바로 임신한 암사자였어. 그 암사자는 님바 지역 공동묘지 구덩이를 파서 썩은 시체를 파먹으면서 겨우 살아남았어."

"정말 끔찍하다." 헬렌은 꽤 흥미로운 눈치였다.

"사람들 말로는 그 암사자가 나중에 불꽃같이 빨간 갈기가 달린 새끼를 낳았대."

"계속해."

"마을 사람들은 그 암사자가 조상의 묘지를 모독한 것 때문에 머리끝까지 화가 났어. 결국 암사자를 쫓아가서 처참히 죽이고, 마을 광장에 뼈를 숨기고 사자 가죽을 벗겨서 마을 입구에 못을 박아 전시한 거야. 그리고 암사자를 해치운 걸 축하하면서 흥겨운 춤판을 벌였어. 그날 새벽, 마을 사람들이 옥수수 맥주를 마시고 잔뜩 곯아떨어져 있을 때 붉은 갈기를 가진 사자가 마을로 몰래 들어와서 잠들어 있는 마을 사람 세 명을 죽이고 사내아이를 물고 가버렸대. 그로부터 며칠 후, 마을에서 몇 킬로미터 떨어져 있는 수풀 속에서 사자가 뜯어 먹고 남긴 아이의 유골을 찾았어."

"하느님 맙소사!"

"수년 동안, 붉은 사자, 벰바어로 다부 고르(Dabu Gor)라고 불리는 그 녀석이 근처 마을 사람들을 처참히 먹어 치웠어. 전해지는 바로는 그 사자가 무척 똑똑했대. 웬만한 사람만큼이나. 놈은 자주 은신처를 옮겼고 시시각각 좁혀오는 포위망을 피해서 국경을 넘기도 했어. 님바 사람들은 그 붉은 갈기 사자가 인간의 살점을 먹어서 흡수한 영양분이 없었다면 끝까지 살아남을 수 없었다고 말하지. 그리고 인간의 살점만 먹을 수 있다면 영원히 살 수 있다고도 해."

펜더개스트는 둥근 달만큼 커다랗고 깊은 구덩이를 우회하기 위해서 잠시 차를 멈추었다.

"그래서?"

"그게 끝이야."

"그럼 사자는 어떻게 된 거야? 죽였어?"

"자칭 전문 사냥꾼들이 떼로 몰려와서 붉은 갈기의 사자를 추적하고 나섰지만 한 번도 성공한 적은 없었어. 붉은 갈기 사자는 늙어 죽을 때까지 계속 사람들을 죽였지. 만약 그 사자가 정말로 죽은 거라면 말이야." 펜더개스트는 아내 쪽을 쳐다보면서 극적으로 눈동자를 굴렸다.

"맙소사, 알로이시어스! 그 사자일 리가 없잖아."

"녀석의 새끼일지도 모르지. 돌연변이 유전자를 그대로 물려받은 붉은 갈기의 새끼 사자."

"그럼 식성이 같을지도 모르겠네." 헬렌이 사악한 미소를 지으며 말했다.

오후에서 저녁으로 넘어갈 무렵에는 아까보다 더욱 황폐한 마을을 지나쳐 갔다. 아이들의 울음소리와 소가 매 울어대는 소리가 곤충이 윙윙대는 소리로 바뀌었다. 드디어 땅거미가 내렸고, 마침내 킹가주 캠프에 도착했을 때는 푸른 땅거미가 수풀 위로 내려앉아 있었다. 킹가주 캠프는 루앙와 강 사이에 위치해 있었고 론데발(서구화된 아프리카의 오두막—옮긴이)이 강둑을 따라 둥글게 늘어선 곳으로 주변에는 야외 술집과 식당도 보였다.

"정말 잘 꾸며놨네." 헬렌이 주위를 빙 둘러보며 말했다.

"킹가주는 이 나라에서 가장 오래된 사파리 캠프 가운데 하나야." 펜더개스트가 대답했다. "1950년대 잠비아가 로디지아 북부에 편입될 당시, 사람들이 동물을 사냥하는 것만큼이나 동물 사진을 찍는 것을 좋아한다는 것을 깨달은 사냥꾼이 만든 캠프거든. 그만큼 상업성도 짭짤할 테고."

"감사합니다, 교수님. 강의 끝나고 시험도 보실 건가요?"

펜더개스트 부부가 먼지투성이인 주차장에 도착했을 때는 술집과 식당은 텅 비어 있었고 모든 캠프 직원들은 오두막 주변으로 대피해 있었다. 사방을 환하게 비출 정도로 조명이 밝게 켜져 있었고, 발전기는 연달아 시끄러운 소리를 내며 최고 전력을 만들어내고 있었다.

"캠프에 불안한 기운이 가득해." 헬렌이 자동차 문을 활짝 열어젖히고 뜨거운 저녁 공기 속으로 발을 디디며 말했다. 시끄러운 매미 소리가 주위를 가득 채웠다.

론데발의 문지방 너머로 노란 불빛이 새어 나오고 있었다. 그때 론데발 문이 열리더니 가죽 부츠에 긴 양말을 신은 남자가 뚜벅뚜벅 걸어 나왔다. 남자의 카키색 바지는 정성스럽게 다림질을 해서 주름이 칼처럼 잡혀 있었다.

"지역 사령관 앨리스테어 워킹 씨야." 펜더개스트가 아내의 귓가에 대고 속삭였다.

"상상도 못 했어."

"그 옆에 호주 카우보이모자를 쓰고 서 있는 사람이 고든 위즐리, 캠프 영업 담당자."

"이쪽으로 들어오시죠." 사령관이 악수를 청하며 말했다. "오두막에 들어가면 더 편하게 이야기 나눌 수 있을 겁니다."

"세상에! 그건 안 되죠!" 헬렌이 말했다. "종일 차 안에 갇혀 있었다고요. 일단 바로 가서 한잔해야죠."

"하지만······." 사령관이 말끝을 흐렸다.

"놈이 캠프 안으로 습격해 오는 편이 낫잖아요. 그럼 녀석을 잡으러 수풀 속으로 들어갈 필요가 없을 테니까요. 그렇지, 알로이시어스?"

"그럼 정말 좋겠지."

그녀는 랜드로버 뒤편에서 사냥총이 들어 있는 푹신한 캔버스 가방을 꺼냈다. 펜더개스트도 묵직한 탄약상자를 어깨에 걸치고는 말했다.

"여러분? 먼저 한잔할까요?"

"좋소." 지역 사령관이 그들이 챙겨 온 묵직한 사파리 사냥총을 다시 살펴보면서 대답했다. "미수무!"

페즈 모자(이슬람교 남자들이 쓰는 빨간 원통형의 모자—옮긴이)를 쓰고 빨간 끈으로 머리카락을 장식한 아프리카 남자가 직원 캠프의 문을 열고 나왔다.

"바에서 한잔 마시고 싶은데." 워킹이 말했다. "자네만 괜찮다면."

일행은 짚으로 만든 지붕이 덮인 바로 걸어갔고, 남자 바텐더가 반질
반질한 나무 카운터 뒤로 들어가서 자리를 잡았다. 그는 연신 땀을 흘
리고 있었는데 뜨거운 열기 때문만은 아닌 것 같았다.

"메이커스 마크(버번위스키의 종류—옮긴이)." 헬렌이 말했다. "얼음
넣어서요."

"두 잔 주세요." 헬렌의 남편이 말했다. "민트 있으면 조금 섞어주시
고요."

"그걸로 넉 잔 만들어줘." 앨리스테어가 말했다. "위즐리 씨, 괜찮겠
어요?"

"뭐든 독한 거면 좋아요." 위즐리가 초조하게 웃으며 말했다. "정말
힘든 하루였어요."

바텐더는 잔에 술을 부었고, 펜더개스트는 시원스레 위스키를 마시
며 목구멍에 낀 먼지를 씻어냈다. "무슨 일이 있었는지 말씀해주세요,
위즐리 씨."

위즐리는 뉴질랜드 억양의 키가 큰 빨간 머리의 사내였다. "점심시간
이 막 지난 후였습니다." 그는 말을 시작했다. "우리 캠프에는 총 열두
명의 손님이 있었어요. 거의 만원이었죠."

위즐리 씨가 말을 하는 사이, 펜더개스트는 캔버스 천으로 된 사냥용
가방의 지퍼를 열고 홀란드 앤드 홀란드의 465 로열 복식 라이플총을
꺼냈다. 그리고 술잔을 한쪽으로 밀고 장시간 운전으로 총구에 쌓인 먼
지를 닦아내기 시작했다. "점심 메뉴는 뭐였죠?"

"샌드위치. 구운 쿠두, 햄이랑 칠면조, 오이, 그리고 아이스티요. 낮
시간에는 날씨가 더워서 가벼운 식사를 준비하죠."

펜더개스트는 호두나무로 만든 개머리판에 반짝반짝 광을 내면서 고
개를 끄덕였다.

"매일 밤 수풀 속에서 사자들이 으르렁대긴 했지만 낮에는 잠잠한 편
이었어요. 가끔 낮에도 사자들이 으르렁거리는 소리가 들리기도 하죠.

사실, 그런 게 캠프의 매력이기도 하고."

"매력적이네요."

"하지만 예전에는 사자들이 공격해 온 적이 한 번도 없었어요. 이런 상황이 벌어졌다는 자체가 이해할 수 없을 정도죠."

펜더개스트는 그를 흘끔 쳐다본 다음, 계속 총을 닦는 데 집중했다. "제가 듣기로는 이 지역에서 서식하던 놈이라고 하던데요?"

"아닙니다. 물론 몇 종류가 서식을 하고 있죠. 녀석들 얼굴 하나하나 다 알고 있어요. 이번 녀석은 갈기가 빨간 사자였어요."

"덩치가 큰가요?"

"엄청 큽니다."

"책에 실릴 만큼 큰가요?"

위즐리는 얼굴을 잔뜩 찡그렸다. "책에 나와 있는 어떤 사자보다도 클 겁니다."

"알겠습니다."

"하슬러라는 독일인과 그 아내분이 가장 먼저 식탁에서 일어났어요. 2시쯤이었던 것 같습니다. 식사를 마치고 오두막으로 돌아가고 있었는데, 부인의 말에 따르면, 강둑에 있던 덮개 뒤에서 사자가 순식간에 뛰쳐나와서 남편을 넘어뜨리더니 그 불쌍한 남자분 목덜미에 날카로운 이빨을 박았다는군요. 부인은 죽어라고 비명을 지르기 시작했고 그 불쌍한 남자분도 비명을 질렀죠. 우리가 뛰쳐나갔지만 벌써 사자가 남자분을 질질 끌고 수풀로 사라져버린 후였습니다. 얼마나 끔찍했는지 말로 다 설명을 못 할 정도였죠. 그리고 한참 동안 비명이 들렸어요. 그러고 나서 잠잠해지더군요. 뭔가를 허겁지겁 뜯어 먹는 소리만 들렸고⋯⋯." 그는 갑자기 말을 멈췄다.

"맙소사!" 헬렌이 말했다. "총을 가진 사람이 하나도 없었나요?"

"제가 가지고 있었습니다." 위즐리가 말했다. "평소에는 총을 쏘지 않지만, 아시다시피 관광객들과 동행할 때는 반드시 총을 휴대해야 합니다. 하지만 저도 허리까지 자란 수풀 속을 헤치고 들어갈 엄두가 나지 않았습니다. 사실 저는 사냥을 즐기지 않습니다, 펜더개스트 씨. 하지만 멀리서 몇 번이나 총을 쐈고 그것 때문에 사자가 더 깊숙한 수풀 속으로 들어가 버린 것 같습니다. 어쩌면 사자도 총에 맞았을지도 모르겠어요."

"참 안타까운 일이군요" 펜더개스트가 무미건조하게 말했다. "총을 쏘니까 더 깊숙이 들어간 것도 당연하죠. 사자의 습격이 있었던 현장을 그대로 보존하셨습니까?"

"그렇습니다. 물론 야단법석이 나고 다소 소란이 있었습니다만 곧바로 현장 근처를 폐쇄했습니다."

"좋습니다. 그 후에 수풀 속으로 들어간 사람은 아무도 없고요?"

"없습니다. 모두 극도의 히스테리 상태예요. 수십 년 동안 단 한 번도 사자가 사람을 해친 적이 없었거든요. 꼭 필요한 직원만 남기고 모두 안전한 지역으로 대피시켰습니다."

펜더개스트는 고개를 끄덕인 다음 아내를 힐끗 쳐다봤다. 그녀 또한 독일산 크리그호프 500발 416 빅 파이브 소총을 닦으면서 위즐리의 이야기에 귀를 기울이고 있었다.

"그 이후로 사자 소리를 들었습니까?"

"아니요. 어젯밤 그리고 오늘까지는 조용했습니다. 멀리 사라졌나 봅니다."

"사냥감을 먹어 치울 때까지는 근처에서 떠나지 않을 겁니다." 펜더개스트가 말했다. "사자는 1.6킬로미터 이상 먹이를 물고 가지 않습니다. 아직도 주위에 있는 게 분명해요. 그 사자를 봤다는 목격자가 또 있나요?"

"그 부인만 봤습니다."

"분명히 갈기가 빨간색이라고 했나요?"

"네. 처음에는 부인도 너무 충격이 커서 사자의 갈기가 온통 피로 물들었다고 했어요. 하지만 충격이 조금 가라앉은 다음, 부인에게 정확한 답변을 들을 수 있었죠. 분명 사자의 갈기가 아주 짙은 빨간색이었다고 하더군요."

"그 붉은색이 피가 아니란 걸 어떻게 확신하죠?"

펜더개스트의 물음에 헬렌이 곧바로 받아쳤다. "사자는 갈기 손질에 대해서는 아주 예민한 동물이야. 정기적으로 손질을 할 정도로. 사자가 갈기에 피를 묻히고 다니는 건 한 번도 본 적이 없어. 자기 얼굴에 묻힌 다면 모를까."

"이제 어떻게 할까요, 펜더개스트 씨?" 위즐리가 물었다.

펜더개스트는 천천히 버번위스키를 한 모금 들이켰다. "일단 새벽까지 기다려야죠. 노련한 수색꾼 한 명이 필요하고 총을 가진 사람도 필요합니다. 물론, 제 아내가 부사수를 맡을 겁니다."

침묵. 위즐리와 앨리스테어가 동시에 헬렌을 쳐다보았다. 헬렌은 활짝 웃어 보였다.

"글쎄요, 잘은 모르지만 별로 평범한 계획은 아닌 것 같군요." 앨리스테어 워킹이 목소리를 가다듬으며 말했다.

"제가 여자라서요?" 헬렌이 재미있다는 듯 물었다. "걱정하지 마세요. 아무도 다치지 않을 테니까."

"아니, 아니요." 다급한 답변이 이어졌다. "우리 국립공원에서는 정부의 허가를 받은 전문 자격증이 있는 사람만 사냥을 할 수 있도록 되어 있습니다."

펜더개스트가 말했다. "둘 중 하나를 꼽으라면, 제 아내가 저보다 뛰어난 명사수입니다. 게다가 수풀에서 사자를 추적하는 동안에는 명사수가 적어도 둘은 필수적으로 필요하고요." 그는 잠시 말을 멈췄다. "아니면, 직접 하시지 그래요?"

앨리스테어 워킹이 입을 굳게 다물었다.

"남편 혼자만 간다면 절대 허락하지 않을 거예요." 헬렌이 말했다.

"분명 위험한 작전이 될 테니까 말이에요. 이이가 상처를 입기라도 한다면, 아니, 그보다 더한 일이 벌어질 수도 있잖아요."

"나약해 빠진 남자로 만들어줘서 고마워." 펜더개스트가 말했다.

"알로이시어스, 바로 180미터 앞에서 다이커 영양을 놓쳤던 거 잊었어? 커다란 문에 총을 쏘는 것보다 식은 죽 먹기였잖아."

"맙소사, 그땐 맞바람이 워낙 셌어. 게다가 마지막 순간에 녀석이 움직였다고."

"당신은 총구를 당기기 전까지 준비 시간을 너무 오래 잡아먹어. 너무 재고 따지는 거, 그게 문제라고."

펜더개스트는 워킹을 쳐다봤다. "보시다시피 이번 작전은 팀으로 움직여야 합니다. 우리 둘 다 참여하거나, 아니면 아예 안 하거나."

"잘 알겠습니다." 앨리스테어 워킹이 잔뜩 인상을 쓰며 말했다. "위즐리 씨?"

위즐리도 마지못해 고개를 끄덕였다.

"그럼 내일 아침 5시에 만나죠." 펜더개스가 말을 이었다. "분명히 말하지만 우리는 실력이 아주 뛰어난 수색꾼이 필요해요."

"잠비아에서 최고로 꼽히는 수색꾼이 한 명 있습니다. 제이슨 므푸니라고 하는데, 물론 자주 사냥을 나가지는 않아요. 사진작가나 관광객을 인솔할 때만 함께 움직이죠."

"강심장을 가진 자라면 누구든 상관없어요."

"물론입니다."

"이 소식을 마을 사람들에게 알려서 최대한 빨리 대피할 수 있도록 조치하세요. 마지막으로 충분한 활동 반경을 확보해야 합니다."

"그럴 필요는 없을 겁니다." 위즐리가 말했다. "캠프로 오는 중간에 마을이 텅 비고 황폐해졌다는 걸 느끼지 못하셨나요? 우리 직원들 빼고 반경 20킬로미터 내에서는 사람 그림자 하나 볼 수 없을 겁니다."

"그렇게 빨리 마을을 비울 수도 있나요?" 헬렌이 물었다. "불과 24시간 전에 사건이 터졌다면서요."

"빨간 갈기를 가진 사자였으니까요." 앨리스테어 워킹이 그것만으로도 충분한 설명이 된다는 듯 말했다.

펜더개스트와 헬렌은 서로 시선을 주고받았다. 잠시 바 안에 침묵이 감돌았다.

잠시 후 펜더개스트가 일어섰고 헬렌의 손을 잡고 일으켜주었다. "잘 마셨습니다. 이제 저희가 묵을 숙소로 안내해주실까요?"

3

피버 트리

고요한 밤이었다. 시커먼 암흑을 간간이 가르던 사자들의 으르렁거리는 소리도 잠잠해졌고, 야행성 동물들의 재잘거리는 소리도 한층 가라앉은 듯했다. 거대한 물줄기가 흐르는 걸로 착각할 정도로 요란했던 강물 소리도 희미해졌고, 싱그러운 물 냄새만 공기를 가득 채우고 있었다. 새벽 공기를 가르는 첫 번째 소음은, 바로 문명이 만들어내는 소리였다. 아침 목욕을 하기 위해서 샤워 통에 뜨거운 물을 들이붓는 소리.

펜더개스트와 그의 아내는 오두막으로 이동한 후로 내내 식당에 앉아 있었다. 식당에는 부드러운 빛을 뿜어내는 전구 하나만 달랑 켜져 있었고, 둘은 바로 옆에 사냥총을 내려놓고 의자에 기대어 앉았다. 밤하늘에는 별이 하나도 보이지 않았다. 잔뜩 흐렸고 암흑처럼 어두웠다. 부부는 의자에 나란히 앉아서 꿈쩍도 하지 않은 채, 마지막 남은 45분동안 서로의 존재감을 만끽하고 있었다. 완벽한 침묵, 그것은 그들의 결혼 생활을 대변하는 것이었다. 잠시 후 있을 사냥에 앞서 정신적, 그리고 감정적으로 철저히 준비하는 절차랄까. 헬렌 펜더개스트는 남편의 어깨에 머리를 기댔고, 펜더개스트는 결혼반지가 끼워진 그녀의 손을 연신 쓰다듬으며 장난을 쳤다. 이제 그는 그녀의 결혼반지에 박힌 푸른빛을 뿜어내는 사파이어를 만지작거렸다.

"이건 절대 못 뺏어 가." 마침내 입을 연 헬렌은 오랜 시간의 침묵으로 잔뜩 갈라진 목소리로 말했다.

그는 빙그레 웃으며 계속 결혼반지를 만지작거렸다.

어두운 그림자 사이로 긴 창을 손에 들고 짙은 색의 긴 바지와 긴 셔츠를 입은 형체 하나가 나타났다.

두 사람이 허리를 곧게 세웠다. "제이슨 므푸니?" 펜더개스트가 작은 목소리로 물었다.

"맞습니다, 선생님."

펜더개스트가 손을 내밀었다. "나를 '선생님'이라고 부르지 않았으면 좋겠어요, 제이슨. 펜더개스트라고 해요. 여긴 내 아내 헬렌. 헬렌은 이름을 부르는 걸 좋아하지만 난 성으로 불러주는 걸 좋아해요."

그 남자는 고개를 끄덕였고 헬렌과 천천히 악수를 했다. 거의 움직임이 없다시피 한 동작이었다. "앨리스테어 씨가 잠시 식당에서 하실 말씀이 있다고 하는데요, 헬렌 씨."

헬렌이 일어섰다. 펜더개스트도 따라서 일어섰다.

"죄송합니다만, 펜더개스트 씨. 헬렌 씨만 오시랍니다."

"대체 무슨 일입니까?"

"헬렌 씨의 사냥 경험이 충분한지 걱정하고 계십니다."

"어이가 없군." 펜더개스트가 말했다. "그 얘긴 이미 끝난 걸로 아는데요."

헬렌은 웃으며 손사래를 쳤다. "걱정하지 마. 여긴 아직도 대영제국 시대군요. 여자들이란 힘없이 베란다에 앉아 부채질이나 하면서 피 튀기는 장면만 봐도 그대로 기절한다고 생각하나? 당장 식당으로 가죠."

헬렌이 나가자 펜더개스트가 한 걸음 물러섰다. 바로 옆에서는 수색꾼이 발을 동동 구르며 불안한 표정으로 기다리고 있었다.

"잠시 앉지 그래요, 제이슨?"

"괜찮습니다."

"수색꾼이 된 지는 얼마나 됐죠?" 펜더개스트가 물었다.

"몇 년 됐습니다." 간결한 대답이 돌아왔다.

"실력이 좋은 편인가요?"

어깨를 으쓱했다.

"사자가 무섭습니까?"

"가끔요."

"그 창으로 사냥을 한 적이 있습니까?"

"아니요."

"알겠습니다."

"이건 새것이나 다름없습니다, 펜더개스트 씨. 창으로 사자를 찌르면 보통 부러지거나 반으로 구부러져서 새것으로 바꿔야 합니다."

자욱한 수풀 사이로 새벽 동이 트자 무거운 침묵이 캠프를 뒤덮었다. 5분, 10분…… 점점 시간이 흘렀다.

"왜 이렇게 오래 걸리는 거죠?" 펜더개스트가 짜증이 나서 물었다.

"이러다 시간이 지체되겠는데요." 므푸니는 어깨를 으쓱하더니 창가에 기대서 기다렸다.

바로 그때 헬렌이 나타났다. 그녀는 재빨리 자리에 가서 앉았다.

"제대로 한 방 먹여주고 왔어?" 펜더개스트가 웃으며 물었다.

잠시 동안 헬렌은 아무 말도 하지 않았다. 펜더개스트는 미심쩍은 듯이 그녀를 쳐다봤고 그녀의 얼굴이 새하얗게 질린 것을 보고 깜짝 놀랐다. "무슨 일이야?" 그가 물었다.

"아무것도. 그냥…… 사냥 전 울렁증 같은 거야."

"별로 내키지 않으면 캠프에 남아도 돼."

"그럴 리가!" 그녀는 강력하게 부인하고 나섰다. "안 돼. 이런 좋은 기회를 놓칠 순 없잖아."

"그럼 곧바로 출발하자."

"잠깐 기다려." 그녀가 작은 소리로 말했다. 그리고 차갑게 식은 손으로 그의 팔을 잡았다. "알로이시어스……. 어젯밤에 우리 달 뜬 거 못 봤지? 보름달이었어."

"사자들이 흥분했겠군. 그리 놀랄 일도 아니야."

"그냥 달이 질 때까지 조금만 기다리자." 헬렌은 두 손으로 펜더개스트의 손을 감싸 쥐었다. 평소 때와는 사뭇 다른 행동이었다. 두 손에 맴돌던 냉기도 잠시 후에는 가셨다.

"헬렌……."

그녀는 펜더개스트의 손을 꽉 쥐었다 "아무 말 하지 마."

강 건너편 수풀 사이로 둥근 보름달이 낮게 걸렸다. 연보라색 하늘 위로 버터처럼 노란 달의 기운이 점차 사라지고 있었다. 루앙와 강의 휘몰아치는 물결 위로 크림처럼 반사된 보름달이 흔들렸다. 두 사람은 보름달이 뜬 밤 처음 만났고 함께 달이 뜨는 모습을 지켜보았다. 두 사람은 여행을 가도, 급한 약속이 있을 때도, 연애 기간부터 결혼 생활을 시작한 후까지 오랜 전통처럼 언제나 보름달이 뜨는 모습을 함께 지켜보았다.

둥근 달이 강 너머 멀리 자란 나무 꼭대기에 닿았고 천천히 땅 위로 미끄러졌다. 하늘이 서서히 밝아졌고 마침내 잔뜩 엉클어진 수풀 속으로 달빛이 사라졌다. 드디어 밤의 신비로움이 지나가고 아침이 왔다.

"잘 가라, 보름달." 펜더개스트가 가볍게 말했다.

헬렌은 그의 손을 꽉 잡은 다음 자리에서 일어섰다. 때마침 앨리스테어 워킹과 위즐리가 식당 오두막으로 이어지는 길목에 나타났다. 바로 옆에 있는 낯선 남자는 움푹 꺼진 얼굴에 키가 아주 크고 깡마른 사람이었다. 그의 눈동자는 노란색이었다.

"이쪽은 윌슨 니알라입니다." 위즐리가 말했다. "총을 운반해줄 겁니다."

그들은 악수를 나눴다. 전날 밤에 만났던 바텐더가 랍상 소우총(연기 맛이 나는 차—옮긴이)이 담긴 커다란 냄비를 들고 부엌에서 나왔고, 뜨겁게 끓여 뿌연 증기를 뿜어내는 차를 한 잔씩 따라주었다.

모두 아무 말 없이 빠른 속도로 차를 마셨다. 펜더개스트가 찻잔을 내려놓으며 말했다. "이 정도면 현장을 살피기에 충분할 정도로 날이 밝았군요."

니알라가 양쪽 어깨 위로 총을 하나씩 둘러맸고 일행은 강을 따라서 길게 이어진 흙길로 걸어갔다. 미옴보 잡목림이 빽빽하게 자라난 곳을 지나자, 밧줄과 나무 말뚝으로 표시를 해놓은 사건 현장이 나왔다. 펜더개스트는 무릎을 꿇고서 사자가 공격한 흔적들을 살폈다. 희뿌연 먼지 속에 무수히 많은 짐승 발자국이 남아 있었다. 바로 옆에는 검은 피로 엉망이 된 웅덩이가 있었는데, 뜨거운 햇살에 바짝 말라서 사방으로 갈라져 있었다. 펜더개스트는 주위를 둘러보면서 사고가 있었던 당시를 떠올렸다. 무슨 일이 일어났는지 눈 감고도 그릴 수 있을 정도였다. 피해자는 수풀 속에서 뛰쳐나온 사자의 공격을 받고 땅바닥에 쓰러진 다음 처참하게 물어뜯겼다. 초기 진술이 정확히 들어맞았다. 먼지 위로 붉은 핏자국이 군데군데 남아 있어서 사자가 만신창이가 된 희생자를 끌고 어디로 사라졌는지 정확히 가늠할 수 있었다.

펜더개스트가 자리에서 일어났다. "이렇게 하죠. 저는 제이슨 씨 후방 우측으로 2.5미터 정도 거리를 두고 이동할 겁니다. 헬렌은 제 뒤로 2.5미터 후방 좌측에서 움직일 거고요. 윌슨 씨는 우리 뒤로 바짝 붙어서 따라와요." 그는 아내를 쳐다보았고, 헬렌은 알아들었다는 듯 고개를 살짝 끄덕였다.

펜더개스트는 계속 말을 이었다. "뭔가 근처에 있다 싶으면, 총을 달라고 손짓을 할 겁니다. 그럼 어깨끈을 떼고 잠금장치를 해제해서 주시면 됩니다. 수풀 사이로 이동할 때는 머리 위로 총을 들어 올리지 않아야 하고요."

"난 끈이 달려 있는 게 더 좋은데." 헬렌이 무뚝뚝하게 말했다.

윌슨 니알라는 수척한 얼굴을 끄덕였다.

펜더개스트는 팔을 뻗었다. "제 총 주실래요?"

월슨은 그의 총을 건넸다. 펜더개스트는 탄창 속을 점검하고서 손가락보다 굵은 시가 크기의 소프트 포인트 465 니트로 익스프레스 탄창 두 개를 끼워 넣었다. 그리고 다시 안전장치가 잠겨 있는지 확인한 후 니알라에게 건넸다. 헬렌도 자기 총을 받아서 펜더개스트처럼 416 니트로 탄창을 장전했다.

"연약한 여성이 쓰기에는 큰 총이네요." 워킹이 말했다.

"전 큼직한 놈을 좋아하거든요." 헬렌이 대답했다.

"제 말은, 제아무리 용기가 있고 커다란 총이 있더라도 저 수풀 속으로 들어가지 않는 편이 훨씬 좋을 거란 겁니다." 워킹이 대꾸했다.

"가능한 한 커다란 삼각형 구도를 유지하되 서로 간격을 가깝게 유지하는 거 잊지 마요." 펜더개스트가 두 사람을 번갈아 쳐다보면서 말했다. "그것만 기억하면 별문제 없을 겁니다. 반드시 필요한 상황이 아니면 되도록 말을 아끼고 수신호를 사용해요. 손전등은 여기 두고 가죠."

모두 고개를 끄덕였다. 이윽고 태양이 떠올랐다. 희미한 푸른빛이 무성한 수풀 사이를 비출 때까지 조용히 기다리고 있노라니 애써 즐거운 척하던 분위기마저 사라졌다. 이제 펜더개스트는 므푸니를 향해 앞으로 전진하라고 수신호를 보냈다.

수색꾼은 한 손에는 창을 들고 사자가 남긴 핏자국을 따라서 수풀 속으로 들어갔다. 핏자국은 강가에서부터 시작되어서 빽빽한 가시덤불을 따라서 치텔레 시내라고 불리는 루앙와의 작은 지류 주변에 머리까지 자란 모파네 나무 사이로 길게 뻗어 있었다. 일행은 수풀과 나뭇잎으로 뒤덮여 있는 붉은 핏자국을 따라서 천천히 움직였다. 수색꾼은 창으로 납작하게 눌린 수풀을 가리키면서 걸음을 멈췄다. 커다란 핏자국이 채 마르지도 않은 상태로 바닥에 떨어진 나뭇잎 위에 맺혀 있었다. 붉은 갈기 사자가 총알에 맞기 전, 숨이 붙어 있는 희생자를 내려놓고 잔인하게 뜯어 먹었던 장소였다.

제이슨 므푸니는 몸을 구부리고 조용히 무언가를 들어 올렸다. 허연 치아가 붙어 있는 턱 아래 뼈의 잔재. 가장자리까지 갉아 먹고 깨끗하게 핥은 모양이었다. 펜더개스트는 말없이 희생자의 유골을 바라보았다. 므푸니는 턱뼈를 바닥에 내려놓고 우거져 있는 초목 사이로 뚫린 구멍을 가리켰다.

일행은 작은 구멍을 통과해서 짙은 초록색 덤불로 들어갔다. 므푸니는 20미터 정도 이동할 때마다 걸음을 멈추고, 주변 소리를 듣고 냄새를 맡고 나뭇잎에 묻은 핏자국을 살폈다. 중간중간 시체에서 흘러나온 핏자국이 보였고 점차 흔적이 희미해졌다. 사방에 온통 작은 핏자국과 발자국투성이였다.

수색꾼은 사자가 날카로운 송곳니로 물고 있던 희생자의 시체를 내려놓고 다시 물어서 옮기느라 수풀이 눌린 자국을 가리키며 두 번 멈추었다. 시시각각 날이 밝아왔고 이윽고 태양이 나무 꼭대기 위에 걸렸다. 평소와 달리 특별한 아침이었지만 끊임없이 귓가에 윙윙대는 벌레들 소리만 빼고 유난히 고요하고 잔잔했다.

그들은 희생자의 핏자국을 따라서 1.5킬로미터가 넘는 거리를 걸어갔다. 지평선 위로 떠오른 뜨거운 태양이 용광로 불처럼 수풀을 이글이글 달궜고 체체파리들은 윙윙 소리를 내면서 구름처럼 주위를 메웠다. 탁한 먼지와 풀 냄새가 코끝에 풍겨왔다. 마침내 수풀이 우거진 지대에서 아카시아 나뭇가지가 뻗어 있는 낮게 꺼진 건조 지대로 들어가는 곳에 이르자 붉은 핏자국이 끊겼다. 흰개미집 하나가 뾰족한 탑처럼 눈부시게 밝은 하늘을 향해 높이 솟아 있었다. 그곳 한가운데에는 붉은색과 하얀색이 뒤엉킨 덩어리 하나가 윙윙거리는 파리 떼들에 둘러싸여 있었다.

므푸니는 조심스럽게 몸을 움직였고 펜더개스트와 헬렌, 총을 든 남자가 뒤따랐다. 드디어 일행은 거의 살점이 뜯겨 나간 독일인 사진작가 시체 주변으로 조용히 모였다. 사자는 독일 사진작가의 두개골을 벌려서 얼굴, 뇌, 상반신의 대부분을 말끔히 먹어 치웠다. 그야말로 살점 하나 남기지 않고 허연 뼈만 남긴 채 피까지 샅샅이 핥아 먹은 모양이었다. 시체에는 두 다리와 아직도 사자의 털 뭉치를 꽉 쥐고 있는 주먹 하나만 남아 있었다. 아무도 입을 열지 않았다. 므푸니는 몸을 숙이고 주먹에 쥐어진 털 뭉치를 빼냈고 그러면서 조심스럽게 팔을 이리저리 살펴보았다. 그리고 펜더개스트의 손에 털 뭉치를 건네주었다. 털은 짙은 빨간색이었다. 펜더개스트는 그것을 헬렌에게 주었고 차례로 살펴본 다음 다시 므푸니에게 돌려주었다.

다른 사람들이 시체 근처에 있는 사이, 수색꾼은 천천히 주위를 돌며 알칼리성 지면 위에 사자의 흔적이 남았는지 찾아보고 있었다. 그는 손가락을 입에 대고 플라이(사막에서 발달하는 바닥이 푹 꺼진 지형―옮긴이)를 향해 손짓을 했다. 우기에는 늪지대로 변하는 곳이지만 지금은 건기라서 바짝 말라붙어 있었다. 3.5미터 정도 되는 수풀이 플라이 주변으로 빽빽하게 자라나 있었다. 수백 미터 떨어진 곳에는 구불구불 커다랗게 자란 피버 트리 숲이 우거져 있었고 우산처럼 생긴 나뭇가지가 시야를 뒤덮고 있었다. 수색꾼은 키가 큰 수풀 사이 작은 구멍을 가리켰다. 사자가 빠져나가면서 만든 구멍이 분명해 보였다. 그는 심각한 얼굴로 돌아와 펜더개스트의 귀에 대고 속삭였다. "저기 있습니다." 그가 창끝으로 가리키며 말했다. "잠시 쉬고 있는 거예요."

펜더개스트는 고개를 끄덕였고 헬렌을 흘끔 보았다. 여전히 창백한 표정이었지만 아까보다 훨씬 안정된 모습이었고 눈빛은 단호하고 차가웠다.

총 운반을 맡은 니알라가 불안해했다. "무슨 일이죠?" 펜더개스트가 뒤를 돌아보며 낮은 소리로 물었다.

그는 머리 높이까지 자란 수풀 쪽을 향해 고개를 끄덕였다. "놈은 똑똑해요. 아주 똑똑한 녀석이죠. 지금 위치는 안 좋아요."

펜더개스트는 총 운반자에게서 눈길을 돌리고 잠시 망설이다가 수색꾼을 쳐다보고 다시 수풀을 쳐다보았다. 그런 다음 수색꾼에게 앞으로 전진하라는 수신호를 보냈다.

천천히, 아주 조심스럽게 일행은 높은 수풀 속으로 전진했다. 가시거리가 4.5미터도 되지 않았다. 일행이 움직일 때마다 속이 텅 빈 줄기들이 바스락거렸고 숨이 막힐 것처럼 답답한 공기 사이로 해묵은 풀 냄새가 고약하게 풍겼다. 수풀 안으로 들어갈수록 희미한 초록색의 기운이 주위를 감쌌다. 갖가지 벌레들이 윙윙거리는 소리가 귓가에 울렸다.

이윽고 피버 트리 숲에 이르자 수색꾼의 발걸음이 서서히 느려졌다. 그는 한 손을 들고 코를 킁킁거리기 시작했다. 펜더개스트도 숨을 들이마셨고 썩어가는 고기의 달큼한 냄새와 사자 특유의 사향 냄새가 희미하게 풍겨왔다.

수색꾼은 바닥에 쭈그리고 앉았고 다른 사람들에게도 앉으라는 손짓을 했다. 바닥에 앉으니 수풀을 가르고 나갈 때보다 가시거리가 훨씬 더 넓어졌고, 습격하기 전 황갈색으로 번뜩이는 사자의 움직임을 알아채기가 쉬워졌다. 그들은 무릎을 바닥에 대고서 천천히 피버 트리 숲 안으로 들어갔다. 바짝 마른 모래 조각들은 돌처럼 뜨겁게 달구어져 딱딱했고, 핏자국은 보이지 않았지만 온통 부러지고 휜 수풀을 보니 사자가 지나간 흔적이 분명해 보였다.

다시 수색꾼의 수신호에 맞추어 걸음을 멈췄다. 펜더개스트와 헬렌이 가까운 곳으로 왔고 세 사람은 수풀 사이에 모여서 벌레 귀에나 들릴 법한 작은 목소리로 속삭였다.

"사자가 저 앞에 있어요. 20미터에서 25미터 전방. 천천히 움직이고 있어요." 므푸니의 얼굴에 근심이 가득했다. "여기서 기다리는 편이 낫겠어요."

"아뇨." 펜더개스트가 속삭였다. "지금이 우리가 공격할 수 있는 가장 좋은 기회예요. 이제 막 식사를 끝냈으니까."

그들은 앞으로 천천히 움직였고 수풀이 자라나지 않은 3제곱미터 정도 되는 공터에 도착했다. 수색꾼이 자리에 멈춰서 공기 냄새를 맡더니 곧바로 왼쪽을 가리켰다. "사자." 그가 속삭였다.

펜더개스트는 정면을 주시하고 왼쪽을 돌아본 다음 고개를 까딱거리며 다시 앞쪽을 가리켰다.

수색꾼은 인상을 찌푸리고 펜더개스트의 귀 쪽으로 가까이 다가갔다. "사자가 좌측을 배회하고 있어요. 아주 똑똑한 놈이에요."

펜더개스트는 연신 고개를 가로저었다. 그리고 헬렌에게 다가갔다. "당신은 여기 있어." 그는 헬렌의 귀에 입술을 스치며 속삭였다.

"하지만 수색꾼은⋯⋯."

"아니, 수색꾼이 틀렸어. 당신은 여기 있어. 난 몇 미터 앞까지만 가볼게. 조금만 더 가면 플라이 끝부분이 나올 거야. 녀석은 잠시 숨어서 쉬고 싶을 거고. 내가 가까이 다가가면 압박감을 느끼겠지. 그러면 놈이 갑자기 서두를지도 몰라. 공격할 준비를 하고 있다가 내 우측으로 총을 쏴."

펜더개스트는 총을 달라고 신호를 보냈다. 그는 열기로 따뜻해진 철제 총열을 팔꿈치 아래 끼우고 총구를 앞으로 겨누었다. 그리고 엄지손가락으로 안전장치를 해제하고 상아 구슬로 만든 야간 조준기를 튕겨 올렸다. 빛이 절반만 들어오는 수풀 틈에서 시야를 확보하기 위한 것이었다. 니알라는 헬렌에게도 총을 건넸다.

펜더개스트는 수풀이 우거진 곳으로 곧장 몸을 움직였고 수색꾼이 잔뜩 공포에 질린 표정으로 조용히 뒤따랐다.

풀밭을 헤치고 한 발씩 조심스럽게 걸음을 옮기면서 앞으로 전진했다. 펜더개스트는 공격 신호인 기침 소리가 들리기만 기다리며 귀를 쫑긋 세우고 있었다. 녀석이 90미터를 뛰어오는 데는 4초도 걸리지 않을 것이다. 기껏해야 총알 한 발 정도나 쏠 수 있을까. 그는 헬렌이 뒤에 버티고 있다는 사실에 마음이 든든했다. 적어도 두 번의 기회가 있는 셈이었다.

10미터쯤 걸어간 후, 그는 멈춰서 기다렸다. 수색꾼이 나란히 따라왔고 얼굴에는 깊은 근심이 어려 있었다. 2분 정도, 둘 다 움직이지 않고 자리에서 기다렸다. 펜더개스트는 최대한 집중해서 주위에서 들리는 소리에 귀를 기울였다. 하지만 들리는 거라곤 벌레 울음소리뿐이었다. 손바닥에 송골송골 땀이 맺히는 바람에 총열이 연신 미끄러졌고 혀끝에 텁텁한 알칼리성 먼지 맛이 느껴졌다. 가벼운 미풍이 불어왔지만 시원한 기운은 전혀 느껴지지 않았다. 바람은 주위로 자란 풀들을 살짝 스치고 사가거리며 지나갔다. 벌레들이 엉엉거리는 소리가 점차 약해지다가 어느새 사라졌다. 일순간 주위가 조용해졌다.

므푸니는 꼼짝도 하지 않은 채로 서서히 손가락 하나를 폈고, 다시 90도 각도로 왼쪽을 가리켰다.

펜더개스트는 자리에 그대로 서서 눈동자만 그의 손가락 끝을 좇아갔다. 그는 수풀 사이로 피어오르는 희미한 아지랑이 사이로 황갈색 털이나 호박색으로 번쩍이는 눈동자를 포착하기 위해서 좌우로 눈동자를 굴렸다. 아무것도 없었다.

낮은 기침 소리, 곧이어 끔찍하고 요란한 폭발음이 들렸고, 커다랗게 울부짖는 소리가 화물열차처럼 두 사람 머리 위로 덮쳐왔다. 왼쪽이 아닌, 바로 앞쪽에서.

황갈색 근육과 붉은 갈기가 수풀 사이로 펄쩍 뛰어오르면서 선홍색 잇몸을 보이며 입을 떡하니 벌리고 날카로운 이빨을 드러내는 순간, 펜더개스트는 몸을 획 돌렸다. 쾅! 요란한 소리와 함께 방아쇠를 당겼지만 제대로 목표물을 조준할 시간도 없이 사자가 그를 덮쳤다. 놈은 코를 찌르는 악취를 내뿜으며 270킬로그램의 커다란 몸뚱이로 그를 바닥으로 밀쳤다. 펜더개스트는 빨갛고 뜨거운 발톱이 어깨를 파고드는 것을 느꼈고 숨이 턱 막혀서 외마디 비명을 질렀다. 그리고 다른 팔을 허우적대며 멀리 떨어진 총을 붙잡으려고 기를 썼다.

사자는 가만히 몸을 숨기고 있다가 눈 깜짝할 사이 공격을 개시했고,

그 바람에 헬렌은 사자가 남편을 덮치기 직전에 미처 방아쇠를 당길 틈이 없었다. 아차 하는 순간 이미 늦어버린 것이다. 정신을 차리고 총을 쏘려고 보니, 이미 사자와 남편이 너무 가까이 있었다.

헬렌은 10미터 뒤에서부터 긴 수풀 더미를 헤치고 뛰어왔고, 휘휘 소리를 질렀다. 낮은 소리로 으르렁거리는 거대한 사자 쪽으로 걸어가면서 어떻게든 관심을 다른 데로 돌려보려고 했다. 순간 므푸니가 긴 창을 사자의 배에 내리꽂는 장면을 목격했다. 보통 사자보다 훨씬 큰 그 괴물은 펜더개스트를 가볍게 뛰어넘어 두 다리를 움직이며 날카로운 발톱으로 수색꾼을 쓸고 지나갔고, 곧바로 수풀 사이로 사라져버렸다. 배 한가운데 창을 그대로 꽂은 상태로.

헬렌은 사자가 도망가는 방향을 향해서 조심스럽게 총구를 겨누고 방아쇠를 당겼다. 육중한 사냥총이 반동을 일으키자 그녀의 몸이 뒤로 밀려났다.

총알은 보기 좋게 빗나갔다. 사자는 사라졌다.

그녀는 남편 쪽으로 달려갔다. 아직 의식이 있었다.

"괜찮아." 펜더개스트가 숨을 헐떡였다. "저 사람."

헬렌은 므푸니 쪽을 쳐다보았다. 그는 바닥에 등을 대고 누워 있었고 오른쪽 다리 종아리 부근 동맥혈에서 피가 뿜어져 나오고 허연 살점이 덜렁거렸다.

"오, 하느님." 헬렌은 입고 있던 셔츠의 아랫부분을 찢어서 출혈 부위를 꽉 묶은 다음, 절단된 동맥을 단단히 지혈했다. 그리고 버팀대가 될 만한 것을 찾아서 천 밑으로 집어넣은 다음 꽉 동여맸다.

"제이슨?" 그녀는 다급하게 말했다. "정신 차려요! 제이슨!"

제이슨의 얼굴은 땀범벅이었고 동공이 확장된 채로 부들부들 떨고 있었다.

"막대기를 꽉 잡아요. 지금 의식을 잃으면 끝이에요."

수색꾼의 눈동자가 커졌다. "부인, 사자가 돌아올 거예요."

"꽉 잡아요……."

"곧 돌아올 거라고요!" 므푸니가 공포에 질린 목소리로 외쳤다.

헬렌은 그의 말을 무시하고 곧바로 남편에게 갔다. 그는 등을 바닥에 대고 누워 있었고 얼굴은 잿빛으로 질린 상태였다. 어깨 부근에 난 커다란 상처 위로 핏덩이가 덕지덕지 덮여 있었다. "헬렌." 그가 잔뜩 갈라진 목소리로 자리에서 일어나려고 애쓰면서 말했다. "당신 총 가져와. 당장."

"알로이시어스……."

"제발, 총부터 가져와!"

너무 늦었다. 다시 귀청이 찢어질 정도로 요란한 으르렁 소리가 들렸고 흉포한 사자가 흙먼지와 수풀을 헤치며 다시 모습을 드러냈다. 그다음, 곧바로 헬렌을 덮쳤다. 헬렌은 외마디 비명을 질렀고 사자가 팔꿈치를 물자 어떻게든 떼어내려고 애썼다. 날카로운 이빨이 팔뚝에 박히는 순간, 뼈가 으스러지는 소리가 났다. 마지막으로 펜더개스트가 본 것은 헬렌이 살아남기 위해서 발버둥 치고 비명을 지르면서 머리까지 자란 수풀 속으로 끌려 들어가는 모습이었다.

4

다시 의식을 되찾았을 때 펜더개스트는 낯선 오두막에 있었다. 초가 지붕 너머 저 멀리서 쿵쿵 소리가 들려왔고 점차 소리가 커졌다.

펜더개스트는 앨리스테어 워킹을 보기 위해 나지막이 신음을 흘리며 몸을 움직였다. 오두막 반대편에 놓인 의자에 앉아 있던 남자가 자리에서 벌떡 일어났다.

"일어서지 마세요." 워킹이 말했다. "지금 헬기가 이곳으로 오고 있으니까 곧 치료를 받을 수⋯⋯."

펜더개스트는 일어나려고 애썼다. "아내! 내 아내는 어디 있습니까?"

"진정하세요."

아드레날린 영향 탓인지 침대를 박차고 일어나던 펜더개스트가 휘청거렸다. "내 아내 말이야, 이 나쁜 자식들!"

"달리 도리가 없었어요. 부인은 놈에게 붙잡혀 갔고, 당신은 의식을 잃었고, 그 친구는 출혈이 너무 심해서 죽기 직전이라⋯⋯."

펜더개스트는 휘청거리며 오두막 문으로 갔다. 그의 총이 바로 앞 선반에 놓여 있었다. 펜더개스트는 총을 잡고 안전장치를 풀고서 탄창 안에 총알이 남아 있는지 확인했다.

"대체 지금 뭐 하시는 겁니까?"

펜더개스트는 동작을 멈추고 앨리스테어를 향해서 총구를 겨누었다. "저리 비켜요."

워킹은 재빨리 한쪽으로 비켜섰고 펜더개스트는 서둘러 오두막 밖으로 나갔다. 벌써 해가 지고 있었다. 아내가 잡혀간 지 열두 시간이 지났다. 앨리스테어 워킹이 황급히 쫓아 나와서 주위를 향해서 팔을 흔들었다. "도와주세요! 도움이 필요합니다! 저 사람 제정신이 아니라고요!"

펜더개스트는 머리까지 자란 덤불 속을 헤치며, 아내의 핏자국을 발견할 때까지 계속해서 걸어갔다. 조금 전까지 캠프 쪽에서 들리던 거다란 고함도 전혀 들리지 않았다. 그는 기억을 더듬어가며 덤불을 헤치면서 걸었고 통증조차 느껴지지 않았다. 5분, 10분이 지나고 15분이 지나자 마침내 건조 지대 부근에 도착했다. 플라이가 있던 자리 너머로 빽빽한 수풀과 피버 트리 숲이 눈앞에 보였다. 그는 고통스러운 숨을 내쉬며 늪지대를 가로질러 수풀 앞으로 걸어갔고 길을 내기 위해 총을 든 멀쩡한 손을 앞뒤로 흔들었다. 머리 위를 날던 새들이 갑작스러운 소란에 시끄럽게 울어댔다. 폐가 바짝바짝 타들어가는 기분이었고 다친 팔 위로 피가 흥건하게 묻어났다. 하지만 그는 다친 어깨에서 피가 흐르든 말든 아랑곳하지 않고 계속 걸었다. 그 고통은 말로 할 수 없을 정도였다. 펜더개스트는 잠시 후 걸음을 멈추었다. 목구멍 너머로 들리던 거친 호흡도 어느새 사라졌다. 풀밭 앞에 작고 하얀 덩어리 하나가 진흙을 뒤집어쓴 채 덩그러니 놓여 있었다. 펜더개스트는 가만히 그 덩어리를 응시했다. 그건 바로 심하게 손상된 손이었다. 푸른 사파이어 반지가 넷째 손가락에 끼워져 있는 하얀 손.

펜더개스트는 분노와 슬픔이 복받쳐 올라서 짐승처럼 울부짖었고, 계속 휘청거리며 앞으로 나갔다. 그리고 커다란 수풀을 헤치고 불꽃처럼 붉은 갈기의 사자가 조용히 먹이를 뜯어 먹고 있는 공터로 향했다. 순간 공포가 엄습했다. 허연 살점이 그대로 붙어 있는 앙상한 발목뼈, 아내의 모자, 낡아 빠진 카키색 옷, 그리고 냄새, 코끝에서 풍기는 사자의 악취와 뒤섞인 아내의 희미한 향수 냄새.

마지막으로 그의 눈에 보인 것은 바로 아내의 머리였다. 비록 몸통은 극심하게 손상이 되었지만, 참으로 잔혹하게도 얼굴은 전혀 손상되지 않았다. 보랏빛을 띄는 푸른 눈동자가 초점 없이 펜더개스트를 응시하고 있었다.

펜더개스트는 제대로 균형도 잡지 못하고 연신 비틀거리며 사자가 있는 자리에서 10미터 정도 떨어진 곳까지 걸어갔다. 녀석은 커다란 머리통을 들고서 피 묻은 살점 주변을 혀로 날름거리며 핥다가 그를 조용히 쳐다보았다. 점차 사자의 호흡이 짧아졌고 날카롭게 헐떡대기 시작했다. 펜더개스트는 멀쩡한 팔로 커다란 총을 집어 들어 상아 구슬로 된 가늠쇠를 올리고 목표물이 잘 보이는 곳에 자리를 잡았다. 그리고 한 치의 망설임 없이 방아쇠를 당겼다. 커다란 총알이 5000피트파운드의 엄청난 운동에너지를 일으키며 정확히 사자의 눈 사이에 명중했다. 정어리 통조림처럼 정수리 부분이 반으로 갈라지더니 두개골이 희뿌연 붉은 안개처럼 부서지면서 공중으로 산산이 흩어졌다. 거대한 붉은 갈기의 사자는 꼼짝도 하지 않았고 먹잇감 위에 힘없이 쓰러져 아무 움직임 없이 가만히 누워 있었다.

햇볕에 그을린 피버 트리 숲 주변에서 수천 마리의 새가 울부짖었다.

5

루이지애나 주, 세인트 찰스 패리시

회색빛의 롤스로이스 고스트가 회전 차로를 따라서 천천히 서행했다. 잡초로 뒤덮인 길 위로 타이어가 지나가면서 자갈이 튀기는 소리가 났다. 최신형 은색 메르세데스 벤츠가 그 뒤를 따라왔다. 두 대의 자동차는 오래된 검은색 오크 나무가 자라 있고 골조 군데군데 스페인 이끼가 끼어 있는 그리스 부흥기 건축양식의 커다란 농장 저택 앞에 멈췄다. 저택 입구의 작은 청동 명판에 적힌 글자가 이 거대한 농장 저택이 '페넘브라'라고 불리고 있다는 것을 알려주었다. 이곳은 1821년 펜더개스트 선조가 지은 건물로 미국 정부에 정식 등록된 오래된 유적지 가운데 하나였다.

알로이시어스 펜더개스트는 롤스로이스 뒷좌석에서 내려서 저택 주위를 둘러보았다. 2월 말의 어느 늦은 오후였다. 부드러운 햇살이 그리스 양식으로 만든 기둥 위로 비추었고, 현관에 세워진 둥근 기둥을 황금빛으로 물들였다. 제멋대로 자란 잔디와 잡초가 무성한 정원 위로 뿌연 안개가 드리워져 있었다. 저 멀리 사이프러스 숲과 맹그로브(강가나 늪지에서 뿌리가 수면 밖으로 나와 자라는 열대 나무─옮긴이) 습지에서 매미들이 졸린 듯이 힘없이 울고 있었다. 구리로 마감된 2층 발코니에는 짙은 푸른색 녹이 뒤덮여 있었다. 살짝 칠이 벗겨진 하얀 페인트가 기둥 위로 둥글게 말려 있었고 온통 축축하고 황폐하고 황량한 기운이 저택과 정원 위로 드리워져 있었다.

메르세데스 벤츠에서 내린 호기심 많아 보이는 신사는 작고 다부진 체구에 재킷 단춧구멍에 히안색 키네이션을 꽂고 검은색 모닝코트를 입고 있었다. 뉴올리언스 변호사라기보다는 영국 에드워드 시대 클럽의 회장처럼 보이는 모습이었다. 햇살이 다소 약한 편이었지만 남자는 팔꿈치 밑에 야무지게 접은 양산을 단정하게 끼고 있었다. 황갈색 장갑을 낀 한 손에는 악어가죽으로 된 서류 가방도 들려 있었다. 그는 중산모를 들어서 머리에 썼다.

"펜더개스트 씨, 함께 가실까요?" 남자는 커다란 울타리로 둘러싸인 잡초가 무성한 수목원을 향해서 손을 뻗었다. 오른쪽으로는 거대한 저택이 서 있었다.

"그러죠, 오길비 씨."

"감사합니다." 그는 앞부리가 W 자로 장식된 구두로 잔뜩 습기를 머금은 잡초를 스치면서 씩씩하게 앞서 걸었다. 펜더개스트는 별 의욕이 없는 탓인지 다소 천천히 뒤따라갔다. 울타리 안쪽 문에 다다르자 오길비는 문을 밀어 열고 그를 수목원으로 안내했다. 그리고 짓궂은 미소를 머금고 뒤를 흘끗 돌아보면서 이렇게 말했다. "유령을 만나지 않도록 조심해야겠어요!"

"재미있겠는데요." 펜더개스트도 익살스럽게 맞장구를 쳤다.

변호사는 과거에는 자갈길이었지만 이제는 보통 크기의 독미나리 잡초가 덮여 있는 인도를 따라서 걸음을 재촉했다. 저 멀리 작은 공터를 둘러싸고 있는 녹슨 철제 울타리가 보였다. 풀밭 군데군데 세로로 기다란 명단이 적힌 석판과 대리석으로 만든 주춧돌이 보였다.

변호사의 꼬깃꼬깃한 검은색 바짓단은 습기 때문에 잔뜩 젖어버렸다. 그는 아까보다 커다란 묘비 앞에서 드디어 걸음을 멈추고는, 두 손으로 서류 가방을 들고 뒤로 돌아서 고객이 따라오기만을 기다렸다. 펜더개스트는 신중한 표정으로 사유지 묘지를 조심히 돌아서 걸었고, 말쑥하게 차려입은 작은 체구의 남자 옆에 도착하기 전에 말끔한 턱을 쓸어내렸다.

"자!" 변호사가 말했다. "또 여기까지 오게 됐군요."

펜더개스트는 멍한 표정으로 고개를 끄덕였다. 그는 무릎을 꿇고 묘비를 뒤덮은 잡초를 한쪽으로 걷어내고는 큰 소리로 묘비에 적힌 글귀를 읽었다.

이곳에 곤히 잠들다

루이 드 프롱트낵 디오게네스 펜더개스트
1899년 4월 2일~1975년 3월 15일
시간은 모든 것을 먹어 치운다(Tempus Edax Rerum)

펜더개스트 뒤에 서 있던 변호사 오길비는 묘비 위에 서류 가방을 내려놓고 걸쇠를 열고 덮개를 올린 다음 서류 하나를 꺼냈다. 그리고 주춧돌 위에 서류 가방을 세워놓고 그 위에 가만히 서류를 올렸다.

"펜더개스트 씨?" 그는 묵직한 은색 만년필을 내밀었다.

펜더개스트는 서류 위에 서명을 했다.

변호사는 펜을 받아 들더니 과장된 손짓으로 자기 서명을 더했고, 공증 인장을 찍고 날짜를 표시한 다음 다시 서류를 가방에 집어넣었다. 그는 가방을 탁 닫고서 걸쇠까지 단단하게 걸었다.

"드디어 끝났습니다!" 그가 말했다. "이제 할아버님 묘지를 방문할수 있는 자격을 얻으셨어요. 앞으로 펜더개스트 가문이 당신에게 부여한 상속권을 박탈당할 일은 없겠군요. 적어도 현재로서는 말입니다!" 그는 빙그레 웃었다.

펜더개스트는 자리에서 일어섰고 몸집이 작은 남자가 통통한 손을 내밀며 악수를 청했다. "펜더개스트 씨, 언제 봐도 반갑습니다. 앞으로 5년 동안 서로 좋은 관계로 지낼 수 있을 거라고 기대해도 될까요?"

"그렇게 된다면야 저 또한 영광이죠." 펜더개스트가 메마른 웃음을 지으며 말했다.

"좋습니다! 저는 이만 시내로 돌아가겠습니다. 함께 가시겠습니까?"

"저는 모리스한테 잠깐 들러야 할 것 같아요. 고맙다는 말 한마디 없이 떠나면 많이 섭섭해할 테니까요."

"그럼요, 그래야죠! 그 누구의 도움도 없이 페넘브라 저택을 혼자 보살핀 것만 생각해봐도 그렇죠. 대체 몇 년이나 됐죠? 12년이네요. 펜더개스트 씨, 그리고……." 그 작은 남자는 몸을 숙이고 마치 비밀을 알려주는 것처럼 자그만 목소리로 말했다. "저택 보수공사에 대해서 심각하게 고려해보세요. 보수만 끝내면 떼논 버는 건 시간문제입니다. 엄청난 이익을 올릴 수 있죠! 요즘은 전쟁 전에 지어진 농장 저택이 꽤 유행이에요. 엄청나게 매력적인 여행자 숙소로 활용할 수 있을 겁니다."

"조언 감사합니다, 오길비 씨. 하지만 얼마 동안은 지금 상태를 그대로 유지하려고 합니다."

"그럼 원하시는 대로 하셔야죠, 원하시는 대로! 너무 어두워질 때까지 있지는 마세요. 돌아가신 조상들의 혼령이 나올 수도 있으니까요." 작은 남자는 빙그레 미소를 지으면서 서류 가방을 흔들며 걸어갔고 잠시 후 시야에서 사라졌다. 그렇게 펜더개스트만 가문의 소유지 한가운데에 덜렁 남았다. 잠시 후 메르세데스 벤츠가 출발하는 소리가 들렸다. 곧이어 자갈이 튀는 소리가 들리더니 점차 엔진 소리가 멀어졌다.

그는 묘비에 적힌 글귀를 읽으면서 몇 분 정도 천천히 걸었다. 묘비에 적힌 낯선 사람들의 이름을 볼 때마다 과거의 기억이 떠올랐고 최근에 벌어진 일보다 더욱 기이한 사건들까지 연달아 떠올랐다.

이곳에 안장된 묘비 대부분은 도핀가에 있던 펜더개스트 저택이 불에 타버린 후에 지하실에서 발굴한 조상들의 것이었다. 그중에는 오랜 세월을 보냈던 고향에 남기를 바랐던 조상들도 몇 분 있었다.

태양이 나무 너머로 서서히 내려앉자 눈부신 햇살이 희미해졌다. 곧이어 흐릿한 안개가 맹그로브 습지를 넘어서 풀밭으로 서서히 이동하기 시작했다. 공기 중에서 신록과 이끼, 고사리 냄새가 풍겼다. 펜더개스트는 어두운 밤기운이 내릴 때까지 오랫동안 묘지에서 움직이지 않고 조용히 서 있었다. 페넘브라 농장 저택의 창가 너머로 흘러나오는 노란 불빛이 수목원에 자란 나무를 지나서 그의 시야에 들어왔다. 잠시 후 오크 나무가 타는 냄새가 코끝에 풍겼다. 그 냄새를 맡자 어린 시절 여름의 기억이 떠올랐다. 펜더개스트는 농장 저택의 커다란 벽돌 굴뚝에서 푸른 연기가 느릿느릿 뿜어져 나오는 모습을 볼 수 있었다. 그는 몸을 일으켜서 묘지를 벗어나 수목원으로 향했고 잘 포장된 현관에 이르렀다. 발밑으로 잔뜩 뒤틀린 판자가 금방이라도 튀어나올 듯했다.

그는 현관을 노크한 다음 한 걸음 물러서서 기다렸다. 문 안쪽에서 삐거덕 소리가 났다. 느릿한 발소리, 잠금장치를 하나씩 푸는 소리. 그런 다음 커다란 문이 열리고 출생지를 한눈에 알아보기 힘들 정도로 나이가 든 남자가 옛날 집사복을 입고 서 있는 모습이 보였다. "알로이시어스 주인님." 그는 공손한 태도로 인사를 건넸지만 곧바로 악수를 청하지는 않았다.

펜더개스트가 먼저 악수를 청했고 나이 든 집사도 손을 내밀어서 악수에 응했다. 그의 메마른 손길이 다정하게 주인의 손을 맞았다. "모리스, 어떻게 지냈어요?"

"매일 똑같은 날들이죠." 노인이 대답했다. "자동차가 올라오는 걸 봤습니다. 서재로 가셔서 셰리 한잔하시겠습니까, 주인님?"

"그거 반가운 얘기군요. 감사합니다."

모리스는 돌아서서 천천히 현관을 지나 서재로 향했다. 펜더개스트도 뒤를 따라갔다. 난로에 불이 피워져 있었지만 눅눅한 공기를 가시게 할 만큼 따뜻하지는 않았다.

잠시 후 유리잔이 부딪치는 소리가 들렸고, 모리스는 대단한 의식을 행하는 것처럼 은색 쟁반과 셰리를 담은 잔을 올린 작은 테이블을 끌고 천천히 걸어왔다. 저택 내부는 하나도 좋아진 게 없었다. 벽지마다 시커먼 얼룩이 져 있었고 방구석에는 먼지 덩어리들이 데구루루 굴러다녔다. 벽 안쪽에서 쥐들이 찍찍거리며 뛰어다니는 소리까지 들을 수 있었다. 마지막으로 저택을 방문했던 5년 전보다 눈에 띌 정도로 상태가 나빠져 있었다.

"저택에서 상주할 가정부를 하나 고용하면 좋겠어요, 모리스. 요리사도요. 그럼 일감이 많이 줄어들 텐데."

"말도 안 됩니다! 저 혼자서 충분히 저택을 관리할 수 있습니다."

"여기 혼자 계시면 위험할 수도 있어요."

"위험하다고요? 당치 않은 말씀이세요. 밤마다 문을 꼭 걸어 잠그는 걸요."

"그야 당연한 거고요." 펜더개스트는 셰리를 들이켰다. 혀끝에 텁텁한 맛이 느껴지는 것을 보니 최고급 올로로소(스페인 셰리의 대표적인 종류—옮긴이)가 분명했다. 갑자기 넓은 지하 저장고에 이런 고급 셰리가 몇 병이나 있을까 궁금해졌다. 평생 마셔도 못 마실 정도겠지. 와인은 말할 것도 없고, 포트와인과 오래 묵은 최고급 코냑까지 종류도 다양할 것이다. 펜더개스트 가문의 후손들이 전부 세상을 떠났으니, 그가 상속받은 엄청난 재산과 더불어 온갖 종류의 와인 저장고의 소유권도 오롯이 펜더개스트의 것이었다. 그는 제정신으로 마지막까지 살아남은 유일한 펜더개스트 가문의 후손이었다.

그는 셰리를 한 모금 더 마신 다음 잔을 내려놓았다. "모리스, 오랜만에 옛 추억을 떠올리면서 집 안을 돌아보고 싶어요."

"그러십시오, 주인님. 필요하시면 언제든 부르세요. 전 여기 있겠습니다."

펜더개스트는 자리에서 일어나 미닫이문을 열고서 거실로 나갔다.

15분 사이에 1층 방들을 전부 돌아다녔다. 텅 빈 부엌과 응접실, 화실, 식료품 저장실과 거대한 거실이 있었다. 아직도 어린 시절에 맡았던 냄새가 방마다 희미하게 남아 있었다. 가구의 광택제 냄새, 오래 묵은 오크 나무 냄새, 그리고 아주 오래전에 맡았던 어머니의 향수 냄새까지. 온갖 냄새들이 최근에 생긴 눅눅한 흰곰팡이 냄새와 뒤섞여 코끝에 전해졌다. 자그마한 장식품들과 그림들, 문진과 은색 재떨이, 모든 게 제자리를 차지하고 있었다. 물건 하나하나마다 그가 세상에 태어난 이후, 결혼식과 세례식, 장례식, 칵테일파티와 가면무도회를 거치면서, 또 어릴 적 복도에서 쿵쾅거리다가 고모들의 잔소리를 들었던 것처럼 소소한 수천 가지 기억들을 그대로 지니고 있었다.

모든 게 사라졌다.

펜더개스트는 위층으로 이어진 계단을 올라갔다. 2층에 올라가니 저택 반대쪽 침실로 이어지는 복도 두 개가 나왔다. 침실 위층은 응접실로 곧장 연결되어 있었고 코끼리 상아로 버팀쇠를 댄 아치형의 문을 통과해야만 그 안에 들어갈 수 있었다.

펜더개스트가 응접실로 들어갔다. 응접실 바닥에는 얼룩말 무늬 깔개가 깔려 있었고, 커다란 벽난로 위에는 아프리카 물소의 머리가 장식되어 있었다. 그 머리는 분노에 찬 구슬 눈동자로 그를 빤히 내려다보고 있었다. 벽에는 온갖 동물의 머리가 걸려 있었다. 쿠두, 부시벅, 수사슴, 암사슴, 멧돼지, 엘크까지.

그는 뒷짐을 지고 천천히 응접실 안을 돌아다녔다. 벽을 가득 채운 온갖 장식품들이 말없는 보초병처럼 과거의 기억과 사건을 지키고 있었다. 그 모습을 보니 어쩔 수 없이 아내 헬렌이 떠올랐다. 어젯밤에 예전에 자주 꾸던 악몽을 꿨다. 생생하고 끔찍한 악몽. 악몽을 꾼 후의 나쁜 기운은 그의 위에 구멍을 낸 위궤양처럼 긴 끈으로 여전히 그에게 연결되어 있었다. 당분간은 이 방에서 그 악의 기운을 쫓아내기 위해 노력해야 할 것이다. 물론 아무리 노력해도 사라지지 않겠지만.

반대편 벽에는 사냥총들을 나란히 전시해놓은 장식장이 자물쇠가 걸린 채 당당히 세워져 있었다. 사냥은 야만적이고 피 튀기는 스포츠 같은 것이었다. 1초당 500발의 총알로 600미터 앞에 있는 야생동물을 명중시키는 스포츠. 대체 어쩌다가 사냥에 매료되었는지 그 스스로도 알 수가 없었다. 하지만 헬렌은 진심으로 사냥을 좋아했다. 여자가 즐기기에는 드문 취미였다. 물론 헬렌은 평범한 여자가 아니었다. 아주 특별한 여자였다.

그는 뿌연 먼지가 잔물결처럼 덮여 있는 유리 장식장 안에 놓인 헬렌의 크리그호프 2연발 소총을 바라보았다. 옆판에는 금과 은으로 장식된 아름다운 무늬가 새겨져 있었고 호두나무로 만든 개머리판에는 손때가 묻어 반질거렸다. 이 총은 펜더개스트가 헬렌에게 준 결혼 선물이었다. 신혼여행 대신 사파리 여행을 떠나기 전에 탄자니아에서 아프리카 물소를 잡은 기념으로 마련한 것이었다. 정말 아름다운 물건이었다. 최상의 재목과 최상의 금속으로 제작한 것으로 소총 여섯 개와 맞바꿀 정도로 가치 있는 물건이었다. 이것은 가장 잔인한 목적을 위해서 설계된 사냥용 소총이었다.

펜더개스트는 총의 테두리에 시커먼 녹이 슬어 있는 것을 알아냈다.

그는 응접실 문으로 걸어가서 계단 아래를 향해서 외쳤다. "모리스? 장식장 열쇠 좀 가져다줄래요?"

한참이 지나 모리스가 복도에 나타났다. "네, 주인님." 그는 돌아서서 다시 사라졌다. 잠시 후 모리스가 삐걱 소리가 나는 계단으로 천천히 올라왔고 힘줄이 튀어나온 손등 아래 철로 된 열쇠를 쥐고 있었다. 그는 삐거덕 소리를 내며 펜더개스트를 지나서 장식장 앞에 멈췄고 열쇠를 넣고 돌렸다.

"여기 있습니다, 주인님." 모리스의 얼굴은 여전히 무표정했지만 엄청난 자부심을 느끼고 있는 게 보였다. 그런 모리스의 모습을 보자 펜더개스트는 흐뭇해졌다. 그저 손가락 끝에 열쇠 꾸러미를 걸치고 이렇게 소소한 시중을 드는 것만으로도 집사로서의 자부심을 느끼는 것이었다.

"고마워요, 모리스."

집사는 고개를 끄덕이고는 방을 나갔다.

펜더개스트는 장식장 안에 손을 넣고 천천히, 아주 천천히 2연발 방식의 차가운 금속 총을 집어 들었다. 한때 헬렌이 쓰던 소총을 만지는 것뿐인데도 손끝이 얼얼했다. 이유 없이 펜더개스트의 심장박동이 점차 빨라졌다. 어젯밤 악몽 탓인가. 분명하다. 그는 소총을 들어 방 한가운데 있는 묵직하고 튼튼한 테이블 위에 올려놓았다. 그러고는 장식장 아래 서랍에서 청소용품을 꺼내 총 바로 옆에 가지런히 내려놓았다. 펜더개스트는 손을 닦고 소총을 들고서 두 개의 탄창을 살피기 시작했다.

펜더개스트는 살짝 놀랐다. 오른쪽 탄창에서 심한 악취가 났다. 반대로 왼쪽은 말끔했다. 그는 탁자에 총을 내려놓고 깊은 생각에 잠겼다. 그리고 다시 계단 쪽으로 걸어갔다.

"모리스?"

다시 집사가 모습을 드러냈다. "네, 주인님?"

"혹시 누가 총을 사용한 적이 있나요? 헬렌이 죽은 이후로?"

"주인님께서 아무도 그 총에 손대지 못하도록 지시하셨잖습니까? 열쇠는 제가 보관했고요. 누구도 장식장 근처에 간 적이 없습니다."

"고마워요, 모리스."

"천만에요, 주인님."

펜더개스트는 응접실로 돌아갔고 이번에는 문을 굳게 닫았다. 그리고 서랍에 있던 낡은 편지지를 꺼내서 한 장을 뜯어 탁자 위에 올렸다. 그런 다음 오른쪽 탄창에 청소용 솔을 넣고 이물질을 긁어내서 종이 위에 올리고 자세히 살펴보았다. 무언가 불에 그슬린 조각 같은, 종이처럼 얇은 이물질이 나왔다. 펜더개스트는 양복 주머니에 손을 넣어서 항상 소지하고 다니는 확대경을 꺼내 이물질에 초점을 맞추고 자세히 살펴보았다. 의심할 여지가 없었다. 분명히 불에 그슬린 조각이었다. 충전재가 탄화된 파편 조각.

하지만 500발짜리 416 소총 탄창에는 충전재가 들어가지 않았다. 총알과 싸개, 압축가스만 있을 뿐이었다. 게다가 아무리 탄창이 불량품이라 해도 이런 이물질을 남길 수는 없었다.

그는 왼쪽 탄창을 꺼내서 자세히 살폈고 깨끗이 구석구석 기름칠이 잘 되어 있는 것을 확인했다. 펜더개스트는 청소용 솔과 수건을 탄창 속으로 밀어 넣었다. 아무런 이물질이 나오지 않았다.

펜더개스트는 허리를 곧추세우고 자리에 앉았고 순간 머릿속에 불길한 예감이 스치고 지나갔다. 마지막으로 총알이 발사된 것은 바로 그 끔찍한 일이 있던 날이었다. 그는 어렵사리 그날 일을 떠올리려고 애썼다. 평소에는 그 어떤 대가를 치르더라도 되도록 떠올리지 않으려고 애썼던 기억이었다. 하지만 일단 그날 일을 떠올리기 시작하자 세세한 일들까지 머릿속에 선명하게 그려졌다. 그날 마지막 사냥의 모든 기억들은 그의 머릿속에 영원히 새겨져 있었다.

헬렌은 딱 한 번 총알을 발사했다. 크리그호프는 앞뒤로 방아쇠가 두 개였다. 앞의 방아쇠는 오른쪽 탄창에서 총알을 발사할 때 사용하고, 보통은 먼저 당기는 방아쇠였다. 헬렌이 당긴 것은 바로 이 방아쇠였다. 마지막 총알 때문에 오른쪽 탄창이 완전히 망가진 것이 분명했다.

헬렌은 딱 한 번 총알을 쐈고 아쉽게 붉은 갈기 사자를 놓쳤다. 만약 펜더개스트였다면 수풀에 시야가 가려 실패하거나 과녁이 빗나갈까 봐 굉장히 불안했을 것이다.

하지만 헬렌은 사소한 일에 동요하는 성격이 아니었다. 극도로 불리한 상황에서도 절대로 목표물을 놓친 적이 없었다. 그리고 마지막 순간, 헬렌은 목표물을 놓친 것이 아니었다. 오른쪽 탄창에 총알이 제대로 장전되어 있었다면 사자를 놓치지 않았을 것이다.

헬렌이 사자를 놓칠 리가 없었다. 만약 탄창에 총알이 장전되어 있지 않았을 경우만 제외한다면. 탄창이 비어 있었던 것이 틀림없다.

탄창이 비어 있을 때 방아쇠를 당겨도, 총알이 발사될 때와 비슷한 소리가 들리고 커다란 반동이 느껴지게 마련이었다. 당시 탄창 대신 다른 것이 채워져 있어서 지금 확인한 것처럼 탄창 내부에 온갖 이물질을 남긴 게 분명했다.

만약 펜더개스트였다면, 감정 조절에 익숙하지 못해 괜스레 긴장감을 느끼고 분별력이 흐려졌을지도 모른다. 헬렌은 그날 아침, 캠프를 나서기 직전에 500발짜리 416 탄창을 장전했다. 펜더개스트도 분명히 알고 있었다. 두 눈으로 그 모습을 똑똑히 지켜보았다. 게다가 탄창이 꽉 차 있었다. 그 누구라도, 그게 헬렌이 아니라 누구라고 해도, 탄창이 비어 있는지도 모르고 장전하는 실수 따위는 범하지 않을 것이었다. 펜더개스트는 뭉툭한 탄창 입구를 보면서 헬렌이 총알을 장전하는 장면을 똑똑히 기억해냈다.

크리그호프 총에 탄창을 장전했던 시간과 사자를 향해 총알을 발사한 시간 사이에 누군가 헬렌의 탄창을 비운 것이다. 그리고 사냥이 끝난 후, 누군가가 탄창 두 개를 모두 치웠다. 본인이 저지른 일을 은폐하기 위해서. 그들이 실수한 게 있다면 바로 한 가지, 총알을 사용한 후 탄창 내부를 청소하지 않아서 유죄를 입증하는 이물질을 그대로 남겨둔 것이었다.

펜더개스트는 의자에 등을 기대고 앉았다. 그리고 미세하게 떨리는 손을 입가에 댔다.

헬렌 펜더개스트의 죽음은 비극적인 사고 때문이 아니었다. 이건 명백한 살인이었다.

6

뉴욕 시

토요일, 새벽 4시. 빈센트 다고스타 부서장은 구름처럼 몰린 인파를 헤치고 현장 보존용 저지선을 들어내고 사건 현장으로 들어갔다. 그리고 6번가 동쪽에 끝도 없이 길게 늘어선 비슷비슷한 인도 음식점들 가운데 한 식당 앞, 인도에 쓰러져 있는 시체 쪽으로 걸어갔다. 시체 아래로 커다란 피 웅덩이가 굳어져 있었고 더러운 식당 창문 너머로 빨간색과 보라색의 네온사인이 시뻘건 웅덩이를 비추고 있었다.

범인은 최소 총알 여섯 발을 맞았고 결국에는 죽었다. 완전히. 그는 한쪽 구석에 웅크린 채 누워 있었다. 한 팔은 넓게 펼쳐져 있었고 그로부터 1미터 정도 떨어진 곳에 총이 떨어져 있었다. 현장감식반이 줄자를 가지고 범인의 손과 사건에 사용된 총과의 거리를 가늠하고 있었다.

시체의 주인공은 삐쩍 마른 백인으로, 30대 정도의 대머리 남자였다. 시체는 마치 반으로 부러진 막대기처럼 보였다. 다리를 반쯤 구부리고 한쪽 무릎이 가슴까지 올라와 있었고 다른 쪽 다리는 뒤로 길게 뻗은 채 팔을 쩍 벌리고 있었다.

경찰 둘이 총을 발사했다. 한 명은 우람한 흑인이었고 한 명은 여위었지만 강단 있는 스페인계 경찰로, 현장 한편에서 내사팀 사무관과 이야기를 나누고 있었다.

다고스타는 내사팀 사무관 쪽으로 다가가서 고개를 끄덕이면서 경찰들의 손을 잡았다. 온통 땀에 젖었고 무척 불안해하고 있었다.

'정말 괴로운 일이지.' 다고스타는 생각했다. '누군가를 죽인다는 건. 그 괴로움은 절대로 극복하지 못할 거야.'

"부서장님." 두 경찰 중 하나가 다급한 목소리로 입을 열었다. 마치 이야기를 하지 못해 안달이 나 있다가 처음 사람을 만난 것 같았다. "놈이 식당에서 총을 겨누고 돈을 훔쳐서 길가로 도주하고 있었어요. 저희가 먼저 신분을 밝히고 경찰 배지를 꺼냈습니다. 그런데 우리를 향해 먼저 총을 갈기더니 도망치면서도 계속 총을 쏘더군요. 그러다 그 빌어먹을 놈 총알이 떨어진 것 같더군요. 하지만 거리에 시민들이 워낙 많아서 저희로서는 다른 선택의 여지가 없었고 놈을 쏴야만 했습니다. 달리 방법이 없었어요, 다른 선택의 여지가……."

다고스타는 그의 어깨에 손을 얹고 명찰을 바라보며 다정하게 어깨를 움켜쥐었다. "오캄포 경사, 너무 걱정 말게. 자넨 할 일을 한 것뿐이야. 수사가 끝나면 모든 게 밝혀질 걸세."

"제 말은, 놈이 마치 내일이 없는 사람처럼 무자비하게 총질을 해댔다는 거예요."

"당연히 놈에겐 내일이 없었을 걸세." 다고스타는 내사팀 조사관을 데리고 한쪽으로 걸어가며 말했다. "무슨 문제라도 있나?"

"그렇지는 않습니다, 부서장님. 요즘에는 따로 불러서 해명할 기회를 주기도 하는데, 이번 사건은 증언한 것처럼 명백한 정당방위였어요."

그는 탁 소리를 내며 노트를 덮었다.

다고스타가 목소리를 낮췄다. "따로 심리 상담이라도 받게 조치해주게. 그리고 괜한 소리를 지껄이고 떠들고 다니지 못하게 전담 변호사도 붙여주라고."

"그렇게 하죠."

다고스타는 신중한 눈빛으로 시체를 쳐다봤다. "얼마나 훔쳤지?"

"220달러, 그쯤 될 겁니다. 완전 마약중독이에요. 딱 보기에도 약에 절어 있는 게 보이잖아요."

"슬픈 일이군. 신분증은 찾았나?"

"위런 자브리스키, 주소지는 파 로커웨이고요."

다고스타는 사건 현장을 지켜보며 고개를 절레절레 흔들었다. 누구라도 의구심을 품을 만한 장면이었다. 경찰 두 명 모두 유색인종이고, 죽은 범인은 백인이었다. 게다가 목격자도 엄청나게 많았고, 거리 곳곳에는 감시 카메라가 설치되어 있었다. 간단한 사건이었다. 경찰의 잔혹 행위에 반대하는 항의 행렬이나 비난 여론은 없을 것이다. 경찰이 총을 쏜 것에는 응당한 이유가 있었다. 시민들조차 마지못해서라도 그 사실에 동의하게 될 터였다.

다고스타는 힐끔거리며 주위를 둘러보았다. 추운 날씨임에도 불구하고 사람들이 사건 현장에 처진 경찰 저지선 근처로 하나둘 모여들고 있었다. 이스트 빌리지의 로커들과 얍스터(20대 후반에서 30대 초반의 돈을 잘 버는 비주류들을 일컫는 말—옮긴이), 메트로섹슈얼을 비롯해서 딱히 뭐라고 불러야 할지 모를 온갖 부류의 사람들이 몰려들었다. 법의학 조사팀에서는 아직도 시체를 조사하느라 열심이었고 응급 의료진도 한쪽에서 대기 중이었다. 형사들은 피해를 입은 식당 주인을 잡고 면담을 하고 있었다. 각자 맡은 임무를 수행하느라 바빴다. 모든 수사 과정이 철저히 통제되고 있었다. 이 개념 없고 멍청하고 엿 같은 사건 덕분에 눈보라만큼 많은 서류 작업과 심문, 보고서, 분석 자료, 증거 자료, 해명과 기자회견을 거쳐야 할 것이다. 모든 게 빌어먹을 200여 달러 때문에 벌어진 일이었다.

우아하게 사건 현장을 빠져나갈 수 있을 때까지 얼마나 기다려야 할까 고민하던 찰나, 경찰 저지선 끝에서 누군가 고함을 치는 소리가 들렸다. 누군가 경찰 저지선을 뚫고 무단으로 사건 현장을 침범한 것이다. 잔뜩 화가 나서 돌아보려는데, 그의 눈에 들어온 사람은 다름 아닌

FBI 특별 수사관 알로이시어스 펜더개스트였다. 사복 경찰 두 명이 그를 쫓고 있었다.

"이봐요!" 경찰 한 명이 펜더개스트의 어깨를 거칠게 붙잡으며 소리를 질렀다. FBI 요원은 재빠른 동작으로 빠져나와서 경찰의 얼굴 정면에 배지를 내밀었다.

"뭐야?" 경찰이 뒤로 물러서며 말했다. "FBI. FBI 요원이잖아."

"FBI가 여기서 뭘 하는 거죠?" 다른 경찰관이 물었다.

"펜더개스트!" 다고스타가 그를 향해 빠르게 걸어가면서 큰 소리로 외쳤다. "대체 여기까지 웬일이에요? 이 사건은 당신 취향과는 거리가 멀 텐데……."

펜더개스트는 한 손으로 공중을 휘저으며 다고스타를 조용히 시켰다. 침침한 네온사인 불빛 아래 드러난 그의 얼굴은 너무 창백한 나머지 유령처럼 보였다. 그는 언제나처럼 그의 트레이드마크인 부유한 장의사 같은 맞춤식 검은 양복을 입고 있었다. 하지만 어쩐지 평소와는 조금 달랐다. 많이 달라 보였다. "당장 할 얘기가 있어요. 지금 당장."

"물론 그래야죠. 일단 현장부터 정리하고 나서."

"잘 들어요. 지금 당장이오, 빈센트."

다고스타가 그를 빤히 쳐다보았다. 지금까지 다고스타가 알고 있던 냉정하고 침착한 펜더개스트의 모습이 아니었다. 예전에 한 번도 본 적 없는, 머리끝까지 화가 나고 거칠고 허둥대는 또 다른 펜더개스트의 모습이었다. 그뿐만이 아니었다. 다고스타는 조금 더 자세히 그를 살폈고 보통 때는 흠 없이 깔끔하기로 유명한 그의 양복 군데군데가 구겨지고 접혀 있는 것을 볼 수 있었다.

펜더개스트가 다고스타의 옷깃을 붙잡았다. "당신에게 부탁할 게 있어요. 아니, 부탁보다 더한 거죠. 얼른 갑시다."

다고스타는 너무 강경한 펜더개스트의 태도에 조금 놀랐고, 그가 하자는 대로 순순히 따르는 수밖에 달리 방법이 없었다. 그는 동료 경찰들의 야릇한 시선을 뒤로한 채 사건 현장을 떠났다. 그리고 펜더개스트를 따라서 현장 근처에 모여든 군중을 헤치고 롤스로이스가 세워진 거리로 향했다. 롤스로이스를 책임지는 기사 프록터는 언제나처럼 무표정한 얼굴로 기다리고 있었다.

다고스타는 펜더개스트와 보조를 맞추려고 거의 뛰다시피 했다. "내가 도울 수 있는 일이라면 어떻게든 도와야……."

"아무 말 마세요. 아무 말도. 내 말을 듣기 전까지는."

"그래요, 물론이죠." 다고스타는 허둥지둥 덧붙였다.

"얼른 타요."

펜더개스트가 뒷좌석에 올라탔고 다고스타도 차에 탔다. FBI 요원이 문에 달린 뚜껑을 열자 미니바가 나왔다. 그는 무늬가 새겨져 있는 디캔터를 꺼내서 손가락 세 마디 정도 높이까지 브랜디를 잔에 따르고 한숨에 절반을 들이켰다. 그는 디캔터를 내려놓고 다고스타를 쳐다봤다. 펜더개스트의 은색 눈동자가 격렬하게 빛났다. "이건 단순한 부탁이 아닙니다. 만약에 불가능하다고 생각해서 거절한대도 이해할 겁니다. 대신 아무 질문도 하지 말아줘요. 시간이 없어요. 정말 시간이 없습니다. 일단 듣고 난 다음에 대답해주세요."

다고스타는 고개를 끄덕였다.

"당신이 휴직계를 냈으면 합니다. 1년 정도요."

"1년이나요?"

펜더개스트는 남은 브랜디를 단번에 들이켰다. "몇 달, 아니 몇 주가 걸릴 수도 있습니다. 이번 일이 얼마나 걸릴지는 저도 모릅니다."

"'이번 일'이라는 게 대체 뭡니까?"

잠시 동안 요원은 대답하지 않았다. "죽은 제 아내 헬렌에 대해서 한번도 이야기한 적이 없었죠?"

"없었습니다."

"헬렌은 12년 전에 죽었습니다. 우리가 함께 아프리카로 사파리 여행을 갔을 때였지요. 사자의 공격을 받아서 죽었습니다."

"세상에. 정말 유감이에요."

"당시에는 저도 그저 비극적인 사건일 뿐이라고 믿었습니다. 하지만 지금은 다릅니다."

다고스타는 뒷말을 기다렸다.

"헬렌은 살해당한 겁니다."

"오, 하느님."

"명백한 증거가 있어요. 당신이 필요합니다, 빈센트. 당신의 수사 기술과 세상 물정을 파악하는 눈, 노동계급에 대한 지식과 자유로운 사고 방식 모두요. 이번 사건을 주도한 사람, 아니, 놈들을 찾기 위해서는 당신의 도움이 절실히 필요해요. 물론 이번 일에 필요한 모든 비용은 제가 지불할 것이고, 매달 월급도 드리고 보험 혜택도 그대로 유지할 수 있도록 조치해드릴 겁니다."

차 안에 잠시 침묵이 흘렀다. 다고스타의 표정이 굳어졌다. 이번 일이 그의 경력에 어떤 영향을 미칠지, 그리고 로라 헤이워드와의 관계는 어떻게 될지……. 그리고 다고스타의 미래는……? 이건 무책임한 짓이었다. 아니, 그보다 더했다. 말 그대로 미친 짓이었다.

"공식적으로 사건을 조사하는 건가요?"

"아닙니다. 당신과 나, 우리 둘만의 사건이 될 겁니다. 살인자가 지금 어디쯤 있는지도 전혀 모릅니다. 모든 격식을 벗어던지고 사건 조사를 시작할 거예요. 완전히 새로운 방식으로."

"만약 살인자를 찾게 되면요? 그다음엔 어떻게 할 거죠?"

"공정한 심판을 받게 해야죠."

"그 의미는?"

펜더개스트는 격렬한 몸짓으로 브랜디를 잔에 따랐고 단숨에 술을 비운 다음 차갑고 백금 같은 눈빛으로 다고스타를 쳐다보았다.

"죽일 겁니다."

7

롤스로이스는 파크 대로를 가르며 올라갔다. 느릿느릿 언덕을 오르는 택시들이 노랗게 빛났다. 다고스타는 펜더개스트와 뒷좌석에 나란히 앉아 있자니 어색한 기분이 들었다. 다고스타는 되도록 궁금증이 가득한 눈빛을 보이지 않으려고 애썼다. 지금의 펜더개스트는 참을성이라고는 없었고 완전히 헝클어진 모습이었다. 그런 그의 모습은 자신의 속내를 있는 그대로 드러내고 있었다.

"언제 알게 된 거죠?" 다고스타가 과감하게 물어봤다.

"오늘 오후에요."

"어떻게 알게 됐죠?"

펜더개스트는 곧바로 대답을 하지 않고 차창 너머로 보이는 72번가 거리를 날카로운 눈빛으로 응시하며 멍하니 공원을 쳐다보다가 잠시 후 고개를 돌렸다. 차가 움직이는 동안에도 무의식적으로 들고 있던 빈 브랜디 잔을 그제야 미니바에 내려놓았다. 곧이어 깊은 한숨을 쉬며 입을 열었다. "12년 전, 헬렌과 잠비아에 출몰한 식인 사자를 처리해달라는 요청을 받았습니다. 특이하게도 붉은 갈기를 가진 사자였죠. 40년 전 그 지역에 어마어마한 피해를 입혔던 희귀종이었습니다."

"왜 하필 당신에게 그런 부탁을 한 거죠?"

"전문 사냥 자격증을 가지고 있다는 게 한 가지 이유였겠죠. 만약 근처 마을이나 당국에서 사냥 자격증을 가진 사람에게 요청을 해오면, 캠프에 위협을 주는 어떤 동물이라도 사살할 수 있게 되어 있습니다." 펜더개스트는 여전히 창밖을 응시하고 있었다. "그 사자는 사파리 캠프에 있던 독일인 관광객을 살해했습니다. 그래서 헬렌과 함께 우리가 머물던 캠프를 떠나 사자를 처리하기 위해 차를 몰고 현장으로 갔죠."

펜더개스트는 브랜디 병을 손에 들고 한참을 쳐다보더니 다시 미니바에 집어넣었다. 어느새 커다란 최고급 승용차는 센트럴 파크를 가로지르고 있었고 밤하늘 위로 앙상한 가지들이 위협적으로 손을 뻗치고 있었다. "사자는 깊숙한 공터에 숨어 있다가 우리를 공격했어요. 처음에는 나를, 그다음에는 수색꾼을 덮쳤죠. 나중에 사자가 수풀 속으로 도망갔을 때 헬렌이 사자를 향해 총알을 발사했고 분명 빗맞았을 겁니다. 그러다 헬렌이 부상당한 수색꾼을 구하러 갔는데……." 펜더개스트의 목소리가 떨렸고 북받치는 감정을 추스르기 위해 잠시 멈추었다. "헬렌은 사자를 수색하던 자를 도우러 갔고, 그때 사자가 다시 수풀 속에서 나타났어요. 그리고 헬렌을 물고 숲속으로 사라졌죠. 그게 마지막으로 본 헬렌의 모습이었어요. 그러니까 숨이 붙어 있는 채로는 그게 마지막이었죠."

"오, 세상에." 다고스타는 소름 끼치는 광경이 떠올라 등골이 오싹해졌다.

"오늘 오후에 우리 가문의 소유지인 농장 저택에 갔다가 우연히 헬렌의 총을 살펴보게 되었습니다. 그제야 깨달았죠. 그날 아침, 12년 전 누군가가 헬렌의 총에서 몰래 탄창을 비웠다는 걸요. 헬렌의 총알이 빗나간 게 아니었어요. 당시에는 탄창이 완전히 비어 있었거든요."

"맙소사. 그게 정말입니까?"

그제야 펜더개스트는 창문에서 시선을 거두고 다고스타 쪽을 빤히 쳐다보며 말한다. "빈센트, 제가 그 정도 확신도 없이 여기까지 당신을 찾아와서 이런 얘기를 할 사람입니까?"

"정말 애석한 일이네요."

잠시 침묵이 흘렀다.

"오늘 오후 뉴올리언스에 갔다가 그 사실을 알게 됐단 거죠?"

펜더개스트는 살짝 고개를 끄덕였다. "전용 비행기를 빌렸어요."

롤스로이스는 다코타 아파트 입구 72번가 앞에서 멈췄다. 펜더개스트는 차가 미처 서기도 전에 문을 열고 내렸다. 그는 경비실을 지나서 걸어갔고 둥근 아치형의 입구를 통과했다. 굵은 빗방울이 인도에 떨어져서 구두가 물에 젖어 질척거려도 전혀 개의치 않고 걸음을 옮겼다. FBI 요원이 거대한 내부 정원으로 걸어가자 다고스타는 뛰다시피 하면서 따라갔고, 깔끔하게 손질된 나무들과 청동 분수의 재잘거리는 소리를 지나서 아파트 건물의 남동쪽 구석에 있는 좁은 로비를 향해 걸어갔다. 그는 엘리베이터 버튼을 눌렀고 조용히 문이 열리자 아무 말 없이 올라탔다. 잠시 후에 다시 엘리베이터 문이 열리자 좁은 공간이 드러났고 반대편 벽에 문 하나가 나타났다. 잠금장치가 달려 있었지만 펜더개스트가 손가락 끝을 이리저리 움직이자 육중한 잠금장치가 해제되는 소리가 들려왔다. 펜더개스트는 활짝 문을 열었고 한눈에 거실이 들어왔다. 어둑한 내부 조명, 벽에는 장미 세 송이가 그려져 있고, 한 벽은 검은 대리석으로 장식되어 있었다. 가느다란 물줄기를 뿜어내는 분수도 있었다.

펜더개스트는 거실에 놓인 검은색 가죽 소파 쪽으로 손짓을 했다. "앉아 계세요. 잠시 후에 돌아오겠습니다."

다고스타는 FBI 요원이 복도에 이어진 문 하나로 사라지자 소파로 가서 조용히 앉았다. 그는 의자에 등을 기대고 앉아서 물 한 모금을 들이켰다. 분재와 연꽃의 향긋한 냄새가 풍겼다. 아파트 벽이 워낙 두꺼워서 밖에서 몰아치는 천둥소리도 거의 들리지 않을 정도였다. 거실에 장식된 모든 소품들은 마음의 평온을 주기 위해 디자인된 것처럼 보였다. 하지만 이런 상황에서 평온함을 느끼기란 힘든 일이었다. 다고스타는 다시 한 번 이렇게 갑자기 자리를 비우는 게 고민스러운 이유를 곱씹어보았다. 서장님 문제도 그렇고, 특히나 로라 헤이워드를 두고 가는 게 걱정이었다.

다시 펜더개스트가 나타난 건 채 10분도 지나지 않아서였다. 어느새 깔끔하게 면도를 하고 말끔한 검은색 양복으로 갈아입었다. 아까보다 훨씬 안정돼 보였고 평소 펜더개스트의 모습으로 돌아온 듯했다. 하지만 평온한 모습 뒤로 여전히 엄청난 긴장감을 느낄 수 있었다.

"기다려주셔서 고맙습니다, 빈센트." 그는 손짓을 하며 말했다. "저를 따라오시죠."

다고스타는 요원을 따라 긴 복도를 걸어갔다. 복도는 거실만큼 조명이 어두웠다. 그는 신기한 듯 좌우를 두리번거렸다. 서재 벽에는 바닥부터 천장까지 이어지는 커다란 유화 하나가 걸려 있었다. 한쪽에는 와인 저장고도 있었다. 펜더개스트는 긴 복도에서 유일하게 굳게 닫혀 있는 문 앞에 멈추어 섰고, 아까처럼 손가락 끝을 이리저리 움직여서 자물쇠를 열었다. 문을 열고 들어가자 테이블 하나와 의자 두 개가 들어갈 정도로 아담한 방이 나왔다. 은행에서나 볼 법한 가로세로 1미터 정도 되는 커다란 철제 금고가 측벽에 설치되어 있었다.

펜더개스트는 다시 앉으라고 손짓을 한 다음, 유유히 복도로 사라졌다. 잠시 후 그는 가죽으로 된 직사각형의 여행 가방을 들고 나타났다. 그는 테이블 위에 가방을 올려놓고 천천히 연 다음, 시험관 받침대와 유리 마개로 닫힌 시험관 몇 개를 꺼냈다. 그리고 번쩍거리며 광이 나는 나무 테이블 위에 조심스럽게 올려놓았다. 그의 손이 파르르 떨렸고, 그에 반응하기라도 하듯이 시험관 안에서 작게 짤랑거리는 소리가 들렸다. 펜더개스트는 가방에 든 기구들을 전부 꺼낸 다음, 육중한 금고로 다시 걸어갔다. 대여섯 번쯤 다이얼을 돌리자 금고 문이 열렸다. 그가 육중한 금고 문을 열어젖혔을 때, 다고스타는 일반 보관함과는 사뭇 다른 모습의 격자형 철제 용기들의 앞면을 한눈에 볼 수 있었다. 펜더개스트는 그중 철제 용기 하나를 골라서 테이블 위로 가져와 가만히 올려놓았다. 그리고 다시 금고 문을 닫고 다고스타 맞은편 자리로 와서 의자에 앉았다.

꽤 오랜 시간 펜더개스트는 그대로 앉아 있었다. 우르릉 쿵쾅, 천둥 소리가 다시 한 번 들리는가 싶더니 저 멀리 잦아들었다. 마치 펜더개 스트가 천둥소리를 만들어내기라도 하는 것 같았다. 그는 직사각형 여 행 가방에서 하얀색 실크 손수건을 꺼내서 테이블 위로 펼쳤다. 그런 다음 철제 상자를 가까이 끌어당겨서 뚜껑을 올리고 물건 두 개를 꺼냈 다. 두툼한 빨간 털 뭉치와 아름다운 푸른 사파이어가 박힌 금반지였 다. 그는 집게로 조심스레 털 뭉치를 집어 들었다. 그리고 맨손으로 아 주 조심스럽게 반지를 집었다. 무의식적인 행동이었지만 너무나 소중 하게 반지를 다루는 모습에 다고스타는 가슴이 뭉클해졌다.

"헬렌의 시신에서 찾은 것들입니다." 펜더개스트가 말했다. 방 안의 간접 조명이 그의 핼쑥한 얼굴을 더욱 퀭하게 보이도록 했다. "12년 동 안 한 번도 꺼낸 적이 없었어요. 헬렌에게 주었던 결혼반지……. 사자 가 헬렌을 집어삼켰을 때 그녀의 손에 쥐어져 있던 사자의 붉은 갈기예 요. 헬렌의 왼쪽 손은 형체를 알아보기 힘들 정도로 심하게 손상되었는 데 사자의 털을 움켜쥐고 있었어요. 그 털도 보관하고 있었습니다."

다고스타는 움찔했다. "이걸로 뭘 어쩌려고요?" 그가 물었다.

"직감에 따라서 움직이려고 합니다." 펜더개스트는 유리 마개가 있는 병을 열고 시험관마다 각기 다른 종류의 가루를 부었다. 그리고 집게를 들어 붉은 털 뭉치를 조금씩 뜯어서 시험관마다 조금씩 집어넣었다. 마 지막으로 가방에서 작은 갈색 병 하나를 꺼냈다. 병은 고무 뚜껑으로 단단히 봉해져 있었다. 그는 고무 뚜껑을 조심스레 돌려서 연 다음 시 험관에 맑은 액체를 몇 방울씩 떨어트렸다. 네 개의 시험관 모두 눈에 띄는 반응을 보이지 않았다. 그러나 다섯 번째 시험관에 든 액체가 잠시 후 흐릿한 초록색으로 변했다. 흡사 녹차와도 같은 색이었다. 펜더개스트는 다섯 번째 시험관을 골똘하게 응시했다. 그런 다음 작은 튜브를 넣어서 시험관 안에 있던 액체 샘플을 채취하더니 가방에서 꺼낸 작은 종잇조각 위에 떨어뜨렸다.

"PH 3.7." 종잇조각을 유심히 살피던 펜더개스트가 말했다. "이건 헤나의 주요 성분으로 사용되는 약산성 성분입니다."

"무슨 나뭇잎인데요?" 다고스타가 물었다. "그게 뭡니까?"

펜더개스트는 작은 종잇조각과 다고스타를 번갈아 쳐다봤다. "보다 자세한 실험을 할 수도 있지만 별로 중요한 것 같진 않군요. 내 아내를 죽인 사자의 붉은 갈기는 로소니아 이너미스라는 식물에서 추출한 성분으로 염색을 한 겁니다. 보통 헤나라고 알려져 있죠."

"헤나?" 다고스타가 되물었다. "그렇다면 사자 갈기를 일부러 붉은색으로 염색했다는 말이에요?"

"그렇습니다." 펜더개스트는 다시 고개를 들고 말했다. "기사가 집까지 모셔다드릴 겁니다. 최대 세 시간까지 드릴 수 있어요. 그동안 모든 준비를 마쳐주시면 됩니다. 그 이상은 지체할 수가 없어요."

"무슨 뜻이죠?"

"빈센트, 우리는 아프리카로 갈 겁니다."

8

다고스타는 로라 헤이워드와 함께 지내는 작은 침실 두 개짜리 아파트 복도에서 주춤거리며 서 있었다. 엄밀히 따지면 로라의 아파트였지만 최근 다고스타와 월세를 나눠서 내기 시작했다. 몇 달이 걸리더라도 자신에 대한 확신을 주기 위한 것이었다. 이런 갑작스러운 변화가 여태까지 관계를 회복하기 위해 노력했던 것들을 무용지물로 만들지 않기를 간절히 바라는 마음이었다.

그는 안방 침실로 이어지는 문을 뚫어져라 바라봤다. 헤이워드는 침대에 앉아 있었고 불과 15분 전에 잠에서 깼지만 여전히 아름다웠다. 화장대 위에 놓인 시계가 6시 10분 전을 가리키고 있었다. 인생이 90분 만에 뒤바뀔 수 있다니 정말 놀라운 일이었다.

로라는 자신을 바라보는 시선을 느끼고 고개를 들었지만 어떤 기분인지 도저히 표정을 읽을 수가 없었다. "그게 전부야?" 그녀가 말했다. "펜더개스트가 갑자기 나타나서 괴상한 이야기를 늘어놨고, 짜잔, 모든 걸 포기하고 그와 함께 떠나기로 했다?"

"로라, 펜더개스트는 자기 아내가 살해당했다는 걸 몇 시간 전에 알아냈어. 자기를 도울 수 있는 유일한 사람은 나뿐이라고 생각해."

"도와줘? 당신 자신이나 돕지그래? 아직도 디오게네스 사건의 여파에서 벗어나지 못하고 있는데. 게다가 그것도 펜더개스트 때문에 벌어진 일이었잖아."

"그는 내 친구야." 다고스타가 대답했다. 막상 말해놓고도 전혀 설득력이 없다는 게 느껴졌다.

"정말 믿기지가 않네." 로라는 길고 검은 머리카락을 절레절레 흔들었다. "막 잠을 자려다가 살인 사건 현장에 불려 나가더니, 잠에서 깨고 보니 당신이 짐을 싸고 있잖아. 게다가 언제 돌아올지도 모른다고?"

"내 사랑, 오래 걸리지 않을 거야. 부서장이라는 직책도 내게는 중요하니까."

"그럼 나는? 나는 어쩌고? 달랑 부서장직 하나 얻자고 우리 집에 들어온 건 아니잖아."

다고스타는 방으로 들어가서 침대 끝자락에 걸터앉았다. "난 당신에게 한 번도 거짓말을 한 적이 없어. 맹세할 수도 있어, 절대로. 그래서다 솔직히 말하는 거야. 이봐, 내 인생에서 가장 중요한 사람은 바로 당신이라고." 그는 한숨을 쉬었다. "만약 당신이 가지 말라고 하면 그냥 있을게."

잠시 로라가 다고스타를 노려보았다. 그러더니 다소 풀린 표정으로 고개를 저었다. "그런 말은 못 하겠어. 이번 임무에 나란 존재까지 끌어넣을 수는 없지."

다고스타는 그녀의 손을 붙잡았다. "가능한 한 빨리 돌아올게. 매일 전화도 할 거고."

로라는 손가락을 펴더니 머리카락을 귀 뒤로 넘겼다. "글렌한테는 얘기했어?"

"아니. 펜더개스트 아파트에 갔다가 곧장 이리로 온 거야."

"그럼, 먼저 서장님한테 전화를 걸어서 언제 돌아올지도 모르는 갑작스러운 휴직 요청에 대해 보고하는 게 좋겠어. 만약 안 된다고 하면, 그때는 어쩔 건데?"

"이번 사건은 반드시 내가 도와줘야 해."

헤이워드는 이불을 걷어내고 침대 밖으로 다리를 내렸다. 다고스타의 시선이 그녀의 다리에 닿자 갑자기 강렬한 욕정이 꿈틀거렸다. 이렇게 아름다운 여자를 어떻게 하루, 한 주, 한 달……, 1년 동안이나 홀로 둘 수 있겠는가?

"짐 싸는 거 도와줄게." 로라가 말했다.

다고스타는 목소리를 가다듬었다. "로라……."

로라는 손가락을 다고스타의 입술에 가져다 댔다. "이제 됐으니까 그만해."

그는 고개를 끄덕였다.

로라는 다고스타 쪽으로 가까이 다가가서 가볍게 키스를 했다. "하나만 약속해줘."

"말만 해."

"당신 안전에 신경 쓰겠다고 약속해. 이 무모한 일 때문에 펜더개스트가 스스로 목숨을 끊는대도 상관없어. 하지만 당신이 조금이라도 다치거나 한다면 난 아주 화가 날 거야. 그땐 얼마나 화를 낼지 나도 확신 못 해."

롤스로이스 운전대를 잡은 기사가 브루클린 다리 남부부터 퀸스로 이어지는 고속도로를 또다시 질주했다. 다고스타는 예인선 두 척이 네모난 자동차들을 가득 실은 바지선을 이스트 강까지 끌고 가는 광경을 바라보았다. 뒤쪽으로 하얀 잔물결을 일으키며 예인선이 유유히 움직이고 있었다. 너무나 순식간에 벌어진 일이라 다고스타는 머릿속이 온통 복잡해서 정리가 되지 않았다. 지금은 JFK 공항을 향해 가고 있었지만 펜더개스트 말로는 그 전에 잠시 들러야 할 데가 있다고 했다.

"빈센트." 건너편 좌석에 마주 앉아 있던 펜더개스트가 말했다. "최악의 상황이 벌어질지도 모르겠어요. 코넬리아 대고모님 건강이 최근에 악화되었다고 들었거든요."

다고스타가 자리를 고쳐 앉았다. "그분을 뵈러 가는 게 왜 그렇게 중요한 건지 모르겠네요."

"대고모님이 이번 사건에 필요한 정보를 몇 가지 알고 계실 가능성이 있어서예요. 고모님은 헬렌을 아주 좋아하셨어요. 그리고 우리 가족사에 관련해서 몇 가지 의문점도 여쭙고 싶고요. 제가 걱정하는 것처럼 이번 살인과 연관된 것일지도 모르겠어요."

다고스타는 신음을 냈다. 사실 코넬리아 대고모를 만나러 가는 건 별로 내키지 않는 일이었다. 솔직히 말하면 그는 사악한 늙은 마녀를 견딜 자신이 없었다. 이성을 잃은 상태에서 범죄를 저지른 사람들을 수감하는 마운트 머시 병원에 몇 차례 방문했었는데 확실히 유쾌한 경험은 아니었다. 하지만 펜더개스트와 손발을 맞출 때만큼은 물 흐르듯 대세를 따라가는 편이 나았다.

고속도로를 빠져나와 여러 갈래의 도로를 지났고, 마침내 리틀 거버너스 섬 위를 가로지르는 좁은 다리를 건넜다. 늪지대와 목초지 사이로 좁은 도로가 구불구불 뻗어 있었고, 부들 사이로 희뿌연 아침 안개가 드리워져 있었다. 오래된 오크 나무 가로수가 양쪽으로 나 있었는데, 한때는 대저택으로 이르는 장엄한 진입로였던 게 분명해 보였다. 어느새 가로수가 조금 뜸해지더니 나무들이 죽은 발톱들을 하늘을 향해 내밀고 있었다.

프록터는 경비실에서 잠시 차를 멈췄고 제복을 입은 남자 하나가 걸어 나왔다. "이런, 펜더개스트 씨, 정말 빠르시네요." 그는 손을 흔들거나 친절하게 들어가라는 수신호 하나 없이 일행이 탄 차를 병원으로 들여보냈다.

"무슨 말이죠?" 다고스타가 어깨 너머 뒤쪽으로 경비원을 쳐다보며 물었다.

"글쎄요."

프록터는 주차장의 작은 공간에 차를 세웠고 두 사람은 차에서 내렸다. 현관을 지나가던 다고스타는 화려한 안내 데스크에 앉은 직원이 다급하고 혼란스러운 표정으로 자리를 비우는 모습을 보고 놀랐다. 일행이 두리번거리며 다른 직원을 찾고 있을 때 바퀴가 달린 들것이 덜컹거리며 대리석 복도를 가로질러 달려왔다. 들것 위에는 검은 천으로 덮인 시체 같은 게 하나 놓여 있었고 건장한 두 직원이 열심히 들것을 끌고 가고 있었다. 다고스타는 주차장에 구급차 한 대가 도착하는 것을 볼 수 있었는데, 번쩍이는 불빛도 다급한 사이렌 소리도 들리지 않았다.

"안녕하십니까, 펜더개스트 씨!" 코넬리아 대고모의 주치의 오스트롬 박사가 현관 앞으로 서둘러 다가와 손을 내밀었다. 다소 놀라고 안타까운 표정이 교차했다. "그러니까, 막 전화하려던 참이었습니다. 저와 함께 가시죠."

그들은 의사를 따라서 한때는 굉장히 아름다웠을 병원 복도를 따라 걸어갔다. 병원 예산을 긴축하기로 결정하면서 다소 썰렁해진 듯했다. "안 좋은 소식이 있습니다." 의사가 계속 걸음을 옮기며 말했다. "30분 전에 대고모님께서 세상을 떠나셨습니다."

펜더개스트는 걸음을 멈췄다. 그는 천천히 숨을 내뱉었고 눈에 띌 정도로 어깨가 축 쳐졌다. 다고스타는 방금 들것에 실려 나가던 시체가 펜더개스트의 대고모일지도 모른다는 사실에 몸을 부르르 떨었다.

"자연사인가요?" 펜더개스트가 낮고 무덤덤한 목소리로 물었다.

"어느 정도는 그렇죠. 사실 지난 며칠간 불안과 망상 증상이 극도로 심해진 상태였습니다."

펜더개스트는 의사의 말을 듣고 잠시 생각에 잠긴 듯했다. "특이한 망상이 있었나요?"

"계속 말씀을 반복하는 것 말고는 별다른 게 없었어요. 보통 가족분들 얘기를 많이 하셨고요."

"정확히 어떤 얘기인지 듣고 싶습니다."

오스트롬 박사는 왠지 꺼리는 것 같았다. "그분께서는…… 한 사람, 그러니까 앰버그리스라는 자가 마운트 머시 병원으로 돌아와서, 당신이 과거에 저질렀던 악행에 대해 복수할 거라고 굳게 믿고 있었어요."

그들은 다시 복도를 따라 걷기 시작했다.

"어떤 악행을 저지르셨다고 하던가요?" 펜더개스트가 물었다.

"그저 망상이 지나치다 싶을 정도의 내용이었어요. 어린아이가 욕을 하기에 벌을 줬다든가……." 의사는 또 망설였다. "레이저로 아이 혓바닥을 잘랐다고 하더군요."

펜더개스트는 애매모호하게 고개를 움직였다. 다고스타는 그 장면을 상상하는 것만으로도 혓바닥이 돌돌 말리는 것 같았다.

"어쨌든," 오스트롬 박사가 계속해서 말을 이었다. "최근 들어 과격한 성향이 강해졌습니다. 전보다 훨씬 심해졌죠. 평소보다. 그래서 엄격하게 통제를 해야 했습니다. 결국 약물을 투여했죠. 앰버그리스라는 자가 올 거라고 주장하시다가, 몇 번 심하게 발작을 하더니 갑자기 돌아가셨습니다. 바로 여기입니다."

박사가 일행을 작은 병실로 안내했다. 창문이 없고 골동품 가구가 가득 들어찬 곳으로, 액자에 끼우지 않은 그림 몇 장과 여러 가지 자질구레한 소지품들이 놓여 있었다. 다고스타가 보기에는 무기가 될 만한 별다른 물건이나 해를 가할 만한 것들은 눈에 띄지 않았다. 캔버스 천으로 만든 들것, 연줄로 대롱대롱 매달아놓은 그림들. 다고스타는 침대, 테이블, 바구니에 실크로 만들어놓은 조화까지 자세히 살폈다. 벽에는 특이하게도 나비 모양의 얼룩이 져 있었는데 왠지 처량하게 보였다. 갑자기 살인마로 오해했던 노부인에게 미안한 감정이 들었다.

"개인 소지품은 어떻게 처리해야 할지 모르겠군요." 의사가 계속 말했다. "꽤 값이 나가는 그림들이라고 하던데요."

"그렇습니다." 펜더개스트가 말했다. "크리스티 경매소 19세기 예술품 담당 부서에 보내서 공개 경매에 붙이세요. 그 수익금으로 박사님이 하는 훌륭한 일에 조금이라도 보탬이 되면 좋겠군요."

"정말 친절하시군요, 펜더개스트 씨. 따로 부검을 하시겠습니까? 보호시설에 있던 환자가 사망하게 되면 모든 법적 권한은 보호자에게 귀속됩니다."

펜더개스트는 손을 들고 무뚝뚝하게 말허리를 잘랐다. "그럴 필요는 없습니다."

"장례식 준비는……?"

"장례식은 열지 않을 겁니다. 우리 가문의 고문 변호사인 오길비 씨가 남은 문제를 처리하기 위해서 따로 연락할 겁니다."

"잘 알겠습니다."

펜더개스트는 잠시 방 안을 둘러보았다. 마치 범죄 현장의 세세한 사항을 기억하려는 것 같았다. 그런 다음 다고스타 쪽을 쳐다봤다. 무덤덤한 표정을 짓고 있었지만 눈빛에는 슬픔, 그보다 더한 황량함이 서려 있었다.

"빈센트." 펜더개스트가 말했다. "이제 비행기를 탈 시간이에요."

10

잠비아

희뿌연 먼지가 쌓인 비행기 활주로에서 틈새가 벌어진 이를 드러내며 활짝 웃던 남자가 랜드로버 차량을 호출했다. 막상 차 꼴을 보고 나니, 다고스타는 이대로 목숨까지 내놓아야 하는 게 아닌가 하는 생각이 들었다. 그 정도로 차의 상태는 심각했다. 예전에 어떤 용도로 사용했는지 몰라도 지금은 자동차라고 부르기도 힘들 정도였다. 창문, 지붕, 라디오, 안전띠조차 없었다. 지붕 대신 창문에는 포장용 덮개가 고정되어 있었고, 커다랗게 녹슨 구멍 사이로 먼지로 뒤덮인 도로를 겨우 내다볼 수 있을 정도였다.

펜더개스트는 카키색 셔츠와 면바지를 입고 사파리 모자를 쓴 채로 군데군데 엄청나게 깊이 파인 구멍을 요리조리 피하면서 도로를 운전해 갔고, 다행히 작은 구멍에 딱 한 번 빠지는 걸로 끝났다. 다고스타는 파인 도로에 빠지자 충격을 이기지 못하고 자리에서 몇 센티미터 정도 튕겨 일어났다. 그는 위아래 이빨을 딱딱 부딪치면서 겨우 롤바(차체를 튼튼하게 하기 위해 덧댄 철제 막대—옮긴이)를 다시 잡았다. '정말 끔찍하군.' 다고스타는 생각했다. 날씨는 견딜 수 없을 만큼 더웠고 귀, 눈, 코, 머리카락, 전에는 미처 있었는지도 몰랐던 온몸 곳곳에 먼지가 쌓였다. 펜더개스트에게 속도를 줄여달라고 말할까 싶었지만 그냥 두는 편이 나을 거라는 생각이 들었다. 헬렌 펜더개스트가 사망한 지점에 가까워질수록 그의 얼굴에 점차 어두운 그림자가 드리웠다.

마을에 가까이 오자 그제야 펜더개스트가 속도를 줄였다. 뜨거운 대낮 태양으로 뜨겁게 말라붙은 진흙과 막대기로 겨우 지탱해놓은 허름한 오두막이 눈앞에 보였다. 전기도 들어오지 않았고, 마을 사람들이 공동으로 사용하는 우물 하나만이 교차로 부근에 외로이 버티고 있었다. 돼지 새끼들, 닭들, 꼬마 아이들이 정처 없이 주변을 돌아다니고 있었다.

"사우스 브롱크스가 세상에서 최악인 줄 알았는데." 다고스타가 혼잣말처럼 중얼거리다가 펜더개스트를 쳐다봤다.

"킹가주 캠프는 앞으로 16킬로미터 더 가야 나와요." 펜더개스트는 액셀을 밟으면서 대답했다.

두 사람은 다시 한 번 움푹 파인 구멍에 빠졌고 다고스타는 공중으로 휭 날아올랐다가 의자로 떨어지며 꼬리뼈를 세게 부딪쳤다. 연신 차에 부딪쳐서 팔 곳곳이 쓰라렸고 뜨거운 태양과 심한 진동 때문에 머리까지 욱신거렸다. 지난 36시간 동안 전혀 고통을 느끼지 못했던 일은 바로 상관 글렌 싱글턴 서장에게 전화를 걸었던 일뿐이었다. 서장은 다고스타의 갑작스러운 휴가 요청을 듣고도 별다른 질문 하나 없이 곧바로 허락을 해주었다. 마치 다고스타를 멀리 떼놓는 게 도리어 안심이라는 것처럼.

30분 정도 지나서 킹가주 캠프에 도착했다. 펜더개스트가 소시지 나무 아래 임시로 만든 주차장에 주차를 하는 동안, 다고스타는 사파리 캠프의 그림 같은 풍경을 바라보았다. 갈대와 짚으로 엮어놓은 말끔한 오두막, 커다란 캔버스 천으로 덮인 구조물 위로 '식당 텐트'와 '술집'이라는 표지판이 붙어 있었고, 나무로 된 긴 통로는 건물 사이사이를 연결하고 있었다. 리넨으로 된 임시 건물에는 편히 쉴 수 있는 접이식 의자가 놓여 있었는데, 거기에는 뚱뚱하고 행복한 표정의 여행자 무리 열두 명이 카메라를 목에 걸고 잠시 단잠에 빠져 있었다. 지붕 위로는 작은 전구들이 줄지어 설치되어 있었고 수풀 사이로 발전기가 요란한 소리를 내며 돌아갔다. 캠프 내부의 곳곳이 다소 촌스럽게 느껴질 정도로 화려하게 꾸며져 있었다.

"방금 디즈니 영화에서 튀어나온 곳 같군요." 다고스타가 차에서 내리면서 말했다.

"12년 사이에 많이 바뀌었네요." 펜더개스트가 무미건조하게 말했다.

두 사람은 아무 말 없이 소시지 나무 아래에 잠시 서 있었다. 다고스타는 불에 탄 나무 냄새와 짓이겨진 풀 냄새, 그리고 아주 희미하고 분간하기 힘든 동물들 특유의 사향 냄새를 맡을 수 있었다. 벌레들이 윙윙거리는 소리가 백파이프처럼 다른 소리들과 합쳐졌다. 발전기가 그르렁 돌아가는 소리, 비둘기들이 구구 우는 소리, 쉬지 않고 흐르는 근처 루앙와 강의 물소리. 다고스타는 펜더개스트를 향해 시선을 돌렸다. FBI 요원은 마치 끔찍한 무게를 견디는 사람처럼 몸을 굽히고 있었다. 눈동자는 도깨비불이 붙은 것처럼 이글거렸고, 뭔가 애타는 감정과 두려움이 섞인 이상한 분위기가 풍겼다. 뺨 근육이 불규칙하게 씰룩거렸다. 뭔가 세심히 살피고 있는 게 분명해 보였다. 잠시 후 FBI 요원은 자세를 추스르며 등을 폈고 사파리 조끼 매무새를 가다듬었다. 하지만 조금 전에 보였던 기묘한 눈빛은 사라지지 않았다.

"따라오세요." 펜더개스트가 말했다.

펜더개스트는 임시 건물과 식당 텐트를 지나서 루앙와 강둑 근처의 잡목림에 자리 잡고 있는 캠프에서 동떨어진 작은 건물로 들어갔다. 코끼리 한 마리가 강가 진흙에 무릎 높이까지 다리를 담그고 있었다. 다고스타가 지켜보는 사이, 그 코끼리는 코로 물을 가득 퍼서 등 뒤에 뿌렸고 주름진 얼굴로 하늘을 보며 거친 트럼펫 소리를 뿜었다. 그 소리는 벌레들이 윙윙거리는 소리에 곧바로 묻혀버렸다.

작은 건물은 캠프의 행정관 사무실이었다. 현재는 비어 있는 외부 사무실로, 남자 혼자서 지키고 있었다. 그는 책상 뒤에 앉아서 뭔가를 공책에 부지런히 쓰고 있었다. 나이는 40대 정도로 깡말랐지만 강단 있어 보였고, 머리카락은 태양 빛을 받아 노랗게 탈색이 되었고 팔등도 시커멓게 그을려 있었다.

그 남자는 인기척을 느꼈는지 고개를 들고 두 사람을 쳐다보았다. "네, 어떻게……?" 하지만 펜더개스트의 모습을 보는 순간 나머지 말이 목구멍 너머로 사라졌다. 손님 중에 하나일 거라고 생각했던 모양이었다.

"누구십니까?" 그는 일어나면서 말했다.

"저는 언더힐이라고 합니다." 펜더개스트가 말했다. "이쪽은 제 친구, 빈센트 다고스타고요."

그 남자는 두 사람을 번갈아 가며 쳐다보았다. "뭘 도와드릴까요?" 다고스타가 생각하기에 그 사람은 예기치 못한 방문객을 상대해본 적이 별로 없는 것 같았다.

"먼저 성함을 여쭤봐도 될까요?" 펜더개스트가 물었다.

"레이드입니다."

"제 친구와 저는 12년 전쯤에 이곳으로 사파리 여행을 왔습니다. 이번에 잠비아에 다시 오게 되었는데, 므간디 사냥 캠프를 가는 길에 잠시 들러야겠다고 생각했죠." 그는 차갑게 웃었다.

레이드는 창밖을 흘끔 보았는데, 바로 임시 주차장이 있는 방향이었다. "므간디 캠프라고 하셨습니까?"

펜더개스트는 고개를 끄덕였다.

그 남자는 끙 소리를 내며 손을 내밀었다. "죄송합니다. 요즘 하루가 멀다 하고 반역자들이 습격을 해 오는 터라 매일 조마조마하게 지내고 있거든요."

"충분히 이해합니다."

레이드는 책상 앞에 놓인 꽤 오래 사용한 것 같은 나무 의자 두 개를 향해 손짓을 했다. "이리 앉으시죠. 마실 것 좀 드릴까요?"

"맥주가 좋겠네요." 다고스타가 즉시 대답했다.

"물론이죠. 잠시만요." 남자가 밖으로 나갔고 모시 맥주 두 병을 들고 돌아왔다. 다고스타는 맥주병을 받아 들고 고맙다고 웅얼거린 다음 단숨에 들이마셨다.

"당신이 캠프 영업 담당자이신가요?" 펜더개스트는 그 남자가 책상 뒤에 앉자 물었다.

레이드는 고개를 저었다. "저는 행정 직원입니다. 담당자는 포트넘 씨고요. 지금 아침에 온 단체 손님들과 함께 밖에 있어요."

"포트넘. 알겠습니다." 펜더개스트는 사무실을 둘러보았다. "마지막으로 여기 왔을 때 이후로 직원들이 많이 바뀐 것 같군요. 캠프 전체가 몰라보게 바뀌었어요."

레이드는 씁쓸한 미소를 지었다. "뭐든 경쟁에 뒤처지지 않아야 하거든요. 요즘 고객들은 경치도 좋고 편안한 캠프를 원해요."

"물론이죠. 정말 안타까운 일이네요. 안 그런가, 빈센트? 옛 친구들 얼굴을 볼 수 있을까 기대했었잖아."

다고스타는 고개를 끄덕였다. 목에 걸린 먼지를 씻어내려고 족히 다섯 번은 침을 삼켜야 했다.

펜더개스트는 잠시 생각에 잠긴 표정을 지었다. "앨리스테어 워킹은 잘 지내죠? 아직도 이 지역 사령관으로 일하시나요?"

레이드는 다시 고개를 저었다. "오래전에 세상을 떠나셨죠. 어디 보자, 거의 10년 정도 됐을 겁니다."

"정말요? 무슨 일이었나요?"

"사냥 사고였어요." 행정 직원이 대답했다. "코끼리 떼가 사방으로 흩어져서 워킹 씨가 살펴보러 나갔다가, 실수로 뒤에서 날아온 총알에 맞았어요. 아주 난리가 났었죠."

"정말 유감스러운 일이군요." 펜더개스트가 말했다. "현재 캠프 영업 담당자 성함이 포트넘 씨라고 하셨나요? 예전에 왔을 때는 위즐리 씨였는데. 고든 위즐리."

"그분은 아직 살아 계세요." 레이드가 말했다. "재작년에 은퇴하셨죠. 소문으로는 빅토리아 폭포 근처에 사냥 영업권을 얻어서 왕처럼 떵떵거리며 살고 있대요. 자식들이 수족처럼 그분 시중을 들고 있고요."

펜더개스트는 다고스타를 쳐다봤다. "빈센트, 그때 총을 운반해주던 사람 이름 기억나?"

다고스타는 매우 정직하게 기억이 안 난다고 답했다.

"잠깐, 기억이 나는 것 같은데. 윌슨 니알라. 잠깐 만나서 인사를 하고 싶은데요, 레이드 씨?"

"윌슨은 올봄에 죽었습니다. 뎅기열로요." 레이드가 인상을 찌푸렸다. "잠깐만요. 총 운반자라고 했나요?"

"거참 안됐군요." 펜더개스트가 자세를 고쳐 앉았다. "그 수색꾼은 어떻게 됐죠? 제이슨 므푸니?"

"그런 이름은 들어본 적이 없는데요. 워낙 수색꾼들이 자주 바뀌거든요. 그런데 총 운반자라니 대체 뭐 하는 사람이죠? 여기 킹가주 캠프에는 사진 탐험대만 오는데."

"아까 말했던 것처럼 무척 기억에 남는 사파리 여행이었습니다." 펜더개스트가 '기억에 남는'이라고 말하는 것을 듣자, 다고스타는 뜨거운 열기에도 불구하고 갑자기 싸늘함을 느꼈다.

레이드는 아무 대답도 하지 않고 계속 인상을 찌푸리고 있었다.

"친절히 맞아주셔서 감사합니다." 펜더개스트가 일어섰고 다고스타도 따라 일어섰다. "위즐리 씨가 계신 곳이 빅토리아 폭포 근처라고 하셨죠? 정확히 뭐라고 부르죠?"

"울라니 시내예요." 레이드도 일어섰다. 처음에 가졌던 의구심이 다시 고개를 든 것 같았다.

"잠깐 근처를 둘러봐도 될까요?"

"원하신다면요." 레이드가 말했다. "캠프 손님들만 방해하지 마세요."

행정 사무실 밖으로 나온 펜더개스트는 주변 위치를 파악하려는 듯이 좌우를 살피기 위해서 멈추어 섰다. 그는 잠시 망설였다. 그리고 아무 말 없이 캠프에서부터 잘 다져진 인도를 따라서 걸어갔다. 다고스타도 서둘러 뒤따라갔다.

태양은 무자비하게 내리쬐고 있었고 벌레들이 윙윙대는 소리는 점차커졌다. 도로 한쪽으로 수풀과 나무들이 빽빽이 들어차 있었다. 반대쪽은 루앙와 강이었다. 다고스타는 카키색 셔츠가 등과 어깨에 축축하게 들러붙는 느낌이 매우 낯설게 느껴졌다. "어디로 가는 거예요?" 다고스타는 헐떡였다.

"저기 높은 수풀 사이로 들어가야 해요. 거기가……." 그는 차마 말을 끝맺지 못했다.

다고스타는 침을 꿀꺽 삼켰다. "그래요, 물론이죠. 앞장서요."

펜더개스트는 갑자기 걸음을 멈추고 돌아봤다. 그의 얼굴에는 한 번도 본 적 없는 슬픔, 후회, 알 수 없는 권태에 가까운 표정이 복잡하게 서려 있었다. 그는 목소리를 가다듬고 나지막이 말했다. "정말 미안해요, 빈센트. 하지만 나 혼자 해야만 하는 일입니다."

다고스타는 한숨을 내쉬고 안도했다. "이해합니다."

펜더개스트는 다시 뒤로 돌더니 창백하고 멍한 눈으로 다고스타를 잠깐 쳐다보았다. 다고스타는 고개를 한 번 끄덕였다. 펜더개스트는 다시 뒤를 돌아서 천천히 걸어갔고 뭔가 확고하게 결심이 선 것처럼 꿋꿋이 길을 따라서 수풀로 들어가더니 나무가 무성하게 자란 빽빽한 그늘 속으로 바람처럼 사라졌다.

11

　동네 사람들은 위즐리의 '농장'이 어딘지 아주 잘 알고 있는 것 같았다. 농장은 빅토리아 폭포 북서쪽에 있는 숲의 완만한 언덕, 잘 닦은 비포장도로 끝자락에 위치해 있었다. 펜더개스트가 낡은 자동차를 길 끝자락 모퉁이 쪽에 멈춰 세우자, 다고스타는 어디선가 폭포 소리가 들리는 것 같았다. 저 멀리서 우르릉거리며 떨어지는 물소리, 하지만 그건 소리라기보다는 느낌에 가까웠다.

　다고스타는 펜더개스트를 흘끔 쳐다보았다. 킹가주 캠프부터 몇 시간 동안 운전을 하면서 총 여섯 마디를 말한 게 고작이었다. 아까 머리까지 자란 수풀 사이로 들어가서 무엇을 했는지, 뭘 찾았는지 묻고 싶었지만 지금은 때가 좋지 않았다. 만약 준비가 되면 펜더개스트가 먼저 입을 열 것이다.

　펜더개스트는 굽은 도로 가장자리에 차를 댔고 저 멀리 농장이 시야에 들어왔다. 식민지 시대에 걸맞은 아름다운 구식 농장으로, 온통 하얀색 페인트로 칠해져 있었고 낮은 기둥 네 개가 원형 현관을 받치고 있었다. 딱딱해 보이는 구조물은 진달래, 회양목, 부겐빌레아 등 아름다운 관목들로 장식한 덕분에 훨씬 부드러워 보였다. 6000평에서 7000평 너비의 캠프는 거대한 정글에 둘러싸인 대규모 땅의 극히 일부였다. 에메랄드 빛 녹색 풀밭이 농장 정면으로 펼쳐져 있었고, 적어도 여섯 종류의 아름다운 색깔의 장미들이 띄엄띄엄 자라 있었다. 화사하고 밝은 꽃밭만 빼면 이 깔끔한 저택은 그리니치나 스카스데일에 있는 건물과 별다른 게 없어 보였다. 다고스타는 얼핏 현관에서 사람들이 오가는 모습을 본 것 같았지만 이렇게 먼 거리에서는 확실히 가늠할 수가 없었다.

"늙은 위즐리 씨가 농장을 자기 입맛에 맞게 꾸민 것 같군요." 다고스타가 중얼거렸다.

펜더개스트는 고개를 끄덕이면서 창백한 눈동자로 저택을 빤히 응시했다.

"그 남자, 레이드라는 사람이 위즐리에게 자식들이 있다고 했죠." 다고스타가 계속 말을 이었다. "부인은 어떻게 된 거죠? 이혼했을까요?"

펜더개스트는 쌀쌀한 미소를 지었다. "잠시 후면 레이드가 한 말이 무슨 뜻인지 정확히 알게 되겠죠."

그는 천천히 저택 앞의 자동차 승차장으로 움직였고, 잠시 후 차를 멈추고 엔진을 껐다. 다고스타는 현관을 흘끔 바라보았다. 60대로 보이는 건장한 남자가 커다란 등의자에 앉아서 발까지 올리고 여유를 부리고 있었다. 그는 하얀색 리넨 양복을 입었는데, 덕분에 퉁퉁한 얼굴이 더욱 불그레하게 보였다. 스님처럼 삭발한 매끈한 머리통에는 붉은 머리카락 몇 가닥만이 꼭대기에 나 있었다. 남자는 얼음이 담긴 긴 술잔을 들고 한 모금을 마시고, 음료가 반쯤 남은 둥근 주전자가 놓인 테이블 위에 쾅 소리를 내며 잔을 내려놓았다. 잔뜩 술이 취해서 흐느적거리는 것 같았다. 그의 양쪽에는 깡마른 중년의 아프리카 남자들이 색이 바랜 무명 셔츠를 입고 서 있었다. 한 명은 팔뚝에 수건까지 걸치고 있었고, 다른 한 명은 긴 손잡이가 달린 부채를 들고 등의자를 향해 천천히 부채질을 하고 있었다.

"저자가 위즐리입니까?" 다고스타가 말했다.

펜더개스트가 천천히 고개를 끄덕였다. "곱게 늙지도 못했군요."

"저 두 사람이 위즐리의 '자식들'일까요?"

펜더개스트는 다시 고개를 끄덕였다. "21세기는 고사하고 아직 19세기에 머물러 있는 곳 같군요."

펜더개스트는 아주 신중히 차에서 내렸고 저택 쪽으로 고개를 돌리고 똑바로 멈추어 섰다.

현관에 있던 위즐리가 한 번 그리고 두 번 눈을 깜빡였다. 그는 다고스타를 쳐다보고, 다시 펜더개스트 쪽을 보며 뭔가 말을 하려고 입을 벌렸다. 하지만 FBI 요원을 부자 곧바로 위즐리의 표정이 얼어붙었다. 어리둥절하던 표정이 순간 공포로 바뀌었다. 그는 갑자가 욕설을 뱉으며 버둥거리면서 의자에서 일어섰고, 너무 서두른 나머지 유리 주전자까지 넘어뜨렸다. 그는 나무판에 기대놓았던 코끼리 사냥용 총을 집어 들더니 철망으로 된 문을 열고 휘청거리며 집 안으로 들어갔다.

"엄청난 죄책감을 느꼈나 본데요." 다고스타가 말했다. "그러게……, 오, 제길!"

위즐리의 두 수행원이 현관 난관 아래로 몸을 던졌다. 현관 쪽에서 총성이 터져 나왔고 등 뒤로 희뿌연 먼지가 일어났다.

다고스타와 펜더개스트는 황급히 차 뒤로 몸을 숨겼다. "대체 뭐 하는 짓이죠?" 다고스타가 재빨리 권총을 꺼내며 말했다.

"그대로 엎드려 있어요." 펜더개스트는 몸을 일으키고 달려갔다.

"이봐요!"

또다시 총성이 들렸고 이번에는 지프 옆면에서 쾅 소리가 나면서 지붕 덮개에서 뿌연 먼지구름이 일었다. 다고스타는 총을 들고 타이어 사이로 저택을 흘끗 보았다. 도대체 펜더개스트는 어디로 간 걸까?

세 번째 총성이 지프의 철제 구조물을 맞고 튕기는 소리가 들렸다. 차 뒤에 바짝 붙어 앉아 있던 다고스타가 얼굴을 찡그렸다. 세상에, 이대로 사격 연습장의 목표물이 될 순 없었다. 다고스타는 네 번째 총알이 머리 위로 지나갈 때까지 기다렸다가, 차 범퍼 위로 고개를 내밀고 난간 뒤에 숨어 있는 사격수를 향해서 총구를 조준했다. 다고스타가 방아쇠를 당기려고 하는 찰나, 현관 아래 관목에서 펜더개스트의 모습이 나타났다. 그는 엄청난 속도로 난간을 뛰어넘어서 아프리카인 사격수의 목을 무참하게 가격했고, 다른 수행원 쪽으로 45구경 권총을 겨누었다. 남자는 천천히 손을 들어 올렸다.

"이제 올라와도 돼요, 빈센트." 펜더개스트는 신음을 내는 남자 옆에 서서 총을 뺏으면서 말했다.

다고스타와 펜더개스트는 과일 저장 창고에서 위즐리를 찾아냈다. 두 사람이 다가가자, 위즐리는 코끼리 사냥용 총을 쏘면서 저항했지만 취했는지 겁을 먹어서 그랬는지 보기 좋게 빗나갔고, 그사이 재빨리 발차기로 그를 날려버렸다. 펜더개스트는 위즐리가 다시 총을 잡기도 전에 쏜살같이 달려가서 발꿈치로 총을 밀어버리고 재빠르고 과격하게 얼굴을 두 번 가격한 후 완전히 무력화시켰다. 두 번째 주먹이 위즐리의 콧등을 산산조각 내는 바람에 하얀 셔츠 위로 붉은 피가 분수처럼 튀었다. 펜더개스트는 가슴에 있던 주머니에서 손수건을 꺼내서 그에게 건넸다. 그런 다음 위즐리의 팔뚝을 잡았고, FBI 요원은 그를 과일 저장 창고에서 밖으로 데리고 나와서 지하실 계단을 올라가더니 앞문을 나와 현관에 있던 나무 의자로 내팽개쳤다.

수행원 두 명은 너무 놀라서 아무 말도 하지 못한 채로 가만히 서 있었다. 다고스타는 수행원들을 향해서 총구를 조준했다.

"100미터 아래까지 걸어." 다고스타가 말했다. "우리가 볼 수 있는 곳으로 가서 양손을 들고 서 있어."

펜더개스트는 권총을 벨트에 꽂고 위즐리 앞에 섰다. "이렇게 반갑게 맞아주셔서 감사합니다." 그가 말했다.

위즐리는 손수건으로 코를 눌렀다. "다른 사람으로 착각했소." 다고스타가 느끼기에 약간 호주 억양이 있는 것 같았다.

"오히려 당신의 비범한 기억력을 칭찬하고 싶군요. 저한테 할 이야기가 있으실 거라고 생각하는데요."

"당신한테는 아무 할 말이 없소, 친구." 위즐리가 대답했다.

펜더개스트는 팔짱을 꼈다. "딱 하나만 묻겠습니다. 내 아내를 살해한 자가 누구죠?"

"대체 무슨 소리인지 모르겠군." 코맹맹이 소리가 들렸다.

펜더개스트는 입술을 씰룩거리고 있는 남자를 빤히 내려다보았다. "부연 설명을 해야겠군요, 위즐리 씨." 펜더개스트가 잠시 후 이렇게 말했다. "저는 한 치의 의심도 없이 당신이 내가 원하는 말을 줄줄이 말할 거라고 확신합니다. 그 전에 어느 정도의 치욕과 불편을 겪을 것이냐는 당신이 선택할 문제고요."

"꺼져요."

펜더개스트는 의자에 축 처져서 비 오듯 땀과 피를 흘리는 그의 모습을 응시했다. 그러더니 앞으로 걸어가서 위즐리를 일으켜 세웠다.

"빈센트." 펜더개스트가 어깨 너머로 말했다. "위즐리 씨를 우리 차로 데려가요."

다고스타는 위즐리의 등에 총구를 겨누고 지프차가 있는 곳으로 데려갔고, 일단 조수석에 앉힌 다음 뒷좌석으로 가서 잡동사니를 정리했다. 펜더개스트는 엔진에 시동을 걸고 후진을 해서 에메랄드 빛 잔디와 총천연색 풀밭 사이로 차를 몰았고, 동상처럼 굳어 있는 두 수행원을 지나쳐서 정글로 향했다.

"어디로 데려가는 거요?" 이윽고 모퉁이를 돌아 저택의 모습이 사라지자 위즐리가 물었다.

"나도 모릅니다." 펜더개스트가 대답했다.

"당신도 모른다니, 무슨 말이오?" 위즐리의 목소리는 다소 힘이 빠진 듯했다.

"사파리 여행을 가는 겁니다."

자동차는 서두르는 기미 없이 15분 정도를 유유히 움직였다. 머리까지 자란 수풀은 어느새 사바나로 바뀌었고, 드넓은 초콜릿색 강이 천천히 흐르고 있었다. 다고스타는 강둑에서 하마 두 마리가 놀고 있는 모습과 가느다란 노란색 다리와 날개를 넓게 펼친 황새 같은 새 떼가 강가에서 무리를 지어 놀다가 흰 구름 사이로 날아가는 모습을 쳐다보았다. 뜨거운 태양이 지평선 아래로 빠르게 떨어지면서 한낮의 강렬한 열기가 점차 식어갔다.

펜더개스트는 액셀에서 발을 떼고 수풀로 뒤덮인 갓길에 차를 댔다. "이 정도면 최적의 장소가 되겠군요."

다고스타는 어리둥절한 표정으로 주위를 둘러봤다. 조금 전 8킬로미터 정도 달리면서 봤던 풍경과는 사뭇 다른 모습이었다.

곧이어 다고스타는 얼음처럼 굳었다. 불과 몇백 미터쯤 강가에서 떨어진 곳에 사자 무리가 해골을 갉아 먹고 있는 모습이 보였다. 사자 털이 모래색이라 풀밭 사이에 있는 사자 떼를 한눈에 알아차리기란 쉽지 않은 일이었다.

위즐리는 꼼짝하지 않고 앞 좌석에 앉아 정면을 응시하고 있었다. 대번에 사자 떼를 알아본 모양이었다.

"차에서 내리시죠, 위즐리 씨." 펜더개스트가 부드럽게 말했다.

위즐리는 움직이지 않았다.

다고스타는 위즐리의 머리통에 총구를 갖다 댔다. "움직여요."

위즐리는 잔뜩 경직된 상태로 천천히 차에서 내렸다.

다고스타도 뒷좌석에서 나왔다. 차에서 내리는 것도 그렇지만 여섯 마리나 되는 사자들 앞에 차를 세우는 것도 못마땅해 죽을 지경이었다. 사자란 강철 담장 두 겹을 사이에 두고 안전장치가 철저하게 설치된 브롱크스 동물원에서 봐야 마땅한 것들이었다.

"옛날에 사냥하던 때가 생각나죠?" 펜더개스트가 총구를 사자들 쪽으로 겨누면서 말했다. "녀석들 꽤 굶주린 것 같은데요."

"사자들은 사람을 먹지 않소." 위즐리가 말하면서 손수건으로 코를 눌렀다. "그런 일은 아주 드물지." 왠지 목소리에 힘이 없었다.

"사자들이 당신을 잡아먹을 필요까지는 없습니다, 위즐리 씨," 펜더개스트가 말했다. "그렇게만 된다면 금상첨화겠지만. 당신을 사냥감이라고 생각한다면 사자들이 공격을 할 겁니다. 하지만 당신은 사자 얼굴을 다 알고 있죠?"

위즐리는 아무 말도 하지 않았다. 그는 사자들을 쳐다봤다.

펜더개스트는 손을 뻗어서 손수건을 뺏었다. 곧바로 위즐리의 얼굴에서 시뻘건 피가 흘러내렸다. "이 정도면 어느 정도 관심은 끌 수 있겠군요."

위즐리는 초조한 눈빛으로 펜더개스트를 쏘아보았다.

"사자 쪽으로 걸어가요." 펜더개스트가 말했다.

"당신 미쳤군." 위즐리는 목소리를 높이며 대꾸했다.

"아뇨. 나는 그저 총 가진 사람일 뿐이죠." 펜더개스트가 위즐리를 조준했다. "걸어가요."

잠시 동안 위즐리는 움직이지 않고 그대로 서 있었다. 그러더니 아주 천천히, 한 발자국 한 발자국씩 사자 떼를 향해서 걸어갔다. 펜더개스트는 그 뒤로 따라갔고, 언제든 총을 쏠 수 있게 준비했다. 다고스타도 몇 발자국 뒤에서 일정한 속도를 유지하며 따라갔다. 다고스타는 위즐리의 의견에 동조하고 싶었다. 이건 미친 짓이다. 사자 무리는 그들이 다가오는 것을 주의 깊게 살펴보았다.

달팽이처럼 천천히 35미터쯤 걸어간 후 위즐리가 다시 멈췄다.

"계속 걸어요, 위즐리 씨." 펜더개스트가 소리쳤다.

"못 하겠소."

"안 그럼 쏠 겁니다."

위즐리가 극도로 흥분하면서 고래고래 소리를 질러댔다. "그딴 권총으로는 사자 떼는커녕 한 마리도 제대로 맞추지 못해!"

"알고 있습니다."

"날 잡아먹고 나면 당신들도 죽일 거요."

"그 또한 잘 알고 있습니다." 펜더개스트가 고개를 돌렸다. "빈센트, 뒤로 물러서 있을래요?" 그는 주머니를 뒤지더니 지프 열쇠를 다고스타에게 던져주었다. "상황이 나빠질 때를 대비해서 적당히 안전거리를 유지하고 있어요."

"당신 바보야?" 위즐리가 날카로운 목소리로 외쳤다. "내 말 안 들리느냐고? 당신들도 죽는다고!"

"위즐리 씨, 좋게 말할 때 앞으로 걸어요. 나는 같은 말 두 번 하는 거 싫어합니다."

위즐리는 끝까지 버텼다.

"이번이 마지막입니다. 정확히 4초 후, 나는 당신 왼쪽 팔꿈치를 향해 총알을 쏠 겁니다. 그래도 걸을 수는 있겠죠. 물론 총성을 들으면 사자들이 극도로 흥분하겠지만요."

위즐리는 한 발자국을 내디뎠다가 다시 멈췄다. 그리고 다시 한 발을 내밀었다. 사자들 가운데 야성적인 황갈색 갈기를 가진 커다란 수사자가 느릿느릿 자리에서 일어났다. 사자 떼들은 일행을 살피면서 피가 덕지덕지 묻은 입가를 천천히 핥았다. 다고스타는 위장이 뒤틀리는 기분을 느끼며 점점 뒷걸음질을 쳤다.

"알았어!" 위즐리가 말했다. "알았다고, 말할게요!"

"듣고 있습니다." 펜더개스트가 말했다.

위즐리는 심하게 몸을 떨었다. "일단 차로 돌아갑시다!"

"지금이 더 좋은데요. 여기 있어야 빨리 대답을 들을 수 있죠."

"사실은 모두 계획된 일이었소."

"자세히 말해주세요."

"자세한 건 나도 몰라요. 워킹이 관여된 일이란 것밖에."

드디어 암사자 두 마리까지 자리에서 일어났다.

"제발, 제발 살려줘." 위즐리는 갈라진 목소리로 사정을 했다. "제발, 차로 돌아가게 해주면 안 되겠나?"

펜더개스트는 약간 고민하는 것 같더니, 잠시 후 고개를 끄덕였다.

그들은 차를 나설 때보다 훨씬 빠른 속도로 돌아왔다. 모두 차에 올라탔을 때 다고스타는 펜더개스트에게 자동차 키를 건넸고, 수사자가 그들을 향해 걸어오는 모습이 보였다. 펜더개스트는 벌써 시동을 걸고 있었다. 사자들이 점점 빨리 움직였다. 마침내 시동이 걸렸다. 펜더개스트는 기어를 넣었고 사자가 가까이 왔을 무렵 차를 휙 돌리는 바람에 차 옆면이 날카로운 사자 발톱에 긁혔다. 다고스타는 목구멍에서 심장이 두방망이질 치는 것 같은 기분을 느끼며 어깨 너머를 흘끗 보았다. 사자가 천천히 멀어지더니 마침내 시야에서 사라졌다.

일행은 아무 말 없이 10분을 달렸다. 펜더개스트가 다시 길 한쪽으로 차를 돌렸고 곧바로 내려서 위즐리에게 따라오라고 손짓을 했다. 다고스타도 뒤를 따라갔고 세 사람은 차에서 내려 조금 멀리까지 걸어갔다.

펜더개스트는 권총을 꺼내서 위즐리에게 흔들었다. "무릎 꿇어요."

위즐리는 잠자코 시키는 대로 했다.

펜더개스트는 피 묻은 손수건을 건넸다.

"좋아요. 나머지 얘기도 들어보죠."

위즐리는 아직도 심하게 떨고 있었다. "난, 거기까지밖에 몰라요. 남자 두 명이 찾아왔어요. 한 명은 미국인이고 다른 한 명은 유럽인이었어요. 독일인 같던데. 그들……, 그들이 식인 사자를 데리고 왔소. 아마 훈련받은 놈일 거요. 그들은 많은 돈을 가지고 있었어요."

"미국인이라는 건 어떻게 알았죠?"

"목소리를 들었소. 식당 텐트 뒤에서 워킹에게 이야기하는 소리를. 관광객이 살해당하기 바로 전날 밤이었소."

"어떻게 생겼습니까?"

"밤이라 제대로 보지는 못했어요."

펜더개스트는 말을 멈췄다. "워킹이 정확하게 무슨 일을 맡은 거죠?"

"그는 관광객 살인 사건을 계획했소. 사자가 어디쯤에서 기다릴지 알고 있었고, 관광객을 일부러 그 방향으로 보냈죠. 거기 가면 흑멧돼지 사진을 찍을 수 있을 거라고 유인했소." 위즐리는 침을 꿀꺽 삼켰다. "그, 그는 니알라를 시켜서 당신 부인의 탄창을 빼내라고 했어요."

"그러니까 니알라도 그 일에 연관되어 있다는 겁니까?"

위즐리는 고개를 끄덕였다.

"므푸니는? 수색꾼은요?"

"모든 사람들이 그 일에 연관되어 있소."

"당신이 말한 자들, 돈이 많다고 했는데 그건 어떻게 알았죠?"

"돈을 아주 많이 줬거든. 워킹은 그 일을 계획하는 대가로 5만 달러를 받았소. 나, 나는 캠프 사용료와 사건을 묵인하는 대가로 2만 달러를 받았고."

"훈련받은 사자였다는 건요?"

"누군가 그러더군요."

"어떻게 알았죠?"

"그건 모르겠소. 내가 아는 건 그 사자가 명령을 받으면 사람을 물어 죽이도록 되어 있다는 것뿐이오. 물론 다들 미쳤다고 하겠지만."

"분명 두 명뿐이었나요?"

"목소리만 들었소."

펜더개스트의 얼굴에 깊은 근심이 서렸다. 다고스타는 FBI 요원이 북받치는 감정을 조절하느라 애를 쓰는 모습을 지켜봤다. "또 다른 건 없습니까?"

"없어요. 아무것도. 그게 전부입니다. 맹세해요. 그 후로 한 번도 그 얘기를 입 밖에 꺼내지 않았어요."

"좋아요." 펜더개스트는 빛의 속도로 위즐리의 머리를 붙잡았고 관자놀이에 정확히 총구를 겨누었다.

"안 돼!" 다고스타가 어떻게든 말려보려고 펜더개스트의 팔을 잡으며 외쳤다.

펜더개스트가 다고스타를 돌아봤다. FBI 요원의 강렬한 눈빛을 보자 다고스타는 뒤로 나자빠질 뻔했다.

"정보를 준 사람을 죽이다니, 별로 좋은 생각이 아니에요." 다고스타는 조심스럽게 목소리 톤을 바꾸면서 최대한 평소 같은 말투로 이어갔다. "아직 얘기하지 않은 게 남았을지도 몰라요. 어쩌면 진토닉에 중독되어서 우리보다 먼저 죽을지도 모르고요. 괜한 문제는 만들지 맙시다. 이 뚱보 자식은 아무 데도 도망 못 가니까 걱정하지 마요."

펜더개스트는 망설였지만 여전히 총구로 위즐리의 관자놀이를 누르고 있었다. 그러더니 천천히 위즐리의 붉은 머리카락을 잡고 있던 손을 풀었다. 과거 캠프 영업 담당자였던 자는 땅바닥에 그대로 주저앉았다. 다고스타는 역겹게도 그자가 바지에 오줌을 지렸다는 사실을 깨달았다.

펜더개스트는 아무 말 없이 차에 올라탔다. 다고스타도 옆자리에 앉았다. 자동차는 곧바로 후진을 한 다음 뒤도 돌아보지 않고 루사카로 향했다.

다고스타가 입을 연 건 그로부터 30분쯤 지나서였다. "그래서, 다음은 뭐죠?"

"과거." 펜더개스트가 도로에서 시선을 떼지 않고 말했다. "다음은 과거를 찾는 겁니다."

12

조지아 주, 서배너

월요일 오후의 어스름 속에서 휫필드 스퀘어가 꾸벅꾸벅 졸고 있었다. 거리에 가로등이 켜지면서 팔메토(미국 동남부산 야자나무—옮긴이)와 오크 나무 가지에 걸린 얇은 가로등 빛이 스페인 이끼 위로 비추고 있었다. 가마솥처럼 뜨거운 중앙아프리카의 열기를 쐰 후라 다고스타는 습한 조지아의 공기를 맡자 엄청난 위안을 느꼈다.

그는 펜더개스트를 따라서 정성스럽게 손질된 잔디를 걸어갔다. 광장 중간 부근에 커다란 돔 형태의 구조물이 아름다운 꽃밭에 둘러싸여 있었다. 우아하게 장식된 둥근 지붕 밑에서는 결혼식 파티가 한창이었고 사진작가의 지시에 따라 모두 고분고분 움직이고 있었다. 다른 쪽에 있는 사람들은 천천히 걷거나 검게 칠한 벤치에 앉아서 서로 담소를 나누고 한가로이 책을 읽고 있었다. 주변에 보이는 모든 것들이 너무 한가하고 평화롭게 보여서 다고스타는 고개를 절레절레 흔들었다. 뉴욕에서 잠비아로, 또 이곳 서부 중심의 고풍스러운 도시까지 전력 질주를 하다 보니 갑자기 머리가 띵하고 멍해지는 기분이었다.

펜더개스트는 커다란 생강 쿠키처럼 생긴 빅토리아풍 저택이 들어선 하버샴가를 가리키면서 멈추어 섰다. 저택은 새하얗게 칠해져 있었고 티끌 하나 없이 깔끔했다. 주변의 집들도 별반 다르지 않았다. 두 사람은 하버샴가를 향해서 걸음을 옮겼고, 문득 펜더개스트가 이렇게 말했다. "명심해요, 빈센트. 지금 만날 사람은 이 일에 대해서 전혀 모르고 있습니다."

"알았어요."

그들은 거리를 지나서 나무 계단으로 올라갔다. 펜더개스트가 먼저 초인종을 눌렀다. 10초쯤 지났을까, 머리 위로 현관 등이 켜지면서 40대 중반쯤 되어 보이는 남자가 문을 열었다. 다고스타는 그를 자세히 살펴보았다. 훤칠한 키, 눈에 띄게 잘생긴 외모, 튀어나온 광대뼈, 짙은 눈동자에 굵은 갈색 머리카락. 펜더개스트만큼이나 창백했었을 피부는 햇빛에 그을린 듯 보였다. 그는 반으로 접힌 잡지를 손에 들고 있었다. 다고스타는 잡지 옆면을 유심히 쳐다보았다. 아래쪽으로 《미국 신경의학 저널》이라고 쓰여 있었다.

어느새 태양이 광장 반대편 저택 뒤로 넘어가고 있었다. 그는 날카롭게 눈동자를 굴렸지만 석양이 비추는 바람에 두 사람의 모습이 제대로 보이지 않는 모양이었다. "네?" 그가 물었다. "무슨 일이시죠?"

"저드슨 에스테르하지." 펜더개스트가 손을 내밀면서 말했다.

에스테르하지의 얼굴에 놀라움과 기쁨의 표정이 피어올랐다. "알로이시어스?" 그가 말했다. "세상에! 얼른 들어오게."

에스테르하지는 현관을 지나서 책이 빽빽하게 들어찬 좁은 복도를 지나 아늑한 방으로 두 사람을 안내했다. '아늑한'이라는 단어는 다고스타가 자주 쓰는 단어는 아니었지만 그의 집을 묘사할 다른 단어가 생각나지 않았다. 따스한 노란 조명이 오래된 마호가니 가구 위로 그윽한 광택을 자아내고 있었다. 낮은 찬장, 접이식 뚜껑이 달린 책상, 사냥총 장식장, 또 다른 책상 하나 그리고 호화로운 페르시아 양탄자가 넓은 바닥을 뒤덮고 있었다. 벽에는 큼지막한 의학 학위와 박사 학위 두 개가 나란히 걸려 있었다. 방 안에 가구가 꽉 들어차 있었지만 예상외로 편안해 보였다. 집 안에 장식된 골동품들은 전부 세계 각지에서 공수해

온 것들이었다. 아프리카의 조각들, 아시아 옥 장식 등이 가로로 나란히 장식되어 있었다. 두 개의 창문 위로는 우아하게 마감이 된 커튼이 드리워져 있었고 창밖으로는 광장이 한눈에 내려다보였다. 구석구석 물건이 꽉 차 있었지만 왠지 잘 정돈된 느낌에다 제대로 교육을 받고 여행을 자주 다닌 남자의 취향이 그대로 느껴지는 방이었다.

펜더개스트는 돌아서서 에스테르하지에게 다고스타를 소개했다. 그 남자는 다고스타가 경찰인 것을 알고 놀라움을 감추지 못했다. 하지만 그럼에도 불구하고 미소를 지으며 다정하게 악수를 청했다.

"자네가 찾아오리라고는 상상도 못 했는데." 그가 말했다. "뭐 좀 마시겠소? 차, 맥주, 버번?"

"버번으로 줘요, 저드슨." 펜더개스트가 말했다.

"어떻게 해줄까?"

"아무것도 넣지 말고요."

에스테르하지가 다고스타를 쳐다봤다. "부서장님은요?"

"맥주면 됩니다. 감사합니다."

"말씀만 하세요." 에스테르하지는 여전히 따스한 미소를 지으면서 구석 쪽에 물기 하나 없이 말끔한 싱크대로 가더니 익숙한 손놀림으로 버번의 양을 가늠하며 잔에 따랐다. 그러더니 다시 양해를 구하고 부엌으로 맥주를 가지러 갔다.

"세상에, 알로이시어스." 에스테르하지가 돌아오면서 말했다. "이게 얼마 만인가, 9년?"

"10년 됐죠."

"10년. 우리가 킬천 로지로 사냥 여행을 갔을 때군."

다고스타는 맥주를 마신 다음 두 사람이 이야기하는 모습을 찬찬히 살펴보았다. 펜더개스트는 미리 에스테르하지에 대한 정보를 귀띔해주었다. 신경외과 연구원으로 자기 분야에서 최고 자리까지 올랐었고 이제는 남은 생을 지역 병원과 재난에 시달리는 제3세계로 가서 봉사하는

'날개 달린 의사 협회'에서 일하며 보내고 있다고 했다. 그의 누이이자 펜더개스트의 아내와도 함께 일을 했었다고 했다. 그는 열정적인 스포츠맨이었고, 펜더개스트에 따르면 헬렌보다 훨씬 더 총을 잘 쏜다고 했다. 다고스타는 벽에 전시되어 있는 갖가지 종류의 사냥 대회 트로피들을 보면서 펜더개스트의 말이 전혀 과장이 아니었다는 것을 깨달았다. 사냥에 열광하는 의사라, 참으로 재미있는 조합이었다.

"자, 말해보게." 에스테르하지는 깊고 낭랑한 목소리로 말했다. "무슨 일로 이 누추한 곳까지 온 건가? 새로 사건이라도 맡았나? 얼른 자세한 내막을 털어놓으라고." 그는 킬킬거렸다.

펜더개스트는 버번을 한 모금 마셨다. 그리고 잠시 망설였다. "저드슨, 이런 말을 하는 게 쉽지만은 않네요. 사실은 헬렌 때문에 왔어요."

킬킬거리던 소리가 에스테르하지의 목구멍 속으로 사라졌다. 귀족처럼 우아한 얼굴에 혼란스러운 빛이 감돌았다. "헬렌? 무엇 때문에?"

펜더개스트는 아까보다 더 많은 양의 버번을 들이켰다. "헬렌의 죽음이 사고가 아니었다는 걸 알아냈어요."

순간 에스테르하지는 굳은 표정으로 서서 펜더개스트를 빤히 쳐다봤다. "도대체 무슨 말인가?"

"당신 여동생이 살해당했다는 뜻입니다."

에스테르하지가 자리에서 일어났고 얼굴엔 긴장한 표정이 역력했다. 그는 펜더개스트와 다고스타에게 등을 돌리고 천천히 걸어갔다. 꿈이라도 꾸는 사람처럼 반대편 책장을 향해 천천히 걸었다. 그리고 아무거나 손에 집히는 대로 들더니 책장을 몇 번 넘기다가 다시 내려놓았다. 그런 다음, 아주 오랜 시간이 흐른 뒤에야 뒤로 돌아섰다. 그리고 다시 싱크대로 가서 손가락으로 더듬더듬 텀블러를 찾아서 독한 술을 들이부었다. 그제야 두 사람 맞은편으로 와서 자리를 잡고 앉았다.

"알로이시어스, 자네가 어떤 사람인지 아니까 확실하냐고 확인할 필요는 없을 거라고 생각하네." 그가 나지막하게 말했다.

"네, 그럴 필요 없어요."

에스테르하지의 태도가 지금까지와는 사뭇 달라졌다. 그는 얼굴이 창백해진 채로 주먹을 쥐었다 폈다 했다.

"자네, 아니, 그래서 어떻게 하겠다는 건가?"

"저는, 그리고 제 친구 빈센트의 도움을 받아서 이번 사건에 책임이 있는 자들을 찾아낼 겁니다. 반드시 정의의 심판을 받게 만들 겁니다."

에스테르하지가 펜더개스트의 얼굴을 똑바로 쳐다보았다. "나도 따라가고 싶군. 놈들이 내 동생을 죽인 대가를 치를 때 나도 그 자리에 있고 싶어."

펜더개스트는 아무 대답도 하지 않았다.

분노, 그의 분노가 너무 강렬하게 느껴져서 다고스타는 거의 아연실색할 정도였다. 에스테르하지는 의자 깊숙이 몸을 기대었고 그의 검은 눈동자는 한시도 가만있지 못하고 연신 번쩍거렸다. "그 사실을 어떻게 알았지?"

펜더개스트는 지난 며칠간의 사건을 간단하게 요약했다. 에스테르하지는 이야기가 길어질 때마다 부르르 몸을 떨었지만 최대한 집중하면서 들었다. 펜더개스트의 말이 끝나자 그는 자리에서 일어나서 술을 한 잔 더 따랐다.

"저는……." 펜더개스트가 말을 멈췄다. "헬렌에 대해 아주 잘 알고 있었다고 자부합니다. 하지만 누군가 그녀를 죽이고 그런 말도 안 되는 고통을 주면서까지 우연한 사고로 죽었다고 가장했다는 것은 제가 미처 알지 못하는 헬렌의 인생이 있다는 걸 의미하는 것이겠죠. 저는 헬렌의 인생 마지막 2년을 함께 보냈어요. 그 이유가 뭐든 간에 저를 만나기 이전 아내의 과거 때문일 거라고 생각합니다. 그 때문에 당신의 도움이 필요한 거고요."

에스테르하지는 손으로 넓은 이마를 쓸어 올리며 고개를 끄덕였다.

"헬렌을 죽일 만한 자나 혹은 죽이고 싶어 할 특별한 이유가 있을까요? 원수? 직장 내 라이벌? 옛날 애인?"

에스테르하지는 아무 말 없이 턱을 씰룩거렸다. "헬렌은…… 멋진 아이였어. 친절하고, 매력적이고. 적이 없었지. MIT에 있을 때도 다들 헬렌을 사랑했고 졸업논문을 쓸 때도 워낙 꼼꼼해서 모든 사람의 신뢰를 받았어."

펜더개스트가 고개를 끄덕였다. "졸업 후에는 어땠어요? 혹시 날개 달린 의사 협회에 아내의 라이벌이 있었나요? 헬렌의 승진을 저지하려는 사람이 있었다거나?"

"날개 달린 의사들은 경쟁적인 관계가 아니야. 모두 힘을 합쳐서 일을 하지. 특별히 오만한 사람도 없었고. 모두 헬렌이 도와주는 것을 고맙게 생각했어." 그는 괴로운 듯 침을 꿀꺽 삼켰다. "오히려 사랑을 받았다고 봐야지."

펜더개스트는 의자에 기대어 앉았다. "헬렌이 죽기 몇 달 전에 짧게 여행을 간 적이 몇 번 있었어요. 조사차 가는 거라고 말했지만 자세한 이야기를 물어보면 그냥 모호하게 둘러대곤 했죠. 이제 와서 생각해보면 조금 이상한 것 같아요. 날개 달린 의사들은 연구보다는 교육이나 치료 쪽에 집중하고 있잖아요. 그때 더 자세한 정보를 알아냈어야 했는데. 당신도 의사니까, 그때 헬렌이 뭘 했는지 혹시 짚이는 게 있나요?"

에스테르하지는 깊은 생각에 잠겼다. 그러더니 고개를 저었다. "미안해, 알로이시어스. 헬렌은 아무 말도 하지 않았어. 본래 먼 곳으로 여행을 다니는 걸 좋아하잖아. 자네도 알겠지만. 의학 연구에도 깊게 매료돼 있었고. 그 두 가지 이유 때문에 헬렌이 날개 달린 의사 협회에서 일하게 되었던 거야."

"가족 문제는 어때요?" 다고스타가 물었다. "가족 내 갈등이라든지, 어린 시절의 고충이라든지 그런 문제는 없었나요?"

"가족들 모두 헬렌을 좋아했어." 에스테르하지가 말했다. "헬렌이 워낙 인기가 많아서 오히려 질투를 하곤 했지. 하지만 딱히 문제가 될 만한 일은 없었네. 우리 부모님은 15년 전에 돌아가셨고. 결국에는 우리 가문에서 나 혼자 남은 셈이지." 그가 잠시 주저했다.

"그래요?" 펜더개스트가 몸을 앞으로 구부렸다.

"별로 대단치 않은 일이지만 자네를 만나기 오래전에, 별로 행복하지 않은 연애를 했었어. 망나니 같은 자식이었지."

"계속 얘기해요."

"헬렌이 대학원에 다니던 첫해였던 걸로 기억나. 주말에 MIT에 다니는 친구라고 웬 놈을 데리고 왔어. 금발에 깔끔하게 머리를 자르고 파란 눈동자를 가진 남자였어. 키가 크고 몸도 좋고 항상 하얀색 테니스화를 신고 말끔한 스웨터를 입고 다녔지. 부유한 백인 신교도 가문에서 자랐다더군. 맨해튼에서 성장했고 피셔스 아일랜드에 여름 별장도 있고 입만 열면 투자 자금 얘기를 늘어놓는 그런 부류 있잖아."

"왜 행복하지 않았던 거죠?"

"나중에 들어보니, 그 녀석한테 성적인 문제가 있었다고 하더라고. 헬렌은 대충 얼버무렸는데 변태 같은 행동을 했다든가, 뭔가 잔인한 구석이 있었지."

"그래서요?"

"헬렌이 헤어지자고 했어. 얼마 동안은 전화를 하고 편지를 보내는 걸로 화풀이를 하더군. 스토킹 정도까지는 아니었고. 한참 그러다 잠잠해진 것 같았는데." 그는 손을 저었다. "그건 자네 만나기 6년 전이고 헬렌이 죽기 9년 전이니까, 별로 연관은 없을 거야."

"이름은요?"

에스테르하지는 손으로 이마를 짚었다. "애덤. 이름은 애덤이었어. 아무리 쥐어짜도 성은 기억나지 않는군."

한참 침묵이 흘렀다. "다른 건 없나요?"

에스테르하지는 고개를 흔들었다. "헬렌을 죽이고 싶어 하는 사람이 있었다는 것 자체가 상상할 수도 없는 일이라서 말이야."

짧은 침묵이 흘렀다. 그런 다음 펜더개스트는 벽에 걸린 그림 중 하나를 향해서 고개를 끄덕였다. 어두운 밤, 나무 위에 흰 올빼미가 앉아 있는 빛바랜 그림이었다. "오듀본(미국의 조류학자이며 화가—옮긴이)의 작품이죠?"

"그래, 그의 작품을 복제한 거야." 에스테르하지가 그 그림을 흘끗 보았다. "자네 얘기를 듣고 보니 조금 이상하군."

"왜죠?"

"저건 어릴 때부터 헬렌의 침실에 걸려 있던 그림이었어. 헬렌 말로는 아플 때 몇 시간 동안이나 저 그림을 바라보고 있었다고 하더라고. 헬렌은 오듀본의 작품에 깊이 매료돼 있었어. 자네도 당연히 알고 있었겠지만." 그는 짧게 말을 끊었다. "저 그림을 보면 헬렌이 생각나서 아직까지 간직하고 있는 거야."

다고스타는 FBI 요원의 얼굴에 깜짝 놀라는 표정이 퍼지는 것을 감지했다. 하지만 그 표정은 재빨리 사라졌다.

펜더개스트가 다시 입을 열 때까지 짧은 침묵이 이어졌다. "우리가 만나기 전에 헬렌의 삶이 어땠는지 또 알려줄 얘기는 없나요?"

"헬렌은 일 때문에 아주 바빴어. 한때는 암벽등반에 심취해 있던 적도 있었지. 주말마다 건크스에서 살다시피 했어."

"건크스?"

"샤완건크 산. 당시에 헬렌은 뉴욕에 살고 있었지. 여행을 많이 다녔어. 물론 날개 달린 의사 활동 때문이기도 했고. 부룬디, 인도, 에티오피아. 하지만 나머지는 그냥 개인적인 탐험 여행이었어. 아직도 우연히 어느 오후에 헬렌을 만났던 게 기억나. 분명히 15년, 16년 전일 거야. 갑자기 급히 짐을 싸더니 뉴 마드리드 곳곳을 둘러볼 작정이라고 하면서 서둘러 떠났어."

"뉴 마드리드요?" 펜더개스트가 되물었다.

"뉴 마드리드, 미주리 주. 왜 거기에 가는지는 얘기하지 않았어. 난 그냥 웃었지. 헬렌은 사적인 부분을 중시하는 아이였거든. 자네가 누구보다도 더 잘 알겠지만, 알로이시어스."

다고스타는 펜더개스트의 비밀스러운 표정을 훔쳐봤다. '두 사람 성격이 똑같았군.' 다고스타는 생각했다. 펜더개스트보다 더욱 자신의 생각을 남과 공유하기를 꺼리고 비밀이 많은 사람이 있다니, 도저히 상상할 수 없었다.

"내가 자네를 도와줄 수 있으면 좋으련만. 예전 남자 친구 성이 생각나면 알려주도록 하지."

펜더개스트는 일어섰다. "고마워요, 저드슨. 이렇게 반갑게 맞아줘서 정말 고마워요. 이렇게 불쑥 찾아와 진실을 알리게 되어서 미안합니다. 더 우회적인 방식으로 얘기를 전하기에는 때가 좋지 않았어요."

"이해하네."

나이 지긋한 의사는 현관을 나와 길 앞까지 두 사람을 배웅했다. "잠깐." 그가 말을 꺼내더니 잠시 망설였다. 아직 현관문이 반쯤 열린 채였다. 잠깐이지만 금욕적인 얼굴에 무서운 분노가 서렸고, 다고스타는 그 잘생긴 얼굴이 온갖 복잡한 감정으로 일그러지는 모습을 보았다. 뭐지? 순수한 분노? 비통함? 상실감?

"알로이시어스, 내가 아까 했던 말 기억하지? 나도 그 자리에, 아니, 꼭 봐야겠어……."

"저드슨." 펜더개스트가 재빨리 그의 손을 잡으면서 말했다. "이번 일은 나 혼자 처리하게 해줘요. 당신이 얼마나 슬프고 화나는지 알지만, 제발 나한테 맡겨주세요."

저드슨은 인상을 찌푸리고 머리를 잠시 격렬하게 흔들었다.

"당신이 어떤 사람인지 잘 압니다." 펜더개스트는 계속 말을 이었다. 그의 목소리는 부드럽지만 완고했다. "미리 경고부터 해야겠군요. 괜히 당신 손으로 해결하려고 들지 마세요. 제발."

에스테르하지는 숨을 깊이 쉬고 또 내쉬면서 아무 대답도 하지 않았다. 마지막으로 펜더개스트는 살짝 고개를 끄덕이고서 저녁의 어스름 속으로 걸어갔다.

문이 닫히고 나서도 에스테르하지는 어둑어둑한 현관에서 벅찬 숨을 내쉬면서 5분 정도 서 있었다. 마침내 두려움과 분노, 충격이 어느 정도 가시자 재빨리 돌아서서 방으로 들어갔다. 그리고 사냥총 장식장이 있는 곳으로 곧장 걸어가서 열쇠로 문을 열었다. 불안해서 손을 떠는 바람에 두 번이나 열쇠를 떨어트렸다. 에스테르하지는 아름답게 광을 낸 소총들을 천천히 손으로 쓰다듬은 다음 한 개를 골랐다. 홀란드 앤드 홀란드의 로열 디럭스, 르폴드 VX-III이 장착된 470 소총. 그는 장식장에서 총을 꺼내서 바들바들 떨리는 손에 쥐고 천천히 살펴보고는 다시 총을 장식장에 넣고 자물쇠를 잠갔다.

펜더개스트는 법으로 해결하는 것이 어떤 결과를 가져올 수 있는지 장황한 설교를 늘어놓을 수도 있었다. 하지만 이렇게까지 된 이상 모든 건 그의 손에 달린 문제였다. 저드슨 에스테르하지 역시 모든 일을 바로잡을 수 있는 건 스스로 해결하는 것뿐이라는 것을 잘 알고 있었다.

13

뉴올리언스

펜더개스트는 롤스로이스 자동차를 몰고 나트륨등이 눈부시게 빛나는 도핀가의 사설 주차장으로 들어섰다. 귓불이 두껍고 눈 아래 둥근 지방 주머니가 튀어나온 남자 안내원이 출입구 차단기를 내리고 펜더개스트에게 주차권을 건넸고, 펜더개스트는 그것을 받아 햇빛 가리개 뒤쪽에 꽂았다.

"왼쪽 뒤편, 39번입니다!" 그 남자는 강한 델타 지방 억양으로 소리쳤다. 그리고 툭 불거져 나온 눈으로 다시 롤스로이스를 살펴보았다. "아니, 다시 생각해보니 36번이 좋겠군요. 그쪽이 더 넓습니다. 저희 주차장에서는 차량 손상에 대한 책임은 지지 않습니다. 툴루즈의 라살로 가면 지붕 있는 주차장도 있으니까 그쪽으로 가셔도 되고요."

"감사합니다. 그냥 여기 세우겠습니다."

"좋으실 대로 하십시오."

펜더개스트는 커다란 자동차를 이리저리 움직여서 좁은 주차장 사이로 빠져나갔고 지정된 자리에 차를 세웠다. 펜더개스트와 다고스타 모두 차에서 내렸다. 주차장 규모는 컸지만 왠지 밀실에 갇혀 있는 것처럼 답답했다. 사방으로 옛날 건물에 둘러싸여 있었기 때문이었다. 그리 춥지 않은 겨울밤이었고 늦은 시간이었지만 젊은 남자들과 여자들 무리가 플라스틱 컵에 담긴 맥주의 거품을 흘리면서 비틀거리며 걷고 있었다. 서로 이름을 부르고 깔깔거리고 소리를 지르면서 길가를 따라 휘청대는 모습이 눈에 들어왔다. 주차장 바깥 길가 쪽으로 고함치는 소리, 우는 소리, 자동차 경적 소리, 딕시랜드 재즈 소리가 온통 뒤섞여 크게 울려 퍼졌다.

"전형적인 프랑스의 밤거리 풍경이네요." 펜더개스트가 차에 기대면서 말했다. "버번은 다음 거리에 있어요. 부도덕한 국가의 결함을 그대로 보여주는 공공 장소 같은 곳이죠." 펜더개스트는 밤공기를 깊이 들이마셨고 창백한 얼굴 위로 반쯤 미소를 짓는 낯선 표정이 퍼졌다.

다고스타는 묵묵히 기다렸지만 펜더개스트는 전혀 움직일 기미가 보이지 않았다. "이제 가는 건가요?" 마침내 다고스타가 물었다.

"잠깐만요, 빈센트." 펜더개스트는 눈을 감고 다시 천천히 숨을 들이마셨는데 마치 주변의 기운을 깊숙이 빨아들이는 것 같았다. 다고스타는 펜더개스트가 이상하게 행동할 때마다 조금 인내심을 발휘해야 할 시점이다 싶어서 조용히 기다려주었다. 하지만 서배너에서부터 장시간 차를 타고 오느라 지칠 대로 지쳤다. 펜더개스트는 뉴욕에서 탔던 차와 똑같은 롤스로이스를 구해서 일부러 이곳까지 끌고 왔지만, 무엇보다 다고스타는 당장 배가 고파서 미칠 지경이었다. 지금 같아서는 무엇보다 맥주 한잔 생각이 간절했고, 취객들이 차가운 맥주를 들고 지나가는 모습을 보고 나니 기분이 한층 더 우울해졌다.

얼마쯤 시간이 흐르고 나서야 다고스타가 목청을 가다듬었다. 펜더개스트가 눈을 떴다.

"옛날 집 보러 안 갈 거예요?" 다고스타가 물었다. "여기서 확인할 게 남아 있기라도 한 거예요?"

"바로 여기예요." 펜더개스트가 고개를 돌렸다. "여기가 옛날 도핀가의 일부였어요. 바로 이 자리가 프랑스 거리의 중심부였죠. 진짜 프랑스 거리."

다고스타는 끙 하고 앓는 소리를 냈다. 주차장에 있던 안내원이 두 사람을 의심스럽게 쳐다보는 게 느껴졌다.

펜더개스트가 손가락을 들고 말했다. "아름다운 그리스 부흥기의 타운 하우스, 뉴올리언스 건축 초창기에 유명세를 떨쳤던 제임스 갤리어 시니어가 지은 곳이죠."

"지금은 홀리데이 인 호텔로 바뀐 것 같네요." 다고스타가 정면에 보이는 간판을 보고 말했다.

"저 웅장한 저택은 가르데트 르 프레트르 하우스라고 해요. 과거 이곳이 스페인의 도시였을 때 필라델피아에서 이주해 온 치과 의사를 위해서 특별히 지은 집이죠. 농장주 이름이 르 프레트르인데 1939년쯤 저 집을 2만 달러가 넘는 가격에 샀어요. 당시로서는 어마어마한 가격이었죠. 그리고 70년대까지 저택을 소유하고 있었지만 아쉽게도 가문이 몰락하는 바람에…….지금은, 화려한 아파트로 변한 것 같네요."

"그렇네요." 다고스타가 말했다. 마침내 주차 안내원이 잔뜩 인상을 쓰면서 두 사람 쪽으로 걸어왔다.

펜더개스트가 계속해서 말을 이었다. "그리고 오른쪽 길 건너편에는 존 제임스 오듀본이 그의 아내 루시 베이크웰과 과거에 거주했던 예전 크리올 주택이 있어요. 워낙 특이한 곳이라 이제는 작은 박물관이 되었지만요."

"실례합니다." 주차 안내원이 개구리같이 생긴 눈을 가늘게 뜨며 말했다. "여기서 계속 얼쩡거리시면 안 됩니다."

"죄송합니다!" 펜더개스트는 양복 주머니에 손을 넣어서 50달러짜리 지폐를 꺼내 눈앞에서 흔들었다. "팁 드리는 걸 깜빡하다니 제가 정말 경솔했네요. 이렇게 주의를 주셔서 감사합니다."

그 남자는 활짝 웃었다. "아니, 저는, 정말 감사합니다, 선생님." 그는 지폐를 받았다. "마음껏 계세요, 너무 서두르지 마시고." 그는 고개를 끄덕이고 웃음을 지으며 주차 관리소로 돌아갔다.

펜더개스트는 여전히 움직이려는 기미가 없었다. 그저 주변을 어슬 렁거리면서 어두운 색 양복 뒤로 뒷짐을 지고서 마치 박물관 전시실에 있는 사람처럼 두리번거렸다. 그의 얼굴에는 아쉬움, 상실감, 그리고 알아보기 힘든 야릇한 감정이 뒤섞인 미묘한 표정이 드리워져 있었다. 다고스타는 최대한 짜증을 참아보려고 애썼다. "이제 당신 집을 보러 가는 건가요?" 다고스타가 마침내 물었다.

펜더개스트는 다고스타를 돌아보고 중얼거렸다. "벌써 와 있잖아요, 친애하는 빈센트."

"어디가요?"

"바로 여기. 여기가 로셰누아르예요."

다고스타는 침을 꿀꺽 삼키고 아까와는 사뭇 다른 시선으로 아스팔 트 주차장을 둘러보았다. 제멋대로 불어오는 바람이 기름투성이 쓰레 기를 걷어내고 사방을 온통 휘젓고 있었다. 어디선가 고양이 울음소리 까지 들렸다.

펜더개스트가 다시 입을 열었다. "그 집이 불타버린 후, 지하실을 옮 기고 바닥을 덮어버렸죠. 남은 건 전부 불도저로 밀어버렸어요. 몇 년 동안 그냥 방치해두다가 사설 주차장을 운영하겠다는 회사가 나타나서 세를 줬죠. 그 전까지는 내내 공터로 있었어요."

"아직까지 이 땅을 소유하고 있는 거예요?"

"펜더개스트 가문은 절대로 부동산을 팔지 않습니다."

"오!"

펜더개스트가 돌아섰다. "로셰누아르 저택은 주도로 뒤쪽에 있었고, 앞쪽으로는 정원이 있었어요. 원래 수도원 자리였는데, 흉벽에는 퇴 창과 총안을 냈고, 지붕 위에 망대도 있는 커다란 석조 건물이었죠. 고 딕 양식을 재현한 건물로 거리 분위기와는 달리 다소 이국적인 분위기 였어요. 내 방은 2층 구석에 있었고요." 그는 한쪽을 가리켰다. "강 쪽 으로는 오듀본의 작은 집이 보였고, 다른 쪽 창문으로는 르 프레트르의 저택이 보였죠. 르 프레트르 저택……. 몇 시간 동안 멍하니 지켜보곤 했었는데. 불 켜진 창문으로 사람들이 왔다 갔다 하는 모습을 보고 공연하는 소리를 들으면서요."

"저 길 건너 오듀본 박물관에 갔다가 헬렌을 만났고요?" 다고스타는 다시 대화를 원점으로 되돌리고 싶었다.

펜더개스트가 고개를 끄덕였다. "수년 전, 오듀본 박물관에서 열리는 전시회를 위해 우리 저택에 보관하고 있던 코끼리 두 마리가 그려진 대형 책자를 빌려줬거든요. 덕분에 개회식 행사에 초청을 받았죠. 그쪽에서는 우리 가문이 소장한 오듀본 작품의 복사본을 손에 넣고 싶어 했어요. 대고조부께서 오듀본으로부터 직접 받은 것이었어요." 펜더개스트는 말을 멈췄다. 주차장의 황량한 불빛 아래 그의 얼굴은 흡사 유령처럼 보였다. "그 작은 박물관에 들어섰을 때, 반대편에서 나를 쳐다보는 젊은 여성과 눈이 딱 마주쳤어요."

"첫눈에 반한 사랑이군요?" 다고스타가 물었다.

반쯤 웃는 미소가 유령 같은 얼굴 위로 퍼졌다. "세상 모든 것들이 순식간에 사라지고 우리 둘 말고는 아무도 존재하지 않는 것 같았어요. 그녀는 정말 아름다웠죠. 흰옷을 입었는데, 구슬처럼 파랗고 반짝이는 눈동자에 보라색 반점이 있었어요. 정말 특이한 모습이었죠. 예전 경험에 비추어 볼 때 아주 독특한 데가 있었어요. 그녀가 저한테 곧장 다가오더니 자기소개를 하고, 제가 미처 감정을 추스르기도 전에 내 손을 잡았는데……." 그는 말을 망설였다. "헬렌은 수줍음이 전혀 없는 성격이었어요. 절대적으로 신뢰할 수 있는 유일한 사람이었고."

펜더개스트의 목소리가 점차 얇아지는 것 같더니 잠시 후 완전히 입을 닫아버렸다. 그리고 갑자기 자리에서 일어섰다. "빈센트, 당신만 빼고요."

다고스타는 갑작스러운 칭찬에 화들짝 놀랐다. "고맙네요."

"내가 무슨 헛소리를 지껄이고 있는 거죠?" 펜더개스트가 무미건조하게 말했다. "해답은 과거에 있지만 우리는 과거에 현혹되지 않아야 해요. 그래도 이런 과정이 정말 중요하다고 생각해요. 우리 모두를 위해서. 바로 여기서부터 시작하는 거예요."

"시작." 다고스타가 그 말을 따라 했다. 그리고 뒤로 돌아서서는 말했다. "펜더개스트, 말해봐요."

"네?"

"과거에 대한 얘기, 계속 궁금했어요. 왜 그 사람들이, 그들이 누구이든 간에, 왜 이런 문제를 일으킨 걸까요?"

"무슨 소린지 모르겠네요."

"일부러 훈련까지 받은 사자를 데리고 온 것, 당신과 헬렌을 캠프로 끌어들이기 위해 독일인 사진작가를 죽이고, 캠프 사람들을 모조리 매수한 것까지. 엄청난 시간과 돈이 드는 일이에요. 끔찍하리만치 공을 들여서 완벽하게 음모를 꾸민 거잖아요. 그냥 납치를 할 수도 있었을 테고 여기 뉴올리언스에서 자동차 사고를 낼 수도 있었을 텐데, 왜 그렇게 하지 않았던 거죠? 쉬운 방법이 많이 있었을 텐데……." 다고스타의 목소리가 작아졌다.

잠시 펜더개스트는 아무 대답도 하지 않았다. 그리고 천천히 고개를 끄덕였다. "맞아요. 저도 그 점이 무척 궁금합니다. 하지만 우리 친구 위즐리가 했던 말 기억나요? 그중에 독일 사람이 있었다고 했어요. 그들이 저지른 첫 번째 살인은 주위를 환기시키는 것 이상의 엄청난 효과를 가져왔어요."

"그걸 깜빡했네요." 다고스타가 말했다.

"그렇게 생각하면 놈들이 들인 값비싼 비용이 조금은 이해가 되고 어느 정도는 타당해지는 거죠. 하지만 당분간 그 생각은 접어둡시다, 빈센트. 그 첫 번째 단계를 조사해보면 더 많은 걸 알아낼 수 있을 겁니다. 가능하다면 헬렌이 어떤 사람이었는지 자세히 알아내야겠죠." 그는 주머니에 손을 넣더니 반으로 접힌 종이를 꺼내 다고스타에게 건넸다.

다고스타는 종이를 펼쳤다. 펜더개스트의 우아한 글씨체로 주소 하나가 쓰여 있었다.

메인 주, 록랜드
메커닉가 214번지

"이건 뭐죠?" 다고스타가 물었다.

"과거예요, 빈센트. 헬렌이 나고 자란 동네죠. 당신의 다음 임무이기도 해요. 제가 맡은 임무는 바로 이곳에 있어요."

14

페넘브라 저택

"차 한 잔 더 하시겠습니까, 주인님?"

"괜찮아요, 모리스." 펜더개스트는 이른 저녁 식사에서 해치우지 못한 음식을 살피고 있었다. 옥수수와 콩 요리, 완두콩, 햄 즙으로 만든 고기 국물. 원하는 만큼 겨자 소스를 가득 부어서 먹을 수도 있었다. 식당의 긴 창문 밖으로 보이는 독미나리와 사이프러스 숲 사이로 땅거미가 지고 있었고, 어디선가 흉내지빠귀가 길고 복잡한 장송곡을 지저귀고 있었다.

펜더개스트는 하얀색 리넨 냅킨으로 입가를 훔친 다음 식탁에서 일어났다. "이제 식사를 했으니 오늘 오후에 도착한 우편물을 확인하고 싶네요."

"물론이죠, 주인님." 모리스는 식당에서 복도로 나갔다가 재빨리 편지를 가지고 돌아왔다. 편지는 아주 낡았고 한 번 이상 주소를 고쳐 쓴 흔적이 남아 있었다. 소인에 찍힌 날짜로 가늠해보건대 펜더개스트의 손에 들어오기까지 적어도 3주 이상은 걸린 듯했다. 그 우아하고 예스러운 손 글씨를 알아보지 못한다 하더라도, 중국 소인이 찍힌 걸로 발신인이 누군지는 알 수 있었다. 콘스턴스 그린, 그의 피후견인이자 현재 어린 아들과 티베트의 외진 수도원에서 살고 있는 사람. 그는 편지 봉투를 자르는 칼로 겉봉을 열고 안에 있는 종이 한 장을 꺼내서 읽었다.

친애하는 알로이시어스,

당신이 무슨 문제에 처해 있는지는 모르겠지만 당신은 앞으로 가까운 미래에 엄청난 고통을 겪게 될 거예요. 꿈속에서 당신 모습을 보았거든요. 정말 유감스러운 일이에요. 신들이 우리 인간을 대하는 걸 보면 장난꾸러기 아이들이 파리를 대하는 것과 똑같아요. 재미 삼아 우리 목숨을 가지고 장난을 하니까요.

저는 곧 돌아갈 거예요. 편안하게 쉬면서 모든 걸 잘 통제하세요. 지금 당장은 아니라도 곧 그렇게 될 거예요.

항상 내 마음속에 당신이 있다는 거 기억해줘요. 또한 나의 기도에도 항상 당신이 있고, 앞으로도 내가 기도하는 동안은 영원히 그럴 거예요.

콘스턴스

펜더개스트는 잔뜩 인상을 쓰면서 편지를 다시 한 번 읽었다.

"뭐 잘못된 일이라도 있습니까, 주인님?" 모리스가 물었다.

"잘 모르겠어요." 펜더개스트는 그 편지 내용을 읽고 고민하는 것처럼 보였다. 그러더니 편지를 접어서 집사에게 건넸다. "어쨌거나 모리스, 나와 함께 서재로 가주면 좋겠어요."

나이 든 집사가 식탁을 치우다가 멈췄다. "네, 주인님?"

"옛날 일을 떠올리면서 식후 셰리나 한잔해요. 아직도 내 마음에 향수처럼 남아 있는 추억을 찾아보게요."

아주 드문 초대였고 모리스의 얼굴에도 당혹스러움이 엿보였다. "감사합니다, 주인님. 먼저 식사하신 것부터 치우고 가겠습니다."

"좋아요. 지하 저장고에 가서 괜찮은 술이 있나 찾아볼게요."

이달고 올로로소 비에호는 사실 괜찮다는 말로는 부족할 정도로 최고급 술이었다. 펜더개스트는 셰리의 복잡한 맛을 한껏 음미하면서 한 모금을 꿀꺽 삼켰다. 혀끝에 나무 향과 과일 향이 오래도록 감돌았다. 모리스는 낡은 카샨 실크 카펫 반대편의 네모난 의자에 앉았다. 잔뜩 풀을 먹인 집사복을 입고 허리를 꼿꼿하게 펴고 있는 그의 자세는 우스꽝스러울 정도로 불편해 보였다.

"술이 입에 맞아요?" 펜더개스트가 물었다.

"아주 좋습니다, 주인님." 집사가 대답했다.

"그럼 맛있게 들어요, 모리스. 우울한 기분을 떨치는 데 도움이 될 거예요."

모리스는 시키는 대로 했다. "난로에 통나무 하나 더 넣을까요?"

펜더개스트는 고개를 가로젓고 다시 주위를 둘러봤다. "놀라운 일이에요. 페넘브라 저택에 이렇게 많은 추억이 남아 있다니."

"그러실 겁니다, 주인님."

펜더개스트는 나무틀 위에 홀로 서 있는 커다란 지구본을 가리켰다. "예를 들면, 호주가 대륙인지 아닌지 유모와 격렬하게 논쟁했던 기억이 나네요. 유모는 끝까지 섬이라고 주장했죠."

모리스는 고개를 끄덕였다.

"책장 맨 꼭대기에 놓여 있던 너무나 아름다운 웨지우드 그릇 세트." 펜더개스트는 고개를 끄덕이며 그 자리를 가리켰다. "동생과 함께 로마인이 실비움을 공격했을 때를 재연했던 날도 기억나요. 디오게네스가 포위 장치를 만들었는데 생각보다 훨씬 효과적이라는 게 증명됐죠. 처음 실험에서 책장 바로 위에 착지했잖아요." 펜더개스트가 머리를 흔들었다. "덕분에 한 달 동안 코코아는 구경도 못 했죠."

"저도 아주 생생히 기억이 납니다, 주인님." 모리스가 잔을 비우며 말했다. 셰리가 모리스를 취하게 만든 것 같았다.

펜더개스트는 재빨리 두 사람의 잔을 채웠다. "아뇨, 사양 말고 드세요." 그는 모리스가 거절하려고 하자 이렇게 말했다.

모리스는 고개를 끄덕이고 감사하다는 말을 웅얼거렸다.

"이곳은 우리 가족의 중심이었죠." 펜더개스트가 말했다. "제가 러셔에서 일등을 하고 나서 파티를 열었던 곳이잖아요. 할아버지가 바로 이 자리에 서서 연설문을 연습하셨고, 우리 모두 모여 앉아서 청중 역할을 하면서 박수 치고 휘파람 불던 거 기억나요?"

"바로 어제 일처럼 기억나죠."

펜더개스트는 한 모금을 더 마셨다. "정형식 정원에서 결혼식을 치른 다음에는 바로 이 자리에서 피로연을 열었고요."

"그렇습니다, 주인님." 철저한 보호막이 다소 둔감해진 탓인지 모리스는 아까보다 편한 자세로 네모난 의자에 앉아 있었다.

"헬렌도 이 방을 좋아했어요." 펜더개스트가 계속 말했다.

"정말 그랬습니다."

"저녁이면 이곳에 앉아서 연구를 하거나 의학 저널을 읽던 아내의 모습이 떠올라요."

모리스의 얼굴에 애석한 미소가 스쳐 지나갔다.

펜더개스트는 잔을 살펴보았다. 잔에는 가을빛 액체가 가득 채워져 있었다. "여기 있을 때면 서로 말없이 즐기며 즐거운 시간을 보낼 수 있었어요." 그리고 말을 멈추더니 아무렇지도 않게 말했다. "모리스, 헬렌이 나를 만나기 전에 어떤 삶을 살았는지 당신에게 말한 적 있나요?"

모리스는 잔을 비우고서 우아하고 섬세한 손짓으로 잔을 옆으로 밀었다. "아뇨, 헬렌 부인은 조용한 분이셨어요."

"헬렌에 대해 가장 기억나는 게 뭐예요?"

모리스는 잠시 생각했다. "로즈힙 차가 담긴 주전자를 가져다드렸던 거요."

이제는 펜더개스트가 웃을 차례였다. "그래요. 헬렌이 좋아하던 차였죠. 항상 로즈힙 차를 입에 달고 살았어요. 서재에서도 항상 로즈힙 냄새가 났고." 펜더개스트는 킁킁거렸다. 지금은 눅눅한 먼지와 셰리 냄새만 진동을 했다. "집을 자주 비워서 걱정했는데 오히려 잘된 일이었네요. 내가 없는 동안 이렇게 통풍도 안 되는 답답한 집에서 헬렌이 무엇을 하고 시간을 보냈는지 가끔 궁금했어요."

"혼자 여행을 가시기도 했습니다, 주인님. 하지만 주로 여기서 시간을 보내셨죠." 모리스가 말했다. "주인님을 무척 그리워했고요."

"그랬어요? 헬렌은 용감무쌍한 여자였잖아요."

"주인님이 안 계신 동안 부인이 여기 계신 걸 자주 봤어요." 모리스가 말했다. "창밖에 새들을 쳐다보시면서."

펜더개스트가 말을 멈췄다. "새요?"

"그 최악의 시기가 시작되기 전에, 주인님 동생분께서 예전에 좋아하시던……. 저 서랍 안에 온갖 새들 그림이 있는 커다란 책이 한 권 있었잖습니까." 모리스는 밤나무로 만든 구식 장식장 아래 서랍을 향해 고개를 끄덕였다.

펜더개스트는 인상을 찌푸렸다. "코끼리 두 마리가 그려진 오듀본의 책자 말이에요?"

"네, 그겁니다. 제가 차를 가지고 왔을 때 부인은 완전히 넋이 나가서 그림을 보고 계셨어요. 몇 시간 동안 자리에 앉아서 책장을 넘기셨죠."

펜더개스트는 갑자기 잔을 테이블 위에 내려놓았다. "헬렌이 오듀본에 대해서 궁금해하던가요? 특별히 뭔가 질문을 한다거나, 그런 건 없었나요?"

"이따금요, 주인님. 부인께서는 대고조부님과 오듀본 씨의 깊은 우정에 반한 눈치셨어요. 우리 가문에 깊은 관심을 가지고 있는 부인을 보는 건 정말 기분 좋은 일이었죠."

"보이티우스 할아버지 말이에요?"

"바로 그분입니다."

"그때가 언제인가요, 모리스?" 펜더개스트가 잠시 후에 물어봤다.

"주인님이 결혼하고 난 직후예요. 부인께서는 그 작품들을 보고 싶어 하셨어요."

펜더개스트는 깊은 생각에 빠져서 술을 마셨다. "작품? 어떤 거요?"

"저기, 저 서랍 밑에 있는 그림들요. 부인은 항상 옛날 서류들이나 일 기들을 뒤지고 있었어요. 저기, 저 책도요."

"왜 그런지 얘기하던가요?"

"그냥 저런 그림을 좋아해서라고 생각했습니다. 정말 예쁜 새들이잖 아요, 주인님." 모리스는 셰리를 한 모금 마셨다. "그래서 두 분이 만나 게 된 거 아니었나요? 도핀가의 오듀본 씨 저택에서?"

"그래요. 오듀본의 작품 전시회에서 만났죠. 하지만 그땐 헬렌도 오 듀본의 그림에는 별 관심이 없었어요. 그냥 공짜 와인과 치즈를 먹으러 왔다고 했으니까요."

"주인님, 여자들이 어떤지 아시잖아요. 여자들이란 항상 작은 비밀을 간직하고 살게 마련이죠."

"그런 것 같군요." 펜더개스트는 아주 작은 소리로 대답했다.

15

메인 주, 록랜드

평상시 같은 상황이었다면, 솔티 도그 태번은 빈센트 다고스타가 가장 좋아하는 곳이었다. 솔직 담백하고 잘난 체하지 않는 노동자 계급이 모이는 저렴한 술집. 하지만 지금은 아니었다. 그는 지난 며칠 동안 네 개의 도시를 비행기와 차로 넘나드느라 분주하게 움직였다. 다고스타는 로라 헤이워드가 보고 싶었다. 너무 피곤해서 뼛속까지 피로가 쌓일 정도였다. 솔직히 2월의 메인 주는 그다지 매력적이지 않았다. 지금 이 순간 가장 하고 싶은 건 어부 여러 명과 어울려서 함께 맥주병이나 낚아 올리며 시간을 보내는 것이었다.

다고스타는 다소 절망적인 기분이었다. 록랜드에서 막다른 골목에 부딪혔다. 에스테르하지 가족이 살던 예전 집은 20년 전 가족이 떠난 이후 수도 없이 주인이 바뀌었다. 이웃들 중에 딱 한 사람, 늙은 독신녀 한 명만이 그 가족을 기억하는 듯했지만 면전에서 야박하게 현관문을 닫아버렸다. 공립 박물관에 보관된 신문을 뒤져봐도 에스테르하지 가족을 언급한 기록은 하나도 없었고, 세금 납부 기록만 빼면 그 가족과 관련된 공문서 기록도 전혀 남아 있지 않았다. 물론 작은 마을이라 온갖 소문과 참견하는 말은 많이 들었지만 말이다.

다고스타는 귀동냥으로 얻은 정보에 따라서, 평생을 이 동네에서 살앉다는 유지들이 자주 찾는다는 해안가 근처의 술집 솔티 도그 태번으로 찾아왔다. 상업용 낚싯배들이 정박하는 부두 끝자락의 두 헛간 사이에 허름한 지붕의 가게가 자리 잡고 있었다. 저 멀리서 돌풍이 시시각각 다가오고 있는 모양이었다. 바다에서 불어오는 눈송이들이 하얗게 소용돌이쳤고 바다에서 뿜어져 나온 하얀 거품이 뒤섞인 바람은 바닥에 버려진 신문을 바위 너머로 이리저리 밀어냈다. '대체 내가 여기서 뭘 하고 있는 걸까?' 다고스타는 생각했다. 하지만 분명히 그 이유는 알고 있었다. 펜더개스트가 미리 설명을 해주었기 때문이었다. 펜더개스트는 말했다. "당신만 보내서 미안하지만, 난 이번 문제에 너무 가까이 있는 사람이에요. 객관성을 가지고 조사를 하기는 힘들 것 같습니다."

술집의 내부는 어두침침했고, 바싹 튀긴 생선과 퀴퀴한 맥주 냄새가 진동을 했다. 다고스타는 눈이 어느 정도 어둠에 적응이 되자 술집 안에 있는 사람들을 찬찬히 쳐다보았다. 바텐더 한 명, 두꺼운 모직 상의를 입고 방수모를 쓴 손님 네 명. 모두 대화를 멈추고 그를 쳐다보았다. 낯선 손님이 나타났기 때문이리라. 이 허름한 술집 한가운데 있는 장작 난로에서 따스한 열기가 올라오고 있었다.

그는 바의 끝자락에 자리를 잡고 앉아 바텐더를 향해 고개를 끄덕이며 버드와이저 한 병을 주문했다. 되도록 사람들의 이목을 끌지 않으며 조용히 앉아 있자니 점차 마을 사람들의 대화가 귓가에 들렸다. 다고스타는 곧바로 손님들 네 명 모두 어부라는 것을 간파할 수 있었다. 최근 들어 어업이 불황을 겪고 있었다. 솔직히 어업은 항상 불황을 겪고 있다고 해도 과언이 아니었다.

다고스타는 맥주를 홀짝이며 바를 눈여겨보았다. 예상대로 초창기 뱃사람들의 취향이 그대로 남아 있었다. 상어 턱과 바닷가재의 집게발이 장식되어 있었고 벽면은 선박들의 사진으로 온통 덮여 있었으며 천장에는 색색의 유리구슬이 달린 그물이 걸려 있었다. 갖가지 물건들이 너저분하게 장식되어 있었고 저마다 오랜 세월과 담배 연기, 묵은 때가 긴 모습이었다.

다고스타는 맥주 한 병만 더 비우고 나가기로 마음을 정하고는 두 병째 맥주를 시켰다. "마이크." 그는 바텐더의 이름을 불렀다. 조금 전 대화를 엿들을 때 기억해두었던 것이었다. "이 술집에 있는 사람들에게 한 잔씩 돌리죠. 당신도 한 잔 드세요."

마이크는 다고스타를 쳐다본 다음 시키는 대로 맥주를 건네고 걸걸한 목소리로 고맙다고 말했다. 공짜 술이 돌아가자 손님들이 고개를 끄덕이면서 툴툴거리는 소리를 냈다.

다고스타는 맥주를 꿀꺽꿀꺽 들이켰다. 중요한 건 평범한 남자처럼 보이는 것이었다. 그렇다고 솔티 도그에서 술을 마실 때 짠돌이가 되어야 한다는 의미는 아니었다. 그는 목청을 가다듬었다. "궁금한 게 있는데요." 일부러 큰 소리로 말했다. "여러분 중에서 혹시 날 도와줄 수 있는 분이 계신지 모르겠군요."

다시 한 번 그에게 이목이 집중되었다. 어떤 사람은 궁금해했고, 어떤 사람은 의심으로 가득 찬 시선을 보냈다. "뭘 도와달라는 거요?" 다른 사람들이 헥터라고 부르는 반백의 남자가 말했다.

"이 근처에 살던 가족들 말인데요. 성은 에스테르하지. 난 그들을 뒤쫓고 있어요."

"자네는 이름이 뭐요?" 네드라는 어부가 물었다. 152센티미터 정도의 키에 바람과 햇빛으로 거칠어진 얼굴, 전신주처럼 두꺼운 팔뚝을 가진 자였다.

"마르티네이."

"짭새 아니야?" 네드가 인상을 쓰며 말했다.

다고스타가 고개를 저었다. "사립 탐정입니다. 유산 상속에 관한 일이에요."

"유산?"

"상당히 많은 액수예요. 지금까지 살아 있는 에스테르하지 후손이 있으면 꼭 찾아달라는 피신탁인의 의뢰를 받았어요. 내가 그 사람들을 찾지 못하면 유산도 돌려주지 못할 거 아닙니까, 안 그래요?"

어부들이 그의 제안을 곱씹어보는 동안 술집이 조용해졌다. 돈 얘기가 나오자 몇몇은 눈동자를 반짝였다.

"마이크, 한 잔씩 더 돌려요." 다고스타는 거품이 있는 머그잔을 들고 시원스레 들이켰다. "의뢰인 말로는 아직 살아 있는 가족을 찾아주는 사람에게 작은 사례도 하겠다는군요."

다고스타는 어부들이 서로 눈빛을 주고받은 후에 그를 향해 다가오는 모습을 지켜보았다. 다고스타가 말했다. "그러니까, 뭔가 도움이 될 만한 정보를 주실 분 안 계십니까?"

"에스테르하지 가족은 더는 여기 살지 않아." 네드가 말했다.

"그 가문 사람들은 모두 죽었지." 헥터가 말했다. "아마 남아 있는 사람이 없을 거요. 그 일이 일어난 후부터는."

"그 일이란 게 뭡니까?" 다고스타는 괜히 지나친 관심을 내색하지 않으려고 애쓰며 물었다.

어부들 사이에 더욱 분주한 눈빛이 오고 갔다. "나도 자세히는 몰라." 헥터가 말했다. "하지만 걸음아 나 살려라 하고 급히 떠난 거 하나는 분명하지."

"다락방에 미친 고모도 감금해놨다지." 세 번째 어부가 말했다. "그 할망구가 마을에 있는 개들을 잡아먹기 시작한 후부터는 어쩔 수 없었을 게야. 이웃들 말로는 그 할망구가 밤마다 울부짖으며 문을 두드리고 개고기를 달라고 소리 지르는 걸 들었다고 하더라고."

"이봐, 게리." 바텐더가 너털웃음을 터트리며 말했다. "그냥 마누라가 소리를 지른 거였겠지. 악마 같은 여편네. 자네 밤마다 공포 영화를 너무 많이 봤구먼."

"사실 무슨 일이 있었느냐면 말이야." 네드가 말했다. "그 마누라가 남편을 독살하려고 했어. 남편 식사에 스트리크닌(알칼로이드 독—옮긴이)을 넣었대."

바텐더가 고개를 가로저었다. "맥주나 더 들어요, 네드. 내가 듣기로는 아버지란 자가 주식을 하다가 꽤 많은 돈을 날렸다고 들었어요. 그래서 급하게 마을을 떠난 거고. 듣기론 곳곳에 빚쟁이들이 있다던데."

"주식 같은 건 하면 못써." 헥터가 맥주잔을 비우며 말했다. "완전 사기야."

"어떤 사람들이었죠?" 다고스타가 물었다.

놀라운 속도로 잔을 비운 어부들이 빈 잔을 그윽하게 바라보았다.

"마이크, 한 잔 더 돌려요." 다고스타가 바텐더에게 말했다.

"내가 듣기로는⋯⋯." 네드가 맥주잔을 받으며 말했다. "그 아버지란 자가 아주 나쁜 놈이라더군. 전깃줄로 마누라를 때렸다지? 그래서 아내가 독살하려고 했고."

이야기는 점점 거칠어졌고 정말 말도 안 되는 쪽으로 흘러가는 것 같았다. 헬렌의 아버지가 의사였다고 말했던 펜더개스트의 말과는 정반대였다.

"내가 들은 얘기는 전혀 달라요." 바텐더가 말했다. "미친 건 아내 쪽이었다고 하더군요. 가족들 모두 엄마를 두려워했고, 자칫 심기를 건드릴까 봐 노심초사했다고. 남편은 거의 밖에 나가 있었어요. 하루가 멀다 하고 여행을 다녔다나. 주로 남미 쪽을 돌아다녔다고 하더군요."

"체포된 사람은 없었습니까? 경찰 조사를 받은 적은요?" 이미 대답을 알고 있는 질문이었다. 에스테르하지 가문의 경찰 기록은 휘파람 소리만큼이나 말끔했다. 부근에서 법을 어겼다거나 경찰 조사를 받았다는 기록 같은 건 어디에도 남아 있지 않았다. "여러분이 말한 에스테르하지의 가족이라면, 아들과 딸이 있었다죠?"

짧은 침묵이 흘렀다. "그 아들이라는 녀석이 좀 이상했지." 네드가 말했다.

"네드, 그 녀석 고등학교 졸업생 대표였어." 헥터가 말했다.

'졸업생 대표라……. 최소한 한 가지 사실은 제대로 확인할 수 있겠군.' 다고스타가 생각했다. "그럼 딸은? 그 딸은 어땠나요?"

다고스타는 사방에서 어깨를 으쓱하는 모습을 보았다. 다고스타는 고등학교에서 졸업생들 기록을 아직까지 보관하고 있을지 궁금했다. "지금 어디 있는지 아시는 분 계십니까?"

어부들이 서로 시선을 교환했다. "아들 녀석이 남부 어딘가에 있다는 소리는 들었어요." 바텐더인 마이크가 말했다. "한데 딸은 어떻게 됐는지 전혀 모르겠군요."

"에스테르하지는 흔한 성이 아닌데." 헥터가 말했다. "인터넷에서 찾아보지그래?"

다고스타는 멍한 표정으로 바다를 바라보았다. 온갖 말도 안 되는 소문과 전혀 도움이 안 되는 충고를 피해 갈 만한 적당한 말이 떠오르지 않았다. 게다가 경악스러운 일이지만 슬슬 취기까지 도는 게 느껴졌다.

다고스타는 균형을 잡기 위해서 바에 손을 올리고 비틀거리며 자리에서 일어섰다. "얼마죠?" 그는 마이크에게 물었다.

"32달러 50센트." 대답이 돌아왔다.

다고스타는 지갑에서 20달러짜리 지폐 두 장을 꺼내서 바에 올려놓았다. "도움 주셔서 감사합니다." 그가 말했다. "안녕히 계세요."

"사례비 준다며?" 네드가 물었다.

다고스타는 멈춰서 뒤를 돌아봤다. "맞다, 사례비. 제 전화번호를 드리죠. 뭐든 생각나는 게 있으면 언제든 연락을 주세요. 그냥 떠도는 소문 말고 뭔가 확실한 정보 말입니다. 그 정보로 뭔가 찾게 된다면 톡톡히 사례를 해드릴 겁니다." 그는 냅킨 위에 전화번호를 썼다.

어부가 고개를 끄덕였다. 헥터는 손을 들고 잘 가라는 인사를 했다.

다고스타는 셔츠 위로 코트 깃을 여미고 비틀거리며 술집을 나와서 눈을 찌르는 눈보라를 헤치고 걸어갔다.

16

뉴올리언스

데즈먼드 팁턴은 다른 어떤 때보다 지금 같은 시간이 좋았다. 박물관 문을 걸어 잠그고 빗장까지 질러두고 방문객들이 떠나고 모든 물건들이 제자리에 있는 시간. 그나마 5시부터 8시까지는 한적했다. 관광객들이 칭기즈칸의 몽고 대군처럼 술에 떡이 되어서 프렌치 쿼터에 있는 술집과 재즈 바에 들끓고, 인사불성이 될 때까지 새저랙(버번위스키, 압생트, 설탕 따위를 섞어서 만든 칵테일—옮긴이)을 퍼마시기 직전의 시간. 밤이면 오듀본의 낡고 작은 집의 담벼락 너머로 고주망태가 된 취객의 함성부터 아이처럼 웅얼거리는 소리까지 들려오기 일쑤였다.

오늘 저녁에는 특별히 존 제임스 오듀본의 밀랍 인형을 청소하려고 마음먹었다. 그 밀랍 인형은 박물관의 중앙부를 장식하고 있었고 동시에 박물관의 원동력이었다. 박물관의 입체 모형 중에서도 가장 자연스러운 모습으로 벽난로 옆 탁자에 앉아서, 손에는 스케치북과 펜을 들고 테이블에 놓인 죽은 풍금새를 그리는 형상이었다. 팁턴은 진공청소기와 깃털이 달린 빗자루를 들고 아크릴 유리 너머로 천천히 올라갔다. 먼저 작은 진공청소기로 오듀본의 겉옷부터 위아래로 닦아내고 밀랍 인형의 수염과 머리카락을 청소하고 난 뒤에 잘생긴 밀랍 인형 얼굴에 쌓인 먼지들을 깃털로 된 빗자루로 살살 쓸어내렸다.

갑자기 소리가 들렸다. 팁턴은 진공청소기의 전원을 끄고 하던 일을 멈췄다. 다시 소리가 들렸다. 현관문을 두드리는 소리였다.

짜증이 난 팁턴은 다시 진공청소기 스위치를 켜고 청소에 몰두했다. 하지만 노크 소리는 계속해서 이어졌다. 매일 밤 반복되는 일상 같은 것이었다. 머리끝까지 술에 취한 모르몬교도들이 문 옆에 붙어 있는 박물관 역사에 대한 명판을 읽고 별 이유도 없이 문을 두드려대는 것이었다. 이런 일은 몇 년이나 계속되었다. 낮 시간에 관광객들이 뜸해졌다 하면 밤마다 쓸데없이 노크를 하고 주정을 부리는 자들이 늘었다. 허리케인이 한번 쓸고 지나가면 그 후 몇 달은 잠잠했다.

계속해서 노크 소리가 이어졌다. 아주 일정하고 큰 소리였다.

팁턴은 손에 쥐고 있던 진공청소기를 내려놓고, 바닥으로 내려가서는 안짱다리를 절뚝거리면서 문을 향해 걸어갔다. "관람 시간 끝났어요!" 그는 오크 나무로 된 문 너머로 소리를 질렀다. "얼른 가세요. 아니면 경찰을 부를 겁니다!"

"실례지만 팁턴 씨 계십니까?" 낮은 목소리가 들려왔다.

팁턴의 하얀 눈썹이 깜짝 놀라서 위로 올라갔다. 누구지? 낮 시간에 찾아오는 방문객들은 그에게 관심조차 없었고 그 또한 책상에 놓인 책에 얼굴을 파묻은 채 뚱한 표정으로 딴청을 피우기 일쑤였다.

"누구십니까?" 팁턴이 놀란 마음을 겨우 진정하고는 물었다.

"들어가서 얘기해도 될까요, 팁턴 씨? 바깥 날씨가 좀 추운데요."

팁턴은 잠시 망설이다가 빗장을 열었고, 짙은 색 양복을 입은 호리호리한 신사 하나가 유령처럼 창백한 낯빛으로 황혼으로 어두워진 거리에 은빛 눈동자를 빛내며 서 있는 모습을 보았다. 절대로 잊을 수 없는 특이한 모습을 알아채고 팁턴이 입을 열었다.

"펜더개스트 씨……?" 그는 거의 속삭이다시피 이렇게 물었다.

"정확히 맞히셨어요." 그 남자는 박물관 안으로 들어와서 차가운 손을 내밀어 팁턴과 짧은 악수를 나누었다. 팁턴은 넋이 나간 채 멍하니 바라볼 뿐이었다.

펜더개스트는 팁턴의 책상 반대편에 놓인 방문객 의자를 향해서 손짓을 했다. "잠시 앉아도 될까요?"

팁턴은 고개를 끄덕였고 펜더개스트는 자리에 앉아서 한쪽 다리를 꼬았다. 팁턴도 조용히 자기 자리에 앉았다.

"귀신이라도 본 듯한 표정이군요." 펜더개스트가 말했다.

"그러니까, 펜더개스트 씨." 팁턴은 갑자기 머릿속이 어지러워지기 시작했다. "저, 저는 당신 가족들이 사라져버렸다고 생각했습니다. 정말 놀랐어요." 그는 말을 더듬다가 이내 조용해졌다.

"내가 죽었다는 소문은 과장된 겁니다."

팁턴은 거무죽죽한 모직 양복의 가슴 주머니를 뒤적거리더니 손수건을 꺼내 이마를 두드렸다. "다시 만나게 되어서 기쁩니다. 너무나 다행스러운 일이죠." 그리고 다시 손수건으로 이마를 두드렸다.

"저 역시 그렇습니다."

"무슨 일로 오셨는지 여쭤봐도 될까요?" 팁턴은 어떻게든 감정을 추스르려고 애썼다. 거의 50년 동안 오듀본 박물관의 큐레이터로 일한 터라 펜더개스트 가문에 대해서 너무나 잘 알고 있었다. 죽기 전 마지막으로 바랐던 것은 숨이 붙어 있는 동안 펜더개스트 가문의 후손을 다시 한 번 만나는 것이었다. 게다가 그는 그 끔찍한 화재가 났던 밤을 바로 어제 일처럼 똑똑히 기억하고 있었다. 위층에서는 폭도들이 고함을 지르고 시커먼 밤하늘 위로 불꽃들이 튀어 오르고……. 다행히 나머지 가족들이 멀쩡하게 살아 있는 모습을 보고 살짝 마음이 놓이긴 했지만. 펜더개스트 가문 사람들은 언제나 소름 끼치는 존재였고, 그중에서도 가장 이상한 사람은 디오게네스였다. 언젠가 디오게네스가 이탈리아에서 죽었다는 소문을 들었다. 곧이어 알로이시어스 펜더개스트도 감쪽같이 사라졌다는 소문이 들려왔다. 팁턴은 그 소문을 곧이곧대로 믿고 있었다. 바람처럼 사라지는 것이 이 가문 사람들의 숙명인 것 같았다.

"우연히 박물관 건너편에 가문 소유지를 방문할 일이 생겨서요. 근처에 온 김에 오랜 친구에게 잠시 인사를 하려고 들른 겁니다. 요즘 박물관 사업은 어떻게 되고 있습니까?"

"소유지라면, 혹시……?"

"맞습니다. 이제는 사설 주차장이 된 곳 말입니다. 지금까지도 그 집을 한 번도 잊은 적이 없었어요. 아마도 어린 시절이 깃들어 있다는 감성적인 이유 때문이겠죠." 그는 말을 마치며 부드러운 미소를 지어 보였다.

팁턴이 고개를 끄덕였다. "물론이죠, 당연한 일이에요. 박물관 사업이라면 보시는 그대로입니다, 펜더개스트 씨. 주변 환경이 훨씬 안 좋아졌어요. 요즘은 방문객들도 별로 없습니다."

"정말 많이 바뀌었더군요. 오듀본 박물관이 예전 모습 그대로 보존되고 있는 걸 보니 얼마나 기쁜지 모릅니다."

"똑같이 유지하려고 노력은 하고 있습니다."

펜더개스트가 자리에서 일어나 뒷짐을 졌다. "잠깐 둘러봐도 될까요? 개장 시간이 지난 건 알지만 한 바퀴 둘러보고 싶네요. 옛날 생각을 하면서."

팁턴이 허둥지둥 일어났다. "물론이죠. 오듀본 씨 밀랍 인형은 괘념치 마세요. 한창 청소하는 중이었거든요." 그는 오듀본의 무릎 위에 진공청소기를 그대로 올려놓고 팔에는 깃털이 달린 빗자루를 기대놓은 것이 왠지 부끄러워졌다. 장난기가 발동해서 위대한 분을 한낱 청소부로 바꾸어놓은 것처럼 보였다.

"기억나십니까?" 펜더개스트가 말했다. "언젠가 당신이 개최했던 특별한 오듀본의 전시회. 15년 전인가요? 우리 가문에서 코끼리 두 마리가 그려진 대형 책자를 빌려드렸던 때요."

"물론이죠."

"개회식이 완전히 축제 분위기였죠."

"맞아요." 팁턴은 그때 일을 생생히 기억하고 있었다. 와인이 가득 담긴 잔을 들고 전시회를 보려고 몰려든 군중을 살피느라고 얼마나 스트레스를 받고 두려워했던가. 아름다운 여름날 밤, 보름달까지 뜬 밤이었지만 그 아름다운 모습을 감상할 여유조차 없을 정도로 고된 하루였다. 그것이 팁턴이 처음이자 마지막으로 주최했던 오듀본 전시회였다.

펜더개스트는 박물관 뒤쪽 전시실로 걸음을 옮겼고 각종 그림과 드로잉, 새들, 오듀본의 수집품, 편지, 스케치북이 든 유리로 된 장식장을 들여다보았다. 팁턴도 그 뒤를 따라갔다.

"아내와 제가 어디서 만났는지 아십니까? 바로 여기 전시회 개회식에서였어요."

"아뇨, 펜더개스트 씨. 전혀 몰랐습니다." 팁턴은 왠지 불편한 기분이 들었다. 이상하게도 펜더개스트는 몹시 초조한 표정이었다.

"제 아내가 오듀본 가문에 관심이 있는 줄 알았는데요."

"네, 관심이 있긴 했었죠."

"제 아내가 그 후에도 박물관에 찾아온 적이 있었나요?"

"물론이죠. 그 전에도 오셨고 후에도 찾아오셨어요."

"그 전에도?"

날카로운 질문을 받자 팁턴이 머뭇거렸다. "네, 맞습니다. 작품 연구 조사차 가끔 찾아오셨어요."

"조사차 찾아왔다?" 펜더개스트가 그의 말을 되뇌었다. "우리가 만나기 얼마 전에 왔었죠?"

"개회식이 있기 전이니까, 아마 6개월 전쯤에 오셨을 거예요. 더 오래되었을 수도 있고. 헬렌 씨는 정말 사랑스러운 분이셨어요. 그렇게 되셨다는 소식을 듣고 얼마나 놀랐는지……."

"그래요." 팁턴의 말허리를 자르며 짧은 대답이 이어졌다. 펜더개스트의 태도는 아까보다 조금 부드럽게 바뀌었다. 어느 정도 감정을 추스른 것처럼 보였다. '펜더개스트 씨가 좀 이상한데. 마치 다른 사람 같아.' 팁턴은 속으로 생각했다. 그의 기이한 성격은 뉴올리언스에 정평이 나 있어서 그걸 모르는 사람이 없을 정도였지만, 지금은 예전과 완전히 다른 모습이었다.

"저는 오듀본 가문에 대해서 별로 아는 바가 없어요." 펜더개스트가 계속 말을 이었다. "헬렌이 오듀본 가문을 조사했다는 것도 전혀 몰랐고요. 혹시 정확히 뭘 조사했는지 알고 계십니까?"

"조금요." 팁턴이 대답했다. "헬렌 씨는 오듀본 씨가 1821년 루시와 함께 이 저택에 거주했을 당시 상황에 지대한 관심을 보이셨죠."

펜더개스트가 조명이 꺼진 유리 장식장 앞에 멈췄다. "특별히 관심을 보였던 작품이 있었나요? 기사나 책을 쓰려고 했다든가?"

"저보다 더 잘 아실 텐데요. 헬렌 씨가 〈블랙 프레임〉에 대해서 여러 번 물어보셨던 건 기억이 나요."

"〈블랙 프레임〉이오?"

"아주 유명한 작품인데 지금은 사라졌어요. 오듀본 씨가 요양원에서 그린 작품이죠."

"죄송합니다. 제가 오듀본 씨에 대해서 별로 아는 게 없어서. 사라진 그림이 정확히 어떤 거였죠?"

"오듀본 씨는 어렸을 때 자주 병을 앓았어요. 요양차 병원에 입원해 있는 동안 그린 작품이었죠. 정말 작품성이 뛰어나서 새로운 처녀작으로 불릴 만한 걸작인데, '블랙 프레임'이라고 불렀어요. 그러다 언젠가 쥐도 새도 모르게 사라졌어요. 신기한 것은 그것을 본 사람들이 정확히 무엇을 그렸는지 한마디도 하지 않았단 거죠. 그저 실물을 찬란하고 생생하게 묘사한 그림으로 특이하게 검은색 액자에 넣어서 전시했다고 해요. 그리고 오듀본 씨의 그림은 말 그대로 역사 속으로 사라지게 된 거죠." 자신의 전문 분야에 대해 얘기를 하다 보니 아까보다는 긴장감이 한층 사라진 듯했다.

"헬렌은 그 그림에 관심이 있었고요?"

"오듀본에 대해 연구하는 사람이라면 모두 관심을 보였죠. 지금까지 그의 작품을 다룬 책들에서는 자연사 최고의 작품인 《미국의 새들》로 그의 미술 인생의 시작되었다고 평가했어요. 하지만 〈블랙 프레임〉을 본 사람들은 그 작품이야말로 오듀본의 천재성이 드러난 최초의 작품이라고 칭송했죠."

"그렇군요." 펜더개스트는 뭔가 깊은 생각에 잠긴 사람처럼 조용해졌다. 그러더니 갑자기 시계를 살펴보았다. "네! 다시 뵙게 돼서 정말 반가웠습니다, 팁턴 씨." 그는 팁턴의 손을 잡았고, 팁턴은 펜더개스트의 손이 아까보다 훨씬 더 차가워진 것을 느끼고는 깜짝 놀랐다. 마치 점차 온기를 잃어가는 시체 같았다.

팁턴은 펜더개스트를 박물관 입구까지 배웅했다. 그리고 펜더개스트가 문을 열자 겨우 용기를 내서 질문을 했다. "펜더개스트 씨, 혹시 코끼리 두 마리가 그려진 대형 책자를 아직도 소장하고 계십니까?"

펜더개스트가 돌아봤다. "그렇습니다."

"아! 너무 무례한 제안인지 모르겠지만 혹시 기분 나쁘시더라도 용서 바랍니다. 책자를 보관할 좋은 장소를 찾고 계신다면, 제대로 관리를 받으면서 많은 대중이 즐길 수 있는 곳에 보관하고 싶으시다면, 저희 박물관에 기증해주시면 정말 무한한 영광……." 그의 목소리는 기대감으로 잦아들었다.

"그 말씀 꼭 기억해두겠습니다. 안녕히 계세요, 팁턴 씨."

팁턴은 다시 악수를 하지 않아도 된다는 것만으로도 무척 안심이 되었다.

이윽고 문이 닫히자 팁턴은 자물쇠를 걸고 빗장을 지른 다음, 꽤 오랫동안 문 앞에 서서 깊은 생각에 잠겨 있었다. 사자에게 희생당한 아내, 폭도들의 방화로 세상을 떠난 부모님……. 정말 기묘한 가족사가 아닌가. 지난 몇 년 동안, 펜더개스트가 제정신이 아닌 상태로 지냈을 건 불을 보듯 뻔한 일이었다.

17

  툴레인가에 있는 툴레인 대학교 보건과학 센터의 다운타운 캠퍼스
는 별 특징 없는 회색 고층 건물로 뉴욕 금융가에 있어도 전혀 눈에 띄
지 않는 평범한 곳이었다. 펜더개스트는 몇 번이나 물은 끝에 엘리베이
터에 올라탔고, 31층에서 내려서 여성보건학부를 향해 걸음을 옮겼다.
마침내 미리엄 켄들의 연구실 앞에 멈추어 섰다.

  그는 조심스럽게 노크를 했다. "들어오세요." 강직하고 맑은 목소리
가 들렸다.

  펜더개스트는 문을 열었다. 작은 연구실 안쪽에 교수처럼 보이는 사
람이 있었다. 철제 책장 두 개에는 온갖 교재와 잡지 들이 가득 쌓여 있
었고, 책상 위에는 답안지 더미가 가지런히 놓여 있었다. 책상 너머에
앉아 있는 여자는 60대 정도 되어 보였다. 펜더개스트가 연구실로 들어
가자 여자가 자리에서 일어섰다.

  "펜더개스트 박사님." 그녀는 마음의 준비를 마친 듯 자신감 있게 악
수에 응했다.

  "그냥 알로이시어스라고 불러주세요." 펜더개스트가 말했다. "이렇
게 시간을 내주셔서 감사합니다."

  "천만에요. 그쪽으로 앉으세요."

그녀는 책상 뒤로 가서 앉았고 냉소적이다 싶을 정도로 사심 없는 눈빛으로 그를 쳐다보았다. "세월이 당신을 비껴갔나 보군요."

미리엄 켄들은 예전과는 사뭇 달라진 모습이었다. 높고 좁은 창문 너머로 노란 아침 햇살이 후광처럼 비치자, 헬렌 에스테르하지 펜더개스트와 함께 연구실을 썼던 당시보다 훨씬 나이가 든 모습이 보였다. 하지만 행동만큼은 예전에 기억하던 그대로였다. 뻣뻣하고 서늘하고 노련함이 물씬 풍기는 태도.

"겉모습은 마음만 먹으면 눈속임이 가능하니까요." 펜더개스트가 대답했다. "말씀은 정말 감사합니다. 툴레인 대학에 계신 지 얼마나 되셨나요?"

"이제 9년 됐습니다." 그녀는 책상 위에 손을 올려놓고 다섯 손가락을 텐트처럼 세웠다. "알로이시어스, 사실은 당신이 헬렌의 옛 상사였던 모리스 블랙레터 씨가 아니라 저부터 만나러 오신다기에 무척 놀랐어요."

펜더개스트가 고개를 끄덕였다. "사실, 그쪽에도 연락을 드렸습니다. 이제는 은퇴를 하셨더군요. 물론 알고 계시겠지만 날개 달린 의사 활동을 마치고 여러 제약 회사의 자문 위원으로 계셨다고 해요. 지금은 영국에 휴가를 가셔서 며칠 내로는 돌아오지 않을 거라 하셨어요."

켄들은 고개를 끄덕였다. "날개 달린 의사 협회는요?"

"오늘 아침에 갔었습니다. 다들 아제르바이잔으로 봉사를 나갈 준비를 하느라 정신이 없더군요."

켄들이 고개를 끄덕였다. "그래요. 지진 때문에 많은 사람들이 죽었을 거예요. 충분히 이해합니다."

"30대가 넘으신 분들도 거의 없어서, 아내 이야기를 물어볼 사람이 아무도 안 계셨어요."

켄들이 다시 고개를 끄덕였다. "날개 달린 의사 활동도 젊고 혈기 왕성한 사람들이나 할 만한 거죠. 그래서 저도 날개 달린 의사 협회를 떠나 여성보건학을 가르치게 된 거니까요." 책상 위에 놓인 전화기가 울렸다. 켄들은 전화를 받지 않았다. 그녀는 무미건조하게 말을 이었다. "어쨌거나, 헬렌에 대한 오래전 기억을 나눌 수 있어서 행복합니다. 알로이시어스, 왜 수년이 흐른 후에야 저를 찾아왔는지가 궁금해요."

"이해합니다. 사실 제 아내에 대한 회고록을 쓸 생각입니다. 아내의 인생을 기념하는 뜻으로 아주 간략하게 말입니다. 아내가 약품생물학으로 석사 학위를 딴 후에 최초로 가진 직장이자 유일한 직업이 날개 달린 의사 협회였거든요."

"전공이 역학(疫學)인 줄 알았는데요."

"그건 부전공이었죠." 펜더개스트가 말을 멈췄다. "헬렌이 날개 달린 의사 협회에서 일했던 당시에 대해 제가 너무 무지하다는 것을 깨달았어요. 물론 전적으로 저한테 잘못이 있는 거고, 어떻게든 이 문제를 해결해보려고 노력하고 있습니다."

그 이야기를 듣자 켄들의 굵은 주름이 서서히 펴졌다. "그런 마음이 드셨다니 다행이군요. 헬렌은 정말 뛰어난 여성이었어요."

"헬렌이 날개 달린 의사 협회에서 활동하던 당시를 떠올려보실 수 있겠어요? 괜한 사탕발림은 하지 말아주세요. 제 아내도 결점이 없진 않으니까. 전 있는 그대로의 진실만을 듣고 싶습니다."

켄들은 그를 빤히 쳐다보았다. 곧 그녀의 눈동자는 펜더개스트 너머, 어딘지 가늠할 수 없는 곳으로 향했다. 점차 현재에서 멀어져서 과거로 향하는 듯 보였다. "날개 달린 의사라는 단체에 대해서는 잘 알고 계시죠? 우리는 제3세계에 위생 시설과 깨끗한 식수를 공급하고 영양 프로그램을 제공하는 일을 맡고 있어요. 사람들이 건강하게 조금 더 나은 삶을 살 수 있도록 돕는 역할이죠. 하지만 아제르바이잔의 지진 사태처럼 예기치 못한 재난이 터지게 되면, 의사들과 보건팀을 꾸려서 목표 지점으로 파견을 나갑니다."

"제가 아는 건 거기까집니다."

"헬렌⋯⋯." 켄들이 잠시 머뭇거렸다.

"계속하세요." 펜더개스트가 낮은 목소리로 말했다.

"헬렌은 처음부터 아주 잘했어요. 하지만 저는 헬렌은 치료보다 모험을 좋아한다는 느낌이 종종 들었죠. 몇 달 동안 사무실에서 잠자코 견디고 있는 모습이 어떤 재난이 일어날 기회를 노리는 것처럼 보인다고 할까."

펜더개스트는 고개를 끄덕였다.

"생각해보면⋯⋯." 켄들이 다시 말을 멈췄다. "제 얘기를 반아 적지 않으셔도 되겠어요?"

"저는 기억력이 좋은 편입니다, 켄들 씨. 계속 말씀하시죠."

"언젠가 무시무시하게 커다란 칼을 휘두르는 폭도들이 르완다 기지를 포위했던 때가 기억나는군요. 50명 정도 되는 자들이 잔뜩 취해 있었죠. 헬렌이 갑자기 권총을 꺼내서 대담하게 두 발을 쐈고 순식간에 폭도들을 무장해제 시키더군요. 헬렌은 폭도들을 향해 무기를 버리고 당장 꺼지라고 말했어요. 폭도들은 헬렌이 말한 대로 따랐고요!" 켄들이 머리를 절레절레 흔들었다. "헬렌이 이런 이야기를 한 적이 있나요?"

"아뇨, 한 번도 없었어요."

"헬렌은 데린저 권총을 사용하는 방법도 잘 알더군요. 아프리카에서 사격을 배웠다고 하던데, 맞죠?"

"그렇습니다."

"전 그 점이 이상하다고 생각했어요."

"뭐가요?"

"사격이오. 그건 생물학자들에게 어울리지 않는 취미잖아요. 물론 저마다의 스트레스 해소법을 가지고 있지만. 현장에 파견 나갔을 때 온갖 압박 때문에 견디기 힘들 때가 있기는 해요. 죽음, 잔인함, 포악함 같은 걸 직접 봐야 하니까." 켄들은 개인적인 기억들을 떠올리면서 고개를 저었다.

"날개 달린 의사 협회로 가서 헬렌의 개인 서류를 보고 싶었지만, 아쉽게도 불가능하다더군요."

"당신도 현장을 직접 보셨잖아요. 잘 아시겠지만 날개 달린 의사들에게 서류 작업은 별로 중요치 않아요. 심지어 서류 작업을 마친 때까지 수십 년이 걸릴 때도 있죠. 게다가 헬렌의 개인 서류는 다른 사람들에 비해서 무척 얇을 거예요."

"왜 그렇죠?"

"헬렌은 시간제로 일했으니까, 당연히 얇죠."

"정규 직원이 아니었나요?"

"사실 '시간제 근무'는 정확한 표현은 아니죠. 대부분 40시간을 꽉 채워서 근무했으니까. 현장에 나갔을 때는 그보다 더 했고요. 하지만 헬렌은 가끔은 사무실에도 안 나오고 며칠씩 자리를 비우곤 했어요. 전 헬렌이 다른 직업이 있거나 아니면 개인적으로 프로젝트를 진행하고 있다고 생각했어요. 당신은 헬렌의 유일한 직장이 날개 달린 의사 협회라고 말했지만 말이에요." 켄들은 어깨를 으쓱했다.

"헬렌은 다른 직장에 다닌 적이 없었어요." 펜더개스트가 잠시 조용해졌다. "개인적으로 기억나는 건 없나요?"

켄들은 잠시 주저했다. "헬렌은 아주 비밀이 많은 사람 같았어요. 언젠가 헬렌의 오빠가 사무실에 나타나기 전까지는 오빠가 있는지도 몰랐죠. 아주 잘생긴 사람이었어요. 그분도 역시 의학 분야에서 일하고 있었다고 했던 것 같네요."

펜더개스트가 고개를 끄덕였다. "저드슨."

"그래요, 바로 그 이름이었어요. 집안에 의학도의 피가 흐르나 보다 생각했죠."

"그렇습니다. 헬렌의 아버지도 의사였어요." 펜더개스트가 말했다.

"역시 예상했던 대로군요."

"혹시 오듀본에 대해서 말한 적이 있습니까?"

"화가요? 아뇨. 그런 얘기는 못 들었어요. 당신이 그 이름을 언급하다니 재미있네요."

"왜죠?"

"그 이름을 들으니까 갑자기 떠오르는 장면이 있어서요. 딱 한 번 헬렌이 할 말을 잃을 정도로 당황하는 모습을 본 적이 있거든요."

펜더개스트는 의자에서 몸을 떼고 앞으로 바짝 다가갔다. "어떤 것 때문이었는지 자세히 말씀해주세요."

"우리는 그때 수마트라에 있었어요. 당시 수마트라에 쓰나미 피해가 엄청났죠."

펜더개스트가 고개를 끄덕였다. "그때 일은 저도 기억나요. 결혼한 지 몇 달이 지나지 않아서였죠."

"완전히 혼돈 상태였어요. 우리는 뼈가 부서져라 일을 했죠. 어느 날 저는 야간 근무를 마치고 헬렌이랑 다른 직원들이 함께 사용하는 텐트로 돌아왔어요. 헬렌 혼자 캠프 의자에 앉아 있었죠. 가보니까 무릎에 책 한 권을 펼쳐놓고 살짝 졸고 있었는데, 책에 새 그림이 있더군요. 저는 헬렌을 깨우고 싶지 않아서 살짝 책을 치웠어요. 그런데 헬렌이 깜짝 놀라서 일어나더니 책을 빼앗아서 확 덮어버렸어요. 무척 화가 나 있었죠. 그러더니 곧바로 감정을 추스르면서 멋쩍은지 웃더군요. 너무 놀라서 그랬다고."

"무슨 새였죠?"

"작은 새였는데 색깔이 아주 화려하고……. 특이한 이름이었는데." 그녀는 새 이름을 떠올리려고 잠시 멈췄다. "미국의 주 이름 중에 하나였어요."

펜더개스트는 잠시 생각했다. "버지니아 뜸부기?"

"아뇨, 그건 아니었어요."

"캘리포니아 검은멧새?"

"아뇨. 초록색이랑 노란색이 섞인 새였어요."

긴 침묵이 흘렀다. "캐롤라이나 잉꼬?" 마침내 펜더개스트가 물었다.

"맞아요! 정말 이상하죠! 그때까지는 미국에 앵무새 종이 없다고 생각했거든요. 하지만 헬렌은 제 질문도 못 들은 척하고 말을 돌려버렸어요. 그게 다예요."

"알겠습니다. 고맙습니다, 켄들 씨." 펜더개스트는 조용히 앉아 있다가 가만히 자리에서 일어나서 악수를 청했다. "이렇게 도와주셔서 감사합니다."

"회고록이 어떻게 나올지 궁금하군요. 전 헬렌을 아주 좋아했어요."

펜더개스트는 살짝 고개를 숙여서 인사했다. "출판되는 대로 한 권 보내드리겠습니다." 그는 자리에서 일어나 돌아서서 왼쪽으로 걸음을 옮겼고 아무 말 없이 엘리베이터를 타고 내려왔다. 그리고 펜더개스트의 생각은 저 멀리로 향했다.

18

펜더개스트는 모리스에게 저녁 인사를 하고 저녁 식사 중에 남긴 1964년산 로마네콩티를 한 손에 들고 발소리가 울려 퍼지는 저택 중앙 복도를 지나서 서재로 향했다. 멕시코 만 북부를 쓸고 지나간 폭풍우와 거센 바람이 창문을 덜컹덜컹 흔들었고, 인근에 있는 벌거벗은 나뭇가지들을 휘몰아치며 집 주위에 시끄러운 소음을 만들어냈다. 차가운 빗방울이 창문을 때리고, 잔뜩 부풀어 육중해진 구름이 밝게 빛나는 보름달을 가렸다.

펜더개스트는 가문의 가장 귀중한 문서들이 보관되어 있는 유리로 된 책장 앞으로 다가갔다. 셰익스피어의 《퍼스트 폴리오》두 번째 인쇄본, 총 두 권짜리 1755년 판 존슨 박사의 영어 사전, 16세기 랭부르 형제가 그린 〈베리 공의 매우 호화로운 기도서〉의 복제본, 코끼리 두 마리가 그려진 오듀본의 네 권짜리 《미국의 새들》작품집이 책장 밑 개인 서랍에 보관되어 있었다.

펜더개스트는 하얀 면장갑을 끼고 오듀본의 커다란 책 네 권을 꺼내 서재 중앙에 있는 커다란 책상에 가지런히 올렸다. 각 책들은 가로 90센티미터, 세로 120센티미터 정도의 묵직한 크기였다. 첫 번째 책을 펼치고 조심스럽게 첫 장을 넘겼다. 야생 칠면조 수컷을 그린 눈부신 그림으로 마치 살아 있는 것처럼 생생해서 금방이라도 책 밖으로 걸어 나올 것처럼 보였다. 네 권짜리 책은 각 200페이지 정도로 펜더개스트의 직계 조상이 오듀본에게 직접 받은 것이었다. 책에는 화려하게 장식된 장서표와 우아한 서명이 그대로 남아 있었다. 이 귀중한 고서는 뉴월드 출판사에서 나온 것으로 자그마치 1000만 달러에 달하는 가치를 지닌 것이었다.

펜더개스트는 천천히 책장을 넘겼다. 노랑부리뻐꾸기, 버들솔새, 붉은양지니…… 그는 예리한 눈으로 한 장씩, 한 장씩 페이지를 넘겼고 이윽고 스물여섯 번째 그림에서 멈추었다. 캐롤라이나 잉꼬.

펜더개스트는 코트 주머니에 손을 넣어서 어지럽게 휘갈겨 쓴 글씨가 적힌 종이 한 장을 꺼냈다.

캐롤라이나 잉꼬(Conropsis carolinesis)

미국 동부에 서식하는 유일한 앵무새 종으로 1939년 멸종되었음.
마지막 야생 견본은 1904년 플로리다에서 죽음. 마지막으로 사육되었던 새 '잉카스'는 1918년 신시내티 동물원에서 죽음.
산림지대에서 여자들의 모자를 장식할 깃털을 얻기 위해 새를 죽이기도 했고, 유해 동물이라고 생각한 농부들의 손에 죽기도 했으며, 많은 수는 애완용으로 키우기도 했음.
주요 멸종 이유: 떼를 짓는 습성. 몇 마리 새가 총에 맞아서 땅에 떨어지면 무리는 날아가는 대신 함께 땅으로 낙하해서 죽거나 다친 새들을 도와주기 위해 떼로 모여들었음. 이는 결과적으로 전체 무리를 멸종시키는 결과를 낳았음.

펜더개스트는 다시 종이를 집어넣고는 와인 한 잔을 따랐다. 잔을 다 비운 후에도 훌륭한 와인 맛을 전혀 느끼지 못한 것 같았다.

애석하게도 처음 헬렌과 만난 것이 전혀 우연이 아니라는 사실을 이제야 깨달았다. 아직도 믿기지 않았다. 그의 가문과 존 제임스 오듀본이 친밀했던 것이 펜더개스트와 결혼까지 하게 된 이유는 아니었겠지? 하지만 아내가 전혀 다른 두 개의 인생을 살았다는 사실이 점차 명백해져 가고 있었다. 씁쓸한 아이러니가 아닐 수 없었다. 헬렌은 세상에서 그가 믿을 수 있는 유일한 사람이었고, 모든 걸 말할 수 있는 단 한 사람이었다. 반면 헬렌은 펜더개스트 몰래 자기만의 비밀을 가지고 있었다. 펜더개스트는 와인을 한 잔 더 따르면서, 자신이 아내에게 깊은 신뢰를 가지고 있었고 단 한 번도 의심한 적이 없었다는 사실을 떠올렸다. 지금까지 어떤 친구를 사귀면서도 느껴본 적 없는 분명한 사실이었다.

펜더개스트는 이 모든 것을 알게 되었다. 하지만 그를 향해 고함을 지르는 갖가지 의문점들에 비하면 이런 찝찝한 기분은 아무것도 아니었다.

오듀본에 대한 헬렌의 집요한 관심 뒤에는 무엇이 있었을까? 무슨 이유로 이 화가에 대한 관심을 감추기 위해 그렇게 조심스럽게 행동했던 것일까?

오듀본의 유명한 판화에 대한 헬렌의 관심, 그리고 멸종된 지 거의 한 세기가 되어가는 잘 알려지지 않은 앵무새, 둘 사이에 어떤 연관성이 있는 걸까?

오듀본의 천재성이 드러난 최초의 작품, 신비에 싸인 〈블랙 프레임〉이라는 그림은 어디에 있으며, 헬렌은 왜 그것을 찾아서 헤맨 걸까?

그중에서도 가장 놀랍고 중요한 사실, 왜 그런 관심이 헬렌을 결국 죽음으로 몰았던 것일까? 물론 지금 상황에서는 무엇도 확신하기 힘들었지만, 이것 하나만큼은 틀림없는 사실이었다. 이런 수많은 의문점과 가설의 장막 뒤 어딘가에 바로 헬렌을 살해한 동기뿐만 아니라 살인자들의 존재까지도 숨겨져 있다는 것이었다.

펜더개스트는 와인 잔을 한쪽으로 치우고서 안락의자에서 일어나 탁자 근처에 놓인 전화기 쪽으로 걸어갔다. 그는 수화기를 들고 다이얼을 돌렸다.

벨 소리가 두 번 울리자 상대가 전화를 받았다. "다고스타입니다."

"안녕하세요, 빈센트."

"펜더개스트, 어떻게 되어가요?"

"지금 어디 있습니까?"

"코플리 플라자 호텔에서 쉬고 있습니다. 당신 아내가 MIT에 다니는 동안 애덤이라는 이름의 동창들이 얼마나 많았는지 상상이 되세요?"

"아뇨."

"총 서른한 명입니다. 이제 막 열여섯 명까지 뒷조사를 마쳤습니다. 아무도 헬렌에 대해서 아는 바가 없다고 하더군요. 다섯 명은 국외에 있고, 두 명은 죽었습니다. 나머지 여덟 명은 행방이 묘연해요. 동창회 측에서도 연락이 끊겼다고 하더군요."

"우리 친구 애덤은 나중에 기회가 될 때까지 잠시 미뤄두도록 하죠."

"그러면 저야 좋죠. 다음 차례는 어딘가요? 뉴올리언스? 아니면 뉴욕? 잠깐이라도 만나고 싶은 사람이······."

"배턴루지 북부, 오클리 농장."

"어디요?"

"세인트 프랜시스빌 외곽에 있는 오클리 농장으로 가세요."

긴 침묵이 흘렀다. "그곳에 가서 뭘 해야 하는 거죠?" 다고스타가 의심스러운 목소리로 물었다.

"박제된 앵무새 한 쌍을 조사하시면 됩니다."

다시 긴 침묵이 흘렀다. "당신은요?"

"저는 바이유 그랜드 호텔에 있을 겁니다. 예전에 사라진 그림을 찾아야 해요."

19

루이지애나 주, 바이유 굴라

펜더개스트는 검은색 정장을 입은 다리를 꼬고 팔짱을 낀 채 석고상처럼 꼼짝 않고 자리에 앉아, 야자수가 줄지어 서 있는 아름다운 호텔 정원을 우아한 자태로 감상하고 있었다. 어젯밤 폭풍우가 지나간 뒤, 거짓말처럼 봄날의 기운이 가득 찬 따스하고 맑은 날씨가 찾아왔다. 주차원들과 캐디들은 최고급 차량을 주차시키고 번쩍이는 골프 카트를 사방으로 몰고 다니느라 분주했다. 도로 너머로 늦은 아침 햇살을 받은 수영장 물이 반짝이고 있었다. 수영하는 사람은 없었지만 그 주변에서 블러디 메리 칵테일을 홀짝이면서 일광욕을 즐기는 사람들은 드문드문 보였다. 그 뒤로는 최고급 골프 코스가 펼쳐져 있었다. 아주 깔끔한 페어웨이와 잘 손질된 벙커가 있는 골프장이었다. 파스텔 톤의 골프 셔츠를 입은 남자들과 흰색 골프 복장을 입은 여자들 두셋이 천천히 걷고 있었다. 그 너머로는 드넓은 미시시피 강물이 흘러갔다.

누군가 펜더개스트 옆으로 다가왔다. "펜더개스트 씨?"

펜더개스트는 40대 후반으로 보이는 작고 통통한 남자를 쳐다보았다. 짙은 색 정장을 빼입고 재킷 단추를 끝까지 잠근 남자로, 짙은 붉은색 타이가 그나마 밋밋한 옷차림을 견딜 수 있게 해주었다. 안 그래도 반짝이는 대머리가 햇빛을 받아서 너무 강렬하게 빛이 나는 통에 마치 금박을 입힌 것처럼 보였고, 쉼표처럼 보이는 하얀 머리카락은 양쪽 귀 뒤로 가지런히 빗어 넘긴 채였다. 두 개의 푸른 눈동자는 불그스레한 얼굴 깊숙이 자리 잡고 있었다. 눈 밑으로는 점잔을 빼는 입매가 접대용 거짓 미소를 지으며 굳어져 있었다.

펜더개스트가 몸을 일으켰다. "좋은 아침입니다."

"저는 포트비 쇼송이라고 합니다. 바이유 호텔의 총지배인입니다."

펜더개스트도 악수에 응했다. "이렇게 뵙게 되어서 반갑습니다."

쇼송은 분홍색 손을 들어서 호텔 쪽을 가리켰다. "저 역시도요. 제 사무실은 저쪽입니다."

그는 정원을 지나서 발소리가 울려 퍼지는 크림색 대리석이 깔린 웅장한 복도로 펜더개스트를 안내했다. 펜더개스트는 지배인을 따라서 걸었고, 매끈한 여자의 팔짱을 끼고 프런트 데스크 너머로 들어오는 통통한 사업가 무리와 스쳐 지나갔다. 쇼송이 문을 열자 프랑스 바로크 스타일의 화려한 사무실 내부가 드러났다. 그는 펜더개스트를 화려하게 장식된 책상 앞자리로 안내했다.

"억양으로 가늠해보건대 이 부근 출신이신 것 같군요." 쇼송은 책상 뒤 자리에 앉으면서 말했다.

"뉴올리언스 출신입니다." 펜더개스트가 대답했다.

"아!" 쇼송은 두 손을 비볐다. "저희 호텔에는 처음 오신 것 같은데요?" 그는 컴퓨터 기록을 찾아보았다. "그렇군요. 네, 펜더개스트 씨, 저희 호텔에서 휴가를 보내기로 결정하셨다니 정말 감사하게 생각합니다. 제가 손님의 섬세한 취향에 걸맞은 숙소를 추천해드려도 되겠습니까? 바이유 그랜드는 델타 주 전체를 통틀어서 가장 화려한 리조트로 정평이 나 있습니다."

펜더개스트는 고개를 갸우뚱했다.

"유선상으로 말씀하신 바에 따르면 저희 호텔의 골프와 레저 패키지에 관심이 있다고 하셨는데, 골프와 레저를 즐길 수 있는 패키지는 총

두 개가 있습니다. 1주일 코스의 플래티넘 패키지와 2주일 코스의 다이아몬드 패키지입니다. 1주일 패키지는 1만 2500달러부터 시작하지만, 저는 손님께 2주일 패키지로 업그레이드를 하시라고 제안하고 싶습니다. 그러니까…….”

“실례합니다, 쇼송 씨.” 펜더개스트가 부드러운 어조로 말을 끊었다. “잠깐 끼어들 수 있도록 배려해주신다면, 우리의 귀중한 시간을 더 낭비하지 않아도 될 것 같은데요.”

총지배인은 뭔가 잔뜩 기대하는 것처럼 미소를 지으면서 말을 멈추고 펜더개스트를 쳐다보았다.

“이 호텔의 골프 패키지에 관심을 보인 건 사실입니다. 부디 당신을 속인 것을 용서하세요.”

쇼송은 표정이 멍해졌다. “속이다니요?”

“그래요. 그건 총지배인님의 관심을 얻고 싶어서 한 말이었습니다.”

“무슨 말씀인지 이해가 안 가는데요.”

“어떻게 말씀드려야 쉽게 이해하실 수 있을지 모르겠네요, 쇼송 씨.”

“그 말씀은…….” 멍하던 표정이 이내 어두워졌다. “저희 바이유 그랜드에 머무르실 생각이 없으시다는 겁니까?”

“아니요. 제가 골프라는 스포츠를 별로 즐기지 않는다는 겁니다.”

“그럼 저를 속이셨다는 건……. 저에게 접근하기 위해서 거짓으로 하신 말씀이었다는 건가요?”

“이제야 말이 통하는 것 같군요.”

“그런 경우라면, 펜더개스트 씨. 저희는 더 얘기할 게 없겠군요. 좋은 하루 보내십시오.”

펜더개스트는 잠시 완벽하게 손질된 손톱을 내려다보았다. “사실 우리는 반드시 나눠야 할 얘기가 있습니다.”

“그렇다면 속임수를 쓰지 말고 직접 만나자고 하셨어야죠.”

“그렇게 했다면 당신 사무실까지 들어오는 것 자체가 불가능했을 겁니다."

쇼송의 얼굴이 붉으락푸르락해졌다. "이 정도면 충분히 들은 것 같군요. 전 매우 바쁜 사람입니다. 괜찮으시다면 이제 골프를 즐기러 오신 손님들을 만나러 가야겠군요."

하지만 펜더개스트는 일어서려는 기미조차 없었다. 그 대신 회한에 쌓인 듯 깊은 한숨을 뱉더니, 양복 재킷 안으로 손을 집어넣어서 작은 가죽 지갑을 꺼냈고 곧이어 금색 배지를 공중에 대고 팔락거렸다.

쇼송은 꽤 오랜 시간 배지를 쳐다보았다. "FBI?"

펜더개스트가 고개를 끄덕였다.

"혹시 여기서 사건이 터졌나요?"

"그렇습니다."

쇼송의 이마에 송골송골 땀방울이 맺혔다. "설마, 우리 호텔에서 범인을 체포하려는 건 아니겠죠?"

"제 생각은 조금 다릅니다."

쇼송은 무척 안도한 표정이었다. "저희 호텔과 연관된 사건입니까?"

"호텔과 직접 연관된 것은 아닙니다."

"혹시 영장이나 소환장을 가지고 오셨나요?"

"아니요."

쇼송은 조금 전보다 평정심을 찾은 눈치였다. "죄송합니다만, 펜더개스트 씨. 저희에게 사건 조사 협조를 구하시기 전에 호텔 전담 변호사와 먼저 만나보시는 게 좋겠습니다. 저희 호텔 규정이 그렇습니다. 정말 죄송합니다."

펜더개스트는 다시 배지를 집어넣었다. "안타까운 일이네요."

총지배인의 모습에서 안도감이 흘렀다. "제 비서가 나가는 길을 안내해드릴 겁니다." 그는 버튼을 눌렀다. "조너선?"

"쇼송 씨, 이 호텔 부지가 원래 목화 부호의 저택이었다는 게 사실입니까?"

"맞습니다. 그랬죠." 그때 몸집이 호리호리한 젊은 남자가 들어왔다. "펜더개스트 씨에게 나가는 길을 안내해주겠나?"

"알겠습니다." 젊은 남자가 대답했다.

펜더개스트는 여전히 일어서려는 기미를 보이지 않았다. "쇼송 씨, 이 호텔이 과거에 요양원으로 사용되었다는 것을 손님들이 알게 되면 어떤 반응을 보일지 궁금합니다."

쇼송의 얼굴이 딱딱하게 굳었다. "무슨 말씀이신지 모르겠군요."

"그것도 전염성이 강하고 지독한 병균이 가득하던 요양원이었죠. 콜레라, 폐결핵, 황열병……."

"조너선?" 쇼송이 말했다. "펜더개스트 씨는 나중에 가실 거야. 문 닫고 나가봐."

젊은 남자가 밖으로 나갔다. 쇼송은 펜더개스트를 쳐다보면서 자리에 앉았고 턱 아래 늘어진 분홍색 살점이 분노로 파르르 떨렸다. "지금 협박하시는 겁니까?"

"협박이라뇨? 그렇게 무서운 말씀을! '진리는 너를 자유롭게 하리라.'라는 말이 있습니다, 쇼송 씨. 저는 손님들에게 진리를 알 수 있는 자유를 드리려는 거지 당신을 협박하려는 게 아닙니다."

잠시 동안 쇼송은 움직이지 않은 채로 그대로 있었다. 그러더니 천천히 의자에 깊숙이 몸을 파묻었다. 그렇게 1분이 지나고 2분이 흘렀다. "대체 원하는 게 뭡니까?" 그는 작은 목소리로 물었다.

"저는 예전 요양원을 방문하러 온 겁니다. 아직까지 여기 남아 있을지도 모르는 옛날 서류가 있나 확인하러 왔습니다. 아주 특별한 환자에 대한 서류요."

"그 환자가 누구입니까?"

"존 제임스 오듀본입니다."

총지배인의 이마에 주름이 잡혔다. 그리고 머리끝까지 차오른 분노를 그대로 드러내면서 매끈한 손으로 책상을 내리쳤다. "두 번 다시는 안 됩니다!"

펜더개스트는 쇼송을 놀란 눈으로 쳐다봤다. "뭐가요?"

"그 지긋지긋한 놈, 잊을 만하면 누군가 나타나서 저를 괴롭히는군요. 당신도 그 그림이 궁금해서 찾아오신 거잖아요."

펜더개스트는 말없이 자리에 앉아 있었다.

"다른 사람들에게 했던 그대로 말씀드리죠. 180년 전, 존 제임스 오듀본은 이곳 요양원에 환자로 입원해 있었습니다. 그 병원은 100년도 훨씬 전에 문을 닫았고, 어떤 기록도 남아 있지 않으며, 그 그림도 오래전에 없어졌어요."

"그게 전부입니까?" 펜더개스트가 물었다.

쇼송은 단호하게 고개를 끄덕였다. "그게 다예요."

펜더개스트의 얼굴에 구슬픈 기운이 어렸다. "안타깝군요. 알겠습니다. 좋은 하루 보내십시오, 쇼송 씨." 그런 다음 펜더개스트가 의자에서 일어섰다.

"잠깐만요." 총지배인도 갑작스럽게 일어났다. "설마 다른 손님들에게 말하지는……." 그는 말끝을 흐렸다.

펜더개스트의 슬픈 표정이 더욱 깊어졌다. "방금 말한 그대로입니다. 참으로 안타깝네요."

쇼송은 손사래를 치며 그를 저지했다. "잠깐만요, 잠깐만." 그는 주머니에서 손수건을 꺼내서 이마를 닦아냈다. "어쩌면 남아 있는 서류가 있을지도 모릅니다. 절 따라오세요." 총지배인은 길고 떨리는 한숨을 뱉으면서 사무실을 나서더니 펜더개스트를 안내했다.

펜더개스트는 작고 단단한 체구의 남자를 따라서 아름다운 레스토랑을 지나 음식을 준비하는 주방을 지났고 커다란 부엌으로 들어갔다. 대리석과 금박을 입힌 바닥이 순식간에 하얀색 타일과 닳아 빠진 바닥 깔개로 바뀌었다. 쇼송은 부엌 저편에 있는 철로 된 문을 열었다. 오래된 철제 계단이 서늘하고 축축하고 흐릿한 불빛이 비추는 지하 복도까지 이어져 있었다. 지하 터널은 루이지애나 아래로 끝없이 이어진 것처럼 보였다. 석회 칠이 된 벽과 천장 곳곳에는 균열이 일어나 있었고 바닥에는 구멍이 송송 뚫린 벽돌이 깔려 있었다.

마침내 쇼송은 굳게 잠긴 철문 앞에서 멈췄다. 끼익하는 소리를 내며 철제문이 열리자, 축축한 곰팡이 냄새와 썩는 냄새가 진동했다. 그들은 그곳으로 들어가서 옛날 방식의 전기 스위치를 시계 방향으로 돌렸다. 곧바로 커다란 공터가 시야에 들어오는가 싶더니 벌레들이 사방으로 도망치면서 끽끽거리며 울었다. 땅바닥 위로는 석면으로 덮인 파이프와 온갖 고물들과 긴 세월의 먼지가 뒤덮인 물건들, 곰팡이로 덮여 있는 물건들이 정신없이 어질러져 있었다.

저만치 구석에 눅눅해진 종이 뭉치들이 높이 쌓여 있었는데, 습기가 차고 쥐들이 파먹어서 심하게 변색된 채로 썩어가고 있었다. 구석에는 쥐들이 집까지 지어놓았다.

"저게 지금까지 남아 있는 요양원 서류들입니다." 쇼송의 목소리는 예전의 승리감을 되찾은 듯했다. "말씀드렸다시피 그냥 종잇조각에 불과한 겁니다. 왜 진작 치워버리지 않았는지 모르겠어요. 제가 아는 건 그 누구도 여기에 온 적이 없다는 것뿐입니다."

펜더개스트는 서류 더미 앞에 무릎을 꿇고서 조심스럽게 종이를 한 장씩 넘기며 조사를 시작했다. 10분이 흐르고 20분이 흘렀다. 쇼송은 몇 번이나 시계를 쳐다봤지만 펜더개스트는 그의 짜증조차 느끼지 못한 채로 완전히 서류 작업에 몰두해 있었다. 마침내 펜더개스트는 얇은 서류 한 뭉치를 들고 일어났다. "이걸 잠시 빌려도 되겠습니까?"

"마음대로 하세요. 전부 가져가셔도 되고요."

펜더개스트는 마닐라지로 만든 봉투에 서류 뭉치를 넣었다. "다른 사람들이 오듀본과 그림에 대해 관심을 보였다고 하셨죠?"

쇼송이 고개를 끄덕였다.

"〈블랙 프레임〉이라고 알려진 그 작품입니까?"

쇼송이 다시 고개를 끄덕였다.

"하나만 더 묻죠. 그 사람들은 누구고 언제 찾아왔습니까?"

"첫 번째로 찾아온 사람은, 어디 보자, 한 15년쯤 전입니다. 제가 총지배인이 되고 얼마 안 됐을 때였어요. 두 번째 찾아온 사람은 그로부터 몇 년 지나서였을 겁니다."

"그럼 제가 세 번째라는 말인데, 당신 말투로 미뤄 보건대 불청객들이 그보다 더 있었을 것 같은데요. 맨 처음 찾아왔던 사람에 대해서 자세히 말씀해주세요."

쇼송은 다시 한숨을 내쉬었다. "예술품 중개인이었습니다. 아주 불쾌한 작자였죠. 이런 서비스 분야에서 일을 하다 보면 행동 방식이나 말투만으로도 사람을 파악하는 방법을 터득할 수 있습니다. 저를 겁주더군요." 쇼송이 잠시 말을 멈췄다. "그 남자는 오듀본이 요양원에 있는 동안 그렸던 그림에 관심을 보였습니다. 제 시간을 뺏은 것보다 엄청난 가치가 있을 거라고도 말했죠. 아무것도 남은 게 없다고 하자 불처럼 화를 냈어요."

"그자도 이 서류들을 봤습니까?" 펜더개스트가 물었다.

"아뇨. 당시에는 서류가 있는지도 몰랐습니다."

"그 사람 이름을 기억하십니까?"

"네. 블라스트입니다. 그런 이름은 절대 잊을 수 없죠."

"알겠습니다. 두 번째 찾아온 사람은요?"

"여자였어요. 젊고, 붉은빛이 나는 갈색 머리에 몸집은 호리호리하고. 꽤 미인이었죠. 아주 상냥하고 설득력이 뛰어난 사람이었어요. 하지만 블라스트에게 했던 말 말고는 달리 할 말이 없었죠. 그러고는 여기 있는 서류들을 훑어봤어요."

"서류를 가져갔나요?"

"제가 안 된다고 했어요. 어쩌면 이 서류들이 가치 있는 것인지도 모르겠다는 생각이 들어서요. 하지만 이젠 모조리 없애버리고 싶은 마음뿐입니다."

펜더개스트는 천천히 고개를 끄덕였다. "그 젊은 여자분 이름은 기억 나십니까?"

"아니요. 이상하게도 자기 이름을 알려주지 않았죠. 그 여자가 떠난 후에야 이름을 알려주지 않았다는 게 떠올랐죠."

"저랑 억양이 비슷하던가요?"

"아뇨. 미국 북부 억양이었어요. 케네디처럼." 지배인이 몸을 부르르 떨었다.

"알겠습니다. 귀한 시간 내주셔서 감사합니다." 펜더개스트가 돌아 섰다. "제가 알아서 나가겠습니다."

"오, 아닙니다." 쇼송이 재빨리 말했다. "제가 차까지 안내해드리겠 습니다. 허락해주세요."

"걱정하지 마세요, 쇼송 씨. 손님들에게 한마디도 안 할 테니까." 펜 더개스트는 살짝 고개를 숙여서 목례를 했다. 그러고는 아까보다 더욱 슬픈 미소를 지으며 긴 터널을 지나서 바깥세상을 향해 재빠르게 걸어 나갔다.

20

루이지애나 주, 세인트 프랜시스빌

시들어버린 꽃밭과 바람에 흔들리는 헐벗은 나뭇가지 사이로 하얗게 페인트가 칠해진 저택이 보였다. 운전을 하던 다고스타는 이 저택 앞에 차를 멈추었다. 겨울 하늘에서 빗물이 흩뿌렸고 아스팔트 위로 물이 고였다. 그는 잠시 동안 렌트한 자동차 안에 앉아서 라디오 너머로 흘러 나오는 '너와 나 단둘이(Just You and I)' 노래의 마지막 부분의 어처구니없는 가사를 들으면서, 잔심부름이나 하고 다니는 자신에게 화를 삭이려고 애쓰고 있었다. 죽은 새를 보면 뭐 뾰족한 수라도 나올까?

마침내 노랫소리가 잦아들자 다고스타는 운전석에서 일어나서 우산을 들고 밖으로 나갔다. 그리고 오클리 농장의 계단을 올라가서 화랑 입구로 들어갔다. 블라인드식 창문들이 달린 현관은 연이은 비 소식 때문에 굳게 닫혀 있었다. 화랑 입구에서 우산을 털고 젖은 우비를 툭툭 털어서 옷걸이에 건 다음 안으로 들어갔다.

"다고스타 박사님이시군요." 새처럼 화사한 인상의 여자가 책상에서 일어나더니 짤막한 다리에 평범하지만 고급스러운 구두를 또각거리며 부산스럽게 그를 향해 다가왔다. "1년 중 이맘때 방문객이 가장 드물어요. 롤라 마천트입니다." 그녀가 먼저 악수를 청했다.

다고스타는 악수에 응했다. 놀랍게도 여자치고 손힘이 무척 셌다. 여자는 머리끝부터 발끝까지 붉은 옷을 입고 파우더와 립스틱까지 발랐지만, 최소한 여든 정도는 되어 보였다. 그런데도 무척 건강하고 힘이 세 보였다.

"부끄러운 줄 아셔야죠. 이렇게 궂은 날씨를 몰고 오다니!" 여자는 깔깔대면서 웃음을 터뜨렸다. "하지만 저희는 언제나 오듀본 연구자들을 환영합니다. 평소에는 일반 관광객만 상대하거든요."

다고스타는 그녀를 따라 응접실로 향했다. 응접실에는 흰색으로 칠해진 나무와 엄청나게 큰 기둥이 버티고 서 있었다. 다고스타는 미리 전화를 하고 찾아온 걸 후회하기 시작했다. 그는 오듀본에 대해서도 새에 대해서도 전혀 아는 바가 없어서 아주 사소한 정보를 얻는 데도 엄청난 노력을 기울여야 했다. 가장 좋은 방법은 그냥 입을 다물고 있는 것이었다.

"가장 중요한 것부터 처리해야죠!" 롤라 마천트는 다른 책상 뒤로 가더니 그에게 커다란 방명록을 내밀었다. "여기 이름과 방문 목적을 써주세요."

다고스타는 이름과 방문 목적을 썼다.

"감사합니다!" 그녀가 말했다. "이제 시작할까요? 정확하게 어떤 걸 보고 싶으시죠?"

다고스타는 목소리를 가다듬었다. "저는 조류학자입니다" 다고스타는 최대한 정확하게 말을 이어나갔다. "저는 오듀본의 박제품을 보고 싶어요."

"좋습니다! 물론 아시겠지만 오듀본은 여기 딱 네 달 머물렀어요. 제임스 피리 부부의 딸이자 오클리 농장의 소유주인 엘리자 피리의 그림 교사로 일했죠. 그런데 피리 부인과 심하게 말다툼을 한 후에 박제품과 그림을 가지고 뉴올리언스로 떠나버렸어요. 정확히 40년 전, 이 농장이 주립 유적지로 지정된 이후로 수십 년 동안 오듀본의 그림들, 편지들과 새 박제품들을 기증받았어요. 덕분에 이제는 루이지애나에서 손

꼽히는 오듀본의 화랑으로 이름을 날리게 되었고요!"

그녀는 장황한 연설을 마치고서 밝은 미소를 지었다. 어찌나 자신감이 넘쳤던지 가슴팍이 살짝 흔들릴 정도였다.

"그렇군요." 다고스타는 갈색 코트에서 노트를 꺼냈고 뭔가 그럴듯하게 보이기를 바라면서 조용히 웅얼거렸다.

"이쪽입니다, 다고스타 박사님."

다고스타 박사. 부서장은 왠지 모르게 불안감이 커졌다.

그녀는 페인트가 칠해진 소나무 바닥을 지나서 계단 쪽으로 갔다. 두 사람은 농장 건물 2층으로 올라갔고, 예전 시대의 가구들이 즐비하게 들어선 넓은 방을 지나서 굳게 잠긴 문 앞에 도착했다. 문이 열리자 다락으로 이어지는 가파르고 좁은 계단이 보였다. 다고스타는 롤라를 따라서 계단 꼭대기까지 올라갔다. 이름만 다락일 뿐 티끌 하나 없이 깨끗하고 잘 정돈된 곳으로 갓 칠한 페인트 냄새가 풍겼다. 물결치는 유리로 덮인 오래된 오크 나무 장식장이 세 벽면을 나란히 채우고 있었고, 반대편에는 꽤 현대적인 장식장이 굳게 닫혀 있었다. 뿌옇게 성에가 낀 지붕창으로 햇살이 새어 들어와 다락 내부를 서늘하고 투명하게 비췄다.

"여기에는 오듀본의 원래 작품들에 등장하는 새들 백여 마리가 전시되어 있습니다." 그녀는 중앙 복도를 향해 힘차게 걸어가며 말했다. "안타깝게도 오듀본은 훌륭한 박제 솜씨를 가지진 못했어요. 물론 지금까지 멀쩡하게 보존되긴 했지만. 바로 여기입니다."

두 사람은 금고처럼 보이는 커다란 회색 철제 캐비닛 앞에 멈추어 섰다. 롤라는 캐비닛 가운데에 달린 다이얼을 돌리고 손잡이를 한쪽으로 돌렸다. 쉭 하는 한숨 소리가 나면서 커다란 캐비닛 문이 열렸다. 청동으로 된 이름표가 붙어 있는 받침대 위로 단단히 잠긴 목조 서랍들이 드러났다. 다고스타의 코끝에 지독한 방충제 냄새가 풍겼다. 롤라가 서랍 하나를 열자 박제된 새들이 세 줄로 나란히 있는 모습이 보였다. 새들에는 발톱마다 노란색 꼬리표가 달려 있었고 눈동자에는 하얀색 탈지면이 삐죽이 튀어나와 있었다.

"이 꼬리표는 오듀본의 원본이라는 표시입니다." 롤라가 말했다. "제가 맡아서 관리하는 작품들이죠. 그러니까 지금부터 제 허락 없이 멋대로 만지시면 절대 안 돼요!" 그녀는 미소를 지었다. "어떤 작품을 보고 싶으신가요?"

다고스타가 노트를 펼쳤다. 미리 웹사이트를 검색해서 오듀본의 박제품과 원산 지역과 이름을 꼼꼼하게 적어놓았다. 이제는 조사한 내용을 힘차게 외칠 차례였다. "루이지애나 물개똥지빠귀부터 보고 싶은데요."

"좋습니다!" 그 서랍은 닫히고 다른 서랍이 열렸다. "탁자에 올려놓고 보시겠어요, 아니면 서랍에 든 상태로 보실래요?"

"서랍에 든 상태로 보는 것이 좋겠습니다." 다고스타는 확대경을 한쪽 눈에 갖다 대고 연이어 신음을 내면서 박제된 새를 자세히 살펴보았다. 깃털이 삐딱하게 눌렸고 군데군데 허옇게 털이 빠졌고 속에 든 솜뭉치가 삐져나와 있었다. 다고스타는 최대한 집중하는 것처럼 보였기를 바라면서 뭐라도 적는 시늉을 하기 위해 잠시 멈추었다.

다고스타가 다시 허리를 곧추세웠다. "고맙습니다. 다음은 황금방울새를 보고 싶네요."

"바로 보여드리겠습니다."

다고스타는 다시 새로운 박제품을 자세히 관찰하기 시작했다. 확대경을 대고 눈을 가늘게 뜨고 뭔가 적으면서 가끔 혼잣말을 중얼거렸다.

"박사님이 원하시는 것을 찾으셨으면 좋겠군요." 롤라가 높은 목소리로 말했다.

"네, 감사합니다." 점차 이런 작업이 지루해지기 시작했고 계속 방충제 냄새를 맡다 보니 속까지 메스꺼워졌다.

"그럼, 이제는……." 그는 노트를 보는 척하며 말했다. "캐롤라이나 잉꼬를 보고 싶은데요."

갑자기 조용해졌다. 다고스타는 롤라의 얼굴이 붉어지는 것을 보고 놀랐다. "죄송합니다만 그건 여기 없습니다."

그는 참고 있던 짜증이 솟구치는 것을 느꼈다. 그거 하나 보려고 여기까지 왔는데 하필 그 박제만 없다니! "하지만 이 책에 언급된 모든 종류의 새들이 여기 보관되어 있다고 하셨잖아요." 그는 의도와는 달리 더욱 삐딱하게 말했다. "여기 캐롤라이나 잉꼬 두 마리가 보관되어 있다고 적혀 있는데요."

"이제는 없습니다."

"그럼 어디 있는 거죠?" 그는 다소 과장된 태도로 물었다.

긴 침묵이 흘렀다. "죄송하지만 어디론가 사라졌습니다."

"사라져요? 잃어버렸다고요?"

"아뇨, 잃어버린 게 아니라 도둑맞았어요. 수년 전에, 제가 화랑 조수로 있을 때요. 지금 남아 있는 거라고는 깃털 몇 개뿐입니다."

갑자기 다고스타는 흥미가 생겼다. 타고난 경찰의 직감이 작동할 때가 온 것이었다. 이건 절대 부질없는 시도가 아니리라는 걸 직감할 수 있었다. "경찰 조사는 했습니까?"

"네, 하지만 그냥 형식적인 거였죠. 아무리 캐롤라이나 잉꼬 종이 멸종되었다 해도 고작 새 두 마리 도둑맞은 것 때문에 경찰을 부르기는 쉽지 않은 일이니까요."

"경찰 보고서의 사본을 가지고 있습니까?"

"아주 잘 보관하고 있습니다."

"보고 싶군요."

그는 롤라가 의아한 눈빛으로 쳐다보는 것을 느꼈다. "죄송합니다만, 다고스타 박사님, 이유가 뭐죠? 그 새들이 없어진 지 벌써 12년도 지났는데요."

다고스타는 재빨리 머리를 굴렸다. 이걸로 판세가 바뀔 수도 있었다.

그는 재빨리 결정을 하고 주머니에 손을 넣어서 경찰 배지를 꺼냈다.

"맙소사." 그녀는 눈을 크게 뜨고 다고스타를 바라보았다. "조류학자가 아니라 경찰이셨군요."

다고스타는 다시 경찰 배지를 집어넣었다. "맞습니다. 저는 뉴욕 경찰서 살인 사건 전담반 부서장입니다. 이제 가서 경찰 보고서를 가져오시죠."

그녀는 고개를 끄덕이다가 잠시 망설였다. "그런데 무슨 일이죠?"

다고스타는 그녀를 쳐다봤고 억압된 흥분으로 그녀의 눈빛이 살짝 떨리는 것을 감지했다. "물론 살인 사건 때문입니다." 그는 미소를 지으며 답했다.

그녀는 다시 고개를 끄덕였고 곧바로 자리를 떴다. 몇 분이 지나서 얇은 마닐라지 묶음을 가지고 돌아왔다. 다고스타는 서류를 펼쳤고 말 그대로 형식적인 경찰의 보고서를 읽어 내려갔다. 새들이 사라졌다는 단순한 확인 작업 이외에는 아무것도 말해주지 않는 휘갈겨 쓴 글씨와 사진 한 장이 전부였다. 침입의 흔적도 없고 누군가 침입하는 장면을 목격한 증인도 없고, 지문도 없고, 의심할 만한 용의자도 하나 없었다. 가장 유용한 정보를 꼽으라면 사건 발생 시간뿐이었다. 9월 1일에서 10월 1일 사이에 일어난 사건으로, 한 달에 한 번 재고 조사를 할 때 비로소 잉꼬 두 마리가 사라졌다는 사실을 발견했다는 것이었다.

"소장품을 연구하기 위해서 찾아왔던 사람들의 방명록을 보관하고 있나요?"

"네. 하지만 소장품을 보고 난 뒤에 반드시 수량을 체크해서 도난 사건이 일어나지 않도록 관리하고 있습니다."

"그러면 사건이 발생한 시간대를 확실히 좁힐 수 있겠군요. 방명록을 가져다주세요."

"곧바로 준비해드리죠." 여자는 바삐 나갔고, 계단을 내려갈 때 그녀의 힘찬 구두 소리가 다락방 전체에 울려 퍼졌다.

롤라는 몇 분 만에 뻣뻣한 아마포로 된 커다란 방명록을 가지고 돌아와 중앙에 놓인 탁자에 쿵 소리를 내며 떨어뜨렸다. 다고스타는 한 장씩 페이지를 넘기며 방명록을 살펴보았고, 마침내 사건이 일어났던 달에 이르렀다. 다고스타는 그달 방문 기록을 자세히 살펴봤다. 총 세 명의 연구원들이 소장품에 손을 댔고, 마지막으로 잉꼬 새를 꺼낸 것은 9월 22일이었다. 큼직하고 둥근 모양의 손 글씨로 이렇게 적혀 있었다.

머틸다 V. 존스
뉴욕 27490, 쿠퍼스타운
아가시즈 드라이브 18

'여기 쓴 이름과 주소 전부 가짜로군.' 다고스타는 생각했다. '아가시즈 드라이브라니 말도 안 돼.' 게다가 뉴욕 주의 우편번호는 전부 1로 시작했다.

"정확한 확인 절차가 필요하겠네요." 그러고는 다고스타가 물었다. "연구원이 찾아오면 소속 단체나 신분증 같은 걸 반드시 제시하게 되어 있나요?"

"아니요, 저희는 그냥 믿고 보여드려요. 사실 그러면 안 되지만요. 하지만 연구를 한다고 찾아오시면 곁에 붙어서 개별적으로 안내를 하게 되어 있어요. 어떻게 우리 코앞에서 새를 훔쳐갔는지 도무지 믿기지가 않는다니까요!"

'마음만 먹으면 수백만 가지도 넘는 방법이 있을 겁니다.' 다고스타는 생각했지만 입 밖으로 내지는 않았다. 다락으로 통하는 문의 자물쇠야 구식이라 쉽게 열 수 있었고, 박제품이 보관된 캐비닛 잠금장치도 워낙 싸구려라 노련한 금고 털이범이라면 눈 감고도 열 수 있을 터였다. 하지만 다고스타가 생각하기에도 그런 일이 쉽게 가능하리라고는 믿기지 않았다. 그때 조금 전 위층으로 올라올 때 롤라가 벽에 있던 열쇠 꾸러미를 가지고 오던 장면이 떠올랐다. 농장 문 역시 활짝 열려 있었다. 농장 문 바로 앞에서 내부로 들이치는 바람을 맞지 않았던가. 큐레이터가 잠시 화장실을 가려고 프런트 데스크를 비우는 사이를 노려서, 누구든 열쇠 꾸러미를 들고 박제된 새들이 보관된 다락으로 쉽게 접근할 수 있었다. 더 최악의 상황을 그려보자. 방금 전만 해도 롤라가 방명록을 가져오겠다고 잠시 자리를 비운 사이, 활짝 열린 캐비닛과 다고스타만 다락에 남겨졌었다. '만약 엄청난 가치가 있는 박제품이었다면 오래전에 사라지고도 남았을 만한 시간이군.' 다고스타가 속으로 생각했다.

다고스타는 방명록에 적힌 이름을 짚었다. "이 연구원을 직접 만나셨나요?"

"아까 말한 것처럼 당시에 저는 화랑의 조수였습니다. 당시 호치키스 씨가 큐레이터였으니까 직접 소장품에 대해 설명을 하셨을 거예요."

"지금은 어디 있죠?"

"몇 년 전에 돌아가셨습니다."

다고스타는 다시 최대한 집중력을 발휘하면서 방명록을 살펴보았다. 머틸다 V. 존스가 정말 박제품 도둑이라고 가정해보자. 물론 다고스타는 그럴 거라고 굳게 믿고 있었다. 그렇다면 그녀는 아주 노련한 사기꾼은 아니었다. 가명을 쓴 것은 둘째 치고, 실제 방명록에 남긴 필체에서 위장한 흔적이 전혀 보이지 않았다. 다고스타는 도둑이 9월 23일, 연구원인 척하고 박제품의 위치를 정확하게 확인한 뒤, 다음 날 정도 물건을 훔쳐갔을 거라고 추측했다. 편의상 근처 여관에 머물렀을지도 모르는 일이다. 그렇다면 근처 호텔의 숙박부부터 확인하는 게 가장 확실한 방법일 것이다.

"조류학자들이 연구차 방문을 하면 주로 어디에 묵습니까?"

"보통은 후마 하우스를 추천해요. 세인트 프랜시스빌 쪽에 있죠. 근방에서는 유일하게 깔끔한 숙소예요."

다고스타는 고개를 끄덕였다.

"어때요?" 롤라가 말했다. "단서를 찾으셨나요?"

"이 페이지를 복사해주실 수 있습니까?"

"오, 그럼요." 그녀는 무거운 방명록을 들고 다락을 내려갔고 다시 다고스타를 홀로 남겨두었다. 롤라가 나가자마자 다고스타는 핸드폰을 꺼내서 전화를 걸었다.

"펜더개스트입니다." 목소리가 들려왔다.

"빈센트입니다. 한 가지만 묻겠습니다. 머틸다 V. 존스라는 이름을 들어본 적이 있습니까?"

갑자기 전화기 너머가 조용해졌고, 잠시 후 북극 바람처럼 싸늘한 펜더개스트의 목소리가 들려왔다. "그 이름은 어디서 들었죠, 빈센트?"

"지금 설명하기에는 너무 복잡해요. 정말 아는 이름이에요?"

"네. 아내의 애완용 고양이 이름입니다. 러시안 블루."

다고스타는 충격에 휩싸인 기분이었다. "당신 부인의 필체가…… 크고 둥근 편입니까?"

"네. 이제 무슨 일인지 설명해주시죠?"

"오듀본의 캐롤라이나 잉꼬 박제품 두 마리가 오클리 농장에 있다고 하셨죠? 여기 와보니 깃털 몇 개만 남고 두 마리 다 사라졌어요. 바로 당신 아내가 훔친 거겠죠."

잠시 후에 더욱 차가운 목소리가 들려왔다. "알겠습니다."

곧바로 계단 쪽에서 발소리가 들렸다. "이만 끊죠." 그는 롤라가 복사지를 들고 모퉁이를 돌아올 때쯤 전화를 끊었다.

"부서장님." 그녀가 복사한 종이를 내려놓으며 말했다. "우리 화랑을 위해서 이 사건을 해결해주실 건가요?" 그녀는 은은한 미소를 지으며 말했다. 다고스타는 그녀가 다시 화장을 고치고 붉은 립스틱을 덧바른 것을 알아챘다. '오늘 하루는 정말 흥분의 연속이로군.' 다고스타는 생각했다. '한 여자의 살인 사건을 쫓는 것보다 훨씬 더 흥미진진해.'

다고스타는 서류 가방에 복사한 종이를 넣고 떠날 채비를 했다. "아뇨, 생각보다 증거가 너무 빈약해서요. 범인이 누군지 종잡을 수가 없네요. 어쨌든 도와주셔서 감사합니다."

21

페넘브라 저택

"확실한 건가요, 빈센트? 이게 사실입니까?"

다고스타는 고개를 끄덕였다. "근처에 있는 후마 하우스라는 숙소에 가서 직접 확인했습니다. 헬렌은 오클리 농장에 가서 고양이 이름으로 가명을 써서 박제된 새들을 조사한 후, 후마 하우스로 가서 하룻밤을 묵었습니다. 그때는 진짜 이름을 사용했죠. 헬렌이 현금으로 결제를 했다면 분명 호텔 측에서 신분증을 요구했을 겁니다. 다음 날 화랑으로 돌아가서 몰래 새를 훔칠 계획이 아니었다면 굳이 숙소에서 하룻밤을 묵을 이유도 없었겠죠." 그는 펜더개스트에게 종이 한 장을 건넸다.

"여기 오클리 농장의 방문객 기록이에요."

펜더개스트는 잠시 종이를 살펴보았다. "아내의 글씨가 맞는군요." 펜더개스트는 종이를 한쪽으로 치웠다. 그의 얼굴은 가면처럼 굳어져 있었다. "분실된 날짜는 정확한 겁니까?"

"9월 23일, 며칠 오차가 있을 수도 있죠."

"헬렌과 결혼하고 대략 6개월쯤 흐른 뒤로군요."

페넘브라 저택 2층 응접실에 어색한 침묵이 내려앉았다. 다고스타는 펜더개스트를 뒤로하며 시선을 돌렸다. 그리고 불편한 마음으로 얼룩말 바닥 깔개와 박제된 동물 머리들을 살피다가 마침내 아름다운 문양이 힘차게 새겨진 커다란 나무 장식장 안에 놓인 사냥총에 시선이 멈추었다. 그는 헬렌의 총이 어떤 건지 궁금했다.

모리스가 응접실로 들어왔다. "차를 더 드릴까요, 손님?"

다고스타는 고개를 저었다. 모리스가 불안해한다는 걸 한눈에 알아차릴 수 있었다. 늙은 집사는 마치 안달 난 엄마처럼 근처에서 서성거렸다.

"고마워요, 모리스. 아직 괜찮습니다."

"알겠습니다, 주인님."

"당신은 무엇을 알아냈죠?" 다고스타가 물었다.

펜더개스트는 아무 대답을 하지 않았다. 그러더니 천천히 손가락을 펴고 손바닥을 무릎 위에 올려놓았다. "전 바이유 그랜드 호텔에 갔었습니다. 예전에 뫼즈 세인트 클레어 요양원이 있던 자리였는데, 오듀본이 〈블랙 프레임〉이라는 작품을 그린 곳이기도 하죠. 생전에 아내도 그 호텔에 찾아가서 그림에 대해 물었다고 하더군요. 우리가 처음 만나고 몇 달이 지난 후였을 겁니다. 예술품 수집가나 중개인으로 보이는 험악한 남자 하나도 그 그림에 대해서 물었는데, 헬렌보다 1년 전쯤에 찾아왔었다고 해요."

"그러니까 〈블랙 프레임〉이라는 작품에 대해 궁금해하던 자가 또 있었군요."

"꽤 관심이 많았던 모양이에요. 요양원 지하실에서 몇 가지 흥미로운 기록들을 발견했어요. 오듀본의 병명과 치료 방법 등을 기록한 것이죠." 펜더개스트는 가죽 서류 가방을 집더니 덮개를 열었다. 그러고는 플라스틱 파일 안에서 쥐가 온통 갉아 먹어 얼룩지고 누렇게 바랜 오래된 서류를 꺼냈다. "여기 아르네 토르겐슨 박사가 쓴 오듀본에 대한 기록이 있습니다. 요양원에 입원했을 당시, 오듀본의 담당 의사였죠. 그중에서 이번 사건과 연관이 있는 부분만 읽어드리죠."

드디어 팔다리에 힘이 들어가고 정신적으로도 많이 치유가 되었다. 예전보다 잘 걸어 다니고 다른 환자들과 개척 당시 모험 이야기를 나누며 즐길 수도 있게 되었다. 지난주에는 물감과 받침대, 캔버스를 주문해서 그림을 그리기 시작했다. 얼마나 멋진 작품인지 감탄스럽다. 붓의 힘 조절, 독특한 색깔들이 유난히 눈에 띄었다. 그는 그림 속에 특이한 묘사를 했는데…….

펜더개스트는 다시 가방에 서류를 집어넣었다. "보시다시피 가장 중요한 부분이 사라졌습니다. 바로 그림에 대한 자세한 설명이죠. 아무도 그 주제가 뭔지 알지 못해요."

다고스타는 차를 한 모금 마셨다. 차라리 버드와이저 맥주였으면 좋겠다고 간절히 바랐다.

"쉬운 문제 같은데요. 그 그림은 캐롤라이나 잉꼬입니다."

"어째서죠, 빈센트?"

"헬렌이 오클리 농장에서 새를 훔친 이유가 바로 그것 때문이었으니까요. 그 그림을 뒤쫓은 건, 사실을 확인하고 싶었던 거고요."

"당신 논리는 옳지 않아요. 그렇다고 새를 훔쳤을까요? 그저 견본으로만 봐도 충분할 텐데."

"막상 경쟁 상대가 생기면 얘기가 달라지죠." 다고스타가 말했다. "다른 사람들도 그 그림을 원하고 있었어요. 이렇게 큰돈이 걸린 게임에서는 조금이나마 우위를 차지하기 위해 모든 걸 희생하곤 하죠. 아니면 다른 사람들을 따돌리기 위해 어떤 일이라도 저지르게 되는 거죠. 바로 그것 때문에 살인……." 다고스타는 새로운 가설을 아무 생각 없이 큰 소리로 떠들다가 갑자기 말을 멈췄다.

펜더개스트의 날카로운 시선이 다고스타가 하려던 말의 속뜻을 간파했다는 것을 여실히 보여주었다. "이 그림을 찾으면 아주 멀리 도망쳐 버린 것을 붙잡을 수 있을지도 몰라요." 다고스타의 목소리는 속삭이는 것처럼 작아졌다. "동기 말이에요."

거실이 쥐 죽은 듯이 고요해졌다.

마침내 펜더개스트가 자리에서 움직였다. "너무 앞서 나가지는 맙시다." 그는 다시 서류 가방을 열더니 낡은 종잇조각을 꺼냈다. "이것도 거기서 찾은 서류인데, 오듀본이 퇴원할 당시 진단서의 일부인 것 같습니다. 이 또한 일부만 남아 있지만요."

……드디어 1821년 11월 14일에 퇴원했다. 오듀본 씨는 요양원을 떠날 때 그림 하나를 기증했다. 얼마 전에 완성한 그림으로, 뫼즈 세인트 클레어의 원장인 토르겐슨 박사가 자신을 잘 보살펴주고 건강을 되찾아준 데 감사하는 뜻이었다. 의사들과 환자들 몇 명이 그가 퇴원하는 모습을 지켜봤고 아쉬운 작별 인사를……

펜더개스트는 서류 가방에 다시 종잇조각을 넣고 이걸로 끝이라는 듯 서류 가방을 굳게 닫았다.

"지금 그 그림이 어디 있는지 감이 잡히나요?" 다고스타가 물었다.

"그 의사는 포트 로열에서 은퇴를 했죠. 그곳이 제 다음 방문지가 될 겁니다." 펜더개스트가 말을 멈췄다. "별 연관성은 없지만, 또 다른 것이 있습니다. 헬렌의 오빠 저드슨이 헬렌이 미주리 주의 뉴 마드리드로 여행을 갔었다고 했던 거 기억하십니까?"

"네."

"1812년, 뉴 마드리드에 굉장히 강력한 지진이 있었는데, 리히터 규모로 8.0이 넘는 강도였다고 해요. 워낙 강력한 지진이라 새로운 호수가 몇 개 만들어졌을 정도고, 미시시피 수로까지 바꾸어놓았어요. 도시의 절반가량이 파괴됐죠. 거기에 또 하나 핵심적인 사건이 있습니다."

"그게……?"

"지진이 있던 해에 존 제임스 오듀본이 뉴 마드리드에 있었죠."

다고스타는 의자에 등을 기대고 앉았다. "무슨 뜻이죠?"

펜더개스트는 손을 펼쳤다. "우연? 아마 우연이겠죠."

"저 역시 오듀본에 대한 정보를 알아내기 위해서 노력했습니다." 다고스타가 말했다. "하지만 솔직히 저는 단 한 번도 충실한 학생이었던 적이 없어서요. 오듀본에 대해 또 무엇을 알고 계십니까?"

"지금은 꽤 많이 알죠. 간단히 요약해드리죠." 펜더개스트는 머릿속을 정리하려고 잠시 말을 멈췄다. "오듀본은 프랑스의 선장과 그의 정부 사이에서 태어난 사생아였습니다. 아이티에서 태어나서 프랑스에서 계모 손에 자랐고 열여덟 살 때 나폴레옹 군대의 징병을 피해서 미국으로 보내졌습니다. 미국에 와서는 필라델피아 근처에서 살았는데, 거기서 공부를 하다가 새를 그리는 것에 관심을 가지게 되었죠. 그리고 같은 동네에 살던 필라델피아 출신 루시 베이크웰과 결혼했습니다. 오듀본 부부는 켄터키 국경 근처로 이사했죠. 그곳에서 가게를 열고 수집과 해부, 충전재 판매와 새 박제에 대부분의 시간을 보냈습니다. 그는 취미로 새 그림을 그렸지만 초창기 작품에는 힘이 별로 없고 자신감도 결여되어 있었어요. 지금까지 남아 있는 스케치들을 보면 초창기 작품은 죽은 새처럼 생명력이 없는 작품이었습니다.

또한 오듀본은 형편없는 사업가였어요. 1820년 가게가 부도나서 가족들을 데리고 뉴올리언스의 도핀가에 있는 낡아 빠진 크리올 주택으로 이사를 갔죠. 거기서 아주 빈곤하게 살았고요."

"도핀가." 다고스타가 중얼거렸다. "그렇게 해서 당신 선조들과 이웃 사촌이 된 거군요?"

"그렇죠. 하지만 오듀본은 매력적인 친구였고 재능이 뛰어나고 잘생긴 데다 명사수였어요. 게다가 숙련된 검술사이기도 했고요. 제 대고조부인 보이티우스는 그와 친구가 되어서 함께 사냥을 다녔어요. 1821년 초에 오듀본의 병세가 위독해졌고 말이 이끄는 마차에 실려서 혼수상태로 뫼즈 세인트 클레어 병원으로 이송됐죠. 그 후로 아주 긴 시간을 요양원에서 보냈어요. 우리가 아는 것처럼 회복기 동안 〈블랙 프레임〉이라는 작품을 그렸고, 그림의 주제는 아직도 알려져 있지 않고요.

이후에 몸 상태가 회복되었을 때도 여전히 파산 상태였는데, 갑자기 미국 전역에 사는 조류들 그림을 실제 크기로 그리기로 결심하죠. 그리고 이 나라에 존재하는 모든 새의 종류를 망라해 자연사에 위대한 업적으로 남게 될 책을 엮었죠. 루시가 가정교사로 일하면서 근근이 가족들을 부양할 동안 오듀본은 총과 물감, 종이를 들고 사방을 떠돌아다녔어요. 나중에는 조수를 고용해서 미시시피 강을 따라 이동했고요. 수백마리의 새를 화폭에 담았고, 새들의 서식지로 직접 찾아가서 강렬하고 생동감 넘치는 새 그림을 그린 겁니다. 예전에는 한 번도 없었던 새로운 시도였죠."

펜더개스트는 차를 한 모금 마신 다음 계속해서 말을 이어나갔다. "1826년, 그는 영국으로 가서 그의 수채화를 동판에 새겨줄 만한 인쇄 전문가를 찾았습니다. 그런 다음 미국과 유럽을 넘나들면서 작업을 했고, 궁극적으로 《미국의 새들》이라는 책을 완성하기 위해서 투자를 할 사람을 찾아다녔죠. 마지막 인쇄 작업은 1838년에 이뤄졌고, 그 책으로 오듀본은 엄청난 명성을 얻게 됩니다. 몇 년 후, 그는 열정을 가지고 새로운 프로젝트를 시작했는데, 바로 '북아메리카의 포유류'라는 작업이었죠. 그러나 그 이후 정신 상태가 눈에 띄게 피폐해지면서 아들이 그 책을 완성하게 됩니다. 그 불쌍한 남자는 끔찍한 정신병에 걸려서 남은 인생을 격심한 광란 상태로 보내다가 65세의 나이로 뉴욕에서 사망했습니다."

다고스타는 작게 휘파람을 불었다. "정말 흥미로운 이야기군요."

"동감이에요."

"그럼 〈블랙 프레임〉의 주제는 아무도 모릅니까?"

펜더개스트는 고개를 끄덕였다. "그 작품은 오듀본 연구자들의 성배인 것 같습니다. 저는 내일 아르네 토르겐슨 박사의 집을 방문할 겁니다. 포트 앨런 서부에서 몇 킬로미터 떨어진 곳이라 운전해서 갈 수 있는 거리예요. 거기에서 그림의 행방을 찾을 수 있었으면 좋겠습니다."

"하지만 당신이 언급한 날짜를 보면⋯⋯." 다고스타는 가장 적절한 단어를 선택해서 질문을 하려고 잠시 멈추었다. "부인이 오듀본과 〈블랙 프레임〉에 대해 관심을 가진 것이⋯⋯ 당신을 만나기 전부터였다고 생각하는 겁니까?"

펜더개스트는 대답하지 않았다.

다고스타가 말했다. "정말 내 도움을 원한다면, 행여 듣기 불편한 주제가 나온다고 그때마다 묵비권을 행사하시면 안 돼요."

펜더개스트는 한숨을 내쉬었다. "네, 맞는 말입니다. 제 생각에는 헬렌은 오듀본에게 처음부터 매료되어 있었고 어느 정도 광기에 사로잡혔던 것 같습니다. 오듀본에 대해서 더 알고 싶은 욕망, 그러니까 그의 작품에 더 가까워지고 싶은 욕망이 우리의 만남을 이끌어낸 것 같습니다. 아내는 〈블랙 프레임〉을 찾는 것에 엄청난 관심을 가지고 있었던 것 같아요."

"왜 그 사실을 비밀로 했을까요?"

"제 생각엔⋯⋯." 펜더개스트는 말을 멈췄고 잔뜩 쉰 목소리로 말을 이었다. "우리의 관계가 시작된 것이 행복한 우연이 아니라 자신이 의도해서, 냉정하게 말하자면 작위적으로 시작되었다는 사실을 나에게 알리고 싶지 않아서였겠죠." 펜더개스트의 얼굴빛이 너무 어두워서 다고스타는 괜한 질문을 한 것 같아 미안한 마음이 들 정도였다.

다고스타가 말했다. "만약 헬렌이 다른 누군가와 〈블랙 프레임〉을 놓고 경쟁을 벌이고 있었다면, 스스로도 위험에 빠질지 모른다고 생각했을 거예요. 혹시 세상을 떠나기 몇 주 전에 부인의 행동이 달라지지 않았나요? 불안해한다거나 동요했다거나?"

펜더개스트가 천천히 대답했다. "네. 사파리 투어를 준비하는 동안에는 날개 달린 의사 협회 일 때문에 불안해하나 보다 생각했어요." 그는 머리를 절레절레 흔들었다.

"평상시와 다른 행동을 하지는 않았고요?"

"여행 가기 몇 주 전부터 난 저택을 떠나 있었어요."

다고스타의 어깨 너머로 누군가 목소리를 가다듬는 소리가 들렸다. 다시 모리스가 모습을 드러냈다.

"시간이 늦어서 이만 잠자리에 들까 하는데요." 나이 든 집사가 말했다. "따로 시키실 일이 있나요?"

"하나 있어요, 모리스." 펜더개스트가 말했다. "마지막으로 헬렌과 여행을 가기 몇 주 전에 제가 집에 없었잖습니까."

"뉴욕에 가셨었죠." 모리스가 고개를 끄덕이며 대답했다. "사파리 여행 준비를 하실 때였죠."

"내가 없는 동안 아내가 평상시와는 다른 말이나 행동을 하지 않던가요? 예를 들자면 아내가 편지를 읽고서 화를 냈다거나, 이상한 전화가 왔다거나?"

늙은 집사가 깊은 생각에 잠겼다. "도저히 기억이 나지 않는군요, 주인님. 하지만 잠시 여행을 다녀오신 후로 무척이나 동요된 모습이셨습니다."

"여행이오?" 펜더개스트가 물었다. "무슨 여행 말이죠?"

"어느 날 아침, 부인이 차를 몰고 나가셨어요. 차 소리를 듣고 겨우 잠에서 깼죠. 부인이 타시던 자동차 엔진 소리가 얼마나 큰지 아시죠? 메모 한 장도, 말 한마디도 아무것도 남기지 않으셨어요. 일요일 아침 7시쯤이었던 걸로 기억합니다. 그리고 이틀 후에야 돌아왔습니다. 어디에 갔다 왔는지 한마디도 안 하셨죠. 하지만 그전과는 사뭇 달라진 모습이었어요. 뭔가 굉장히 화가 나 있었는데 저에겐 한마디도 하지 않으셨습니다."

"알았어요." 펜더개스트가 다고스타와 시선을 주고받으며 말했다. "고마워요, 모리스."

"언제든지 말씀만 하세요, 주인님. 안녕히 주무세요." 늙은 집사는
돌아서서 복도로 조용히 나갔다.

22

다고스타는 I-10 고속도로를 빠져나가서 벨 샤스 고속도로로 들어섰다. 텅 빈 도로를 따라 질주하다 보니 점점 기분이 좋아졌다. 따뜻한 2월의 어느 날, 창문을 열고 라디오 주파수를 클래식 록앤드롤 채널에 맞추어놓았다. 처음보다 기분이 훨씬 나아졌다. 차가 고속도로 위를 달리기 시작하자, 다고스타는 크리스피 크림 도넛에서 산 커피를 몇 모금 연달아 마시고 다시 컵홀더에 끼워 넣었다. 펌프킨 스파이스 도넛이 입맛에 꼭 맞아서 두 개나 먹었다. 칼로리도 엄청날 터였다. 하지만 지금은 그 어떤 것도 그의 즐거운 기분을 꺾을 수 없었다.

어젯밤 로라 헤이워드와 한 시간가량 통화를 한 이후로 기분이 날아갈 듯했다. 간만에 꿈도 꾸지 않고 숙면을 취했다. 아침에 눈을 떠보니 펜더개스트는 이미 외출한 뒤였고, 모리스가 베이컨과 달걀, 굵게 빻은 옥수수로 만든 아침을 준비해놓고 기다리고 있었다. 다고스타는 아침 식사를 마치고 도심으로 차를 몰았고 뉴올리언스 경찰서 6지구대로 찾아가서 대단한 사실을 발견했다. 처음에는 펜더개스트 가족과 연관된 사람이라는 말에 다소 미심쩍은 태도를 보였지만, 다고스타가 평범한 경찰이라는 것을 안 뒤로 태도가 완전히 바뀌었다. 덕분에 컴퓨터 장비도 공짜로 사용하면서 〈블랙 프레임〉에 관심을 가지고 있던 사람들의 흔적을 추적하는 데 장장 90분이라는 시간을 투자할 수 있었다. 존 W. 블라스트는 현재 플로리다 주 새러소타에 거주하고 있었다. 소문대로 정말 악랄한 인물이었다. 10년간 다섯 번이나 체포를 당했고 협박, 금지 야생동물 소지, 폭행과 구타 등 다수의 전과가 있었다. 한데 엄청난 부자인지 아니면 뛰어난 변호사가 있는 건지, 혹은 둘 다인지 몰라도 매번 벌을 받지 않고 풀려났다. 다고스타는 그의 전과에 관련된 세부 사항을 인쇄해서 재킷 주머니에 넣었다. 그리고 아침을 먹었음에도 다시 허기가 져서 페넘브라 저택으로 가기 전에 잠시 크리스피 크림 도넛에 들렀다.

펜더개스트가 이 이야기를 들으면 무척 기뻐할 게 분명했다.

다고스타는 오래된 농장 길로 향했고 펜더개스트가 먼저 집에 도착했다는 것을 알 수 있었다. 저 멀리 사이프러스 나무 숲 그늘 아래 롤스로이스 한 대가 주차되어 있는 모습이 보였다. 그는 시끄럽게 자갈 튀기는 소리를 내면서 그의 차 바로 옆에 주차를 했고 지붕이 있는 현관을 향해 계단을 올라갔다. 그리고 현관으로 들어가서 문을 닫았다.

"펜더개스트?" 다고스타가 큰 소리로 외쳤다.

아무 대답이 없었다.

그는 복도를 따라서 걸으면서 방마다 들여다보았다. 모두 어둡고 텅 비어 있었다.

"펜더개스트?" 그는 다시 한 번 불렀다.

'잠깐 산책하러 나갔나 보군.' 다고스타가 생각했다. '산책하기에 좋은 날씨니까.'

다고스타는 힘차게 계단을 올라가서 층계참을 슬쩍 쳐다보다가 갑자기 멈추었다. 응접실 한구석에 쥐 죽은 듯이 앉아 있는 익숙한 실루엣 하나가 눈에 들어왔기 때문이었다. 바로 전날 밤과 똑같은 자세로 의자에 앉아 있는 펜더개스트였다. 응접실 불은 꺼져 있었고 FBI 요원은 어두운 구석 자리에 멍하니 앉아 있었다.

"펜더개스트?" 다고스타가 말했다. "밖에 나간 줄 알았어요, 그런데⋯⋯."

그는 FBI 요원의 얼굴을 본 순간 멈췄다. 펜더개스트의 공허한 표정을 보자 말문이 턱 막혔다. 그는 친구의 옆자리로 가서 앉았고, 금방이라도 날아갈 것 같던 기분은 순식간에 사그라들었다. "무슨 일이에요?" 다고스타가 물었다.

펜더개스트는 길게 한숨을 뱉었다. "토르겐슨의 집에 갔었어요, 빈센트. 그림이 완전히 사라졌어요."

"무슨 소리예요?"

"토르겐슨의 집은 장례식장으로 바뀌었더군요. 솔직히 건축양식이나 채광 정도도 처참할 정도였고 새로운 사업을 꾸릴 생각인지 완전히 개조를 했어요. 아무것도 남은 게 없었습니다. 아무것도." 펜더개스트가 입술을 굳게 다물었다. "어쨌든 간단하게 끝났어요."

"그 의사는요? 분명히 다른 데로 이사를 갔을 텐데. 다음 행적을 추적하면 되죠."

아까보다 더욱 긴 침묵이 흘렀다. "아르네 토르겐슨 박사는 1852년에 죽었어요. 매독에 감염이 되었고 이후에는 가난으로 반쯤 미쳤다고 해요. 하지만 그것도 세간들을 하나씩 이름 모를 구매자들에게 팔기 전 일이었어요."

"그림을 팔았다면 분명 구매 기록이 남아 있을 거예요."

펜더개스트는 악마 같은 시선으로 다고스타를 쳐다봤다. "기록은 남아 있지 않았어요. 난방비를 마련하기 위해서 〈블랙 프레임〉을 팔았는지도 모를 일이죠. 아니면 미쳐서 그 그림을 찢어버렸는지도. 죽기 직전 원기를 회복하고 조금 더 살다가 죽었는지도 모를 일이에요. 어쨌거나 이젠 막다른 골목에 몰렸네요."

'그래서 자포자기하고 있었군. 집으로 돌아와서 이렇게 어두운 응접실에 쭈그리고 앉아서.' 다고스타는 생각했다. 펜더개스트를 알고 지냈던 지난 세월 동안, 이렇게 침울해하는 모습은 한 번도 본 적이 없었다. 하지만 달리 생각해보면, 토르겐슨이 죽었다는 게 이 정도로 절망할 이유는 아니었다.

"헬렌도 그림을 찾고 있었어요." 다고스타는 의도했던 것보다 더 날카로운 목소리로 말했다. "당신 역시 그랬고요. 며칠이나 됐다고 이래요? 당신 부인은 몇 년 동안 포기하지 않았어요."

펜더개스트는 아무 대답을 하지 않았다.

"좋아요. 그럼 다른 방향으로 접근해보죠. 그림을 찾는 대신 당신의 아내를 추적하는 거예요. 마지막으로 혼자 갔던 여행, 이틀, 아니 사흘이라고 했나요? 아마도 그 여행이 〈블랙 프레임〉과 뭔가 연관이 있을 거예요."

"설사 당신 말이 맞는다고 해도 벌써 12년 전 여행이잖아요."

"일단 시도는 해봐야죠." 다고스타가 말했다. "그런 다음에 일선에서 물러나 새러소타에서 머물고 있을 예술품 중개인 존 W. 블라스트를 만나러 가면 되니까."

펜더개스트가 갑자기 관심을 보이며 눈을 반짝였다.

다고스타가 재킷 주머니를 만졌다. "맞아요. 〈블랙 프레임〉을 쫓던 또 다른 사람. 막다른 골목에 몰렸다니 그건 말도 안 되는 얘기예요."

"사흘이면 세계 어디든 오갈 수 있는 시간이에요." 펜더개스트가 말했다.

"뭐라고요? 그래서 지금 포기하자는 겁니까?" 다고스타는 펜더개스트를 매섭게 노려보았다. 그리고 뒤로 돌아서 복도 밖으로 고개를 내밀었다. "모리스? 이봐요! 모리스! 왜 필요할 때는 안 보이는 거죠?"

잠시 침묵이 흘렀다. 그러더니 저택의 먼 곳에서 자그맣게 쿵쿵거리는 소리가 들려왔다. 잠시 후 모리스가 복도 모퉁이에서 불쑥 나타났다. "저를 찾으셨습니까?" 그는 숨을 헐떡이며 눈을 동그랗게 뜬 채 가까이 다가왔다.

"어젯밤에 말씀하셨던 헬렌의 여행 말인데요. 말 한마디 없이 갑자기 떠났다고 하셨죠?"

"네?" 모리스가 고개를 끄덕였다.

"혹시 다른 단서 같은 게 없을까요? 주유소 영수증이라든지 호텔 영수증 같은 거요."

모리스는 골똘히 생각에 잠겨서 입을 다물고 있다가 잠시 후 입을 열었다. "아무것도 없습니다, 선생님."

"집에 돌아온 후에도 아무 말 않던가요? 한마디도?"

모리스는 고개를 저었다. "죄송합니다, 선생님."

펜더개스트는 아무 미동 없이 의자에 앉아 있었다. 무거운 침묵이 응접실을 뒤덮었다.

"생각해보니 한 가지가 있긴 하네요." 모리스가 말했다. "별로 중요하진 않을 것 같지만요."

다고스타가 갑자기 달려들었다. "그게 뭔데요?"

"음……." 늙은 집사가 잠시 주저했다. 다고스타는 그의 멱살이라도 잡고 흔들고 싶은 심정이었다.

"그게……. 지금 막 생각이 났는데 부인이 저에게 전화를 했었습니다. 여행을 떠난 첫날 아침에, 도로 어딘가에서요."

펜더개스트가 천천히 몸을 일으켰다. "계속 말해봐요, 모리스." 그는 조용히 말했다.

"9시 가까운 시간이었습니다. 저는 거실에서 모닝커피를 마시고 있었죠. 전화벨이 울려서 받아보니까 펜더개스트 부인이셨어요. 사무실에 자동차 협회 카드를 놓고 가셨다고 했죠. 타이어가 펑크 나서 당장 긴급 출동 서비스를 받아야 한다고요." 모리스가 펜더개스트를 흘끗 봤다. "부인께서는 자동차 쪽으로는 전혀 문외한이셨잖습니까. 주인님도 잘 아시죠?"

"그게 전부예요?"

모리스가 고개를 끄덕였다. "그래서 카드를 찾아서 번호를 알려드렸어요. 고맙다고 하셨고요."

"다른 건 없고요?" 다고스타가 채근했다. "전화기 너머로 들리던 소리나, 누구랑 대화를 한다거나 하는 거요?"

"너무 오래전 일이라서." 모리스는 골똘히 생각에 잠겼다. "자동차소리가 들렸던 것 같아요. 경적 소리도. 어디 공중전화에서 전화를 하신 게 틀림없어요."

잠시 아무도 입을 열지 않았다. 다고스타는 순간 온몸에 기운이 쭉빠져나가는 기분이었다.

"목소리는 어땠죠?" 펜더개스트가 물었다. "긴장한 목소리였다거나, 신경질이 났다거나?"

"아뇨, 주인님. 사실은 이제 기억이 나는데요, 부인께서는 차라리 지금 펑크가 난 게 대단한 행운이라고 말했어요."

"행운이라고요?" 펜더개스트가 되물었다. "이유는요?"

"긴급 출동 서비스가 올 때까지 에그 크림(우유, 초콜릿 시럽, 소다수를섞어 만든 음료—옮긴이)을 먹을 시간이 생겼다고요."

잠시 침묵이 흘렀다. 그리고 펜더개스트가 갑자기 자리에서 일어났다. 그는 다고스타와 모리스를 밀치고 지나가더니 말 한마디 없이 충계로 뛰어가서 계단을 가르면서 내려갔다.

다고스타도 뒤따라갔다. 중앙 복도는 텅 비어 있었지만 서재에서 부스럭거리는 소리가 들려왔다. 잠시 후 FBI 요원이 책장을 뒤적이면서책들을 바닥으로 내팽개치는 모습이 보였다. 그는 책 한 권을 꺼내서테이블 근처를 서성거리다가, 팔꿈치로 책 표지를 격렬하게 닦고 열심히 페이지를 넘겼다. 다고스타는 그 책이 바로 루이지애나 지도책이라는 것을 알 수 있었다. 펜더개스트의 손에는 긴 자와 연필이 들려 있고 지도 쪽으로 몸을 기울이고 이리저리 거리를 가늠하면서 연신 줄을긋고 있었다.

"찾았어요." 그는 손가락으로 페이지를 잡고 낮은 숨을 뱉으면서 나지막이 말했다. 그리고 말 한마디도 없이 서재에서 뛰쳐나갔다.

다고스타는 펜더개스트를 따라 나갔고 식당과 부엌, 식품 저장실과 집사의 식료품 저장실, 부엌방을 지나서 저택의 뒷문으로 향했다. 펜더개스트는 뒷문 계단을 한 번에 두 개씩 뛰어 내려갔고, 사방이 트인 정원을 지나서 외양간을 하얗게 칠해 말 여섯 마리를 보관할 수 있는 마구간으로 바꾼 곳으로 들어갔다. 그리고 마구간 문을 열고 어둠 속으로 사라졌다.

다고스타도 그 뒤를 따라 들어갔다. 어둡고 커다란 마구간에 들어서자 마른 건초와 희미한 자동차 오일 냄새가 코끝을 찔렀다. 다고스타의 시야가 어둠에 적응이 될 무렵, 방수포로 감싼 세 개의 물체가 다름 아닌 자동차라는 것을 알아챘다. 펜더개스트는 그중 한 대 쪽으로 걸어가더니 방수포를 휙 벗겼다. 방수포를 벗기자 좌석이 둘 있는 빨간색 컨버터블 자동차가 낮고 세련된 자태를 드러냈다. 그 자동차는 개조된 마구간으로 새어 들어오는 직사광선을 받아 눈부신 광채를 뿜어내고 있었다.

"와우!" 다고스타가 휘파람을 불었다. "빈티지 포르쉐군요. 정말 아름답네요."

"1954년식 포르쉐 550 스파이더. 헬렌이 타던 차였어요." 펜더개스트는 재빠르게 운전석에 올라탔고 더듬거리며 자동차 키를 찾았다. 다고스타가 문을 열고 조수석에 오르자 펜더개스트는 열쇠를 찾아서 시동을 걸었다. 엔진이 살아나면서 부르릉 소리가 귓가에 울렸다.

"하느님의 축복이 있기를, 모리스." 펜더개스트는 차가 으르렁거리는 소리 너머로 말했다. "정말 최상의 상태로 보관해주었군요."

그는 잠시 차를 예열하고 나서야 마구간 밖으로 빠져나왔다. 문을 벗어나자마자 펜더개스트는 액셀을 깊숙이 밟았다. 차는 스프링처럼 튕겨 나갔고 바닥에 있던 자갈이 건물 외벽으로 산탄처럼 튀었다. 다고스타는 수직으로 이륙하는 우주인처럼 등을 곧추세우고 조수석에 앉아 있었다. 자동차가 진입로를 빠져나갈 때, 검은 옷을 입은 모리스가 계단 위에서 그들이 떠나는 모습을 지켜보고 있는 것을 볼 수 있었다.

"어디로 가는 건가요?" 다고스타가 물었다.

펜더개스트는 친구를 쳐다보았다. 어느새 절망은 사라졌고 희미하게 눈빛이 반짝였다. 분명 사냥을 나서는 자의 즐거움 같은 것이었다. "고마워요, 빈센트. 지금까지 우리는 건초 더미에 앉아 있었어요." 그가 대답했다. "이제 바늘을 찾아봅시다."

23

스포츠카는 루이지애나 주 외곽의 조용한 샛길을 따라서 달려갔다. 맹그로브 습지와 늪지대, 위엄을 뽐내는 농장들과 크고 작은 습지대가 흐릿하게 스쳐 지나갔다. 이따금 마을을 가로지를 때면 펜더개스트는 잠시 속도를 낮췄고, 지축을 울리는 엔진 소리가 행인들의 호기심 어린 시선을 잡아끌었다. 펜더개스트는 지붕까지 활짝 열어젖히고 달리면서도 아무렇지 않아 보였다. 다고스타는 바람에 온몸이 들썩이는 기분이었고 머리카락이 듬성듬성한 정수리 부위가 날카로운 바람에 잘려 나가는 것처럼 고통스러웠다. 워낙 차고가 낮아서 그런지 온몸이 무방비 상태로 유약해지는 기분이 들 정도였다. 왜 승차감 좋은 롤스로이스를 두고 이런 차를 끌고 나왔는지 궁금해졌다.

"어디로 가는 건지 얘기해줄 수 있어요?" 다고스타는 쉭쉭대는 바람 사이로 소리를 질렀다.

"미시시피 주, 피카윤으로 갑니다."

"거긴 왜요?"

"헬렌이 모리스에게 전화를 건 곳이니까요."

"그걸 어떻게 알죠?"

"95퍼센트 정도는 확실해요."

"어떻게요?"

펜더개스트는 기어를 저속으로 바꾼 다음 급커브를 돌았다. "헬렌은 정비소에서 긴급 구조대를 기다리는 동안 에그 크림을 먹었어요."

"네, 그래서요?"

"헬렌의 에그 크림에 대한 집착은 저 역시 어찌할 수 없었어요. 뉴욕 토박이 헬렌의 유일한 약점이었죠. 사실 뉴욕이나 뉴잉글랜드를 제외하고는 에그 크림 가게를 찾기 힘들거든요."

"계속 말해봐요."

"적어도 십여 년 전에는 뉴올리언스에서 차를 몰고 가서 에그 크림을 먹을 수 있는 곳이 딱 세 군데밖에 없었죠. 헬렌은 용케 그 가게들을 전부 찾아냈어요. 항상 차를 몰고 나가서 세 집을 번갈아가면서 들렀죠. 가끔은 저도 함께 갔었고요. 어쨌든 지도상의 거리를 가늠해보건대, 그리고 헬렌의 성미 급한 운전 습관을 고려해볼 때, 바로 그날, 그 정도 시간에 차가 멈추었다면 피카윤에 있는 에그 크림 가게에 들른 게 분명해요."

다고스타가 고개를 끄덕였다. 설명을 듣고 보니 간단해 보였다.

"그런데 왜 95퍼센트죠?"

"그날 아침 일찍, 예기치 못한 이유가 생겨서 그보다 훨씬 전에 차를 멈추었을 수도 있으니까요. 강제로 차를 세워야 했거나. 헬렌은 속도위반 딱지를 자주 끊었거든요."

미시시피 주에 위치한 피카윤은 루이지애나 경계 바로 너머였고 낮은 주택들이 들어서 있는 깔끔한 마을이었다. 마을 입구에 세워진 간판에는 '남부의 지갑에 든 소중한 동전'이라고 적혀 있었고, 전년도 장미 퍼레이드의 참가자 단체들의 사진이 걸려 있었다. 다고스타는 녹음이 우거진 조용한 거리를 지나가면서 잔뜩 호기심에 찬 눈으로 주위를 둘러보았다. 잠시 후 상업 지구로 들어서자 펜더개스트가 속도를 늦췄다.

"조금씩 변했네요." 펜더개스트는 좌우를 살펴보며 말했다. "인터넷

카페가 새로 들어왔군요. 크리올 식당. 저 작은 식당에서 싸구려 가재 요리를 팔았는데. 아주 낯익은 곳이에요."

"헬렌하고 같이 왔었어요?"

"헬렌하고는 안 왔어요. 최근 몇 년 사이 가끔 이 마을을 지나갔어요. 여기서 몇 킬로미터 떨어진 곳에 FBI 훈련 캠프가 있거든요. 아, 바로 저 식당일 거예요."

펜더개스트는 조용한 거리의 모퉁이를 돌아서 빠져나갔다. 도로 가까운 곳에 1층짜리 콘크리트 블록 건물이 멀찍이 자리 잡고 있었다. 사방으로 균열이 간 아스팔트 주차장에 둘러싸여 있는 것만 빼면 누가 봐도 주거지역처럼 보였다. 건물 앞에 세워진 광고 간판에는 '제이크의 양키 중국 식당'이라고 적혀 있었는데, 이제는 간판 군데군데가 벗겨져서 수년 전에 식당 문을 닫은 것처럼 보였다. 뒤쪽 창문에 모슬린 천 커튼이 드리워져 있었고 위성 접시가 시멘트 벽에 툭 튀어나와 있었다. 분명 근처 마을 사람들에게는 음식을 팔고 있는 모양이었다.

"우리 힘으로 처리할 수 있는 일인지 살펴보죠." 펜더개스트가 웅얼거렸다. 그는 오랫동안 거리를 주시하면서 입을 꾹 다물고 있었다. 그러더니 오른발로 깊게 가속페달을 밟으면서 포르쉐의 엔진 회전 속도를 최대로 올렸다. 커다란 엔진 소리가 다시 한 번 살아났고, 가속페달을 밟을 때마다 소리가 훨씬 더 우렁차져서 차 표면에 붙어 있던 나뭇잎들이 멀리 날아가고 차체가 제트기처럼 격렬하게 요동을 칠 정도였다.

"세상에!" 다고스타는 엔진 소음 사이로 버럭 소리를 질렀다. "죽은 사람까지 깨울 작정이에요?"

FBI 요원은 15초 정도 계속 가속페달을 밟았다. 여섯 명 정도 되는 사람들이 창문 밖, 현관 밖, 길거리로 하나씩 고개를 내밀 때까지 계속 멈추지 않았다. "아니요." 펜더개스트는 속도를 줄이고 엔진을 잠잠하게 재우고 나서야 이렇게 대답했다. "살아 있는 사람들만 깨워도 충분하다고 생각해요." 펜더개스트는 그들을 쳐다보고 있는 동네 사람들 얼굴을 순식간에 훑어보았다. "다들 너무 어린데요." 그리고 한 사람씩 쳐다보며 머리를 좌우로 흔들면서 말했다. "저 사람, 불쌍해라, 기억력이 형편없겠어요. 아, 저 사람은 가능성이 있겠어요. 빈센트, 내려요." 펜더개스트는 차에서 내려서 길거리를 걸어가다가 왼쪽에서 세 번째 집으로 향했다. 60대쯤 되어 보이는 노란 티셔츠를 입은 남자가 현관 앞에서 잔뜩 인상을 쓰며 두 사람이 다가오는 모습을 보고 있었다. 살집이 통통한 손에는 텔레비전 리모컨을 움켜쥐고 다른 손에는 맥주병이 들려 있었다.

그제야 부득불 아내가 타던 포르쉐를 끌고 이렇게 장거리 자동차 여행을 온 이유가 이해가 되었다.

"실례합니다, 선생님." 펜더개스트는 현관 앞으로 다가가면서 말했다. "혹시 저희가 타고 온 자동차를 알아보실 수 있는지……."

"당장 꺼져." 그 남자는 매정하게 돌아서서 문을 쾅 닫고 집 안으로 들어가 버렸다.

다고스타는 바지춤을 올리고 입술을 핥았다. "저 뚱보를 밖으로 끌어낼까요?"

펜더개스트가 고개를 저었다. "그럴 필요 없어요, 빈센트." 그는 돌아서서 식당을 쳐다봤다. 늙고 뚱뚱한 여자 하나가 속이 훤히 비치는 원피스를 입고 부엌에서 나와 플라스틱으로 만든 분홍색 플라밍고 모형에 기대어 서 있었다. 한 손에는 잡지를 다른 손에는 가느다란 담배를 들고 눈물방울처럼 생긴 구식 안경알 너머로 그들을 찬찬히 훑어보고 있었다. "우리가 찾던 새를 잡은 것 같군요."

그들은 낡은 주차장을 지나 제이크 식당의 부엌문으로 걸음을 돌렸다. 그 여자는 두 사람이 다가오는 것을 아무 말 없이 무표정하게 지켜보았다.

"좋은 오후입니다, 부인." 펜더개스트는 약간 고개를 숙여서 인사를 건네면서 말했다.

"그쪽도요." 부인이 대답을 했다.

"혹시 이 훌륭한 건물의 주인 되십니까?"

"그런 것 같군요." 부인은 얇은 담배를 한 모금 빨고 깊숙이 들이마시며 말했다. 다고스타는 담배에 하얀색 플라스틱 담뱃대가 끼워져 있는 것을 보았다.

펜더개스트는 포르쉐 쪽으로 손짓을 했다. "저 차를 알아보시겠어요?"

그녀는 시선을 돌려서 더러운 안경알 너머로 포르쉐를 바라보았다. 그런 다음 다시 펜더개스트를 쳐다봤다. "그런 것 같군요." 아까와 똑같은 말을 반복했다.

침묵이 흘렀다. 다고스타는 창문과 문이 쿵 하고 요란하게 닫히는 소리를 들었다.

"이런, 제가 실수를 했군요." 펜더개스트가 갑자기 말했다. "이렇게 귀중한 시간을 뺏으면서 아무 보상도 해드리지 않다니요." 그리고 마법처럼 20달러짜리 지폐가 펜더개스트의 손가락 사이로 나타났다. 그는 부인에게 지폐를 건넸다. 다고스타는 놀란 눈으로 부인이 손가락으로 지폐를 받아서 쭈글쭈글하지만 여전히 풍만한 가슴팍에 집어넣는 모습을 지켜보았다.

"지금까지 세 번이나 봤지요." 부인이 말했다. "우리 아들이 스포츠카에 미쳐 있거든. 소다수 판매점에서 일했는데, 몇 년 전에 마을 변두리에서 자동차 사고가 난 곳을 우연히 지나쳤다고 해요. 어쨌든, 저 차를 본 다음부터 우리 아들이 차에 미치게 된 거라오. 무슨 일을 하고 있든 간에 저 차가 지나가면 한 번씩은 쳐다보았거든."

"그때 운전하던 사람, 혹시 기억나세요?"

"젊은 여자였어요. 곱상하게 생긴."

"어떤 걸 주문했는지는 기억 못 하시겠죠?" 펜더개스트가 말했다.

"그걸 어떻게 잊겠어요? 에그 크림. 뉴올리언스에서 왔다나? 고작 에그 크림이나 먹자고 그 먼 길을 왔다고 생각을 해봐요."

또다시 짧은 침묵이 흘렀다.

"세 번이라고 말씀하셨죠." 펜더개스트가 말했다. "마지막으로 본 건 언제였죠?"

부인은 담배를 한 모금 더 빨더니 예전 기억을 더듬으려는 것처럼 잠시 멈췄다. "그다음에는 걸어왔어요. 타이어가 펑크 났다나."

"기억력이 정말 뛰어나시군요, 부인."

"아까 말한 것처럼, 누구라도 저 차를 한번 보면 절대 잊어버릴 수 없을 거예요. 아니, 그 여자도 그렇고. 마치 어제 있었던 일 같은데. 우리 헨리가 공짜로 에그 크림을 줬어요. 나중에 차를 끌고 와서 펑크 난 타이어를 봐달라고 했지만, 절대 운전대를 맡기지는 않더라고. 급한 일이 있다고 했어요."

"아! 어디로 가는 길이었대요?"

"주변을 헤매던 중이라고 했는데. 칼레도니아로 가는 길을 못 찾아서 헤맸다고."

"칼레도니아? 처음 들어보는 마을인데요."

"거긴 마을이 아녜요. 칼레도니아 국립 삼림공원이라고 하죠. 그때도 표지판이 없다고 투덜거렸지. 지금도 표지판이 없기는 매한가지라오."

펜더개스트의 기대감은 점점 더 커지는 듯했지만 절대 속내를 드러내지 않았다. 늙은 부인이 새로 담배를 꺼내자 FBI 요원은 손수 불을 붙여주었다. 그런 그의 모습은 거의 힘이 빠진 것처럼 보였다.

"그래서 공원으로 간다고 하던가요?" 라이터를 주머니에 넣으며 펜더개스트가 물었다. "칼레도니아 국립 삼림공원?"

부인은 새로 불을 붙인 담배 개비를 입에서 떼고 껌을 몇 번 질겅거린 다음, 자연스럽게 입술 사이로 담뱃대를 끼웠다. "아니."

"어디로 갔는지 여쭤봐도 될까요?"

그 여자는 당시 일을 기억하려고 애쓰는 듯했다. "어디 보자……. 너무 오래전 일이라……." 그녀의 뛰어난 기억력이 흐릿해지는 것처럼 보였다.

다시 20달러 지폐가 등장했다. 이번에도 그녀의 손가락이 번개같이 움직이더니 가슴골 사이로 지폐가 쏙 들어갔다. "선플라워." 그녀가 곧바로 이렇게 말했다.

"선플라워?" 펜더개스트가 되물었다.

노부인이 고개를 끄덕였다. "선플라워, 루이지애나 주. 주 경계선에서 3킬로미터만 가면 나올 거예요. 보걸루사로 나가서 습지 가기 전에 있어요." 부인은 손가락으로 저 멀리를 가리켰다.

"대단히 감사합니다." 펜더개스트는 다고스타를 쳐다봤다. "빈센트, 곧바로 출발하죠."

그들이 차로 돌아가고 있는데 뒤에서 부인이 소리쳤다.

"갱도를 지나서 곧바로 우회전이에요!"

24

루이지애나 주, 선플라워

"뭐 먹을 거예요, 자기?" 웨이트리스가 물었다.

다고스타는 테이블에 메뉴판을 내려놓았다. "메기 요리로 하죠."

"튀김, 오븐 요리, 구이, 숯불 요리 중에서?"

"숯불 요리로."

"탁월한 선택이세요." 그녀는 주문서를 적고 돌아섰다. "선생님은요?"

"소나무 껍질 스튜로 주세요." 펜더개스트가 말했다. "허시 퍼피스 (옥수숫가루, 우유 등으로 만든 튀긴 음식―옮긴이)는 빼주시고."

"알겠습니다." 그녀는 다시 메모를 하더니 편해 보이는 하얀색 구두를 신고 과하게 몸을 흔들면서 경쾌하게 걸어갔다.

다고스타는 엉덩이를 들썩이면서 부엌으로 들어가는 웨이트리스를 쳐다보았다. 그러더니 길게 한숨을 쉬고 맥주를 한 모금 마셨다. 길고 지루한 오후였다. 루이지애나 주의 선플라워 마을은 3000명 정도의 주민들이 거주하는 곳으로 한쪽에는 참나무 수목림이 펼쳐져 있고 다른쪽에는 '블랙 브레이크'라고 알려진 어마어마한 사이프러스 늪지대가 있었다. 별 특징이 없는 마을이었다. 말뚝으로 만든 담장을 두른 작고 허름한 집, 온통 흠집이 나서 수리가 절실해 보이는 판자가 깔린 도로, 현관 난관에서 꾸벅꾸벅 졸고 있는 레드본 사냥개. 바깥세상에서 완전히 잊힌 마을, 그저 하루하루 열심히 일만 하며 살아가는 완고하고 초라한 곳이었다.

두 사람은 마을에 딱 하나밖에 없는 호텔에 방을 잡은 다음, 따로 움직였다. 각자 헬렌 펜더개스트가 이렇게 조용한 마을에서 3일이나 순례를 하면서 대체 무엇을 한 건지 샅샅이 알아내기로 했다.

최근 유난히 운이 따랐던 두 사람의 행보는 좀처럼 선플라워 마을의 문지방을 넘지 못하는 것 같았다. 다고스타는 장장 다섯 시간 동안 별소득도 올리지 못하고 멍한 표정의 사람들을 조사하다가 막다른 길에 부딪혔다. 예술품 중개인, 박물관, 개인 수집품 가게, 역사적인 명소는 하나도 없었다. 헬렌 펜더개스트를 기억하는 사람도 하나 없었다. 사진을 보여주자 다들 멍한 표정을 지었다. 포르쉐 자동차를 기억하는 사람도 거의 없었다. 두 사람이 조사한 바로는 존 제임스 오듀본에 대한 단서가 루이지애나 근교 선플라워 마을에는 전혀 없는 듯했다.

마침내 다고스타가 저녁 식사를 할 요량으로 호텔의 작은 식당을 찾았을 때는 오늘 아침에 봤던 FBI 요원만큼이나 낙담한 상태가 되었다. 그런 기분에 박자를 맞추듯이 맑은 하늘에 갑자기 어두운 천둥소리가 퍼지면서 금방이라도 폭풍우가 내릴 듯했다.

"제로." 다고스타는 펜더개스트의 질문에 간단하게 답했고 온몸으로 낙담한 기분을 표현했다. "노부인의 기억이 틀린 걸 수도 있죠. 20달러 지폐를 한 장 더 얻으려고 괜한 거짓말을 한 걸지도 모르고. 당신은 어땠어요?"

음식이 나왔고 웨이트리스가 밝은 목소리로 "여기 있습니다!"를 외치며 테이블 위에 접시를 올렸다. 펜더개스트는 조용히 숟가락으로 스튜를 한 숟갈 뜨더니 눈앞에 들어 자세히 관찰했다.

"맥주 한 병 더 드릴까요?" 웨이트리스가 다고스타를 보며 말했다.

"그러죠."

"클럽 소다?" 그녀는 펜더개스트에게 물었다.

"괜찮아요. 이거면 충분합니다."

웨이트리스가 다시 통통 튀는 발걸음으로 사라졌다.

다고스타가 다시 뒤돌아봤다. "네? 뭐 건진 거 있어요?"

"잠깐만요." 펜더개스트는 휴대폰을 꺼내서 전화를 걸었다. "모리스? 우린 선플라워에서 하룻밤을 보낼 겁니다. 맞아요. 안녕히 주무세요." 그는 전화기를 내려놨다. "저도 당신만큼이나 끔찍한 하루를 보냈어요." 입으로는 실망스럽다고 말했지만 눈빛이 반짝이고 입꼬리가 살짝 올라간 채 미소를 짓는 모습이었다. 그 모습을 보자 대체 속내가 뭔지 궁금해졌다.

"당신이 그렇게 말하면 믿어야겠죠?" 마침내 다고스타가 말했다.

"우리 웨이트리스에게 약간의 실험을 해볼 테니까 잘 보세요."

웨이트리스는 버드와이저와 깨끗한 냅킨을 들고 돌아왔다. 그녀는 다고스타 앞에 맥주병을 내려놓았다. 펜더개스트는 최대한 달콤한 목소리로 강한 억양을 실어서 이렇게 말했다.

"예쁜 아가씨, 질문 하나 해도 될까요?"

그녀는 활기 넘치는 미소로 돌아봤다. "뭐든 물어봐요, 자기."

펜더개스트는 재킷 주머니에서 작은 수첩을 꺼냈다. "저는 뉴올리언스에서 온 기자인데 예전에 이 동네에 살았던 가족에 대해 조사하고 있어요." 그는 수첩을 펼치고서 잔뜩 기대에 찬 눈으로 웨이트리스를 쳐다봤다.

"그래요. 그 가족 이름이 뭐죠?"

"도앤."

만약 펜더개스트가 노상강도 이름을 말했다고 해도 이보다 더 극적인 반응이 나올 수 없었을 것이다. 여자는 금세 딱딱하게 굳어지더니 무표정한 얼굴로 두 눈을 질끈 감아버렸다. 방금 전까지 활기에 차 있던 모습이 쥐도 새도 모르게 사라졌다.

"그런 이름은 생전 듣도 보도 못했네요. 난 아무것도 몰라요." 그녀가 어색하게 얼버무렸다. "미안하지만 도움을 드리기는 힘들겠네요." 그녀는 돌아서서 곧바로 부엌문을 열고 들어가 버렸다.

펜더개스트는 다시 재킷 안에 수첩을 집어넣고 다고스타를 쳐다봤다. "방금 내가 한 실험에 대해서 어떻게 생각해요?"

"저렇게 나올 거라는 걸 어떻게 알았죠? 분명 뭔가 숨기고 있는 눈치인데요."

"친애하는 빈센트, 역시 정확히 핵심을 짚었어요." 펜더개스트는 클럽 소다를 한 모금 더 마시면서 말했다. "특별히 실험 대상을 고른 것도 아닙니다. 이 마을의 모든 사람들이 똑같은 반응을 보이고 있어요. 오늘 오후에 조사를 하면서 느끼지 않았나요? 다들 주저한다거나, 의심스러운 눈길을 보낸다든가?"

다고스타는 잠시 생각에 잠겼다. 특별히 도와주겠다고 나선 사람이 없었다는 건 사실이지만, 그저 작은 마을에 사는 사람들 특유의 경계심일 거라고 단순하게 치부해버렸다. 북부에서 온 뜨내기들이 온갖 질문을 하며 뭔가 캐고 다니는 걸 마뜩잖게 생각하는 것뿐이라고.

펜더개스트가 계속 말을 이어갔다. "오후에 사건 조사차 마을을 돌아다닐 때, 우연히 사람들이 뭔가 혼란스러워하면서 사실을 부정하려는 미심쩍은 태도를 보인다는 걸 알아챘죠. 그러다 새로운 정보를 얻기 위해서 한 노신사를 붙잡고 늘어졌어요. 그분은 궁금하지도 않은 시시콜콜한 이야기들까지 늘어놓았는데, 도앤 가족 얘기 말고는 다 시시한 얘기라고 하더군요. 그래서 자연스럽게 그 가족에 대해서 질문을 하기 시작했어요. 그때 지금 당신이 보았던 저런 반응을 눈치채게 된 거고요."

"그래서요?"

"지역 신문사 사무실을 찾아가서 헬렌이 방문했을 때 즈음의 자료를 보고 싶다고 했습니다. 처음엔 선뜻 도와주려고 하지 않기에 어쩔 수 없이 이걸로……." 펜더개스트는 배지를 내보였다. "그들의 마음을 바꾸었죠. 헬렌이 방문한 해 즈음에 발행된 신문의 몇 페이지가 조심스럽게 잘려 나갔더군요. 그래서 머리기사를 따로 적어서 선플라워로 진입하기 직전에 있는 켐프 마을의 도서관으로 이동했죠. 그쪽에서 찾은 신문 사본에는 모든 페이지가 온전하게 보관되어 있었어요. 거기서 중요한 이야기를 알아냈고요."

"무슨 이야기인데요?" 다고스타가 물었다.

"도앤 가문에 얽힌 이상한 이야기들이었어요. 도앤 씨는 독립적인 성향을 지닌 소설가였고 돌연 도시 생활을 등지고 대가족을 이끌고 선플라워 마을에 정착했어요. 단순한 오락거리가 아닌 위대한 미국 소설을 집필하기 위해서였겠죠. 그리고 마을에서 가장 큰 고급 저택을 샀는데, 동네 방앗간이 문을 닫기 직전에 삼류 남작이 직접 지은 것이었다고 해요. 도앤 씨에게는 아이가 둘 있었어요. 한 명은 아들로 선플라워 고등학교의 역사를 통틀어서 최고 성적으로 졸업했고 모든 면에서 우수한 친구였어요. 딸은 아버지의 문학적 재능을 물려받아서 지역 신문에 종종 시를 싣기도 했더군요. 저도 몇 편 읽어봤는데 정말 대단한 수작이었습니다. 도앤 부인은 유명한 풍경화가로 널리 명성을 떨치고 있었고요. 선플라워 마을 사람들도 이렇게 재능이 뛰어난 가족이 이웃이 되어서 무척 자랑스럽게 생각했다고 해요. 도앤 가족은 온갖 상들을 휩쓸었고, 지역 자선단체에도 자주 기부를 했어요. 개회식마다 참석해서 리본을 자르는 모습이 심심치 않게 신문 지면에 실릴 정도였죠."

"풍경화……." 다고스타가 그의 말을 반복했다. "새도 그렸나요?"

"그것까지 알아낼 수는 없었어요. 오듀본이나 자연사 미술에 특별한 관심을 가지고 있었다는 기사도 못 찾았고요. 그러다 헬렌이 마을을 방문하고 몇 달 후부터 도앤 씨 가족에 대한 호평이 서서히 뜸해지기 시작했어요."

"어쩌면 도앤 씨 가족들이 유명세에 오르내리는 걸 부담스러워했는지도 모르죠."

"저는 그렇게 생각하지 않아요. 도앤 가족에 대한 기사가 하나 더 있었는데, 그게 마지막 기사였어요." 펜더개스트는 계속 말을 이었다. "헬렌이 마을을 방문하고 나서 반년쯤 후, 도앤의 아들 윌리엄에 관련된 이야기였어요. 도끼로 두 명을 살해한 혐의를 받게 되었다고 해요. 지역 경찰이 국립공원 삼림지대를 이 잡듯이 뒤지며 대대적인 수색을 벌였고, 결국 경찰에 체포되었다는 내용이었어요. 그 후 주립교도소 독방에 수감되었고요."

"우등생이었잖아요?" 다고스타가 미심쩍다는 듯이 물었다.

펜더개스트가 가만히 고개를 끄덕였다. "이 기사를 읽은 후부터, 켐프 마을을 돌면서 도앤 가족들에 대해서 탐문 수사를 시작했습니다. 그 마을 사람들은 선플라워 마을 사람들에 비해서 거리낌 없이 대답을 하더군요. 온갖 소문을 지껄였고, 빈정거리는 사람도 많았어요. 도앤 씨가 살인 중독자였고 밤에만 출몰했다, 광기와 폭력, 스토킹을 일삼았고 위협적인 존재였다 등등. 한 편의 소설처럼 사실과 구분하기 힘들 정도로 현실로 부풀려져 버린 소문들이었죠. 그중에서도 확실히 믿을 수 있는 사실 하나는 일가족이 모두 사망했고 저마다 끔찍하고 특이한 죽음을 맞았다는 겁니다."

"전부 죽었어요?"

"도앤 부인은 자살을 했습니다. 아들은 도끼 살인 사건의 진범으로 사형 집행을 기다리다 세상을 떠났고요. 딸은 2주 동안 수면을 거부하다가 결국 정신병원에 입원한 후에 죽었다고 해요. 마지막으로 세상을 떠난 사람은 도앤 씨였는데, 선플라워 마을의 보안관이 쏜 총에 맞아서 죽었다더군요."

"무슨 일이 있었던 거죠?"

"도앤 씨가 마을로 가서 젊은 여자를 추행하고 마을 사람들을 협박한 것 같습니다. 공공시설 훼손, 기물 파손, 아기 실종 사건에 대한 신고 내용이 접수되었더군요. 제가 만난 마을 사람들이 귀띔해준 내용에 따르면, 그건 단순한 총기 사고가 아닌 처형에 가까운 거라고도 했어요.

선플라워 마을 주민 중에 아이를 키우는 아버지들이 암묵적으로 동의 했을 거라고 했습니다. 마을 보안관과 부하들 진술에 따르면, 도앤 씨가 경찰에 체포당하는 과정에서 거세게 저항했고 집 안에서 총을 발사 했다고 되어 있어요. 따로 현장 조사는 하지 않았고요."

"맙소사!" 다고스타가 외쳤다. "이제야 웨이트리스가 이상한 반응을 보인 게 이해가 되네요. 마을 사람들이 적개심을 보였던 이유도요."

"바로 그겁니다."

"대체 도앤 씨 가족에게 무슨 일이 일어났던 걸까요? 수면 아래 숨겨진 진실은 무엇일까요?"

"저도 모르겠습니다. 하지만 이거 하나만 말해두죠. 헬렌이 선플라워 마을을 방문한 목적과 분명 연관이 있을 겁니다."

"그건 지나친 비약 같은데요."

펜더개스트도 고개를 끄덕였다. "생각해보세요. 이렇다 할 특징 없는 선플라워 마을에서 도앤 가족은 유일하게 독특한 요소였어요. 이 동네 에는 딱히 흥미로울 게 하나도 없었습니다. 이유가 뭔지는 몰라도 도앤 가족과 우리가 찾고자 하는 것 사이에 뭔가 연관이 있는 것 같아요."

웨이트리스는 두 사람이 앉은 테이블을 후다닥 정리했고 다고스타가 커피를 주문하는 와중에 급히 접시를 치워버렸다. "자바 커피 한 잔을 마시고 싶은데, 대체 어떻게 해야 하는 건지 모르겠네요." 다고스타는 웨이트리스의 관심을 끌려고 일부러 투덜거렸다.

"빈센트, 이런 상황에서는 아무리 자바 커피를 주문해도 엉뚱한 게 나올 것 같은데요."

다고스타는 한숨을 내쉬었다. "지금은 누가 그 집에 살고 있죠?"

"아무도. 도앤 씨가 총에 맞고 사망한 뒤로 여전히 출입이 통제된 상 태입니다."

"그럼 우리 목적지는 그 집이 되겠군요." 다고스타는 질문이 아니라 거의 단정을 내린 듯이 말했다.

"아주 정확합니다."

"언제요?"

펜더개스트는 손가락으로 웨이트리스를 가리켰다. "우리랑 말도 섞기 싫어하는 웨이트리스를 불러서 계산부터 마치고요. 처음엔 수다쟁이처럼 굴더니 말입니다."

25

결국 웨이트리스는 나타나지 않았다. 그 대신 호텔 지배인이 등장했다. 그는 테이블 위에 계산서를 올리고 전혀 미안한 기색 없이 오늘 밤 호텔에 묵을 수 없다는 소식을 전했다.

"무슨 말이죠?" 다고스타가 물었다. "이미 방까지 예약했습니다. 우리 신용카드 번호까지 적었잖습니까?"

"단체 손님이 도착할 예정이라서요." 지배인이 대답했다. "그쪽에서 먼저 예약을 했는데 프런트 직원이 잘 모르고 손님들 예약을 받은 거죠. 아시겠지만, 저희 호텔 규모가 워낙 작아서요."

"그 단체 손님들 참 안됐네요." 다고스타가 말했다. "저희가 먼저 도착했잖습니까?"

"아직 짐도 풀기 전이지 않습니까?" 지배인이 대답했다. "사실 손님들 짐은 벌써 방에서 뺐습니다. 신용카드 영수증도 폐기했고요. 정말 죄송합니다."

전혀 미안해하는 기색이 보이지 않아서 다고스타가 버럭 화를 내려는데, 펜더개스트가 그의 팔을 잡으며 저지했다. "잘 알겠습니다." 펜더개스트는 지갑을 꺼내더니 저녁 식사 값을 전액 현금으로 지불했다. "안녕히 계세요."

지배인은 곧바로 사라졌고 다고스타는 펜더개스트를 쳐다보며 말했다. "저 자식을 그냥 놔둘 겁니까? 당신이 그 가족들 얘기를 물어본 것때문에 우릴 쫓아내는 게 분명하잖아요. 우리가 과거를 들쑤시고 다니는 것 때문에요."

펜더개스트는 대답 대신 창문을 보며 끄덕였다. 창문 너머로 호텔 지배인이 길을 건너고 있는 모습이 보였다. 다고스타가 지켜보고 있자니, 지배인은 가게 건물 몇 개를 지나 보안관 사무실로 들어가는 것이었다.

"뭔 놈의 마을이 이따위죠?" 다고스타가 말했다. "다음엔 쇠고랑을 들고 나타나겠군요."

"우리의 관심은 마을 자체에 있는 게 아닙니다." 펜더개스트가 말했다. "괜히 일을 복잡하게 만들 필요 없어요. 곧바로 떠나는 것이 좋겠네요. 마을 보안관이 꼬투리를 잡아서 우리를 잡아들이기 전에요."

그들은 식당을 나가서 호텔 뒤편 주차장으로 갔다. 폭풍우가 위엄을 뽐내며 재빠르게 다가오고 있었다. 거센 바람이 나무 꼭대기를 할퀴고 지나갔고, 저 멀리서 우르릉 천둥소리가 들려왔다. 펜더개스트는 다고스타가 차에 올라타자 포르쉐 자동차의 지붕을 덮었다. 곧이어 펜더개스트도 운전석에 올라서 시동을 걸었고 후진을 한 다음 주도로를 피해서 샛길로 움직였다.

도앤 씨의 집은 마을에서 3킬로미터쯤 떨어진 곳에 있었다. 예전엔 잘 닦여 있던 도로였지만 지금은 울퉁불퉁한 비포장도로로 변해버렸다. 펜더개스트는 자동차가 딱딱한 먼지 뭉치에 긁히지 않게 조심스럽게 핸들을 움직였다. 양쪽 도로에는 나무들이 빽빽이 자라나 있었고, 머리 위로는 길게 손가락을 뻗은 나뭇가지들이 어두운 밤하늘을 덮고 있었다. 다고스타는 이가 딱딱 부딪칠 정도로 고개가 위아래로 흔들렸다. 급기야 비포장도로에서는 잠비아에서 탔던 랜드로버가 제격이라는 생각을 하는 데까지 이르렀다.

펜더개스트가 마지막 커브를 돌자 헤드라이트 불빛이 외딴집을 비추었다. 하늘 위로 시커먼 먹구름이 몰려들고 있었다. 다고스타는 깜짝 놀라서 눈앞에 보이는 광경을 바라보았다. 솔직히 우아한 양식으로 지어진 커다란 저택을 기대했는데, 선플라워 마을의 다른 집들처럼 평범하기 그지없는 곳이었다. 다고스타의 눈에 들어온 것은 큼직하고 괜찮은 저택이었지만 우아하다고 보기는 어려웠다. 사실은 미국이 프랑스로부터 사들인 루이지애나 땅의 평범한 오랜 유물처럼 보였다. 거대하고 울퉁불퉁한 기둥이 양쪽으로 서 있는 커다랗고 긴 탑을 받치고 있었고, 정면 중심부의 좌우로는 작은 창문들이 다닥다닥 튀어나와 있었다. 저택 정면 지붕 꼭대기에는 뾰족한 철 못으로 둘러싸인 독특한 모양의 망대가 솟아 있었다. 도앤 씨의 집은 약간 솟아오른 언덕 위에 외로이 서 있었다. 동쪽으로는 빽빽하고 어두운 숲이 있었고, 숲 뒤로 거대한 '블랙 브레이크' 늪지대가 길게 이어져 있었다. 다고스타가 그 집을 멍하니 바라보고 있노라니, 수풀 너머로 번개의 혓바닥이 날름거렸고 노란 불빛이 저택의 실루엣을 비추었다.

"누군가 통나무집으로 성을 쌓으려고 했던 것 같군요." 그가 말했다.

"그럼 원래 주인이 산림 부호였다는 얘기가 되겠죠." 펜더개스트는 지붕 위의 망대를 바라보면서 고개를 끄덕였다. "자기가 소유한 영토를 조사할 목적으로 집을 지은 게 분명해요. 총 7만 평에 달하는 거대한 면적의 땅을 소유했었다는 기사를 봤습니다. '블랙 브레이크'의 사이프러스 숲의 상당 부분까지 말이에요. 정부가 그 부근을 국립 삼림공원 부지로 사들여서 보호구역으로 지정하기 전까지는 말이에요."

펜더개스트는 집 앞 가까이로 차를 몰았다. 그리고 집 뒤쪽으로 바퀴를 돌려 조심스레 차를 주차하고 엔진을 끄면서 잠시 백미러를 살폈다.

"누가 따라오는 것 같아요?" 다고스타가 물었다.

"괜한 관심을 끌 필요는 없으니까요."

드디어 굵은 빗방울이 떨어지기 시작했다. 후드득후드득, 빗방울이 앞 유리창과 천으로 된 자동차 덮개를 강하게 두드렸다. 펜더개스트가 차에서 내렸고 다고스타도 재빨리 따라 내렸다. 그들은 비를 피하기 위해서 빠른 걸음으로 현관으로 걸어갔다. 다고스타는 불안한 눈빛으로 금방이라도 쓰러질 것 같은 집을 쳐다봤다. 소설가라면 충분히 매료될 만한 특이한 집이었다. 작은 창문들은 조심스럽게 닫혀 있었고 현관도 커다란 자물쇠와 쇠사슬로 꽁꽁 잠겨 있었다. 집 주변에 자라난 잡초들이 울퉁불퉁한 지표면을 부드럽게 뒤덮고 있었고 이끼와 지의류 덩굴이 기둥을 온통 휘감고 있었다.

펜더개스트는 마지막으로 집을 둘러보고 나서 키디란 자물쇠를 유심히 들여다봤다. 그는 걸쇠를 잡고 이리저리 돌려보더니 다른 손으로 옮겨 쥐고 원형으로 된 통에서 작은 연장을 꺼냈다. 손이 재빠르게 움직이는가 싶더니 끽 소리가 크게 나면서 자물쇠가 열렸다. 펜더개스트는 쇠사슬을 걷어내고 바닥에 떨어지게 내버려두었다. 문은 안쪽에서 단단히 잠겨 있었다. 그는 상체를 구부리고 손잡이를 돌리면서 조금 전처럼 연장을 집어넣고 이리저리 돌렸다. 마침내 펜더개스트가 등을 펴고 문을 열었다. 돌쩌귀가 턱 하고 걸리는 소리가 들렸다. FBI 요원은 재킷 안쪽에서 손전등을 꺼내더니 집 안으로 들어갔다. 다고스타는 과거에 펜더개스트와 함께 일을 하면서 두 가지 깨달은 바가 있었다. 바로 총과 손전등을 항상 가지고 다녀야 한다는 것이었다. 다고스타도 준비해 온 손전등을 꺼냈고 펜더개스트를 따라 집 안으로 들어갔다.

잠시 후, 두 사람은 거대한 구식 주방에 서 있었다. 한가운데 나무로 된 아침 식사용 식탁이 있었고 오븐과 냉장고, 식기 세척기가 건너편에 나란히 놓여 있었다. 반대쪽 벽면에는 일반적인 가정의 부엌과는 전혀 다른 모습이 펼쳐져 있었다. 장식장이 활짝 열려 있었고, 온갖 그릇과 유제품 들이 작업대 위와 바닥으로 어지럽게 쏟아져 있었다. 집 안에 남아 있던 식료품들도 쥐들이 헤집어놓았는지 곡물, 쌀, 콩 같은 것들이 바닥에 흩어져서 바짝 말라 있었고 묵은 곰팡이까지 피어 있었다. 곳곳이 부서진 의자들도 바닥에 나뒹굴고 있었고, 벽에는 커다란 망치나 주먹으로 낸 것 같은 구멍들이 군데군데 뚫려 있었다. 천장에서 떨어져 나온 회반죽 덩어리들과 하얀색 가루 반죽이 마룻바닥에 흩뿌려져 있었고, 그 위로는 벌레들이 기어 다닌 흔적이 선명하게 나 있었다. 다고스타는 손전등으로 파손의 흔적이 있는 곳들을 소용돌이 모양으로 비추었다. 그러다 불빛이 구석 어딘가에서 멈추었다. 오래전 말라붙은 핏자국처럼 보이는 커다란 흔적이 바닥에 나 있었다. 가슴 높이의 벽에도 육중한 소총으로 쏜 것 같은 총알구멍이 몇 개 있었고, 말라붙은 혈흔과 내장 같은 게 사방에 흩뿌려져 있었다.

"여기가 도앤 씨가 최후를 맞은 장소인 것 같군요." 다고스타가 말했다. "마을 보안관의 손에 당한 거겠죠. 대단히 격렬한 싸움이 있었던 것 같네요."

"분명히 총격이 오고 갔군요." 펜더개스트는 중얼거리면서 대답했다. "하지만 몸싸움은 없었을 겁니다. 집 안이 파손된 흔적들은 도앤 씨 사망 전에 생긴 겁니다."

"대체 무슨 일이 벌어진 걸까요?"

펜더개스트는 대답하기 전에 엉망진창인 집 안 꼴을 흘끗 보았다. "광기에 시달린 모양이에요." 그는 손전등으로 반대편 벽면을 비췄다. "이쪽으로, 빈센트. 조금 더 자세히 살펴봅시다."

그들은 천천히 1층 복도를 가로질러서 식당, 응접실, 식료품 저장고, 거실, 화장실과 무슨 용도로 사용되었는지 알아볼 수 없는 공간들을 지나갔다. 어디가 어디랄 것도 없이 사방이 엉망진창이었다. 가구가 온통 뒤집혀 있고, 깨진 유리 제품과 갈기갈기 찢긴 책들이 바닥에 정신 사납게 흩어져 있었다. 벽난로 위로는 수백 개의 뼛조각들이 수북이 쌓여 있었다. 펜더개스트는 남아 있는 뼈들을 자세히 살피더니 다람쥐가 부패한 흔적이라고 말했다. 상대적인 위치로 가늠해볼 때 굴뚝 안에서 다람쥐 시체가 썩어서 장작 받침대 위로 떨어진 것 같다고 했다. 다른 방에는 시커먼 기름때가 낀 매트리스 주변으로 오래된 음식 쓰레기들이 수북이 쌓여 있었다. 스팸과 정어리 통조림, 빈 깡통들과 사탕 껍질, 찌그러진 맥주 캔까지. 방의 한구석에는 위생을 신경 쓰거나 감추려는 별다른 노력도 없이 임시 변소로 쓰였던 횡한 공간이 있었다. 벽에는 어떤 그림도 걸려 있지 않았고, 〈블랙 프레임〉은 물론이고 다른 작품도 보이지 않았다. 사실상 벽에 있는 장식이라고는 보라색 매직펜으로 적어놓은 정신없는 낙서들이 전부였다. 알아보기 힘들 정도로 구불구불하고 사방으로 뾰족하게 튀어나온 선들은 보기만 해도 머리가 어지러울 지경이었다.

"세상에." 다고스타가 말했다. "왜 헬렌이 이런 곳에 찾아온 걸까요?"

"저도 그 점이 궁금해요." 펜더개스트가 대답했다. "헬렌이 방문했을 당시만 해도 도앤 가족은 선플라워 마을의 자랑거리였어요. 이렇게 광기 어린 증상을 보인 건 그보다 훨씬 후의 일일 겁니다."

천둥 번개가 격렬하고 불길한 빛을 뿜어내며 우르릉우르릉 창문을 뒤흔들었다. 두 사람은 지하실로 내려갔다. 그곳은 1층보다는 덜 어수선했다. 아까 보았던 미치광이 같은 낙서들도 보이지 않았다. 지하실을 뒤져봐도 딱히 성과가 없자 다시 2층으로 올라갔다. 1층에서 본 것처럼 엄청난 파손의 흔적들이 있었지만, 그다지 심하지는 않았다. 아들이 쓰던 침실로 보이는 방의 한쪽 벽면에는 성적 우수상과 지역 봉사 우수 상장이 빼곡히 걸려 있었다. 날짜로 미루어 보건대 헬렌이 방문하기 1~2년 정도 전에 받은 것 같았다. 하지만 방 정면에는 아까처럼 바짝 말라붙은 동물의 머리통들이 즐비하게 쌓여 있었다. 돼지, 개, 쥐……. 하나같이 두꺼운 나무 몽둥이로 최대한 포악하게 으깨어놓은 것처럼 보였고, 한쪽으로 치워두거나 피를 치우려는 시도조차 하지 않은 것 같았다. 미라처럼 굳어진 산산조각 난 동물들의 사체 밑으로 많은 양의 혈흔이 딱딱하게 말라붙어 있었다.

딸의 방은 주인의 성품이라고는 눈 씻고 찾아봐도 보이지 않을 정도로 기이하기 짝이 없었다. 아직까지 남아 있는 흔적은 책장에 꽂혀 있는 비슷비슷한 붉은 표지의 책들과 시집 빼고는 아무것도 없었다.

두 사람은 빈방을 천천히 살피면서 움직였다. 다고스타는 머리가 띵했지만 바짝 정신을 차리려고 애썼다.

이윽고 두 사람은 복도의 맨 끝자락 굳게 닫힌 문 앞에 도착했다.

펜더개스트는 자물쇠를 여는 연장을 꺼내 어떻게든 열어보려고 기를 썼지만 꿈쩍도 하지 않았다.

"처음이네요." 다고스타가 말했다.

"친애하는 빈센트, 문 위쪽 문설주에 잠금장치가 나사로 고정되어 있을 겁니다." 펜더개스트가 손잡이를 잡고 있던 손을 놓았다. "여긴 나중에 다시 오죠. 다락방부터 살펴보도록 해요."

낡은 다락의 처마 밑으로 곰팡이가 덮인 가구들과 오래된 짐들이 좁은 공간 구석마다 빽빽이 쌓여 있었다. 다락에 있는 상자들과 트렁크를 샅샅이 조사했지만 퀴퀴한 냄새가 진동하는 낡은 옷가지와 분류별로 노끈을 감아둔 신문 더미 외에는 별로 흥미로운 것을 발견하지 못했다. 펜더개스트는 옛날에 쓰던 연장 상자를 뒤져서 스크루드라이버를 꺼내서 주머니 속에 집어넣었다.

"저기 탑들도 살펴봅시다." 그는 불쾌함이 역력한 표정으로 검은 양복에 묻은 희뿌연 먼지를 털어내면서 이렇게 말했다. "그다음에 이 고집 센 방과 붙어보죠."

두 개의 탑에는 통풍이 잘 되는 계단 기둥 하나와 거미줄로 가득하고 쥐들이 찍찍거리며 뛰어다니는 누렇게 변한 고서들이 있었다. 집 밖을 내다볼 수 있는 작은 창문이 있는 공간까지 중앙 계단이 길게 이어져 있었고, 화살 구멍처럼 작은 창 너머로 번개가 번쩍거리는 숲속이 한눈에 내려다보였다. 다고스타는 점점 안달이 났다. 이 집에는 전 주인의 광기와 수수께끼 같은 모습 말고는 별다른 단서가 남아 있지 않았다. 왜 헬렌 펜더개스트는 여기 온 걸까? 아니, 정말 여기 오기는 했던 걸까?

두 개의 탑에서도 별다른 걸 찾지 못한 그들은 다락을 내려가서 굳게 잠긴 방문으로 향했다. 다고스타가 손전등을 들고 있는 사이, 펜더개스트는 드라이버로 긴 나사못 두 개를 뺐다. 그리고 방문 손잡이를 돌렸고 덜컥 문이 열리자 안으로 들어갔다. 그의 뒤를 따라 들어간 다고스타는 방 안을 보자 너무 놀란 나머지 뒤로 자빠질 뻔했다.

마치 19세기 러시아 황실의 보물이었던 파베르제의 달걀 안에 들어선 것 같았다. 규모가 그리 크지는 않지만 커다란 보석처럼 보이는 곳이었다. 방이 온통 번쩍거려서 빛나는 보석들로 가득한 곳에 들어온 것 같은 기분이었다. 거대한 창문의 네 귀퉁이에는 캔버스 천이 단단히 못질되어 있었고, 내부 장식들은 완전히 밀폐된 상태로 보존되어 있었다. 수년간 방치되어 있었음에도 아직까지 장식품마다 아름다운 광택이 그대로 살아 있었다. 벽마다 그림들이 걸려 있었고, 아름다운 수공예 가구와 조각품 들이 즐비하게 늘어서 있었다. 마룻바닥에는 휘황찬란한 바닥 깔개가 깔려 있었고 한쪽에 놓인 검은 벨벳 위로는 반짝이는 보석들이 진열되어 있었다.

방 한가운데에는 긴 의자가 놓여 있었고 꽃무늬가 풍성하게 수놓아진 아름다운 색깔의 가죽 덮개가 씌워져 있었다. 수작업으로 솜씨 좋게 새겨놓은 꽃무늬는 보는 이에게 최면을 거는 것 같아서, 다고스타는 좀처럼 가죽 덮개에서 눈을 뗄 수 없었다. 하지만 다고스타의 관심을 받고 싶어 울부짖는 장식품들이 주변에 훨씬 더 많았다. 방 한쪽에는 나무로 된 가늘고 길쭉하고 기이한 두상 조각들과 이국적인 목제 조각품들이 있었고, 그 옆에는 번쩍이는 금과 보석 들이 박혀 있고 광택이 흐르는 검은 진주가 달린 귀금속 장식이 나란히 놓여 있었다.

다고스타는 경이에 찬 표정으로 조용히 방 안을 걸어 다녔고, 좀처럼 아름다운 장식품들에서 시선을 떼지 못하다가 멋진 대리석 탁자에 와서야 정신이 들었다. 탁자 위에는 금박을 입히고 아름다운 가죽 표지를 붙여 손수 만든 전집이 가지런히 세워져 있었다. 다고스타는 책 한 권을 뽑아서 엄지손가락으로 천천히 종이를 넘기기 시작했다. 아름다운 손 글씨로 적힌 시구들과 함께 '카렌 도앤'이라는 서명과 날짜가 적혀 있었다. 바닥에는 직물로 짠 깔개가 여러 겹으로 덮여 있었는데, 기하학적인 디자인이 너무나 화려하고 눈이 부셔서 도저히 시선을 뗄 수 없었다. 다고스타는 손전등으로 벽을 비추었다. 누구라도 탄성을 내지를 법한 멋진 유화 그림들이 걸려 있었다. 생동감이 넘쳐흐르는 풍경화 속에는 집 주변의 숲속 공터와 옛날 공동묘지가 살아 숨 쉬는 것처럼 묘사되어 있었고, 이보다 더 환상적일 수 없을 정도로 아름다운 풍경과 초현실적인 정경이 그려진 작품도 몇 개 있었다. 다고스타는 바로 앞에 걸린 그림 앞으로 다가가서 눈을 가늘게 뜨고 손전등을 비췄다. 그림 아래쪽 여백에 'M. 도앤'이라는 서명이 적혀 있었다.

"멜리사 도앤." 펜더개스트가 쥐도 새도 모르게 나타나 중얼거렸다. "소설가의 부인이죠. 이 그림들은 도앤 부인의 작품인 게 분명합니다."

"전부요?" 다고스타는 손전등으로 조그만 방 내부의 나머지 벽들을 비췄다. 그곳에 〈블랙 프레임〉은 없었다. 도앤 부인의 서명이 적힌 그림 외에는 어떤 그림도 보이지 않았다.

"여기도 없나 보군요."

다고스타는 손전등을 천천히 바닥으로 내렸다. 갑자기 숨이 빨라지고 심장이 쿵쾅거리는 것이 느껴졌다. 기묘하다. 기묘함 그 이상이다. "이 방은 대체 뭐죠? 어떻게 도둑도 들지 않고 이렇게 원상태로 보존되어 있을 수 있죠?"

"마을 사람들이 비밀을 완벽히 보호하고 있었던 거죠." 펜더개스트의 은빛 눈동자가 방 안에 있는 물건을 하나하나 훑었다. 집중하고 있는 표정이 역력해 보였다. 다시 한 번 그는 천천히 방 안을 배회했고, 테이블 위에 가지런히 놓인 손수 제작한 전집 앞에 멈추어 섰다. 그는 재빨리 책을 훑어보고 페이지를 한 장씩 넘겨본 다음 다시 제자리에 놓았다. 펜더개스트가 방을 나섰고 다고스타도 그 뒤를 따라 복도로 걸어가서 다시 딸의 방으로 들어갔다. 그리고 아까와 똑같은 빨간색 표지의 책들을 살펴보고 있는 동료의 모습을 바라봤다. 펜더개스트는 가늘고 긴 손가락을 뻗어서 책 한 권을 꺼냈다. 그리고 몇 페이지를 넘겼다. 전부 빈 종이였다. 펜더개스트는 그 책을 집어넣고 끝에서 두 번째 꽂혀 있던 책을 뺐다. 수평으로 반듯하게 그어진 선들 외에는 아무것도 없었다. 마치 자를 대고 그은 듯 가지런한 줄들이 페이지마다 빽빽하게 그어져 있어서 멀리서 보면 시커멓게 보일 정도였다.

펜더개스트는 다음 책을 꺼내어 몇 장을 넘겼고 아까보다 더욱 빽빽한 선들이 그어져 있거나 대충 그린 유치한 스케치들이 있는 것을 발견했다. 다음으로 꺼낸 책에는 일관성이라고는 찾아볼 수 없는 단어들이 아래위로 정신없이 적혀 있었다.

펜더개스트는 눈에 보이는 대로 아무 시나 골라 각운에 맞추어 큰 소리로 읽기 시작했다.

난 할 수 없어
난 잠들면 안 돼
잠. 그들이 와, 그들이 속삭여
물건들. 그들이 나에게 보여줘
물건들. 난 그것을 맞출 수 없어
나가, 난 그것을 맞출 수 없어.
나가. 내가 다시 잠들면 그럴 거야.
죽다… 잠=죽음
꿈=죽음
죽음=나는 맞출 수 없어
나가

펜더개스트는 다시 몇 페이지를 넘겼다. 광기에 젖은 단어들과 앞뒤가 맞지 않는 문장들이 어지러운 낙서처럼 계속되었다. 펜더개스트는 깊은 생각에 잠겨서 책을 다시 책장 속에 꽂고 훨씬 앞쪽에 있던 다른 책을 꺼냈다. 그리고 중간 페이지를 폈다. 다고스타의 눈에도 힘차고 균일한 필체가 들어왔다. 중간중간 여백마다 꽃 그림과 웃기는 얼굴이 그려져 있고, i 자 위로는 발랄한 동그라미가 그려져 있어서 한눈에 보기에도 여자아이의 필체라는 것을 눈치챌 수 있었다.

펜더개스트가 날짜를 확인했다.

다고스타가 재빨리 날짜를 계산했다. "헬렌이 방문하기 6개월 전쯤 쓴 거군요."

"네. 도앤 가족들이 선플라워에 온 지 얼마 안 됐을 때죠."

펜더개스트는 재빨리 공책에 적힌 내용을 훑어본 후 어느 한 부분에서 멈추더니 큰 소리로 읽기 시작했다.

> 마티 리가 또 지미 얘기를 하면서 나를 놀렸다. 귀여운 애지만 고스족 같은 옷과 정신 사나운 메탈에 빠져 있는 건 정말 견딜 수가 없다. 그 애는 머리를 제비처럼 귀 뒤로 넘기고 끝까지 타버린 담배를 들고 뻐끔거리고 있다. 그런 모습이 남들 눈에는 쿨하게 보일 거라고 생각하나 보다. 내 눈에는 그저 쿨하게 보이려는 멍청이 같다. 더 최악인 것은, 쿨하게 보이고 싶어서 안달 난 멍청이처럼 행동하는데, 진짜로 얼간이라는 것이다.

"전형적인 고등학교 여자아이의 글이군요." 다고스타가 인상을 찌푸리면서 말했다.

"다른 애들보다 조금 더 예민한 성격인지도 모르겠군요." FBI 요원은 공책을 계속 넘겨보았다. 그로부터 세 달 후에 쓴 일기가 나오자 갑자기 멈췄다. "아!" 펜더개스트는 외마디 소리를 질렀다. 그는 흥미가 가득한 목소리로 다음 일기를 읽기 시작했다.

집에 왔는데 부엌에 있던 엄마와 아빠가 테이블 위로 날아다니는 무언가와 함께 있었다. 그게 뭐냐고? 앵무새! 뚱뚱한 회색으로 뭉툭한 빨간 꼬리가 달렸다. 다리에는 크고 무거운 철제 밴드가 달려 있었고 이름 대신 번호가 적혀 있었다. 사람 손에 길든 새라 팔 위로 자연스럽게 날아와서 앉았다. 그 새는 나를 보면서 계속 고개를 끄덕였고 내 눈을 빤히 들여다봤는데, 마치 나를 관찰하는 것 같았다. 아빠는 백과사전을 찾아보고 그것이 회색앵무새라고 말했다. 아빠는 이 앵무새가 누구가 키우던 애완용 새라고 생각했는데, 아마도 사람들을 잘 따랐기 때문인 것 같다. 앵무새는 정오쯤에 갑자기 나타나서 뒷문 옆 복숭아나무에 앉아서 울음소리를 냈다. 나는 아빠에게 앵무새를 키우자고 사정했다. 아빠는 진짜 주인이 나타날 때까지만 임시로 키울 수 있다고 말했다. 또 우리가 광고를 내야 한다고도 했다. 난 아빠에게 멀리 떨어진 동네 신문에 광고를 내라고 했고 아빠는 재미있어 하는 눈치셨다. 나는 아빠가 진짜 주인을 절대로 찾을 수 없기를 바랐다. 우리는 앵무새를 위해 낡은 박스로 작은 둥지를 만들어줬다. 아빠는 내일 슬라이델에 있는 애완동물 가게에 가서 진짜 새장을 사 올 것이다. 앵무새는 주방 근처에서 폴짝거리며 뛰어다니다가 엄마의 머핀을 보고 꽥 소리를 내면서 냠냠 먹어 치우기 시작했다. 그래서 나는 앵무새 이름을 머핀이라고 지었다.

"앵무새라⋯⋯." 다고스타가 중얼거렸다. "대체 어떻게 된 걸까요?"

펜더개스트는 다음 페이지를 넘겼고 이번에는 더 천천히 읽었다. 그는 다음 책을 꺼내서 일기 날짜를 샅샅이 살피기 시작했다. 그리고 시선이 한곳에 멈추었다. 다고스타의 귓가에 작게 숨을 들이쉬는 소리가 들렸다.

"빈센트, 정확히 2월 9일에 일기 주인이 쓴 거예요. 바로 헬렌이 방문한 날이죠."

내 인생의 최악의 날!!!

점심 먹고 난 후에 어떤 여자가 현관문을 두드렸다. 빨간색 스포츠 카를 몰고 왔고 세련된 가죽 장갑을 끼고 고급 옷을 차려입은 여자였 다. 그 여자는 우리가 앵무새를 발견했다는 소식을 들었다며 한 번 볼 수 있느냐고 물었다. 아빠는 머핀을 보여줬는데(여전히 새장 속에 있었 다.) 어떻게 그 앵무새를 키우게 되었느냐고 다시 물었다. 그리고 앵무 새에 대해서 이것저것 질문을 했는데, 언제 발견했고 어디에서 날아 왔고, 사람 손에 길들어 있었는지, 우리가 그 앵무새를 잘 키우고 있 는지, 누구를 가장 따르는지 등등을 질문했다. 그렇게 새를 관찰하고 온갖 질문을 하느라고 엄청 많은 시간이 흘렀다. 그 여자는 발목에 있 던 밴드를 보고 싶다고 했고 아빠는 새 주인이 아니라면 보여줄 수 없 다고 말씀하셨다. 그 여자는 자기가 주인이라며 앵무새를 돌려달라고 말했다. 아빠는 의심하는 눈치셨다. 그래서 먼저 앵무새 발목에 묶인 밴드에 적힌 숫자를 대보라고 말했다. 그 여자는 아무 말도 하지 못했 다. 물론 그 앵무새의 주인이라는 건 증명하지 못했지만, 자기가 과학 자이고 실험실에서 키우던 새가 갑자기 탈출한 거라고 말했다. 하지 만 아빠는 전혀 믿지 못하는 표정이었고, 주인이라는 걸 증명만 한다 면 기꺼이 머핀을 돌려주겠노라고, 그 전까지는 우리 가족이 키울 거 라고 엄포를 놨다. 그 여자는 별로 놀라지 않았고 그저 슬픈 표정으로 나를 바라봤다. "네가 머핀을 돌보는 거니?" 난 그렇다고 말했다. 그 여자는 잠시 생각하는 것 같았다. 그러더니 아빠에게 마을에 좋은 호 텔을 추천해줄 수 있는지 물었다. 아빠는 딱 한 군데가 있다고 연락처 를 적어주겠노라고 했다. 아빠가 전화번호부를 가지러 부엌으로 갔 다. 아빠가 사라지자마자 그 여자는 가방에서 검정 쓰레기봉투를 꺼 내더니 머핀이 든 새장을 넣고 문밖으로 뛰쳐나갔고, 새장을 차 안에 집어 던지고 쏜살같이 도망쳤다. 머핀은 계속해서 큰 소리로 울었다. 나는 소리를 지르면서 밖으로 뛰쳐나갔고 아빠도 따라 나와서 차를 몰고 끝까지 뒤쫓았지만 결국 놓쳤다. 아빠는 보안관에게 전화를 걸었지만 보안관은 도난당한 새를 찾아달라는 신고에 별 관심을 보이지 않았다. 애초부터 그 여자가 새 주인이었을지도 모른다는 것이었다.

머핀은 그렇게 사라졌다.

나는 방으로 올라갔고 도저히 울음을 멈출 수 없었다.

펜더개스트는 일기장을 덮고서 재킷 주머니에 집어넣었다. 창문 너머로 번개가 번쩍하더니 검은 숲 위를 밝게 비췄고 천둥소리가 도앤의 집을 위아래로 흔들었다.

"도저히 믿을 수가 없군요." 다고스타가 말했다. "헬렌은 그 앵무새를 훔쳤어요. 오듀본의 박제 앵무새를 훔쳤던 것처럼. 대체 무슨 생각으로 그랬을까요?"

펜더개스트는 아무 말도 하지 않았다.

"그 앵무새를 본 적이 있나요? 페넘브라 저택에 가져왔었나요?"

펜더개스트는 말없이 고개를 저었다.

"실험실이 있다는 소리는 뭘까요?"

"헬렌에게는 실험실이 없어요, 빈센트. 날개 달린 의사 협회에서 일했으니까."

"부인이 무얼 한 건지 전혀 짚이는 게 없어요?"

"태어나서 처음, 어찌해야 할지 하나도 모르겠어요."

번개가 다시 번쩍였고 엄청난 충격과 이해할 수 없는 표정을 짓고 있던 펜더개스트의 얼굴을 환하게 비췄다.

26

뉴욕 시

    뉴욕 경찰서 살인 사건 전담반의 로라 헤이워드 반장은 평소 사무실 문을 열어놓는 것을 좋아했다. 자신이 과거 지하철에서 순찰을 돌던 낮은 직급의 경사부터 시작했다는 점을 잊지 않고 있다는 일종의 신호 같은 거였다. 로라도 자신이 수사팀 내에서 초고속 승진을 했고, 실력도 쓸 만하고, 초고속 승진을 할 정도로 큰 성과를 올렸다는 것을 잘 알고 있었다. 하지만 십여 년 전 여성 차별이 만연했던 시기 이후로 여자 수사 반장으로서 한 번도 흠집이 날 일을 만들지 않았다는 사실 때문에 내심 불편한 감정도 들었다.

    하지만 오늘은 새벽 6시에 사무실에 출근한 아주 특별한 날이었다. 로라는 사무실 바깥에 아무도 없다는 걸 알면서도 눈치를 살피며 사무실 문을 닫았다. 최근 코니아일랜드에서 있었던 러시아 마피아 마약 살인 사건의 수사가 난항을 면치 못하는 실정이라 엄청난 양의 서류 작업과 회의가 계속되고 있었다. 마침내 누구라도 총대를 메야 하는 상황에 몰렸고, 이번에도 로라가 모든 업무를 도맡지 않을 수 없는 상황에 이르렀다. 누구든 한 사람이 선두에 나서서 사건 해결의 고삐를 끌어야 하는 막다른 길에 몰린 것이었다.

    시간은 정오를 향해 흘렀고 로라의 머릿속은 온갖 잔인한 사건들로 완전히 무감각해져서 급기야 터지기 일보 직전에 이르렀다. 결국 로라는 원 폴리스 플라자 옆에 있는 작은 공원에서 산책이라도 해야겠다는 생각이 들어서 자리에서 일어났다. 사무실 문을 열고 밖으로 나간 로라 헤이워드는 우연히 복도에서 수다를 떨고 있던 시끌벅적한 경관 무리와 마주쳤다.

경관 무리는 평소보다 불편한 낯으로 그녀를 바라보았고 슬슬 곁눈질을 하면서 안절부절못하는 눈빛을 보냈다.

헤이워드는 인사를 건네며 멈추어 섰다. "좋아, 무슨 일 때문에 이러는 건데?"

긴 침묵이 흘렀다.

"거짓말하는 데 전혀 소질이 없나 봐." 로라는 가벼운 투로 말했다. "솔직히, 텍사스 홀덤 게임 테이블에 앉아 있는 상황이었다면, 자네들 패는 벌써 읽히고도 남았어."

하지만 그녀의 농담에도 아무런 반응이 없었다. 급기야 다소 주저하던 경사 하나가 입을 열었다. "반장님, 사실은 FBI 요원, 펜더개스트 때문입니다."

헤이워드는 순간 얼어붙었다. 펜더개스트에 대한 로라의 악감정은 부서 내에서도 잘 알려져 있었고, 그와 가끔 함께 일하는 다고스타와 연인 관계라는 것도 널리 알려진 사실이었다. 펜더개스트는 어려운 임무가 생길 때마다 빈센트를 끌어들였고, 로라는 현재 두 사람이 사건 조사차 루이지애나로 떠난 일이 저번처럼 비참한 결말을 맞이하게 되는 게 아닌가 싶은 불길한 예감에 시달리고 있던 터였다. 그래, 이번에도 어쩌면……. 온갖 생각이 머릿속을 스치고 지나갔지만 로라는 최대한 아무렇지 않은 표정을 유지하려고 애썼다. "특별 수사관 펜더개스트? 그 사람이 뭘 어쨌기에?" 로라는 차분한 목소리로 물었다.

"정확히 말하면, 펜더개스트 씨 얘기는 아닙니다." 경사가 대답했다. "그와 연관된 사람 얘기죠. 콘스턴스 그린이라는 이름의 여자 말이에요. 지금 경찰서에 와 있는데 보호자가 누구냐고 물었더니 펜더개스트의 이름을 댔다고 합니다. 삼촌과 조카 정도 사이인 것 같더군요."

또다시 어색한 침묵이 흘렀다.

"그래서?" 헤이워드가 재촉했다.

"그동안 해외에 거주했답니다. 갓난아기를 데리고 사우샘프턴에서 뉴욕으로 오는 퀸 메리 2호를 탔고요."

"아기?"

"네. 기껏해야 태어난 지 몇 달 정도 된 아기예요. 외국에서 낳았을 테고요. 어쨌든, 배가 정박한 후에 동승했던 갓난아기가 사라져서 여권 검사를 하다가 붙잡혔다고 합니다. 이민국에서 뉴욕 경찰서로 무선을 보냈고, 결국 우리 경찰서에서 보호 감찰을 맡게 된 거죠. 수사팀에서는 그녀를 유아 살인범으로 의심하고 있어요."

"살인?"

"맞습니다. 아무래도 갓난아기를 대서양 한가운데로 던져버린 것 같습니다."

27

멕시코 만

델타 767기는 3만 4000피트 상공을 유유히 비행하고 있었다. 하늘은 조용하고 구름 한 점 없는 데다 푸른 바다는 저 멀리까지 끝없이 이어진 채 오후의 햇살을 받아 보석처럼 반짝이고 있었다.

"맥주 더 드릴까요?" 스튜어디스가 공손하게 허리를 굽히며 다고스타에게 물었다.

"좋죠." 그가 대답했다.

스튜어디스는 다고스타 옆에 앉은 사람을 쳐다봤다. "선생님도 드시겠어요? 불편한 점은 없으십니까?"

"괜찮습니다." 펜더개스트가 말했다. 그리고 의자 뒤쪽 접시에 놓인 훈제 연어를 향해 손짓을 했다. "내부 온도가 높아서 훈제 연어가 미지근해진 것 같은데요. 차가운 걸로 가져다주겠어요?"

"곧 준비해드리겠습니다." 여자는 능숙한 솜씨로 접시를 치웠다.

다고스타는 스튜어디스가 돌아올 때까지 기다렸다가, 넓고 편안한 의자에 등을 기대고 다리를 쭉 폈다. 퍼스트 클래스에 올라서 여행을 하는 경우는 펜더개스트와 함께 이동할 때뿐이었지만, 이런 안락한 자리는 누구라도 쉽게 익숙해질 수 있었다.

비행기 내부 스피커에서 벨 소리가 들리더니, 잠시 후 기장이 20분 후 새러소타 브래덴턴 국제공항에 착륙할 예정이라고 전했다.

다고스타는 맥주를 한 모금 마셨다. 루이지애나의 선플라워는 벌써 열여덟 시간하고도 수백 킬로미터 떨어진 곳이 되었지만, 도앤 씨의 집과 그 기묘한 분위기, 보석처럼 꾸며진 방과 온통 썩은 물건들과 광기로 인해 파괴된 풍경은 좀처럼 머릿속에서 지워지지 않았다. 하지만 펜더개스트는 도앤 가족의 집 얘기를 꺼내는 것을 꺼리는 듯 조용히 생각에 잠겨 있었다.

다고스타가 다시 한 번 물었다. "가설을 하나 세워봤어요."

FBI 요원이 흘끗 쳐다봤다.

"도앤 가족을 이용해서 관심을 딴 데로 돌리려던 게 아닐까 싶은데."

펜더개스트는 머뭇거리다가 연어 한 조각을 입에 넣으면서 말했다. "그래요?"

"생각해봐요. 그 가족은 헬렌이 방문하고 오랜 시간이 지난 후에야 미쳤잖아요. 시차가 너무 긴데, 정말 헬렌의 방문 때문에 그런 일이 벌어진 걸까요? 아니면 앵무새 때문일지도?"

"그 말이 맞을지도 모르겠어요." 펜더개스트는 애매모호하게 대답했다. "내가 헷갈리는 건, 가족들이 순간적으로 창조적인 에너지를 뿜어내려다가 갑자기 끝났다는 거죠. 가족 모두가 말이에요."

"광기가 유전된다는 것은 잘 알려진 사실입니다." 다고스타는 이쯤에서 얘기를 결론짓는 편이 낫다고 판단했다. "어쨌거나 천부적인 재능을 가진 사람들이 쉽게 광기에 사로잡히는 것도 사실이잖아요."

"'젊은 시인들은 즐거운 마음으로 시작한다. 하지만 마지막에 남는 것은 낙담과 광기뿐이다.'" 펜더개스트는 다고스타 쪽으로 고개를 돌렸다. "그러니까 그 가문에 이어져 내려온 창조력이 일가족을 광기로 이끌었다는 건가요?"

"도앤 씨의 딸만 봐도 그 사실을 알 수 있잖아요."

"좋아요. 헬렌이 앵무새를 훔친 건 그 가족이 미친 것과 아무 관계가 없다는 것이 당신이 세운 가설이라는 거죠?"

"비슷해요. 당신 생각은요?" 다고스타는 펜더개스트의 의견이 나오길 바랐다.

"모든 게 우연의 일치라는 말은 납득하기 힘든데요, 빈센트."

다고스타가 잠시 머뭇거렸다. "잘 들어봐요. 사실 정말로 궁금한 건……. 그러니까 제 말은, 헬렌이 가끔 이상하다거나 특이하게 행동하지는 않았나요?"

펜더개스트의 표정이 바짝 군었다. "무슨 뜻인지 모르겠네요."

"그러니까 이런 일들이……." 다고스타는 또다시 주저했다. "갑자기 이상한 곳으로 여행을 갔다거나 하는 것 말이에요. 비밀, 새 도둑질……. 처음엔 박물관에서 박제된 새 두 마리를 훔쳤고 나중에는 살아 있는 새를 가족들이 보는 앞에서 훔쳤어요. 혹시 헬렌이 일종의 압박감에 시달렸거나, 그게 아니면 신경쇠약에 시달렸거나 했던 게 아닐까요? 왜냐하면 록랜드에 떠도는 소문으로는 헬렌의 가족이 정상이 아니었다고……."

다고스타는 주변 온도가 급속도로 냉랭해진 것을 감지하고는 곧바로 말문을 닫아버렸다.

펜더개스트의 표정은 그대로였지만 그의 말투에서 왠지 모를 거리감이 느껴졌고 목소리에도 날 같은 게 서 있었다. "헬렌 자체가 특이한 여자였는지도 모르죠. 하지만 지금까지 만났던 그 누구보다 이성적이었고 지극히 정상이었습니다."

"물론 그랬을 거라고 생각합니다. 내 말은 단지……."

"그리고 엄청난 압박감 속에서도 전혀 흔들리지 않는 사람이었어요."

"그렇군요." 다고스타는 허둥지둥 대답했다. 애초에 이런 얘기를 입 밖에 꺼낸 것 자체가 실수였다.

"지금은 눈앞에 벌어진 문제부터 상의하는 게 나을 것 같군요." 펜더개스트는 대화의 주제를 새롭게 바꾸어보려고 했다. "그자에 대해서 반드시 알아두어야 할 게 몇 가지 있어요." 펜더개스트는 재킷 주머니에서 얇은 봉투를 꺼내더니 종이 한 장을 꺼냈다. "존 우드하우스 블라스트. 나이 55세. 플로렌스 출생으로 현재 사우스캐롤라이나 시에스타 키 41-12 비치 로드에 거주 중. 직업이 여러 개 있더군요. 예술품 중개인, 화랑 사장, 무역업 그리고 조각가이자 화가이기도 해요." 그는 다시 종이를 집어넣었다. "그가 만드는 조각품은 아주 특별한 종류죠."

"어떤 건데요?"

"죽은 대통령의 조각상을 만들어요."

"모조품을 만든다는 건가요?"

"이미 국가 정보부에서 내사를 마쳤습니다. 무혐의로 끝났고요. 또 코끼리 상아와 코뿔소 뿔 밀수범으로도 조사를 받았더군요. 1989년, 코끼리와 코뿔소가 멸종 위기 동물로 지정된 후부터 불법이 됐죠. 그때도 무혐의로 풀려났어요."

"미꾸라지 같은 놈이로군요."

"분명히 대단한 지략가이고 결단력도 있는 데다 매우 위험한 자예요." 펜더개스트는 잠시 말을 멈췄다. "한 가지 연관성이 있기는 해요. 이름. 존 우드하우스 블라스트."

"네?"

"그는 존 제임스 오듀본의 직계 후손이에요. 오듀본의 아들 이름이 존 우드하우스 오듀본이거든요."

"제길."

"존 우드하우스 역시 예술가였어요. 오듀본의 마지막 작품 《북아메리카의 포유류》 작업을 완성한 장본인이거든요. 아버지의 갑작스러운 죽음 이후 작품의 절반을 도맡아서 그리게 되었죠."

다고스타가 휘파람을 불었다. "그럼 블라스트라는 자는 자신이 〈블랙 프레임〉을 소유할 권리가 있다고 자신하고 있겠군요."

"어디까지나 제 추측입니다. 성인이 되어서 대부분의 시간을 〈블랙 프레임〉을 찾는 데 보낸 것 같아요. 최근 들어서는 완전히 포기한 것처럼 보이지만."

"지금은 어떤 일을 하고 있죠?"

"그것까지는 알아내지 못했어요. 최근 거래 내역을 은밀히 숨기고 있는 눈치예요." 펜더개스트가 창밖을 내다보았다. "앞으로 각별히 조심해야 해요, 빈센트. 최대한 말이에요."

28

플로리다 주, 새러소타

드디어 다고스타의 시야에 시에스타 키의 풍경이 펼쳐졌다. 좁은 도로에는 야자수들이 늘어서 있고, 에메랄드 빛 풀밭이 보석처럼 맑은 하늘빛 만까지 이어져 있었다. 물살이 일렁거리는 운하 위로 유람선 몇척이 천천히 여유를 즐기며 떠다니는 모습도 보였다. 설탕처럼 고운 백사장은 광활한 해변가를 덮은 채 북쪽과 남쪽으로 길게 뻗어 있었고 그위로 뿌연 안개가 덮여 있었다. 한쪽에서 크림처럼 하얀 파도가 밀려왔고 다른 쪽으로는 콘도와 호화로운 호텔이 줄지어 늘어서 있었는데, 드문드문 수영장과 농장, 레스토랑이 보였다. 때마침 일몰 무렵이었다. 다고스타는 일광욕을 즐기는 사람들과 모래성을 쌓는 사람들, 그리고 해변에서 뭔가를 줍는 사람들을 쳐다보고 있었다. 어느 순간 모두 눈에 보이지 않는 신호라도 본 것처럼 각자 정지 상태로 서쪽 태양을 바라보았다. 해변에 놓인 의자들의 방향도 갑자기 바뀌었다. 사람들은 저마다 비디오카메라를 손에 쥐고 있었다. 다고스타는 사람들이 바라보는 방향으로 눈을 돌렸다. 붉은 태양이 멕시코 만으로 서서히 잠기고 있었다. 오렌지색 반원형 불꽃이 이글거리며 타오르는 것 같았다. 도심에서도 뉴저지에서도 이렇게 탁 트인 일몰을 본 적이 없던 터라, 다고스타는 도저히 입을 다물지 못했다. 불과 1분 전만 해도 저만치 있던 태양이 서서히 떨어지다가 끝없이 이어진 수평선 너머로 사라졌고, 어느새 자취를 감추는가 싶더니 태양이 사라진 푸른 물결 위로 분홍빛 잔광이 끈처럼 얇게 흩어지고 있었다. 다고스타는 살짝 입술을 핥았고 짭짤한 바다 맛이 났다. 다시 한 번 20대로 돌아갈 수만 있다면, 로라와 함께 이곳에 오는 꿈을 꾸는 건 별로 힘든 일도 아니었으리라.

블라스트의 콘도는 바닷가가 한눈에 내려다보이는 호화로운 고층 건물 꼭대기에 있었다. 그들은 엘리베이터를 타고 위로 올라갔고 펜더개스트가 초인종을 눌렀다. 오랜 시간이 지난 다음에야 문구멍의 작은 덮개를 밀어낼 때 들리는 사각 긁히는 소리가 났다. 또다시 약간 시간이 흐른 다음, 잠금장치가 풀리고 문이 열리는 소리가 들렸다. 맞은편에 서 있는 사람은 자그마한 몸집에 근육질 남자로 매끈거리는 머릿기름을 발라 검은색 머리카락을 올백으로 넘긴 모습이었다. "무슨 일이죠?"

펜더개스트가 FBI 배지를 내밀었고 다고스타도 똑같이 따라 했다. "블라스트 씨?" 펜더개스트가 물었다.

그 남자는 배지 두 개를 번갈아 쳐다본 다음 펜더개스트와 눈을 맞췄다. 일말의 두려움이나 걱정스러운 기색도 없다는 걸 다고스타도 충분히 느낄 수 있었다. 그냥 가벼운 호기심 정도일까?

"잠깐 들어가도 될까요?"

남자는 잠시 생각에 잠겼다. 그리고 활짝 문을 열어주었다.

다고스타와 펜더개스트는 현관을 지나서 거실로 들어갔다. 척 보기에도 화려하게 장식된 공간이었다. 묵직한 황금빛 커튼이 바다가 한눈에 내다보이는 전망용 창문에 드리워져 있었고 두툼하고 하얀 거친 질감의 카펫이 바닥에 깔려 있었다. 거실에서 희미한 향냄새도 풍겼다. 하얀색과 검은색 포메라니안 두 마리도 있었는데, 작은 상자 옆에서 두 사람을 빤히 쳐다보고 있었다.

다고스타는 고개를 돌리고 블라스트를 쳐다보았다. 그의 선조 오듀본과 어딘지 모르게 닮아 보였다. 몸집이 작고 인상이 까다로워 보였고 얇은 코밑수염까지 있었다. 이런 기후에서도 햇볕에 거의 그을리지 않은 점이 특이했다. 하지만 움직임 하나하나가 날쌔고 유연했고 거실 주변 장식품을 세세하고 꼼꼼하게 관리한 티가 났다.

"잠시 앉으시겠습니까?" 그는 붉은색 벨벳 덮개를 씌운 안락의자를 가리키면서 말했다. 어딘지 모르게 남부인 특유의 느릿한 말투가 느껴졌다.

펜더개스트는 자리에 앉았고 다고스타도 따라서 앉았다. 블라스트는 맞은편 하얀색 가죽 소파에 깊숙이 등을 대고 앉았다. "임대 건으로 셸 로드에 있는 부동산에서 나오신 분들은 아닌 것 같은데요."

"맞습니다." 펜더개스트가 대답했다.

"제가 무엇을 도와드리면 될까요?"

펜더개스트는 대답하기 전에 최대한 시간을 길게 끌었다. "사실은 〈블랙 프레임〉 때문에 왔습니다."

블라스트는 약간 눈을 크게 뜨는 것으로 놀랐다는 표시를 대신했다. 그러고는 잠시 미소를 지은 후 반짝이는 하얀 이빨을 드러냈다. 별로 우호적인 미소는 아니었다. 그를 보고 있자니 이빨을 드러내고 상대를 물어뜯을 준비를 마친 매끈한 밍크가 떠올랐다. "그림을 팔려고 오신 건가요?"

펜더개스트는 고개를 저었다. "아니요. 그 작품을 조사하고 싶습니다."

"경쟁자에 대해서 충분히 알고 게임을 시작하는 것만큼 좋은 일은 없죠." 블라스트가 말했다.

펜더개스트가 한쪽 다리를 꼬았다. "경쟁자라고 하시니 왠지 이상하네요. 사실 저희가 여기 온 다른 이유도 바로 그것 때문이거든요."

블라스트는 재미있다는 듯 고개를 한쪽으로 갸우뚱거렸다.

"헬렌 에스테르하지 펜더개스트." FBI 요원이 최대한 또박또박하게 이름을 말했다.

이번에도 블라스트는 아무 미동이 없었다. 그는 펜더개스트와 다고스타를 번갈아 쳐다보다가 마침내 펜더개스트를 봤다. "죄송합니다만 그 이름에 대해 얘기하기 전에, 당신 이름부터 말씀해주시죠."

"FBI 특별 수사관 펜더개스트입니다." 그가 말했다. "그리고 여긴 제 동료인 다고스타 부서장입니다."

"헬렌 에스테르하지 펜더개스트." 블라스타가 다시 말했다. "친척인 가요?"

"아내였습니다." 펜더개스트가 차갑게 말했다.

자그마한 남자가 두 손을 펼쳤다. "아쉽게도, 난생처음 듣는 이름이 군요. 고작 그거 묻자고 찾아오신 겁니까?" 블라스타가 일어섰다.

펜더개스트가 자리에서 벌떡 일어섰다. 다고스타는 온몸이 경직되었 다. 하지만 다고스타의 우려와는 달리, FBI 요원은 무력으로 블라스타 를 제압하는 대신 천천히 뒷짐을 지고 전망용 창문으로 걸어가서 바깥 풍경을 내다보았다. 그리고 마치 박물관에 관람이라도 온 것처럼 천천 히 거실을 배회하면서 다채로운 작품들을 하나씩 살펴보았다. 곧이어 현관으로 가더니 벽장 앞에 멈췄다. 그의 손이 갑자기 검은 양복 재킷 속으로 들어갔고 뭔가를 꺼내더니 벽장문을 건드렸다. 그리고 갑자기 벽장문을 벌컥 열었다.

블라스타가 그에게 달려들었다. "대체 뭐 하는 겁니까?" 그는 화가 나서 소리를 질렀다.

펜더개스트는 벽장에 손을 넣고 몇 가지 물건들을 뒤적거리더니 뒤 쪽에서 긴 모피 코트 하나를 꺼냈다. 딱 봐도 눈에 익은 노랗고 검은 줄 무늬의 호랑이 털로 만든 모피 코트였다.

"왜 남의 물건을 마음대로 만집니까!" 블라스타는 여전히 화가 나서 소리쳤다.

펜더개스트는 코트를 들고서 위아래로 살펴보았다. "공주님이 입으 면 딱 좋겠군요." 그는 이렇게 말하고 빙그레 웃으면서 블라스타를 돌 아봤다. "보나마나 진품이겠고요." 펜더개스트는 다시 벽장 속에 손을 넣었고, 블라스트의 얼굴이 분노로 울긋불긋 달아오르는 와중에도 계속 뭔가를 만지작거렸다. "오실롯, 얼룩살쾡이까지. 마치 멸종 동물을 모아놓은 박물관 같군요. 전부 새것 같은데 1989년에 동물 보호법이 발효된 이후에 만든 게 확실해 보이네요. 1972년 멸종 위기에 처한 동식물에 관한 법률은 말할 것도 없고요."

그는 모피 코트를 다시 벽장에 넣고 문을 닫았다. "미국 어류 및 야생 동물 보호법 집행부에서 당신이 소장한 물건을 보면 엄청난 관심을 가지겠는걸요. 당장 불러볼까요?"

다고스타는 블라스트의 반응에 깜짝 놀랐다. 강하게 저항을 하는 대신 오히려 눈에 보일 정도로 안심하는 눈치였다. 그는 다시 흰 이빨을 드러내고 야릇한 미소를 지었고 너무나 다행이라는 듯이 펜더개스트를 위아래로 쳐다보았다. 그는 손짓을 하며 말했다. "일단, 서로 할 얘기가 남은 것 같은데 이리로 앉으세요."

펜더개스트는 다시 자리로 돌아왔고 블라스트도 자기 자리로 가서 앉았다.

"만약 제가 도움을 드린다면…… 제 소장품들의 운명은 어떻게 되는 거죠?" 블라스트는 벽장 쪽을 바라보며 고갯짓을 했다.

"우리 대화가 얼마나 잘 풀리느냐에 따라 달라지겠죠."

블라스트는 한숨을 내뱉었다. 길고 느릿하게 쉭 하는 숨소리가 났다.

"다시 한 번 이름을 말하죠." 펜더개스트가 말했다. "헬렌 에스테르하지 펜더개스트."

"그래요, 압니다. 당신 아내를 만난 기억이 아직도 생생해요." 그는 깔끔하게 손질된 두 손을 붙잡았다. "아까 거짓말한 건 용서하세요. 이 나이까지 살면서 온갖 경험을 해보니, 이런 일은 그냥 모른 척하는 편이 나을 때가 많았죠."

"계속하시죠." 펜더개스트가 차갑게 말했다.

블라스트가 어깨를 으쓱해 보였다. "당신 아내와는 경쟁자 사이였습니다. 장장 20년이라는 아까운 세월을 〈블랙 프레임〉을 찾는 데 허비했죠. 그 여자가 작품에 대해 캐묻고 돌아다닌다는 소문을 들었습니다. 별로 기분이 좋지는 않았죠. 물론 알고 오셨겠지만 저는 오듀본의 대중 손자입니다. 그 작품은 제 것이에요. 생득권자라고 봐야겠죠. 그 누구도 그 권리를 침해할 수는 없어요. 제가 주인이라고요."

그는 계속 말을 이었다. "오듀본은 요양원에서 〈블랙 프레임〉을 그렸지만, 퇴원할 때 가지고 가지는 않았어요. 제 생각에 가장 가능성 높은 시나리오는, 오듀본을 치료해주었던 세 명의 의사 중 한 명한테 주었다는 겁니다. 그런데 의사 하나는 행방불명됐어요. 다른 한 명은 베를린으로 갔는데, 만약 그가 그림을 가지고 있었다면 전쟁 통에 타버렸거나 어디서 잃어버렸을 겁니다. 그래서 세 번째 의사인 토르겐슨을 조사하는 데 집중했습니다. 사실 다른 사람보다 훨씬 가능성이 높았죠." 그는 손을 펼쳤다. "그때 당신 아내와 우연히 부딪치게 되었어요. 딱 한 번 만났습니다."

"언제, 어디서요?"

"15년 전쯤일 겁니다. 아니, 15년은 아니군요. 포트 앨런의 변두리에 있는 토르겐슨의 예전 사유지였죠."

"정확히 무슨 일이 있었습니까?" 펜더개스트의 목소리에는 긴장한 기색이 역력했다.

"지금 당신에게 한 것과 똑같은 이야기를 했습니다. 그 그림은 생득권자인 내 소유이고, 그쪽은 더는 그림에 대한 조사를 하지 말았으면 한다고요."

"헬렌이 뭐라고 하던가요?" 펜더개스트의 목소리가 더 차가워졌다.

블라스트는 한숨을 크게 내쉬었다. "그게 정말 재미있는 대목인데요……."

펜더개스트가 조용히 기다렸다. 분위기가 싸늘해졌다.

"조금 전에 당신이 〈블랙 프레임〉에 대해서 뭐라고 말했는지 기억나세요? '그 작품을 조사하고 싶습니다.' 정확히 그렇게 말했죠. 헬렌이라는 여자도 똑같이 말했어요. 그림을 소유하고 싶은 욕심은 없다고. 그렇다고 팔 생각도 없다고 했죠. 그냥 조사만 하고 싶다고 했습니다. 그리고 자기가 알아본 바로도, 그 그림의 소유자는 내가 맞는다고 하더군요. 저는 그 얘기를 듣고 기분이 좋아져서 바로 악수를 청했습니다. 그리고 동지가 되어서 작별 인사를 했고요." 그는 다시 부드러운 미소를 지었다.

"정확히 뭐라고 했죠?"

"이렇게 말했습니다. '당신이 오랫동안 그 그림을 찾으려고 애썼다는 것을 잘 알고 있습니다. 저는 그 그림을 가지고 싶지도 않고 그냥 조사만 하고 싶은 거예요. 부디 이해해주세요. 한 가지 확인하고 싶은 게 있어요. 만약 제가 그 그림을 찾게 된다면 반드시 당신께 돌려드릴 겁니다. 그러니까 당신이 먼저 그림을 찾게 되면, 제가 그 그림을 조사할 수 있도록 허락해주세요.' 저는 그 제안에 무척 흡족했고요."

"거짓말!" 다고스타가 의자에서 벌떡 일어나면서 말했다. 더는 참을 수가 없었다. "헬렌이 그 그림을 몇 년이나 찾아다녔는데, 그냥 조사만 하고 싶어서 그랬다고요? 말도 안 돼. 당신은 거짓말을 하고 있어요."

"그렇게 말씀하셔도 어쩔 수 없습니다. 전부 사실인걸요." 블라스트가 말했다. 그리고 담비처럼 순한 미소를 지었다.

"그다음엔 어떻게 됐습니까?" 펜더개스트가 물었다.

"그게 전부입니다. 우리는 각자의 길을 갔습니다. 그때가 딱 한 번 그 여자와 마주쳤던 날이었고요. 그 후로는 한 번도 만날 수가 없었습니다. 하늘에 맹세코 사실이에요."

"단 한 번도?" 펜더개스트가 물었다.

"네. 분명해요."

"어떻게 처신해야 우리 거래가 성립될지 잘 아실 텐데요." 펜더개스트가 갑자기 웃으면서 말했다. "하지만 다시 한 번 기회를 드리기 전에,

블라스트 씨. 제가 당신이 절대 모르는 사실을 한 가지 알려드리죠. 우리 믿음의 징표로 말이에요."

'처음엔 채찍이었고 이젠 당근이군.' 다고스타가 생각했다. 그는 펜더개스트가 무엇을 하려는 속셈인지 궁금했다.

"오듀본이 토르겐슨 씨에게 그림을 주었다는 증거가 있습니다." 펜더개스트가 말했다.

블라스트는 몸을 앞으로 숙였고 갑자기 관심이 가득한 표정으로 바뀌었다.

"지금 증거라고 하셨습니까?"

"그렇습니다."

긴 침묵이 뒤따랐다. 블라스트가 의자에 기대어 앉았다. "그렇다면, 그 그림은 확실히 없어졌다는 확신이 드는데요. 그가 마지막으로 머물던 집은 화재 때문에 완전히 타버렸으니까요."

"포트 앨런 근처의 사유지 말입니까?" 펜더개스트가 물었다. "거기 화재가 났는지는 몰랐네요."

블라스트는 그를 오랫동안 쳐다보았다. "아직도 당신이 모르는 게 많습니다, 펜더개스트 씨. 포트 앨런은 토르겐슨이 마지막 거주했던 곳이 아닙니다."

펜더개스트도 이번에는 놀란 기색을 숨기지 못했다. "그래요?"

"생을 마감하기 얼마 전부터 토르겐슨은 경제적으로 상당한 곤란을 겪었습니다. 어디를 가나 빚쟁이들이 쫓아다녔죠. 은행과 지역 상인 들도 쫓아다녔고, 심지어 세금도 못 냈어요. 결론만 말하면 포트 앨런의 집에서 쫓겨나게 되었답니다. 그리고 강가에 있는 판자촌으로 옮겼습니다."

"어떻게 그 모든 사실을 알아내셨죠?" 다고스타가 물었다.

대답 대신 블라스트는 자리에서 일어서서 거실 밖으로 걸어 나갔다. 다고스타는 서랍 문이 열리고 다시 닫히는 소리를 들었다. 잠시 후 블라스트는 한 손에 서류철 하나를 들고 다시 나타났다. 그는 펜더개스트에게 그것을 건넸다. "토르겐슨의 신용거래 정보입니다. 맨 위에 있는 편지를 보세요."

펜더개스트는 서류철에서 끝부분이 닳아 있는 노란색 종이 하나를 꺼냈다. 그 편지에는 핑커턴 에이전시의 주소지가 휘갈겨 쓰여 있었다. 그는 편지를 읽기 시작했다.

"그가 그 물건을 소유하고 있다. 이 친구가 가지고 있다. 하지만 그것이 어디 있는지는 알 수 없다. 우리는 판잣집 지하에서부터 처마까지 샅샅이 뒤졌다. 포트 앨런 저택처럼 텅 비어 있었다. 값이 나가는 물건은 하나도 남아 있지 않았고 오듀본의 그림은 분명 없었다."

펜더개스트는 종이를 집어넣고 나머지 서류들을 살펴본 다음 서류철을 닫았다. "그러면 당신은 경쟁자를 방해할 목적으로 이 보고서를 훔친 거군요. 물론 추측일 뿐입니다만."

"적군을 도와줄 필요는 없죠." 블라스트는 서류철을 받아서 바로 옆 소파에 놓았다. "하지만 결국 모두 소용이 없는 짓이었어요."

"어째서요?" 펜더개스트가 물었다.

"그자가 판자촌으로 이사 오고 몇 달 후에 집이 번개에 맞는 바람에 깡그리 타버렸어요. 토르겐슨은 집 안에 있었죠. 집 어딘가에 〈블랙 프레임〉을 숨겼다면 오래전 사라졌을 겁니다. 만약 그 전에 살던 집에 보관했다고 해도 화재로 불에 타버렸을 거고요." 블라스트가 어깨를 으쓱해 보였다. "그때부터 그림을 찾는 걸 완전히 포기했어요. 펜더개스트 씨, 저는 〈블랙 프레임〉이 더는 세상에 존재하지 않는다고 생각합니다. 그걸 입증하기 위해서 제 인생 중 20년이라는 시간을 낭비했고요."

"그놈이 하는 말은 하나도 믿을 수가 없어요." 엘리베이터를 타고 로비로 내려가면서 다고스타가 말했다. "자신이 헬렌을 살해할 동기가 없다는 점을 부각하려고 헬렌이 그림을 가지고 싶어 하지 않았다고 속이는 겁니다. 자신의 추악한 행각을 은폐하고, 헬렌의 살해 용의자로 지목되는 것을 피하려고요. 안 봐도 뻔하죠."

펜더개스트는 아무 대답도 하지 않았다.

"머리가 워낙 비상해서 허점이 안 보이는 거예요." 다고스타가 계속 말을 이었다. "두 사람 모두 그 그림을 원했고, 헬렌이 지나치게 가까이 접근했던 겁니다. 블라스트는 어떤 사람도 자신의 정당한 권리를 빼앗아 가는 걸 원치 않았겠죠. 단순한 문제예요. 그리고 엄청난 거래가 이뤄졌을 겁니다. 상아와 모피 밀수. 블라스트는 아프리카에 연줄이 있었고 그걸 이용해서 헬렌을 살해하는 데 필요한 모든 준비를 할 수 있었던 거죠."

이윽고 엘리베이터 문이 열렸고, 두 사람은 로비를 지나서 축축한 습기가 가득한 바닷가 밤거리로 나왔다. 푸른 파도가 연달아 모래사장을 휩쓸고 지나갔고 수백 개가 넘는 창문 너머로 불빛이 반짝이면서 어두운 바닷가를 형형색색의 불빛으로 비추었다. 근처 식당에서는 멕시코 전통 음악을 연주하는 마리아치 선율이 울려 퍼지고 있었다.

"물건이 있다는 건 어떻게 알았죠?" 다고스타가 도로를 향해 걸어가면서 물었다.

그제야 펜더개스트도 정신을 차린 것 같았다. "뭐라고요?"

"벽장에 있던 물건이오. 모피들 말이에요."

"냄새로요."

"냄새요?"

"모피를 가져본 사람이라면 누구라도 알 거예요. 커다란 모피에서 풍기는 희미한 털 냄새, 별로 유쾌하지도 않고 사향처럼 독한 냄새예요. 그런 냄새가 난다면 틀림없죠. 제겐 아주 익숙한 냄새예요. 우리 형제가 어릴 때 어머니가 모피를 넣어둔 옷장 속에 자주 숨곤 했거든요. 그 자가 상아와 코뿔소 뿔을 밀수했다는 건 벌써 알고 있었고요. 그러니까 불법으로 모피 거래를 할 거라고 예측하는 건 별로 힘든 일이 아니죠."

"그렇군요."

"자, 빈센트. 여기서 두 블록만 가면 카라미노라는 레스토랑이 있어요. 멕시코 만에서 가장 맛있는 바닷게 요리를 먹을 수 있는 곳이죠. 시원한 보드키와 함께 곁들이면 산해진미가 따로 없죠. 오늘따라 술 생각이 간절하네요."

29

뉴욕 시

로라 헤이워드 반장은 원 폴리스 플라자의 지하, 취조실 밖에 준비된 허름한 대기실로 들어갔다. 방금 경찰서로 소환된 목격자 두 명이 자리에서 벌떡 일어났다.

살인 사건 전담반 경사가 자리에서 일어나자 헤이워드가 인상을 찌푸렸다. "자, 모두 편하게 앉아요. 저는 대통령이 아닙니다." 그녀는 자기 어깨에 달린 금배지가 얼마나 위협적인지 알고 있었고, 특히나 선박에서 일하는 사람들에게는 더 큰 부담이라는 것을 확실히 알고 있었다. 하지만 지나친 반응을 보자 되레 마음이 불편했다. "일요일인데 불러서 죄송합니다. 경사, 한 사람씩 들여보내요."

로라 헤이워드는 취조실로 향했다. 개중에서 괜찮은 곳으로 비협조적인 용의자가 아닌 협조적인 증인들을 취조하는 곳이었다. 방에는 커피 테이블, 책상, 의자 몇 개가 놓여 있었다. 취조 내용 녹화와 녹음을 맡은 직원이 먼저 와서 준비를 마치고서 헤이워드를 향해 엄지손가락을 올리며 고개를 끄덕였다.

"고마워." 헤이워드가 말했다. "갑자기 불렀는데도 이렇게 나와줘서 더 고맙고." 올해부터는 일반 경사들을 대할 때, 최대한 짜증을 누르고 감싸 안아주자고 결심한 터였다. 물론 윗선에서는 여전히 그녀를 짜증나게 만들었지만. '윗사람에겐 개기고 아랫사람들은 키스해주자.' 로라의 새로운 모토였다.

헤이워드 반장이 취조실 밖으로 고개를 내밀었다. "첫 번째 증인부터 들여보내."

경사가 첫 번째 증인을 데리고 왔다. 그는 아직 제복을 입은 상태였다. 그녀는 취조실에 놓인 의자를 가리켰다.

"이미 질문을 받으셨을 줄로 알지만, 다시 질문을 드리겠습니다. 되도록 짧게 하죠. 커피나 차, 드시겠어요?"

"괜찮습니다, 반장님." 선박 승무원이 말했다.

"선박 보안 총책임자이시죠, 맞습니까?"

"맞습니다."

보안 책임자라는 사람은 악의라고는 전혀 느껴지지 않는 나이 지긋한 백발 신사였다. 영국 작은 마을의 퇴역한 경위처럼 보이는 기분 좋은 영국식 억양의 소유자였다. '내 눈에 보이는 모습이 진짜인지도 몰라.' 헤이워드는 생각했다.

"정확히 무슨 일이 있었습니까?" 헤이워드가 물었다. 그녀는 일반적인 질문으로 취조를 시작하는 것을 좋아했다.

"반장님, 사실 항해를 시작하고 얼마 되지 않아서부터 그 승객이 유독 눈에 띄었습니다. 게다가 배에 탄 승객 중에 콘스턴스 그린이라는 분이 이상하게 행동한다는 보고를 받았고요."

"어떻게 행동했는데요?"

"갓난아기를 데리고 탔는데, 고작 세 달 정도 된 아기였어요. 그 자체만으로도 이상했습니다. 그렇게 어린 아기를 배에 데리고 타는 경우는 한 번도 보지 못했으니까요. 게다가 미혼모였습니다. 그분이 승선한 직후에 부하 직원에게 보고를 받았어요. 어떤 승객이 좋은 의도로 아기를 보고 싶다고 했는데, 그린 부인이 위협적으로 나왔다는 내용이었어요. 어쩌면 너무 바짝 다가가서 그랬는지도 모르지만요."

"그래서 어떻게 했습니까?"

"선실로 가서 그린 부인과 대화를 나누고서, 그저 아기를 과잉보호하는 어머니일 뿐이라고 결론 내렸습니다. 어떤 건지 아시죠? 사실 위협까지 할 의도는 없었던 거죠. 우리 직원을 붙잡고 불평을 한 승객은, 제생각에 그저 남의 일에 참견하기 좋아하는 사람인 것 같았습니다."

"어떻게 보였나요? 그린 부인 말입니다."

"조용하고, 침착하고 아주 정중한 분이셨어요."

"아기는요?"

"그린 부인이 투숙하는 선실에 갓난아기용 요람이 있었습니다. 제가 잠깐 방문했을 때는 곤히 잠들어 있었고요."

"그러고 나서는요?"

"그린 부인은 3일, 4일 동안 선실에서 꼼짝도 안 하셨어요. 그리고 남은 항해 기간 동안 이따금만 나타났죠. 제가 아는 바로 다른 사건은 없었습니다. 나중에 출입국 조사대에서 아기 없이 혼자 나타나기 전까지는요. 아기는 부인 여권에 동승자로 기록되어 있었어요. 관례상 아이가 해외에서 출생했을 경우에는 그렇게 처리합니다."

"부인은 정상으로 보이던가요?"

"겉보기에는 매우 정상이었죠. 최소한 제가 만났을 때는요. 물론 또래 연배의 젊은 여자들과는 사뭇 다른 태도였어요."

다음 증인은 선박 사무장으로 보안 총책임자가 증언했던 내용을 전부 확인해줬다. 갓난아기를 안고 탄 승객이 아기를 보호하느라 다른 승객에게 난폭한 행동을 보였고 며칠 동안 선실에서 두문불출했다. 항해가 계속되는 동안, 식사 시간에 식당에서 몇 번 눈에 띈 게 전부였고, 아기 없이 혼자서 배를 배회했다. 사람들은 따로 보모가 있다거나 선박 내부의 탁아 시설을 이용한다고 생각했다. 그린 부인은 혼자만 다녔고 아무하고도 얘기를 나누지 않았으며 사람들의 호의를 대번에 거절했다. 사무장은 이렇게 말했다. "제 생각에는……. 그린 부인은 굉장히 부자고 다소 괴짜인 것 같았어요. 그런 사람들 있잖아요, 돈이 너무 많아서 제 멋대로 행동하고 다른 사람이랑은 전혀 말도 섞지 않는. 그리고……." 그는 망설였다.

"계속하세요."

"항해가 계속될수록, 그 여자분이 어쩌면 약간…… 미쳤을지도 모른다는 생각이 들었어요."

헤이워드는 작은 유치장 문 앞에 멈췄다. 한 번도 콘스턴스 그린을 만나본 적은 없었지만 빈센트를 통해서 얘기는 많이 들었다. 빈센트는 콘스턴스의 나이가 꽤 많은 것처럼 이야기했는데, 유치장 문이 열렸을 때 스물서넛밖에 되어 보이지 않는 젊은 여자가 나타나자 깜짝 놀랐다. 예전에 유행하던 짧은 보브 스타일 머리를 하고 배에 탈 때 입었던 정장을 입고 꼿꼿하게 접이식 의자에 앉아 있었다.

"잠시 들어가도 될까요?"

콘스턴스 그린은 헤이워드 반장을 쳐다봤다. 헤이워드는 다른 사람의 눈빛을 읽는 데 이력이 나 있었지만, 왠지 모르게 그녀의 눈빛은 읽을 수가 없었다.

"그러세요."

헤이워드는 저만치 떨어진 의자에 앉았다. 정말 대서양 한가운데 자기 아기를 던질 수 있는 여자일까? "저는 로라 헤이워드 반장입니다."

"만나 뵙게 되어서 반갑습니다, 반장님."

이런 상황에서도 옛날식으로 정중하게 인사를 건네는 그녀의 태도에 헤이워드는 소름이 돋았다. "저는 다고스타 부서장의 친구인데, 당신도 잘 아시는 분이죠. 가끔 당신의 삼촌, 특별 수사관 펜더개스트와 함께 일을 합니다."

"삼촌이 아닙니다. 알로이시어스는 저의 법정 보호자예요. 우리는 친인척 관계가 아닙니다." 그녀는 헤이워드의 말을 고지식하고 꼼꼼하게 수정해주었다.

"알겠습니다. 따로 가족분들이 계신가요?"

"없습니다." 빠르고 날카로운 대답. "오래전에 세상을 떠나셨고 실종된 분도 계세요."

"안됐군요. 먼저, 콘스턴스 씨에 대한 세부 사항을 알아내는 데 도움을 받을 수 있는지 궁금하군요. 당신의 법정 기록을 찾는 데 약간 문제가 있어서요. 혹시 사회보장 번호를 아십니까?"

"저는 사회보장 번호가 없습니다."

"어디에서 태어났습니까?"

"여기 뉴욕 시에서요. 워터가에서요."

"병원 이름이?"

"집에서 태어났습니다."

"잘 알겠습니다." 헤이워드는 이 부분에 대한 질문은 포기하기로 했다. 그녀가 말한 게 사실이라면 나머지는 경찰서 법무팀에서 바로잡을 것이다. 콘스턴스 그린은 앞으로 받게 될 까다로운 질문을 피하려는 모양이었다.

"콘스턴스 씨, 저는 살인 사건 전담반 소속이고 이번 사건은 제 관할이 아닙니다. 저는 그저 사실을 확인하려는 의도로 여기 왔습니다. 당신은 제 질문에 대답을 할 의무가 없고 오늘 조사는 공식적인 절차가 아닙니다. 알아들으시겠습니까?"

"완벽히 알아들었습니다. 감사합니다."

헤이워드는 그녀가 계속해서 옛날식 억양을 고수하자 다시 한 번 놀랐다. 콘스턴스 그린만의 방식이었다. 그녀의 눈동자에는 뭔가 현명하고 노련한 분위기가 느껴졌다. 이렇게 젊은 여자와는 전혀 어울리지 않는 뭔가가 있었다.

헤이워드는 깊은 숨을 들이쉬었다. "정말 아기를 바다에 던졌나요?"

"그렇습니다."

"왜죠?"

"아이는 악마니까요. 자기 아버지처럼."

"아버지가……?"

"죽었어요."

"이름이 뭐죠?"

유치장 안에 침묵이 흘렀다. 서늘한 보라색 눈동자는 전혀 흔들리는 기색이 없었고, 헤이워드는 콘스턴스 그린이 자신의 질문에 절대 대답하지 않으리라는 것을 예감할 수 있었다.

"왜 미국에 돌아왔죠? 그동안 해외에 있었잖아요. 왜 지금에야 고향에 돌아왔나요?"

"알로이시어스가 제 도움을 필요로 할 테니까요."

"도움? 무슨 도움이오?"

콘스턴스는 가만히 앉아 있었다. "펜더개스트는 누군가 자신을 배신했다는 사실을 받아들일 준비가 안 되어 있어요."

30

조지아 주, 서배너

저드슨 에스테르하지는 골동품들과 가구들로 가득한 집에 서서, 커다란 창문 밖으로 내다보이는 황량한 휫필드 스퀘어를 바라보고 있었다. 작은 야자수와 중앙 지붕에서 떨어진 차가운 빗방울들이 하버샴가의 벽돌 길에 작은 웅덩이를 만들고 있었다. 그의 바로 옆에는 다고스타가 서 있었다. 오늘 헬렌의 오빠는 예전과는 사뭇 다른 모습이었다. 여유가 넘치고 정중하게 매너를 지키던 모습은 온데간데없이 사라졌다. 잘생긴 얼굴 위로 근심과 긴장감이 만연했고 전보다 훨씬 핼쑥해 보였다.

"헬렌이 앵무새, 캐롤라이나 잉꼬 같은 데 특별한 관심을 보인 적이 없다고요?"

에스테르하지가 고개를 흔들었다. "전혀."

"〈블랙 프레임〉은요? 그냥 지나가는 말로라도 얘기한 적 없었나요?"

다시 고개를 흔들었다. "전부 처음 들어보는 얘기요. 뭐라고 설명해야 할지 모르겠군."

"많이 힘드신 줄 압니다."

에스테르하지는 창가에서 몸을 돌렸다. 에스테르하지의 턱 부근이 분노를 이기지 못하고 바들바들 떨렸다. "블라스트라는 자식이 있다는 걸 알게 된 것만큼 고통스럽지는 않겠지. 전과가 있는 놈이라고요?"

"체포된 적은 있어요. 실형을 산 적은 없고."

"실형을 살지 않았다고 해서 그놈이 무죄라는 건 아니야." 에스테르
하지가 말했다.

"사실 정반대인 경우가 더 많죠." 다고스타가 말했다.

에스테르하지가 다고스타를 바라보았다. "협박을 했다거나 위조를
했다거나 그런 게 아니잖소. 폭행죄와 구타로 잡혔다고 하셨잖소."

다고스타가 고개를 끄덕였다.

"그 사람도 〈블랙 프레임〉을 찾고 있었다고요?"

"뭔가 간절히 원하는 게 생기면, 인간은 극도로 잔인해질 수 있죠."
다고스타가 말했다.

에스테르하지는 주먹을 꽉 쥐었다. 그리고 다시 창가로 돌아갔다.

"저드슨." 펜더개스트가 말했다. "제가 말한 것 기억하세요?"

"자네는 아내를 잃었어." 에스테르하지가 어깨 너머로 말했다. "나는
여동생을 잃었고. 자네도 그 사실을 잊지 못하겠지만 적어도 직접 해결
할 수는 있잖아. 하지만 지금, 이 사실을 알게 된 이상……." 그는 긴 한
숨을 내쉬었다. "아니 그뿐만 아니라, 그 전과자 놈이 어떤 식으로든 그
일에 연관되어 있다는 게……."

"아직 확실한 건 아닙니다." 펜더개스트가 말했다.

"하지만 앞으로 모든 사실을 알아낼 거라는 점만은 확실히 말할 수
있습니다." 다고스타가 말했다.

저드슨 에스테르하지는 대답하지 않았다. 그는 천천히 턱을 움찔거
리면서 가만히 창문 밖을 응시하고 있었다.

31

플로리다 주, 새러소타

남쪽으로 500킬로미터 떨어진 곳에서 어떤 남자 하나도 창문 밖을 응시하고 있었다. 존 우드하우스 블라스트는 해변을 노니는 사람들과 10층 아래에서 일광욕을 즐기는 사람들을 내려다보았다. 해안가를 때리기 위해 멀리서부터 몸집을 키우며 몰려드는 하얀색 파도의 행렬, 무한대처럼 끝도 없이 길게 이어져 있는 해변. 그는 몸을 돌려 거실을 지나갔고 금박을 입힌 거울 앞에 잠시 멈추었다. 밤새 한숨도 못 자서 수척해진 얼굴이 거울 속에서 그를 바라보았다.

그는 조심스러운 성격이었고 그동안 최대한 조심스럽게 처신했다. 어떻게 이런 일이 지금에 와서 터질 수 있단 말인가? 복수의 천사, 그 창백한 사자의 얼굴이 전혀 예상치도 못한 시간에 문 앞까지 나타나다니……. 그는 언제나 안전한 게임만을 했고 위험한 일에는 손도 대지 않았다. 지금까지는, 적어도 그렇게 살았다.

따르릉, 전화벨 소리가 집 안에 흐르던 고요한 정적을 깨웠다. 블라스트는 갑작스러운 벨 소리에 자리에서 벌떡 일어났다. 그는 전화기 쪽으로 가서 수화기를 들었다. 상자 옆에 있던 포메라니안 두 마리가 주인의 움직임을 가만히 지켜보았다.

"나, 빅터야. 무슨 일이야?"

"맙소사, 빅터. 지금쯤 전화 올 줄 알았어. 어디 있었던 거야?"

"잠깐 밖에." 거칠고 걸걸한 목소리가 돌아왔다. "무슨 문제 있어?"

"당연하지. 무시무시하게 큰 문제. 어젯밤에 FBI 요원이 찾아와서 집 안을 쥐 잡듯이 뒤지고 갔어."

"우리가 아는 사람이야?"

"이름이 펜더개스트래. 뉴욕 경찰서 부서장이랑 같이 왔어."

"뭣 때문에?

"무엇 때문인 것 같아? 그는 너무 많은 걸 알고 있어, 빅터. 너무 많은 걸. 당장 이 문제를 처리해야 해, 당장."

"그 말은……." 걸걸한 목소리는 주저했다.

"바로 그거야. 모든 걸 덮어야 해."

"모든 걸?"

"그래. 앞으로 뭘 해야 할지 알겠지, 빅터? 당장 처리하자고." 블라스트는 수화기를 쾅 내려놓고 창밖으로 끝없이 펼쳐진 푸른색 수평선을 내다보았다.

32

희뿌연 먼지가 쌓인 도로가 소나무 숲을 지나서 맹그로브 습지 끝자락의 커다란 목초지까지 길게 뻗어 있었다. 저격수는 레인지 로버를 목초지 부근에 세우고, 짐칸에서 소총 가방과 서류 가방 그리고 배낭을 꺼냈다. 그는 짐을 들고 들판 한가운데 있는 작은 언덕으로 가서 풀밭에 털썩 내려놓았다. 그리고 서류 가방에서 목표물이 그려진 종이 한 장을 꺼내고는 들판에서부터 습지로 발걸음 수를 세면서 천천히 내려갔다. 정오의 뜨거운 태양이 사이프러스 숲을 꿰뚫었고 청갈색 물 위로 찬란한 빛의 조각을 던지고 있었다.

저격수는 최대한 매끈하고 넓은 나무둥치를 골라서, 목표물이 그려진 종이를 대고 휴대용 망치로 고정했다. 최저 온도 15도, 한겨울의 따스한 날이라 물 냄새와 썩은 나무 악취가 늪지대에서 스멀스멀 올라왔다. 까마귀 떼가 나뭇가지에 앉아 깍깍 시끄럽게 울어댔다. 여기서 가장 가까운 집은 16킬로미터나 떨어진 곳에 있었다. 때마침 바람도 전혀 불지 않았다.

그는 다시 사냥 장비를 두고 온 곳으로 돌아가면서 천천히 발자국 수를 세었고, 정확히 90미터 정도 떨어진 곳에 목표물을 고정해놓은 것에 내심 흡족해했다.

저격수는 딱딱한 펠리컨 가방을 열고 총을 꺼냈다. 레밍턴 40구경 XS. 무게가 6.8킬로그램에 달하는 묵직한 놈이었지만 정확성 면에서 0.75MOA(총기의 명중 정밀도를 나타내는 단위 — 옮긴이)보다 월등했다. 오랫동안 총을 쏘지 않았지만, 금방이라도 총을 발사할 수 있도록 구석구석 잘 닦고 조이고 기름칠을 해놓았다.

그는 무릎을 꿇고 땅에 앉아, 2각대를 고정하고 총구 끝에 목표물을 조준했다. 그런 다음 풀밭에 엎드려 눈앞에 총구를 대고 자세가 완벽하게 안정될 때까지 좌우로 살짝 몸을 움직였다. 그리고 한쪽 눈을 감고 르폴드 가늠자를 통해 나무둥치에 고정된 목표물을 조준했다. 지금까지는 모든 게 수월하게 진행되었다. 저격수는 뒷주머니에 손을 넣어서 308 윈체스터 탄창 한 박스를 꺼내서 우측 풀밭에 내렸다. 그리고 총알을 하나씩 꺼내서 빈 탄창에 집어넣었고, 총알 네 개가 찰 때까지 계속했다. 저격수는 다시 볼트를 조이고는 목표물까지의 거리를 측정했다.

그는 목표물을 향해 정조준을 하고 천천히 숨을 내쉬며 심장박동이 잦아들기를 기다렸다. 총구가 살짝 떨렸고, 드디어 목표물이 십자선 안에 들어오자 몸의 긴장을 완전히 풀었다. 그는 손가락을 방아쇠에 걸고 살짝 거머쥐었고, 숨을 내쉬고 심장박동 수를 센 다음 방아쇠를 힘껏 잡아당겼다. 슉, 낮은 소리가 들렸다. 그는 탄피를 빼고 다시 숨을 고른 다음 마음을 진정시키고, 천천히 방아쇠를 당겼다. 슉 소리가 들렸다. 평평한 늪지대 위로 총알이 순식간에 지나가는 소리였다. 두 발을 더 쏘고 나서야 탄창이 비었다. 그는 자리에서 일어나 탄피 네 개를 주워서 주머니에 넣고 목표물을 살피기 위해서 걸어갔다.

총알 네 개가 한군데에 집중되어 있었고, 왼쪽부터 삐뚤게 난 구멍이 중심에서 조금 아래쪽으로 벗어나 있었다. 그는 주머니에서 플라스틱 자를 꺼내어 수직 높이를 측정하고, 다시 목초지로 돌아오면서 최대한 긴장을 풀었다. 그는 다시 땅에 엎드려서 어깨 높이로 총을 들고 목표물을 조준했다. 조금 전 측정한 사격 결과를 염두에 두고 가늠자에 달린 손잡이를 다시 맞추었다.

저격수는 다시 한 번 집중을 하고 멀리 목표물을 향해 총알 네 발을 발사했다. 이번에는 총알들이 정확히 가운데 모여 있었고, 총알 네 개가 하나의 커다란 구멍을 만들었다. 저격수는 만족스러워하며 나무둥치에서 목표물 종이를 떼어내서 주머니에 쑤셔 넣었다.

그는 들판 한가운데로 걸어가면서 다시 사격 자세를 취했다. 이제 막간을 이용해서 재미를 볼 시간이었다. 첫 번째 총알을 발사하자 까마귀들이 요란한 소리를 내면서 270미터 떨어진 먼 들판으로 날아갔다. 저격수의 시야에 노란 잎사귀가 달린 높은 소나무 아래 옹기종기 모여 있는 까마귀 떼가 들어왔다. 까마귀 떼들은 바늘처럼 얇고 긴 꼬리를 흔들며 열매에서 떨어진 씨를 쪼아대고 있었다.

남자는 가늠자를 통해 목표물을 들여다보면서, 십자선 중앙을 따라 열심히 부리를 흔들며 열매를 쪼고 있는 까마귀 한 마리를 조준했다. 그리고 검지로 살짝 굽은 철제 부분을 꼭 쥐었다. 슉, 총알이 발사됐다. 검은 깃털을 흩뿌리며 까마귀의 몸뚱이가 찢겼고 붉은 살점이 근처 나무숲으로 흩어졌다. 나머지 까마귀 떼들은 나무 꼭대기의 푸른 하늘로 순식간에 날아올랐다.

남자는 다른 목표물을 찾아서 두리번거리다, 이제 늪지대를 향해서 가늠자를 조준했다. 천천히 적당한 목표물을 찾을 때까지 부근을 훑었다. 140미터 정도 떨어진 곳에 거대한 황소개구리가 수련 잎 위에서 한가로이 해를 쬐고 있었다. 다시 한 번 저격수는 목표물을 조준하고 온몸의 긴장을 푼 다음, 방아쇠를 당겼다. 분홍색 구름 같은 것이 하늘로 튀어 오르더니 초록색 껍질과 조각난 수련 잎사귀가 햇살을 뚫고 물속으로 떨어졌다. 그의 세 번째 총알은 독사의 머리를 관통했고, 깜짝 놀라 도망치려던 독사는 물속으로 첨벙 떨어졌다.

한 발 더. 이번에는 조금 더 먼 거리에 도전해볼 필요가 있었다. 그는 총구에서 눈을 떼고 늪지대 주변을 살폈지만 사격 소리에 놀란 야생

동물들이 전부 숨어버리는 바람에 딱히 표적이 눈에 띄지 않았다. 조금 더 기다리는 수밖에 없었다.

남자는 레인지 로버로 돌아가서 짐칸에 실린 부드러운 캔버스 가방의 지퍼를 열고, CZ 밥화이트와 함께 들어 있던 아름다운 조각이 새겨진 12구경 산탄총을 꺼냈다. 남자가 가지고 있는 것 중에서 가장 싸구려였지만 아주 훌륭한 무기라서 선뜻 작업을 할 마음이 내키지 않았다. 그는 레인지 로버를 뒤져서 휴대용 공구와 새로 날을 갈아둔 쇠톱을 꺼냈다.

그는 무릎 위에 총을 올리고 총열을 꺼낸 다음, 기름을 약간 발라서 주위를 천천히 문지르고는 종이테이프를 대고 총열의 길이를 쟀다. 그리고 손톱으로 지점을 표시하면서 쇠톱을 들고 천천히 갈아내기 시작했다.

시간도 오래 걸리고 따분하고 힘든 작업이었다. 마침내 쇠톱 작업이 끝나자, 둥근 줄로 거친 끝부분을 마무리하고 경사진 면도 재빨리 매만졌다. 마지막으로 강모로 쓸어낸 다음 다시 한 번 기름칠을 했다. 그는 느슨한 부분을 조인 다음, 총 두 개에 총열을 집어넣었다. 그는 총알과 톱으로 다듬은 총열을 들고 늪지 쪽으로 걸어 내려갔다. 그리고 허리춤에 총을 고정하고 첫 번째 방아쇠를 당겼다.

귀청이 찢어질 듯한 소리와 함께 엄청난 반동이 이어졌다. 싸구려 총의 총열을 대충 다듬었는데도 실로 엄청난 효과가 있었다. 두 번째 총열은 발사력이 대단했다. 그는 총을 쏠 준비를 하고 탄피를 주머니에 넣고 잘 닦은 다음 다시 한 번 총알을 장전했다. 두 번째 발사는 조금 더 수월하게 이뤄졌다. 반동 때문에 몸은 괴로웠지만 꽤 만족스러웠다.

그는 차로 돌아와서 산탄총을 가방에 넣고 한쪽으로 치운 다음, 배낭에 있던 샌드위치와 보온병을 꺼냈다. 송로로 맛을 낸 푸아그라 샌드위치를 천천히 음미하며 보온병에 들어 있는 밀크티 한 잔을 홀짝거렸다. 그리고 신선한 공기와 태양을 만끽하며 코앞에 닥친 문제를 생각하지 않으려 했다. 식사를 마칠 때쯤, 붉은꼬리말똥가리 암컷 한 마리가 늪지 위로 날아올랐다. 근처에 둥지가 있는 모양이었다. 말똥가리는 느릿느릿 원을 그리며 나무 꼭대기 위를 선회하기 시작했다. 그는 새와의 거리를 가늠해보았고 약 230미터쯤 되는 듯했다.

마침내 제대로 실력 발휘를 할 때가 왔다.

그는 다시 한 번 저격용 산탄총을 들고 자세를 잡았고, 새를 향해 조준했다. 하지만 가늠자의 범위가 너무 좁아서 좀처럼 새가 사격권에 들어오지 않았다. 아이언 사이트를 사용할 수도 있었다. 이번에는 고정해둔 사이트를 사용해 새의 움직임을 계속 주시했다. 아직은 때가 아니었다. 산탄총은 너무 무거웠고 새도 너무 빨리 움직였다. 새는 단순한 궤도를 그리며 날고 있었고, 저격수는 미리 궤도 안을 조준하고 있다가 표적이 원을 그리며 목표 지점에 들어올 때 방아쇠를 당기기로 마음먹었다.

잠시 후 하늘에서 새가 비틀거리며 떨어졌다. 낙하하는 새의 깃털이 바람결에 퍼덕거렸다.

저격수는 2각대를 접고 나서 다시 남은 총알 수를 세고 산탄총을 가방에 넣었다. 그리고 조금 전에 점심으로 먹은 도시락과 보온병을 싸서 배낭에 집어넣었다. 저격수는 마지막으로 주변 풍경을 둘러봤다. 그가 왔다 간 흔적이라고는 풀 위의 눌린 자국밖에 없었다.

그는 무척이나 만족해하면서 레인지 로버로 돌아왔다. 당분간은 자신의 감정을 마음껏 분출하고 몸속에서 아드레날린이 치솟는 걸 만끽하면서 앞으로 그가 맡을 살인을 준비할 것이다.

33

루이지애나 주, 포트 앨런

다고스타는 눈부신 오후 해가 내리쬐는 방문객 센터 밖에 서서, 강을 향해 길게 뻗은 코트가를 내려다보고 있었다. 훌륭한 구식 벽돌 건물을 깔끔하게 개조한 방문객 센터만 제외하고 모든 게 새로 지은 것 같았다. 가게들, 시의 건물들, 강둑을 따라 흩어져 있는 주택까지. 믿기 힘들었지만, 지척 어딘가에 150년 전 세상을 떠난 존 제임스 오듀본의 주치의가 살았던 집이 있었다.

"예전에는 세인트 미셸이라고 불리던 곳입니다." 펜더개스트가 다고스타의 옆에 서서 말했다. "포트 앨런은 1809년경에 형성된 도시지만, 50년 전 미시시피 강 범람으로 상당 부분이 소실되어 버렸죠. 일단 강변 산책로를 따라서 걸어가 볼까요?"

펜더개스트는 빠른 속도로 걸었고 다고스타도 그 속도에 맞추려고 애썼다. 사실 그는 지칠 대로 지쳐 있었다. 1주일 동안 잠시도 쉬지 않고 자동차, 비행기를 타고 이곳에서 저곳으로 옮겨 다닌 탓이었다. 자정 무렵에야 겨우 잠자리에 들고 새벽에 일어나는 긴 여행을 했는데, 펜더개스트는 어디서 저런 힘이 나는 건지 궁금했다. 포트 앨런은 지나치게 많은 것들이 한곳에 집중된 곳처럼 보였다.

먼저 토르겐슨 박사가 죽기 전 마지막으로 거주했던 첫 번째 주택을 보러 갔었다. 마을 서쪽 부근에 위치한 오래되고 멋들어진 주택으로 지금은 장례식장으로 사용되고 있었다. 두 사람은 마을 회관으로 달려갔고, 펜더개스트는 자신의 매력을 발산해서 비서를 구워삶았다. 덕분에 과거 도시 기획안과 서적들을 마음껏 열람할 수 있었다. 이제 미시시피 강둑 언저리, 블라스트가 주장했다시피 토르겐슨 박사가 매독에 걸리고 알코올 중독자로 인사불성이 되어 비참한 최후를 맞기 전까지 몇 달을 거주했던 판잣집 부근에 와 있었다.

강변 산책로는 넓고 웅장했고, 제방에서 바라보는 경관은 그야말로 장관이었다. 강둑 너머로 광활한 배턴루지가 펼쳐져 있었고, 바지선과 예인선 들이 초콜릿빛 강물 위를 유유히 떠다니며 수상 작업에 몰두하고 있었다.

"저기가 포트 앨런 록입니다." 펜더개스트는 제방 부근에 크게 균열이 가 있는 부분을 손짓으로 가리켰다. 제방 끝자락에 커다란 노란색 문 두 개가 보였다. "부표 중에서 가장 큰 편에 속하죠. 강과 내륙 수로를 연결하는 역할을 하고요."

그들은 강변 산책로를 따라서 몇 블록을 더 걸었다. 강에서 불어오는 맑은 공기를 쐰 덕분에 다고스타는 훨씬 기분이 나아졌다. 그러다 안내 부스에 이르자, 펜더개스트는 발길을 멈추고 광고와 알림판을 살펴보았다. "아쉽네요. 덜시머(공명상자에 쳐진 금속 현을 조그마한 해머로 쳐서 연주하는 악기―옮긴이) 경품 행사를 놓쳤어요." 그가 말했다.

다고스타는 몰래 펜더개스트를 살폈다. 아내가 살해당했다는 사실을 알고 나서 큰 충격을 받았고, 어제는 헤이워드를 통해서 콘스턴스 그린의 소식까지 들은 터라 엄청난 충격을 받았을 텐데도 전혀 내색을 하지 않았다. 지금까지 그를 알고 지낸 시간이 얼마이건 간에 앞으로도 영원히 그가 어떤 사람인지 알 수 없을 것만 같았다. 펜더개스트는 분명 콘스턴스 그린을 총애했다. 하지만 그런 사람이 유아 살인죄로 유치장에 갇혀 있다는 사실을 전해 듣고도 지나치다 싶을 정도로 무심한 태도로 일관하는 것이었다.

펜더개스트는 부스 밖으로 걸어 나왔고 다시 강을 향해 이어진 잔디밭을 걸어갔다. 그리고 잠시 멈추어 서서, 이번에는 절반이 물속에 잠겨 있는 황폐한 수문을 바라보았다. "19세기 초반, 여기서 두세 블록 떨어진 곳에 상업 지구가 있었을 겁니다." 그는 강물이 소용돌이치는 곳을 손가락으로 가리키면서 말했다. "이제는 강이 되었지만."

그는 산책로로 되돌아갔고 상업 지구를 지나서 코트가에서 좌회전, 그리고 아차팔라야 강에서 우회전을 했다. "토르겐슨 박사는 죽기 전 판자촌으로 이주해야만 했고 그곳이 마지막 거주지가 되었습니다." 그가 말했다. "당시 세인트 미셸이 이제는 웨스트 배턴루지가 되었어요. 당시 이곳에 거주하던 사람들은 주로 철도 창고와 선착장에서 일하는 가난한 노동자들이었죠."

또 다른 거리로 접어들었다. 다시 한 번 지도를 살피고 조금 더 걸어간 다음에야 걸음을 멈췄다. "드디어……." 펜더개스트가 느릿느릿 말했다. "도착한 것 같군요."

그들은 건물 세 개가 나란히 서 있는 단출한 쇼핑몰 앞에 도착했다. 맥도널드, 핸드폰 가게, 지역 상점으로 보이는 패피스 도네트 홀이라는 작고 화려한 색깔의 가게가 들어와 있었다. 다고스타는 시선을 돌렸다. 자동차 두 대가 패피스 도넛 홀 앞에 주차되어 있었고, 맥도널드 드라이브 스루도 한창 성업 중이었다.

"이건가요?" 다고스타가 물었다.

펜더개스트가 핸드폰 가게를 가리키며 고개를 끄덕였다. "바로 저곳이 토르겐슨의 판잣집이 있었던 곳입니다."

다고스타는 차례대로 건물들을 쳐다보았다. 잠시 산책을 하면서 되찾았던 활기가 잦아들었다. "블라스트가 말한 그대로군요." 그는 중얼거렸다. "이젠 희망이 없어요."

펜더개스트는 주머니에 손을 찔러 넣고 쇼핑몰을 향해서 걸어갔다.

그리고 차례대로 각 건물에 들어가 보았다. 이제 쫓아다닐 힘도 떨어진 다고스타는 가게 앞에 있는 주차장에 우두커니 서서 그 모습을 바라보았다. 5분이나 지났을까, FBI 요원이 돌아왔다. 그는 아무 말도 없었다. 그는 아주 느릿느릿 움직이면서 저만치 먼 지평선을 바라보았고 한바퀴를 천천히 돌았다. 마침내 360도를 돌아서 제자리로 돌아올 때까지, 그는 동네 구석구석을 자세히 관찰했다. 그리고 다시 한 번 주변을 관찰하다가 갑자기 멈췄다.

"저 건물을 봐요, 빈센트." 그가 말했다.

다고스타는 그의 손짓을 따라서 시선을 돌렸다. 그리고 맨 처음 마을 주변 탐색을 시작했던 방문객 센터 쪽에서 멈추었다.

"저 건물이 어때서요?" 다고스타가 물었다.

"분명히 배수 펌프장이 있던 곳입니다. 고딕 복고 양식으로 미루어볼 때, 과거 세인트 미셸로 불렸던 시절을 그대로 간직하고 있는 거죠." 그는 잠시 말을 멈췄다. "맞아요." 펜더개스트가 가만히 중얼거렸다. "확실해요."

다고스타는 기다렸다.

이번에는 뒤로 돌아서 반대편을 가리켰다. 강변 산책로가 한눈에 내다보이고, 그 너머로 이제는 폐허가 되어버린 수문과 넓은 미시시피 강이 펼쳐진 탁 트인 풍경이 눈에 들어왔다.

"정말 신기하네요." 펜더개스트가 말했다. "이렇게 작은 쇼핑몰이 옛날 배수 펌프장과 강의 수문을 가로지르는 직선 한가운데 위치하고 있다는 게 말이에요."

펜더개스트는 다시 빠른 걸음으로 강가를 향해서 걸어갔다. 다고스타도 그 뒤를 따라갔다.

강가에 이르러서야 펜더개스트는 걸음을 멈추고 수문을 조사하기 위해 몸을 앞으로 숙였다. 다고스타의 눈에 커다란 석조 파이프가 보였다. 그 파이프는 시멘트로 덮여 있었고 부분적으로 다시 메워져 있었다.

펜더개스트가 상체를 세웠다. "역시 생각한 대로예요. 옛날 송수로는 바로 여기 있었어요."

"그래요? 그게 어때서요?"

"분명히 세인트 미셸 동부 절반이 강물에 잠겼을 때 송수로가 방치되었을 테고 결국 봉쇄되었을 겁니다. 정말 놀라워요!"

다고스타는 그런 역사적인 사실에 열광하는 친구의 태도를 도저히 이해할 수 없었다.

"아직도 모르겠어요, 빈센트? 토르겐슨의 판잣집은 분명히 송수로가 봉쇄되고 난 다음에 지어진 거예요."

다고스타는 어깨를 으쓱했다. 대체 펜더개스트가 무슨 얘기를 하는 건지 이해할 수 없었다.

"요즘 세상에는 흔한 일이잖아요. 옛날 배수 파이프나 송수로를 그대로 덮고 그 위에 지반 공사를 하는 거요. 그러니까, 옛날 송수로를 잘라내고 그걸 지하실로 쓰는 거죠. 손으로 파서 지하실을 만들어야 했던 당시 실정을 생각해볼 때 굉장한 노력을 절감한 셈이죠."

"그 파이프가 아직 그대로 있다는 건가요?"

"정확히 맞혔어요. 1855년, 이미 봉쇄되고 오랜 시간 방치되었던 배수로 터널을 지하층으로 사용하고 그 위에 판자촌을 지었을 거예요. 지금은 물기도 완전히 말라버렸겠지만, 저 오래된 송수로는 둥근 파이프가 아니라 정사각형 모양에 모르타르를 바른 돌로 만들었어요. 건축업자들은 그걸 건물 기초로 썼을 테고, 원래 배수관 위로 벽돌을 수직으로 올리고, 그리고, 빙고! 간편하게 지하층을 만든 거죠."

"그럼 거기서 〈블랙 프레임〉을 찾을 수 있다?" 다고스타는 숨이 턱 막혔다. "토르겐슨의 판자촌 지하를 뒤져서?"

"아뇨. 지하가 아니에요. 블라스트가 보여준 신용장 내용 기억나요? '우리는 판잣집 지하에서부터 처마까지 샅샅이 뒤졌다. 포트 앨런 저택처럼 텅 비어 있었다. 값이 나가는 물건은 하나도 남아 있지 않았고 오듀본의 그림은 분명 없었다.'"

"지하에 있는 것도 아닌데 왜 그렇게 신이 난 거죠?" 가끔씩 펜더개스트의 알 수 없는 태도가 그를 미치게 만들었다.

"생각해봐요. 판잣집들이 길게 늘어서 있고, 과거 배수관 위로 집을 지었고, 배수관 일부를 판자촌으로 사용했다. 하지만, 빈센트. 집과 집 사이에 일정한 공간을 유지해야 했을 거라는 점을 잊어서는 안 돼요. 또한 집의 크기에 따라서 지하 공간도 천차만별이었을 거고요."

"그러니까…… 지하실로 사용된 부분에 빈 공간이 있다는 거군요."

"바로 그겁니다. 판자촌 지하 부근에 과거 송수로의 빈틈, 벽돌을 덮어 넣고 사용하지 않았던 공간이 있을 거예요. 바로 그곳에 토르겐슨이 〈블랙 프레임〉을 숨겨놓았을지도 모를 일이죠."

"왜 그렇게 꽁꽁 숨겼을까요?"

"너무 소중한 물건이라면, 제아무리 값이 많이 나가는 물건이라도 도저히 팔아 치울 수 없었을 거라고 가정할 수 있겠죠. 그렇다고 멀리 떨어진 곳에 보관할 수도 없었을 테고. 하지만 채권자들의 눈에 띄지 않게 잘 숨겨야 했을 거예요."

"하지만 번개를 맞았다면서요. 지하실까지 완전히 탔다고요."

"사실이에요. 하지만 우리 논리가 옳다면, 〈블랙 프레임〉은 토르겐슨 박사가 살던 판잣집이나 옆집 지하실 부근 배수로 틈새에 안전하게 보관되어 있을 겁니다."

"그러니까 핸드폰 가게의 지하로 들어가자는 거군요."

펜더개스트가 다고스타의 팔을 잡고 저지했다. "맙소사, 저 핸드폰 가게에는 지하실이 없어요. 아까 들어가서 확인했죠. 아마도 화재가 난 후에 지하를 매립해버린 게 분명해요."

다고스타는 다시 힘이 쭉 빠지는 기분이었다. "그럼 대체 어쩌자고요? 불도저로 가게를 밀어버리고 새로 땅을 팔 수도 없잖습니까."

"아니요. 제 생각엔 옆의 집들에는 아직 지하실이 그대로 있을 거예요. 거기로 들어가 볼 수 있을 것 같아요. 문제는 어떤 건물부터 시도할 건가 하는 거겠죠." 최근 들어 좀처럼 볼 수 없었던 반짝임이 다시 펜더개스트의 눈동자에서 빛났다. 사냥꾼의 반짝임. "왠지 도넛이 먹고 싶군요." 펜디게스트가 말했다. "당신은 어때요?"

34

루이지애나 주, 세인트 프랜시스빌

모리스 블랙레터 박사는 정성스럽게 뒷바퀴에 자동 제어장치를 장착했다. 그리고 재차 확인하고 또 확인한 다음, 차량 유도 부품에서 USB 케이블을 빼내서 노트북에 꽂고 프로그램을 실행시켰다. 확인 완료. 그는 네 줄짜리 프로그램을 입력하고, 유도장치 쪽에 다운을 받고서 수행 명령어를 입력했다. 앞쪽 모터와 연결된 작은 로봇이 정확히 5초 동안 바닥을 굴러다니다가 갑자기 멈췄다. 두꺼운 고무바퀴 위에는 흉물스러운 모터와 감각 입력장치가 달려 있었다.

블랙레터는 성취감으로 얼굴이 붉게 달아오르는 것을 느꼈다. 방학 내내 술집의 희미한 불빛 아래 앉아서, 영국 대성당을 멍하니 쳐다보면서 바로 이 순간만 꿈꿔왔다.

수년 전, 은퇴자들이 평생 몸 바쳤던 전문 분야와는 전혀 다른 분야에 왜 그렇게 높은 관심을 가지게 되는가에 대한 연구 논문을 읽은 적이 있었다. 애석하게도 그 역시 그런 경우에 속했다. 의료계에 몸담았던 긴 세월 동안, 처음에는 날개 달린 의사 협회, 후에는 약학과 의학 연구 실험실을 전전하면서 그는 인간의 신체에 완전히 매료돼 있었다. 인간의 신체가 어떻게 작동하는지, 무엇이 건강을 해치고 또 어떻게 건강을 유지할 수 있는지, 그리고 어떤 방식으로 아픈 부분을 치료할 수 있는지에 대해서. 하지만 이제는 로봇이나 만지작거리며 시간을 보냈다. 피와 살과는 전혀 상반되는 것이었다. 로봇은 고장이 나고 망가지면 그냥 새것으로 주문하면 그만이었다. 애도를 하거나 죽는 경우는 없었다.

지난 세월, 제3세계에 파견되어서 끼니도 제대로 못 먹고 모기에게 뜯겨가며, 부패한 게릴라군에게 온갖 협박을 받으며 시달리던 시절, 때로 자기 몸조차 챙기지 못하고 전염병에 걸려가면서 진료를 하던 시절과는 완전히 딴판이었다. 그동안 블랙레터는 수백, 아니 수만 명에 달하는 목숨을 구했지만 그중에서 세상을 떠난 사람들도 많았다. 물론 그의 잘못은 아니었다. 하지만 정말 자신에게 문제가 있었는지는 단 한 번도 생각해본 적 없었다. 무엇보다, 피와 살로부터 도망쳐서 진정한 만족감을 느끼게 해준 것이 바로 플라스틱과 실리콘 구조물이라는 사실이 중요했다.

박사는 다시 예전의 생각들로 머리가 복잡해졌다. 그리고 끔찍한 죄책감을 지우려는 듯 머리를 흔들었고 다시 로봇을 쳐다봤다. 천천히 죄책감이 사라졌다. 어차피 다 끝난 일이 아닌가. 그는 언제나 순수한 동기를 가지고 행동했다. 그의 얼굴에 은은한 미소가 번졌다. 박사는 손을 들고 딱 하고 두 손가락을 부딪쳤다.

로봇의 오디오 센서가 소리를 감지하고 천천히 회전했다. "로보는 크래커 먹고 싶다." 로봇이 제대로 알아듣기 힘든 기계음을 냈다.

블랙레터는 엄청난 만족감을 느끼며 자리에서 일어서서 방을 나섰고, 잠들기 전에 마지막으로 차나 한잔할까 싶어서 부엌으로 향했다. 주전자를 손에 든 채로 블랙레터는 갑자기 멈춰 주변 소리에 귀를 기울였다.

또 시작됐다. 판자가 삐거덕거리는 소리.

블랙레터는 천천히 주전자를 바닥에 내려놓았다. 바람 소리인가? 하지만 아니었다. 오늘따라 하늘도 쥐 죽은 듯이 조용하고 구름 한 점 없었다.

누가 거리를 방황하고 있나? 그렇게 생각하기에는 소리가 너무나 가깝고 분명하게 들렸다.

어쩌면 그의 착각일지도 모른다. 심적인 영향으로 이런 현상이 나타날 수도 있었다. 실제로 소리가 들리지 않았어도, 소리가 들린 거라고 뇌에 자극을 보내는 것이다. 지금까지 몇 시간이나 방에 처박혀 있었고, 그래서…….

다시 삐걱거리는 소리가 들렸다. 이번에는 전혀 의심할 여지가 없었다. 분명 그 소리는 집 안에서 들렸다.

"누구세요?" 그가 외쳤다. 삐걱대는 소리가 멈췄다.

도둑인가? 그런 것 같지는 않았다. 이 집보다 훨씬 크고 고급스러운 집들이 주위에 수두룩했으니까.

그럼, 누구지?

다시 삐걱거리는 소리가 시작됐고 이번에는 꽤 일정하고 다분히 의도적으로 느껴졌다. 그제야 어디서 들리는 소리인지 정확히 알 수 있었다. 바로 거실 쪽이었다.

그는 전화기를 쳐다보았고 수화기가 있던 자리가 텅 비어 있음을 알아챘다. 빌어먹을 무선전화기. 대체 수화기를 어디에 둔 거야? 두말할 것 없이 노트북 옆 테이블에 두었을 것이다.

그는 재빨리 방으로 돌아갔고 나무로 된 테이블 위에 놓인 수화기를 집어 들었다. 그 순간 블랙레터가 얼어붙었다. 방문 너머 거실에 누군가 있었다. 키 큰 남자가 종아리까지 오는 트렌치코트를 입고 어둠 속에서 걸어 나왔다.

"내 집에서 뭘 하는 거야?" 블랙레터가 외쳤다. "대체 원하는 게 뭐지?"

침입자는 아무 말도 하지 않았다. 대신 코트에서 총열을 짧게 잘라 낸 산탄총 두 자루를 꺼냈다. 육중한 검은 나무로 된 개머리판 위로 페이즐리 장미 문양이 조각되어 있었고, 깨끗이 닦은 총열이 빛을 받아서 희미하게 반짝였다.

블랙레터는 무기를 보는 순간 도저히 눈을 뗄 수 없었다. 그는 주춤거리며 뒤로 물러섰다. "잠깐만." 그가 입을 열었다. "쏘지 마요. 당신 실수하고 있는 거요. 대화로 풀자고……."

산탄총이 공중으로 올라왔다. 두 개의 총열이 동시에 총알을 뱉어내면서, 빵빵, 시끄러운 소리가 연달아 이어졌다. 블랙레터는 엄청난 충격을 이기지 못하고 뒤로 나자빠졌고 곧바로 바닥에 쓰러졌다. 작은 나무 선반에 놓여 있던 액자와 자질구레한 물건들이 우르르 떨어졌다.

현관은 굳게 닫혀 있었다.

로봇의 오디오 센서가 소리를 감지하고 돌처럼 굳어져 있는 개발자를 향해서 움직였다. "로보는 크래커 먹고 싶다." 조그만 스피커 위로 붉은 피가 쏟아져서 귀에 들릴락 말락 한 기계음만 지직거리며 이어졌다. "로보는 크래커 먹고 싶다."

35

루이지애나 주, 포트 앨런

어제는 화창했지만 오늘은 어둡고 비가 내렸다. 다고스타는 다행이다 싶었다. 도넛 가게에 손님이 적을 테니 그만큼 상대할 사람이 줄어드는 셈이었다. 다고스타는 이번만큼은 펜더개스트가 세운 계획이 전체적으로 못마땅했다.

롤스로이스 운전대를 잡은 펜더개스트가 I-10 고속도로에서 포트앨런으로 이어지는 출구로 나갔다. 자동차는 쉭쉭 소리를 내면서 젖은 아스팔트 위를 달렸다. 다고스타는 조수석에 앉아서 《뉴올리언스 스타 피카윤》 잡지를 한 페이지씩 넘기고 있었다. "왜 낮에 가야 한다는 건지 이해가 안 되네요." 다고스타가 말했다.

"그 가게에는 도난 방지 장치가 설치되어 있어요. 무단으로 침입했다간 걸리기 십상이라고요."

"직접 나서지 그래요. 아무래도 이 동네에서는 내 퀸스 억양이 잘 먹히지 않을 것 같은데."

"정확히 파악하고 있군요, 빈센트."

다고스타는 백미러를 흘끗 쳐다보는 시선을 느꼈다. "우리 말고 또 다른 손님이 있나요?" 다고스타가 물었다.

펜더개스트는 웃음으로 대답을 대신했다. 그는 특유의 검은 양복을 벗고 격자무늬 셔츠와 면바지를 입고 있었다. 항상 장의사처럼 입고 다니더니 오늘은 완전히 무덤 도굴꾼처럼 보였다.

다고스타는 다음 페이지를 넘겼고 "은퇴한 과학자, 자택에서 살해당하다."라는 머리기사에서 멈췄다. "이봐요, 펜더개스트." 그는 첫 단락을 슬쩍 훑어본 후에 말을 이었다. "이것 봐요, 당신이 만나고 싶어 했던 모리스 블랙레터라는 사람, 헬렌의 옛 상사가 자택에서 살해당했다는군요."

"살해? 어떻게요?"

"총격으로요."

"경찰에서는 절도범의 짓이라고 의심하고 있나요?"

"기사에는 그런 내용은 없어요."

"분명 휴가를 마치고 막 돌아왔을 텐데. 죽기 전에 만나지 못해서 정말 안타깝네요. 유용한 정보를 얻을 수도 있었을 텐데."

"먼저 찾아간 사람이 있었군요. 누군지 알겠어요." 다고스타는 고개를 절레절레 흔들었다. "플로리다로 돌아가서 블라스트 자식한테 겁 좀 줘야겠어요."

펜더개스트는 코트가로 접어들었고, 도심과 미시시피 강을 향해 달렸다. "어쩌면요. 하지만 블라스트가 왜 그런 짓을 했는지 모르겠네요."

"모르다니요! 헬렌이 블랙레터를 찾아가서 블라스트가 자기를 협박한다고 말했을지도 몰라요." 다고스타는 기사가 나온 페이지를 접어서 의자와 중앙 받침대 사이에 끼워 넣었다. "우리가 블라스트를 찾아가서 헬렌 얘기를 물은 바로 다음 날 저녁, 블랙레터가 살해당했어요. 그걸 예사롭지 않게 여기는 건 당신뿐이라고요."

펜더개스트는 뭔가 골똘히 생각에 잠긴 것 같았다. 그리고 대답 대신, 코트가를 벗어나 목적지보다 한 블록 앞에 차를 세웠다. 두 사람은 보슬비가 내리는 밖으로 나갔고 펜더개스트가 트렁크를 열었다. 그는 다고스타에게 노란색 안전모와 커다란 캔버스 천으로 된 연장 가방을 건넸고, 그의 머리에 딱 맞는 헬멧 하나를 꺼냈다. 마지막으로 손전등, 줄자, 철사 절단기와 기타 장비들이 주렁주렁 매달려 있는 묵직한 연장 벨트를 꺼내서 자기 허리춤에 둘렀다.

"이제 갈까요?" 펜더개스트가 말했다.

패피스 도네트 홀은 조용했다. 카운터 뒤에 통통한 여자애들 두 명이 서 있었고, 손님 한 명이 더블 초콜릿 도넛 열두 개를 주문하고 있었다. 펜더개스트는 손님이 돈을 지불하고 가게 밖으로 나갈 때까지 기다렸다가, 연장 벨트를 쩔그렁거리며 카운터로 걸어갔다.

"매니저는 어디 있죠?" 그는 투박한 목소리로 물었다. 평소보다 교양 등급이 5레벨 정도 떨어진 남부식 억양이었다.

여직원 하나가 말없이 카운터 뒤쪽으로 갔다. 1분 후, 여직원이 중년 남자와 함께 나타났다. 굵은 팔뚝 위로 금색 털이 수북이 덮여 있었고 서늘한 날이었음에도 연신 땀을 흘리고 있었다.

"무슨 일이죠?" 그는 기름기와 도넛 반죽으로 완전히 더러워진 앞치마에 손에 묻은 밀가루를 닦아냈다.

"여기 매니저 되십니까?"

"그런데요."

펜더개스트는 면바지 뒷주머니에 손을 넣어서 신분증을 꺼냈다. "건축 시설물 관리 공단에서 나왔습니다. 내 이름은 애디슨이고 이쪽은 제 동료 스틸입니다."

남자는 전날 밤 펜더개스트가 만든 가짜 신분증을 자세히 살펴보았고, 끙 하고 신음을 냈다. "그래, 원하는 게 뭡니까?"

펜더개스트는 신분증이 든 지갑을 넣고 공식 문서처럼 보이는 스테이플러 박힌 종이를 몇 장 꺼냈다. "이번 건축 시설물 관리 공단 감사에서 인근 건물들의 건축 허가 내용을 조사했는데, 이 가게를 포함해서 주변 건물들에서 커다란 문제를 발견했습니다. 아주 큰 문제죠."

그 남자는 인상을 구기며 활짝 펼쳐진 종이를 쳐다봤다. "무슨 문제인데요?"

"건축 허가를 받는 과정에 불법적인 문제가 있었더군요. 물론 구조적인 거죠."

"그럴 리가 없습니다." 매니저가 말했다. "정기 검사도 꼬박꼬박 받고 식품이나 위생 관리도⋯⋯."

"우린 식품위생이나 살피자고 나온 게 아닙니다." 펜더개스트가 비꼬는 투로 그의 말허리를 잘랐다. "아무튼 건축 허가 기록을 보니, 이 건물이 불법으로 허가를 받아서 지은 것으로 확인되었어요."

"저기, 잠시만요. 여기서 장사한 지 벌써 12년 됐는데⋯⋯."

"그런데 왜 감사를 지시했을까요?" 펜더개스트는 땀에 젖은 남자의 면전에 종이를 흔들면서 말했다. "건축 과정에서 불법 행위가 있었다고요. 지금 부패 혐의를 받고 계신 겁니다."

"이봐요. 그 문제에 대해서는 나한테 얘기하면 안 되죠. 그런 건 프랜차이즈 본사에서 관리하는⋯⋯."

"여기 당신 말고 또 누가 있습니까?" 펜더개스트는 몸을 숙였다. "당장 지하실로 가서 지금 상황이 얼마나 위험한지 살펴봐야 한다고요." 펜더개스트는 서류를 다시 주머니에 집어넣었다. "지금 당장이오."

"지하실을 보고 싶다는 겁니까? 그럼 그렇게 하세요." 매니저가 땀을 뻘뻘 흘리면서 말했다. "혹시 문제가 있어도 제 잘못은 아닙니다. 전 그냥 장사치일 뿐이니까."

"잘 알겠습니다. 갑시다."

"메리 케이트는 주문을 받아야 하니까, 조애니가 안내해줄 겁니다."

"오, 아니요." 펜더개스트가 다시 말허리를 잘랐다. "안 돼요, 안 돼, 안 돼. 작업이 끝날 때까지는 주문도 받으면 안 됩니다. 작업이 끝난 후에 하세요."

"손님을 받지 말라고요?" 그 남자가 다시 물었다. "그냥 도넛을 파는 것뿐이잖아요."

펜더개스트는 몸을 바짝 들이대고 이렇게 말했다. "이건 위험 상황입니다. 어쩌면 목숨이 위태로운 상황일 수도 있고요. 저희 분석 결과에 따르면 이 건물은 부실 공사예요. 일단 건물의 토대와 하중 용량을 측정할 때까지 임시 휴업을 하셔야 해요."

"글쎄요." 매니저가 인상을 한층 더 찌푸리면서 말했다. "일단 본사로 전화를 해봐야겠어요. 지금까지 한 번도 영업시간이 끝나기 전에 문을 닫은 적이 없는데. 그리고 프랜차이즈 계약서에……."

"뭐요? 온갖 어중이떠중이들에게 전화를 거는 사이, 우리더러 멍하니 서서 시간이나 낭비하란 겁니까?" 펜더개스트는 남자 쪽으로 몸을 숙이고 이렇게 다그쳤다. "대체 무슨 수작을 부리려는 겁니까? 손님들이 상자 안에 담긴 도넛을 먹고 있는 동안, 건물이 우르르 무너져 내리면 어떻게 되는지 알기나 해요?" 펜더개스트는 카운터 위에 붙어 있는 메뉴를 흘끗 보았다. "초콜릿 바나나 더블 크림 글레이즈드 도넛을 먹는 동안?"

그 남자는 말없이 고개를 흔들었다.

"모든 책임은 당신이 져야 할 겁니다. 개인 과실이죠. 근무 태만. 2급 살인 방조. 어쩌면…… 1급 방조죄가 될 수도 있고."

매니저가 한 걸음 뒤로 물러섰다. 그는 깊은 숨을 들이마셨고 이마에 송골송골 땀방울이 맺혔다.

펜더개스트는 잠시 침묵을 지키며 가만히 있었다. "앞으로 어떻게 해야 할지 말씀드리죠." 그러더니 갑자기 관대한 태도를 취하면서 다시 입을 열었다. "당신이 영업 마감 간판을 걸고 있는 사이에, 스틸 씨와 잠시 지하실에 내려가서 육안으로 현장 조사를 하겠어요. 만약 예상보다 상태가 양호하면, 현장 조사 보고서를 작성할 동안에는 다시 장사를 하셔도 됩니다."

그 순간 남자는 예기치 못한 안도감을 느꼈는지 밝은 표정을 지었다. 그리고 종업원들을 쳐다봤다. "메리 케이트, 잠깐 문 닫아. 조애니, 이

분들 지하실로 안내해드려."

펜더개스트와 다고스타는 부엌을 통과해서 식료품 저장고와 화장실을 지나 아무것도 표시되어 있지 않는 문으로 걸어갔다. 문을 열고 들어가니 가파른 콘크리트 계단이 어둠 속으로 길게 이어져 있었다. 점원은 지하실 조명을 켰고 오래된 장비들이 보관되어 있는 무덤이 드러났다. 전문가용 스탠드 믹서와 강력한 성능을 자랑하는 지방유 튀김기, 전부 고장 난 물건들인 듯했다. 지하실 자체는 딱 봐도 아주 오래된 것처럼 보였고, 드러나 있는 돌벽에는 회반죽이 거칠게 덧발려 있었다. 나머지 두 벽면은 벽돌로 만든 것이었다. 훨씬 오래전에 만들어진 것으로 보이는 벽돌이 겹겹이 쌓여 있었다. 콘크리트 계단을 따라서 플라스틱 쓰레기통들이 줄지어 있었고, 얼기설기 뭉쳐진 끈 무더기와 플라스틱 종이들이 까맣게 잊힌 채 구석에 나뒹굴고 있었다.

펜더개스트가 점원 쪽으로 뒤돌았다. "고마워요, 조애니. 잠깐이면 끝날 겁니다. 나갈 때 문 닫는 거 잊지 마세요."

여점원은 고개를 끄덕거렸고 다시 계단으로 올라갔다.

펜더개스트는 벽돌이 쌓인 벽으로 걸어갔다. "빈센트." 그는 원래 목소리로 돌아와서 말했다. "내 예감이 빗나가지 않았다면, 3.5미터 너머에 또 다른 벽이 있어요. 아르네 토르겐슨이 살던 판잣집 지하실이겠죠. 그 틈새에서 옛날 배수관 부분을 찾아야 하는 거죠. 우리 훌륭한 의사분께서 분명히 뭔가 숨겨둔 것 같아요."

다고스타는 쿵 소리를 내며 연장 가방을 바닥에 내려놓았다. "앞으로 최대 2분은 확보한 셈이에요. 위층에 있는 멍청이가 본사에 전화를 걸어서 재수 없게 우리 계획이 걸리기 전까지요."

"정말 다채로운 어휘를 사용하는군요." 펜더개스트는 이렇게 중얼거리면서 소형 확대경을 대고 벽면을 살피며 둥근 망치로 두드렸다. "어쩌면 시간을 조금 더 벌 수도 있겠어요."

"그래요? 어떻게요?"

"우리 매니저 친구한테 예상했던 것보다 상황이 훨씬 심각하다고 말해야 할 것 같네요. 임시 휴업은 물론이고 자세한 조사가 끝날 때까지 종업원들도 전부 건물 외부로 나가야 한다고요."

펜더개스트는 빛이 새어 들어오는 계단을 향해 점점 멀어졌고 잠시 후 주위가 잠잠해졌다. 다고스타는 서늘하고 건조한 암흑 속에서 멍하니 기다렸다. 잠시 후 위층에서 시끌벅적한 소음이 이어졌다. 뭔가 따지는 것처럼 높은 목소리가 들리더니, 처음 그랬던 것처럼 순식간에 소음이 잦아들었다. 펜더개스트가 다시 지하실에 나타났다. 그리고 뒤쪽으로 조심스레 문을 닫고, 계단을 내려와 연장 상자를 내려놓은 곳으로 걸어갔다. 그는 짧은 손잡이가 달린 커다란 망치를 꺼내서 다고스타에게 건넸다.

"빈센트." 펜더개스트는 유령 같은 미소를 지으면서 말했다. "이건 당신한테 양보할게요."

36

다고스타가 커다란 망치를 들고 무게를 가늠하고 있을 때, 펜더개스트는 낡은 벽으로 다가가더니 몸을 구부리고 여기저기를 툭툭 두드리면서 귀를 기울였다. 불빛이 희미해서 다고스타는 눈을 가늘게 떠야 했다. 잠시 후, FBI 요원은 만족에 가득 찬 탄성을 내뱉으면서 자리에서 일어섰다.

"여깁니다." 펜더개스트는 벽 가운데 있는 벽돌을 가리켰다.

다고스타가 다가와서 연타를 날리는 자세로 큰 망치를 휘둘러댔다.

"일단 5분은 벌었어요." 펜더개스트가 말했다. "최대 10분까진 괜찮아요. 그쯤 되면 매니저 양반이 지하실로 내려올 겁니다. 분명 혼자 오지는 않겠죠."

다고스타는 벽을 향해서 커다란 망치를 휘둘렀고, 몇 개 차이로 정확한 지점이 빗나갔다. 워낙 벽이 단단해서 손과 팔이 파르르 떨렸다. 두 번째 망치질, 세 번째 망치질은 완벽히 성공했다. 다고스타는 망치를 내려놓고 땀에 젖은 손을 바지춤에 닦았다. 그렇게 열두 번쯤 강하게 망치질을 한 후에야 펜더개스트가 그만하라는 신호를 보냈다. 다고스타는 숨을 헐떡거리면서 뒤로 물러섰다.

FBI 요원이 미끄러지듯 다가와서 시멘트 부스러기를 한쪽으로 밀어냈다. 그리고 손전등을 벽에 비추면서 벽돌을 하나씩 두드렸다. "꽤 헐거워졌네요. 계속해요, 빈센트."

다고스타는 다시 앞으로 걸어가서 벽을 향해 힘껏 망치를 휘둘렀다. 마침내 벽돌이 부서지는 소리가 나더니, 한가운데 있던 벽돌 하나가 산산조각이 났다. 펜더개스트는 한 손에는 끌을 다른 한 손에는 망치를 들고 쏜살같이 앞으로 나왔다. 그리고 바닥에 주저앉아서 잠깐 벽을 살피더니, 모르타르 벽과 낡은 콘크리트를 망치로 살살 두드렸다. 펜더개스트는 다시 두 손에 들고 있던 끌과 망치를 내려놓고 손전등으로 벽을 자세히 살폈다. 드디어 안이 보일 만한 구멍이 드러났다. 펜더개스트는 고개를 구멍 사이로 집어넣고 사방으로 손전등을 비춰보았다.

"뭐가 보여요?" 다고스타가 물었다.

대답 대신 펜더개스트가 뒤로 물러섰다. "몇 번만 더 쳐주실래요?" 그가 망치를 가리키면서 말했다.

다고스타는 들쑥날쑥한 구멍 가장자리 주변을 조준하더니 윗부분을 집중적으로 강타하기 시작했다. 벽돌과 오래된 회반죽 부스러기들이 바닥으로 쏟아졌다. 마침내 펜더개스트가 멈추라는 신호를 보냈다. 다고스타는 기쁜 마음으로 낑낑거리며 무거운 망치를 치웠다.

굳게 닫힌 문 너머, 계단 위쪽에서 시끄러운 소리가 들려왔다. 매니저가 다시 건물로 돌아오는 모양이었다.

펜더개스트는 떡하니 입을 벌리고 있는 벽 한가운데 구멍으로 다가갔고, 다고스타도 뒤를 따라갔다. 뿌연 먼지구름 사이로 손전등 불빛을 비추자, 깨진 벽면 너머로 좁은 빈 공간이 드러났다. 가로 3.6미터, 세로 1.2미터 정도의 크기였다. 순간 다고스타가 숨을 멈췄다. 그의 노란 손전등 불빛이 반대편 벽에 비스듬하게 세워진 평평한 나무 상자를 비췄다. 다고스타는 '만약 그림이 숨겨져 있다면 딱 저 정도 크기일 텐데.'라고 생각했다. 뿌연 먼지구름 사이로 보이는 건 그 상자 말고는 아무것도 없었다.

지하실 문손잡이가 덜그럭거렸다. "이봐요!" 매니저의 목소리였다. 첫인상처럼 과격한 성격이 그대로 드러났다. "그 안에서 뭐 하는 거야?"

펜더개스트는 황급히 주위를 살폈다. "빈센트." 그는 손전등으로 구석에 놓인 방수포 더미와 플라스틱 판자들을 가리켰다. "서둘러요."

더 말할 필요도 없었다. 다고스타는 황급히 구석으로 가서 상자를 덮을 정도로 커다란 크기의 방수포를 찾았고, 그동안 펜더개스트는 벽에 난 구멍을 살폈다.

"직접 내려가서 봐야겠어." 매니저가 문을 덜그럭거리며 말했다. "문 열어요!"

펜더개스트는 비밀 공간에 숨겨져 있던 상자를 끌어당겼다. 다고스타도 힘을 합쳐서 상자를 꺼냈고 커다란 플라스틱 방수포로 덮었다.

"뉴올리언스에 있는 프랜차이즈 본사랑 통화했어요." 매니저의 목소리가 들려왔다. "이렇게 불쑥 찾아와서 휴점을 하라고 말할 권리가 없다던데요! 그리고 건축 허가를 감사한다는 말은 아무도 못 들었답니다!"

다고스타가 상자의 한쪽 끝을 들었고 펜더개스트도 반대쪽을 잡고 천천히 계단을 올라가기 시작했다. 달그락, 열쇠로 문을 따는 소리가 들렸다. "비켜요!" 펜더개스트가 먼지구름으로 흐릿해진 지하실 불빛 사이로 모습을 드러내면서 고함쳤다. 두 사람의 팔 사이에 들린 나무 상자 위에는 커다란 방수포가 덮여 있었다. "비켜요! 당장!"

벌컥 문이 열렸고 상기된 얼굴의 매니저가 떡하니 문을 막고 서 있었다. "대체 무슨 짓을 한 겁니까?" 매니저가 물었다.

"이건 범죄에 사용됐을 가능성이 있는 흉기예요." 두 사람이 층계 위로 올라왔다. "아까보다 상황이 훨씬 안 좋아졌군요……." 펜더개스트가 매니저의 이름표를 유심히 살폈다. "보나 씨."

"저요? 여기서 일한 지 고작 여섯 달 된 신참 매니저일 뿐이에요. 이쪽으로 온 지……."

"일단 사건 기록에는 당신 이름이 들어갈 거예요. 만약 여기서 범죄

행위가 있었다면요. 하지만 저는 자꾸 그런 확신이 드는군요. 아무튼, 당신 이름이 사건 보고서에 올라가게 될 겁니다. 얼른 저리 비켜요. 아니면 잠재적 용의자 목록에 이름을 올릴 테니까."

짧은 침묵이 흘렀다. 보나는 마지못해 한쪽으로 물러섰다. 펜더개스트는 방수포로 싼 나무 상자를 끌어안고 재빨리 문을 지나갔고 다고스타가 뒤로 재빠르게 따라갔다.

"서둘러요." 펜더개스트는 문을 나서며 숨소리보다 작은 소리로 말했다. 매니저는 지하실로 내려가면서 핸드폰으로 어딘가 전화를 걸었다.

그들은 롤스로이스가 주차되어 있는 길을 향해 냅다 뛰어갔다. 펜더개스트는 트렁크를 열었고 점원들 눈을 속이려고 방수포로 덮어두었던 상자를 집어넣었다. 다고스타의 연장 가방과 딱딱한 현장용 안전모들도 얼른 치웠다. 그들은 트렁크를 쾅 소리 나게 닫고 허둥지둥 앞 좌석에 올라탔다. 너무 서두른 나머지 펜더개스트는 허리에 차고 있던 연장 벨트를 푸는 것도 잊었다.

펜더개스트가 시동을 걸었을 때, 다고스타는 도넛 가게에서 매니저가 뛰쳐나오는 모습을 보았다. 그의 손에는 핸드폰이 그대로 들려 있었다. "이봐!" 몇 블록 뒤에서 매니저의 목소리가 들렸다. "이봐, 당신들! 당장 멈춰!"

펜더개스트는 자동차의 기어를 넣고 가속페달을 밟았다. 롤스로이스는 끼이익 소리를 내며 유턴을 했고 코트가와 고속도로 방향으로 바람을 가르며 달려갔다.

그는 다고스타를 흘끗 바라봤다. "잘했어요, 빈센트." 이번에는 유령 같은 미소가 아닌 진심이 담긴 웃음이었다.

37

그들은 알렉산더 드라이브로 접어든 후, I-10 고속도로를 타고 호러스 윌킨슨 브리지 진입로로 향했다. 다고스타는 만족스러운 표정으로 의자에 기대에 앉아 있었다. 드넓은 미시시피 강물이 회색 하늘 아래 시무룩한 표정으로 유유히 흘러가고 있었다.

"정말 그 그림이 맞을까요?" 다고스타가 물었다. "〈블랙 프레임〉?"

"틀림없어요."

그들은 호러스 윌킨슨 브리지를 지나서 배턴루지 쪽으로 건너갔다. 정오가 조금 지난 시간이라 교통 흐름이 원만했다. 빗방울이 자동차 앞면 유리를 두드렸고 연이어 후드득 지붕을 때렸다. 남쪽으로 향하는 차량 행렬이 하나둘씩 늘어나면서 두 사람이 탄 자동차 뒤로 길게 꼬리를 물고 이어졌다. 다고스타가 안절부절못하고 있는 사이, 롤스로이스 차량이 I-12 인터체인지로 빠져나갔다. 다고스타는 희망을 버리고 싶지 않았다. 어쩌면, 조금이라도 빨리 로라 헤이워드를 만날 수 있지 않을까 하는 희망. 이렇게 강제적으로 떨어져 있는 것이 얼마나 힘든 일인지 전에는 미처 알지 못했다. 매일 밤 전화 통화를 하는 게 도움이 되긴 했지만, 대화로는 충분치 않았다.

"빈센트." 펜더개스트가 말했다. "백미러 좀 봐요."

다고스타는 시키는 대로 따랐다. 처음에는 뒤에 따라오는 차량에서 별 특별한 점을 발견하지 못했다. 하지만 펜더개스트가 차선을 바꾸자 네 대, 아니, 다섯 대 정도의 차들이 일률적으로 움직이는 것이 아닌가. 최신형 세단, 짙은 파란색이나 검은색 자동차들이었다. 워낙 비가 많이 와서 무슨 색인지 정확히 알 수 없었다.

펜더개스트는 살짝 액셀을 밟았고 몇 대를 추월한 다음, 다시 본래 차선으로 돌아왔다. 1, 2분쯤 지나자, 다시 시커먼 세단 무리가 뒤로 따라붙었다.

"누군지 알겠네요." 다고스타가 투덜거렸다.

그렇게 몇 분 동안 자동차를 몰고 갔다. 뒤차들은 끈질기게 두 사람을 쫓았다. 차들은 최대한 눈에 띄지 않으려고 애쓰는 눈치였다.

"아까 그 매니저일까요?" 다고스타가 물었다. "보나?"

펜더개스트가 고개를 흔들었다. "아침부터 우리 뒤를 쫓아왔어요."

"이제 어쩌죠?"

"일단 외곽 도로로 접어들 때까지 기다려야겠죠. 그리고 상황을 보자고요. 외곽으로 빠지면 우리한테 유리할지도 몰라요."

그들은 루이지애나 상업 지구와 공원 몇 개와 컨트리클럽을 지나갔다. 도시 경관이 교외와 외곽의 저지대까지 길게 이어져 있었다. 다고스타는 글록 권총을 꺼내 탄창을 점검했다.

"마지막 순간까지 기다려요." 펜더개스트가 말했다. "괜히 그림이 상하는 위험까지 감수할 필요는 없으니까요."

'우리가 피해를 입는 건 어쩌고?' 다고스타는 생각했다. 그는 백미러로 흘끗 뒤를 보았지만, 시커먼 세단 내부를 살피기란 불가능했다. 두 사람은 소렌토 출구로 빠져나갔고 점차 차량의 흐름이 뜸해졌다.

"진로를 방해할 참이에요?" 다고스타가 말했다. "손 좀 보게요?"

"그보다 따돌리는 쪽이 좋습니다." 펜더개스트가 말했다. "구형 롤스로이스라도 꽤 쓸 만해서 놀라실 겁니다."

"네, 그렇겠죠……."

펜더개스트는 액셀을 밟고 바퀴를 재빨리 오른쪽으로 돌렸다. 롤스로이스는 용수철처럼 튀어나갔고, 몸집이 큰 자동차치고 놀라울 정도로 즉각적인 반응이 나왔다. 두 사람은 차량들 사이를 가로질러 계속 속도를 유지한 채 출구를 빠져나왔다.

다고스타의 몸이 조수석 문 쪽으로 심하게 쏠렸다. 사이드미러를 보자, 뒤에 붙어 따라오던 차량이 트럭 한 대를 제치고 램프를 빠져나와 롤스로이스 뒤로 득달같이 쫓아오고 있는 모습이 눈에 들어왔다.

램프 아래로 내려오자 펜더개스트는 정지 표시를 지나쳐서 22번 도로로 접어들었고, 120도 각도로 회전했다. 그 순간 바퀴에서 끼익 소리가 났다. 펜더개스트는 능숙하게 차를 한 바퀴 돌려서 계획대로 적당한 차선에 진입한 다음, 다시 한 번 깊숙이 엑셀을 밟았다. 그들은 주도로를 가로지르며 미친 듯이 달렸고, 화가들이 타는 밴으로 불리는 뷰익과 가재 수송 트럭을 제치고 갔다. 잔뜩 화난 자동차들의 경적이 뒤통수를 때렸다.

다고스타는 어깨 너머로 흘끗 시선을 돌렸다. 시커먼 세단이 잠복 계획도 접은 채로 대놓고 그들 뒤를 바짝 뒤쫓고 있었다.

"아직도 따라와요." 다고스타가 말했다.

펜더개스트는 고개를 끄덕였다.

그는 액셀을 더 깊숙이 밟았고 점차 속도를 올려서 작은 상업 지구를 통과했다. 농기구 가게와 철물점이 늘어선 블록 세 개가 흐릿하게 지나쳐 갔다. 눈앞으로 희미한 불빛들이 항공 도로와 22번 도로 교차로를 표시하고 있었다. 차 몇 대가 오고 가는 모습이 보였고, 브레이크 등 수십 개가 잔물결을 일으키면서 시야를 밝게 비추었다. 두 사람이 탄 자동차는 드디어 철길을 건넜고, 막 이륙하는 비행기 밑으로 달렸다. 바로 그때 노란색 신호가 빨간 정지신호로 바뀌었다.

"세상에." 다고스타는 조수석 문의 손잡이를 꽉 잡으며 중얼거렸다.

펜더개스트는 상향등을 반짝이고 경적을 울리면서 앞서가는 차량과 다가오는 차량들 사이 차선을 비집고 들어갔다. 빗물로 미끄러워진 교차로를 막 지나가려는데, 등 뒤로 바퀴 열여덟 개가 달린 트럭이 교차로로 진입하면서 시끄럽게 경적을 울렸다. 펜더개스트는 끝까지 엑셀을 밟았고 마침내 속도는 160킬로를 넘어갔다.

"그냥 차를 세우고 상대하는 편이 낫지 않을까요." 다고스타가 말했다. "어떤 놈이 시킨 건지 알아보면 좋잖아요."

"둔하시네요. 누구를 위해서 일하는 건지 안 뵈도 뻔해요."

잠시 후 자동차 한 대, 두 대를 쌩하고 제치고 달려갔고, 뒤쪽으로 차들이 정지한 것처럼 흐릿하게 멀어졌다. 주변의 차들을 추월하고 나니 마침내 도로가 텅텅 비었다. 늪지대에 가까워지자 주택들과 상업 건물들과 우울해 보이는 창고와 저장고가 점차 시야에서 멀어졌다. 곧이어 암회색 하늘 아래를 지키고 있는 보초병처럼 황량하게 늘어선 크레이프 나무들의 긴 행렬이 휙 하고 지나갔다. 와이퍼가 규칙적으로 유리창을 스쳤다. 잔뜩 긴장한 채 손잡이를 잡고 있던 다고스타는 이제 손에 힘을 풀었다.

그는 다시 어깨 너머를 바라봤다. 적의 그림자도 보이지 않았다.

아니, 그게 아니었다. 등 뒤로 시커먼 차량들의 윤곽이 보였고 그중 한 대가 시야에 들어왔다. 검은색 세단, 꽤 멀리 있었지만 급속도로 다가오고 있었다.

"제길." 다고스타가 말했다. "놈들도 교차로를 통과했어요. 끈질긴 자식들."

"놈들이 원하는 걸 우리가 가지고 있으니까요." 펜더개스트가 말했다. "그게 반드시 따돌려야 하는 이유이기도 하고요."

습기가 가득한 저지대로 깊숙이 들어서자 도로 폭이 좁아졌다. 굉음을 내며 급커브를 돌면서도 다고스타는 경계의 시선을 늦추지 않았다. 급커브를 돌 때 키가 큰 수초 뒤 시야 너머로 시커먼 세단 무리가 멀어졌고 점차 속력이 줄어드는 것처럼 보였다.

"드디어 따돌릴 기회를 잡았어요." 다고스타가 말을 꺼냈다.

갑자기 롤스로이스 차량이 한쪽으로 급하게 방향을 틀었다. 다고스타는 뒷좌석까지 넘어갈 뻔하다가 겨우 몸을 일으켰다. 자동차는 도로를 이탈해 늪지대로 이어지는 좁고 진흙이 쌓인 길로 들어섰다. 빗물로 더럽게 얼룩진 표지판 위에 '데스미레일 야생동물 구역—관계 차량 외 출입 금지'라고 적혀 있었다.

자동차는 진흙 길을 통과하느라 좌우로 심하게 기우뚱거렸다. 다고스타는 연신 자동차 문에 부딪쳤고 균형을 잡으려고 기를 썼다. 달랑 안전벨트 하나에 의존해 몸뚱이를 지탱하면서, 괜히 지붕에 머리를 부딪쳐서 뇌진탕을 당하지 않으려고 애썼다. '이렇게 1분만 더 가다가는 차축이 다 망가지겠군.' 다고스타는 사악한 생각에 사로잡혔다. 그는 다시 한 번 백미러를 쳐다봤지만 100미터 뒤쪽 도로는 하나도 보이지 않을 정도로 길이 구불거렸다.

앞쪽으로 비좁고 울퉁불퉁한 길이 보였다. 아까보다 더 좁고 거친 오솔길이 늪지 강을 따라서 곧장 이어져 있었고, 앞쪽에 두꺼운 쇠사슬이 걸린 푯말에는 '경고: 이 지점부터 차량 통행 불가'라고 적혀 있었다.

펜더개스트는 속도를 늦추다가, 차를 우회하는 대신 더욱 깊숙이 엑셀을 밟았다.

"이봐요, 와우!" 다고스타는 오솔길로 접어들자 놀라서 소리를 질렀다. "세상에……!"

롤스로이스는 차단기를 뚫고 지나갔고 총소리처럼 요란한 소음이 이어졌다. 샛노란 들판과 헐벗은 사이프러스 나무에 앉아 있던 수십 마리의 왜가리, 독수리, 미국 원앙새들이 항의를 하듯이 시끄러운 소리를 내며 퍼드덕 날아올랐다. 커다란 자동차는 왼쪽, 오른쪽으로 울퉁불퉁 솟은 도로를 따라서 움직였다. 다고스타는 앞을 제대로 볼 수도 없었고 이빨이 위아래로 부딪쳐서 딱딱 소리가 날 지경이었다. 자동차는 우산처럼 잎을 드리운 수풀을 헤집고 들어갔고, 커다란 줄기들이 좌우로 갈라지면서 휙휙 소리를 냈다.

다고스타도 과거에 머리카락이 곤두서는 자동차 추격전을 벌인 경험이 있었지만, 이 정도까지는 아니었다. 늪지대 부근은 수풀이 워낙 무성하고 길게 자란 터라 가시거리가 몇 미터도 되지 않았다. 하지만 펜더개스트는 속도를 줄이기는커녕 아까보다 더욱 빠르게 움직였고 급기야 헤드라이트까지 켰다.

다고스타는 수중한 목숨의 끈을 붙잡고 잠시라도 눈물이 시야를 가릴까 봐 전전긍긍했다. "펜더개스트! 속도 좀 줄여요!" 그가 소리쳤다. "그 자식들 벌써 따돌렸다고요! 빌어먹을, 좀 천천히……."

갑자기 자동차가 수풀 밖으로 튕겨져 나왔다. 자동차는 눅눅한 땅을 박차고 올라서 늪지대 사이로 높이 솟은 공터에 착륙했다. 웅덩이 주변으로 회색 건물 몇 개와 울타리가 쳐져 있었다. 그제야 방향을 나타내는 표지판들이 눈에 들어왔고, 다고스타는 새삼 얼마나 빠른 속도로 달렸는지 깨달았다. 비바람에 닳아버린 표지판 하나가 구석에 세워져 있었다.

미국 악어마을

100퍼센트 농장 사육 살아 있는 악어

악어 레슬링, 가이드 투어

현지 악어 공장: 악어가죽 2.5미터 플러스알파, 최저 가격!

악어 고기 킬로그램 단위 판매

★ 겨울 임시 휴업 ★

롤스로이스는 엄청난 충격을 받으며 땅바닥에 떨어졌고 격렬한 흔들림을 무릅쓰고 그대로 돌진했다. 펜더개스트가 갑자기 브레이크를 밟았고 자동차는 진흙탕 길을 가로지르며 미끄러졌다. 다고스타의 시선

은 바로 앞에 보이는 금방이라도 무너질 것처럼 허름한 목재 건물의 표
지판을 따라갔다. 물결 모양의 양철 지붕이 덮여 있고 헛간 문이 활짝
열려 있었다. 창문에 붙은 표지판에는 '가공 처리 공장'이라고 적혀 있
었다. 그 순간 다고스타는 자동차를 제때 멈출 수 있는 방법이 없다는
것을 깨달았다.

롤스로이스가 순식간에 헛간 안으로 돌진했다. 급격히 속도가 줄어
들면서 가죽 시트에 기대어 앉은 다고스타의 등 뒤로 엄청난 충격이 이
어졌다. 곧바로 자동차가 멈추어 섰다. 커다란 먼지구름이 자동차 주위
를 감쌌다. 다고스타의 시야를 가리고 있던 뿌연 먼지구름이 가시자,
플라스틱 상자 더미에 처박힌 자동차가 눈에 들어왔다. 상자들은 족히
수십 개는 산산조각이 난 것 같았다. 가공된 악어가죽 세 개가 자동차
덮개와 앞 창문을 뒤덮고 있었다. 기름기가 줄줄 흐르고 담녹색 선이
있는 분홍색 악어 배 부분이 보였다.

참으로 기이한 상황이었다. 펜더개스트는 앞 창문 너머를 응시했다.
빗물로 축축해진 늪지대, 스페인 이끼와 파충류 배설물이 군데군데 보
였다. 그제야 펜더개스트는 다고스타를 바라봤다. "저걸 보니까……."
펜더개스트가 말을 꺼내는 동안 엔진에서 쉭쉭 소리가 들렸다. "언제
모리스한테 부탁해서 저녁으로 악어찜을 만들어달라고 해야겠다는 생
각이 드네요. 모리스가 아차팔라야 유역 출신인데, 어느 집이나 그렇듯
대대로 이어져 내려오는 훌륭한 악어 요리 비법이 있거든요."

38

플로리다 주, 새러소타

저녁이 다가오면서 하늘이 점차 개기 시작했고, 고운 달빛이 끝없이 밀려오는 파도 사이로 멕시코 만을 유혹하듯이 내리비추고 있었다. 여전히 빗물을 머금고 있는 구름들은 잔뜩 부풀어 오른 채 머리 위로 재빨리 지나갔다. 하얗게 부서지는 파도가 연이어 해변으로 밀려들었고 다시 우르릉 소리를 내며 저만치 멀어졌다.

존 우드하우스 블라스트는 그 모든 것들이 눈에 들어오지 않았다. 그냥 초조하게 앞뒤로 왔다 갔다 하면서 가끔 멈춰서 시간을 확인했다.

벌써 10시 반이었다. 왜 이렇게 지체되는 거야? 단순한 작업이었다. 그냥 들어가서 처리하고 다시 나오기만 하면 되는 것인데. 아까 걸려 온 통화 내용대로라면, 모든 일이 계획대로 진행되는 중이었고 심지어 그가 기대했던 것보다 앞당겨서 처리되고 있다고 했다. 그게 벌써 여섯 시간 전 일이었다. 급기야 블라스트의 기대치는 너무 높아졌고 가만히 기다리는 게 훨씬 고통스럽게 느껴졌다.

그는 집 안에 있는 바로 걸어갔고 벽장에 놓인 크리스털 텀블러를 꺼내서 얼음을 가득 채운 다음, 스카치위스키를 부었다. 그리고 한 모금을 꿀꺽 넘기고 한숨을 내쉬고 다시 마음을 가다듬고 술 한 잔을 마셨다. 그런 다음 하얀 가죽 소파로 걸어가서 컵 받침 위에 잔을 올리고 자리에 막 앉았다.

그때 무거운 침묵을 뚫고 갑자기 전화벨이 울렸고 블라스트는 자리에서 벌떡 일어났다. 그는 벨 소리가 나는 쪽으로 서둘러 걸어갔고, 너무 서두른 나머지 술잔까지 쏟을 뻔하다 겨우 수화기를 들었다.

"어떻게 됐어?" 블라스트는 목소리를 높이며 숨을 죽인 채 수화기 너머로 귀를 기울였다. "잘 해결됐나?"

수화기 너머로 침묵이 이어졌다.

"여보세요? 자네 귀 먹었어? 잘 해결됐느냐고?"

침묵이 흘렀다. 그러다 전화가 끊어져 버렸다.

블라스트는 전화기를 노려보았다. 대체 무슨 일이란 말인가? 웃돈이라도 올려달라고 떼를 부리는 건가? 게임이라면 그를 따라올 자가 없었다. 조금이라도 머리가 있는 자라면 차라리 태어나지 않았으면 하고 바라는 편이 낫다는 걸 알고 있을 터였다.

그는 소파에 앉아서 술 한 모금을 더 마셨다. 그리고 탐욕에 찌든 개자식이 다시 전화를 걸어서 웃돈을 달라고 말하기만을 기다렸다. 일단 따끔한 맛부터 보여줄 생각이었다. 블라스트는 이런 일을 처리하는 데 얼마만큼의 비용이 필요한지 잘 알고 있었다. 게다가 제대로 돌아가지 않는 기계에는 적당히 기름칠을 해야 하고, 그 자식보다 더욱 노련한 놈을 골라서 처리해야 한다는 것도…….

초인종이 울렸다.

블라스트는 씩 미소를 지었다. 그리고 다시 시계를 바라봤다. 2분. 전화벨이 울리고 정확히 2분이 지났다. 그 망할 놈이 이야기를 하고 싶어 찾아온 게 분명했다. 그는 스스로가 굉장히 똑똑하다는 생각이 들었다. 그는 다시 술을 한 모금 마시고 소파에 기대어 앉았다.

또 한 번 초인종이 울렸다.

블라스트는 술잔을 컵 받침 위로 천천히 올렸다. 이제 저 개자식이 땀을 흘릴 차례였다. 어쩌면 수고비를 깎을 수 있을지도. 전에도 비슷한 일이 있었다.

초인종이 세 번째 울렸다. 드디어 블라스트가 몸을 일으켜서 손가락으로 가느다란 콧수염을 쓸어내리면서 문을 벌컥 열었다.

그는 깜짝 놀라서 뒤로 물러났다. 현관에 서 있는 사람은 그가 기대했던 깡마른 자식이 아닌, 검은 눈동자에 영화배우처럼 잘생긴 키 큰 남자였다. 길고 검은 트렌치코트를 입고 허리춤에 벨트를 느슨하게 묶은 모습이었다. 블라스트는 미리 확인도 하지 않고 문을 연 게 엄청난 실수였다는 것을 깨달았다. 하지만 다시 문을 닫기도 전에 남자가 먼저 집으로 들어와서 문을 닫았다.

"블라스트 씨?" 그가 물었다.

"대체 누구요?" 블라스트가 말했다.

대답 대신 남자는 앞으로 한 걸음 다가왔다. 그 움직임이 너무나 갑작스럽고 대담해서 블라스트는 주춤거리며 물러섰다. 포메라니안 두 마리가 낑낑거리며 안전한 침실 구석으로 몸을 숨겼다.

키가 큰 남자가 블라스트를 위아래로 쳐다봤고 뭔가 강렬한 감정을 품은 눈동자가 반짝였다. 불안? 분노?

블라스트는 침을 꿀꺽 삼켰다. 이자가 원하는 것이 뭔지는 전혀 감이 잡히지 않았지만, 본능적으로 자기방어를 해야 한다는 직감이 들었다. 그리고 합법적인 범위의 가장자리에서 오랜 세월을 보내며 체득한 육감으로 볼 때, 지금 엄청난 위험에 처해 있다는 것을 알 수 있었다.

"대체 원하는 게 뭐요?" 블라스트가 물었다.

"내 이름은 에스테르하지요." 그 남자가 대답했다. "혹시 들어본 적이 있소?"

물론 들어본 적이 있었다. 그것도 아주 많이. 펜더개스트가 말했던 이름이었다. 헬렌 에스테르하지 펜더개스트.

"처음 듣네요."

에스테르하지란 이름의 남자가 갑자기 벨트를 풀고 코트를 벗었다.

코트가 바닥으로 떨어졌고 총신을 짧게 자른 산탄총이 드러났다.

블라스트는 뒤로 물러섰다. 아드레날린이 솟구치면서 갑자기 시간이 더디게 흘렀다. 시커먼 나무로 된 개머리판 위로 정성스레 조각을 새긴 문양이 소름 끼칠 정도로 눈에 확연히 들어왔다.

"잠깐, 기다려요." 블라스트가 말했다. "이봐요, 원하는 게 뭔지 몰라도, 일단 말로 합시다. 난 그렇게 꽉 막힌 사람이 아니오. 뭘 원하는지 말해봐요."

"내 여동생한테 무슨 짓을 한 거야?"

"아무것도요. 아무 짓도 안 했습니다. 그냥 얘기만 했어요."

"얘기만 했다." 그 남자가 웃었다. "무슨 얘기를 했지?"

"별거 아녜요. 별로 중요한 것도 아니었어요. 펜더개스트라는 친구가 당신을 보낸 겁니까? 제가 알고 있는 건 전부 다 말했는데요."

"당신이 아는 게 뭔데?"

"그 여자는 그림을 보고 싶다고 했어요. 〈블랙 프레임〉 말입니다. 자기가 새로운 이론을 세웠노라고 말했어요."

"이론?"

"그건 제대로 기억이 나지 않아요. 사실, 전혀 모르겠어요. 너무 오래 전 일이라. 제발 믿어주세요."

"아니, 그 이론이 뭔지 듣고 싶은데."

"기억나면 꼭 말씀드리겠습니다."

"그것 말고 다른 건 하나도 기억이 안 난다?"

"그게 전부입니다. 맹세해요. 진짜 그게 전부라고요."

"다행이군." 귀청이 찢어질 듯한 소리와 함께 총구 너머로 뿌연 연기와 불꽃이 튀었다. 블라스트는 육중한 소리와 함께 바닥으로 쓰러졌다. 가슴팍이 무감각해졌고 놀랍게도 별다른 고통은 느껴지지 않았다. 순간 총알이 빗나갔기를 바라는 헛된 희망이 꿈틀거렸다. 그런 다음 피투성이가 된 가슴팍을 내려다보았다.

마치 아주 먼 곳에 있는 것처럼 낯선 남자의 모습이 어렴풋이 보였다. 희미하게 그늘지고 흐릿한 형체가 그의 곁으로 다가오더니 머리 위에 버티고 섰다. 툭 튀어나온 산탄총의 총열 부분이 툭 분리되더니 바로 머리 위로 떨어졌다. 블라스트는 어떻게든 피해보려고 했지만, 뭔가 뜨끈한 것이 목구멍을 채우면서 온몸이 편해지더니 목구멍 너머로 소리가 나오지 않았다.

그런 다음 아까처럼 요란한 소리와 함께 불꽃이 한 번 더 번쩍거렸고, 이번에는 완전히 의식을 잃었다.

39

뉴욕 시

아침 7시 15분, 15분과 살인 사건 전담반은 벌써부터 수사에 박차를 가하고 있었다. 전날 밤에 벌어진 살인 사건의 잠재적 용의자들과 살인 용의자들 명단을 수사 일지에 기록했고, 만일에 대비해서 살인자 공개 수배 과정에 대해 토의했다. 로라 헤이워드 반장은 평소와는 달리, 경찰 국장에게 보낼 월간 종합 보고서 마무리 작업 때문에 책상 뒤에 앉아 있었다. 그 불쌍한 경찰은 텍사스에서 뉴욕까지 호출을 받아서 끌려왔고, 새로운 임무에 투입되었다. 헤이워드는 관료주의적인 협상을 했다는 점에 대해서는 그 역시도 고마워할 것이라는 걸 알고 있었다.

헤이워드는 보고서 작성을 마치고 파일을 저장한 다음 커피 한 모금을 마셨다. 커피가 차갑게 식어 있었다. 벌써 사무실에서 한 시간 이상을 보낸 탓이었다. 커피 잔을 내려놓으려는 찰나 전화벨이 울렸다. 이번에는 사무실 전화가 아닌 개인 휴대폰이었고, 번호를 아는 사람은 네 사람뿐이었다. 어머니, 언니, 가족 변호사와 빈센트 다고스타.

헤이워드는 주머니에서 핸드폰을 꺼내서 발신인을 확인했다. 근무 규정이 워낙 까다로워서 업무 시간에는 보통 개인 전화를 받지 않았다. 하지만 이번에는 사무실 문을 닫고서 휴대폰을 열었다.

"여보세요?" 헤이워드가 말했다.

"로라." 다고스타의 목소리였다. "나야."

"빈센트, 괜찮아? 어젯밤에 전화가 없어서 걱정했어."

"다 괜찮아, 미안해. 그냥…… 정신이 없었어."

그녀는 책상에 기대어 앉았다. "무슨 일인지 말해봐."

잠시 정적이 흘렀다. "사실은, 〈블랙 프레임〉을 찾았어."

"당신들이 찾던 그 그림 말이야?"

"응. 처음에는 그런 줄 알았어."

다고스타는 별로 신나는 목소리가 아니었다. 살짝 찌증이 나 있는 것 같았다.

"어떻게 찾았어?"

"도넛 가게의 지하실 벽 뒤에 숨겨져 있었어. 믿거나 말거나."

"어떻게 손에 넣은 거야?"

다시 말이 없었다. "그게, 벽을 부수고 들어갔어."

"부수고 들어갔다고?"

"그래."

머릿속에서 적신호가 울리기 시작했다. "사람들 없을 때 몰래 들어간 거야?"

"아니. 오후에 찾아갔어."

"계속 말해봐."

"펜더개스트가 계획을 세웠지. 우린 건축 시설물 관리 공단에서 감사를 나온 척하고 건물로 들어갔고 펜더개스트가……."

"마음이 바뀌었어. 더 듣고 싶지 않아. 〈블랙 프레임〉을 찾은 후부터 얘기해봐."

"사실 그것 때문에 전화를 못 한 거야. 배턴루지를 막 떠나려는데, 누군가 우리 뒤를 쫓아오고 있다는 걸 깨달았어. 놈들을 따돌리느라 늪지대를 따라서 추격전을 벌이다가……."

"맙소사, 빈센트! 제발 그만해." 로라가 걱정했던 일이 터진 게 분명했다. "자기 몸은 알아서 지키겠다고 약속했잖아. 괜히 펜더개스트 때문에 위험한 일에 말려들지 말라고."

"알아, 로라. 나도 약속은 잊지 않았어." 다시 아무 말이 없었다. "사실은 그림을 찾게 되면, 아니, 그 그림에 가까이 가서 모든 비밀이 풀린다면 당신한테 돌아갈 수 있을 거라는 생각밖에 없었어."

그녀는 한숨을 쉬면서 고개를 좌우로 저었다. "그래서 무슨 일이 있었어?"

"우린 놈들을 따돌렸어. 그리고 페넘브라 저택으로 돌아왔을 때는 벌써 자정이 다 된 시간이었지. 우린 그림이 든 나무 상자를 서재에 있는 테이블 위로 옮겼어. 펜더개스트가 어찌나 예민해져 있었던지 정말 말도 못 해. 쇠 지렛대도 안 쓰고, 보석상에서 쓰는 작은 연장으로 사팔뜨기 눈이 될 정도로 열심히 상자를 열더라고. 물론 몇 시간이 걸렸지. 워낙 습기가 많은 곳에 보관되어 있었기 때문에, 액자가 바싹 달라붙어서 그걸 떼어내는 데도 엄청 시간이 지체됐어."

"정말 〈블랙 프레임〉이었어?"

"그 안에는 〈블랙 프레임〉이 있었어. 그래. 하지만 캔버스 위로 온통 곰팡이가 생기고 더러워져서 전혀 알아볼 수가 없었어. 펜더개스트는 면봉과 솔, 소독액과 곰팡이 제거제를 잔뜩 가져오더니 불순물들을 제거하기 시작했어. 나는 손도 못 대게 하더라고. 15분 정도 매달려 있었는데, 그림의 일부가 예전 모습을 되찾았고, 그리고……."

"그리고?"

"갑자기 이상한 사람처럼 굴었어. 미처 그림을 확인하기도 전에 나를 서재에서 몰아내고 문을 잠그더라고."

"갑자기?"

"그래. 결국 난 복도에 멀뚱히 서 있었어. 뭐가 그려져 있는지는 전혀 못 봤고."

"내가 계속 말했지? 그 사람 정신적으로 문제가 있다고."

"펜더개스트 나름대로 일 처리하는 방식이 있어. 그때가 새벽 3시쯤 됐는데, 에라 모르겠다 싶어서 그냥 곯아떨어졌어. 그런 다음 일어나보니 아침이더라고. 펜더개스트는 아직도 서재에 틀어박혀서 작업을 하고 있고."

헤이워드는 천천히 분노가 솟구치는 것을 느꼈다. "정말 그 사람다운 행동이네. 빈센트, 그 사람은 진짜 친구도 아니야."

그녀는 다고스타가 한숨을 쉬는 소리를 들었다. "우리가 지금 조사를 하고 있는 게, 다른 게 아니라 바로 펜더개스트의 아내의 살인 사건이라는 점을 잊지 않으려고 노력하고 있어. 아마도 엄청난 충격을 받았겠지. 그리고 펜더개스트는 내 친구야. 물론 일하는 방식은 조금 괴짜지만." 그는 잠시 멈추었다. "콘스턴스 그린에 대한 새로운 소식은 없어?"

"지금 벨뷰 병원 감호소에 갇혀 있어. 직접 찾아가서 신문도 했고. 여전히 아기를 바다에 버렸다고 주장하고 있어."

"이유가 뭔지 말했어?"

"응. 아기가 악마였대. 아기 아빠처럼."

"세상에. 미친 건 알았지만 그 정도로 미친 줄은 몰랐네."

"펜더개스트는 뭐라고 해?"

"전혀 감이 안 잡혀. 펜더개스트가 본래 그렇잖아. 겉보기에는 전혀 동요하지 않는 것 같아."

짧은 침묵이 흘렀다. 헤이워드는 당장 집으로 돌아오라고 말할까 잠시 망설였지만 괜한 부담을 안겨주고 싶지는 않았다.

"하나 더 있어." 다고스타가 말했다.

"뭔데?"

"저번에 내가 말했던 사람 기억나? 블랙레터? 헬렌 펜더개스트의 상사, 날개 달린 의사 협회에서 함께 일했던 사람."

"그 사람이 왜?"

"바로 전날 밤에 자기 집에서 살해당했어. 탄피 두 개가 발견됐고, 심장을 정통으로 맞았어."

"세상에."

"그게 전부가 아니야. 존 블라스트, 새러소타에서 만났던 깡마른 남자 알지? 〈블랙 프레임〉에 지대한 관심을 보였다는 사람. 우린 그자가 우리 뒤를 쫓는 줄 알았는데, 방금 전해 들은 바로는 그자도 어젯밤에 살해당했대. 우리가 액자를 붙잡고 한창 씨름을 하고 있을 때. 그쪽 사건 현장에서도 똑같은 탄피가 발견됐어."

"대체 무슨 일이 벌어지고 있는 거지?"

"처음에 블랙레터가 살해당했다는 소식을 들었을 때는 배후에 블라스트가 있다고 생각했어. 그런데 블라스트까지 죽어버렸어."

"펜더개스트에게 감사해야겠네. 가는 곳마다 문제가 터지니까."

"잠깐만." 다고스타는 20초 정도 후에 다시 수화기로 돌아왔다. "펜더개스트가 방문을 두드렸어. 이제 그림 손질을 완전히 끝마쳤고 내 의견을 듣고 싶대. 사랑해, 로라. 저녁에 전화할게."

그리고 다고스타는 전화를 끊었다.

40

페넘브라 저택

다고스타가 방문을 열었을 때 펜더개스트는 호화로운 카펫이 깔린 복도에 뒷짐을 지고 기다리고 있었다. 아직도 포트 앨런 지하실 침입 작전 때 입었던 격자무늬 작업복과 면바지 차림 그대로였다.

"정말 미안해요, 빈센트." 펜더개스트가 말했다. "너무 무례하게 행동하고 제 입장만 생각한 것 같아서 정말 미안하게 생각하고 있어요."

다고스타는 대답하지 않았다.

"그림을 보고 나면 확신이 생길 겁니다. 함께 가실까요?" 펜더개스트는 계단을 향해서 손짓을 했다.

다고스타는 FBI 요원을 따라서 복도를 지나 계단으로 걸어갔다. "블라스트가 죽었어요." 다고스타가 말했다. "블랙레터를 쐈던 총과 똑같은 총에 맞아서 당했어요."

펜더개스트가 걸음을 멈췄다. "총에 맞았다고요?" 그리고 다시 걸음을 옮겼고 아까보다는 조금 걸음이 느려졌다.

서재 문은 활짝 열려 있었고 노란 불빛이 입구 앞 넓은 복도까지 환히 비추고 있었다. 펜더개스트는 조용히 계단으로 내려가서 아치형 문으로 들어갔다. 방 한가운데 놓인 이젤 위에 그림이 놓여 있었다. 두꺼운 벨벳 덮개가 액자 위로 덮여 있었다.

"저쪽으로, 앞으로 가서 서보세요." 펜더개스트가 말했다. "솔직한 반응 기대할게요."

다고스타는 그림 앞에 섰다.

펜더개스트는 한쪽으로 걸어가더니 벨벳 덮개를 들어 올렸다.

다고스타는 그림을 보고 소스라치게 놀랐다. 캐롤라이나 잉꼬도 다른 새도 심지어 동물도 아니었다. 그건 중년 여성의 누드로, 깡마른 여자가 병원 침대에 누워 있는 그림이었다. 여자의 뒤로 보이는 벽 위쪽 작은 창문으로 서늘한 한 줄기 빛이 비추는 모습이었다. 다리를 꼬고 있어서 발목이 겹쳐져 있었고, 두 손으로 양쪽 가슴을 가리고 있었다. 거의 시체에 가까운 모습이었다. 그림 속 여자의 뼈대는 피부 위로 돌출되어 금방이라도 양피지 위로 튀어나올 것처럼 보였고, 분명 어딘가 아파 보였지만 완전히 정신이 나간 사람 같지도 않았다. 하지만 겉으로 보이는 초라한 모습과는 달리 뭔가 보는 이를 끌어당기는 매력이 있었다. 작은 송판으로 만든 탁자 위에는 물병 하나가 놓여 있었고, 침대 옆으로 붕대가 몇 개 보였다. 여자의 검은 머리칼은 거친 리넨 베개 위로 드리워져 있었다. 회반죽을 바른 벽과 틈새, 마른 살점, 리넨 침구의 짜임, 뿌연 먼지가 낀 공기의 티끌 하나까지 세심하게 관찰해 정확히 표현했고, 냉정하리만치 명확하고 자신감에 찬 붓놀림이 그대로 느껴졌다. 여백, 황량함, 구슬픔. 물론 다고스타가 그림 전문가는 아니었지만 엄청난 기운을 느낄 수 있었다.

"빈센트?" 펜더개스트가 작은 목소리로 물었다.

다고스타는 손가락 끝으로 〈블랙 프레임〉 위를 찬찬히 훑었다. "뭐라고 해야 할지 모르겠군요." 다고스타가 말했다.

"그래요." 펜더개스트가 머뭇거렸다. "그림 위에 묻어 있던 불순물들을 제거하면서 가장 먼저 눈에 보인 건, 바로 이 부분이었어요." 그는 그림 속에 그려진 여자의 눈동자를 가리켰다. 자신을 바라보고 있는 사람을 빤히 쳐다보는 눈동자. "이걸 보는 순간 우리가 했던 모든 추측들이 빗나갔다는 것을 깨달았죠. 그래서 나머지 부분을 전부 손보기 위한 충분한 시간이 필요했어요. 물론 혼자서요. 당신이 조금씩 그림을 보는 건 싫었죠. 완벽하게 재건 작업이 끝난 그림을 보여주고 싶었어요. 즉각적이고 꾸미지 않은 솔직한 의견을 듣고 싶어서. 그래서 갑자기 당신을 밀쳐냈던 겁니다. 다시 한 번 정중하게 사과합니다.”

“놀랍군요. 하지만⋯⋯. 이 그림이 정말 오듀본의 작품이라고 확신하나요?”

펜더개스트는 그림의 한쪽 구석을 가리켰고 희미한 사인이 남아 있는 것을 볼 수 있었다. 그런 다음 다른 쪽을 가리켰는데, 물감이 칠해진 어두운 부분이었다. 쥐 한 마리가 뭔가 기다리는 것처럼 웅크리고 앉아 있었다. “서명은 오듀본의 것이 확실해요. 하지만 그보다 더 중요한 건 오듀본이 아니면 저런 쥐를 그릴 수 없었을 거라는 점이에요. 저는 이 그림이 요양원에서의 삶을 그대로 보여주는 거라고 생각해요. 현실을 정확히 관찰하고, 눈에 보이는 그대로를 사실적으로 표현했다는 점에서 무척 아름다운 작품이라고 볼 수 있죠.”

다고스타는 천천히 고개를 끄덕였다. “저는 캐롤라이나 잉꼬 그림일 거라고 생각했었어요. 그림 속 여자가 이번 사건과 어떤 연관이 있는 걸까요?”

펜더개스트는 양손을 펼치더니 알 수 없다는 몸짓을 했다. 다고스타의 눈에도 그의 불만스러운 표정이 한눈에 보일 정도였다. FBI 요원이 이젤에서 몸을 돌리고 다시 입을 열었다. “저쪽에 있는 그림을 보세요, 빈센트.” 서재에 놓인 묵직한 탁자 위로 여러 가지 문양들과 석판 인쇄물, 수채화 물감들이 어지럽게 늘어서 있었다. 왼쪽으로는 동물, 새, 곤충 등 생명이 있는 것들과 사람들을 그린 스케치들이 놓여 있었다. 그 위로 수채화로 그린 쥐 그림도 보였다.

그리고 작은 틈을 사이에 두고 완전히 새로운 스타일의 그림이 있었다. 전혀 색다른 방식이었다. 오른쪽으로는 온통 새 그림이 가득했다.

금방이라도 종이를 뚫고 날아갈 것처럼 생명력이 넘치는 새들이 세밀하게 그려져 있었고, 뒤쪽으로는 포유류와 삼림지대의 풍경이 보였다.

"차이점을 느낄 수 있겠어요?"

"물론이죠. 왼쪽은 별로네요. 오른쪽은, 글쎄요, 정말 아름다워요."

"대고조부의 수집품에서 찾은 겁니다." 펜더개스트가 말했다. "저쪽은……." 펜더개스트는 왼쪽에 대충 그려놓은 스케치를 향해 손짓을 했다. "오듀본이 1821년 도핀가의 작은 집에 살고 있을 때 저희 집안 어르신에게 준 그림으로, 병색이 짙어지기 직전이었어요. 세인트 클레어 요양원에 들어가기 전에 그린 작품들인 셈이죠." 그리고 오른쪽에 있는 그림을 향해서 몸을 돌렸다. "저쪽은 말년에 그린 작품들이고요. 요양원에서 나온 다음에. 이제 수수께끼가 뭔지 아시겠어요?"

다고스타는 여전히 〈블랙 프레임〉에서 눈을 떼지 못했다. "뭔가 발전한 것 같네요." 다고스타가 말했다. "예술가들이 본래 그렇잖아요. 그게 수수께끼라는 거예요?"

펜더개스트는 고개를 저었다. "발전이오? 아니요, 빈센트, 이건 변형입니다. 그 누구도 저렇게 급속도로 성장하지는 못해요. 초창기 스케치들은 형편없었어요. 장인의 솜씨라기에는 말 그대로 괴기스럽기 짝이 없죠. 아무것도 느껴지지 않잖아요, 빈센트. 예술적인 재능이라고는 눈곱만큼도 보이지 않아요."

다고스타도 동의하지 않을 수 없었다. "어떻게 된 거죠?"

펜더개스트는 창백한 눈빛으로 수많은 예술 작품을 훑은 다음, 이젤 앞에 놓인 안락의자로 걸어가서 〈블랙 프레임〉 앞에 앉았다. "그림 속 여자는 분명 요양원에 입원했던 환자였을 거예요. 어쩌면 토르겐슨 의사가 이 환자에게 매료되었는지도 모르죠. 애인 사이였을지도요. 그게 〈블랙 프레임〉에 병적으로 집착했던 이유라고 볼 수도 있겠죠. 심지어 지하실 안에 몰래 빼돌리기까지 하면서 말이에요. 하지만 그것만으로는 헬렌이 왜 그토록 〈블랙 프레임〉에 관심을 보였고 집착하고 필사적으로 찾으려고 했는지 전혀 설명이 되지 않아요."

다고스타는 그림 속 여자를 비스듬히 바라보았다. 자포자기한 표정으로 병원 침대에 누워 있는 중년의 여자. "헬렌의 할머니뻘 되는 분 아니었을까요?" 다고스타가 말했다. "에스테르하지 가문?"

"그것도 생각해봤습니다." 펜더개스트가 대답했다. "그런데 고작 그런 이유 때문에 헬렌이 그림에 집착했을까요?"

"헬렌의 가족은 온갖 억측을 받으면서까지 급하게 메인을 떠났어요." 다고스타가 말했다. "어쩌면 뭔가 지우고 싶었던 가족사가 있었고 이 그림이 그걸 해결하는 데 도움이 되었는지도 모르죠."

"그래요, 하지만 어떻게요?" 펜더개스트는 손가락으로 그림을 가리켰다. "이렇게 논란의 중심이 될 만한 그림이라면, 가문의 명성을 빛내기보다는 오히려 변색시킬 것 같은데요. 최소한 우리는 그림의 주제가 왜 어디서도 언급되지 않았는지는 추측할 수 있습니다. 주제가 너무 충격적이고 도발적이잖아요."

잠시 침묵이 흘렀다.

"왜 블라스트는 이 그림을 그토록 가지고 싶어 했을까요?" 다고스타가 큰 소리로 말했다. "제 말은, 이건 단지 그림일 뿐이잖아요. 왜 그토록 긴 세월을 그림 하나를 찾는 데 허비했을까요?"

"그 이유는 아주 간단해요. 그는 오듀본 가문의 후손이었고 자신이 그림에 소유권이 있다고 생각했어요. 시간이 지날수록 〈블랙 프레임〉 자체를 찾는 게 강박관념처럼 느껴졌겠죠. 결국 그림을 찾게 되면 모든 걸 보상받을 수 있을 테니까. 블라스트가 이 그림을 봤다면 우리만큼 놀랐을 겁니다." 펜더개스트는 다섯 손가락을 텐트처럼 세우고는 이마를 짚었다.

다고스타는 계속 그림을 쳐다보았다. 뭔가가 아직도 떠오르지 않았다. 그림은 뭔가 말해주려고 하고 있었다. 다고스타는 그림을 빤히 노려봤다.

순간 다고스타의 머릿속에 뭔가 번쩍 떠올랐다.

"이 그림 말이에요." 다고스타가 말했다. "여기를 봐요. 이 그림은 테이블 위에 놓인 수채화와 비슷해요. 말년에 그렸다는 그림 말이에요."

펜더개스트는 고개도 들지 않고 말했다. "무슨 소리인지 이해가 안 돼요."

"아까 그랬잖아요. 저 쥐는 분명 오듀본이 그린 거라고."

"그래요.《북아메리카의 포유류》에 나온 것과 매우 흡사하죠."

"좋아요. 그럼, 초창기에 그린 작품에 나오는 쥐를 보세요."

펜더개스트가 천천히 고개를 들었다. 그리고 〈블랙 프레임〉과 다른 작품들을 번갈아 쳐다보았다. 그는 다고스타를 흘끗 바라보았다. "그래서 요점이 뭐죠, 빈센트?"

다고스타는 테이블 위를 가리켰다. "저 초창기에 그린 그림 속의 쥐 말이에요. 아무래도 오듀본이 그린 것 같지 않아요. 다른 생물들을 그린 초창기 작품들도 그렇고요. 절대 오듀본이 그린 게 아니에요."

"저도 그렇게 생각합니다. 바로 그게 수수께끼예요."

"하지만 진짜 문제는 그게 아니에요."

펜더개스트는 궁금해 죽겠다는 듯 호기심에 찬 눈빛으로 다고스타를 쳐다봤다. "계속 말해보세요."

"여기, 초창기에 그렸던 작품성이 별로 느껴지지 않는 스케치가 있어요. 그리고 여기 여자의 누드를 그린 그림이 있고요. 그사이에 무슨 일이 있었던 걸까요?"

펜더개스트의 눈빛이 반짝였다. "병에 걸렸죠."

다고스타가 끄덕였다. "맞아요. 병마가 오듀본을 완전히 바꾸어놨어요. 또 다른 이유는 뭐가 있을까요?"

"대단해요, 내 친구 빈센트!" 펜더개스트는 팔로 의자를 밀고 자리에서 벌떡 일어나서 방을 돌아다녔다. "죽음을 눈앞에 두었을 때의 붓질, 자신의 도덕성과 갑자기 조우하면서 뭔가 변화가 생긴 거예요. 창조적인 에너지가 오듀본을 가득 채웠고 그의 예술적 경력을 순식간에 발전시키는 전환점을 맞은 거죠."

"우리는 헬렌이 오듀본의 그림 주제에 관심을 가졌을 거라고 추측해 왔어요." 다고스타가 말했다.

"맞아요. 하지만 블라스트가 했던 말 기억나요? 헬렌은 그림을 소유하고 싶지 않다고 했어요. 그저 조사하고 싶었던 거죠. 오듀본에게 예술적인 변화가 일어난 시점이 언제였는지 확인하고 싶었던 거예요." 펜더개스트는 갑자기 조용해졌고 점점 발걸음이 느려지더니 마침내 멈췄다. 뭔가에 막혀버린 것처럼 눈빛이 변했다.

다고스타가 말했다. "드디어, 수수께끼가 풀렸네요."

은빛의 눈동자가 다고스타를 쳐다보았다. "아닙니다."

"무슨 말이죠?"

"헬렌은 왜 이 사실을 숨기려고 했을까요?"

다고스타는 어깨를 으쓱해 보였다. "두 사람이 만나게 된 배경 때문이거나, 당신한테 거짓말을 했다는 게 부끄러워서 그랬을지도 모르죠."

"고작 그것 때문에? 아닐 거예요. 그보다 훨씬 더 중요한 이유 때문에 모든 걸 숨겼을 겁니다." 펜더개스트는 안락의자에 몸을 파묻고 다시 그림을 쳐다봤다. "덮개를 씌워주세요."

다고스타는 그림 위에 벨벳 덮개를 씌웠다. 점점 걱정이 되기 시작했다. 펜더개스트의 행동이 너무 비정상적으로 보였다.

펜더개스트가 두 눈을 감았다. 서재 구석에 놓인 할아버지의 시계 소리와 함께 점점 침묵이 증폭되었다. 다고스타도 의자에 앉았다. 가끔은 펜더개스트를 그대로 내버려두는 편이 나을 때가 있었다.

그가 천천히 눈을 떴다.

"우리는 이 사건을 처음부터 잘못 풀어나가고 있었어요."

"그래서요?"

"헬렌이 오듀본이라는 예술가 자체에 관심이 있다고 가정했죠."

"그래서요? 그럼 다른 이유가 있다는 건가요?"

"그녀는 요양원에 머문 환자로서 오듀본이란 사람에게 관심이 있었던 겁니다."

"환자요?"

펜더개스트가 천천히 고개를 끄덕였다. "바로 그게 헬렌이 열정을 가졌던 분야거든요. 의학 연구."

"그럼 왜 그림을 찾으려고 한 거죠?"

"회복 직후에 이 그림을 그렸기 때문이겠죠. 헬렌은 자기 이론을 확인하고 싶었던 거예요."

"무슨 이론이었을까요?"

"내 친구 빈센트, 오듀본이 정확히 어떤 병 때문에 고통을 받았는지 알고 있나요?"

"아니요."

"맞아요. 그 병이 이 모든 것의 열쇠예요! 그녀가 알고 싶었던 것은 병 그 자체였어요. 오듀본이 앓았던 병. 왜냐하면 그 병이 평범한 예술가를 천재로 탈바꿈하게 만든 것처럼 보였으니까요. 그녀는 무언가 오듀본을 변화하게 만들었다는 것을 알았어요. 그래서 오듀본이 지진을 경험했던 뉴 마드리드까지 찾아간 거예요. 계속 그의 행적을 뒤쫓았죠. 그 변화를 일으킨 원인이 무엇인지 알아내기 위해서 전 세계를 쥐 잡듯이 뒤졌어요. 그리고 헬렌은 그가 어떤 병에 걸렸는지 확인하고 나서야 자신의 연구가 비로소 완성되었다는 것을 깨달았죠. 그래서 자신의 이론을 명확히 검증하기 위해서 그림을 찾고 싶었던 거예요. 오듀본이 병에 걸린 후로 심적으로 변화가 생겼다는 이론. 일종의 신경학적인 효과겠죠. 도저히 믿기지 않는 신경학적 효과!"

"와우, 무슨 말인지 하나도 이해가 안 되는데요."

펜더개스트가 벌떡 일어섰다. "그래서 나한테도 비밀로 한 거죠. 잠재적으로 볼 때, 엄청난 가치가 있는 연구의 독점권을 가질 수 있을 정도로 대단한 발견을 한 거니까요. 우리 두 사람의 관계와는 전혀 무관한 것이었어요." 펜더개스트는 충동적으로 다고스타의 두 팔을 덥석 잡았다. "당신의 천재적인 능력이 없었다면 나는 여전히 어둠 속에서 방황하고 있었을 거예요, 친애하는 빈센트."

"뭐라고 해야 할지……."

펜더개스트는 다고스타의 팔을 놓고 휙 돌아서더니 서재 문을 향해서 재빨리 걸어갔다. "나가요. 꾸물거릴 시간이 없어요."

"어디로 가는 기죠?" 디고스티는 서둘러 뒤를 따랐다. 그리고 온통 복잡해진 머릿속으로 펜더개스트가 말했던 논리적인 이야기들의 고리를 연결하려고 무던히 애를 썼다.

"먼저 당신이 지적했던 부분을 확인하고, 모든 의혹들을 정확하게 확인해봐야겠어요."

41

　얼룩덜룩한 그늘 아래 있던 저격수는 자세를 바꾸고 위장용 물통에 든 물을 벌컥벌컥 마셨다. 그리고 팔목에 두른 땀 밴드로 양쪽 관자놀이를 지그시 눌렀다. 그의 움직임은 보일 듯 말 듯했고 완벽히 계산된 것이었다. 그는 수풀 아래 미로 속에 완벽하게 매복하고 있었다.

　사실 이렇게까지 조심할 필요는 없었다. 목표물이 그의 모습을 볼 확률은 거의 없었기 때문이었다. 하지만 수년간 네발 달린 동물들, 때로는 소심하고 초자연적이고 기민한 녀석들을 사냥하면서 언제나 조심스럽게 행동해야 한다는 것을 배웠다.

　완전히 썩어버린 커다란 오크 나무와 물안개처럼 드리워진 스페인 이끼 아래 완벽하게 몸을 숨기고 있었기 때문에 밖을 내다볼 만한 틈새가 별로 없었다. 그는 조그만 틈 사이로 저격용 레밍턴의 총구를 내밀었다. 온통 자연 속에 몸을 숨기고 있다 보니 말 그대로 완벽한 위장이 가능했다. 허리케인 카트리나로 생긴 결과 중 하나는 주변의 숲과 늪지대 어디서든 눈에 띌 우려가 있게 되었다는 점이었다. 잠시 걸음을 멈추고 주위를 둘러보면 발견할 여지가 있었다.

　저격수 역시 그 사실을 굳게 믿고 있었다.

　위장막 너머로 총열이 2.5센티미터 정도 삐죽 튀어나와 있었다. 저격수는 완전히 그늘에 가려져 있었고, 총열 역시 특수 제작된 검정 무반사 중합체로 싸여 있었다. 목표물은 아침 햇살을 받아서 반짝이고 있었다. 만약 여기서 총을 쏜다고 해도, 정확한 발사 지점을 확인하기란 쉬운 일이 아닐 것이다. 불꽃이 튀는 부분도 마개로 가려져 있어서 확실하게 위장이 될 것이다.

저격수는 침대칸이 딸린 사륜구동 닛산 자동차를 렌트해서 위장막 뒤에 미리 주차를 해놓았다. 그는 차 뒷문 아래 딸린 침대를 사격 받침대로 사용했다. 그의 총구는 동쪽 벌목로를 겨냥히고 있었다. 설령 누가 보고 쫓아온다 하더라도, 침대를 접고 시동을 걸고 도로까지 진입하는 데 30초도 걸리지 않을 것이다. 안전한 고속도로까지 3킬로미터 정도 떨어진 곳이었다.

하지만 앞으로 얼마나 더 기다려야 할지 알 수 없었다. 10분, 아니 열 시간이 될 수도 있었지만 상관없었다. 이번 일에는 명확한 동기가 있었다. 동기, 사실 인생에서 한 번도 가져본 적 없는 것이었다. 아니, 아니었다. 딱 한 번 그런 적이 있었다.

뿌연 안개와 아침 이슬이 내린 아침, 그늘 아래 어두운 공기는 느릿느릿 움직이고 있었다. 훨씬 더 나았다. 그는 다시 한 번 관자놀이를 눌렀다. 벌레들의 윙윙거리는 소리가 귓가에 나른하게 들렸고, 연신 끽끽대며 이야기를 나누는 쥐들의 소리도 들을 수 있었다. 분명 근처에 쥐구멍이 있을 것이다. 요즘에는 저지대고 늪지고 간에 어디나 빌어먹을 쥐 새끼들이 살고 있는 것 같았다. 실험용 토끼처럼 인간 손에 길들고 잔뜩 배를 주린 놈들이었다.

그는 다시 물을 벌컥벌컥 들이켜고 레밍턴의 총구를 재차 확인했다. 2각대는 안전하게 고정되어 있었다. 먼저 볼트부터 풀었다. 그리고 308 윈체스터가 제대로 장착되어 있는지 확인했다. 다시 딸깍 소리가 나게 볼트를 홈에 고정했다. 그는 고도로 집중력을 발휘하는 명사수가 그러하듯이 볼트 반응의 정확성과 안정감을 중시하는 쪽이었다. 미리 탄창 내부에 여분의 총알 세 개도 넣어두었다. 물론 만일의 경우를 대비한 것이었지만, 저격수의 공격 방식 면에서 보자면, 첫 번째 총알에 집중하는 편이 최선이었고 여분의 총알은 되도록 사용하지 않는 게 중요했다.

가장 중요한 것은 르폴드 마크 4의 장거리 가늠자였다. 그는 곧바로 가늠자를 저택 현관문에 걸려 있는 손잡이 쪽으로 겨누었고, 그다음 자갈이 깔린 도로, 마지막으로 롤스로이스 자동차를 겨누어보았다.

640미터, 혹은 670미터 정도. 한 방이면 죽일 수 있다.

놈의 커다란 자동차를 바라보자 심장이 빠르게 뛰기 시작했다. 그는 머릿속으로 다시 한 번 계획을 정리해보았다. 목표물은 자동차 뒤로 돌아서 운전석으로 가서 엔진에 시동을 걸 것이다. 자동차가 반원의 도로를 따라서 앞으로 이동한 뒤, 차도로 진입하기 전에 잠시 정차할 것이다. 바로 그때가 방아쇠를 당겨야 하는 순간이다.

그는 심장박동이 잦아들기를 기다리면서 조용히 엎드려 있었다. 괜히 흥분하거나 다른 이유로 감정이 동요해서는 안 될 터였다. 조급증, 분노, 두려움. 모든 게 그의 정신을 어지럽힐 수 있는 요소들이었다. 완벽히 침착함을 유지하는 것이 해답이었다. 초원이나 수풀 속에서는 오히려 정신 집중이 잘되었다. 아니, 이보다 훨씬 더 위험한 상황에서도 그랬다. 그는 여전히 가늠자 앞에 눈을 대고 방아쇠울에 살짝 손가락을 걸치고 있었다. 다시 한 번 자신에게 주어진 임무를 곱씹었다. 이번 임무만 마치면 모든 게 끝이었다. 마지막으로 이번 한 번만 성공한다면…….

잠시 후, 자기 수양을 한 것에 대한 보상이라도 받는 것처럼 커다란 저택의 현관문이 열렸고 한 남자가 걸어 나왔다. 저격수는 숨을 멈췄다. 목표물이 아닌 다른 남자, 바로 경찰이었다. 움직임이 너무 굼떠서 전혀 미동이 느껴지지 않을 정도였다. 그는 방아쇠울에 대고 있던 손가락을 방아쇠로 옮겼다. 다부진 체격의 남자는 넓은 현관에 서서 조심스럽게 주위를 둘러봤다. 저격수는 움츠러들지 않았다. 자신이 완벽하게 위장되어 있다는 것을 잘 알고 있었기 때문이다. 드디어 목표물이 어두운 저택에서 걸어 나왔고, 두 사람은 현관을 따라 계단을 내려와 자갈이 깔린 도로로 내려섰다. 저격수는 가늠자에 눈을 대고 두 사람의 움직임을 따라갔고 드디어 목표물의 머리 정중앙에 맞추었다. 괜히 서둘러서 방아쇠를 당기지는 않을 작정이었다. 이미 완벽한 계획을 세워두었으니 그대로 따를 생각이었다. 둘은 걸음을 재촉하면서 차를 세워둔 쪽으로 걸어갔다. '계획했던 대로만 하면 돼.'

저격수는 가늠자의 십자선을 통해, 목표물이 차로 걸어가서 문을 열고 운전석에 올라타는 모습까지 가만히 지켜보았다. 예상대로 목표물이 운전대를 잡았다. 그는 엔진 시동을 걸고서 고개를 돌려 동료에게 몇 마디 말을 건네더니 다시 고개를 돌리고 자동차를 움직였다. 저격수는 오로지 목표물에 집중했고 호흡을 조절하면서 쿵쾅거리는 심장박동을 진정시키려고 애썼다. 두근거리는 심장박동이 잠시 멈추는 순간 총을 쏠 것이다.

롤스로이스가 자갈길 커브를 따라 시속 25킬로미터의 속도로 부드럽게 움직였고, 차로와 맞닿는 교차로 쪽으로 천천히 접근했다. 지금이야, 저격수가 생각했다. 이미 모든 준비는 끝났고, 연습도 충분히 했다. 지금까지의 경험이 단 한순간의 성공을 위한 연결 고리가 되어줄 터였다. 목표물이 계획된 지점에 멈추었다. 저격수는 살짝 방아쇠를 당겼다. 완전히 힘을 주지는 않고 어린아이를 달래는 것처럼 조금씩, 조금씩……

그때 위장막이 격렬하게 흔들리면서 꽥 하며 놀라는 소리가 났고 회색과 갈색이 섞인 쥐 한 마리가 방아쇠를 쥐고 있던 손으로 뛰어들었다. 동시에 엄청나게 커다랗고 시커먼 그림자가 위장막 위로 휙 스치고 지나갔다.

순식간에 레밍턴 총이 발사되었고 손 위로 약간의 반동이 전해졌다. 그는 외마디 욕설을 내뱉으며 날쌔게 움직이는 쥐를 한쪽으로 걷어냈고 가늠자에 눈을 대고 재빨리 목표물을 살피며 아까처럼 볼트를 조였다. 바람막이 덮개 안쪽 구멍이 계획했던 것보다 왼쪽 위로 15센티미터 정도 넘어가 있었다. 롤스로이스는 재빨리 속력을 내면서 모퉁이를 돌아서고 있었고, 뿌연 먼지바람과 함께 자갈이 튀어 올랐다. 저격수는 최대한 위축되지 않으려고 애쓰면서 가늠자를 목표물에 맞추었고 심장 박동이 잦아들기를 기다리며 방아쇠에 살짝 힘을 주었다.

바로 그때, 차 안에서 한바탕 소란이 벌어졌다. 다부진 체격의 남자가 핸들 쪽으로 재빠르게 몸을 움직이더니 몸 전체로 앞 유리창을 가렸다. 동시에 총알이 발사되었다. 롤스로이스 차량은 차도를 가로지르며 급정거를 했다. 사방으로 핏자국이 튀었고, 피가 앞 유리창을 덮는 바람에 내부가 제대로 보이지 않았다.

대체 누가 다친 거야?

자동차에서 뿌연 연기가 피어오르는 순간, 총알 하나가 날아왔다. 1000분의 1초 후, 그가 잠복하고 있던 곳에서 90센티미터 정도 떨어진 곳에 총알이 떨어졌다. 두 번째 총성이 들리더니 이번에는 닛산 차량의 철판 위로 총알이 박히면서 요란한 소리가 이어졌다.

저격수는 곧바로 후퇴했고 뒤쪽 침대로 데구루루 굴러서 차 안으로 들어갔다. 다시 한 번 총알이 슝 소리를 내며 날아왔다. 그는 차에 시동을 걸고 저격용 총을 조수석에 던졌다. 조수석 아래 또 다른 총 하나가 놓여 있었다. 두 개의 총열이 짧게 잘려 나가고 검정 나무로 된 개머리판에 화려한 무늬가 새겨져 있는 산탄총이었다. 그는 황급히 기어를 넣고 타이어에 굉음을 내면서 스페인 이끼와 먼지로 덮인 과거 벌목로로 사용되었던 도로 쪽으로 차를 몰았다.

저격수는 울퉁불퉁한 비포장도로의 커브를 100킬로미터 속도로 돌았다. 산탄총이 운전석 쪽으로 미끄러지자 빨간색 담요가 총 위를 덮었다. 다시 한 번 커브를 돌자, 타이어에서 끽 하는 소리가 들리면서 눈앞에 고속도로가 나왔다. 드디어 안전하게 시야를 확보하고 나서야 분노와 실망감이 파도처럼 밀려왔다.

"제기랄!" 저드슨 에스테르하지가 계기판을 연신 두드리며 소리쳤다. "빌어먹을, 지옥에나 떨어져 버려!"

42

뉴욕 시

존 펠더 박사는 보안 병동 감시원의 호위를 받으며 벨뷰 병원의 길고 서늘한 복도를 나란히 걸어갔다. 작고 호리호리한 체구에 우아함이 몸에 밴 박사는 보안 병동이 얼마나 더럽고 통제가 안 되는 곳인지 익히 알고 있었다. 오늘이 환자와 두 번째 면담이었다. 물론 기본적인 정보는 알고 있었다. 처음 병동에 입원할 때 통상적으로 했던 질문 내용이 기록된 자료가 있었다. 그는 법정의 선임을 받은 의사로 자신에게 주어진 법적 책임을 충실히 수행했다. 이미 의사 입장에서 결론은 내렸다. 이 환자는 옳은 것과 그른 것을 구분하지 못하기 때문에 그녀의 행동에 법적인 책임을 물을 수 없다는 것이었다.

하지만 박사는 솔직히 만족스럽지 않았다. 과거 여러 건의 특수한 사건을 경험했던 그였다. 보통 의사들은 전혀 듣도 보도 못한 것들을 체험했고, 범죄 병리학적으로 좀처럼 믿기 힘든 사건들도 조사했었다. 하지만 이번 경우는 예전에 한 번도 본 적이 없는 사건이었다. 어쩌면 의사로서도 처음 경험하는 일이었다. 게다가 환자의 정신세계의 핵심을 건드리지 못했다는 아쉬움이 들었다.

그렇다고 해도 이런 사건의 관료적 절차에는 큰 변화가 없을 것이다. 사실, 박사의 임무는 끝났다. 하지만 조금 더 심화된 평가를 내릴 수 있을 때까지 최종 결론을 미뤄두고 있었고, 그래서 환자와 한 번 더 면담을 하기로 결심한 것이었다. 이번에는 제대로 대화를 나누어볼 작정이었다. 그저 두 사람 사이의 평범한 대화, 그 이상도 이하도 아닌 것을 말이다.

그는 병실 모퉁이를 돌아서 끝도 없이 이어진 복도를 따라 계속 걸어 갔다. 이번 사건의 의문점들에 대해서 골똘히 생각하느라, 보안 병동의 소음, 울음소리, 퀴퀴한 악취 따위는 그의 의식에 전혀 방해가 되지 않았다. 첫 번째 의문점은 그녀의 정체성에 관한 것이었다. 법원행정 담당자가 부지런히 검색을 했음에도 불구하고, 환자의 출생 기록, 사회보장 번호 등 그녀의 존재를 증명할 서류는 어디서도 찾을 수 없었다. 고작 찾은 거라고는 의도적으로 모호하게 기록해놓은 퍼트넘 카운티의 피버샴 시설에서 나온 기록뿐이었다. 개인 소지품에서 발견한 영국 여권도 그녀의 소유라는 건 확실했지만, 머리 회전이 기민한 사기꾼이 보스턴에 있는 소규모의 영국 영사관을 사칭해 만든 거짓 여권으로 밝혀 졌다. 그녀는 완전한 성인의 모습으로 제우스의 이마에서 튀어나온 아테나처럼, 갑자기 지구에 나타난 사람 같았다.

자기 발소리가 긴 복도를 따라 울려 퍼지는 소리를 들으며 펠더 박사는 어떤 질문을 해야 할지 많이 고민하지 않기로 했다. 형식적인 질문으로 환자의 모호한 정신세계를 파악할 수 없었기 때문에 오히려 자연스러운 대화가 먹힐지도 모른다는 생각이 들었다.

그는 마지막 모퉁이를 돌아서 환자 접견실에 도착했다. 근무를 서던 경비원들이 둥근 창이 달린 회색 철문을 활짝 열어주었고 박사는 작은 방으로 들어갔다. 의자 몇 개, 커피 테이블, 잡지 몇 권, 전등, 단면 거울까지 구비된 곳이라 별로 나쁜 방은 아니었다. 이미 환자는 경찰 옆에 앉아 있었다. 박사가 접견실로 들어가자 두 사람이 동시에 자리에서 일어났다.

"안녕하세요, 콘스턴스 씨." 펠더 박사가 무미건조하게 말했다. "경관, 수갑을 풀어주세요."

"먼저 서류를 보여주시죠, 박사님."

펠더는 자리에 앉아서 서류 가방을 열고 해당 자료를 꺼내서 경관에게 넘겼다. 남자는 서류를 쭉 훑어보더니 알았다고 말하고, 자리에서 일어선 수감자의 수갑을 풀어서 벨트에 끼워 넣었다.

"밖에 나가 있겠습니다. 필요하면 버튼을 눌러주십시오."

"고맙습니다."

경찰이 자리를 비우자 펠더 박사는 환자 콘스턴스 그린에게 관심을 돌렸다. 그녀는 새침하게 두 손을 가지런히 모으고 죄수복을 입고 서 있었다. 박사는 그녀의 침착함과 빼어난 미모에 다시 한 번 감탄했다.

"콘스턴스 씨, 잘 지내셨죠? 이쪽으로 앉으세요."

콘스턴스는 자리에 앉았다. "아주 잘 지냈습니다, 박사님. 어떻게 지내셨어요?"

"잘 지냈죠." 그는 몸을 뒤로 기대고 앉아 다리를 꼬면서 미소를 지었다. "다시 한 번 이야기할 기회를 가지게 되어서 기쁩니다. 당신에게 물어보고 싶은 것이 몇 가지 있습니다. 솔직히 오늘 대화는 기록을 하지는 않을 겁니다. 몇 분만 사적인 이야기를 나눠도 괜찮겠습니까?"

"물론이지요."

"좋습니다. 너무 심각하게 받아들이지는 마세요. 어쩌면 직업상 책임감 때문이라고 생각하실 수도 있겠습니다만, 제 임무는 끝이 났는데 이대로 그만둘 수가 없어서요. 워터가에서 태어나셨다고요?"

그녀는 고개를 끄덕였다.

"집에서요?"

다시 한 번 고개를 끄덕였다.

그는 다시 기록을 찾아보았다. "언니 이름은 메리 그린이고, 오빠 이름은 조지프군요. 어머니는 채스터티, 아버님 성함은 호러스 씨. 맞습니까?"

"완벽히요."

완벽하다. 그녀의 단어 선택은 정말이지 이상했다.

"언제 태어났습니까?"

"그건 기억이 나지 않아요."

"물론 기억이 나지 않겠죠. 그래도 생일은 알고 있지 않을까요?"

"몰라요."

"그래도 분명 기억이 날 겁니다. 80년대 후반이라든가?"

그녀의 얼굴에 유령 같은 미소가 잠깐 스쳐 갔지만 펠더가 미처 눈치를 채기도 전에 사라졌다. "70년대 초반에 태어난 것 같아요."

"현재 나이가 스물세 살이라고 말씀하셨잖아요."

"그쯤 된 것 같아요. 전에 말씀드렸던 것처럼 저는 정확한 나이를 모릅니다."

박사가 살짝 목청을 가다듬었다. "콘스턴스 씨, 워터가에 당신 가족이 거주했다는 기록이 남아 있지 않다는 것 알고 있습니까?"

"충분히 조사를 안 했나 보죠."

그는 앞으로 몸을 숙였다. "혹시 진실을 숨기는 특별한 이유가 있습니까? 제가 당신을 도우러 왔다는 걸 기억해주세요."

침묵. 그는 적갈색 머리카락을 늘어뜨리고 보라색 눈동자를 가진 아름다운 여자를 바라보았다. 처음 만난 뒤부터 한 번도 잊지 않는 모습이었다. 오만하고, 조용하고, 거만한…… 어쩌면 박사를 우습게 보고 있는 건지도 몰랐다. 전체적인 분위기는…… 뭐랄까? 여왕? 아니, 그건 제대로 된 표현이 아니었다. 이런 여자는 한 번도 본 적이 없었다.

박사는 한쪽으로 서류를 치우고 편안하고 사적인 분위기로 바꾸어보려고 애썼다. "펜더개스트 씨의 피후견인이 된 계기가 뭔가요?"

"부모님과 형제자매가 죽고 나서 저는 고아가 되었어요. 집조차 없었죠. 펜더개스트 씨의 집이 리버사이드 드라이브 891번지였고……." 그녀는 잠시 멈췄다. "본래 렝이라는 분의 소유였는데, 결국 빈집이 되었죠. 그래서 거기 들어가 살게 된 거고요."

"하필 왜 그 집이었죠? 특별한 이유라도?"

"저택이 워낙 크고 편한 데다 숨을 만한 데가 많았으니까요. 그 집에는 훌륭한 서재도 있었습니다. 나중에 펜더개스트 씨가 그 집을 물려받았을 때 저를 발견했고, 법적 보호자가 되어주셨습니다."

펜더개스트. 그의 이름은 콘스턴스의 범죄에 관련된 서류에 간략하게 기재되어 있었다. 그 남자 역시 이번 사건에 대한 증언을 거부했다. "왜 당신의 법적 보호자가 되어준 걸까요?"

"죄책감."

침묵. 펠더 박사는 목소리를 가다듬었다. "죄책감이오? 왜 그렇게 말씀하시죠?"

그녀는 대답하지 않았다.

"혹시 아이의 아버지였습니까?"

그제야 대답이 들려왔고 비정상적이리만치 차분했다. "아닙니다."

"그러면 펜더개스트의 저택에서 당신의 역할은 무엇이었습니까?"

"조수였습니다. 조사원 정도라고 해야겠죠. 그분은 제 언어 능력이 유용하다는 걸 잘 알고 계셨어요."

"언어요? 몇 가지 언어를 구사할 수 있죠?"

"영어만 잘해요. 라틴어, 고대 그리스어, 프랑스어, 이탈리아어, 스페인어와 독일어는 그저 읽고 쓸 수 있을 정도고."

"흥미롭군요. 아주 똑똑한 학생이셨나 봅니다. 학교는 어디서 다녔습니까?"

"혼자 공부했어요."

"혼자서 공부하셨다고요?"

"독학을 했어요."

가능한 일인가? 박사는 내심 궁금했다. 요즘 같은 시대에 도시에서 태어나서 자란 사람이 공식적인 기록 하나 남기지 않았다? 격식에 얽매이지 않고 접근하려던 계획이 완전히 길을 잃은 듯했다. 조금 더 직설적인 화법으로 환자를 압박할 때가 됐다. "언니는 어쩌다 세상을 떠나셨죠?"

"연쇄살인범 손에 살해되었어요."

펠더는 말을 멈췄다. "당시 기록이 남아 있나요? 연쇄살인범은 잡혔고요?"

"아니요. 둘 다 아닙니다."

"부모님은요? 무슨 일이 있었습니까?"

"두 분 다 폐결핵으로 돌아가셨습니다."

펠더는 갑자기 고무되었다. 뉴욕 시에서 폐결핵으로 사망했다면, 두 사람의 기록을 확인하기는 훨씬 수월할 것이고 아직도 모든 서류가 남아 있을 것이다. "어느 병원에서 돌아가셨습니까?"

"병원이 아니에요. 저는 아버지가 어디서 돌아가셨는지 모릅니다. 어머니는 길거리에서 돌아가셨죠. 하트 아일랜드에 있는 공동묘지에 묻혀 계십니다."

그녀는 두 손을 무릎 위에 가지런히 포갠 채 가만히 앉아 있었다. 펠더는 짜증이 치밀어 올랐다. "다시 생일 이야기로 돌아가 보죠. 어느 해에 태어났는지 정확히 기억하지 못한다고 하셨죠?"

"네."

펠더는 한숨을 쉬었다. "당신의 아기에 대해서 몇 가지 질문을 하겠습니다."

그녀는 조용히 있었다.

"아기가 악마라서 바다에 던져버렸다고 하셨죠. 어떻게 악마라는 걸 알게 되신 거죠?"

"아기 아버지가 악마였습니다."

"아버지가 누군지 밝히실 수 있나요?"

대답이 없었다.

"악한 기운이 유전된다고 믿으십니까?"

"인간의 게놈에는 일정한 유전자가 있어요. 이는 분명히 범죄적 기질에 영향을 미치고, 모든 유전자적인 요소는 유전되기 마련이죠. 선생님께서도 인간 행동 특성에 관한 어둠의 3요소라는 최근 연구 보고서를 읽으셨겠죠?"

펠더는 그 연구 보고서의 내용을 잘 알고 있었다. 박사는 그녀의 순수하고 박식한 대답에 놀랐다.

"그래서 아기의 사악한 유전자를 제거하기 위해서 대서양에 던졌다는 말씀이군요?"

"그렇습니다."

"아버지는요? 아직 살아 있습니까?"

"죽었습니다."

"어떻게요?"

"화산 쇄설류에 빠졌어요."

"화산…… 뭐라고요?"

"지질학 용어입니다. 화산에 떨어졌어요."

그녀의 말을 이해하기까지 다소 시간이 걸렸다. "지질학자였나요?"

대답이 없었다. 이런 식으로 대답을 빙빙 돌리고 분명한 대답을 회피하다니, 정말 짜증이 났다.

"부군께서 '빠졌다'고 말씀하셨는데요, 누군가 그분을 화산 속으로 밀었다는 의미입니까?"

또 대답이 없다. 그녀의 말은 미친 사람의 환상이다. 이런 식으로 살살 달래가며 추적할 만한 가치가 없었다.

펠더는 다시 주제를 바꿨다. "콘스턴스 씨, 당신이 배에서 아기를 던질 때, 살인범으로 몰릴 거라고 생각하셨습니까?"

"당연하죠."

"결과가 어떨지도 생각해보셨고요?"

"그렇습니다."

"그럼 아기를 죽인 게 잘못이라는 걸 알고 계시겠군요."

"정반대입니다. 비록 옳지 않은 일인지는 몰라도 그 방법밖에 없었습니다."

"왜 그렇죠?"

질문 뒤로 침묵이 뒤따랐다. 박사는 한숨을 내쉬고, 다시 어둠의 그물에 걸렸음을 느끼며 서류를 챙겨서 자리에서 일어났다. "고맙습니다, 콘스턴스 씨. 면담은 끝났습니다."

"천만에요, 펠더 박사님."

그는 버튼을 눌렀다. 곧바로 문이 열리고 경찰이 들어왔다.

"끝났습니다." 박사가 말했다. 그러고는 콘스턴스 그린을 쳐다보면서 자신의 의지와는 반대되는 말을 내뱉었다. "며칠 후 다시 만나죠."

"저야 감사하죠."

펠더 박사는 보안 병동의 긴 복도를 따라 걸으면서 처음 내린 결론이 과연 옳은 것인가에 대해 의구심을 가졌다. 물론 환자는 정신적으로 문제가 있었고 분명 제정신이 아니었다. 하지만 법적으로도 미친 것으로 규정해도 될까? 법적인 문제만 제외하면 모든 게 정상이었고 모든 행동을 예측할 수 있었으며, 말 그대로 정상인이었다. 그럼 남은 것은? 아무것도 없었다.

그녀의 정체성처럼. 아무것도 없다.

43

배턴루지

로라 헤이워드는 배턴루지 제너럴 병원의 2층 복도를 달려가면서 의식적으로 너무 서두르지 않으려고 애썼다. 호흡, 얼굴 표정, 몸짓, 언어도 의식적으로 제어하려고 했다. 모든 것들을. 뉴욕을 떠나기 전, 헤이워드는 경찰복을 벗고 최대한 신경 써서 청바지와 셔츠를 고르고 머리도 풀어 헤쳤다. 그녀는 여기 미국 시민의 한 사람으로 왔다. 그 이상도, 그 이하도 아니었다.

로라는 의사들과 간호사들과 병원 직원들을 스쳐 지나갔고 마침내 수술실로 향하는 쌍여닫이문으로 향했다. 로라는 사람들을 지나칠 때마다 의도적으로 걷는 속도를 조절하려고 했다. 오른쪽에 안내 데스크가 있었다. "도와드릴까요?"라고 정중하게 묻는 간호사의 말을 무시하고 그대로 지나갔다. 그녀는 곧장 보호자 대기실로 향했다. 맞은편에서 남자 하나가 침울한 표정으로 자리에서 일어나더니 그녀에게로 다가와 팔을 내밀었다.

그녀는 그 남자에게 걸어가서 오른팔을 힘껏 휘둘러 턱이 얼얼해질 정도로 뺨을 날렸다. "나쁜 자식!"

남자는 뒤로 물러섰지만 방어를 하려고 들지는 않았다. 로라는 한 대 더 뺨을 날렸다.

"이기적이고, 건방진 자식! 지금까지 경력을 망쳐놓은 것으로도 모자라서, 이제는 죽일 참이야? 이 망할 자식아!"

로라는 세 번째로 뺨을 날리려고 팔을 휘둘렀고 이번에는 남자가 그녀의 팔을 잡고 자기 쪽으로 부드럽게 당기면서 단호한 표정으로 쳐다보았다. 로라는 잠시 벗어나려고 몸부림을 쳤다. 잠깐의 순간이 지나가자 로라는 가슴속의 모든 분노와 증오가 와르르 무너지는 것을 느꼈다. 펜더개스트가 붙잡고 있던 그녀의 손을 놓자, 온몸에 힘이 빠졌다. 펜더개스트는 그녀를 대기실 의자에 앉혔다. 어디선가 왁자지껄 수란이 일어났고 사방에서 고성이 오고 갔다. 로라는 고개를 들고 소리가 나는 쪽을 쳐다보았다. 보안 요원 세 명이 서로 질문과 명령을 내리고 있었다. 뒤쪽에 서 있는 간호사가 뭐라고 소리를 질렀고 로라는 깜짝 놀라서 손으로 입을 막았다. 펜더개스트는 자리에서 일어서서 FBI 배지를 꺼내 그들 면전에 내밀었다. "제가 알아서 처리하죠. 괜히 소란 피우지 마십시오."

"방금 폭력이 오가지 않았습니까?" 보안 요원 한 명이 말했다. "선생님, 피를 흘리고 계십니다."

펜더개스트는 공격적으로 한 발자국 걸어 나갔다. "제가 알아서 처리한다고 말했죠, 경관. 아무튼 빠른 시간 내에 사태를 진정시키려고 나서주신 점은 감사합니다. 좋은 저녁 시간 보내세요."

다소 혼란스러운 시간이 흐르고 나서 보안 요원들이 자리를 떠났고 한 명만 근처에 남았다. 그는 보호자 대기실을 지키며 두 손을 앞으로 모으고 헤이워드를 의심 가득한 눈으로 노려보았다.

펜더개스트는 헤이워드 옆에 앉았다. "다고스타는 몇 시간째 수술을 받고 있습니다. 아주 심각한 상황이라고 합니다. 수술 경과를 알려주겠다고 했어요. 아, 저기 집도의가 오네요."

한 의사가 보호자 대기실로 들어왔다. 그의 낯빛이 어두웠다. 그는 헤이워드를 바라보다 피를 흘리고 있는 펜더개스트를 쳐다보았지만 아무 말도 하지 않았다. "특별 수사관 펜더개스트 씨?"

"그렇습니다. 이쪽은 뉴욕 경찰청의 헤이워드 반장이고, 환자의 절친한 친구입니다. 그냥 편하게 말씀하셔도 됩니다."

"알겠습니다." 외과의가 고개를 끄덕였고 한 손에 든 클립보드를 보며 말했다. "총알이 등 뒤쪽에서 박혔고 갈비뼈 뒤쪽을 통해서 심장을 스쳤습니다."

"심장이오?" 헤이워드가 그의 말을 이해하기 위해서 애쓰면서 이렇게 물었다. 그 와중에도 어떻게든 자신을 추스르고 머릿속을 정리하려고 했다.

"대동맥 판막 일부가 찢어졌고, 게다가 심장에 피를 공급하는 부분도 조금 찢어졌습니다. 지금은 대동맥 판막을 치료하고 심장이 계속 뛸 수 있도록 유지하는 장치를 달아놓은 상태입니다."

"그럼, 깨어날 확률이?" 헤이워드가 물었다.

외과의는 대답을 주저했다. "환자분에 따라서 다릅니다. 좋은 소식이라면, 환자의 출혈이 심하지 않다는 것입니다. 만약 총알이 0.5밀리미터라도 심장 가까이로 스쳤다면 대동맥이 파열되었을 겁니다. 물론 살짝 스치면서 심장에 상당한 타격을 주기는 했지만요. 만약 수술만 성공한다면 정상으로 회복할 확률이 큽니다."

"이봐요." 헤이워드가 말했다. "저는 경찰입니다. 일부러 에둘러 말할 필요 없어요. 정확히 살아날 확률이 얼마나 되는지 알고 싶어요."

외과의는 로라의 창백하고 희미한 눈동자를 들여다보았다. "워낙 어렵고 복잡한 수술입니다. 저희는 루이지애나 최고의 외과의로 수술팀을 꾸렸다고 자부합니다. 하지만 상황이 아무리 좋고, 환자가 건강하고 별다른 합병증이 없어도…… 가끔 성공하지 못하는 경우도 있습니다. 이번 수술은, 자동차 엔진이 켜진 상태로 다시 새로 자동차를 만드는 것과 같은 겁니다."

"성공하지 못한다?" 그녀는 갑자기 메스꺼움을 느꼈다. "그게 무슨 뜻이죠?"

"이런 수술에 대한 어떤 연구가 있었는지는 잘 모르지만, 외과 전문의로서 예상해본다면 수술이 성공할 가능성은 5퍼센트 정도 됩니다……. 아니면 그 미만이거나."

그 말이 끝나자 곧바로 긴 침묵이 흘렀다. 5퍼센트나 그 미만.

"심장이식은 못 하나요?"

"현재 심장이식을 할 준비는 되어 있습니다. 만약 환자와 이식할 심장 사이에 모든 게 일치한다면야 충분히 가능성이 있습니다. 하지만 가장 중요한 심장이 없습니다."

헤이워드는 팔로 의자를 붙잡고 자리에 주저앉았다.

"환자의 상태를 알릴 가족이 있습니까?"

헤이워드는 잠시 대답하지 않았다. "전 부인과 아들이 캐나다에 있어요. 다른 가족은 없고. 그리고 환자 이름은 다고스타 부서장입니다."

"죄송합니다. 미안하지만 다시 수술실로 돌아가야 합니다. 수술은 최소 여덟 시간 이상 계속될 겁니다. 모든 게 잘만 진행된다면요. 여기서 기다리셔도 되지만 수술이 끝날 때까지 새로운 소식은 없을 겁니다."

헤이워드는 애매하게 고개를 끄덕였다. 전혀 진정할 수가 없었다. 앞으로의 일을 추론할 만한 능력도 사라져버린 것 같았다.

로라는 의사가 살짝 어깨를 짚는 것 같은 느낌이 들었다. "혹시 다고스타 부서장님에게 종교가 있는지 여쭤도 될까요?"

그녀는 최대한 질문에 집중했고 마침내 고개를 끄덕였다. "가톨릭 신자예요."

"병원에 계신 신부님을 부를까요?"

"신부님이오?" 그녀는 뭐라고 대답할지 몰라서 펜더개스트를 흘끗 쳐다보았다.

"네." 펜더개스트가 말했다. "신부님이 오시면 좋겠습니다. 신부님과도 이야기를 나누고 싶군요. 만약의 상황을 대비해서 준비를 해달라고 전해주십시오. 현재 상황도 설명해드리고."

　의사의 몸에서 삑삑대는 호출기 소리가 들렸고 그는 반사적으로 손을 뻗어 벨트에 있는 호출기를 꺼냈다. 동시에 저만치 숨겨져 있던 수술실 스피커에서 부드러운 여성의 목소리가 울려 퍼졌다.

　"코드 블루, 수술실 2-1. 코드 블루, 수술실 2-1. 코드 팀 수술실 2-1로."

　"실례하겠습니다." 외과의가 다급한 목소리로 말했다. "당장 가봐야겠어요."

44

응급실 스피커가 울린 다음, 무거운 침묵이 계속되었다. 헤이워드는 의자에 완전히 얼어붙어 있었다. 머릿속이 복잡했다. 펜더개스트를 쳐다볼 엄두도 나지 않아서 가만히 바닥만 쳐다보고 있었다. 지금 머릿속에 떠오르는 거라곤 황급히 수술실로 향하던 의사의 눈빛뿐이었다.

몇 분 후, 검은색 가방을 든 신부가 나타났다. 의사처럼 하얗게 샌 머리, 깔끔하게 수염을 손질한 왜소한 분이었다. 그는 새처럼 반짝이는 눈으로 헤이워드와 펜더개스트를 번갈아 쳐다봤다.

"벨 신부입니다." 그는 가방을 내려놓고 작은 손을 내밀었다. 헤이워드는 손을 잡았지만 흔들지는 않았고, 신부가 그녀의 손을 가만히 쥐었다. "성함이……?"

"헤이워드 반장입니다. 로라 헤이워드. 저는 다고스타 부서장의 가까운 친구입니다."

그의 눈썹이 살짝 올라갔다. "그럼 경찰이십니까?"

"뉴욕 경찰청 소속이에요."

"임무 수행 중에 부상을 당한 건가요?"

헤이워드가 머뭇거렸고 펜더개스트가 자연스럽게 끼어들었다. "그런 셈입니다. 저는 특별 수사관 펜더개스트, FBI 요원입니다. 부서장의 친구죠."

형식적인 끄덕거림과 악수가 오갔다. "저는 다고스타 부서장의 성례를 수행하기 위해서 왔어요. 보통 병자성사라고 부릅니다."

"병자성사요." 헤이워드가 말을 반복했다.

"원래는 종부성사라고 불렀지만 그건 정확하지도 않고 상황에 걸맞지 않는 용어였습니다. 병자성사는 죽어가는 사람이 아닌 살아 있는 사람을 위한 것이고 치유를 위한 성사입니다." 그는 뮤지컬을 하는 것처럼 낭랑한 목소리로 말했다.

헤이워드는 고개를 갸우뚱거리며 침을 꿀꺽 삼켰다.

"이런 말씀을 드린다고 기분이 상하지 않으시길 바랍니다. 제가 여기까지 온 것 자체가 경고의 신호로 느껴질 수도 있습니다. 누가 죽어갈 때만 신부를 부른다고 생각하시는데 반드시 그런 건 아닙니다."

헤이워드는 가톨릭 신자가 아니었지만 가만히 신부의 말을 듣고 있었다. "아까 코드 블루라고 하던데." 그녀는 말을 멈췄다. "정확히 무슨 뜻이죠?"

"훌륭한 의사들이 팀을 이루어서 부서장님의 수술을 집도하고 있습니다. 만약 그분을 살릴 방법이 있다면 반드시 찾아낼 거고요. 그게 아니라면 나머지는 하느님의 몫이죠. 자, 두 분 중 한 분이라도 제가 병자성사를 하는 걸 부서장이 바라지 않는다고 생각하시는 분 계십니까?"

"솔직히 말씀드리면, 다고스타는 열정적인 신도였던 적이 한 번도 없었어요……." 헤이워드가 머뭇거렸다. 빈센트가 마지막으로 성당에 간 적이 언제인지도 기억나지 않았다. 하지만 조금 전 신부님이 이곳에 와서 안심이 되었던 것처럼, 다고스타도 감사하게 생각할 거라는 생각이 들었다. "저라면 기꺼이 감사하다고 할 것 같아요. 빈센트도 좋아할 것 같습니다."

"좋습니다." 신부는 로라의 손을 꽉 쥐었다. "제가 두 분을 도울 일이 있을까요? 약속? 전화?" 그는 말을 멈췄다. "고해성사를 하시겠어요?

306

병원에 미사 시간이 있습니다."

"감사합니다만 사양하겠어요." 헤이워드가 말했다. 그녀는 펜더개스트를 흘끗 보았지만 아무 말도 하지 않았다. 벨 신부는 그들을 차례로 쳐다보고 고개를 끄덕이더니 검은 가방을 들고 수술실로 이어진 복도를 빠르고 자신에 찬 걸음으로 걸어갔다. 어쩌면 평상시 발걸음보다 약간 빠른 속도였는지도 모른다.

로라는 두 손에 얼굴을 파묻었다. 5퍼센트……. 아니면 그 미만. 스무 번 중 한 번의 성공 기회. 잠깐이지만 신부님의 방문이 약간의 평온함을 가져왔다. 이제 빈센트가 살아나지 못할지도 모른다는 현실을 받아들여야 했다. 값진 인생을 낭비하는 건 안 될 말이었다. 아직 마흔다섯 살밖에 되지 않았는데. 온갖 기억들이 로라의 머릿속에 연이어 떠올랐고, 고통스럽고 나쁜 기억들은 산산이 부서졌고, 좋은 기억은 그보다 더 빨리 사라졌다.

뒤쪽 어디선가 펜더개스트가 말하는 소리가 들렸다. "만약 상황이 악화된다고 해도 빈센트는 마지막까지 포기하지 않을 겁니다."

그녀는 신부가 사라져버린 빈 복도를 손가락 사이로 바라보았고, 아무 대답도 하지 않았다.

"반장님, 경찰은 날마다 목숨을 내놓고 삽니다. 언제 어디서 어떤 방식으로 죽을지 몰라요. 사소한 집안 문제를 중재하거나 테러리스트의 공격을 막다가 죽을 수도 있죠. 어떤 경우라도 경찰의 죽음은 영광스러운 것입니다. 게다가 빈센트는 가장 영광스러운 사건과 연관되어 있습니다. 잘못된 일을 바로잡는 것이었죠. 그의 노력은 반드시 필요한 것이었고 이번 살인 사건의 열쇠를 푸는 데 절대적으로 결정적인 역할을 했습니다."

헤이워드는 아무 말도 하지 않았다. 그녀의 머릿속은 코드 블루 상황으로 돌아갔다. 15분 전의 상황. 어쩌면, 로라는 신부님이 너무 늦게 찾아온 건 아닐까 싶은 생각이 들었다.

45

조지아 주, 사우스 마운틴

숲길을 벗어나자 산 정상이 눈에 들어왔다. 저드슨 에스테르하지는 적당한 시간에 탁 트인 초원 가장자리에 차를 멈췄다. 소나무로 덮인 언덕 너머로 보이는 아름다운 일몰을 보기 위해서였다. 불그레한 저녁 노을이 저녁 어스름 사이로 번졌고, 저 멀리 보이는 호수가 저물어가는 노을 틈에서 백금처럼 반짝거렸다.

그는 가벼운 숨을 내쉬며 잠시 멈추었다. 산이라고 불리는 곳이지만 오히려 울퉁불퉁한 언덕에 가까웠다. 산등성이에서 산 정상까지 길고 좁은 길이 이어져 있었고, 정상은 키 큰 수풀로 덮여 있었다. 등대가 있는 곳 주변으로는 거친 화강암이 그대로 드러나 있었다.

에스테르하지는 주위를 둘러보았다. 산 정상은 휑하게 비어 있었다. 그는 노란색 소나무 숲을 향해 걸어갔다. 그리고 풀이 무성하게 자란 소방 도로를 따라서 마침내 우뚝 솟아 있는 등대 아래에 도착했다. 그는 철제 기둥에 기대서 주머니를 뒤적여 파이프와 담배 주머니를 꺼냈다. 그는 담배 주머니에 파이프를 넣고 엄지손가락을 이용해서 천천히 담뱃잎을 채웠다. 라타키아(터키산 고급 담배—옮긴이)의 향기가 콧속으로 퍼졌다. 에스테르하지는 충분히 담뱃잎을 채워 넣고 테두리에 붙은 지푸라기 몇 개를 제거하고 나서 마지막으로 파이프를 꾹꾹 눌렀다. 그리고 같은 주머니에서 라이터를 꺼내서 파이프에 불을 붙이고 아무 미동 없이 천천히 불꽃을 빨아들였다.

푸른 담배 연기가 석양 사이로 흩어졌다. 에스테르하지가 담배를 피우고 있을 때, 들판 저 멀리 보이는 남쪽 도로 꼭대기에서 사람 형체 하나가 나타났다. 그곳은 사우스 마운틴의 정상으로 각각 다른 방향에서 뻗은 도로들이 맞닿아 있었다.

값비싼 담배의 향기, 니코틴의 진정 효과, 위안감이 그의 신경을 타고 퍼져 나갔다. 그는 자기 쪽으로 다가오는 사람을 살피는 대신, 태양이 오렌지 빛을 뿜어내면서 서쪽 언덕 너머로 저무는 광경을 가만히 응시하고 있었다. 마침내 부츠를 신은 형체가 풀숲을 헤치며 다가왔다. 숨을 헐떡거리는 소리가 귓가에 들릴 때까지도 에스테르하지는 계속 한쪽 방향만 보고 있었다. 마침내 에스테르하지는 그 남자를 쳐다봤다. 오랫동안 만나지 못했던 사람이었다. 에스테르하지가 기억하는 모습과는 조금 달라진 듯했다. 턱살이 조금 늘어졌고 머리카락도 조금 빠진 것 같았지만, 몸은 여전히 탄탄하고 근육질이었다. 그는 늪지대용 고급 부츠와 캐주얼 셔츠를 입고 있었다.

"안녕하십니까." 그 남자가 말했다.

에스테르하지는 인사를 건네는 쪽을 향해 파이프를 내밀었다. "안녕하십니까, 마이크 씨." 그가 대답했다.

그 남자는 노을을 등지고 서 있어서 형체가 흐릿해 보였다. 그가 먼저 입을 열었다. "소문을 듣자니 조금 골치 아픈 문제들을 스스로 해결하신 것 같던데요. 덕분에 문제가 커지긴 했지만."

에스테르하지는 이런 식의 대화를 나누고 싶지 않았다. 특히 마이클 벤투라와는 말이다. "펜더개스트라는 남자와 연관된 문제에서 '조금 골치 아픈' 문제란 없소." 그는 매몰차게 말했다. "이번 일은 수년 동안 염려해왔던 것이고, 어떻게든 끝내야만 했던 일이라 내가 나섰던 거요. 명목상으로 이번 문제는 당신이 해결했어야 옳아요. 한데 당신이 이 일을 더 크게 만들어버렸소.”

“그건 말도 안 됩니다. 난 최선을 다했어요.”

긴 침묵이 흘렀다. 에스테르하지는 뿌연 담배 연기를 뱉으면서 평정심을 되찾으려고 했다.

“벌써 오래전 일이군요.” 벤투라가 말했다. “괜히 잘못된 걸음을 떼지 맙시다.”

에스테르하지가 고개를 끄덕였다. “그건…… 나 역시 모두 지나간 일이라고 생각해요. 이미 끝난 일이죠.”

“이제 절대 과거라고 묻어버리지 못하게 됐어요. 스페인 섬에 그들이 있는 한.”

에스테르하지의 얼굴에 근심 어린 표정이 스쳤다. “별문제 없는 거죠?”

“우리 예상대로 잘 되고 있소.”

다시 침묵이 흘렀다.

“이봐요.” 벤투라는 부드러운 목소리로 말했다. “이번 일이 당신을 얼마나 힘들게 했는지 잘 압니다. 마지막까지 몸소 희생해주셨잖습니까? 모두 고맙게 생각하고 있어요.”

에스테르하지가 다시 파이프를 물었다. “이제 본론으로 들어가죠.”

“좋습니다. 다시 정리해보죠. 당신은 펜더개스트 대신 그의 동료를 죽였습니다.”

“다고스타. 천만다행이죠. 그는 걸림돌이었어요. 다른 걸림돌들도 말끔히 정리했습니다. 블라스트와 블랙레터. 둘 다 예전에 계산에서 제외했었어야 하는 자들이죠.”

벤투라는 대답 대신 풀밭에 침을 뱉었다. “전 그렇게 생각하지 않습니다. 단 한 번도요. 블랙레터는 침묵의 대가로 엄청난 액수의 돈을 받았습니다. 블라스트는 이번 일과 직접적으로 연관된 것도 아니었어요.”

“어쨌든 그자도 걸림돌이었소.”

벤투라는 조용히 고개를 흔들었다.

"이제 다고스타의 여자 친구까지 나타났어요. 뉴욕 경찰청에서 최연소 살인 사건 전담반 반장이 된 여자예요."

"그래서요?"

에스테르하지는 입에 물고 있던 파이프를 빼며 냉정한 투로 말했다. "마이크 씨, 내 말을 이해 못 하시는군요, 전혀요. 펜더개스트라는 자가 얼마나 위험한 사람인지 전혀 모르시나 봅니다. 저는 그를 잘 알아요. 즉시 행동을 개시할 필요가 있었죠. 불행히도 첫 번째 시도에서는 그를 죽이는 데 실패했지만. 물론 두 번째는 더 힘들어지겠죠. 이해하시겠습니까? 그놈이 죽거나 아니면 우리가 죽어야만 끝나는 문제라는 걸요?"

"그자가 얼마나 알고 있다고 보세요?"

"펜더개스트는 〈블랙 프레임〉을 찾아냈고, 오듀본의 병에 대해서도, 도앤 가족들에 대해서도 알고 있는 것 같소."

거친 숨을 들이마시는 소리. "지금 장난하는 겁니까? 도앤 가족에 대해 얼마나 알고 있는 거죠?"

"그건 모릅니다. 그자는 선플라워까지 찾아갔어요. 그 집을 방문했죠. 펜더개스트는 집요하고 똑똑한 놈이에요. 모든 걸 알고 있다고 봐도 될 겁니다. 아니면 앞으로 알게 될 수도 있고. 모든 걸 말입니다."

"빌어먹을 놈. 대체 어떻게 알아낸 거죠?"

"그건 모르죠. 펜더개스트는 똑똑한 수사관인 데다 이번에는 동기까지 있었어요. 특별한 동기 말입니다."

벤투라가 고개를 절레절레 흔들었다.

"게다가 살인 사건 전담반 반장이라는 자를 붙잡고 온갖 혐의를 떠들어대고 있을 겁니다. 자기 파트너 다고스타에게 그랬던 것처럼 말이에요. 우리 친구를 방문하는 건 시간문제인 것 같다는 생각이 듭니다."

침묵. "이번 조사가 공식화될 거라고 생각하시는 겁니까?"

"그럴 것 같지는 않아요. 놈들은 비공식적인 루트로 사건을 조사하고 있죠. 다른 사람들까지 연관되어 있지는 않은 것 같습니다."

벤투라는 다시 입을 열기 전까지 잠시 생각에 잠겼다. "그럼 가능한 한 빨리 일을 끝내야겠군요."

"바로 그겁니다. 펜더개스트와 반장을 제거해야 해요. 당장. 모두 죽여요."

"당신이 쏜 경찰, 다고스타. 그가 죽었다고 확신하십니까?"

"그렇소. 산탄총으로 정확히 등 뒤를 맞혔어요." 저드슨은 인상을 찌푸렸다. "설령 죽지 않았다 해도 도움을 청할 시간은 번 셈이죠. 나머지는 저한테 맡기세요."

벤투라가 고개를 끄덕였다. "그럼 제가 다른 일을 처리하죠."

"그렇게 해주세요. 혹시 도움이 필요합니까? 자금?"

"자금은 전혀 문제가 되지 않습니다. 아시잖습니까." 그 말을 끝으로 벤투라는 들판을 가로질러 걸어갔다. 그리고 그의 형체는 분홍빛 잔광을 남기며 검게 물든 저녁 하늘을 지나 저 멀리 소나무 숲으로 사라졌다.

저드슨 에스테르하지는 그 후로 15분 동안 작은 등대에 기대서 파이프를 뻐끔거리며 생각에 잠겼다. 마침내 모든 생각을 정리하고 나서야 담배 찌꺼기를 철제 기둥에 털고 비벼서 껐다. 그런 다음 다시 파이프를 주머니에 넣었다. 그는 서쪽으로 저물어가는 노을을 다시 한 번 쳐다보고 나서 발걸음을 돌려 언덕의 또 다른 쪽 길을 향해 걸어가기 시작했다.

46

배턴루지

로라 헤이워드는 얼마나 시간이 흘렀는지 정확히 알 수 없었다. 아마도 다섯 시간 50분 정도 흐른 모양이었다. 응급실 스피커를 통해서 가끔 이상한 변주곡 같은 안내 방송과 빠르고 거친 목소리, 기계의 울음소리가 시끄럽게 들렸고 시간은 더디게만 흘러갔다. 펜더개스트는 잊을 만하면 로라 앞에 나타났다. 그리고 다시 주위를 둘러보면 어느새 사라져 있었다. 처음에는 제발 시간이 빨리 흘러가기만을 바랐다. 하지만 기다림이 길어질수록, 되도록 시간이 천천히 흘러가기만을 바랐다. 다고스타가 수술대 위에 있는 시간이 늘어날수록 살아날 기회가 더욱 많아진다는 것을 깨달았기 때문이다.

마침내, 외과의가 그들 앞에 불쑥 나타났다. 푸른색 수술복은 완전히 구겨져 있었고 얼굴 표정도 창백하고 아까보다 핼쑥해져 있었다. 뒤로는 아까 보았던 벨 신부가 서 있었다.

신부를 보는 순간 헤이워드의 심장이 지독히 뒤틀렸다. 이젠 때가 된 것이다. 하지만 로라는 이 순간을 도저히 견딜 수가 없었다. '맙소사, 안 돼. 제발, 안 돼, 안 돼, 안 돼…….' 로라는 자신의 손을 붙잡는 펜더개스트의 손길을 느꼈다.

수술을 집도한 외과 의사가 목소리를 가다듬었다. "수술이 성공적으로 끝났다는 것을 알려드리려고 왔습니다. 45분 전에 수술을 마쳤고 지금은 환자 상태를 살펴보고 있습니다. 지금까지는 예후가 좋습니다."

"제가 환자분과 만날 수 있도록 안내해드리죠." 벨 신부가 말했다.

"아주 잠깐입니다." 외과의가 덧붙였다. "지금은 거의 의식이 없고 체력도 많이 약해진 상태예요."

헤이워드는 잠시 움직이지도 못하고 그대로 얼어붙어서 의사의 말을 이해하려고 애쓰며 가만히 앉아 있었다. 펜더개스트가 뭐라고 말을 했지만 하나도 귀에 들어오지 않았다. 잠시 후에야 로라는 자리에서 일어나서 FBI 요원과 신부 가운데 서서 병원 복도를 따라 걸어갔다. 그들은 왼쪽으로, 다시 오른쪽으로 돌아서 닫힌 병실 문을 지나갔고 들것과 빈 휠체어가 놓인 공간을 지나갔다. 활짝 열린 회복실 입구로 들어가서 이동용 개인 칸막이로 에워싸인 작은 공간으로 향했다. 간호사는 칸막이를 한쪽으로 밀었고 그제야 빈센트의 모습이 보였다. 열두 개 정도의 장치가 몸에 연결되어 있었고 두 눈은 굳게 감은 상태였다. 구불거리는 튜브 두 줄이 이불 아래로 길게 늘어져 있었다. 하나는 수혈용 튜브, 다른 것은 염분 공급용 튜브였다. 다고스타의 건장한 몸은 종잇장처럼 손대면 부서질 듯이 연약해 보였다.

로라는 숨이 턱 막혔다. 그 순간 다고스타가 눈꺼풀을 파르르 떨면서 눈을 떴다가 천천히 감았다. 그리고 다시 눈을 떴다. 그는 조용히 주변 사람들을 번갈아 쳐다보았고, 마지막으로 로라의 눈과 마주쳤다.

로라 헤이워드는 그와 눈이 마주친 순간, 억지로 참아왔던 인내심의 한계를 느꼈다. 그리고 항상 자부해 마지않았고 내심 자랑스럽게 생각했던 위엄 있는 태도가 한순간에 무너져 내렸다. 급기야 뜨거운 눈물이 두 뺨을 타고 흘러내렸다.

"오, 빈센트." 그녀는 훌쩍였다.

다고스타의 눈가에도 뜨거운 눈물이 차올랐다. 그런 다음 천천히 눈을 감았다.

펜더개스트는 계속 로라의 어깨에 팔을 두르고 있었고, 잠시나마 로라는 펜더개스트의 셔츠에 얼굴을 묻고 감정을 내보이며 울음을 터뜨렸다. 빈센트가 살아 있는 모습을 보고 나서야, 하마터면 그를 잃을 뻔했다는 사실을 절감할 수 있게 된 것이다.

"그만 나가보셔야 할 것 같습니다." 외과의가 나지막한 목소리로 말했다.

로라는 등을 펴고서 눈물을 닦아냈다. 그리고 바르르 떨면서 긴 안도의 숨을 내쉬었다.

"아직 의식이 완전히 회복되지 않았어요. 외상 때문에 심장이 심각하게 손상된 상태입니다. 빠른 시간 내로 대동맥 판막 이식수술을 해야 해요."

헤이워드는 고개를 끄덕였다. 그녀는 펜더개스트의 팔을 풀어내고 다시 한 번 다고스타를 쳐다본 후에야 회복실 밖으로 나갔다.

"로라." 그녀는 다고스타의 낮은 소리를 들었다.

그녀는 뒤를 흘끔 쳐다봤다. 빈센트가 침대에 눈을 감은 채 누워 있었다. 상상이었던가?

마침내 다고스타가 몸을 움찔거렸고 눈꺼풀을 파르르 떨면서 다시 눈을 떴다. 턱이 약간 움직였지만 목소리는 들리지 않았다.

그녀는 침대 앞으로 가서 몸을 구부렸다.

"여기서 일한 시간도 외근으로 쳐줘야 해." 그는 거의 속삭이듯이 작은 목소리로 말했다.

47

페넘브라 저택

　서재의 커다란 벽난로에 불이 붙었고, 헤이워드는 늙은 집사 모리스가 저녁 식사 후 커피를 내오는 모습을 지켜봤다. 그는 가구 사이를 이리저리 지나서 커피를 날랐고 주름진 얼굴에 고대인 특유의 신기하고 무표정한 모습이 어려 있었다. 로라는 늙은 모리스가 펜더개스트의 턱에 난 멍을 보지 않으려고 애쓰는 것을 눈치챘다. 늙은 집사는 주인이 어디서 맞고 들어온 것을 본 지 족히 수년은 된 것 같았다.

　페넘브라 저택과 집 내부의 모습은 로라가 생각한 그대로였다. 스페인 이끼로 덮여 있는 오래된 오크 나무와 하얀색 기둥을 받친 주랑, 전쟁 이전에 만들어진 낡아 빠진 가구들까지. 심지어 죽은 선조들의 유령이나 옛날 집사들의 혼령이 저택에 머물고 있을지도 모른다는 생각이 들었다. 수시로 늪지대 근처에 출몰할 것 같았다. 이 모든 게 충분히 예상 가능하고 진부한 생각이겠지만. 한 가지 놀라운 사실은 페넘브라 저택의 외부가 금방이라도 무너져 내릴 것처럼 황폐하다는 것이었다. 이상한 일 아닌가? 펜더개스트는 돈 걱정을 하지 않아도 될 정도로 부자인데. 그녀는 이런저런 잡생각들을 한쪽으로 미뤄두고 펜더개스트와 그의 가족들에게 관심을 가질 필요가 없다고 읊조렸다.

　전날 밤 병원을 나서기 전에 펜더개스트는 콘스턴스 그린과의 만남에 대해서 질문했다. 그러고 나서, 잠시 페넘브라 저택에 묵으면 어떻겠느냐고 제안했다. 헤이워드는 병원 근처의 호텔에 머물겠다고 하며 거절했다. 하지만 주치의가 말했다시피, 다고스타를 볼 수 있는 시간은 아침 면회 시간뿐이었다. 로라는 휴가를 낼 수도 있었고, 어차피 남은 휴가도 많아서 시간을 내는 것 자체는 별문제가 아니었다. 하지만 며칠이고 우울한 호텔 방에 처박혀서 면회 시간만 기다리며 시간을 보내자니 도저히 견딜 수가 없었다. 게다가 펜더개스트의 고집 때문에라도 빈센트는 의술로 가능한 모든 조치가 끝나는 데로 안전한 장소로 옮겨질 터였다. 그러면 보안상의 이유로 로라의 방문도 금지될 것이다. 그날 아침, 짧게나마 의식이 돌아왔을 때 빈센트는 자기가 처리하지 못한 사건을 맡아달라고 로라에게 간청했다. 마지막까지 사건을 마무리할 수 있도록 도와달라고.

그래서 점심 식사를 마치고 펜더개스트가 숙소로 자동차를 보냈을 때, 기꺼이 호텔에서 나와 페넘브라 저택에서 지내기로 하고 그의 초대에 응했다. 물론 이번 사건에 도움을 주고 싶은 마음은 전혀 없었지만, 일단 사건의 세부 사항에 대해서 들어보기로 마음먹었다. 물론 대부분은 빈센트와 통화를 하며 들은 적이 있었다. 전형적인 펜더개스트 방식으로 수사가 진행되는 상태였다. 하지만 온통 왜곡되고 육안으로 확인하기 힘든 사안들과 모순된 증거들이 하나로 얽혀 있어서 경찰에 수사를 의뢰하기에는 너무 지나치다 싶을 정도였다.

페넘브라 저택으로 돌아와 저녁 식사를 하면서 펜더개스트가 이번 사건에 대해서 천천히 설명해주었다. 이야기는 식후 커피를 마실 때까지 계속되었고, 헤이워드는 이 기묘한 이야기 속에 뭔가 일정한 논리가 있음을 파악했다. 펜더개스트는 죽은 아내가 오듀본에 대해 애착을 가지고 있었다는 점부터 설명했다. 그리고 다고스타와 펜더개스트가 아내의 주 관심사였던 캐롤라이나 잉꼬를 어떤 식으로 뒤쫓았는지 말했고, 도앤 가족의 이상한 죽음에 대해서도 이야기했다. 펜더개스트는 도앤의 딸이 쓴 일기장에서 찾은 한 단락을 읽어주었다. 오싹함이 광기로 바뀌는 부분. 그는 〈블랙 프레임〉의 또 다른 추적자였던 블라스트를 만난 경위와, 그가 최근 살해되었다는 사실, 날개 달린 의사 협회에서 헬렌 펜더개스트의 전 상사였던 모리스 블랙레디가 살해당했다는 것까지 설명했다. 마지막으로 〈블랙 프레임〉을 찾으면서 나름대로 세웠던 몇 가지 추론들과 그들이 발견한 사실들도 전해주었다.

마침내 펜더개스트가 조용해졌을 때, 헤이워드는 의자에 기대어 앉아서 커피를 홀짝이고 있었다. 머릿속에 둥둥 떠다니는 온갖 야릇한 정보들 사이에서 연관점이나 논리적인 연계성을 찾으려고 노력해봤지만 별 소용이 없었다. 지금의 빈 공간을 채우기 위해서는 앞으로 엄청난 양의 작업이 필요할 것 같았다.

로라는 〈블랙 프레임〉이라는 작품을 흘끗 쳐다보았다. 벽난로 불빛이 희미하게 비출 뿐이었지만, 그럼에도 그림을 자세히 살펴볼 수 있었다. 침대 위에 누운 여자, 삭막한 병실, 파리하고 창백한 여자의 벗은 몸뚱이. 최대한 부드럽게 표현하자면, 정말 충격적이었다.

로라는 펜더개스트를 돌아보았다. 그는 특유의 검은색 정장을 입고 있었다. "그러니까 당신은 부인이 오듀본의 병 자체에 관심을 보였다고 생각하는 거죠. 그를 창조적인 천재로 바꾸어놓았던 그 병 말이에요."

"아직 공식적으로 알려지지 않은 신경학적인 효과로 본다면, 그렇습니다. 그녀의 관심사와 연관이 있던 누군가에게도 그 이론은 약리학적으로 볼 때 대단히 가치 있는 발견이겠죠."

"부인이 원한 건 본인의 이론을 이 그림을 통해 확인하는 일이었고요."

펜더개스트는 고개를 끄덕였다. "이 작품은 오듀본의 별로 특이할 것 없었던 초창기 작품들과 후기의 탁월한 작품들을 비교할 수 있게 해주는 증거입니다. 오듀본이 병에 걸린 후 내면의 변화를 겪었다는 증거인 셈이죠. 하지만 그게 사건의 핵심은 아닙니다. 진짜 핵심은 새들이죠."

헤이워드는 인상을 썼다. "새요?"

"캐롤라이나 잉꼬 말입니다. 도앤의 앵무새."

헤이워드는 오듀본의 병과 앵무새와의 연관성을 찾으려고 했지만 불가능했다. "그래서요?"

펜더개스트는 커피를 홀짝였다. "저는 에이비언 플루가 핵심이라고 생각합니다."

"에이비언 플루? 조류독감 말인가요?"

"그렇죠. 제 생각에는 오듀본을 죽일 뻔했던 병이 창의적인 변화를 일으키는 데 영향을 미쳤다고 생각합니다. 오듀본의 병세, 즉 고열, 두통, 망상, 기침, 모든 게 독감과 연관되어 있습니다. 캐롤라이나 잉꼬를 해부하다가 감염된 것이 분명하고요."

"잠깐만요. 어떻게 그 모든 걸 알아낸 거죠?"

대답 대신 펜더개스트는 너덜거리는 가죽 책 한 권을 꺼냈다. "저희 대고조부 보이티우스 펜더개스트의 일기장입니다. 젊은 시절 오듀본의 단짝 친구였어요." 펜더개스트는 실크 끈으로 표시를 해놓은 페이지를 열었고, 미리 표시해둔 부분을 큰 목소리로 읽기 시작했다.

8월 21일. J. J. A.는 우리 가족과 함께 저녁 시간을 보냈다. 그는 오후에 캐롤라이나 잉꼬 두 마리를 해부하게 되어서 무척 기뻐했다. 색 자체도 신기했고 눈에 띌 정도로 독특한 종이었다. 오듀본은 해부한 새의 배를 채우고 사이프러스 나무에 박제를 했다. 우리는 맛있는 저녁을 먹고 공원을 산책했다. 10시 30분쯤 오듀본이 집으로 갔다. 다음 주에 그는 강 상류로 여행을 갈 예정이고 꽤 수익성이 높은 사업 계획이 있다고 말했다.

펜더개스트가 일기장을 덮었다. "오듀본은 여행을 가지 못했습니다. 그로부터 1주일 정도 후 조류독감 증세가 발병해서 결국 뫼즈 세인트 클레어 요양원으로 가게 되었죠."

헤이워드는 일기장을 보고 나서야 고개를 끄덕였다. "부인도 저 내용을 봤을 거라고 생각해요?"

"물론입니다. 그렇지 않고서야 왜 캐롤라이나 잉꼬를 훔쳤겠습니까? 그건 오듀본이 해부했던 바로 그 새와 같은 종입니다. 그녀는 에이비언 플루를 실험해보고 싶었던 겁니다." 펜더개스트는 말을 멈췄다. "아니, 그냥 실험보다는 더한 것을 원했겠죠. 아내는 그 새들에게서 살아 있는 바이러스의 샘플을 채취하고 싶어 했을 겁니다. 빈센트는 제 아내가 앵무새를 훔쳤고 남아 있는 것이라고는 깃털 몇 개뿐이라고 했습니다. 오늘 아침 오클리 농장으로 가서 남아 있는 깃털을 가져왔습니다. 물론 최대한 조심했지요. 그리고 제 의구심을 확인하기 위해 일련의 검사를 마쳤습니다."

"그것만으로는 앵무새가 도앤 가족과 어떻게 연관되어 있는지 설명이 안 돼요."

"그건 아주 간단합니다. 도앤 가족들이 오듀본과 똑같은 병에 걸려 아팠으니까요."

"어떤 근거로요?"

"단순하지만 비슷한 증상이 많이 나타났습니다, 반장님. 그냥 쉽게 추론할 수 있는 것들이죠. 갑자기 창의적인 능력이 나타났다는 점, 정신병이 발병했다는 점. 이전의 징후와 공통점이 많았고, 헬렌도 그걸 깨닫게 된 거죠. 그래서 도앤 가족의 집에 찾아가서 새를 가져오려고 한 겁니다."

"하지만 새를 가지러 갔을 때 가족은 건강했습니다. 그들은 조류독감에 걸리지 않았어요."

"도앤 가족의 일기 중에 당시 기록이 남아 있습니다. 그냥 스쳐 가듯이 한 얘기지만, 앵무새가 집으로 날아온 후에 온 가족이 짧게 감기를 앓았다고 했어요."

"세상에."

"그리고 급작스럽게 창의적인 증상이 나타났습니다." 펜더개스트는 다시 말을 멈췄다. "헬렌은 도앤의 가족과 새를 멀리 떨어트려 놓으려고 찾아간 겁니다. 그건 제가 확신합니다. 조류독감이 멀리 퍼지는 것을 막기 위해서요. 물론 그 새를 데려가서 실험을 하고 본인의 의문점을 확인하려고도 했을 거고요. 카렌 도앤이 헬렌이 새를 가지고 간 날 뭐라고 썼는지 기억하시나요? 그녀는 가죽 장갑을 끼고 있었고 새장을 쓰레기봉투에 넣었다고 했어요. 왜일까요? 처음에는 새장을 숨기기 위한 것이라고 생각했습니다. 하지만 사실은 헬렌과 자동차가 조류독감으로 오염되는 것을 막기 위한 것이었습니다."

"그럼 가죽 장갑은요?"

"당연히 의료용 장갑을 끼고 있는 것을 숨기기 위해서였겠죠. 헬렌은 인간이 전염될 소지가 있는 바이러스 매개체 자체를 막으려고 했던 겁니다. 새, 새장, 가방은 모두 소각해야 하는 건 물론이고요. 물론 필요한 샘플을 채취한 뒤였겠지만."

"소각이오?" 헤이워드가 물었다.

"일반적인 오염물 처리 과정입니다. 어떤 샘플이든 채취 후에는 반드시 소각해야 합니다."

"왜죠? 도앤 가족이 감염되었다면 다른 사람들에게 전염시킬 수도 있었을 텐데요. 새를 태워버리는 건 소 잃고 외양간 고치기밖에 더 되나요?"

"그렇지 않아요. 아시다시피 에이비언 플루는 새로부터 인간에게는 쉽게 전염되지만 인간과 인간 사이에는 전염되는 일이 거의 없어요. 아마 이웃들은 안전했을 겁니다. 물론 도앤 가족들은 너무 늦었지만요." 펜더개스트는 마지막 남은 커피를 홀짝이고 컵을 한쪽으로 치웠다. "한데 아직 풀리지 않는 핵심이 있습니다. 대체 도앤의 앵무새는 어디서 사라진 걸까요? 그보다 더 중요한 건, 어떻게 운반된 걸까요?"

헤이워드는 이번 사건에 회의적이었지만 그럼에도 불구하고 강한 호기심이 샘솟았다. "어쩌면 당신 추론이 틀릴지도 몰라요. 바이러스는 계속 잠복 상태였을 수도 있어요. 그 앵무새는 자연스럽게 조류독감에 걸린 거고요."

"그렇지 않습니다. 앵무새가 묶여 있었다는 점을 생각해보세요. 그게 아닐 겁니다. 고생 끝에 바이러스성 게놈을 배열했고 실험실에서 재생산했습니다. 훔친 캐롤라이나 잉꼬에서 바이러스성 물질을 추출해낸 거죠. 그리고 살아 있는 새들에게 그 바이러스를 접종한 겁니다."

"그럼 그 앵무새는 실험실에서 탈출한 거군요."

"바로 그겁니다." 펜더개스트가 자리에서 일어났다. "가장 큰 의문점이 남아 있습니다. 이러한 사실이 헬렌이 살해당한 것과 어떤 연관이 있고, 최근 벌어진 살인 사건들, 또 우리를 공격한 놈과 무슨 연관이 있을까요?"

"한 가지 잊고 계신 게 있는 것 같은데요?" 헤이워드가 물었다.

펜더개스트가 로라를 쳐다봤다.

"헬렌이 오듀본이 해부했던 잉꼬 앵무새를 훔쳤다고 했잖아요. 그에게 조류독감을 옮겼다고 가정했던 그 새 말이에요. 헬렌은 도앤 가족을 방문해서 새를 훔쳤어요. 당신이 말한 것처럼, 가족들이 감염될까 봐 우려했기 때문이죠. 당신 추론에 따르면, 헬렌은 두 가지 사건을 통해 새와 깊숙이 연관되어 있어요. 그렇다면 부인이 두 가지 사건과 바이러스 접종을 하는 데 있어서 어떤 역할을 했던 건지 궁금하지 않으세요?"

펜더개스트는 괴로운 표정을 들키기 싫어서 재빨리 고개를 돌렸다. 헤이워드는 질문을 던져놓고도 내심 후회했다.

서재에 긴 침묵이 내려앉았다. "빈센트와 제가 놓친 부분을 우리가 찾아내야만 합니다."

"'우리'라니요?"

"당신이 빈센트의 부탁을 들어줄 거라고 생각합니다. 제겐 능숙한 파트너가 필요해요. 반장님도 이 동네 출신이시죠. 물론 베테랑 수사관이

시고요."

저놈의 말투…… 헤이워드는 펜더개스트의 잘난 체하는 태도를 보자 극도로 짜증이 났다. 그녀는 펜더개스트의 특이한 조사 방식을 너무나도 잘 알고 있었다. 법이나 절차 따위는 가볍게 무시하고, 법망을 교묘하게 피해가는 방식. 그걸 견딜 수 없다기보다 그냥 짜증이 났다. 게다가 이번 일이 로라의 경력에 해가 될지도 모를 일이었다. 그녀는 자신을 계속 쳐다보는 펜더개스트의 시선과 마주했다. 심각한 부상을 입고 병실에 누워서 새 심장판막 이식수술을 기다리는 빈센트를 위한 일만 아니었더라도.

게다가, 빈센트도 그녀에게 간곡히 부탁하지 않았던가. 두 번이나.

로라는 이미 마음의 결정을 내렸다.

"좋습니다. 당신을 도와서 이번 사건을 해결하겠어요. 하지만 당신을 위해서가 아니라 빈센트를 위한 거예요. 하지만……." 그녀는 머뭇거렸다. "조건이 하나 있습니다. 물론 협상은 불가능해요."

"물론이죠, 반장님."

"만약 당신 부인의 죽음에 책임이 있는 사람을 찾아낸다고 해도 그를 죽이지 않겠다고 약속해주세요."

펜더개스트는 아무 대답도 하지 않았다. "내 아내를 죽인 냉혈 살인자 말씀이시군요." 그러고는 다시 말을 이었다. "전 개인적인 심판 따위는 믿지 않습니다. 당신이 맡은 사건의 수많은 범인들이 법정에 서기 전에 죽음을 맞이했어요. 이번 살인범은 반드시 법의 심판을 받게 만들 겁니다."

잠시 침묵이 흘렀다. "당신이 제시한 조건을 수락하는 건 정말 어렵습니다."

"저번 일의 대가예요." 헤이워드는 간단하게 대꾸했다.

펜더개스트는 그녀의 눈동자를 오랫동안 쳐다봤다. 그리고 알아차리기 힘들 정도로 미세하게 고개를 끄덕였다.

48

어둑한 차고 안, 남자는 하얀색 캔버스 천이 덮인 자동차 뒤에 쭈그리고 앉아 있었다. 저녁 7시, 이미 해가 떨어진 지 오래였다. 자동차 왁스 냄새, 모터 기름 냄새와 곰팡이 악취까지 코끝에 풍겼다. 그는 9밀리미터 베레타 반자동 권총을 벨트에서 꺼냈고 탄창이 가득 차 있는지 확인했다. 다시 벨트에 총을 꽂고 손을 세 번 쥐었다 펴면서 손가락 운동을 반복했다. 잠시 후 목표물이 나타날 것이다. 목덜미에서 땀방울이 흘러내렸고 허벅지 근육이 욱신거렸지만, 최대한 산만해지지 않으려고 노력하면서 앞으로 나타날 목표물에만 집중했다.

프랭크 허드슨은 지난 이틀 동안 페넘브라 저택 주변을 돌아다니면서 저택의 동선과 독특한 규칙을 파악했다. 무엇보다 보안이 느슨하다는 사실에 놀랐다. 아침이면 뒤뚱거리며 걷는 반쯤 눈먼 집사가 저택 문을 열었다가 밤이면 문을 닫았는데, 너무 규칙적이라 하루만 지켜봐도 한눈에 파악할 수 있을 정도였다. 출입문은 닫혀 있었지만, 낮에는 자물쇠가 걸려 있지 않았고 따로 지키는 보안 요원도 없었다. 그렇게 부지런히 돌아다닌 결과, 감시 카메라, 보안 시스템, 동작 탐지기나 적외선 탐지기가 하나도 없다는 사실을 발견했다. 워낙 낡은 저택이고 사람의 발길이 닿지 않는 외진 도로에 위치하고 있어서 경찰들이 정기적으로 순찰을 돌 것 같지도 않았다. 목표물과 집사 하나를 제외하고 저택을 드나드는 인적도 뜸했다. 가끔 눈에 띄는 사람이라고는 기가 막히게 아름다운 여자 하나뿐이었다.

허드슨의 목표물의 이름은 펜더개스트. 페넘브라 저택의 일정한 사이클에서 유일하게 불규칙적인 인물이었다. 그는 예기치 못한 시간에 나타났다가 사라졌다. 하지만 오랜 시간 동안 지켜본 결과, 펜더개스트가 오고 가는 시간에도 약간의 패턴이 존재한다는 것을 발견했고, 그 사이클의 중심에는 와인이 있었다. 발을 질질 끄는 늙은 집사가 저녁을 준비하고 와인 코르크를 여는 날이면 펜더개스트는 저녁을 먹기 위해 7시 30분을 넘기지 않고 저택으로 돌아왔다. 집사가 와인 코르크를 따지 않으면 펜더개스트가 저녁 식사를 먹으러 오지 않거나 저녁 시간이 훨씬 지난 다음에 도착한다는 뜻이었다.

오늘 저녁에는 보조 테이블에 세워져 있던 와인 한 병을 따는 모습이 식당 창문 너머로 똑똑히 보였다.

허드슨은 시계를 살폈다. 앞으로 무엇을 어떻게 할지 머릿속으로 다시 한 번 연습했다. 그 순간 온몸이 얼어붙었다. 자동차 바퀴 소리와 함께 자갈이 튀는 소리가 들려왔다. 목표물이 나타났다. 허드슨은 숨을 삼키고 기다렸다. 차는 엔진 소리를 줄이며 차고 바깥에 멈췄다. 자동차 문이 열리고 뒤이어 발소리가 들렸다. 그러더니 차고 문이 서서히 활짝 열렸다. 차고 출입문은 수동이었다. 다시 발소리가 자동차로 돌아갔고, 다시 엔진 소리가 나더니 롤스로이스가 차고 안으로 들어가는 소리가 들렸다. 순간 환한 불빛이 비쳐서 허드슨의 시야에는 아무것도 보이지 않았다. 잠시 후 불빛이 꺼졌고 엔진도 꺼지더니 차고 근처가 다시 어두워졌다.

그는 어둠에 적응하려고 눈을 몇 번 깜빡였다. 그리고 벨트에 있던 권총을 쥐고 엄지손가락으로 조심스럽게 안전장치를 풀었다.

허드슨은 목표물이 차고의 불을 켜고 문을 여는 소리가 들릴 때까지 기다렸지만, 아무 일도 일어나지 않았다. 펜더개스트가 차 안에서 기다리는 것처럼 보였다. 무얼 기다리는 걸까? 가슴팍에서 심장이 점점 빨리 뛰기 시작했고 허드슨은 숨을 고르며 최대한 침착함을 유지하려고 애썼다. 그는 완벽하게 잠복을 하고 있다고 자부했다. 자동차에는 덮개를 씌워 땅까지 완전히 덮었고, 두 발도 보이지 않게 잘 숨어 있었다.

어쩌면 펜더개스트는 전화 통화를 하는 중일 수도 있다. 아니면, 아주 드문 일이지만 자동차에서 내리기 전에 조용히 앉아서 시간을 보내고 있을지도.

허드슨은 조심스럽게 고개를 살짝 움직여 자동차 덮개 가장자리로 흘끔 고개를 내밀었다. 롤스로이스의 어두운 형태가 어둠 속에 조용히 멈춰 서 있었고, 귓가에 들리는 거라고는 엔진이 식으면서 틱틱거리는 소리가 전부였다. 뿌연 연기로 가득 찬 창문 때문에 차고 내부를 전혀 볼 수가 없었다.

그는 기다렸다.

"뭔가를 빠뜨렸나?" 그의 뒤에서 목소리가 들려왔다.

허드슨은 깜짝 놀라 자리에서 일어섰고 본능적으로 손가락이 방아쇠를 잡아당겼다. 총구 너머로 커다란 굉음이 울려 퍼졌다. 어떻게든 중심을 잡으려고 휘청거리고 있는데 누군가 손에서 권총을 빼앗아 갔고 뻣뻣한 팔이 그의 목덜미를 감쌌다. 그 상태로 바닥에 한 바퀴 구른 후, 자동차 덮개 위로 밀쳐졌다.

"사람 목숨 가지고 대단한 게임을 하는군." 목소리가 들려왔다. "얼간이로 시작하더니 이제 악당 놈으로 끝내시겠다?"

허드슨은 무의미한 저항을 했다.

"이 멋진 스펙트럼에서 당신은 어디쯤 있지?"

"도대체 무슨 소리를 하는 거야." 허드슨은 그의 손아귀에서 겨우 벗어났다.

"정신 차리겠다고 약속하면 놔드리지. 긴장 풀어."

허드슨은 저항하지 않았다. 그의 말대로 하니 정말 압박감이 덜 했고 팔다리도 자유로워졌다. 그는 고개를 들었고, 자신의 목표물 펜더개스트와 얼굴을 마주하고 있다는 걸 깨달았다. 큰 키에 검은색 정장을 입고 얼굴과 머리카락이 너무나 창백해서 어둠 속에서 빛나는 유령 같은 남자. 그는 허드슨의 베레타 권총을 들고 총구를 바짝 겨누고 있었다. "아직 통성명도 못 했는데 참으로 유감이군요. 내 이름은 펜더개스트입니다."

"엿이나 먹어."

"그런 수준 낮은 말을 쓸 때면 다들 재미있는 표정을 짓더군요." 펜더개스트는 그를 위아래로 쳐다본 다음 허리춤에 권총을 집어넣었다. "우리 집으로 가서 대화를 계속 이어가도록 할까요?"

그 남자는 펜더개스트를 노려봤다.

"좋아요." 펜더개스트는 그의 눈앞에 보이는 옆문으로 걸어가라고 손짓을 했다. 잠시 후 허드슨은 그의 명령에 따랐다. 이것이 그의 손아귀에서 벗어날 수 있는 마지막 길인지도 몰랐다.

그는 활짝 열린 차고 문 앞으로 나갔고, 펜더개스트가 뒤를 따라갔다. 두 사람은 자갈이 깔린 차로를 지나서 허름한 저택의 계단으로 올라갔다. 나이 든 집사가 현관문을 열고 기다리고 있었다.

"이 신사분도 오시는 겁니까?" 집사가 별로 탐탁지 않은 투로 이렇게 물었다.

"아주 잠시 동안요, 모리스. 동쪽 방에 가서 셰리 딱 한 잔만 마실 겁니다."

펜더개스트는 남자에게 중앙 현관으로 가라고 손짓을 했고 작은 응접실로 들어갔다. 벽난로의 불판 너머로 불꽃이 이글거리며 타오르고 있었다.

"앉아요."

허드슨은 조심스럽게 낡은 가죽 소파에 앉았다. 펜더개스트는 반대편에 앉아서 시계를 봤다. "시간이 별로 없어요. 자, 다시 한 번 묻죠. 이름이 뭡니까?"

허드슨은 예기치 못했던 갑작스러운 반전에 적응하려고 안간힘을 썼다. 지금이라도 충분히 이 상황에서 벗어날 수 있을 것이다. "이름은 잊어버렸어. 나는 사립 탐정이고 블라스트의 지시를 받고 일하지. 그게 당신이 알아야 할 전부야. 이 정도면 충분하겠지."

펜더개스트는 다시 위아래로 허드슨을 훑어보았다.

"당신이 그 그림을 가지고 있다는 거 알아." 허드슨이 계속 말했다. "〈블랙 프레임〉. 당신이 블라스트를 죽였다는 것도 알고."

"정말 똑똑하군요."

"블라스트는 나한테 빚을 많이 졌어. 그래서 돈이 되는 것만 찾아다니고 있지. 만약 당신이 그 돈을 준다면 블라스트를 죽였다는 사실은 영원히 잊어버리겠어. 알아들어?"

"그렇군요. 그러니까 협박을 하려고 여기까지 찾아온 거로군요." 펜더개스트의 창백한 얼굴이 하얀 이빨과 함께 미소로 바뀌었다.

"나한테 빚진 걸 받으러 온 것뿐이야. 물론 당신도 돕고 싶고. 내 말 무슨 뜻인지 알아듣겠지?"

"블라스트 씨는 개인적인 문제를 처리하는 데 있어서 형편없는 판단력을 가진 사람이었군요."

허드슨은 그의 말이 무슨 뜻인지 이해할 수가 없었다. 그는 펜더개스트가 검은색 정장 사이로 베레타 권총을 꺼내서 탄창을 확인하고 다시 자신을 향해 총구를 겨누는 모습을 멍하니 지켜보았다. 그때 나이 든 집사가 갈색 액체로 가득 찬 유리잔 두 개를 은색 쟁반에 받쳐서 들고 왔고, 하나씩 테이블 위에 내려놓았다.

"모리스, 결국 셰리를 못 마시게 되었어요. 저는 이 신사분을 늪지대에 처넣을 생각이에요. 본인 총으로 뒤통수를 쏜 다음, 악어 떼들이 증거를 먹어 치우도록 할 거예요. 저녁 식사 전까지는 돌아올게요."

"좋을 대로 하십시오, 주인님." 집사가 다시 술잔을 거두며 말했다.

"거짓말." 허드슨은 뭔가 불안한 기분을 느끼며 말했다. 어쩌면 지금까지 그의 손에서 놀아나고 있었는지도 모른다.

펜더개스트는 그의 말을 들은 것 같지 않았다. 그는 일어서서 총구를 겨눴다. "나가죠."

"바보처럼 굴지 마. 당신은 결코 여기서 나가지 못해. 내 친구들이 기다리고 있어. 내가 여기에 있는 걸 다 안다고."

"친구들요?" 다시 한 번 유령 같은 미소가 번졌다. "아까 혼자서 움직이는 프리랜서 사립 탐정이고, 오늘 밤에도 혼자 왔다고 당신 입으로 똑똑히 말했잖아요. 얼른 늦지대로 가자고요!"

"잠깐." 허드슨은 순간 공포감에 휩싸였다. "지금 실수하는 거야."

"한 남자를 죽인 사람이 자신이 저지른 범죄를 알고 있는 사람이 나타났는데, 당연히 그 증인을 죽이려고 하지 않을까요? 게다가 돈까지 달라고 하는데? 얼른 일어나요."

허드슨이 자리에서 일어났다. "제발 내 말 좀 들어봐. 돈 얘기는 잊어. 일단 내 말 좀 들어보라고……."

"그딴 건 필요 없어요. 마지막까지 이름을 밝히지 않은 게 오히려 고마운 일이 됐네요. 내가 죽인 사람들 이름을 기억하는 건 별로 즐겁지 않은 일이니까."

"허드슨." 그가 재빨리 대답했다. "프랭크 허드슨. 제발 죽이지만 마."

펜더개스트는 총을 한쪽으로 내리고 허드슨을 문 쪽으로 강하게 밀쳤다. 허드슨은 좀비처럼 휘청거리며 복도로 나갔고 앞문을 지나서 현관으로 갔다. 어두운 밤이라 공기가 무겁고 축축했고, 개구리가 개골개골 울고 벌레가 우는 소리가 들렸다.

"안 돼. 세상에! 안 돼." 허드슨은 이제야 계산이 틀렸다는 것을 깨달았다.

"계속 걸어요."

허드슨은 무릎에 힘이 풀려서 바닥에 주저앉았다. "제발." 두 뺨 위로 눈물이 쏟아졌다.

"그럼 여기서 끝내죠." 허드슨은 차가운 총구가 목 뒤에 닿는 것을 느꼈다. "모리스가 뒤처리를 해줄 거예요."

"제발 죽이지 마세요." 허드슨은 신음을 흘렸다. 그는 펜더개스트가 베레타 권총을 장전하는 소리를 들었다.

"당신을 죽이지 말아야 할 이유가 뭐죠?"

"내가 없어지면 경찰들이 내 차를 찾을 거야. 자동차랑 당신 집이 가까이 있어서 곧바로 붙잡힐지도 몰라."

"당신 차는 멀리 치워버릴 겁니다."

"그래도 DNA가 남아 있잖아. 이제는 빼도 박도 못해."

"모리스가 치울 거예요. 게다가 경찰 몇 명쯤은 나 혼자서도 상대할 수 있고요."

"늪지대도 샅샅이 수색할 거야."

"아까 말했다시피 악어들이 당신 시체를 말끔히 해치워줄 겁니다."

"그렇다면 당신은 시체에 대해 잘 모르는 거야. 며칠, 아니 몇 주가 지나도 시체 잔재가 남게 된다고. 제아무리 늪지대라도."

"우리 저택의 늪과 악어들은 그렇게 허술하지 않아요."

"세아무리 악어라도 사람 뼈까지 먹어 치우지는 못해. 살점만 뜯어 먹고 나머지는 건드리지도 않아."

"생물학적 지식이 대단하시군요."

"내 얘기 들어. 만약 경찰에서 내가 블라스트를 위해 일했다는 것을 알게 되면, 블라스트와 당신, 그리고 나와의 관계까지 밝혀낼 거야. 여기 오는 길에 신용카드로 기름도 넣었다고. 제발 내 말 믿어. 경찰이 당신을 잡으러 온다니까."

"어떻게 제가 블라스트와 연관되었다는 걸 알아낸다는 거죠?"

"당연하지! 그건 잠시만 생각해보면 알 수 있는 거잖아!" 허드슨은 진심을 담아서 간곡하게 말했다. "블라스트한테 전부 들었어. 당신이 찾아왔다고 하더라고. 그날 밤에 블라스트가 모피 사업을 접자고 했어. 당신이 떠나자마자 나한테 전화를 걸었다고."

"그럼 〈블랙 프레임〉은요? 그것 때문에 우리 뒤를 밟은 건가요?"

"맞아, 그것 때문이었어. 블라스트는 당신이 〈블랙 프레임〉을 찾도록 부추긴 거야. 본인은 실패했지만, 당신은 그걸 찾을 수 있을 만큼 똑똑한 자라고 생각했어. 결국 블라스트도 감동했지. 하지만 경찰이 이번 사건의 내막을 알게 되면, 당신이 도네트 홈에 와서 거짓말을 한 것도 알려질 거야. 내 말 믿어. 만약 내가 실종되면 경찰들이 사냥개를 끌고 이곳에 나타날 거라고."

"경찰은 나와 블라스트가 연관돼 있다는 걸 몰라요."

"당연히 알지! 블라스트가 전부 말해줬어. 당신이 찾아와서 자기가 아내를 살해한 걸로 의심했다고. 당신은 이미 경찰 수사망에 걸려든 거라고!"

"정말 블라스트가 내 아내를 죽였나요?"

"블라스트는 전혀 아는 바가 없댔어."

"당신은 그 말을 믿어요?"

허드슨은 가능한 한 빨리 말을 했고 심장이 고통스러울 정도로 빠르게 뛰었다. "블라스트는 성자도 아니지만 살인자도 아니야. 그저 족제비, 사기꾼, 조종자일 뿐이야. 사람을 죽일 만한 위인이 못 돼."

"당신과는 다르군요. 총까지 가지고 내 차고에 숨어 있었잖아요."

"아니, 아냐! 사실 죽이려던 게 아니라 협상을 할 참이었어. 그냥 탐정질이나 하면서 먹고살 작정이었다고. 제발 내 말 믿어줘!" 그의 목소리는 공포로 갈라졌다.

"그 말을 믿어야 하나요?" 펜더개스트는 총구를 내렸다. "일어나도 좋습니다, 허드슨 씨."

그는 자리에서 일어섰다. 얼굴은 눈물범벅이 되어 있었고 온몸을 사시나무처럼 떨고 있었지만 아무 상관 없었다. 이제는 온몸이 희망으로 넘쳤다.

"생각보다 똑똑하군요. 당신을 죽이는 대신, 집 안으로 들어가서 셰리 한 잔 하면서 당신을 고용하는 조건에 대해 이야기해볼까요?"

허드슨은 땀에 흠뻑 젖은 채로 뜨거운 벽난로 옆에 있는 소파에 앉아 있었다. 온몸에 기운이 쭉 빠지고 완전히 지쳐버렸다. 아직까지 목숨은 붙어 있었지만, 정신이 얼얼했다. 마치 완전히 새로운 사람으로 다시 태어난 기분이었다.

펜더개스트는 반쯤 괴이한 미소를 지으면서 의자에 기대앉았다. "자, 허드슨 씨, 당신이 나와 일하게 된다면 모든 걸 솔직히 말해야 해요. 블라스트에 대해서, 당신의 임무에 대해서 말입니다."

허드슨은 다시 입을 열게 된 것에 감사할 따름이었다. "블라스트는 당신이 찾아온 후에 곧바로 저에게 전화를 걸었어요. 당신이 불법 모피에 대해 알아차린 것 때문에 적잖이 놀란 것 같더군요. 앞으로 무기한으로 모든 사업을 접겠다고 하더군요. 그는 당신이 〈블랙 프레임〉을 쫓고 있다고 말했고, 당신 뒤를 밟으라고 했어요. 만약 당신이 그 그림을 찾아내면 곧바로 빼앗아 오라고 시켰어요."

펜더개스트는 꼿꼿이 세운 손가락 사이로 고개를 끄덕였다.

"아까 말한 것처럼 그는 당신이 〈블랙 프레임〉을 찾으러 나서기를 바랐어요. 그래서 당신 뒤를 쫓았고 도넛 가게에서 잠복하면서 일거수일투족을 지켜봤죠. 그리고 끝까지 추격했지만 당신들은 용케 도망쳐버렸고요."

다시 한 번 펜더개스트가 고개를 끄덕였다.

"그 일을 보고하려고 블라스트를 찾아갔는데 벌써 죽어버렸더군요. 꽤 가까운 거리에서 총격을 당했는지 형체를 알아보기 힘들 정도로 시신이 상했더라고요. 이번 일을 진행하느라 5000달러나 빚을 졌는데 말입니다. 그래서 나는 당신이 그를 죽인 거라고 생각했어요. 그래서 당신을 찾아가 돈을 돌려받을 작정이었어요."

"맙소사, 저는 블라스트를 죽이지 않았어요. 다른 사람이 죽였죠."

허드슨은 고개를 끄덕였지만 믿어야 할지 말아야 할지 모르는 눈치였다.

"블라스트 씨의 사업에 대해서 또 아는 게 뭐 있죠?"

"잘은 몰라요. 아까 말했다시피, 블라스트는 불법 야생동물 밀반입에 연관되어 있었어요. 동물 기죽을 밀수한 기죠. 히지만 기장 큰 관심사는 〈블랙 프레임〉인 것 같았어요. 그걸 찾느라 반쯤 미쳐 있었거든요."

"탐정으로 일한 경력이 얼마나 되죠, 허드슨 씨?"

"예전에는 경찰이었는데 당뇨병 때문에 내근 직원으로 근무했습니다. 가만히 책상에 앉아 있는 걸 도저히 견딜 수 없어서 사립 탐정으로 나서게 된 거고요. 벌써 5년 전 일이네요. 블라스트 씨와 연관된 일을 도맡아서 했는데 대부분 사람들의 뒷배경을 조사하는 것이었죠. 그러니까…… 사업 파트너와 공급책들의 배경을 조사하곤 했어요. 그는 함께 일하는 사람을 선택하는 데 아주 조심스러웠어요. 야생동물 시장에서 일하려면 항상 비밀경찰과 함정수사에 대비해야 하니까요. 주로 빅터라는 사람과 거래했습니다."

"빅터?"

"정확한 이름은 몰라요."

펜더개스트는 시계를 쳐다봤다. "저녁 식사 시간이군요, 허드슨 씨. 식사를 함께 하지 못해서 유감입니다."

허드슨도 같은 마음이었다.

펜더개스트는 양복 안에 손을 넣어서 돈다발 하나를 꺼냈다. "블라스트가 당신에게 진 빚을 내가 지불할 이유는 없어요. 하지만 앞으로 이틀 동안 작업을 할 돈은 될 겁니다. 하루에 500달러, 진행비는 따로 드리죠. 이제부터 무기를 버리고 나를 위해서 일해야 합니다. 아셨죠?"

"네, 알겠습니다."

"블랙 브레이크 늪지대 서쪽에 선플라워라는 작은 마을이 있어요. 그쪽 지도를 가지고 근처로 가서, 마을 80킬로미터 반경에 크게 원을 그리고 그 안에 있는 제약 회사와 연구 기관을 전부 찾아줬으면 합니다. 15년 전에 지어진 곳을 중점적으로. 한 군데씩 찾아가서 근처에서 길을 잃은 운전자라고 하세요. 무단 침입은 하지 말고 최대한 가까이 접근해요. 메모도 사진도 찍지 말고 모든 걸 머리에 기억해두시고요. 24시간마다 한 번씩 진행 상황을 보고해주시고요. 이게 첫 번째 계약 조건입니다. 아시겠습니까?"

허드슨은 충분히 이해할 수 있었다. 바로 그때 문이 열리는 소리가 들렸고 복도에서 목소리가 들렸다. 누군가 도착했다. "네. 감사합니다, 선생님." 블라스트가 지불했던 것보다 훨씬 많은 돈이었고, 계약 조건 또한 무척 간단했다. 블랙 브레이크 늪지대에 처박히지 않은 것만도 다행이었다. 지금까지 수없이 들었던 무시무시한 곳이 아닌가.

펜더개스트는 부엌문까지 그를 바래다주었다. 허드슨은 밤길로 나섰고, 자신의 목숨을 구해준 남자에 대한 감사와 충성심으로 가슴이 벅차올랐다.

49

루이지애나 주, 세인트 프랜시스빌

로라 헤이워드는 미시시피 강으로 향하는 마을 남쪽 외곽의 구불구
불한 길을 따라서 경찰차를 쫓아가고 있었다. 그녀가 타고 있는 자동차
에 사람들의 이목이 집중되자 괜히 이상한 기분이 들었다. 헬렌 펜더개
스트의 빈티지 포르쉐 컨버터블 차량에 타고 있다고 생각하니 더욱 야
릇한 느낌이었다. FBI 요원이 너무나 정중하게 아내의 차를 타라고 권
하는 바람에 달리 거절할 여지가 없었다. 한창 경사가 급격한 도로를
따라서 오크 나무와 호두나무 잎으로 뒤덮인 길을 운전해 가고 있는 사
이, 로라의 머릿속은 뉴올리언스 경찰청에서 처음 근무했던 당시로 거
슬러 올라갔다. 당시 로라는 임시직에 불과했지만 점차 경험을 쌓으면
서 경찰이 되고 싶다는 욕심이 생겼다. 그때는 뉴욕 시 북부로 떠나기
직전이었고, 존 제이 칼리지의 형사 행정학 수업을 수강하던 때였다.
그런 다음 대중교통을 통제하는 경찰로 첫 임무를 부여받았다. 그 후로
15년이 지났다. 이제는 특유의 남부 억양도 거의 사라졌고, 뉴요커, 그
것도 아주 완고한 뉴요커로 거듭났다.

기다란 현관에다 주석 지붕을 얹어 하얗게 채색한 저택들을 보며 목
련 꽃 냄새를 머금은 무거운 공기를 마시다 보니, 로라의 뉴욕 껍데기
가 완전히 녹아버리는 기분이었다. 로라는 말단 경찰로 보냈던 지난 경

험을 떠올리며 사색에 빠졌다. 최근 플로리다에 머물며 블라스트 살인 사건에 대한 정보를 얻으려고 이리 뛰고 저리 뛰다 보니 관료주의적인 일상보다는 훨씬 즐겁게 시간을 보냈다는 것을 깨달았다. 구식 남부 지빙이 가지고 있는 고풍스러움 속에는 뭔가 멋스러운 것이 있었다.

경찰차가 진입로로 들어갔고 헤이워드는 그 뒤를 따라가서 바로 옆에 주차를 했다. 그리고 단조로운 목장을 감상하려고 운전석 밖으로 나왔다. 목련 나무 두 그루 주위로 작은 꽃밭이 펼쳐져 있었다.

살인 사건 전담반의 경사와 일반 수사관 두 명이 그녀를 블랙레터의 집으로 안내했다. 이들은 차에서 내려서 허리춤을 추켜올리며 로라를 향해 걸어왔다. 백인 하나는 현장 담당 경찰로 붉은색 머리카락과 붉은 얼굴에 비 오듯 땀을 흘리고 있었다. 다른 한 명은 크링이라는 이름의 수사 담당 경관으로 지나칠 정도로 열성적이고 맡은 임무에 충실한 남자였다. i 발음이 나올 때마다 방점을 찍고 세심한 주의를 기울여 t 발음을 하는 사람이었다.

그 집은 이웃집들과 다름없이 새하얗게 칠해져 있었고 외관도 깔끔했다. 현관 기둥에 감아놓은 현장 출입 통제 테이프가 바람에 떨어져서 풀밭 위로 펄럭거렸다. 현관 자물쇠는 주황색 증거용 테이프로 단단히 봉해져 있었다.

"반장님." 크링이 말했다. "바깥부터 조사하시겠습니까? 아니면 집 안부터 들어가시겠습니까?"

"집부터 보죠."

로라는 두 사람을 따라서 현관으로 들어갔다. 사전 예고 없이 세인트 프랜시스빌 경찰서를 방문한 것부터가 큰 사건이었다. 처음에는 긍정적인 반응을 보이지 않았다. 뉴욕 경찰서 살인 사건 전담반 반장이 불쑥 찾아오는 건 그들 입장에서도 달가운 일이 아니었다. 게다가 여자 반장이라니! 호화스러운 자동차를 타고 경고나 평화협정도 없이, 아니, 미리 전화를 하는 예의조차 없이 지방의 살인 수사과를 불쑥 방문하다니 말이다. 하지만 헤이워드는 뉴올리언스에서 일했던 과거의 경험을 시작으로 다정하게 이야기를 시작했고, 그들의 의심을 완전히 거두어 버렸으며, 잠시 후에는 오랜 친구가 되었다. 아니, 최소한 로라는 그러기를 바랐다.

"그럼 사건 현장을 공개하겠습니다." 크링은 현관으로 걸어가면서 말했다. 그리고 주머니칼을 꺼내 테이프를 잘랐다. 문이 열렸고 잠금장치가 풀렸다.

"저건 뭔가요?" 헤이워드가 문 옆에 놓인 옷상자를 가리켰다.

"이미 현장감식은 끝났습니다. 필요 없는 것들이죠." 크링이 말했다.

"그렇군요."

"일사천리로 해결된 사건이었습니다." 크링은 안으로 들어가면서 말했다. 집 안에 들어서자 눅눅하고 희미한 악취가 풍겼다.

"일사천리로 해결되다니, 어떻게요?" 헤이워드가 물었다.

"단순 절도가 살인으로까지 번진 사건이었죠."

"그걸 어떻게 알았죠?"

"집 안이 난장판이었고 전자 제품 몇 개가 없어졌습니다. 평면 모니터, 컴퓨터 몇 대랑 스테레오까지. 직접 보시면 알 겁니다."

"고맙습니다."

"사건 당일 저녁 9시에서 10시 사이에 벌어진 것 같습니다. 반장님도 이미 눈치채셨겠지만, 범인은 집 안으로 들어오기 위해서 쇠 지렛대를 사용했고, 현관을 통해서 방으로 들어와서 저쪽, 블랙레터가 로봇을 땜질하고 있는 곳으로 갔습니다."

"로봇이라뇨?"

"피해자는 로봇에 빠져 있었습니다. 취미였겠죠."

"그러니까 범인이 여기서 방까지 곧장 걸어갔다고요?"

"그런 것 같습니다. 범인은 블랙레터가 방 안에 있는 소리를 들었고, 집을 털기 전에 그를 죽이려고 결심했을 겁니다."

"블랙레터의 자동차가 진입로에 주차되어 있었나요?"

"그렇습니다."

헤이워드는 클링을 따라서 방으로 들어갔다. 갖가지 철제 부품들과 플라스틱 부품, 전선, 회로판 등 온갖 종류의 괴상한 장치들이 긴 탁자 위를 덮고 있었다. 바닥에는 커다란 검은 얼룩이 보였다. 콘크리트 벽 군데군데 혈흔이 남아 있었고 산탄총 탄피가 사방에 흩어져 있었다. 사건 현장의 증거를 표시하는 원과 화살표도 그대로 남아 있었다.

'산탄총을 썼군.' 로라는 생각했다. '블라스트를 죽일 때처럼.'

"총열을 짧게 자른 무기였습니다." 클링이 말했다. "12구경이었어요. 혈액을 분석하고 산탄총 탄피를 분석해본 결과에 따르면 말입니다. 총구가 두 개인 걸 사용했어요."

헤이워드는 고개를 끄덕였다. 그리고 방으로 들어가는 문을 살펴봤다. 두꺼운 철문 안으로 딱딱한 방음장치가 고정돼 있었다. 벽과 천장에도 모두 방음장치가 되어 있었다. 헤이워드는 블랙레터가 작업을 하는 사이 방문이 열려 있었는지 닫혀 있었는지 궁금했다. 이번 사건의 경우 피해자는 꼼꼼한 사람처럼 보였는데, 만약 그랬다면 문을 닫아서 부엌으로 먼지가 새어 나가지 못하게 조심했을 것이다.

"희생자에게 총격을 가한 후, 가해자는 부엌으로 돌아갔습니다. 그리고 복도를 지나 거실로 나갔죠." 클링은 계속 말을 이었다. "혈흔이 묻은 발자국을 발견했거든요."

헤이워드는 뭔가 말을 하려다가 억지로 삼켰다. 분명히 단순 절도범은 아니었지만 지금 그런 걸 지적해봤자 좋을 게 하나도 없었다. "거실을 살펴봐도 될까요?"

"물론입니다." 클링은 로라를 부엌에서 거실로 안내하면서 함께 걸어갔다. 현장은 그대로 보존되어 있었고 완전 엉망진창이었다. 접이식 덮개가 달린 책상 위로 총알 자국이 남아 있었고, 편지와 사진이 사방에 흩어져 있었다. 책장의 책들도 어지럽게 흩어져 있었고 소파도 칼로 찢겨 있었다. 평면 스크린 TV가 달려 있던 벽에는 구멍이 뻥 뚫려 있었다.

헤이워드는 손잡이에 오팔 장식이 달린 편지 개봉용 은제 나이프가 바닥에 떨어져 있는 것을 보았다. 분명히 책상에서 떨어진 것이었다. 그리고 거실을 쭉 둘러보았다. 작고 휴대가 쉬운 은 제품과 금박 세공품 말고 별다른 것이 없었다. 재떨이, 작은 술통과 상자들, 찻주전자, 티스푼, 쟁반, 촛불 끄는 막대, 잉크스탠드, 작은 조각상, 모두 하나같이 아름다운 무늬가 새겨져 있었다. 반짝이는 보석이 박힌 것들도 있었다. 뒤죽박죽 바닥에 떨어져 있는 걸 보니, 누군가가 팔로 쓸어내린 것 같았다.

"은과 금으로 된 제품들이군요." 로라가 물었다. "혹시 분실된 게 있습니까?"

"저희가 조사한 바로는 없습니다."

"이상하군요."

"저런 물건들은 뭐라고 딱히 꼬집어 말할 수 없는 것들이에요. 특히 여기 있는 것들은요. 우리 범인은 눈에 보이는 대로 아무거나 집어 가는 마약 중독자 유형에 가깝습니다."

"여기 은 제품들은 피해자가 수집한 걸로 보이는군요."

"그렇습니다. 블랙레터 박사는 지방 역사 모임에 소속되어 있었고 가끔 수집품들을 기증했습니다. 남북전쟁 이전의 미국의 은 제품 전문가였어요."

"수집품을 살 돈은 어디서 났고요?"

"예전에 의사였습니다."

"제가 아는 바로는 그는 생전에 날개 달린 의사 협회에서 일했는데, 그곳은 자본이 넉넉하지 않은 비영리 단체였어요. 이런 은 제품은 크기는 작지만 가격이 상당할 텐데요."

"날개 달린 의사 협회에서 은퇴한 후 다수의 제약 회사에서 자문 역할로 일했습니다. 이 지역에도 몇 개의 회사가 남아 있죠. 지역 경제를 이끌어가는 지주 업체들이고요."

"혹시 블랙레터 박사의 신상 기록이 있습니까? 한번 보고 싶은데."

"경찰서에 있습니다. 현장 조사가 끝나면 따로 복사해드리겠습니다."

헤이워드는 거실에서 계속 얼쩡거렸다. 뭐라 말할 수는 없지만 뭔가 불만족스러운 기분이 들었다. 아직도 범죄 현장에서 알아내지 못한 게 남아 있는 것 같았다. 헤이워드의 시선은 은색 액자에 들어 있는 사진들로 향했다. 이것들은 분명히 책장에서 떨어진 것 같았다.

"저것 좀 봐도 될까요?"

"물론이죠. 현장감식반에서 여기서 찾은 참빗을 조사하고 있습니다."

그녀는 무릎을 굽혀서 액자 몇 개를 주웠다. 분명 피해자의 가족들과 친구들을 찍은 것으로 추정되는 사진들이었다. 일부 사진 속에는 블랙레터의 모습도 남아 있었다. 아프리카 하늘을 날아가는 비행기, 현지인들에게 접종 주사를 놓는 사진, 숲속 병원 앞에 서 있는 모습. 인턴 시절에 매혹적인 금발의 여자 동료들과 함께 찍은 사진도 있었다. 블랙레터는 그중 한 여자의 어깨에 팔을 두르고 있었다.

"블랙레터 씨가 결혼을 했습니까?"

"미혼이었어요." 크링이 말했다.

그녀는 손에 늘고 있던 사진을 다시 쳐다봤다. 액자의 유리가 바닥에 떨어져서 사방에 금이 가 있었다. 헤이워드는 액자에서 사진을 꺼내서 뒤집었다. 사진 뒷장에는 큼직하고 둥근 글씨로 '모리스에게, 호수 비행을 기념하며. 사랑해요, M.'이라고 적혀 있었다.

"이 사진을 가져도 될까요? 사진 한 장만요."

크링은 망설였다. "일단 증거품 목록부터 확인하고 나서요." 그러고는 다시 망설이더니 말했다. "왜 가져가시는지 여쭤봐도 되겠습니까?"

"이번 사건 조사와 연관이 있을지도 몰라서요." 헤이워드는 처음부터 자신이 하려는 조사가 무엇인지 정확하게 말하지 않으려고 조심했고,

그들은 썩 내키지 않는 눈치였지만 몇 가지 질문을 던지고 자연스럽게 다른 주제로 넘어갔었다.

하지만 크링이 다시 그 주제를 입에 올렸다. "괜찮으시다면, 뉴욕 경찰청 살인 사건 전담반 반장님께서 친히 여기까지 와서 단순 절도 상해 사건을 조사하시는 이유가 뭔지 여쭤봐도 될까요? 반장님의 사건에 끼어들려는 게 아니라, 뭘 찾고 계신지 알아야 제대로 도울 수 있을 것 같아서요."

헤이워드는 더는 피해갈 수 없다는 사실을 깨닫고 결국 거짓말을 했다. "테러 사건과 관련되어 있습니다."

침묵. "알겠습니다."

"테러라고요." 로라의 뒤쪽에서 처음으로 필드의 목소리가 들려왔다. 워낙 조용히 따라다녀서, 로라는 그가 함께 있다는 사실을 잊을 뻔했다. "반장님이 뉴욕 서에서 아주 막중한 업무를 처리하고 계시다고 들었습니다."

"그래요." 헤이워드가 대답했다. "더 자세하게 설명할 수 없는 이유도 이해해줄 거라 믿어요."

"당연히 그래야죠."

"이번 사건에 대한 정보가 거의 없습니다. 그래서 비공식적으로 여기까지 찾아온 거죠. 무슨 말인지 아시겠죠?"

"네, 반장님." 필드가 말했다. "혹시 그 로봇이 사건과 어떻게 연관된 건지 여쭤봐도 될까요?"

헤이워드는 그를 향해 짧게 미소를 지어 보였다. "모르는 게 나을 겁니다."

"알겠습니다, 반장님." 그는 뭔가 감을 잡았다는 듯 만족스러운 표정으로 얼굴을 붉히며 대답했다.

헤이워드는 이런 거짓말까지 하는 자신이 싫었다. 이건 모든 면에서 볼 때, 절대 좋지 않은 방법이었고 혹여 이번 일이 발각이라도 되는 날에는 면직 처분까지도 감수해야 했다.

"일단 사진을 주십시오." 크링이 부하를 향해 경고의 눈빛을 보내면서 말했다. "증거품 목록에 포함되어 있는지 살펴보고 바로 돌려드리겠습니다." 그는 사진을 증거 수집용 봉투에 넣고 이류표를 붙였다.

"이 정도면 된 것 같군요." 헤이워드는 거짓말을 한 것에 죄책감을 느끼며 일부러 다른 데로 시선을 돌렸다. 괜히 펜더개스트의 나쁜 습관까지 배우고 싶지는 않았다.

로라는 어두운 집 밖으로 나와 습도가 높은 햇빛 속으로 걸음을 옮겼다. 그녀는 주위를 둘러보았고, 도로를 따라 1.5킬로미터도 채 안 되는 곳에 강이 흐르고 있는 것을 발견했다. 로라는 갑자기 클링이 있는 쪽으로 돌아갔다. 그는 현관 자물쇠를 잠그고 있었다.

"클링." 헤이워드가 말했다.

그가 돌아봤다. "네?"

"방금 우리 얘기는 극비에 붙여야 한다는 걸 명심하세요."

"알겠습니다, 반장님."

"또 하나, 이번 사건이 단순 절도범의 행각이 아니라는 점을 알고 계시리라 믿어요."

크링은 턱을 문질렀다. "아니라뇨?"

"일부러 꾸민 거예요." 그녀는 도로를 향해서 고개를 까딱해 보였다. "나중에 자세히 찾아보면, 집 안에서 사라진 가전제품들이 도로의 끝부분, 미시시피 강바닥에 떨어져 있을 거예요."

크링은 미시시피 강을 쳐다보고 다시 그녀를 쳐다봤다. 그리고 천천히 고개를 끄덕였다.

"사진은 오후에 가지러 갈게요." 그녀는 이렇게 말하고 포르쉐에 올라탔다.

50

페넘브라 저택

늙은 집사 모리스는 헤이워드를 위해 기꺼이 문을 열어주었고, 그녀는 거대한 저택의 어두운 실내로 들어갔다. 다시 한 번 상상했던 펜더개스트의 집 그대로라는 생각이 들었다. 애잔하게 허물어져 가는 전쟁 이전의 낡고 노후한 상류층 저택부터 정장 차림의 늙은 집사의 모습까지, 딱 그런 느낌이 들었다.

"이쪽입니다, 헤이워드 반장님." 모리스는 손바닥을 위로 보이며 응접실을 가리켰다. 헤이워드는 벽난로 앞에 앉아 있는 펜더개스트를 볼 수 있었다. 오른손에는 작은 유리잔이 들려 있었다. 그는 자리에서 일어나 로라가 앉을 자리를 안내해주었다.

"한 잔 드려요?"

로라는 소파 위에 서류 가방을 던지고 옆자리에 털썩 앉았다. "괜찮아요. 제 취향이 아니거든요."

"다른 걸 드릴까요? 맥주? 차? 마티니?"

그녀는 모리스를 흘끗 쳐다봤다. 괜히 귀찮게 만들고 싶지는 않았지만 긴 여행으로 녹초가 되어 있었다. "차요. 우유하고 설탕을 넣은 뜨겁고 진한 차로요."

집사는 끄덕 고갯짓을 하고 사라졌다.

펜더개스트는 한쪽 다리를 꼬고 의자에 깊숙이 기대어 앉았다. "시에스타 키와 세인트 프랜시스빌 여행은 어땠습니까?" 그가 물었다.

"큰 성과가 있었죠. 그보다 빈센트는 어때요?"

"아주 좋습니다. 별 탈 없이 사설 병원으로 이송되었어요. 돼지 판막으로 2차 대동맥 판막 이식수술을 성공리에 마치고 현재 회복 중입니다."

로라는 무거운 짐을 벗은 것처럼 한결 안심이 되었다. "하느님 감사합니다. 그이를 보고 싶어요."

"제가 말했던 것처럼, 그건 현명한 행동이 아닙니다. 전화를 하는 것도 좋지 않아요. 우리는 아주 똑똑한 살인범을 상대하고 있는 것 같습니다. 제 생각으로는 내부에 정보망이 있는 것 같습니다만." 펜더개스트는 셰리를 한 모금 마셨다. "어쨌든, 오클리 농장에서 가져온 깃털을 실험실에 보냈는데 거기서 막 보고서를 보내왔어요. 확실히 조류독감에 감염되어 있었지만, 샘플 양이 너무 작아서 바이러스를 배양하기에는 부족했다고 하더군요. 그럼에도 불구하고, 우리 연구소 직원이 아주 중요한 결과를 밝혀냈어요."

헤이워드는 한숨을 내쉬었다. "그걸 나한테 설명할 작정이군요."

"그 바이러스는 인간 신경계에 숨겨져 있어요. 신경계를 강하게 자극하는 성분이죠. 반장님, 바로 그게 퍼즐의 마지막 조각입니다."

드디어 차가 준비되었고 모리스가 찻잔에 뜨거운 차를 따랐다. "계속 말씀하세요."

펜더개스트는 자리에서 일어나 벽난로 앞으로 걸어갔다. "조류독감 바이러스는 기존의 독감 바이러스처럼 사람을 아프게 합니다. 다른 바이러스들처럼 혈류를 피해서 신경계에 잠복해 있죠. 결국 인간의 면역계에 항상 잠복해 있는 겁니다. 하지만 공통점은 그게 끝입니다. 왜냐하면 조류독감 바이러스는 신경계에 직접적인 영향을 주기 때문이죠. 그 효과는 매우 특이합니다. 두뇌 활동을 증가시키고 지적 능력을 꽃피우는 방아쇠의 역할을 하는 거죠. 연구소 직원이 아주 지적인 친구인데, 그 친구 말로는 본래 좁던 신경계 통로가 갑자기 헐거워지는 효과가 나타날 수도 있다고 했습니다. 물론 바이러스는 신경을 다소 예민하게 만듭니다. 약간의 자극에도 더 빨리, 더 쉽게 반응하게 되죠. 그러나이 바이러스는 뇌에서 아세틸콜린을 생산하는 작용을 억제하는 기능까지 합니다. 그래서 모든 신체 시스템을 불균형하게 만들고 결국 희생자의 감각신경까지 압도한다는 겁니다."

헤이워드는 인상을 찌푸렸다. 아무리 펜더개스트라고 해도, 이건 수사와 너무나 동떨어진 얘기처럼 느껴졌기 때문이다. "정말 확신이 있으신 거예요?"

"물론 이 이론을 확인하기 위해서는 부차적인 연구가 필요하겠지만, 이번 상황에 딱 들어맞는 유일한 해답이라고 봅니다." 펜더개스트는 잠시 멈췄다. "잠시 지금 당신의 모습을 생각해보십시오, 헤이워드 반장님. 당신은 지금 소파에 앉아 있습니다. 등을 받치고 있는 가죽의 압력을 감지하고 있죠. 손에 들린 찻잔의 온기도 감지하고 있습니다. 잠시후, 저녁 식사로 먹게 될 양 안심 구이의 냄새도 맡을 수 있죠. 그 외에도 여러 가지 소리를 들을 수 있어요. 귀뚜라미 소리, 나무에서 지저귀는 새소리, 벽난로에서 타들어 가는 불 소리, 부엌에서 모리스가 움직이는 소리까지."

"물론이죠." 헤이워드가 대답했다. "그런데 요점이 뭐죠?"

"만약 잠시만 시간을 내서 현재 느껴지는 감각들을 전부 기록한다면 적어도 100가지는 될 겁니다. 바로 그게 요점입니다. 하지만 당신은 기록을 하고 있지 않아요. 당신 뇌의 일부, 정확히 말하면, 교통경찰이 교통을 통제하듯이 뇌가 순간순간 중요한 감각들만 감지하도록 하는 거죠. 만약 교통경찰이 없다면 무슨 일이 일어날지 상상이 되십니까? 온갖 감각을 통해 끊임없이 자극이 쏟아져서 견딜 수가 없게 될 겁니다. 그 경우, 인지 작용과 창조적인 능력에 일시적인 영향을 끼칠 수 있죠. 장기적인 관점으로 볼 때는 결국에는 미치게 되는 겁니다. 문자 그대로 말이죠. 바로 그것이 오듀본에게 벌어진 현상입니다. 그리고 도앤 가족에게도. 그 가족의 경우에는 더욱 빠르고 강력한 효과가 나타났죠. 우리는 오듀본과 도앤 가족들이 우연이라기엔 너무나 공통된 광기를 보였다는 점을 의심했습니다. 다만 둘 사이의 연결점을 찾아내지 못했던 것뿐이죠. 적어도 방금 전까지는."

"도앤 가족의 앵무새가 바이러스에 감염되어 있었잖아요. 오클리 농장에서 훔쳐 온 앵무새처럼."

"맞아요. 제 아내는 우연하게도 오듀본에게 특이한 증상이 나타났다는 점을 발견한 게 틀림없습니다. 오듀본의 병이 그를 완전히 뒤바꿔놓았다고 생각했고, 역학자로서 왜 그런지 밝혀낼 수 있는 도구까지 가지고 있었습니다. 또한 타고난 천재성을 발휘해서 그들을 죽음에 이르게 한 원인이 비단 정신적인 변화 때문만은 아니라는 것도 깨달은 거죠. 조류독감의 증상에는 육체적인 변화도 있었으니까요. 제 아내가 이 모든 사건에서 어떤 역할을 맡았느냐고 물으셨죠? 제 생각에 아내는 자신의 연구 결과를 제약 회사에 보내서 신약을 개발하려 했던 것 같아요. 바로 인간 정신에 발전을 가져오는, 소위 인간을 '스마트'하게 만들어주는 그런 신약 말이에요."

"그래서 어떻게 됐어요? 왜 그런 약이 개발되지 않았죠?"

"그것만 정확히 알아낸다면 아내가 살해당한 이유를 더욱 쉽게 이해할 수 있을 것 같습니다."

헤이워드는 다시 천천히 이야기를 시작했다. "오늘 블랙레터가 날개 달린 의사 협회를 그만둔 후에 몇몇 제약 회사에서 자문 역할을 했다는 것을 알아냈어요."

"훌륭하네요." 펜더개스트는 다시 거실을 왔다 갔다 했다. "이제 들을 준비가 되었습니다."

헤이워드는 플로리다와 세인트 프랜시스빌을 방문한 이야기를 짧게 요약해서 설명했다. "블라스트와 블랙레터 모두 총열을 잘라낸 산탄총,

12구경 총알에 맞아서 죽었어요. 살인범은 집 안 내부까지 들어와서 희생자들을 죽이고, 집 안을 엉망으로 만들어서 단순 절도범의 행각인 것처럼 꾸몄죠."

"블랙레터가 자문을 맡았던 회사가 어디인가요?"

헤이워드는 서류 가방을 열어서 마닐라지 봉투를 꺼냈고 그 안에서 종이 한 장을 빼서 펜더개스트에게 건넸다.

펜더개스트는 앞으로 가서 서류를 받아 들었다. "블랙레터의 예전 연락처나 주변 사람들에 대해서도 조사해봤나요?"

"한 명. 옛날에 찍은 스냅사진 속에 있는 사람이오."

"출발이 좋네요."

"블라스트 건은 아직도 이해가 되지 않아요."

펜더개스트는 사진을 한쪽으로 치웠다. "네?"

"블랙레터를 죽인 자가 그를 죽였다는 건 확실한데…… 하지만 대체 이유가 뭘까요? 블라스트는 조류독감과 전혀 연관성이 없잖아요. 안 그래요?"

펜더개스트는 머리를 흔들었다. "네, 아주 좋은 질문이네요. 언젠가 헬렌이 블라스트와 이야기를 나눴던 것이 그 이유였을 거라고 생각합니다. 블라스트가 생전에 제 아내를 만나서 〈블랙 프레임〉에 대한 이야기를 나눴을 때, 아내가 그 작품을 찾고 싶은 이유에 대해서 이렇게 설명했다고 하더군요. '그림을 갖고 싶은 게 아니라, 그냥 조사해보고 싶다.' 우리는 블라스트가 이 점에 대해서는 진실을 말했다고 믿고 있어요. 물론, 내 아내를 살해하기로 작정한 자는 두 사람의 대화 내용까지는 전혀 알 수 없었겠죠. 어쩌면 다른 이야기까지 했을지 몰라요. 훨씬 더 깊은 얘기. 예를 들면, 오듀본과 조류독감에 대한 얘기 같은. 그래서 안전을 위해서 블라스트까지 죽여야 했던 거죠. 별로 큰 영향을 끼칠 사람은 아니지만, 그럼에도 불구하고 결국엔 제거하기로 한 거죠."

헤이워드는 고개를 흔들었다. "냉혈한이네요."

"맞아요."

바로 그때 모리스가 별로 탐탁지 않은 표정으로 들어왔다. "허드슨 씨가 주인님을 뵙고 싶답니다."

"들여보내요."

헤이워드는 작지만 몸집이 다부진 남자가 알랑거리는 표정으로 거실을 향해 들어오는 모습을 지켜보았다. 페도라를 쓰고 트렌치코트를 걸치고, 가는 세로줄 무늬 정장에 앞부분에 날개 무늬가 있는 구두를 신고 있었다. 그는 누아르 영화에 등장하는 사설 탐정의 모든 요소를 두루 갖추고 있었는데, 다분히 의도적인 것처럼 보였다. 펜더개스트가 이런 자와 왕래를 하고 있다는 자체가 놀라울 정도였다.

"괜히 방해가 된 건 아닌지 모르겠습니다." 그는 모자를 벗고 머리카락을 드러내며 이렇게 말했다.

"전혀요, 허드슨 씨." 헤이워드는 펜더개스트가 자신을 소개하지 않았다는 점을 알아차렸다. "제가 부탁했던 제약 회사 목록을 가지고 오셨습니까?"

"그렇습니다. 제가 일일이 찾아다녔어요."

"수고했어요." 펜더개스트는 제약 회사 목록을 받아 들었다. "일단 동쪽 응접실에서 기다려주세요. 나중에 그쪽으로 가서 나머지 보고를 듣도록 하죠." 그는 모리스를 향해 고개를 끄덕여 보였다. "허드슨 씨에게 무알콜 음료를 준비해드리고 편안히 계시도록 신경 써주세요." 늙은 집사는 남자를 데리고 복도로 나갔다.

"어떻게 저런 사람을……." 헤이워드는 적당한 단어를 찾았다. "순한 양으로 만든 거죠?"

"스톡홀름 증후군의 변종이에요. 우선 목숨을 위협한 후, 그다음 엄청난 아량을 베풀라. 저 불쌍한 친구는 권총을 가지고 차고에 숨어 있었어요. 누가 봐도 무모한 협박을 하려고 저를 찾아온 거죠."

헤이워드는 자신이 왜 펜더개스트의 방식을 불쾌해했는지를 다시 한 번 떠올리면서 온몸을 부르르 떨었다.

"어쨌든, 저 사람은 우리를 위해서 일하고 있어요. 첫 번째 임무는 도앤의 집에서 80킬로미터 반경에 있는 모든 제약 회사를 조사하는 일이었죠. 왜 하필 80킬로미터냐고 묻는다면, 앵무새가 탈출할 수 있는 최대 반경이기 때문이죠. 블랙레터가 자문 역할을 했던 제약 회사 목록을 보면 모든 게 확실해지겠죠." 펜더개스트는 종이 두 장을 번갈아 쳐다보았다. 갑자기 그의 얼굴이 굳어졌다. 그리고 종이를 테이블에 내려놓고 헤이워드의 눈동자를 쳐다봤다.

"공통점이 있네요." 그가 말했다. "론지튜드 제약 회사."

51

배턴루지

배턴루지의 스페인 타운 주변, 고급 주택가에 위치한 그 저택은 노란색과 하얀색 페인트를 칠한 화사한 저택이었다. 작은 앞마당에는 튤립이 가득한 정원까지 꾸며져 있었다. 로라 헤이워드는 펜더개스트의 뒤를 따라서 현관문까지 길게 이어진 벽돌 깔린 인도를 걸어갔다. 그녀는 '잡상인 출입 금지'라는 커다란 푯말을 쳐다봤다. 분명 좋은 징조가 아니었다. 헤이워드는 미리 전화를 걸고 찾아가자고 제안했지만 펜더개스트는 거절했다. 지금 그녀는 그런 그에게 살짝 화가 났다.

잠시 후 머리카락이 듬성듬성 나 있는 작은 남자가 문을 열었고, 둥근 안경테 너머로 그들을 쳐다보았다. "무슨 일로 오셨죠?"

"메리 앤 로블렛 씨 계십니까?" 펜더개스트가 매우 감미로운 남부 억양으로 말하는 걸 듣고 있자니 헤이워드는 짜증이 배가 됐다. 그녀는 다시 한 번 펜더개스트가 아닌 빈센트를 위해서 일하고 있다는 점을 떠올렸다.

그 남자는 머뭇거렸다. "누구시라고 전해드릴까요?"

"알로이시어스 펜더개스트와 로라 헤이워드입니다."

남자는 다시 머뭇대더니 물었다. "혹시 종교 단체에서 나오셨나요?"

"아닙니다, 선생님." 펜더개스트가 말했다. "물건을 팔러 온 것도 아니고요." 그는 즐거운 미소를 지으며 조용히 기다렸다.

조금 더 망설인 후, 그 남자가 어깨 너머로 외쳤다. "메리 앤? 어떤 분들이 당신을 만나러 오셨어." 남자는 여전히 문가에 서 있었고 섣불리 안으로 들이지는 않았다.

잠시 후 쾌활한 여자 하나가 부산스럽게 문 쪽으로 걸어왔다. 통통하고 풍만한 가슴, 잘 관리한 은발 머리에 화장까지 우아하게 했다. "누구시죠?"

펜더개스트는 다시 한 번 일행을 소개했다. 그러고는 양복에서 FBI 신분증이 든 지갑을 꺼내서 부드러운 동작으로 그녀 앞에 내민 다음 다시 검은 양복 주머니에 넣었다. 헤이워드는 신분증 지갑에 바로 블랙레터의 집에서 찾은 스냅사진이 들어 있다는 것을 알아챘다.

메리 앤 로블렛의 얼굴이 점차 붉어졌다.

"저희랑 이야기 좀 나눌 수 있을까요, 로블렛 부인?"

그녀는 허둥대느라 아무 대답도 하지 못했고 얼굴은 더욱 붉어졌다.

분명 그녀의 남편으로 보이는 남자가 뒤에서 초조한 듯이 서성거리고 있었다. "무슨 일이야?" 남자가 물었다. "이 사람들은 누구고?"

"FBI예요."

"FBI? FBI라고? 대체 무슨 일이야?" 남자는 이들을 쳐다봤다. "당신들 원하는 게 뭡니까?"

펜더개스트가 입을 열었다. "로블렛 씨, 이건 단지 통상적인 방문일 뿐입니다. 걱정할 건 아무것도 없어요. 하지만 극비에 붙여야 하는 일이죠. 그냥 로블렛 부인과 몇 분만 이야기를 나누면 됩니다. 자, 로블렛 부인, 들어갈까요?"

부인은 문 뒤로 물러났고 이제는 얼굴이 완전히 빨갛게 달아올랐다.

"저희끼리 이야기를 나눌 만한 공간이 있나요?" 펜더개스트가 물었다. "물론 부인께서 괜찮으시다면."

로블렛 부인이 다시 입을 열었다. "서재로 가면 될 것 같아요."

그들은 로블렛 부인을 따라서 걸어갔고 쿠션이 지나치게 **빵빵한** 의자와 소파, 바닥을 완전히 덮은 순백색 카펫, 그리고 한쪽 구석에 거대한 플라스마 텔레비전이 걸려 있는 작은 방으로 들어갔다. 펜더개스트는 로블렛 씨가 인상을 찌푸리며 복도에 서 있는 사이 서재 문을 굳게 닫았다. 로블렛 부인은 소파에 얌전하게 앉아서 옷매무새를 다듬었다. 펜더개스트는 의자 대신 부인 옆의 소파로 가서 앉았다.

　"불쑥 찾아와서 죄송합니다." 펜더개스트가 나지막하고 기분 좋은 목소리로 말했다. "몇 분만 시간을 내주시면 고맙겠어요."

　잠시 침묵이 흐른 후 로블렛 부인이 말했다. "당신들은…… 모리스 블랙레터가 죽은 것 때문에 오셨군요."

　"맞습니다. 그걸 어떻게 아셨죠?"

　"신문에서 읽었어요." 꼼꼼하게 화장을 한 부인의 얼굴이 벌써부터 눈물로 무너져 내리기 시작했다.

　"정말 유감입니다." 펜더개스트는 양복 주머니에서 작은 휴지를 꺼내 그녀에게 건넸다. 부인은 휴지 한 장을 뽑더니 눈가를 지그시 눌렀다. 복받치는 감정을 추스르기 위해 엄청난 노력을 하고 있는 것 같았다.

　"부인의 과거를 들추거나 행복한 결혼 생활을 망치려고 온 건 아닙니다." 펜더개스트는 계속 부드러운 목소리로 말했다. "한때 너무나 사랑했던 사람인데 이렇게 남들 눈을 피해서 애도를 하느라 아주 힘드실 거라고 생각합니다. 남편분에게 따로 드릴 말은 없습니다."

　그녀는 고개를 끄덕이면서 다시 눈가를 훔쳤다. "그래요. 모리스는…… 정말 훌륭한 사람이었어요." 부인은 나지막이 대답한 다음 목소리에 약간 힘을 주어 말했다. "자, 이제 본론을 말씀하시죠."

　헤이워드는 불편한 듯 자세를 고쳐 앉았다. '빌어먹을 펜더개스트와 저놈의 일 처리 방식…….' 헤이워드는 속으로 투덜거렸다. 이런 면담은 제대로 형식을 갖춰서 진행해야 했다. 최신 녹음 장비가 있는 경찰서에서 정식으로 말이다.

"물론입니다. 블랙레터 박사를 아프리카에서 만나신 건가요?"

"네." 부인이 대답했다.

"정확히 어떤 상황에서 만난 거죠?"

"저는 가봉의 리브르빌 침례교 사절단의 간호사였어요. 서아프리카 부근이죠."

"남편분은?"

"저희 사절단의 담임 목사였어요." 그녀는 조용한 목소리로 말했다.

"블랙레터 박사는 어떻게 만났죠?"

"꼭 대답해야 하나요?" 그녀가 속삭였다.

"그렇습니다."

"그이는 날개 달린 의사 협회에서 파견되어서 가봉 근처에서 작은 의료봉사단을 운영했어요. 가봉의 서쪽 지방에 전염병이 퍼질 때마다 그이가 마을 사람들에게 예방접종을 해줬죠. 매우 위험한 일이었고, 일손이 필요할 때마다 제가 가서 도와줬어요."

펜더개스트는 다정하게 부인의 손을 잡았다. "언제부터 연인 사이로 발전했나요?"

"처음 가봉에서 만나고 몇 개월 지나서요. 벌써 21년 전이군요."

"언제 헤어지셨죠?"

긴 침묵. "우린 헤어지지 않았어요." 그녀의 목소리가 떨렸다.

"날개 달린 의사 협회를 그만둔 후, 미국에 돌아온 후로 블랙레터 씨의 근황이 어땠는지 알려주세요."

"모리스는 역학자였어요. 아주 훌륭한 사람이었죠. 몇 개의 제약 회사에서 자문 위원으로 일했고 백신이나 여타 약품을 설계하고 개발하는 일을 도왔어요."

"그중에 론지튜드 제약 회사도 있나요?"

"맞아요."

"그 회사와 관련된 일에 대해서 부인께 이야기를 한 적이 있습니까?"

"그이는 자문 업무에 관련된 얘기는 거의 입 밖에도 꺼내지 않았어요. 산업 비밀 같은 거라 다들 쉬쉬하는 일이었죠. 그런데 그 회사 이름을 언급하시다니 정말 재미있네요. 사실 그이가 론지튜드 제약 회사에 대해서는 몇 번 얘기를 한 적이 있거든요. 다른 회사 얘기는 거의 안 했으면서."

"그래요?"

"그 회사에서 1년쯤 일했어요."

"정확히 언젠가요?"

"11년 전쯤인가. 갑자기 그만뒀어요. 그이가 불쾌해할 만한 사건이 터졌죠. 불같이 화를 내기에 깜짝 놀랐어요. 모리스는 쉽게 화를 내는 법이 없었거든요. 어느 날 저녁인가, 모리스가 그 제약 회사 CEO에 대해서 이야기했던 게 기억나요. 슬레이드라는 이름이었죠. 찰스 J. 슬레이드. 정말 사악한 사람이라고, 진짜 사악한 사람은 자기 능력을 발휘해서 좋은 사람을 끌어들여 자신의 사악한 야욕을 채우기 위해 이용한다고 말했어요. 그런 단어를 썼어요, 엄청난 야욕. 그 단어를 듣고 그이를 한참 쳐다봤던 게 기억나요. 모리스는 회사를 관두고 나서 론지튜드 제약 회사에 대해서 일언반구조차 하지 않았고, 그 후로는 한 번도 들은 적 없어요."

"그 회사와 다시 일한 적 없습니까?"

"한 번도 없어요. 모리스가 그만두자마자 회사가 부도를 맞았어요. 다행히 모리스는 마지막까지 월급을 제대로 받았죠."

헤이워드는 몸을 숙였다. "말씀 중에 죄송합니다만, 월급을 제대로 받았다는 건 어떻게 아셨죠?"

매리 앤 로블렛은 회색 눈동자로 헤이워드를 쳐다봤다. 그녀의 눈은 눈물이 그렁그렁 고이고 잔뜩 충혈되어 있었다. "그이는 멋지고 비싼 공예품을 좋아했어요. 골동품 말이에요. 자주 외출을 했는데 개인 소장품을 사는 데 돈을 많이 썼죠. 어떻게 그 돈을 충당하느냐고 물었더니 론지튜드 제약 회사에서 어마어마한 보너스를 받았다고 했어요."

"어마어마한 보너스라. 딱 1년 일하고요." 펜더개스트는 잠시 생각했다. "슬레이드 씨에 대해서 다른 말은 안 했나요?"

부인은 잠시 생각했다. "좋은 회사를 망치고 있다고 했어요. 경솔하고 오만한 행동으로 무너뜨리고 있다고."

"부인께서도 슬레이드 씨를 만나보신 적 있나요?"

"오, 아니요. 한번도요. 모리스와 저는 공식적인 연인 사이가 아니었어요. 항상 비밀리에 만났죠. 저는 사람들이 슬레이드를 극도로 무서워한다고 들었어요. 준이라는 사람만 빼고요."

"준이오?"

"준 브로디. 슬레이드 씨의 수석 비서였죠."

펜더개스트는 잠시 생각에 잠겼다. 그리고 헤이워드를 쳐다봤다. "다른 질문 있으십니까?"

"블랙레터 박사가 론지튜드 제약 회사에서 무슨 일을 했고, 누구와 일했는지를 언급한 적이 있습니까?"

"단 한 번도 비밀리에 진행하는 연구에 대해서는 얘기한 적이 없어요. 하지만 가끔 함께 일했던 사람들 얘기는 했죠. 그이는 사람들 사이에서 벌어지는 재미있는 이야기를 좋아했거든요. 어디 보자……. 기억력이 예전만큼 좋지 않아서. 당연히 준 얘기는 자주 했죠."

"그게 왜 당연한 거죠?" 펜더개스트가 물었다.

"왜냐하면 슬레이드에게 아주 중요한 사람이니까요." 그녀는 말을 멈추고 다시 말을 하려고 입을 벌렸다가 표정이 조금 어두워졌다.

"네?" 펜더개스트가 재촉했다.

로블렛 부인은 고개를 절레절레 저었다.

잠시 침묵이 흐른 후, 헤이워드가 계속 질문을 했다. "론지튜드 제약 회사에서 블랙레터 박사와 일한 다른 사람들은 또 누가 있나요?"

"기억을 더듬어볼게요. 과학 부서 부사장, 고든 그로벨 박사요. 모리스가 직속으로 보고를 하던 사람이죠."

헤이워드는 재빨리 그 이름을 받아 적었다. "그로벨 박사에 대해서 특이한 점이 없었나요?"

"어디 보자……. 모리스는 그가 몇 번이나 잘못된 판단을 했다고 투덜거렸어요. 제 기억이 옳다면, 수시로 잘못된 판단을 내리고 욕심도 많다고." 그녀는 말을 멈췄다. "또 한 사람 있네요. 필립스 씨. 데니슨 필립스라고 했어요. 회사 법무팀 자문 위원이었죠."

작은 응접실에 침묵이 흘렀다. 매리 앤 로블렛은 눈물을 닦고 콤팩트를 꺼내 화장을 고치고 머리카락을 정돈하고 립스틱을 덧발랐다.

"인생이란 본래 그런 거예요." 부인이 말했다. "이제 끝났나요?"

"그렇습니다." 펜더개스트가 자리에서 일어나면서 말했다. "고맙습니다, 로블렛 부인."

그녀는 아무 대답도 하지 않았다. 두 사람은 부인을 따라 방문을 나가서 복도로 향했다. 남편이 부엌에서 커피를 홀짝이고 있었다. 일행이 떠날 채비를 하자, 벌떡 일어나서 복도로 나왔다.

"괜찮아, 여보?" 그는 근심 어린 눈빛으로 부인을 보며 물었다.

"괜찮아요. 옛날에 사절단에서 함께 일했던 친절한 블랙레터 박사님 기억해요?"

"블랙레터, 아, 날개 달린 의사? 그야 물론 기억하지. 훌륭한 친구였는데."

"며칠 전에 절도범이 침입해서 세인트 프랜시스빌에서 살해당했대요. 여기 FBI 요원들께서 그 사건을 조사 중이시고."

"세상에." 로버트는 그제야 안도하는 표정으로 말했다. "끔찍하군. 그 사람이 루이지애나에 사는 줄은 꿈에도 몰랐는데. 수년간 까맣게 잊고 지냈어."

"저도 그랬어요."

그들이 롤스로이스 차량에 올라탔을 때, 헤이워드가 펜더개스트를

356

쳐다봤다. "예상했던 것과는 달리 아주 잘하셨네요." 그녀가 말했다.

펜더개스트는 고개를 기울이면서 대답했다. "반장님 말은 그냥 빈말이 아니라 칭찬이라고 받아들여도 되겠죠?"

52

프랭크 허드슨은 필수 기록 관리청 건물 앞 통로에 있는 나무 그늘에 멈춰 섰다. 건물 내부 에어컨이 시베리아 온도로 가동되고 있어서, 밖으로 나오자 계절을 가늠할 수 없는 더운 열기와 습기가 갑자기 온몸을 감싸면서 따끈한 수프에 떨어진 얼음이 된 것 같은 기분이 들었다.

그는 서류 가방을 내려놓고 가는 세로줄 무늬 정장의 가슴팍에서 손수건을 꺼내서 듬성듬성한 머리를 쓸어 올렸다. '배턴루지는 겨울에도 푹푹 찌는군.' 그는 짜증이 솟구쳤다. 그리고 다시 손수건을 주머니에 넣고 끝이 살짝 보이게 매만졌다. 그러고는 자신의 빈티지 포드 팔콘이 세워진 주차장을 바라보았고 눈부신 햇살 때문에 눈을 가늘게 떴다. 그의 차 바로 옆, 격자무늬 옷을 입은 통통한 여자가 잔뜩 찌그러진 노바 자동차에서 내리고 있었다. 그녀는 씩씩거리면서 문을 닫으려고 두 번이나 쾅쾅 문을 밀치며 기를 쓰고 있었다.

"똥차 같으니!" 연신 쾅쾅 소리가 나게 차 문을 닫으면서 불평하는 소리가 들렸다. "젠장!"

그는 다시 머리를 쓸어 넘기고 중절모를 썼다. 그리고 차를 타고 출발하기 전에 오래도록 그늘에 서 있었다. 펜더개스트가 지시한 임무는 그야말로 누워서 떡 먹기였다. 준 브로디, 35세. 비서, 기혼, 아이 없음, 빼어난 미모의 소유자. 모든 게 신상 기록에 그대로 담겨 있었다. 남편 직업은 임상 간호사. 그녀 역시 간호사 연수를 받았지만 우연히 론지튜드 제약 회사에서 일하게 되었다. 14년이란 시간이 눈 깜짝할 사이에 지나갔다. 론지튜드 제약 회사는 파산했고, 일자리를 잃자 그녀는 1주일 후에 타호 호수로 뛰어들었다. 마을에서 몇 킬로미터 떨어진 아처 다리까지 혼자 차를 몰고 갔다. 그러고는 실종. 차에 남긴 유서에는 손 글씨로 이렇게 적혀 있었다. '더는 못 견디겠어. 모두 내 잘못이야. 용서해줘.' 1주일 동안 호수를 쥐 잡듯이 뒤졌지만 아무것도 나오지 않았다. 타호 호수는 물살이 빠르고 수심이 깊어서 시체를 찾기 힘든 곳이라 자살을 선택하려는 사람들에게는 명성이 자자한 호수였다. 이야기 끝.

온갖 기록들을 전부 뒤져서 그녀에 대한 정보를 모두 모으는 데 두 시간밖에 걸리지 않았다. 하루 500달러의 일당에 비해서 너무 적게 일했다는 생각이 들 정도였다. 두 시간 만에 일을 끝냈다는 얘기는 하지 않는 편이 나을지도 모르겠다.

어쨌든 준 브로디에 대한 신상 파일은 완성되었고, 자살할 때 남긴 유서의 복사본도 동봉해놓았다. 이 정도면 FBI 특별 수사관도 만족할 것이다. 꼬박꼬박 수고비가 들어오는 한, 매일 진행 상황을 전해주는 건 문제없다. 괜히 그런 사람과 머리싸움을 하거나 푼돈이나 벌자고 의뢰인을 쥐어짜는 것보다 훨씬 수익성이 높았다.

허드슨은 그늘에서 나와 서류 가방을 들고 후끈 달아오른 주차장으로 걸어갔다.

낸시 밀리건은 마지막으로 욕설을 내뱉으며 겨우 차 문을 닫았다. 온몸이 땀범벅이 되어서 몹시 짜증이 나고 화가 나 미칠 지경이었다. 오늘따라 날씨는 왜 이리 더운지, 오래된 고물 차도 말썽이고……. 그리고 무엇보다 남편 때문에 화가 났다.

그 질펀한 엉덩이를 뒤뚱거리면서 직접 찾아갈 것이지, 그 멍청한 놈 때문에 이런 잔심부름까지 하고 있다니 이해가 되지 않았다. 왜 시청에서는 다 큰 성인한테 배턴루지에서 태어난 출생 기록 증명서까지 떼어오라고 난리냔 말이다. 정말 이해가 안 됐다.

그제야 낸시는 등을 펴고 섰고, 주차장 건너편에 있는 남자를 보는 순간 괜히 부끄러워졌다. 이마까지 중절모를 뒤집어쓰고 계속해서 자기 모습을 지켜보고 있었던 게 분명했다.

바로 그때 그의 모자가 하늘로 날아올랐고 남자의 머리통이 퍽 소리를 내며 터지면서 시커먼 액체가 뿜어져 나왔다. 그와 동시에 쩍 하고 갈라지는 소리가 나더니 오크 나무가 쪼개졌다. 남자는 힘없이 땅바닥으로 쓰러졌다. 그리고 통나무처럼 꼿꼿한 자세로 툭 소리를 내면서 팔로 몸을 감싼 채로 바닥에 데구루루 굴렀다. 그가 쓰고 있던 중절모 역시 동시에 바닥에 떨어져서 몇 미터 데구루루 굴러간 다음 왕관처럼 똑바로 멈추어 섰다.

낸시는 잠시 자동차 옆에 얼어붙어 있었다. 그리고 핸드폰을 꺼내 무감각해진 손가락으로 911을 눌렀다. "어떤 남자가……." 그녀는 자신의 침착한 목소리에 내심 놀랐다. "루이지애나 도로의 필수 기록 관리청 건물 주차장에서 총격을 당했어요."

수화기 너머에서 들리는 질문에 그녀는 "네, 확실히 죽은 것 같아요."라고 대답했다.

53

주차장과 인근 도로까지 범죄 현장 보호 테이프가 둘러져 있었다. 경찰이 쳐놓은 파란색 저지선 뒤로 기자, 뉴스 보도팀, 카메라들이 우글거렸고, 주차장에 세워둔 차를 빼지 못해서 목을 빼고 걱정하는 사람들의 모습도 보였다.

헤이워드는 저지선 뒤쪽에 서 있는 펜더개스트 옆에서 경찰 조사가 진행되는 상황을 가만히 지켜보고 있었다. 그는 헤이워드의 의지와는 반대로, 괜히 조사에 끼지 말고 그냥 평범한 시민인 것처럼 행동하자고 우겼다. 사립 탐정과 함께 일을 했다는 사실을 드러내지 않는 편이 낫다는 이유에서였다. 헤이워드도 마지못해 그의 의견에 동의했다. 만약 허드슨과 연관되어 있다는 점을 인정해버리면, 끝도 없는 서류 작업과 경찰 출석 등 번거로움을 감당해야 할 테니까. 결국 두 사람이 사건을 조사하는 데 방해가 될 테고, 그들의 사건이 신문 지면에 속속들이 공개되고 조사까지 받으리라는 건 불을 보듯 뻔한 일이었다. 결국 빈센트를 공격한 자와 허드슨을 죽인 살인범, 두 사건의 공범을 절대로 찾지 못하게 될 것이었다.

"이해가 안 돼요." 헤이워드가 말했다. "왜 허드슨을 뒤쫓았을까요? 사람들을 찾아다니면서 말실수도 많이 했고 이리저리 들쑤시고 다닌

건 바로 우리였는데 말이에요. 허드슨이 한 일이라고는 준이라는 여자의 신상을 조사한 것뿐이잖아요."

펜더개스트는 눈부신 햇살을 가리려고 눈을 가늘게 떴고 아무 말도 하지 않았다.

헤이워드는 입을 다물고 법의학 조사팀이 뜨거운 아스팔트에 쭈그리고 앉아서 증거품을 수집하는 현장을 지켜보았다. 바다 밑을 천천히 기어 다니는 게들처럼 보였다. 지금까지는 모든 작업이 순조롭게 진행되었다. 꼼꼼하고 규칙적으로 작업했고, 헤이워드가 알아챌 만한 실수는 하나도 없었다. 모두 뛰어난 전문가들이었다. 물론 당연한 일이었다. 대낮에 정부 소유 건물 앞, 공공장소에서 살인 사건이 벌어지는 건 배턴루지에서는 매우 이례적인 일이었기 때문이었다.

"저쪽으로 가보죠." 펜더개스트가 웅얼거렸다. 헤이워드는 펜더개스트를 따라갔다. 그는 사람들 무리를 헤치고 커다란 풀밭을 가로질렀다. 그리고 주차장을 크게 돌아서 건물의 반대편 모퉁이 쪽으로 걸어갔다. 두 사람은 주목 나무가 우거진 곳 앞에 멈췄다. 볼링 핀으로 표시를 해놓은 것처럼 정확히 직사각형 모양의 숲이었다.

헤이워드는 문득 의심스러운 생각이 들어 펜더개스트가 숲속으로 걸어가는 모습을 지켜봤다.

"바로 여기가 놈이 총을 쏜 곳입니다." 펜더개스트가 말했다.

"어떻게 알죠?"

그는 주목 나무 주변에 비스듬하게 기울어진 바닥을 가리켰다. 그곳에는 반쯤 잘려 나간 나무껍질이 바닥에 덮여 있었다. "여기 엎드려서 총을 쐈습니다. 저기 2각대를 세운 흔적도 남아 있어요."

헤이워드는 너무 가까이 다가가지 않고 멀리서 가만히 쳐다보았다. 목을 쭉 빼고 보니, 나뭇가지로 가려진 공간 아래 나무껍질 사이로 살짝 눌린 두 개의 흔적을 볼 수 있었다.

"펜더개스트, 당신 상상력은 정말 존경할 만하네요. 여기서 총을 쐈다는 걸 어떻게 알았죠? 경찰들은 엉뚱한 데서 쏜 걸로 생각하는 것 같던데." 경찰 병력 대부분이 도로 부근을 주의 깊게 살피면서 범인의 흔적을 찾으려고 기를 쓰고 있었다.

"중절모가 떨어진 위치 때문이죠. 총알에 맞으면서 그 반동으로 희생자의 머리통은 순식간에 날아갔지만, 이 모자는 목 근육 때문에 다시 튀어 올랐다가 바닥에 떨어진 게 분명하거든요."

헤이워드가 눈동자를 굴렸다. "별로 설득력이 없네요."

하지만 펜더개스트는 그녀의 말을 듣고 있지 않았다. 그는 다시 풀밭을 가로질렀고 이번에는 아까보다 빠른 속도였다. 그는 사람들 사이를 능숙하게 빠져나가서 저지선 앞에 도착했다. 그리고 밝은 태양을 피하기 위해서 은색 눈동자를 가늘게 떴고, 주차장을 가득 메운 자동차의 바다를 빼꼼히 쳐다보았다. 펜더개스트는 작은 쌍안경을 꺼내서 두리번거리며 주위를 살폈다.

그는 다시 재킷 주머니에 쌍안경을 집어넣었다. "실례합니다, 경관님?" 그는 저지선 너머로 몸을 내밀었다. 그리고 클립보드를 들고 대화를 나누고 있는 두 형사들에게 말을 붙였다.

두 사람은 의도적으로 펜더개스트를 무시했다.

"경관님? 잠깐만요."

형사 중 하나가 마지못한 표정으로 뒤돌아봤다. "뭡니까?"

"잠시만 이쪽으로 와주십시오." 펜더개스트는 새하얀 손으로 손짓을 했다.

"선생님, 저희는 아주 바쁩니다."

"부탁입니다. 아주 중요한 일입니다. 제게 정보가 있어요."

헤이워드는 펜더개스트가 경찰들을 귀찮게 하는 모습을 보자 깜짝 놀랐고 갑자기 짜증이 났다. 경찰들을 머쓱하게 만들려고 일부러 계산한 행동처럼 보였기 때문이다. 헤이워드는 지역 경찰들 비위를 맞추느라 진땀을 뺐기 때문에, 펜더개스트가 저런 식으로 행동하는 게 정말로 마음에 들지 않았다.

형사가 가까이 다가왔다. "사건 현장을 목격하셨어요?"

"아닙니다. 하지만 다른 걸 봤어요." 펜더개스트는 손가락으로 주차장 쪽을 가리켰다.

"뭔데요?" 형사는 그가 손가락으로 가리키는 방향을 따라갔다.

"흰색 스바루 차량이오. 앞문 오른쪽 창틀 바로 아래 총알구멍이 있더군요."

형사는 눈을 가늘게 뜨고 주춤거리며 그쪽으로 걸어갔고, 자동차 사이에 세워진 스바루를 찾아냈다. 그리고 몸을 구부리고 살피더니, 잠시 후 그가 고개를 들고 동료들을 부르는 소리가 들렸다. 그는 손을 흔들며 법의학 조사팀을 불렀다.

"조지? 조지! 전부 이리 데리고 와. 차 문에 총알 자국이 있어!"

법의학 조사팀이 서둘러 달려오는 동안 형사는 펜더개스트에게 성큼성큼 다가가서 눈을 가늘게 뜨고 의심스러운 눈초리로 이렇게 물었다. "저걸 어떻게 봤죠?"

펜더개스트는 미소를 지었다. "워낙 시력이 좋아서요." 그는 저지선 쪽으로 몸을 기댔다. "구경꾼인 줄 알고 무시해서 미안하다고 사과하신다면 총알이 날아온 정확한 위치와 희생자의 위치까지 알려드릴 의향도 있어요. 총이 발사된 것으로 보이는 건물의 남동쪽 모퉁이에 관목 수풀 쪽을 조사해보는 게 좋을 겁니다."

형사의 눈동자가 건물과 그가 말한 경로를 따라서 반짝였고, 곧바로 지리적 위치를 파악했다. "그렇군요." 그는 형사 두 명을 손짓으로 불러서 작은 목소리로 뭐라고 속삭였다.

그러는 틈에 펜더개스트는 자리를 떴다.

"선생님? 이봐요, 잠시만요."

하지만 펜더개스트는 그 소리가 들리지 않을 정도로 멀어진 뒤였고, 군중이 북적거리는 틈바구니로 사라졌다. 그는 건물을 향해 계속 걸어갔고 헤이워드도 그 뒤를 따랐다. 그들은 사람들이 움직이는 방향으로 걸어갔다. 하지만 펜더개스트는 주차장 대신 반대로 방향을 틀어서 건물 안으로 들어갔다.

"흥미로운 거래군요." 헤이워드가 말했다.

"나름대로 신중하게 생각하고 도와준 건데요. 지금은 이번 사건에 대한 정보를 찾는 게 우선이에요. 하지만 먼저……." 펜더개스트는 접수 담당자 쪽으로 가까이 가면서 말을 이었다. "우리 상대가 두 번째 실수를 한 것 같군요."

"그게 뭐죠?"

펜더개스트는 대답 대신 직원을 쳐다봤다. "준 브로디의 신상 파일을 열람하고 싶은데요. 아직 저 파일 더미에 있을 겁니다. 오늘 아침에 어떤 신사분이 살펴보고 가셨을 거예요."

접수 담당자가 카트에 담긴 파일을 찾으러 들어가자 헤이워드가 펜더개스트를 쳐다봤다. "알았어요. 이건 꼭 짚고 넘어가야겠어요. 첫 번째 실수는 뭐죠?"

"페넘브라 저택에서 나 대신 빈센트를 쏜 거요."

54

뉴욕 시

존 펠더 박사는 비자발적 범죄 공판 증인석에서 내려와서 지정된 자리에 앉았다. 그는 피고석에 앉아 있는 콘스턴스 그린의 시선을 피했다. 보라색 눈동자로 빤히 쳐다보는 그녀의 시선에 극도의 불안감이 엿보였다. 펠더는 의사로서 자신의 전문적인 소견에 대해서 증언했다. 피고 콘스턴스 그린은 정신병 증세가 있고, 본인 의지와는 상관없이 범죄를 저지른 것으로 보인다고. 물론 보석금도 걸 수 없는 일급 살인 혐의로 기소된 상태라, 그의 증언이 별로 큰 입김을 발휘할 수는 없겠지만, 판결을 내기 위해서는 반드시 담당 의사의 증언을 들어봐야 했다. 그리고 펠더 자신도 이 특별한 사건의 판결이 이미 명확하게 결론이 났다는 점을 인정하지 않을 수 없었다. 콘스턴스 그린은 상당히 침착하고 높은 지적 수준을 지닌 영리한 여자였지만, 펠더는 그녀가 완전히 미쳤다고 확신하고 있었다. 정신병 때문에 옳고 그름을 판별할 수 없는 상태인 것이다.

판사가 심리 공판을 마무리 지을 무렵, 종이를 넘기는 소리와 헛기침 소리가 들렸다. "재판 기록을 위해서 다시 분명히 말하지만……." 판사가 억양을 높이며 말했다. "피고는 정신병 징후가 있다는 진단을 받았으므로, 스스로를 변호할 수 없습니다."

"맞는 말씀이세요, 재판장님." 그린은 수감자 치마 위에 완고한 태도로 두 손을 마주 잡고 고지식한 말투로 말했다.

"오늘 공판에서는 피고에게 발언권을 드릴 수 있습니다." 판사가 말했다. "마지막으로 말하고 싶은 게 있습니까?"

"없습니다, 재판장님."

"피고도 펠더 박사의 증언을 들으셨겠지만, 박사는 피고가 본인과 타인 모두에게 위험한 상태로 판단되어 정신병동에 수감되어야 한다고 말했습니다. 거기에 대해서 달리 하고 싶은 말이 있습니까?"

"전문가와 논쟁을 하고 싶지는 않습니다."

"알겠습니다." 판사는 종이 뭉치를 법정 사무원에게 건네주었고, 다른 종이 뭉치를 받아 들었다. "한 가지 질문이 있습니다." 판사가 안경을 콧등 위로 내리고 그녀를 쳐다봤다.

펠더도 조금 놀랐다. 이런 식의 공판에 수차례 참석해봤지만, 판사가 피고인에게 직접 질문을 하는 일은 아주 드물었다. 판사들은 피고에게 도덕적으로 문제가 있는지 여부를 판단하고 통속적인 심리학적 관찰 기간을 충분히 가지고 난 후에 판결을 내리는 게 일반적이었다.

"그린 씨, 피고의 개인 신상과 출생 기록을 아무도 확인하지 못한 걸로 아는데요. 물론 피고가 바다에 유기한 아기도 마찬가지였어요. 검찰 측에서도 충분히 조사를 했지만, 당신이 아기를 낳았다는 기록은 어디서도 찾을 수가 없었습니다. 후자의 경우에는 제1심 재판에서 큰 문제로 작용하게 될 겁니다. 하지만 재판장은 사회보장 번호도 없고 미국 시민이라는 증거도 없는 피고가 저지른 범죄를 법적으로 심판해야 하는 입장에 놓여 있어요. 간단히 말해서, 당신이 누구인지 아무도 모른다는 거죠."

판사가 잠시 멈추었다. 그린은 정중하게 판사석을 쳐다봤고 손은 여전히 가지런히 포갠 채였다.

"피고가 자신의 과거에 대한 진실을 법정에서 밝힐 준비가 되어 있는

지 궁금하군요." 판사는 단호하게 말했지만 그렇다고 불친절한 목소리
는 아니었다. "당신이 정말 누구고 어디에서 왔는지 말이에요."

"존경하는 재판장님, 저는 이미 진실을 말했습니다." 콘스턴스가 말
했다.

"여기 속기록 내용을 보면 피고는 1970년 무렵 워터가에서 태어났다
고 말했어요. 하지만 이건 사실이 될 수 없습니다."

"그건 사실이 아닙니다."

펠더는 알 수 없는 권태감을 느꼈다. 판사도 잘 알고 있을 것이다. 이
런 질문은 별 수확도 없고 괜히 판결 시간만 낭비하는 꼴이었다. 펠더
는 최대한 인내심을 갖고 환자가 재판에 충실히 임하도록 도와야 했다.

"바로 이 법정에서 그렇게 말했잖아요. 내가 지금 들고 있는 속기록
에 그렇게 기록되어 있어요."

"전 그렇게 말하지 않았습니다."

판사는 다소 과장된 목소리로 속기록 내용을 읽기 시작했다.

질문: 언제 태어났습니까?
대답: 그건 기억이 나지 않아요.
질문: 물론 기억이 나지 않겠죠. 그래도 생일은 알고 있지 않나요?
대답: 몰라요.
질문: 그래도 분명 기억이 날 겁니다. 80년대 후반이라든가?
대답: 70년대 초반에 태어난 것 같아요.

판사는 쳐다봤다. "피고가 이렇게 말한 게 아니라는 건가요?"

"말했습니다."

"좋아요. 피고는 1970년대 워터가에서 태어났다고 말했습니다. 하
지만 조사 결과 그것은 전혀 사실이 아님이 입증되었어요. 서른이 넘었
다고 보기에는 피고가 너무 젊어 보이기도 하고요."

368

콘스턴스 그린은 아무 말도 하지 않았다.

펠더 박사가 자리에서 일어났다. "존경하는 재판장님, 제가 발언을 해도 되겠습니까?"

판사가 그를 쳐다봤다. "네, 펠더 박사님?"

"저는 환자와 면담을 통해서 그 부분에 대한 조사를 마쳤습니다. 존경하는 판사님, 우리가 이성적인 사람을 상대하는 것이 아니라는 점을 다시 한 번 상기시켜 드리고 싶습니다. 제가 전문적인 소견을 밝히는 것은 법정에 반대 의사를 피력하고 싶은 것이 아닙니다. 그저 피고에게 그 부분을 다시 질문해봐도 아무 소용이 없을 거라는 것을 말씀드리고 싶은 겁니다."

판사는 안경을 벗어 들고 천천히 서류를 두드렸다. "박사님 말이 맞을지도 모르겠군요. 피고와 가장 가까운 친척인 알로이시어스 펜더개스트라는 분이 이번 사건을 법정 판결에 전적으로 일임했다고 하던데, 사실입니까?"

"법정에 증인으로 나서지 않겠다고 했답니다, 존경하는 재판장님."

"잘 알겠습니다." 판사는 서류 뭉치를 한데로 모았고 깊은 숨을 내쉬며 작고 텅 빈 법정을 쳐다봤다. 그리고 다시 안경을 쓰고 서류를 살폈다. "본 법정은……." 그는 말을 시작했다.

콘스턴스 그린이 자리에서 일어섰고, 얼굴이 붉게 상기되어 있었다. 처음으로 얼굴에 감정이 드러난 것이다. 솔직히 펠더의 눈에는 잔뜩 화가 난 사람처럼 보였다. "다시 생각해보니까 제가 발언을 해야겠습니다." 콘스턴스 그린의 목소리는 잔뜩 가시가 돋아 있었다. "한마디만 해도 될까요, 재판장님?"

판사는 의자에 등을 기대고 두 손을 모았다. "발언을 허락합니다."

"저는 70년 무렵 워터가에서 태어났습니다. 정확히 1870년대죠. 그 사실을 확인하고 싶으시면 센터가에 있는 기록 보관소에서 찾아보세요. 뉴욕 공공도서관도 좋습니다. 제 언니 메리는 파이브 포인츠 미션으로 보내졌고 나중에 연쇄살인범의 손에 살해되었습니다. 제 오빠인 조지프도 죽었고 부모님은 폐결핵으로 세상을 떠났죠. 이 사실을 밝힐 만한 자료가 많이 남아 있을 겁니다. 저도 찾아봐서 잘 압니다."

법정에 무거운 침묵이 흘렀다. 마침내 판사가 말했다. "감사합니다, 그린 씨. 이제 앉으셔도 좋습니다."

콘스턴스 그린이 다시 자리에 앉았다.

판사가 또 한 번 목청을 가다듬었다. "본 법정은 피고 콘스턴스 그린, 나이와 거주지 불명인 위 피고가 정신병 증세를 보이고 있으며 피고 본인과 다른 사람들에게 위험을 끼칠 수 있다고 판단하게 되었다. 본 법정은 피고 콘스턴스 그린은 자기 의지와 상관없이 우발적인 범행을 저지른 것으로 판단한 바, 피고의 정신병 치료와 보호 감찰을 위해서 베드퍼드 힐스 정신 교정 시설로 보낼 것을 판결하는 바이다. 오늘 판결은 무기한으로 적용됨을 밝힌다."

그는 판결에 무게를 싣기 위해서 판사봉을 두드렸다. "이것으로 판결을 마칩니다."

펠더는 뭔가 의기소침한 기분을 느끼며 자리에서 일어섰다. 그리고 알 수 없는 여자 쪽으로 시선을 던졌다. 그녀는 다시 자리에서 일어나서 근육질 경비원 두 명에게 팔짱을 끼인 채 이끌려 나가고 있었다. 경비원 사이에 있는 콘스턴스 그린은 너무 작고 여려 보였다. 그녀의 얼굴은 다시 무표정하게 변해 있었다. 본인도 무슨 일이 일어났는지 알고 있었다. 아니, 그녀도 알아야 했다. 하지만 속내를 엿볼 수 있는 어떤 표정도 드러나지 않았다.

펠더는 그대로 뒤를 돌아 법정 밖으로 나갔다.

55

루이지애나 주, 설퍼

렌트한 뷰익 자동차가 10번 주간(州間) 고속도로의 마름모꼴 콘크리트를 따라서 질주했다. 펜더개스트는 시속 130킬로미터로 달리면 5분 단축해서 목적지에 도착할 거라고 중얼거렸지만, 헤이워드는 속도계를 시속 120킬로에 고정했다.

두 사람은 뷰익을 몰고 320킬로미터 거리를 이동했고 펜더개스트는 평소답지 않게 안절부절못하는 눈치였다. 뷰익이라는 자동차가 마음에 들지 않는다고 대놓고 얼굴을 찌푸리기도 하고 바람막이 덮개도 수리를 마쳤으니 롤스로이스 자동차를 몰고 가자고 제안했지만, 헤이워드는 끝내 거절했다. 그런 고급 차를 타고 다니면 사건 조사를 효율적으로 할 수 없을 거라는 생각도 들었고, 무엇보다 펜더개스트가 롤스로이스 같은 고급 차에 연연하는 것이 이해가 되지 않아서였다. 불과 24시간 정도였지만, 펜더개스트의 아내가 타던 빈티지 스포츠카를 몰고 다니면서 충분히 고생을 하지 않았던가. 헤이워드는 포르쉐를 차고에 주차하고, 비록 짜릿한 속도감은 느낄 수 없지만 전혀 눈에 띄지 않는 평범한 자동차를 렌트하자고 고집을 피웠다.

펜더개스트는 매리 앤 로블렛의 목록에 오른 두 사람을 만날 수 없다는 사실을 알게 된 이후로 무척 짜증이 난 상태였다. 한 사람은 오래전에 사망했고, 다른 한 명은 정상이 아니었다. 그것도 생명 유지 장치를 매달고 중환자실에 누워 있다는 것이었다. 두 사람은 세 번째이자 마지막 증인이 되어줄 사람을 만나러 가는 길이었다. 데니슨 필립스 4세, 전 론지튜드 제약 회사 법무팀 자문 위원으로, 현재는 은퇴하고 섬퍼의 바이유 글레이즈 컨트리클럽 근교, 본비 드라이브에서 조용히 지내고 있었다. 헤이워드는 그의 이름이나 주소로 미루어 볼 때, 남부의 소수 상류층 사람이라는 것을 쉽게 예상할 수 있었다. 잘난 척이나 하고, 으스대고, 알코올 중독에, 교활하기 짝이 없으며, 무엇보다 경찰 조사에 비협조적인 깐깐한 인간들. 본인이 루이지애나 주립대학 출신인지라 그런 류의 사람들에 대해서는 누구보다 잘 알고 있었다.

헤이워드는 섬퍼로 나가는 출구 표지판을 보자 속도를 늦추고 차선을 우측으로 바꿨다.

"필립스 씨 개인 파일을 찾아서 다행입니다." 펜더개스트가 말했다.

"말끔하더군요."

"그러게요." 퉁명스러운 대답이 들렸다. "저는 데니슨 필립스 5세 얘기를 하고 있는 겁니다."

"아들 말인가요? 마약 사범으로 체포된 전과가 있다던 그 아들?"

"생각보다 심각하던데요. 판매를 목적으로 5그램 이상의 코카인 소지. 루이지애나 주립대학교 로스쿨 준비 과정 재학 중이라는 기록이 있더군요."

"그래요. 그런 중죄를 저지르고도 로스쿨에 들어갈 수 있는지 한번 보고 싶네요. 그런 전과가 있으면 법학부 문턱도 넘기 힘들 텐데."

"제가 짐작하기로는……." 펜더개스트가 느릿느릿 말했다. "그 부모들은 아들 데니슨 5세가 스물한 살이 되면 전과 기록이 삭제될 거라고 단단히 믿고 있을 겁니다. 다분히 의도적인 행동이라고 볼 수 있죠."

헤이워드는 도로를 쳐다보다가 시선을 거두고 펜더개스트를 뚫어져라 쳐다봤다. 마지막 문장을 말할 때 그의 눈동자가 강렬하게 빛났다.

앞으로 상황을 어떻게 처리할 작정인지 충분히 상상할 수 있었다. 우선 적당히 압박을 가하고, 일정 나이가 되면 전과가 삭제될 거라고 예상하고 있던 부분을 지적하면서 무섭게 협박을 할 것이다. 어쩌면 언론에 알리겠다며 협박할 수도 있고, 데니슨 필립스 5세가 아버지 로펌에서 일하지 못하게 만들겠다고 할지도 몰랐다. 데니슨 필립스 4세라는 늙은이는 아무리 입을 다물고 싶어도 어쩔 수 없이 술술 털어놓게 될 터였다. 헤이워드는 캘트럽 병원에 누워서 회복 중인 빈센트가 그녀 대신 여기 있으면 얼마나 좋을까 하는 생각이 새록새록 들었다. 펜더개스트와 함께 수사를 하는 건 정말이지 기운 빠지는 일이었다. 보수적인 걸로는 자기 못지않은 빈센트가 왜 이런 성격의 펜더개스트를 높이 평가하는지, 또 그의 온갖 이상한 행동을 참아주고 있는 건지 백번 의문이 들었다.

그녀는 숨을 깊이 내쉬었다. "이봐요, 펜더개스트. 내 부탁 하나만 들어줄래요?"

"물론이죠, 반장님."

"오늘은 내가 먼저 시작할게요."

FBI 요원의 시선이 운전석 쪽으로 향하는 것이 느껴졌다.

"그런 류의 사람들은 제 전문이에요." 그녀가 계속 말을 이었다. "그 사람을 어떻게 다뤄야 할지 기막힌 아이디어도 있고요."

잠시 정적이 흘렀다. 펜더개스트가 대답을 하기 전까지 헤이워드의 머릿속은 완전히 얼어붙었다.

"어떻게 하는지 관심을 가지고 지켜보겠어요."

데니슨 필립스 4세는 널찍한 골프장이 구비된 저택의 현관 앞에서 그들을 맞았다. 울창한 나무들로 둘러싸인 구식 저택이었다. 데니슨은 헤이워드가 상상했던 모습 그대로였고, 지나치리만치 고상한 모습을 보자 즉각적으로 거부 반응이 들었다. 바둑판무늬 재킷 가슴팍에 꽂힌 페이즐리 무늬 손수건, 모노그램으로 수놓은 옅은 노란색 셔츠의 위 단추를 풀고, 초록색 골프 바지에 나른한 오후를 달래줄 마티니 한 잔을 들어서 완벽한 그림을 완성했다.

"무슨 일로 찾아오신 건지 여쭤봐도 될까요?" 그가 가식적이고 교양이 넘쳐흐르는 말투로 먼저 입을 열었다. 아부가 몸에 배어 있던 오래전 혈통이 그대로 드러나 보이는 말투였다.

"저는 뉴욕 경찰서의 헤이워드 반장이고, 전에는 뉴올리언스 경찰서에서 근무했습니다." 헤이워드는 본래 말투 대신 잠재적인 정보를 가진 사람을 상대할 때 사용하는 단조롭고 자연스러운 억양으로 말했다. "이쪽은 제 동료 FBI 특별 수사관 펜더개스트 씨입니다." 헤이워드는 그와 동시에 신분증을 꺼내어 필립스 앞에 휙 하고 펼쳤다. 펜더개스트 역시 똑같이 따라 했다.

필립스는 두 사람의 신분증을 번갈아 확인했다. "오늘이 일요일인 건 아시죠?"

"그렇습니다, 변호사님. 잠시 들어가도 될까요?"

"제 변호사와 먼저 이야기하시는 편이 낫겠네요." 필립스가 말했다.

"물론이죠." 헤이워드가 대답했다. "물론 변호사를 선임할 권리는 있습니다. 그럼 변호사가 올 때까지 여기서 기다리면 되겠죠. 하지만 저희는 몇 가지 간단한 질문을 하려고 비공식적으로 찾아온 겁니다. 저희가 조사하는 대상은 변호사님이 아니니까요. 정확히 10분만 내주시면 됩니다."

필립스는 머뭇거리다가 한쪽으로 물러났다. "그럼 잠시 들어오시죠."

헤이워드는 필립스를 따라서 집으로 들어갔다. 집 안은 온통 하얀색으로 뒤덮여 있었다. 하얀색 벽돌, 하얀 가죽 제품, 호화로운 금 제품과 유리 장식이 가득했다. 펜더개스트도 소리 없이 뒤따라왔다. 세 사람은 페어웨이가 한눈에 내다보이는 전망 창이 있는 거실로 들어갔다.

"이리 앉으시죠." 필립스는 의자에 앉으면서 보조 테이블 위 가죽 컵받침에 마티니 잔을 올려놓았다. 하지만 두 사람에게 술을 권하지는 않았다.

헤이워드는 조용히 목소리를 가다듬었다. "변호사님께서는 마스턴, 로우 씨와 함께 로펌을 운영하시죠. 맞습니까?"

"저희 로펌에 관한 문제라면 묵비권을 행사하겠습니다."

"그리고 론지튜드 제약 회사가 11년 전 파산할 때까지 법무팀 자문 위원으로 재직하셨고요?"

긴 침묵. 필립스는 미소를 지으며 두 손을 무릎에 대고 일어섰다. "죄송하지만 법정 대리인 없이 편안하게 대답할 수 있는 한계를 넘어선 것 같군요. 다음에는 법정 소환장을 가지고 오시면 좋겠습니다. 변호인단이 동석한 상태에서는 기꺼이 질문에 답해드리죠."

헤이워드가 자리에서 일어났다. "그럼 그렇게 하죠. 방해해서 죄송합니다, 필립스 씨." 헤이워드는 잠시 말을 멈췄다. "아드님께도 안부 전해주세요."

"제 아들을 아십니까?" 불안감이라고는 전혀 느껴지지 않는 단조로운 목소리였다.

"아니요." 헤이워드가 말했다. 그들은 현관으로 이어진 넓은 거실을 향해 걸어갔다.

헤이워드의 손이 문고리를 잡는 순간 마침내 필립스가 매우 침착한 목소리로 물었다. "그럼 왜 제 아들 이야기를 꺼내신 겁니까?"

헤이워드가 뒤를 돌아봤다. "필립스 씨는 전형적인 남부 신사이신 것 같습니다. 구시대 사람답게 솔직 담백하신 분이죠. 단순 명쾌한 걸 좋아하실 테고요."

필립스는 조심스럽게 그녀의 말을 경청했다.

헤이워드는 보통 때는 애써 숨기던 남부 억양을 미묘하게 담은 목소리로 계속 말을 이어나갔다. "그래서 변호사님이랑 직접적으로 이야기를 나누고 싶었던 겁니다. 사실 저희는 특별한 임무를 수행하기 위해서 왔습니다. 저희는 정보가 필요합니다. 또한 변호사님의 아드님을 도와드릴 수 있는 높은 위치에 있죠. 그러니까, 아드님의 마약 소지 전과 말인데요."

그 말을 끝으로 죽음 같은 침묵이 이어졌다. "그건 모두 해결된 걸로 압니다만." 필립스가 마침내 입을 열었다.

"그건 상황에 따라서 달라지겠죠."

"어떤 상황 말씀이시죠?"

"변호사님께서 얼마나 솔직하신 분이냐에 따라서죠."

필립스는 인상을 찌푸렸다. "무슨 뜻인지 모르겠네요."

"변호사님께서는 저희에게 필요한 아주 소중한 정보를 가지고 계십니다. 제 동료 펜더개스트 요원이 있으니 말인데, 우리 두 사람은 그 정보를 공유하는 방법에 있어서 제대로 합의하지 못했습니다. 제 동료와 경찰 측은 변호사님 아들의 전과 기록이 완벽하게 삭제되지 않았다는 것을 확인할 만한 위치에 있습니다. 반대로 제 동료의 말 한마디면 변호사님께 충분한 도움을 드릴 수도 있을 테고요. 아드님의 전과를 영구 보존할 수도, 혹은 로스쿨에 입학하지 못하게 학교 측을 압박할 수도 있지요. 아무튼 변호사님을 좌지우지할 수 있는 힘을 가지고 있다고 보시면 됩니다."

헤이워드는 잠시 멈추었다. 필립스는 두 사람을 차례로 쳐다봤다. 관자놀이 부근 혈관이 욱신거렸다.

"반면에 저는 협조를 주고받는 쪽을 선호하는 편입니다. 보시다시피 지금은 뉴욕 경찰서 소속이고 전에는 이쪽 경찰서에 근무했습니다. 저 역시 아드님 전과를 말끔히 지우는 데 도움을 드릴 수 있는 위치에 있다고 보시면 됩니다. 아드님이 무사히 로스쿨에 들어가서 변호사 시험에 합격하고 아버지 로펌에 합류할 수 있도록 말입니다. 제 생각에는 쌍방에게 좋은 쪽으로 해결하는 편이 나을 것 같은데, 변호사님 생각은 어떠세요?"

"알겠어요. 착한 경찰과 나쁜 경찰 이야기로군요." 필립스가 말했다.

"진부하지만 지극히 현실적인 접근법이죠."

"알고 싶은 게 뭡니까?" 필립스는 가느다란 목소리로 물었다.

"저희는 과거에 벌어졌던 사건을 조사하고 있습니다. 변호사님께서도 저희를 도와야 할 의무가 있죠. 말씀드렸다시피, 그 사건은 론지튜드 제약 회사와 관련되어 있습니다."

필립스의 얼굴에 검은 장막이 드리웠다. "저는 그 회사에 대해서 함부로 언급할 만한 권리가 없습니다."

"정말 안타깝네요. 왜 안타까운지 설명해드릴게요. 변호사님 입에서 나오는 말을 듣고 있자니, 제 동료가 자기 방식대로 이번 사건을 해결하자고 했을 때 진작 그 말을 따를걸 그랬다는 생각이 들어서입니다. 무척 아쉬운 일이지만 아드님은 절대로 법학 학위를 딸 수 없을 겁니다."

필립스는 아무 대답도 하지 않았다.

"펜더개스트 요원이 특별히 도움을 주시려고 이렇게 동행해주셨는데, 괜히 헛걸음을 하게 되어서 안타깝네요." 헤이워드는 잠시 말을 멈추고 이번 수가 제대로 먹혀들기를 기다렸다. "아시다시피, 아드님 전과를 말끔히 삭제하려면 FBI 측의 도움이 필요할 겁니다. 특히나 마약 사범은……. 물론 잘 알고 계시겠지만 지방 경찰청뿐만 아니라 연방 정부에서도 파일로 보관하고 있으니까요."

필립스가 침을 꿀꺽 삼켰다. "이건 사소한 마약 문제잖습니까? FBI 같은 데서는 그런 문제에 관심이 없을 겁니다."

"판매를 목적으로 한 마약 소지. 그런 경우 자동적으로 연방 정부의 파일로 넘어갑니다." 헤이워드는 조용히 고개를 끄덕였다. "워낙 경찰에 협조적인 변호사셨으니까 전혀 모르셨겠죠. 제 말 믿으세요. 아드님 파일이 어느 캐비닛에 조용히 앉아서 변호사님 아들 미래를 날려버릴 폭탄이 되기를 기다리고 있을지도 모르니까요."

펜더개스트는 꼼짝도 않고 헤이워드 옆에 가만히 서 있었다. 그는 대화가 이어지는 동안 한마디도 하지 않았다.

필립스는 마티니가 남아 있는 혓바닥으로 입술을 핥았고 깊은 한숨을 내쉬었다. "정확히 알고 싶은 게 뭡니까?"

"론지튜드 제약 회사에서 에이비언 플루 프로젝트 관련 실험을 한 걸로 압니다."

필립스의 손이 움직일 때마다 마티니 잔에 든 얼음 조각이 흔들리는 소리가 들렸다.

"필립스 씨?" 헤이워드가 재촉했다.

"반장님, 만약 그 얘기를 했다는 사실이 알려지면 제 목숨이 위태로워질 수도 있습니다."

"이번 일은 기밀에 부칠 겁니다. 누구도 당신을 해치지 않을 거고요. 제 말을 믿으세요."

필립스는 고개를 끄덕였다.

"하지만 한 치의 거짓 없이 사실만 말해야 합니다. 그게 조건입니다."

침묵이 이어졌다.

"그럼 제 아들을 도와주실 겁니까?" 마침내 필립스가 물었다. "제 아들 녀석 전과를 삭제하는 것 말입니다. 지방 경찰청과 연방 정부에서 모두?"

헤이워드는 고개를 끄덕였다. "그건 제가 책임지고 해결하겠습니다."

"알겠어요. 내가 아는 한도까지는 말씀드리죠. 딱히 정보랄 것도 없을 것 같아 걱정이지만. 저는 에이비언 플루 프로젝트 연구에 참여하지 않았습니다. 분명 그들은……."

"'그들'이오?"

"그들은 론지튜드 제약 회사 내부에 있는 밀실에서 근무했어요. 13년 전인가 14년 전쯤에 따로 밀실을 만들었죠. 부서명도 기밀에 부쳤고요. 제가 아는 사람은 슬레이드 박사뿐입니다. 찰스 J. 슬레이드, 론지튜드 제약 회사 CEO말입니다. 그자가 모든 일을 주도했습니다. 새로운 약을 개발하려고 했어요."

"어떤 종류의 약이죠?"

"창의력을 향상시키는 효과를 지닌 약이었죠. 치료 목적으로도 쓰고, 에이비언 플루가 가진 효과를 한 걸음 더 개발한 것이었죠. 다들 쉬쉬했어요. 회사에서는 어마어마한 돈과 시간을 쏟아부었습니다. 그러다 모든 것들이 한순간에 허물어졌죠. 론지튜드 제약 회사는 재정난에 부딪혔고 점점 원칙을 무시하기 시작하더니 기밀 협약까지 깼어요. 게다가 몇 가지 사고가 있었습니다. 결국 프로젝트가 중단되었죠. 그걸로 최악의 사태는 막은 줄 알았는데 갑자기 화재가 나서 6번 연구동 건물이 불에 탔고 슬레이드 씨도 사망했습니다. 그리고……."

"잠깐만요." 펜더개스트가 처음으로 입을 열면서 말을 끊었다. "슬레이드 박사가 죽었다는 말씀이십니까?"

그 남자는 펜더개스트를 쳐다보며 고개를 끄덕였다. "그건 시작에 불과했어요. 그로부터 얼마 지나지 않아서 슬레이드 씨의 비서도 자살을 했고 결국 회사는 부도가 났습니다. 파산법 제11장, 재해로 인한 부도였습니다."

잠시 침묵이 흘렀다. 헤이워드는 펜더개스트를 흘끗 쳐다보았다. 그의 얼굴에는 다소 놀란 듯한 기운이 서려 있었다. 실망감? 아마도 그런 것 같았다.

"슬레이드도 의사였습니까?" 펜더개스트가 물었다.

"의학 박사 학위를 가지고 있었어요."

"혹시 사진이 있습니까?"

필립스는 주저했다. "예전에 썼던 연간 보고서 파일에 있을 겁니다."

"사진을 보고 싶군요."

그 남자는 일어나서 서재 쪽으로 연결된 문으로 사라졌다. 몇 분 후, 필립스는 연간 보고서를 가지고 나타났고, 펜더개스트에게 파일을 건넸다. FBI 요원은 인화된 사진을 가만히 살펴보고 위쪽에 있는 CEO 사진을 확인하고 나서 헤이워드에게 건넸다. 헤이워드는 아주 잘생긴 남자를 보고 시선을 멈추었다. 이목구비가 뚜렷한 얼굴, 강렬한 갈색 눈동자, 눈썹 위로 늘어진 새하얀 머리카락, 짙은 눈썹과 움푹 들어간 턱이 평범한 제약 회사 CEO라기보다는 영화배우처럼 보였다.

잠시 후, 헤이워드는 연간 보고서를 한쪽으로 밀어놓고 다시 질문을 했다. "그렇게 쉬쉬하던 프로젝트였는데 어떻게 당신까지 가담하게 된 거죠?"

필립스는 머뭇거렸다. "아까 몇 가지 사고가 있었다고 말씀드렸죠? 그들은 조류독감 바이러스를 배양하고 시험하기 위해서 실험실에서 앵무새를 키웠어요. 그중에 한 마리가 도망쳤죠."

"그리고 블랙 브레이크 늪지대를 가로질러 날아가서 선플라워에 있는 가족에게 조류독감을 전염시켰죠. 도앤 씨 가족 말입니다."

필립스가 헤이워드를 날카롭게 쳐다보았다. "벌써 많은 걸 알고 계신 것 같군요."

"계속 말씀하세요."

필립스는 마티니 한 모금을 마셨고 여전히 손을 떨고 있었다. "슬레이드와 연구팀은 최종 결정을 내렸습니다. 자발적으로 실험을 처음 방식대로 계속 진행하기로 한 거죠. 그리고 도망간 앵무새를 추적했는데 아시다시피 너무 늦었습니다. 이미 온 가족이 조류독감에 전염된 거죠. 결국 가족들에게 그 사실을 알리지 않기로 했어요. 조류독감이 어떻게 진행되는지, 새롭게 배양한 바이러스가 어떤 효과를 내는지 멀리서 살펴보고 싶었던 거겠죠."

"그런데 뜻대로 되지 않았고요."

필립스는 고개를 끄덕였다. "그 가족은 전부 죽었습니다. 물론 즉사한 건 아니지만. 저까지 그 일에 가담하게 된 이유는 이후 법적인 파문이 벌어지게 될 경우에 대비해서 저에게 조언을 구하기 위해서였습니다. 정말 끔찍하다 싶더군요. 엄청난 위법 행위를 한 것은 물론이고, 여러 가지 중죄를 지었고, 그중에는 과실치사 혐의까지 포함되어 있었어요. 저는 모든 걸 제자리로 돌려놓을 수 있을 정도로 만족스러운 법적인 대안은 없다고 솔직히 말했습니다. 그래서 결국 그 사건을 은폐하게된 거고요."

"변호사님께서는 그 사건을 함구하셨나요?"

"의뢰인의 비밀 보호는 변호사의 의무예요. 의뢰인의 특권이기도 하고요."

펜더개스트는 다시 입을 열었다. "화재는 어떻게 시작된 겁니까? 슬레이드가 주었을 때 말이에요."

필립스는 펜더개스트 쪽으로 몸을 돌렸다. "보험회사에서 나와서 현장을 조사했습니다. 분명 화재 사고였죠. 절대로 창고에 보관해서는 안될 위험한 화학제품들이 창고에 있었던 겁니다. 아까 말한 것처럼 론지튜드 제약 회사는 비용 절감을 위해서 온갖 원칙을 무시하고 가능한 모든 수단을 동원했거든요."

"그 연구를 맡았던 다른 사람들은요?"

"저도 정확한 이름은 모릅니다만, 모두 죽었다고 들었습니다."

"그런데도 아직 당신의 생명을 위협하는 누군가가 남아 있군요."

필립스가 고개를 끄덕였다. "며칠 전에 전화가 왔습니다. 발신자 신원을 밝히지는 않았어요. 당신들이 조사를 하고 다니는 걸 알고 불안함을 느꼈나 봅니다." 그는 한숨을 내쉬었다. "제가 아는 건 이게 전부입니다. 아는 건 모두 말했어요. 저는 에이비언 플루 프로젝트나 도앤 가족의 죽음에 전혀 개입한 바가 없습니다. 모든 사건이 벌어진 후에 법률적으로 자문을 한 것밖에 없어요. 그게 전부입니다."

"준 브로디에 대해서 해주실 말씀은 없습니까?" 헤이워드가 물었다.

"슬레이드의 수석 비서였습니다."

"준의 성격은 어땠나요?"

"젊고, 매력적이고, 의욕적이었죠."

"비서 일은 잘했습니까?"

"그녀는 슬레이드의 오른팔이었습니다. 온갖 곳에 가담하고 있는 것 같았죠."

"무슨 말씀이시죠?"

"회사가 진행하는 일마다 깊숙이 연관되어 있었습니다."

"그렇다면 회사의 비밀 프로젝트에 대해서도 알고 있었단 뜻입니까?"

"말했다시피, 그 실험은 극비리에 진행되었습니다."

"하지만 슬레이드 씨의 수석 비서였잖습니까?" 펜더개스트가 끼어들었다. "아주 의욕적인 사람이었고요. 슬레이드의 책상을 오가는 서류는 전부 볼 수 있었겠죠."

필립스는 아무 대답이 없었다.

"상사와는 어떤 관계였죠?"

필립스는 대답을 주저했다. "슬레이드는 그 점에 대해서 한 번도 얘기한 적이 없었습니다."

"하지만 소문은 들으셨을 것 아닙니까?" 펜더개스트가 계속 다그쳤다. "전문적인 사장과 비서 사이, 그 이상의 관계였습니까?"

"말할 수 없습니다."

"슬레이드는 어떤 남자였습니까?" 헤이워드가 잠시 후에 물었다.

필립스는 처음에는 아무 대답도 하지 않으려고 버텼다. 하지만 반항적인 표정이 점차 누그러들더니 마침내 체념하듯 긴 한숨을 내쉬었다. "찰스 슬레이드는 선견지명이 있는 사람이에요. 똑똑하고 탁월한 관리 능력까지 두루 갖춘 대단한 사람입니다. 반대로 상상도 못 할 정도로 욕심이 많고 잔인하기까지 했죠. 좋은 성품과 악한 성품을 모두 갖추고 있었어요. 보통 CEO들이 그런 것처럼. 방금 전까지 침대에서 죽어가는 소년을 위해 눈물을 흘리다가도 잠시 후에는 1000만 달러 가까운 예산을 매몰차게 삭감해서 수천 명을 구할 수 있는 신약 개발을 중단시키기도 했어요."

잠시 침묵이 흘렀다.

펜더개스트는 변호사를 빤히 쳐다보고 있었다. "헬렌 펜더개스트나 헬렌 에스테르하지란 이름을 들어본 적이 있습니까?"

변호사는 전혀 들어본 적 없다는 듯 담담한 눈빛으로 그를 쳐다보았다. "아뇨, 둘 다 처음 듣는 이름입니다. 당신이 우리 집 현관 앞에 나타나기 전까지는요, 펜더개스트 요원."

펜더개스트는 뷰익의 자동차 문을 열고 헤이워드를 차에 태웠다. 그녀는 차에 타기 전에 잠시 멈추어 섰다. "제 말대로 하니까 일이 술술 풀렸죠?"

"그러게요." 그는 문을 닫고 차를 빙 돌아가서 조수석에 앉았다. 아까 보았던 짜증스러운 표정은 완전히 사라진 듯했다. "지금까지 풀리지 않는 궁금증이 하나 있긴 합니다."

"뭔데요?"

"우리 친구 필립스에게 나에 대해 말했던 부분 말입니다. 아들의 전과 기록을 가지고 협박할 거라고. 내가 당신 방식처럼 그자를 달래지 않을 계획이라는 걸 어떻게 알았죠?"

헤이워드가 시동을 걸었다. "당신이 어떤 사람인지 아니까요. 가련한 인간들에게 무자비하게 채찍을 휘두르죠. 마지막 숨이 끊어지기 직전까지요. 하지만 나는 채찍 대신 당근을 사용해요."

"왜죠?"

"그편이 잘 통하니까요. 특히 저런 남자 같은 경우에는. 그래야 밤에 잠도 더 잘 오고요."

"페넘브라 저택의 침대에서 지내는 게 불편하지 않으시면 좋겠네요, 반장님."

"괜찮아요."

"좋습니다. 저도 개인적으로 저희 집 침실이 가장 편하답니다."

펜더개스트가 정면으로 얼굴을 돌렸을 때, 헤이워드는 그의 얼굴 위로 살짝 미소가 스치고 지나가는 것을 감지했다. 순간 그가 데니슨 필립스 4세를 협박할 거라고 지레짐작했던 것이 틀린 생각인지도 모른다는 생각이 들었다. 하지만 진실은 영원히 알 수 없을 것이다.

56

미시시피 주, 이타 베나

도로는 작은 마을 외곽의 늪지대까지 평평하게 뻗어 있었고, 양쪽 길가에는 사이프러스 나무가 긴 나뭇가지를 드리우고 희미한 아침 해를 쬐고 있었다. 주변 풍경에 가려진 표지판 위에는 이렇게 적혀 있었다.

론지튜드 제약 회사

1966년 설립

"더 좋은 약과 함께 미래를 만나다"

뷰익 자동차는 울퉁불퉁한 도로에 여기저기 부딪혔고, 타이어를 덜덜 떨면서 아스팔트 위로 나아갔다. 헤이워드는 백미러로 점처럼 다가오는 자동차 한 대를 보았다. 바로 펜더개스트의 롤스로이스였다. 그는 오늘 아침부터 차 두 대로 이동하자고 고집을 피웠고, 그러면서 여러 가지 일을 하려면 차 두 대가 필요하다는 이유를 댔다. 하지만 헤이워드는 그가 뷰익보다 편한 차를 타고 싶어서 핑계를 대는 거라고 생각할 수밖에 없었다.

롤스로이스 차량이 점점 속도를 올리며 다가왔다. 그리고 눈 깜짝할 사이에 도로 왼쪽으로 치고 들어오더니 헤이워드를 제치고 나아갔다.

순간 뷰익이 좌우로 뒤뚱거렸다. 자동차 창문 너머 검은색 정장 소매 끝으로 하얀 손이 나오더니, 헤이워드에게 인사를 하고 멀어지는 모습이 얼핏 보였다.

도로는 긴 곡선 구간으로 이어졌고 헤이워드는 최대한 속도를 내서 롤스로이스 차량을 따라잡았다. 마침내 연구소 입구에 이르러서야 속도를 늦추었다. 펜더개스트는 안내소에 차를 대고 경비원과 이야기를 나누고 있었다. 꽤 오래 대화를 주고받는 사이 경비원은 몇 번이나 전화를 걸러 왔다 갔다 했고, 드디어 차 두 대가 연구소 내부로 진입했다.

헤이워드는 '론지튜드 제약 회사, 이타 베나 연구소'라고 적힌 표지판을 지나서 주차장으로 들어갔고, 펜더개스트가 45구경 권총을 만지작거리고 있는 모습을 보았다. "괜히 말썽을 일으킬 생각은 아니겠죠?" 헤이워드가 물었다.

"그야 모를 일이죠." 펜더개스트는 양복 안에 권총을 집어넣고 손으로 툭툭 두드렸다.

노란색 벽돌로 지은 낮은 건물까지 바랭이 풀 같은 잡초가 길게 자라 있었다. 건물의 세 면은 늪지대 호수로 둘러싸여 있었는데, 호수 위에는 백합과 좀개구리밥이 가득했다. 무성한 나무를 헤치고 지나가니 더 많은 건물을 볼 수 있었다. 담쟁이덩굴이 무성하게 자라서 얼핏 보기에 폐허처럼 보이는 곳도 있었다. 그 너머로 블랙 브레이크 늪지대에서 뿌연 안개가 피어올라 빠른 속도로 대기를 뒤덮고 있었다. 축축한 늪지대를 바라보고 있노라니 대낮임에도 헤이워드의 온몸에 전율이 일었다. 블랙 브레이크에 오래도록 전해져 오는 수많은 전설을 익히 들은 바 있었기 때문이다. 해적, 귀신, 그보다 더욱 기묘한 전설들. 헤이워드는 손바닥으로 모기들을 밀쳐냈다.

헤이워드는 펜더개스트를 따라 본관으로 들어갔다. 안내원이 방문객용 명찰 두 개를 준비해놓고 있었다. 하나는 '펜더개스트 씨', 다른 하나에는 '헤이워드 씨'라고 적혀 있었다. 헤이워드는 자신의 명찰을 들어서 옷깃에 달았다.

"엘리베이터를 타고 2층에 올라가서 오른쪽 끝 방입니다." 회색 머리의 안내원이 환한 미소를 지으며 말했다.

엘리베이터에 오르자 헤이워드가 이렇게 말했다. "펜더개스트 씨, 우리가 경찰이라는 얘기를 또 안 하셨군요."

"상대에게 충분한 정보를 주기 전에 그쪽 반응부터 살피는 게 유용한 법이죠."

헤이워드는 어깨를 으쓱했다. "어쨌든 당신한데는 누워서 떡 먹기겠군요?"

"그렇습니다."

"누가 먼저 시작할까요?"

"저번에도 잘하셨으니까 이번에도 반장님께서 맡아주시겠어요?"

"저야 영광이죠. 한데 이번에는 성공한다고 장담 못 하겠어요." 헤이워드는 팔꿈치 아래를 조이며 다시 한 번 무기를 확인했다.

엘리베이터는 삐걱거리며 한 층을 올라갔고, 곧이어 두 사람은 리놀륨이 깔린 복도로 걸어갔다. 드디어 복도 끝까지 걸어가서 마지막 방 앞에 섰고 사무실 문을 열었다. 드넓은 사무실에서 비서 혼자 일을 하고 있었다. 반대편 끝에는 오랜 세월이 지나 낡았지만 여전히 우아한 오크 문 하나가 굳게 닫혀 있었다.

헤이워드가 먼저 사무실로 들어갔다. 비서는 아주 젊고 예뻤고 머리를 포니테일로 묶고 빨간색 립스틱을 바른 모습이었다. 그녀가 두 사람을 쳐다봤다. "저쪽으로 앉으세요."

그들은 어두운 회색 소파에 앉았다. 유리 테이블 옆 한쪽 귀퉁이에 닳아 빠진 무역 잡지들이 높이 쌓여 있었다. 여자는 책상 너머에서 활기찬 목소리로 이렇게 말했다. "제 이름은 조앤 파머이고, 달키스트 씨의 개인 비서예요. 오늘은 하루 종일 스케줄이 차 있어서 저에게 어떻게 도와드릴 수 있는지 여쭤보라고 하셨습니다."

헤이워드는 비서 쪽으로 몸을 기울였다. "죄송하지만 조앤 씨가 도와주실 수는 없을 것 같은데요. 달키스트 씨를 직접 만나야 해서요."

"말씀드렸다시피, 달키스트 씨는 아주 바쁘십니다. 필요한 게 뭔지 제게 말씀해주시면 안 될까요?" 이까보다 한층 가라앉은 목소리였다.

"달키스트 씨가 저 방에 계신가요?" 헤이워드는 굳게 닫힌 문 쪽을 향해 고개를 끄덕였다.

"헤이워드 씨, 달키스트 씨를 방해하시면 안 됩니다. 다시 한 번 묻겠습니다. 어떻게 도와드릴까요?"

"에이비언 플루 프로젝트 때문에 묻고 싶은 게 있어요."

"처음 듣는데요."

결국 헤이워드는 주머니에서 신분증이 든 지갑을 꺼내서 책상에 올렸다. 비서는 가만히 신분증을 쳐다보다가, 다시 몸을 앞으로 쭉 빼고 헤이워드의 신분증을 확인했고, 뒤따라 꺼낸 펜더개스트의 신분증까지 면밀히 살폈다.

"경찰, FBI? 왜 경찰이라고 말씀하지 않으셨죠?" 깜짝 놀란 표정은 곧이어 짜증이 가득한 표정으로 바뀌었다. "잠시만 기다려주세요." 그녀는 자리에서 일어나 굳게 닫힌 문을 작은 소리로 두드렸고, 곧바로 문을 열고 들어가더니 등 뒤로 문을 꽉 닫았다.

헤이워드는 펜더개스트를 흘끗 쳐다보았다. 두 사람은 동시에 소파에서 일어나서 문 쪽으로 걸어가 문을 벌컥 열었다.

잠시 후 그들은 다소 엄숙하지만 유쾌한 분위기의 사무실에 있었다. 사무실 주인은 CEO라기보다 고루한 교수 같은 생김새였다. 두꺼운 안경을 끼고 트위드 재킷과 카키색 바지를 입고 비서와 커다란 책상 앞에서 뭔가 열심히 의논을 하는 중이었다. 하얀 머리카락은 가지런히 빗질이 되어 있었고, 두 사람이 들어오는 모습을 보는 순간, 짜증이 난 것처럼 입술 위로 말끔히 정리한 하얀 수염 끝이 돌돌 말려 올라갔다.

"여긴 사적인 공간입니다!" 비서가 말했다.

"두 분 경찰이시라고 하셨죠?" 달키스트가 말했다. "영장부터 보여주시죠."

"영장은 없습니다." 헤이워드가 말했다. "그냥 편하게 얘기를 나누고 싶어서 찾아왔어요. 하지만 정 원하신다면 영장을 받아 오죠."

그는 잠시 망설였다. "무슨 일로 오신 건지 말씀해주시면 영장은 필요하지 않을 수도 있겠죠."

헤이워드가 펜더개스트를 쳐다보았다. "특별 수사관 펜더개스트 씨, 달키스트 씨 말씀이 맞아요. 먼저 영장부터 받아 오는 게 좋겠습니다. 제가 항상 강조하는 것처럼 원칙대로 말이에요."

"그게 현명할지도 모르겠네요, 헤이워드 반장님. 물론 영장이 있으면 일이 한층 수월해지겠죠."

달키스트가 한숨을 내쉬었다. "이리 앉으시죠. 조앤, 이젠 내가 알아서 할게요. 고마워요. 나갈 때 문 닫고 나가요."

비서가 자리를 비운 후에도 헤이워드와 펜더개스트는 의자에 앉지 않았다.

"자, 에이비언 플루 프로젝트에 대해 뭘 알고 싶으시죠?" 한층 상기된 얼굴로 달키스트가 물었다. 헤이워드는 그를 계속 쳐다보았지만 적대적인 파란색 눈동자에서 아무것도 읽을 수 없었다.

"우리 연구소에는 독감 쪽으로는 진행하는 연구 프로젝트가 없습니다." 달키스트가 책상 뒤로 걸어가면서 말했다. "저희는 고질병을 치료하는 몇 가지 약물을 연구하는 소규모 제약 회사에 불과해요."

"13년 전……." 헤이워드가 입을 열었다. "론지튜드 제약 회사는 에이비언 플루에 대한 불법 연구 프로젝트를 진행했습니다."

"불법이라고요? 왜 불법이죠?"

"안전 규정을 지키지 않았거든요. 조류독감에 감염된 새가 연구소를 탈출해서 근처 마을의 한 가족에게 병을 전염시켰습니다. 가족은 전부 죽었고 론지튜드 제약 회사는 그 사실을 은폐했죠. 아직까지도 은폐된 상태지만, 최근 살인 사건이 터지는 바람에 당시 만행이 수면 위로 드러나게 되었습니다."

긴 침묵이 흘렀다. "정말 엄청난 일이군요. 하지만 저는 아무것도 모릅니다. 론지튜드 제약 회사는 10년 전에 부도가 났습니다. 파산법 제11장에 따라서 재해로 인한 부도로 처리됐죠. 당시 제약 회사에서 일했던 사람은 한 명도 남아 있지 않습니다. 예전 경영진들도 모두 떠났고요. 우리는 회사 규모를 줄이고 핵심적인 몇 가지 약품 생산에만 주력하고 있어요."

"핵심 약품? 주로 어떤 것이죠?"

"가장 중점적인 건 피부 근염과 다발성 근육염 치료제들이죠. 저희는 규모가 작은 회사이기 때문에 몇 가지 주력 제품들이 있습니다. 여기서 에이비언 플루에 대해 연구했다는 이야기는 한 번도 들어본 적이 없습니다."

"10년 전에 일하던 직원은 하나도 남아 있지 않습니까?"

"제가 아는 한은 없습니다. 연구소에 화재가 나서 예전 CEO가 죽는 바람에 전체 시설을 몇 달 동안 통제했어요. 저희가 새로 제약 회사를 맡은 후로 완전히 다른 회사로 태어난 셈이죠."

헤이워드는 재킷에서 봉투 하나를 꺼냈다. "저희가 입수한 서류에 따르면 회사가 부도났을 당시 론지튜드 제약 회사는 몇 가지 주요 약품과 백신 연구를 돌연 중단했습니다. 갑자기요. 제3세계에 있는 수백만 명의 불쌍한 아픈 사람들을 저버린 거죠."

"회사가 파산했으니까요."

"그래서 연구를 중단했군요."

"새로 부임한 이사회가 연구를 중단하기로 결정한 거죠. 저는 개인적으로 파산 2년 후까지 회사 방침에 전혀 관여하지 않았어요. 그것도 죄가 됩니까?"

헤이워드는 숨이 턱 막혔다. 상황이 좋지 않았다. 이젠 갈 길을 잃은 셈이었다. "달키스트 씨, 관련 자료에 따르면 매년 연봉과 보너스까지 합쳐서 800만 달러라는 소득을 올리고 계신데요. 주력 약품이 몇 가지 안 되는데도 꽤 짭짤한 수익을 올리고 계시네요. 대체 그 많은 돈을 어디에 쓰고 계십니까?"

"다른 회사랑 비슷해요. 직원들 월급, 세금, 배당금, 간접비, 연구 개발비로 나가죠."

"이런 말씀을 드리는 건 실례인 줄 압니다만, 회사 수익 대비 연구소 시설이 썩 좋아 보이지는 않네요."

"겉모습만 보고 판단하지 마십시오. 저희 회사는 최신 기술 장비를 갖추고 있습니다. 워낙 외진 동네에 고립되어 있기 때문에 괜히 겉모습에 신경 쓸 필요도 없고요." 그는 두 손을 활짝 펼쳤다. "두 분 다 저희 회사의 방침이 마음에 들지 않으시나 봅니다. 어쩌면 저를 싫어하시는 건지도 모르죠. 연간 수익이 800만 달러나 되는 게 마음에 안 드실지는 모르지만, 저희는 나름대로 수익성이 높은 회사라고 자부합니다. 알짜배기죠. 하지만 이런 비난을 받을 이유는 전혀 없습니다. 저희는 결백해요. 제가 어디 살인이나 저지를 사람으로 보이십니까?"

"증명해보시죠."

달키스트는 책상 근처로 걸어갔다. "지금 기분 같아서는 더는 꼬투리를 잡지 못하게 당장 쫓아내고, 영장을 받아 오게 하고 싶군요. 그리고 돈을 두둑이 쥐여주고 최고의 변호사들을 고용해서 몇 주, 아니 몇 달 동안 사건을 질질 끌고, 최대한 괴롭히면서 법정에서 물고 뜯는 싸움을 벌이고 싶네요. 만약 당신들이 승소한다고 해도 지극히 제한된 수색영장만 받게 될 테고, 엄청난 서류 작업부터 처리해야 할 겁니다. 하지만 그거 아십니까? 저는 그러지 않을 겁니다. 두 분이 원하시는 대로 뭐든 직접 확인하고 서류를 보실 수 있게 해드리겠습니다. 저희는 숨길 게 하나도 없거든요. 그 정도면 만족하시겠습니까?"

헤이워드가 펜더개스트를 흘끗 쳐다보았다. 그의 표정은 좀처럼 읽을 수가 없었고, 회색 눈동자는 머리카락에 가려 있었다.

"그 정도면 수사를 시작해도 되겠네요." 헤이워드가 말했다.

그는 몸을 숙이고 책상에 있는 버튼을 눌렀다. "조앤, 사장 서명이 박힌 허가서 하나 출력해서 두 분이 론지튜드 제약 회사의 모든 시설을 자유롭게 시찰할 수 있게 해드려요. 전 사원이 두 분 질문에 솔직하게 대답할 수 있게 따로 지시 내리고, 비밀 연구소와 기밀 서류도 마음껏 보실 수 있도록 처리해요."

그는 버튼에서 손을 떼고 두 사람을 쳐다보며 말했다. "당신들이 얼른 백기를 들고 떠나는 모습을 보고 싶군요."

펜더개스트가 긴 침묵을 깨고 마침내 입을 열었다. "그야 두고 보면 알겠죠."

57

론지튜드 제약 회사 연구소의 반대편 끝 쪽에 도착했을 때 헤이워드는 녹초가 되어 있었다. 달키스트는 자신이 한 약속을 지켰다. 연구실, 사무실, 기록 보관소 어디든 마음대로 들어갈 수 있었다. 두 사람은 미로처럼 어지럽게 뻗어 있는 연구실을 제집처럼 드나들었다. 누가 뒤를 따라다니거나 경비원이 제지하는 법도 없었다. 그야말로 무제한의 자유가 주어졌다.

그런데 아무것도 발견하지 못했다. 서비스직 고용인들 몇 명을 제외하고는 부도가 나기 전에 연구 시설에서 근무했던 사람들은 한 명도 남아 있지 않았다. 지금으로부터 수십 년 전까지 회사 기록 전부가 그대로 보존되어 있었지만, 에이비언 플루 프로젝트가 언급된 것은 하나도 없었다. 달키스트가 했던 모든 얘기들이 신뢰할 수 있는 수준인 것으로 드러났다.

그래서 헤이워드는 더욱 의심스러웠다. 지금까지 경험에 비추어 볼때, 사람이라면, 아무리 정직한 사람이라도 조금씩 구린 데가 있는 게 정상이었다.

그녀는 문이 닫힌 마지막 건물 복도로 걸어가면서 펜더개스트를 흘끗 쳐다보았다. 석고처럼 차갑게 굳은 하얀 얼굴에서 아무것도 읽어낼 수가 없었다.

두 사람은 밖으로 나가기 위해 반대편 문을 열었다. 끼익 소리와 함께 망가진 화재용 비상구 문이 열렸다. 문밖으로 깨진 시멘트 계단과 풀밭이 펼쳐져 있었다. 오른쪽으로는 자그마한 지류들이 한데로 합쳐지는 진흙투성이 호수가 있었고, 스페인 이끼가 길게 늘어진 벌거벗은 사이프러스 나무가 주위를 둘러싸고 있었다. 앞으로 곧장 걸어서 초목이 얽혀 있는 공터를 통과하자, 헤이워드의 눈앞에 덩굴로 덮인 벽돌들의 잔재가 드러났다. 그 뒤로는 어두운 블랙 브레이크 늪지대로 삼면이 둘러싸인 반쯤 탄 건물의 잔재가 튀어나와 있었다. 화재의 잔해 너머로, 황폐하고 오래된 부두가 시커멓게 타고 으스러진 채로 늪지의 시커먼 물속에 방치되어 있었다.

곧이어 굵은 빗방울이 떨어지기 시작했고, 불길한 먹구름이 하늘 위로 낮게 드리우며 점차 풀밭을 적셨다.

"우산 챙기는 걸 잊었네." 헤이워드가 흠뻑 젖어 있는 음울한 숲을 바라보며 말했다.

펜더개스트는 양복 주머니에 손을 집어넣으며 불탄 기둥과 늪지 쪽을 바라보고 있었다. '맙소사, 설마 우산까지 챙겨서 다니는 건 아니겠지.' 헤이워드는 생각했다. 역시 예상대로 펜더개스트는 투명한 비닐 우비를 꺼내서 하나는 헤이워드에게 건네고 하나는 자기 몸에 걸쳤다.

잠시 후, 두 사람은 풀밭을 가로질러서 여기저기 철망이 찌그러진 채 얽혀 있는 오래된 철조망 울타리의 잔재가 쌓인 곳으로 뛰어갔다. 출입문은 산산조각이 난 채로 바닥에 아무렇게나 쓰러져 있었다. 두 사람은 좁은 틈새로 들어갔다. 출입문으로 들어가자 불탄 건물의 잔재들이 그대로 보존되어 있는 것을 볼 수 있었다. 온통 노란색 벽돌 더미들이었다. 지붕이 무너져 있었고 까맣게 그을린 기둥이 하늘을 향해 솟아 있었으며, 창문과 문틀마다 불에 그슬린 흔적과 시커먼 구멍이 송송 나있었다. 벽면에는 엄청나게 많은 칡덩굴이 뻗어 있었고 눈에 보이는 모든 것들을 시커멓게 덮고 있었다.

헤이워드는 펜더개스트를 따라 부서진 출입구로 들어갔다. 그러고는 땅에 쓰러져 있는 문과 창틀을 조사하기 위해 잠시 멈췄다. 펜더개스트는 무릎을 대고 열쇠를 따는 도구를 꺼내서 자물쇠를 만지작거리기 시작했다.

"신기한 일이네요." 그는 일어서면서 말했다.

출입구 통로에는 까맣게 탄 나뭇조각들이 흩뿌려져 있었고, 천장에는 구데구데 구멍이 뚫려 있어서 희미한 빛이 내부로 새어 들어오고 있었다. 사방에서 퀴퀴한 냄새가 풍겼다. 검은 목재 사이로 물이 뚝뚝 떨어져서 타일 바닥에 깊은 웅덩이를 만들었다.

펜더개스트는 주머니에서 만년필형 손전등을 꺼내어 주위를 비추었다. 두 사람은 폐허가 된 건물 내부로 들어가기 위해서 쓰레기 더미를 넘었고, 펜더개스트의 손전등의 가느다란 빛이 사방을 비추었다. 아치형 입구를 지나자 오래된 복도가 나왔고, 양쪽으로 불에 탄 방들이 늘어서 있었다. 불에 녹은 유리와 알루미늄이 바닥에 눌어붙어 있었고, 그을린 플라스틱과 뼈대만 남은 가구들도 간간이 보였다.

헤이워드는 어두운 방 안을 살펴보면서 조용히 걸어가는 펜더개스트의 모습을 가만히 지켜보았다. 펜더개스트는 서류 보관 캐비닛 앞에 멈춰서 서랍 안에 남겨진 불에 탄 종이들 사이를 찔러보고 슬쩍 밀어보기도 했다. 그리고 아직 타지 않은 채로 남아 있는 가운데 부분에서 종이 몇 장을 꺼내 면밀히 살펴보았다. "노바 G.에게 배달 완료." 그는 종이에 적힌 글자를 큰 소리로 읽었다. "예전 배송 목록인 것 같네요."

"뭐 재미있는 거라도 있어요?"

그는 다시 종이 더미를 찔렀다. "별거 없네요." 펜더개스트는 까맣게 탄 종잇조각을 꺼내서 지퍼 백에 집어넣더니 양복 주머니 안으로 쑤셔 넣었다.

드디어 가장 화재가 잔혹했던 곳으로 보이는 복도 중앙의 커다란 방으로 들어갔다. 천장은 온데간데없이 사라지고 칡덩굴이 폐허를 뒤덮고 길게 자라나 있었고, 군데군데 불쑥 솟은 덩어리가 보였다. 펜더개스트는 주위를 쓱 둘러본 다음 구석으로 걸어가더니 칡덩굴을 잡아서 한쪽으로 걷어냈다. 그 아래로 두꺼운 전선 더미와 장비 들이 예전의 골격을 드러냈다. 헤이워드는 펜더개스트의 저의가 뭔지 알 길이 없었다. 그는 구석구석을 돌아다니면서 칡덩굴을 밀쳐내고 불에 타서 녹아버린 기계의 잔재들을 살폈다.

"무슨 기계인지 알고 보는 거예요?" 헤이워드가 물었다.

"내압 증기 멸균기, 일종의 인큐베이터인 셈이죠. 저건 원심분리기 같습니다." 펜더개스트는 반쯤 녹아버린 덩어리를 향해 불빛을 비췄다. "그리고 여기 캐비닛의 얇은 판자도 남아 있어요. 이곳은 예전에 1등급 미생물학 실험실이었던 것 같군요."

그는 화재의 잔해를 한쪽으로 치우고 몸을 구부리더니 뭔가 집어 들었다. 환한 불빛을 비추자 광이 죽은 조각 하나가 보였고 펜더개스트는 말없이 그것을 주머니에 넣었다.

헤이워드가 말했다. "슬레이드의 사망 보고서에 따르면, 불에 탄 시신이 실험실에서 발견되었다고 쓰여 있어요. 그럼 여기서 죽은 게 분명하군요."

"맞아요." 펜더개스트는 손전등으로 덮개 아래에 있는 녹아버린 육중한 캐비닛 잔해를 비췄다. "그리고 화재가 시작된 곳은 바로 저깁니다. 예전에 화학용품 보관창고였죠."

"일부러 화재를 냈다고 생각하세요?"

"당연하죠. 증거 인멸을 위해서 일부러 화재를 낸 겁니다."

"그걸 어떻게 알죠?"

펜더개스트는 주머니에 손을 넣더니 방금 주운 덩어리를 헤이워드에게 보여줬다. 그것은 9센티미터가량의 알루미늄 조각으로 용케 불에 타지 않고 그대로였다. 바로 아래 숫자가 찍혀 있었다.

"이게 뭐죠?"

"사용하지 않은 밴드예요. 새 다리에 묶으려고 했던 거죠." 펜더개스트는 그것을 자세히 관찰한 다음 헤이워드에게 건넸다. "보통 물건이 아니에요." 그는 안쪽 끝을 가리켰고 실리콘 밴드가 그대로 드러났다. "잘 봐요. 이건 위치 수신용 칩을 넣었던 자리가 분명해요. 이제 헬렌이 어떻게 그 앵무새를 추적했는지 알겠군요. 도앤 가족들에게 조류독감 증상이 나타나기 전에 어떻게 그 집 위치를 찾을 수 있었는지 내내 궁금했거든요."

헤이워드는 다시 밴드를 돌려줬다. "이런 질문을 해도 되는지 모르겠지만, 대체 무엇 때문에 고의로 화재를 낸 거라고 생각하죠? 보고서 내용 중에는 화재 촉진제나 고의 방화의 흔적이 없다고 나와 있는데요."

"방화범은 자신이 무엇을 하는지 아주 잘 아는 뛰어난 화학자였습니다. 건물에 우연히 화재가 났다고 생각하기에는 석연치 않은 점들이 너무 많아요. 화재가 난 시점이 에이비언 플루 프로젝트가 중단된 직후인 것도 이상하고요."

"누가 불을 질렀을까요?"

"주위를 잘 보세요. 철통 같은 보안장치, 한때 어마어마하게 높았을 울타리, 특수 제작된 잠금장치가 달린 문, 빗장까지 걸어놓은 반투명 유리창까지. 이 건물은 다른 건물들과 멀찌감치 떨어져 있었고 늪지대가 가까이 있어서 좀처럼 접근이 힘들어요. 누군가 내부에서 고의로 화재를 낸 겁니다. 고위층 직원이고 수시로 출입이 가능했던 누군가가."

"슬레이드?"

"방화범이 불을 지르고 나서 스스로 갇히는 경우도 가끔 있긴 하죠."

"달리 생각해보면, 살인을 목적으로 한 방화인지도 몰라요. 슬레이드는 이번 프로젝트의 우두머리였고, 너무 많은 걸 알고 있었으니까."

펜더개스트의 파리한 눈동자가 그녀를 천천히 살폈다. "저 역시 그렇게 생각합니다, 반장님."

그들은 조용히 빗방울이 떨어지는 폐허 속에 서 있었다.

"막다른 골목에 몰린 것 같네요." 헤이워드가 말했다.

펜더개스트는 까맣게 탄 종이가 든 지퍼 백을 꺼내서 조용히 헤이워드에게 건넸다. 그녀는 지퍼 백 내부를 살펴보았다. 불에 탄 종잇조각 중 하나는 배양접시의 배송을 요청하는 내용이었다. 종이 아래쪽에는 손 글씨로 'CJS의 지시에 따라서.'라고 적혀 있었다. 그리고 J라는 이니셜 하나가 덜렁 적혀 있었다.

"CJS? 그렇다면 분명 찰스 J. 슬레이드겠군요."

"맞습니다. 분명 흥미로운 점이죠."

헤이워드는 지퍼 백을 다시 건네줬다. "뭐가 중요하다는 건지 모르겠어요."

"필체를 보면 분명 준 브로디, 즉 슬레이드의 비서가 쓴 게 분명해요. 슬레이드가 불에 타서 죽고 1주일 후에 아처 다리에서 자살한 여자 말입니다. 배송 요청서를 휘갈겨 쓴 걸로 봐서 그 여자는 자살하지 않은 게 분명합니다."

"무슨 근거로 그런 말을 하죠?"

"필수 기록 관리청에 갔을 때, 준 브로디가 아처 다리에서 뛰어내리기 전에 차에 남긴 유서 사본을 확인했거든요." 펜더개스트는 양복 주머니에서 종이 한 장을 꺼냈고, 헤이워드가 그 종이를 받아서 펼쳤다. "두 개의 필체를 비교한 끝에 내린 결론입니다. 이것 역시 사무실에서 서명을 하던 방식으로 썼잖아요. 무척 흥미롭네요."

헤이워드는 두 종이에 적힌 글씨를 번갈아 쳐다보았다. "하지만 필체가 정확하게 일치하는데요."

"그겁니다, 친애하는 헤이워드 반장님. 그래서 더욱 흥미롭다는 말씀입니다."

그는 다시 양복 재킷에 종이를 집어넣었다.

58

태양이 흙빛 구름 속으로 저물고 있을 즈음, 로라 헤이워드는 이타 베나 외곽으로 나가는 작은 고속도로에 이르렀다. 주 고속도로로 동쪽 까지 이어져 있었다. GPS에 따르면 펜넘브라 저택까지 도착하려면 앞 으로 네 시간 30분이 남았다. 자정 직전에는 도착할 것이다. 펜더개스 트는 훨씬 늦게나 저택으로 돌아갈 수 있을 거라고 말했고 브로디에 대 해 뭔가 캐낼 정보가 있는지 알아보겠다며 혼자 길을 나섰다.

고속도로는 텅 비어 있어서 무척 외로운 길이었다. 헤이워드는 머리가 띵해져서 창문을 열고 습기 가득한 바람을 온몸으로 맞았다. 자동차 내 부가 축축한 땅의 냄새와 밤공기로 가득 찼다. 다음 마을에 도착하면 커 피와 샌드위치를 사 먹을 작정이었다. 어쩌면 커다란 립을 뜯어 먹을 기 회가 있을지도 모르겠다. 사실 아침 식사 이후에 아무것도 먹지 못했다.

핸드폰 벨이 울리자 한 손으로 주머니를 뒤졌다. "여보세요?"

"헤이워드 반장님? 캘트럽 병원의 포어만 박사입니다."

헤이워드는 그의 심각한 목소리를 듣자 갑자기 등골이 오싹해졌다.

"저녁 시간을 방해해서 죄송하지만, 갑자기 다고스타 씨의 상태가 악 화되는 것 같아서 전화드렸습니다."

헤이워드는 침을 꿀꺽 삼켰다. "무슨 말씀이시죠?"

"현재 정밀 검사를 진행 중입니다만, 돼지 판막을 이식한 후 과민성 쇼크 증세를 보이는 것 같습니다. 아주 드문 경우예요." 그는 잠시 말을 멈추었다. "솔직히 말씀드리면, 상황이 아주 심각합니다. 그래서……반장님도 이셔야 할 것 같아서 전화드린 겁니다."

헤이워드는 잠시 아무 말도 할 수가 없었다. 그녀는 천천히 속도를 줄이고 고속도로의 갓길 쪽으로 차를 몰았다.

"헤이워드 반장님?"

"말씀하세요." 그녀는 손가락을 바들바들 떨면서 GPS에 로스앤젤레스 캘트럽 병원이라고 입력했다. "잠시만요." GPS가 현재 위치부터 캘트럽 병원까지 소요 시간을 계산하고 있었다. "두 시간 내로 도착해요. 그보다 일찍 도착할 수도 있고요."

"그럼 기다리겠습니다."

헤이워드는 전화를 끊고 휴대폰을 조수석으로 집어 던졌다. 그리고 온몸을 떨면서 긴 숨을 내쉬었다. 그런 다음 뷰익의 엑셀을 힘껏 밟았고, 바퀴가 끼이익 소리를 내면서 뒤쪽으로 달려오던 자동차 위로 자갈을 날렸다. 고무바퀴가 요란하게 긁히는 소리를 내면서 자동차 앞머리가 고속도로로 진입했다.

저드슨 에스테르하지는 하얀색 의사 가운 주머니에 손을 집어넣고 가쁜 숨을 내쉬며 이중 유리문을 빠져나와서 따뜻한 밤공기 속으로 들어갔다. 그리고 병원 정문부터 이어진 포장도로 가장 좋은 곳에 자리를 잡고 주차장 내부를 살폈다. 밝게 빛나는 나트륨등이 정문 주위를 환하게 감싸안고 작은 병원의 일부를 밝게 비추었다. 주차장 4분의 3이 텅비어 있었다. 쥐 죽은 듯이 고요하고 별로 특이할 것 없는 평범한 3월 저녁 캘트럽 병원의 풍경이었다.

그는 근처 지형을 살피기 위해서 고개를 돌리고 주변을 둘러보았다. 주차장 너머로 푸른 풀밭이 작은 호수까지 길게 뻗어 있었다. 병원 건물의 반대편 공원에는 유칼립투스 나무들이 드문드문 나 있었고 정성스럽게 관리된 모습이었다. 도로 한가운데로 길게 도로가 나 있었고 화강암으로 만든 벤치가 띄엄띄엄 놓여 있었다.

에스테르하지는 잠시 주변 경관을 감상하고 신선한 공기를 마시기 위해서 공원까지 걸어갔다가 잠시 벤치에 앉았다. 그리고 모금을 빙자해서 기부자의 이름을 새겨놓은 벤치를 살펴보았다.

지금까지 모든 것이 계획대로 진행되고 있었다. 사실 다고스타를 찾는 것 자체가 매우 어려운 일이었다. 펜더개스트는 디고스다를 숨길 작정으로 가공의 인물을 만들어서, 거짓 진단서를 만들고 출생 신고서까지 조작했다. 만약 저드슨이 개인 의료 기록에 접근할 수 없었다면, 절대로 부서장을 찾을 수 없었을 것이다. 결국 돼지 판막이 결정적인 증거로 작용했다. 그는 다고스타가 심장 부위를 다쳤기 때문에 심장 전문치료 시설로 옮겨졌으리라고 짐작했다. 다고스타가 대동맥 판막을 심하게 다쳤다는 것을 알 수 있었기 때문이었다. 진작 죽었어야 할 놈인데 끈질기게 살아남은 걸 보면 분명 돼지 판막을 이식하는 수술을 했으리라는 것을 직감할 수 있었다.

이식수술 시스템을 확인해보니 돼지 판막을 찾는 병원은 그리 많지 않았다. 최근 돼지 판막을 이식하려는 병원을 좇으면 그를 찾을 수 있겠지. 결국 에스테르하지는 이런 식으로 다고스타를 찾아냈다.

저드슨 에스테르하지는 이번 일로 일석이조의 효과를 노릴 수 있다고 생각했다. 결국 첫 번째 목표는 다고스타가 아니었다. 하지만 혼수상태로 죽어가고 있는 다고스타는 무척 효과적인 미끼였다.

그는 시계를 흘끗 쳐다봤다. 펜더개스트와 헤이워드가 여전히 페넘브라 저택 밖에서 조사를 진행하고 있다는 사실을 알고 있었다. 몇 시간 내로는 도착할 수 없을 것이다. 물론 지금쯤이면 다고스타의 상태가 악화되었다는 소식을 전해 듣고 미친 듯이 차를 몰고 병원으로 향하고 있겠지만. 완벽한 타이밍이었다. 다고스타는 저드슨이 투여한 근이완제 파불론의 효과로 서서히 죽어가고 있었다. 물론 투여량은 치명적인 수준이지만 곧바로 숨이 끊어지지 않도록 신중하게 링거가 떨어지는 속도를 조절했다. 바로 이것이 근이완제의 아름다움이었다. 복용량을 잘만 조절하면 죽음의 드라마를 최대한 지연시킬 수 있으니까. 파불론의 효과는 과민성 쇼크 증세와 무척 비슷했고 앞으로 세 시간 내로 다고스타는 반송장 상태가 될 것이다. 펜더개스트와 헤이워드는 임종의 순간에 딱 맞추어 병원에 도착할 테고, 그다음, 두 사람도 함께 저세상으로 떠나게 될 것이다.

에스테르하지는 자리에서 일어나 작은 공원으로 이어지는 벽돌 길을 따라 걸어갔다. 주차장 불빛이 멀리까지 비추지는 않아서 주위가 어두웠다. 덕분에 총을 쏘기에는 최적의 장소가 될 듯했다. 저격용 라이플을 사용한다면. 하지만 저격용 라이플을 사용하지는 않을 것이다. 두 사람은 병원 근처에 도착하면 가능한 한 정문 가까이에 차를 대고 건물 쪽으로 힘껏 달릴 것이다. 계속해서 움직이는 목표물. 페넘브라 저택 앞에서 펜더개스트를 죽이는 데 실패했기 때문에 에스테르하지는 같은 모험을 반복하지 않을 생각이었다. 이번에는 조금의 위험 요소도 있어서는 안 되었다.

그래서 그는 산탄총의 총열을 짧게 잘라냈다.

그는 다시 병원 입구를 향해서 걸어갔다. 누워서 떡 먹기였다. 그는 환하게 불빛이 비추는 통로 오른쪽 그늘에 몰래 숨어 있을 것이다. 어디에 주차를 하든 두 사람은 에스테르하지 바로 옆을 지나치게 될 것이다. 그는 의사인 양 차트를 들고 꾸벅 인사를 하고 지나갈 것이다. 둘 다 다고스타 걱정 때문에 허둥지둥할 테고, 그는 의사인 것처럼 행동하기만 하면 됐다. 전혀 의심할 여지가 없지 않은가? 이보다 자연스러운 연출이 어디 있단 말인가? 그는 두 사람이 최대한 가까이 올 때까지 기다릴 작정이었고 이중 유리창 내부에 있는 사람들의 시선이 닿지 않는 곳까지 걸어갈 것이다. 그리고 의사 가운 아래 숨기고 있던 총열을 잘라

낸 산탄총을 꺼내서 허리춤에 대고 사정거리 내에서 방아쇠를 당길 작정이었다. 산탄총의 총알은 목표물의 등을 관통해서 내장과 척수를 동시에 날려버릴 것이다. 그럼 나머지는 6미터 거리를 걸어가서 자동차에 올라타서 멀리 떠나는 것뿐이었다.

그는 눈을 감고 계획을 머릿속으로 가늠해보면서 총 시간을 쟀다. 시작부터 끝까지 15초 정도. 안내 데스크에 있는 경비원이 지원 경찰을 부르고 뚱뚱한 엉덩이를 이끌고 밖으로 뛰어나오려고 허둥지둥할 즈음, 저드슨은 현장에서 사라진 지 오래일 것이다.

훌륭한 계획이었다. 간단하고, 실패할 확률도 없었다. 두 목표물은 완전 무방비 상태로 노출되어 있을 것이다. 침착하기로 정평이 나 있는 펜더개스트라도 이 순간만큼은 당황할 것이다. 다고스타의 상태가 악화되었기에 내심 자책을 할 게 당연한 일이었다. 가장 좋아하는 친구가 죽어가고 있지 않은가.

가능성은 희박하지만 한 가지 위험한 경우가 생길 수도 있었다. 누군가 저드슨 뒤를 밟거나 행동을 개시하기도 전에 병원에서 검문을 실시하는 경우였다. 하지만 그런 일이 벌어질 우려는 좀처럼 없어 보였다. 워낙 값비싼 사설 병원이라 건물 규모도 엄청나게 컸기 때문이다. 아까만 해도 의사 명찰을 달고 병원을 누비고 다녔지만 누구 하나 뒤돌아보지 않을 정도였다. 그는 곧바로 다고스타의 입원실로 향했다. 다고스타는 수술 후 깊은 잠에 빠져서 진통제를 맞고 있었다. 병실 앞에 따로 경비원도 세우지 않았다. 충분히 신분 위장을 했다고 자신했기 때문이리라. 에스테르하지 역시 그들이 훌륭하게 신분을 위장했다는 점은 인정하지 않을 수 없었다. 모든 의료 기록과 서류들을 완벽하게 위조해서 병원에 있는 모든 사람들이 다고스타를 퀸스의 플러싱 어디쯤에서 온 토니 스파다라고 굳게 믿고 있었다.

돼지 대동맥 판막 이식수술을 하는 데 4만 달러라는 거금을 쏟아부은 흔치 않은 부유한 환자라는 점만 제외하면.

그는 링거에 다량의 파불론을 주입했다. 응급 벨이 울렸을 때도 에스 테르하지는 병원에서 일하는 의사에 지나지 않았다. 누구도 질문을 하거나 의심의 눈길로 쳐다보지 않았다. 에스테르하지는 어떻게 행동하고 어떤 말을 해야 의사처럼 보이는지 정확히 알고 있었다.

그는 다시 한 번 시간을 확인했다. 그리고 자동차로 걸어가서 운전석에 올라탔다. 조수석 바닥에 놓인 산탄총이 희미하게 빛났다. 앞으로 조금 더 어둠 속에 앉아서 기다릴 작정이었다. 그리고 산탄총을 가운 아래 숨기고 자동차에서 내려, 불빛이 비추지 않는 곳으로 가서 기다릴 것이다……. 새들이 둥지로 날아올 때까지.

헤이워드는 일직선으로 뻗어 있는 도로 저 멀리에 위치한 병원의 모습을 확인했다. 어두운 밤, 환한 빛을 뿜어내는 3층짜리 건물. 넓은 풀밭이 건물 주변을 둘러싸고 있었고, 주변에 있는 연못이 병원 창문들에 반사되어 밝게 빛났다. 그녀는 더욱 속도를 높였고 내리막 도로를 질주해서 개울을 지나고 다시 오르막 도로로 향했다. 드디어 병원 입구에 도착했다. 헤이워드는 급브레이크를 잡고 속도를 줄인 다음 주차장으로 진입하기 전 마지막 커브를 돌았다. 밤이슬이 내린 아스팔트 위로 타이어가 요란한 소리를 내며 미끄러졌다.

그녀는 가장 가까운 주차 공간에 끼익 소리를 내면서 차를 세웠고 곧바로 차 문을 박차고 나왔다. 그리고 빠른 걸음으로 주차장을 가로질러서 현관까지 이어진 길로 들어섰다. 환하게 빛이 비추는 길 한쪽에 차트를 들고 서 있는 의사 한 사람이 눈에 들어왔다. 아직 수술용 마스크를 쓰고 있는 걸로 봐서 막 수술을 끝내고 나온 게 분명했다.

"헤이워드 반장님?" 그 의사가 물었다.

헤이워드는 고개를 돌려 그를 쳐다보았다. 마치 그녀가 올 때를 기다리고 있었던 것 같았다. "네, 그이는 어때요?"

"이제 곧 괜찮아질 겁니다." 다소 낮은 목소리가 돌아왔다. 의사는 한 손에 들고 있던 차트를 내리고 다른 한 손을 하얀 의사 가운 속으로 집어넣었다.

"하느님 감사합니다." 헤이워드가 이렇게 말하는 순간 눈앞에 산탄총이 보였다.

59

뉴욕 시

존 펠더 박사는 뉴욕 공공도서관 본관에 있는 널따란 석조 계단을 올라갔다. 뒤로는 퇴근길의 시끄러운 경적 소리와 꼬리를 물고 이어진 차량들이 5번가를 가득 메우고 있었다. 그는 '인내와 용기'라고 새겨진 커다란 석조 사자상 앞에 잠시 멈췄다. 그러고는 다시 시간을 확인하고 한 팔에 끼고 있던 얇은 마닐라지 서류철을 찬찬히 정리했다. 그런 다음 계단 끝에 있는 청동 문으로 향했다.

"죄송합니다, 선생님." 문 앞에 서 있는 경비원이 말했다. "도서관 개관 시간이 끝났습니다."

펠더는 시청에서 발급해준 허가증을 꺼내서 그 남자에게 내밀었다.

"잘 알겠습니다, 선생님." 경비원은 공손하게 문에서 한 발 물러서며 말했다.

"연구 자료를 살펴보려고 왔습니다." 펠더가 말했다. "자료가 준비됐다는 연락을 받았어요."

"일반 자료 조사부로 가시면 됩니다." 경비원이 대답했다. "315호 사무실 입니다."

"고마워요."

도서관 입구를 지나 거대한 복도로 들어서자, 구두가 바닥에 닿을 때마다 또각또각 소리가 울려 퍼졌다. 저녁 8시가 가까워진 시간, 동굴처럼 음침한 도서관 내부는 황량하기 짝이 없었다. 두 번째 입구 앞에도 경비원이 버티고 서 있었다. 다시 허가증을 보이자 경비원이 손가락으로 계단을 가리켰다. 박사는 깊은 생각에 잠겨서 천천히 대리석 계단을 올라갔다. 이윽고 3층에 도착하자, 그는 315호 출입구를 향해서 복도를 천천히 걸어갔다.

315호 사무실은 일반 사무실과는 비교도 안 될 만큼 거대했다. 족히 두 개 블록은 될 정두로 길고, 열람실 천장은 15미터 높이까지 솟아 있고 로코코 양식의 화려한 격자 벽화가 그려져 있었다. 머리 위로는 우아한 샹들리에가 걸려 있고, 끝도 없이 길게 늘어선 열람실 탁자 위에는 구식 황동 램프가 하나씩 매달려 있었다. 퇴근 시간이 훌쩍 지난 연구원들이 군데군데 탁자에 자리를 잡고 앉아서, 골똘히 책장을 넘기거나 조용히 노트북 자판을 두드리고 있었다. 벽에는 셀 수 없이 많은 책들이 나란히 꽂혀 있어서 연구원들의 모습이 마치 도서관에서 떨어져 나온 먼지처럼 보일 정도였다. 3층에 달하는 도서관과 브라이언트 공원의 초록색 바닥 아래 있는 지하 열람실까지 더하면 총 600만 권이나 되는 책들이 이곳에 소장되어 있었다.

하지만 펠더는 책이나 보려고 여기까지 온 게 아니었다. 도서관에 소장된 책만큼이나 방대한 양의 족보 연구 자료를 확인하기 위해서 온 것이었다.

그는 방 하나를 반으로 나눠 만든 사서 사무실로 걸어갔다. 정성스럽게 조각을 새긴 나무로 만든 사무실은 시내 외곽 지역의 웬만한 저택만큼이나 규모가 컸다. 작은 목소리로 짧은 대화를 주고받은 후, 엄청난 양의 원장과 서류철이 담긴 도서관 카트가 굴러 나왔다. 펠더 박사는 가장 가까운 탁자로 카트를 끌고 갔고, 의자를 빼고 광택이 나는 나무 탁자 위로 방대한 자료를 옮기기 시작했다. 오랜 세월 탓에 종이들이 누렇게 바래 있었지만 상당히 깔끔하게 보관되어 있었다. 다양한 자료들과 기록들에는 딱 하나 공통점이 있었다. 1870년에서 1880년까지의 자료들, 콘스턴스 그린이 스스로 어린 시절을 보낸 지역이라고 주장했던 맨해튼 지역에 국한된 것들이었다.

법원 판결이 내려진 후, 펠더 박사는 그 젊은 여자가 했던 말을 오래도록 곱씹어보았다. 물론 전부 말도 안 되는 소리였다. 현실감이라고는 전혀 없는 미친 사람 입에서 나온 소리가 분명했다. 전형적인 망상 증세였다. 정확히 분류할 수 없는 정신병적인 장애.

하지만 콘스턴스 그린은 전형적인 현실감각이 없는 사람들과는 사뭇 달랐다. 그를 혼란스럽게 만드는, 아니, 뭔가 호기심을 자극하는 부분이 있었다.

"저는 70년 무렵 워터가에서 태어났습니다. 정확히 1870년대죠. 그 사실을 확인하고 싶으시면 센터가에 있는 기록 보관소에서 찾아보세요. 뉴욕 공공도서관도 좋습니다……. 저도 찾아봐서 잘 압니다."

그것이 콘스턴스 그린이 제공한 마지막 단서였다. 어쩌면 이 미스터리를 풀 수 있는 약간의 단서라도 찾을 수 있지 않을까? 이게 잘하는 짓인가? 이 질문에 대한 해답을 제공해줄 수 있는 것은 지금 눈앞에 자료를 세심하게 관찰하는 것뿐이었다. 순간 왜 이런 짓을 하고 있을까 궁금해졌다. 그는 지금까지 맡은 바 임무를 다했다. 사실 그는 현재 맡은 개인 사업을 하는 것만으로도 충분히 바쁜 사람이었다. 하지만 너무 궁금해서 미칠 지경이었다.

한 시간 후, 그는 의자에 기대어 앉아 큰 숨을 내쉬었다. 수많은 노란색 서류들 중에 맨해튼 인구 조사서가 있었고, 당시 워터가 16번지에 거주했던 문제의 가족들의 전입신고 기록도 남아 있었다.

박사는 열람실 탁자 위에 서류를 올리고 자리에서 일어나서 1층에 있는 족보 검색 부서를 향해 계단을 내려갔다. 부동산 기록이나 병무 기록은 전혀 남아 있지 않았고, 1880년도 미국 인구조사 기록에도 이름이 없었다. 하지만 1870년대 미국 인구조사서를 보니, 뉴욕의 퍼트넘 카운티의 거주자 명단에 호러스 그린이라는 이름이 남아 있었다. 몇 년 전의 퍼트넘 카운티 세금 기록을 조사해보면 부가적인 정보를 찾을 수 있을 것이다.

펠더는 천천히 계단으로 올라가서 다시 열람실 탁자에 앉았다. 그리고 미리 준비해 온 마닐라지 서류철을 조심스럽게 열어서 빈약한 자료들을 정리했다. 맨 먼저 공공 기록 사무실에서 구한 자료가 나왔다.

지금까지 정확하게 확인된 것들은 무엇인가?

1870년에 호러스 그린은 뉴욕의 카멜에 거주하던 평범한 농부었다. 아내는 채스터티 그린, 딸이 한 명 있었고, 이름은 메리, 나이는 여덟 살이었다.

1874년, 호러스 그린은 맨해튼 아래, 워터가 16번지에 거주했다. 직업은 부두 일꾼. 이제 세 아이의 아버지가 되어 있었다. 열두 살의 메리, 세 살의 조지프, 한 살짜리 콘스턴스.

1878년 뉴욕 시 보건부가 호러스와 채스터티 그린의 사망 증명서를 발급했다. 둘 다 폐결핵이었다. 이제 아이들 셋만 남았다. 각각 열여섯 살, 일곱 살, 다섯 살이었다. 천애 고아들.

1878년 경찰 기록에 따르면, 메리 그린은 매춘 혐의로 기소된 적이 있었다. 법정 기록에 따르면 메리 그린은 세탁소에서 일하고 재봉사로도 일을 했는데 월급이 너무 적어서 온 가족이 먹고살기에는 충분하지 않았기에 매춘을 했노라는 진술서가 첨부되어 있었다. 사회복지부 기록에 따르면, 물론 연도나 정확한 날짜는 없지만, 메리 그린이 파이브 포인츠 미션에 감금된 것으로 확인되었다. 다른 기록은 없었다. 콘스턴스 그린은 행방불명된 것 같았다.

1880년부터의 또 다른 경찰 기록에 따르면, 캐스터 맥길리커티가 조지프 그린에게 폭행을 당한 기록이 있었다. 소매치기를 하려던 소년을 붙잡았다가 당한 것이었다. 조지프는 10달러 벌금형에 50일 동안 툼스에서 고강도의 노동을 하도록 구형되었고 이후에 감형되었다.

그게 전부였다. 지금까지 조사한 바에 따르면 콘스턴스 그린에 대한 유일한 기록은 1874년 미국 인구조사에서 확인된 것이 마지막이었다.

펠더는 한숨을 쉬면서 서류를 집어넣고 서류철을 덮었다. 너무 우울한 이야기였다. 스스로를 콘스턴스 그린이라고 칭하는 여자가 특정한 가족 이야기를 사칭한 게 분명해 보였다. 이런 정보를 얻은 사람들은 점차 망상이 커지고 결국 착각에 빠지기 일쑤였다. 하필이면 왜 콘스턴스 그린의 가족을 선택한 걸까? 뉴욕 시에는 수천, 아니 수백만이 넘는 셀 수 없이 많은 가족들과 다양한 이야기들이 넘쳐나잖아? 혹시 그 여자의 조상이라도 되는 걸까? 그린 가족에 대한 정보는 그게 마지막인 것 같았다. 1880년대 이후로 그린 가족의 후손으로 추정되는 사람들의 기록은 어디에도 찾을 수 없었다.

그는 다시 한숨을 쉬고 의자에서 일어나 검색대로 가서 1870년대 후반 맨해튼 지역 신문 열람을 요청했다. 그는 무작위로 신문을 넘겨보며 각종 기사, 공고문, 광고를 찬찬히 훑어봤다. 역시나 절망적이었다. 펠더 본인도 무엇을 찾고 있는지 정확히 알 수 없었다. 사실, 왜 이런 짓까지 하고 있는지도 이해가 되지 않았다. 콘스턴스 그린이라는 여자, 그 여자가 처한 현 상황이 그를 이리도 집요하게 만들었단 말인가? 이건 마치…….

1879년 《뉴욕 데일리 인콰이어러》 타블로이드판에서 파이브 포인츠에 대한 기사를 훑어보던 중, 갑자기 그의 손가락이 멈췄다. 신문 안쪽 페이지에 동판으로 새겨 그린 '놀이를 즐기는 부랑자들'이라는 삽화 제목. 삽화 속에는 허름한 공공 주택들이 그려져 있었다. 무척 지저분하고 거칠고 황폐하기 짝이 없는 모습이었다. 땟국물이 질질 흐르는 부랑자들이 길거리에 삼삼오오 모여서 스틱 볼을 하면서 노는 모습이었다. 한쪽 구석에 깡마른 여자아이 하나가 한 손에 빗자루를 들고 그 모습을 구경하고 있었다. 그 아이는 수척해 보일 정도로 말라 있었고 다른 아이들과는 대조적으로 잔뜩 풀이 죽은 표정, 아니 놀란 표정을 짓고 있었다. 펠더를 멈추게 한 것은 바로 그 얼굴 때문이었다. 얼굴선과 형체를 자세히 뜯어보니 콘스턴스의 모습과 똑같이 닮아 있었다.

펠더는 그 판화를 오랫동안 바라보았다. 그리고 천천히 신문을 덮고 진지한 표정으로 깊은 생각에 잠겼다.

60

루이지애나 주, 캘트럽

순식간에 총알 몇 개가 헤이워드의 옆구리를 스치고 지나갔고, 곧이어 산탄총 소리가 들려왔다. 헤이워드는 바닥에 바짝 엎드려서 산탄총에서 발사된 총알들이 등 위로 지나가는 것을 느꼈다. 헤이워드는 데구루루 구르면서 권총을 꺼냈다. 하지만 가짜 의사는 벌써 그곳을 벗어나 하얀 가운을 휘날리면서 주차장을 향해서 뛰어가고 있었다. 또다시 총소리가 들렸고 빈티지 롤스로이스가 주차장을 질주해 들어왔다. 그리고 뿌연 연기를 일으키면서 끼이익 바퀴 긁히는 소리를 냈다. 질주하는 말 위에서 총을 쏘는 카우보이처럼 펜더개스트가 운전석 창문으로 팔을 내밀고 방아쇠를 당기는 모습이 눈에 들어왔다.

롤스로이스의 고무바퀴가 쭉 미끄러지다가 멈추었다. 차가 미처 멈추기도 전에 펜더개스트는 차 문을 열고 내려서 헤이워드 쪽으로 달려왔다.

"괜찮아요!" 헤이워드는 바닥에서 일어나려고 하면서 말했다. "괜찮다고요, 빌어먹을! 놈이 도망치고 있잖아요!"

헤이워드가 말을 꺼내는 순간, 주차장 너머로 형체는 알아볼 수 없지만 자동차에 시동이 걸리는 소리가 들렸다. 자동차는 요란한 소리를 내면서 사라졌고 빨간 후미등을 반짝이며 저만치 멀어졌다.

펜더개스트는 헤이워드를 부축해서 일으켰다. "시간 없어요. 얼른 갑시다."

그는 이중문을 밀치고 병원으로 들어갔고 공포에 질려 있는 사람들을 지나갔다. 안내 데스크 뒤에 앉아 있던 경비원은 전화에 대고 뭐라고 소리를 지르고 있었고, 안내원과 직원 몇 명이 바닥에 엎드려 있었다. 펜더개스트는 또 다른 이중문을 열고 들어가 눈에 보이는 첫 번째 의사를 붙잡았다.

"코드명 323." 펜더개스트가 FBI 배지를 꺼내며 말했다. "살해 시도가 있었어요. 누군가 환자에게 약물을 주입했습니다."

의사는 눈도 깜빡이지 않고 대답했다. "알겠습니다. 어서 가시죠."

세 사람은 다고스타의 병실로 이어진 계단을 뛰어 올라갔다. 곧바로 헤이워드는 난리 법석이 난 광경을 마주했다. 간호사와 의사 무리가 열심히 응급조치를 취하고 있었고 침대 옆에 놓인 기계가 조용히 작동하고 있었다. 불빛이 깜빡거리고 나지막한 경고음이 들렸다. 다고스타는 꼼짝도 않고 침대에 가만히 누워 있었다.

의사가 조용히 병실로 들어갔다. "모두 잘 들어요. 누군가 이 환자를 죽일 목적으로 약물을 주입했어요."

간호사가 고개를 들고 말했다 "어떻게 그런 일이……?"

의사는 손짓으로 말허리를 잘랐다. "문제는 어떤 약물을 주입했기에 이런 증상이 일어났는가 하는 겁니다."

웅성거리는 소리, 맹렬한 토론, 차트와 데이터 기록 점검. 의사는 펜더개스트와 헤이워드를 번갈아 쳐다봤다. "여기 계셔도 별 도움이 안 될 겁니다. 밖에서 기다려주세요."

"여기 있겠어요." 헤이워드가 말했다.

"그건 안 됩니다. 죄송합니다."

헤이워드가 돌아서자 기계에서 삐익 하는 경고음이 들렸고, 심전도 모니터에 선이 급속도로 떨어졌다. "오, 세상에." 그녀는 비명을 질렀다. "제발 여기 있게 해주세요, 제발, 제발……."

병실 문이 닫혔고 펜더개스트는 헤이워드를 데리고 조용히 밖으로 나왔다.

보호자 대기실은 작고 말끔했다. 플라스틱 의자 몇 개와 저녁 풍경이 한눈에 내다보이는 창문 하나뿐이었다. 헤이워드는 창문 앞에 서서 아무것도 보이지 않는 검은 직사각형 너머를 멍하니 바라봤다. 머릿속은 복잡했지만 고장 난 엔진처럼 꼼짝달싹할 수가 없었다. 입술이 바짝 말랐고 손이 덜덜 떨렸다. 뜨거운 눈물방울이 뺨을 타고 내려왔다. 좌절, 누군가를 향한 분노의 눈물.

순간 그녀의 어깨에 펜더개스트의 손길이 느껴졌다. 헤이워드는 손을 치우고 한 발짝 물러섰다.

"반장님?" 작은 목소리가 들려왔다. "다고스타를 목표로 한 살인 미수, 이번에는 당신까지 죽이려고 했다는 거 잘 알고 계시겠죠?"

서늘한 목소리가 뿌연 분노의 안개를 꿰뚫었다. 헤이워드는 고개를 흔들었다. "제발 내 앞에서 꺼져요."

"이번 문제를 경찰답게 생각할 필요가 있습니다. 당신의 도움이 필요해요. 지금 당장 말입니다."

"더는 당신 문제 따위에는 관심 없어요."

"불행히도 이젠 나만의 문제가 아닙니다."

그녀는 어둠 속을 바라보며 침을 꿀꺽 삼켰고 주먹을 꽉 쥐었다. "만약 그이가 죽는다면……."

냉정하지만 매혹적인 목소리가 들려왔다. "그건 우리 힘으로 어찌할 수 있는 일이 아닙니다. 제 말을 들어보세요. 잠시 로라 헤이워드가 아니라 헤이워드 반장이 되어주길 바랍니다. 우리는 아주 중요한 얘기를 나눠야 해요. 당장."

그녀는 가슴 한군데가 먹먹해지는 것을 느끼며 두 눈을 질끈 감았다.

지금은 펜더개스트를 내칠 힘조차 없었다.

펜더개스트가 말했다. "우리는 의사이고 또 살인범인 자와 상대하고 있는 것 같습니다."

헤이워드는 두 눈을 감았다. 이 모든 일에 지쳤고 모든 것, 인생을 살아가는 것조차 버겁다는 생각이 들었다. 만약 빈센트가 죽는다면⋯⋯. 헤이워드는 어떻게든 머릿속에서 그 생각을 밀어내려고 애썼다.

"빈센트의 위치를 비밀로 하기 위해서 아주 특별한 방법을 사용했습니다. 살인범은 분명 환자의 의료 차트, 의약품과 처방전 기록을 검색할 수 있는 특별한 권한을 가진 자로 보입니다. 여기에는 딱 두 가지 가능성이 있습니다. 첫 번째, 그 혹은 그녀가 이 병원 의료진의 하나로 사실상 빈센트를 치료하고 있는 사람 중 하나라는 것입니다. 그건 대단한 우연의 일치이고, 솔직히 그럴 가능성은 매우 희박하다고 봅니다. 엄밀한 심사를 거쳐서 선발한 의료진들이니까요. 또 다른 가능성, 저는 이쪽이 확실하다고 봅니다만, 빈센트의 최근 이식수술에서 사용한 돼지 판막을 추적해서 현재 위치를 파악했다는 겁니다. 그 때문에 가해자는 심장외과 전문의일 가능성이 농후합니다."

헤이워드가 묵묵부답으로 일관하자 펜더개스트가 계속 말을 이어나갔다. "무슨 뜻인지 이해가 되세요? 빈센트를 미끼로 사용했다는 겁니다. 가해자는 의도적으로 빈센트를 치명적인 혼수상태에 빠지게 만들었어요. 우리 두 사람을 병실로 유인하기 위한 방법이었던 거죠. 당연히 우리가 대번에 달려올 거라고 예상했겠죠. 따로 병원에 도착한 덕분에 목숨을 부지할 수 있었던 거고요."

헤이워드는 등을 돌리고 얼굴을 가린 채로 서 있었다. 미끼. 빈센트를 미끼로 사용하다니. 짧은 침묵이 흐른 후, 펜더개스트가 입을 열었다.

"현재로서는 우리가 할 수 있는 일은 아무것도 없습니다. 병원에 오기 전에 한 가지 결정적인 사실을 알아냈어요. 당신이 먼저 떠난 후, 준 브로디의 자살에 대해서 조사했고 흥미로운 우연의 일치가 있다는 것을 발견했습니다. 우리가 조사한 대로 슬레이드가 화재로 사망한 지 정확히 1주일 후에 준 브로디가 자살했어요. 한 달 후, 준의 남편이 이웃들에게 해외여행을 갈 거라고 말하고 떠났고, 다시는 나타나지 않았다디군요. 그 후로 집은 굳게 잠겨 있었고 결국엔 다른 사람한테 팔렸어요. 남편의 행방을 찾아보려고 했지만 쥐도 새도 모르게 사라졌더군요. 해외여행을 간 게 아니라는 증거를 잡은 것만 빼면요."

헤이워드는 망연자실한 상태에도 불구하고 천천히 몸을 돌렸다.

"준은 매력적인 여자였어요. 슬레이드와 장기간 불륜 관계로 지냈을 가능성이 있어요."

마침내 헤이워드가 입을 열었다. "당신 말이 맞는 것 같네요." 그녀는 쏘아붙이듯 말했다. "자살이 아니었어요. 남편이 아내를 죽이고 도망친 거죠."

"우리가 가정한 얘기에는 두 가지 허점이 있어요. 첫 번째가 준의 유서예요."

"남편이 억지로 쓰게 했겠죠."

"아시다시피, 준의 필체에는 전혀 강요당한 흔적이 없어요. 그 대신 다른 게 있죠. 자살하기 얼마 전, 준 브로디는 급성 근위축성 측색경화증 진단을 받았어요. 일종의 루게릭병이에요. 자살하지 않았어도 얼마 살지 못했을 거예요."

헤이워드는 생각에 잠겼다. "그 병 때문에 자살했다고 하기엔 무리가 있어요."

"살인." 그가 중얼거렸다. "자살. 어쩌면, 둘 다일 수도 있고요."

헤이워드는 전형적인 펜더개스트의 의견을 무시했다. "당신이 고용한 사립 탐정 허드슨이 준 브로디의 뒷조사를 하다가 살해당했어요. 모든 가능성을 미루어 볼 때, 그 배후에 누가 있건 간에 준 브로디의 뒤를 캐는 걸 원치 않는다는 뜻이겠죠. 그건 준 브로디가 이번 사건의 중요한 열쇠라는 걸 의미하는 것이고요."

펜더개스트가 고개를 끄덕였다. "맞습니다."

"다른 건 없나요?"

"가족력은 평범합니다. 준 브로디의 가족은 한때 엄청난 부자였어요. 유전을 찾은 후 떼돈을 벌었죠. 하지만 1960년대 들어서 기름이 바닥 난 후로는 힘든 시간을 보냈어요. 준은 척박한 환경에서 성장했고 간신히 전문대에 입학해 간호학을 전공한 후에 졸업했지만 실제로 간호사로 일한 건 몇 년밖에 안 됩니다. 어쩌면 전문 간호사로 일하는 게 성격상 맞지 않았는지도 모르고, 그저 CEO의 개인 비서로 높은 연봉을 받고 싶었던 건지도 모르죠. 어떤 경우든 간에, 준 브로디는 론지튜드 제약 회사에 비서 자리를 얻었고, 평생을 그곳에서 보냈죠. 고등학교 때부터 사귀던 애인과 결혼했지만, 입사 후 찰스 슬레이드를 만나면서 흥미진진한 전환점을 맞은 것 같아요."

"남편은요?"

"전혀 몰랐거나 아니면 그냥 모른 척했겠죠." 펜더개스트는 코트에서 마닐라지 서류철을 꺼내 로라에게 건넸다. "한번 읽어보세요."

그녀는 서류철을 열었고 플라스틱 상자 안에서 누렇게 바랜 신문 조각들과 지도를 꺼냈다.

"이건 뭐죠?"

"준 브로디가 중요한 열쇠라고 말씀하셨죠. 저도 같은 생각입니다. 하지만 더 중요한 열쇠가 여기 있어요. 지형적 특성 말입니다."

"지형적 특성?"

"정확히 말하자면, 블랙 브레이크가 그 열쇠예요." 펜더개스트가 오려낸 신문 조각을 가리키며 고개를 끄덕였다.

헤이워드는 그 기사들을 재빨리 훑어보았다. 대부분 블랙 브레이크에 대한 전설과 미신에 관련된 신문 기사들이었다. 밤마다 신비한 불빛이 보인다거나, 개구리를 잡으러 갔다가 사라져버린 사람 이야기, 늪지대 어딘가에 보물이 묻혀 있다는 이야기, 유령이 출몰한다는 이야기……. 헤이워드도 블랙 브레이크에 대한 수많은 소문들을 들으면서 자랐다. 남부에서 가장 거대한 늪으로 꼽히는 곳이기도 했다.

"생각해보세요." 펜더개스트가 손가락으로 지도를 훑으며 말했다. "블랙 브레이크 늪지대 한쪽에 론지튜드 제약 회사가 있죠. 반대쪽에는 선플라워 마을과 도앤 가족의 집이 있어요. 브로디 가족이 살았던 말포셰 외곽도 블랙 브레이크 늪의 동쪽 끝에 있는 호수 주변의 작은 마을이었고요."

"그래서요?"

펜더개스트는 손가락으로 지도를 톡톡 두들겼다. "여기 블랙 브레이크의 한가운데 스페인 섬이 있어요."

"그게 뭐죠?"

"브로디 가족은 늪 가운데 스페인 섬이라는 사냥 캠프를 소유하고 있었어요. 분명 삼각주에 형성된 섬일 테죠. 높고 단단한 진흙 지대예요. 사냥 캠프 자체는 잔교 위에 크레오소트(타르로 만든 진한 갈색 액체로 목재 보존재로 쓰인다—옮긴이) 철탑으로 지어졌고요. 그러다 1970년에 부도가 났습니다. 캠프는 문을 닫았고 다시는 개장하지 못했어요."

헤이워드가 그를 흘끗 쳐다봤다. "그래서요?"

"이 기사들을 보세요. 전부 늪지대 주변 지역의 신문들이에요. 선플라워, 이타 베나, 말포셰 신문까지. 선플라워 마을의 지역 신문 보관소에서 기사를 검색하면서 스페인 섬에 대한 얘기를 찾았지만, 그때까지는 아무 생각도 없었어요. 그런데 신문 기사를 전체적으로 종합해보면 다소 모호한 부분은 있지만 모든 게 하나에 집중되어 있어요. 블랙 브레이크의 심장부 스페인 섬 말입니다."

"하지만, 그건 단지 전설일 뿐이잖아요. 다채로운 전설들요."

"아니 땐 굴뚝에 연기 나겠어요?"

헤이워드는 파일을 닫고 다시 펜더개스트에게 건넸다. "이건 경찰다운 접근법이 아니에요. 그저 지레짐작일 뿐이죠. 이번 사건의 중심이 스페인 섬이라는 것을 뒷받침할 만한 정확한 사실은 하나도 없는 거잖아요."

펜더개스트의 눈동자에 희미한 빛이 스치고 지나갔다. "5년 전, 어떤 환경 단체가 말포세 늪지대 바닥을 뒤져서 사람들이 불법으로 투기한 쓰레기들을 청소한 적이 있습니다. 늪지대 남쪽 사람들이 오래된 자동차, 냉장고 등 갖다 버릴 수 있는 건 전부 다 던져 넣은 거예요. 그때 진흙 바닥에서 건져 올린 것 중 하나가 바로 자동차였어요. 환경 단체 사람들은 벌금을 물리겠다고 나섰고 자동차 소유주를 찾아내려고 애썼죠. 하지만 절대로 찾을 수 없었어요."

"차 주인이 누구였는데요?"

"칼턴 브로디, 준의 남편 앞으로 등록된 자동차였어요. 남편 이름으로 등록된 마지막 자동차. 결국 마을 사람들은…… 그가 해외로 여행을 간다고 말하고 그 차를 몰고 강에 뛰어든 거라고 추측하게 되었죠."

헤이워드는 인상을 찌푸리며 뭔가 말을 하려다가 다시 입을 닫았다.

"또 다른 문제가 있어요. 오늘 아침부터 계속 마음에 걸렸던 건데, 론지튜드 제약 회사에 갔다가 불타버린 부두를 봤던 거 기억하시죠? 6번 연구동 건물 뒤에 있던 부두?"

"그게 어때서요?"

"론지튜드 제약 회사에 왜 블랙 브레이크 늪지대로 이어진 부두가 있는 걸까요?"

헤이워드는 잠시 생각했다. "예전에 론지튜드 제약 회사에서 사용하던 걸 수도 있겠네요."

"어쩌면요. 하지만 제 생각에는 제약 회사가 설립된 것과 같은 시기에 세워진 부두인 것 같아요. 그래요, 반장님. 그 부두나 모든 사실로 미루어 볼 때, 우리의 다음 목적지는 바로 스페인 섬이에요."

그때 보호자 대기실의 문이 열리고 의사가 들어왔다. 헤이워드가 미처 입을 떼기도 전에 의사가 먼저 입을 열었다.

"곧 의식이 돌아올 겁니다." 그 남자는 기쁨을 주체하지 못하고 이렇게 말했다. "다행히 제시간에 원인을 알아냈어요. 파불론, 아주 강력한 근육 이완제예요. 환자한테 주입한 약물이 바로 파불론이었어요. 약품 저장고에서 소량의 파불론이 사라진 것도 확인했고요."

헤이워드는 갑자기 머리가 띵해졌고 겨우 의자를 붙잡고 몸을 지탱했다. "하느님, 감사합니다."

의사가 펜더개스트를 쳐다봤다. "어떻게 알아내셨는지 모르겠지만 선생님 덕분에 환자의 목숨을 살릴 수 있었습니다."

헤이워드가 FBI 요원의 얼굴을 가만히 쳐다보았다. 처음이었다.

"물론 관할 경찰서에 신고도 했습니다." 의사가 계속 말했다. "곧 병원에 도착할 거예요."

펜더개스트는 양복 춤에 서류철을 집어넣었다. "잘하셨어요. 그런데 우리는 급히 떠나야 할 것 같습니다, 선생님. 아주 급한 일이 있어서요. 여기, 제 명함입니다. 경찰이 도착하면 연락하라고 전해주세요. 환자 주변을 24시간 지키라고 지시하시고요. 또다시 살인을 하려고 시도할 것 같지는 않지만 어떻게 될지 모르니까요."

"알겠습니다, 펜더개스트 씨." 의사는 FBI 글자가 새겨진 명함을 받아 들면서 대답했다.

"더는 지체할 시간이 없습니다." 펜더개스트가 돌아서 문 쪽으로 걸어가면서 말했다.

"그런데 지금 어디로 가는 거죠?" 헤이워드가 물었다.

"당연히 스페인 섬으로 가야죠."

61

페넘브라 저택

그리스 부흥기 건축양식으로 지어진 저택 위로 어둠이 내려앉았다. 무거운 구름 떼가 잔뜩 부풀어 오른 달을 가렸고 이유를 알 수 없는 뜨거운 열기의 장막이 늦겨울 풍경을 뒤덮었다. 늪지에 사는 벌레들도 너무 지쳤는지 더는 울어대지 않았다.

모리스는 저택의 1층 복도를 조용히 걸으면서 방들을 둘러보고 있었다. 창문이 잠겼는지 별문제는 없는지 확인하고 나서야 불을 껐다. 현관에 설치된 자동 잠금장치를 닫고 열쇠까지 잠그고 나서, 다시 문이 닫혔는지 확인한 후에 만족스러운 소리를 내며 계단 쪽으로 걸어갔다.

거실에 전화벨이 울리자 저택의 침묵이 깨졌다.

모리스는 벨 소리를 듣고 화들짝 놀랐다. 그는 시끄럽게 울어대는 전화기 쪽으로 걸어가서 정맥이 튀어나온 울퉁불퉁한 손으로 받침대에 놓인 수화기를 집어 들었다.

"여보세요?" 모리스가 말했다.

"모리스?" 펜더개스트의 목소리였다. 수화기 너머로 배경음악처럼 거센 바람이 몰아치는 소리가 들렸다.

"주인님?" 모리스가 다시 말했다.

"저녁까지 저택에 돌아가지 못할 것 같아서요. 부엌에 잠금장치 확인하는 거 잊지 마요."

"잘 알겠습니다, 주인님."

"내일 저녁쯤에 돌아갈 것 같아요. 혹시 늦게 되면 연락할게요."

"알겠습니다." 모리스는 잠시 멈췄다. "지금 어디신데요?"

"말포셰. 블랙 브레이크 늪지대 근처 작은 마을이에요."

"잘 알겠습니다, 주인님. 안전한 여행 하세요."

"고마워요, 모리스. 내일 봐요."

전화가 끊어졌고 모리스는 수화기를 제자리에 놓았다. 그는 잠시 전화기를 바라보며 생각에 잠겨 있었다. 그러더니 수화기를 들고 다이얼을 돌렸다.

신호음이 몇 번 울리고 나서 남자의 목소리가 들렸다.

"여보세요?" 모리스가 말했다. "저드슨 씨?"

수화기 너머로 응답이 돌아왔다.

"페넘브라 저택의 모리스입니다. 잘 지냅니다. 감사합니다. 그래요. 네, 방금 전화가 왔어요. 블랙 브레이크 근처로 가고 있답니다. 말포셰라는 마을이오. 저드슨 씨가 하도 걱정하시기에 연락드린 거예요. 아니요, 이유는 말씀하지 않으셨어요. 네, 잘 알겠습니다. 천만에요. 안녕히 주무십시오."

모리스는 전화를 끊고 저택 뒤쪽으로 가서 주인의 지시대로 부엌문이 잠겼는지 확인했다. 그리고 마지막으로 한 번 더 저택을 둘러본 후 거실 복도로 돌아와서 2층 계단을 올라갔다.

이제 더는 신경 쓸 일이 없었다.

62

미시시피 주, 말포셰

마이크 벤투라는 '타이니의 낚시용품점 & 바' 앞의 썩어 빠진 부두에 멈추었다. 온통 썩어서 금방이라도 무너질 것 같은 나무 건물에 말뚝을 박아서 고정해놓은 가게로 컨트리음악과 사람들의 함성, 간간이 들리는 시끌벅적한 웃음소리가 물가까지 흘러나오고 있었다.

그는 바닥이 낮은 배스 낚시용 보트를 빈자리에 세우고, 엔진을 끄고 부두로 올라가서 끈으로 고정했다. 자정 무렵의 시간, 타이니의 바는 들썩이고 있었고 부두에는 최고급 배스 낚시용 보트부터 합판을 덧댄 싸구려 보트까지 빈틈없이 들어차 있었다. 그는 말포셰 마을이 억세게 운 나쁜 마을일지도 모른다고 생각했다. 하지만 동네 사람들은 과거 좋았던 한때를 지금까지 기억하고 있을 것이다. 진짜 작업을 시작하기에 앞서, 이빨이 시릴 정도로 차가운 맥주와 잭다니엘 한 잔을 주문하기로 마음먹으면서 입술을 핥았다.

가게 문을 열고 들어서자 타이니 바의 소음과 냄새가 강하게 느껴졌다. 시끄러운 음악 소리, 맥주 냄새, 네온사인, 톱밥과 습한 기운, 말뚝 아래로 찰랑거리는 습지의 축축한 냄새. 미끼를 파는 가게는 왼쪽이었고 바는 오른쪽이었는데 둘 다 헛간을 개조한 곳이었다. 워낙 늦은 시간이라 미끼를 파는 가게의 불은 꺼져 있었다. 큰 지렁이, 가재, 거머리, 나방 유충, 조지아 메뚜기, 물고기 알 덩어리와 쥐까지, 온갖 종류의 살아 있는 미끼가 거대한 냉장고와 튜브에 보관되어 있었다. 이 정도면 타이니 낚시용품점이 유명세를 얻기에 충분했다.

벤투라는 바에 도착하자마자 곧장 바텐더이자 가게 주인인 타이니 쪽으로 향했다. 덩치가 산만 하고 온몸이 지방질인 바텐더가 뒤뚱거리며 다가오더니, 쿠어스 맥주 캔 하나를 쿵 소리 나게 바에 내려놓고 얼음 조각과 함께 잭다니엘 더블 샷을 준비했다.

벤투라는 고맙다는 말 대신 고개를 끄덕이고 잭다니엘 샷을 단숨에 들이켠 다음 쿠어스 캔을 들고 벌컥벌컥 마셨다.

물론 빌어먹을 의사 놈이 술은 절대 금물이라고 경고했다. 하지만 너무 오랜 시간을 늪지대에서 지냈다. 맥주를 한 모금 하고 나니 긴장을 풀어줄 마리화나 생각이 간절해져서 주변을 둘러보았다. 이 동네는 검둥이나 동성애자, 미국 북부 사람들을 거의 마주칠 수 없는 마지막 남은 장소 중에 하나였다. 하나같이 백인들뿐이라 괜한 잔소리를 할 필요도 없었고 암암리에 모든 불법 행위들이 허용되는 곳이기도 했다. 처음부터 그랬고 앞으로도 영원히 그런 곳으로 남기를 바라며, 아멘.

바 뒤쪽 벽면에는 카드 수백 장과, 도끼를 들고 있는 벌목꾼의 사진들, 최근 개최된 낚시 대회와 보트 대회 우승 사진들, 박제한 물고기, 누군가 사인을 해놓은 지폐들, 사이프러스 벌목꾼들과 악어 사냥꾼들의 중심지로 한창 호황을 누렸을 무렵의 말포세 위성사진이 빼곡히 붙어 있었다. 마을 사람들이 쓸 만한 보트와 픽업트럭, 그리고 제대로 된 집 한 채씩 가지고 살던 시절만 해도 나름대로 살 만했다. 정부 놈들이 늪지대의 절반을 자연보호 구역으로 지정하기 전까지는 말이다.

빌어먹을 자연보호 구역.

벤투라는 맥주 캔을 비웠고 다시 주문을 하기도 전에 또 다른 맥주 캔과 잭다니엘 싱글 샷이 따라왔다. 타이니는 벤투라를 너무 잘 알았다. 하지만 벤투라는 술 대신 눈앞에 닥친 시급한 용무를 떠올렸다. 그는 최대한 이번 일을 즐길 테고 돈도 짭짤하게 벌 것이다. 동시에 이번 일을 계기로 손을 깨끗이 씻어야 할 터였다. 그는 벽에 붙어 있는 환경 운동 반대 문구들을 하나씩 살펴보았다. '시에라 클럽 지옥에 가라.', '야생 보호 단체와 환경 운동가들을 악어 먹이로 만들자.' 같은 것들이었다. 분명히 괜찮은 계획이었다.

그는 바에 기대서 주인을 향해 손짓을 했다. "타이니, 중요하게 발표할 게 있는데, 잠깐 음악 좀 꺼도 되겠나?"

"물론이지, 마이크." 타이니는 음향 기계로 걸어가서 소리를 줄였다. 순식간에 술집이 조용해졌고, 모든 사람들의 시선이 바 쪽으로 집중되었다.

벤투라는 미끄러지듯이 의자에서 내려와 느릿느릿 바의 중앙으로 걸어갔다. 낡아 빠진 오래된 마룻바닥 위로 카우보이 부츠가 쿵쿵거리며 울렸다.

"헤이, 마이크!" 누군가 소리를 질렀고 취객들의 박수 소리와 휘파람 소리가 이어졌다. 벤투라도 목소리의 주인공이 누군지 보지 못했다. 그는 동네에서 잘 알려진 저명인사로, 전직 지방 보안관이자 재력가였지만 절대로 거만하게 굴지 않았다. 한편으로 그는 비윤리적인 사람이나 시골 노동자들과는 좀처럼 말을 섞지 않았으며 나름대로 자부심을 지키려고 노력했다. 다들 그런 점을 존경해 마지않았다.

그는 엄지손가락을 벨트에 꽂고 천천히 주위를 둘러봤다. 모두 그의 말을 기다리고 있었다. 마이크 벤투라가 사람들 앞에 나서는 건 흔치 않은 일이었다. 시끄럽던 술집이 이렇게까지 조용해질 수 있다니, 정말 놀라운 일이었다. 마이크는 그것만으로도 충분히 만족했다. 지금까지 살아온 자신의 인생이 뭔가 존중받고 성공의 경지에 이른 것 같은 기분이랄까.

"우리 마을에 문제가 생겼습니다." 벤투라가 말했다. 그리고 몇 초 동안 공백을 두고 자신의 이야기를 곱씹을 여지를 준 다음, 다시 말을 이었다. "바로 두 명이 화근입니다. 환경 운동가들. 비밀리에 우리 블랙 브레이크 늪지대의 마지막을 살펴보러 올 겁니다. 블랙 브레이크의 남은 부분까지 자연보호 구역으로 확장할 작정이겠죠. 게다가 레이크 엔드까지 자연보호 구역으로 만들 생각인 겁니다."

그는 마을 사람들을 노려보았다. 웅성거림, 씩씩 소리, 불만에 가득 찬 외침도 간간이 들려왔다. "레이크 엔드?" 누군가가 소리쳤다. "절대 안 될 말이야!"

"맞아요. 앞으로 배스 낚시도 금지될 겁니다. 사냥은 물론이고요. 아무것도. 멍청한 야생 협회 놈들이 카약이나 타고 새들이나 구경하는 자연보호 구역으로 전락하게 되는 거죠." 그는 단어들을 내뱉었다.

우 하는 야유와 커다란 고함이 들려왔다. 벤투라는 조용히 하라는 뜻으로 손을 들었다. "처음에는 벌목을 금지했습니다. 그다음에는 블랙 브레이크의 절반을 빼앗아 갔죠. 이제는 남은 절반과 호수까지 빼앗아 가려고 하는 겁니다. 그럼 우리에게는 아무것도 남지 않아요. 저번에, 그들의 사탕발림에 넘어갔을 때 어땠는지 기억하시죠? 우린 공판장까지 쫓아갔고 항의도 하고 탄원서도 올렸어요. 다들 기억하시죠? 그 결과가 어땠는지?"

다시 불만 섞인 시끄러운 함성이 들려왔다.

"맞아요. 놈들은 우리를 가지고 놀았어요. 다들 아시죠!"

함성이 울리며 다들 의자에서 벌떡 일어났다. 벤투라가 다시 손을 들었다. "자, 잘 들으십시오. 놈들이 내일 마을에 찾아올 겁니다. 정확히는 모르지만 아마 일찍 나타나겠죠. 키 크고 검은 양복을 입은 마른 놈과 여자 하나. 우리 늪지대를 정찰하기 위해서 오는 겁니다."

"정찰?" 누군가 그의 말을 따라 했다.

"어떤 곳인지 살펴보겠다는 거죠. 자기들이 무슨 과학자나 되는 것처럼 말입니다. 둘만 올 거예요. 하지만 비밀리에 찾아올 거고, 그 비겁한 자식들은 절대로 속내를 드러내지 않을 겁니다."

이번에는 무시무시한 침묵이 흘렀다.

"그렇습니다. 여러분은 어떻게 생각할지 모르지만, 저는 이제 탄원서 쓰는 것도 포기했어요. 앞으로 공판장에도 안 갈 겁니다. 이제 북부 시골뜨기들이 내 물고기와 목재, 그리고 땅을 가지고 어떤 사탕발림을 해도 넘어가지 않을 거예요."

순간 함성이 점점 커졌다. 그들은 벤투라의 행동 하나하나를 볼 수 있었다. 그는 뒷주머니에 손을 집어넣고 두꺼운 돈다발을 꺼내서 눈앞에 대고 흔들었다. "그렇다고 맨입으로 일을 하라는 건 아닙니다." 그는 기름이 줄줄 흐르는 식탁 위에 돈다발을 내려놓았다. "이건 착수금이에요. 일이 잘 해결되면 더 드릴 겁니다. 다들 잘 아시죠? 일단 늪에 가라앉은 것은 절대로 떠오르지 않는다. 여러분 모두가 합심해서 두 골칫덩어리를 해결해주시면 좋겠습니다. 다른 사람이 아닌, 우리 스스로를 위해서 노력해야 해요. 여러분이 나서지 않는다면, 누구도 대신해주지 않을 겁니다. 그렇게 되면 결국 말포셰 마을에는 아무것도 남지 않게 될 테고, 그럼 결국 우리도 이 마을을 떠나야 할 겁니다. 총을 팔고 집도 버리고, 자동차를 끌고 보스턴이나 샌프란시스코로 가서 더러운 동성애자들과 함께 살아가야 하는 거죠. 여러분이 원하는 게 그런 겁니까?"

불평 섞인 고함이 들렸고 많은 사람들이 웅성거리기 시작했다. 하나둘 테이블이 바닥에 쓰러졌다.

"다 함께 그 환경 운동가 나부랭이를 맞을 준비를 해야 합니다. 잘 아시겠죠? 여러분이 직접 쓴맛을 보여줘야 해요. 제대로 손을 봐주자고요. 일단 늪에 가라앉은 것은 절대로 떠오르지 않는다." 그는 눈을 부릅뜨고 주변을 둘러보았고 손을 들고 공손히 머리를 숙였다. "감사합니다, 여러분. 좋은 밤 보내세요."

벤투라의 예상대로 술집 안에 뜨거운 분노가 들끓었다. 그는 마을 사람들의 분노를 등지고 문을 쾅 닫고 나와서 습기 가득한 부둣가로 걸어갔다. 술집 내부의 시끌벅적한 소리가 문밖으로 새어 나왔다. 잔뜩 화난 목소리와 욕설, 다시 시작된 음악 소리. 벤투라는 두 사람이 도착할 즈음이면 술에서 깬 몇몇 사람들이 골칫덩어리를 처리하리라는 것을 잘 알고 있었다. 타이니가 알아서 잘 처리할 것이다.

그는 핸드폰을 열고 버튼을 눌렀다. "저드슨? 방금 우리 골칫덩어리들을 말끔히 해결했어."

63

　헤이워드는 밝은 햇살 아래로 걸음을 옮겨 모텔 발코니로 나갔다. 펜더개스트가 앞마당에 세워진 롤스로이스 트렁크에 옷가방을 싣고 있는 모습이 보였다. 3월 초의 날씨치고는 이상하리만치 더웠다. 태양이 뜨거운 등불처럼 헤이워드의 목 뒤를 달구자, 북부에서 오래 지내서 피부가 약해졌나 싶은 생각이 들 정도였다. 그녀는 작은 여행용 가방을 끌고 콘크리트 계단을 내려갔고 트렁크 안 펜더개스트의 가방 옆에 집어넣었다.

　롤스로이스 내부에는 서늘하고 신선한 기운이 감돌았고 크림색 가죽 시트에는 냉기가 돌았다. 불과 16킬로미터 앞에 말포셰 마을이 있었지만, 그 죽어가는 동네에는 모텔 하나도 없었다. 그나마 여기가 가장 가까운 모텔이었다.

　"블랙 브레이크 늪지대에 대해서 조사를 좀 했어요." 펜더개스트는 이렇게 말하면서 좁은 고속도로로 진입했다. "남부에서 가장 규모가 크고, 야생 그대로 보존되어 있는 곳입니다. 800만 5000평 규모로 블랙 브레이크 호수 동쪽엔 유명한 레이크 엔드가 있어요. 서쪽으로는 지류와 수로가 교차하는 곳이 있고요."

　헤이워드는 펜더개스트의 얘기에 집중하기가 힘들었다. 그녀는 반드시 알아야 하는 것 이상으로 블랙 브레이크 늪지대에 대해 잘 알고 있었고, 지난 저녁 느꼈던 공포감도 아직까지 마음 한구석에 남아 있었다.

"우리 목적지 말포셰 마을은 작은 반도 지역 동쪽에 위치하고 있어요. 말포셰는 프랑스어로 '나쁜 갈래'라는 뜻으로, 마을 근처로 지류가 흐르게 된 이후로 그 이름이 붙었다고 합니다. 좀처럼 움직일 기세 없이 계속 고여 있는 강물이 초창기 프랑스 정착민들의 눈에는 물의 입구처럼 보였나 봅니다. 블랙 브레이크 늪지대에는 한때 나라에서 가장 커다란 사이프러스 숲이 있었습니다. 1975년 이전에는 65퍼센트가 사이프러스 숲이었고, 늪지대 서쪽 절반이 야생동물 보호 구역으로 지정된 후로는 자연보호 구역 안에 모터가 달린 보트는 들어갈 수가 없게 되었습니다."

"이런 정보는 어디서 알아낸 거죠?" 헤이워드가 물었다.

"최악의 모텔에도 와이파이가 터진다는 기가 막힌 사실을 알아냈죠."

"그렇군요." 저 사람은 잠도 없나?

"말포셰는 사양길로 접어든 마을입니다." 그는 계속 말을 이어나갔다. "벌목 산업이 중단되면서 경제적인 어려움에 봉착했고, 야생 보호 구역으로 지정되는 통에 사냥과 낚시 산업이 황폐화되었어요. 마을 사람들은 겨우 입에 풀칠만 하면서 살아가고 있습니다."

"그럼 롤스로이스를 타고 가는 건 별로 좋은 생각이 아닌 것 같은데요. 마을 사람들하고 이야기를 나눌 생각이라면요."

"오히려 그 반대죠." 펜더개스트가 중얼거렸다.

교차로에는 표지판이 없어서 마을 쪽으로 가는 방향을 확인하기 위해서 잠시 차를 멈춰야 했다. 얼마 지나지 않아, 두 사람은 지붕이 푹 꺼져서 허물어져 가는 목재 저택들과 구식 자동차들, 그리고 온갖 폐품이 잔뜩 쌓인 뜰을 지나갔다. 하얀색 페인트를 칠한 교회와 오두막을 지나서, 금방이라도 무너져 내릴 것 같은 도로로 접어들었다. 호수의 강둑에는 햇빛을 흠뻑 머금은 잡초가 우거져 있었고 강둑을 따라서 긴 도로

가 나 있었다. 사실상 모든 상점은 문을 닫은 상태였다. 파리똥이 묻은 유리창은 종이나 하얀색 천으로 덮여 있었고, 먼지 쌓인 임대 간판이 사방에 걸려 있었다.

"펜더개스트." 헤이워드가 불현듯 말했다. "한 가지 이해 안 되는 게 있어요."

"뭔데요?"

"정말 미친 짓 아닌가요? 제 말은, 빈센트를 죽이고 나까지 쏘려고 하다니요. 블랙레터를 죽이고 블라스트를 죽인 자가 누군지는 하느님만이 아시겠죠. 저는 오랫동안 경찰 일을 해왔고 이쪽으로는 전문가예요. 아주 잘 알고 있다고요. 손 안 대고 코를 푸는 방법. 경찰을 죽이려고 덤비다니 그건 괜히 사람들 관심을 끄는 결과밖에 안 될 텐데요."

"맞아요." 펜더개스트가 말했다. "지극히 극단적인 행동이죠. 그 사자를 아프리카까지 데려왔던 것과 유사한 경우예요. 엄청난 수고를 감수해야 하는 일이죠. 게다가 상당히 도발적이기도 하고. 그렇죠?"

그는 부둣가 근처 작은 주차장에 차를 세웠다. 두 사람은 강렬한 햇빛 속으로 걸어 나와서 주위를 둘러봤다. 지저분한 옷을 입은 남자들이 보트 정박소에서 잡담을 나누고 있었다. 그들은 약속이라도 한 듯 두 사람을 쳐다보더니 곧바로 적대적인 시선으로 노려봤다. 헤이워드는 롤스로이스 자동차를 끌고 온 게 적개심을 불러일으킨 원인이 아닌가 싶은 생각이 들었다. 부득불 고급 차를 끌고 조사를 하겠다고 나선 펜더개스트의 고집스러움에 다시 한 번 의구심이 들었다. 그렇다고 차 두 대를 끌고 오는 건 더욱 말이 되지 않아서, 로라는 렌트한 자동차를 병원에 세우고 그를 따라나섰다.

펜더개스트는 검은 양복의 단추를 채우며 주위를 둘러봤고 여전히 침착한 모습이었다. "정박소로 가서 저 신사분들과 이야기를 좀 나눠볼까요?"

헤이워드는 어깨를 으쓱했다. "별로 수다스러워 보이지 않는데요."

"수다스럽다? 아니, 그래도 시도는 해봐야겠죠." 펜더개스트는 도로를 따라 걸어갔고 훤칠한 체격으로 날쌔게 움직였다. 남자들은 눈을 가느다랗게 뜨고 두 사람이 다가오는 모습을 지켜보았다.

"안녕하십니까, 신사분들." 펜더개스트가 뉴올리언스 상류층 특유의 상냥한 억양으로 인사를 건네면서 살짝 고개를 숙였다.

침묵. 헤이워드의 불안감이 커졌다. 필요한 정보를 얻기에는 최악의 상황이었다. 적개심이 너무 커서 커다란 칼로 뚫어야 할 정도였다.

"동네 구경을 하러 왔습니다. 저희는 들새를 연구하거든요."

"들새를 연구한다?" 남자가 말했다. 그는 고개를 돌리고 사람들에게 말했다. "들새를 연구하러 오셨대."

남자들 한 무리가 웃음을 터뜨렸다.

헤이워드는 움찔했다. 이번 작전은 실패로 끝날 게 분명했다. 헤이워드는 눈동자를 좌우로 굴리며 주변 움직임을 포착했다. 남자들 한 무리가 부둣가 근처 크레오소트 말뚝 위의 헛간 같은 건물에서 조용히 걸어 나왔다. 손 글씨로 흘려 쓴 간판에는 '타이니의 낚시용품점 & 바'라고 적혀 있었다.

마지막으로 엄청나게 뚱뚱한 남자가 걸어 나왔다. 총알 모양의 머리를 빡빡 밀고 거대한 뱃살을 덮는 민소매 티셔츠를 입었다. 두 팔은 훈제 햄처럼 축 늘어져 있었는데, 태양에 그을린 탓에 햄과 구분할 수 없을 정도로 똑같은 구릿빛이었다. 그는 한 무리의 군중을 헤치고 부둣가로 내려오고 있었다. 동네에서 우두머리 격인 것처럼 보이는 그 남자는 펜더개스트 앞으로 다가와서야 걸음을 멈췄다.

"인사를 나누고 싶은데 성함이 어떻게 되시나요?" 펜더개스트가 물었다.

"타이니." 그는 단춧구멍만 한 눈으로 두 사람을 위아래로 훑어보며 말했다. 심지어 악수를 청하지도 않았다.

'타이니, 퍽도 잘 어울리네.' 헤이워드는 생각했다.

"제 이름은 펜더개스트, 이쪽은 제 동료 헤이워드입니다. 타이니 씨, 여기 신사 여러분에게 새를 보고 싶다고 말하던 참이었습니다. 저희 연구 목록에 넣을 희귀종 보톨프 붉은배 피셔를 찾고 있습니다. 늪지대 깊숙한 곳에 가면 그 새를 찾을 수 있을 것 같은데요."

"그래요?"

"그래서 늪지대를 잘 아는 분과 잠시 이야기를 나누고 싶습니다. 저희한테 조언을 해주실 분이 계시다면요."

타이니는 앞으로 한 발짝 걸어와서 상체를 구부리고 펜디개스트의 발 근처에 담배 연기를 머금은 침을 뱉었다. 너무 가까운 거리라서 펜더개스트의 구두 앞코까지 침이 튀었다.

"이런. 제 구두가 더러워졌네요." 펜더개스트가 말했다.

헤이워드는 쥐구멍에라도 숨고 싶은 기분이었다. 어떤 바보라도 그들이 처절하게 패배했다는 것을 알 정도였다. 이런 상황에서는 쓸 만한 정보를 얻기란 불가능했다. 앞으로 어떤 식으로 마을 사람들과 대치하게 될지도 예상하기 힘들었다.

"저쪽을 봐요." 타이니가 느릿느릿하게 말했다.

"혹시 저희를 도와주실 생각은 없나요?"

"아니." 곧바로 대답이 들렸다. 타이니는 몸을 굽히고 입가에 주름을 잡더니 다시 담배 연기를 뿜으며 더러운 침을 뱉었고 이번에는 정확히 펜더개스트의 발등에 떨어졌다.

"일부러 그런 게 아니라고 생각하고 싶습니다." 펜더개스트는 목소리를 높였다. 헛된 저항이라도 하려는 것처럼 목소리가 갈라져 있었다.

"일부러 뱉은 거요."

"흠." 펜더개스트는 헤이워드를 보며 말했다. "저희가 별로 환영을 받지 못하는 것 같군요. 아무래도 다른 데로 가서 도움을 구해야겠어요." 펜더개스트는 롤스로이스가 세워진 길가로 허둥지둥 달려갔고, 헤이워드는 소스라치게 놀라서 부리나케 그의 뒤를 따라서 달려갔다. 두 사람 등 뒤로 시끌벅적한 웃음소리가 퍼졌다.

"이렇게 도망치는 거예요?" 헤이워드가 물었다.

펜더개스트는 자동차 앞에서 멈췄다. 누군가 자동차 지붕에 페인트로 메시지를 남겨놓았다. '제수 없는 환경 보호자 나부랭이들'. 그는 알 수 없는 미소를 지으며 자동차에 올라탔다.

헤이워드는 조수석 문을 열었지만 차에 타지는 않았다. "대체 뭐 하는 거예요? 아직 필요한 정보는 하나도 얻지 못했잖아요!"

"그 반대예요. 예상외로 대단한 달변가더군요."

"당신 차에 낙서를 하고 구두에 침까지 뱉었잖아요!"

"타요." 펜더개스트는 단호하게 말했다.

헤이워드는 차에 올라탔다. 펜더개스트는 시동을 걸었고 뿌연 먼지바람을 일으키며 출발해 최대한 빨리 마을을 벗어났다.

"이게 끝이에요? 이렇게 도망치고 말 거예요?"

"친애하는 헤이워드 반장님, 제가 도망이나 칠 사람으로 보입니까?"

헤이워드는 입을 다물었다. 잠시 후 롤스로이스는 속도를 줄였고 방금 전 지나쳤던 교회 쪽으로 향했다. 헤이워드는 내심 놀랐다. 펜더개스트는 교회 옆에 있는 집 앞에 차를 세우고 밖으로 나왔다. 그리고 풀밭에 구두를 쓱쓱 닦고 나서 미끄러지듯 현관으로 걸어가서 초인종을 눌렀다. 한 남자가 문을 열고 나왔다. 매우 키가 크고 깡마른 체격에 굵직한 이목구비, 콧수염은 없지만 하얀 턱수염이 눈에 띄었다. 그 모습을 보니 에이브러햄 링컨이 떠올랐다.

"그레그 목사님?" 펜더개스트가 그의 손을 잡으면서 말했다. "저는 알로이시어스 펜더개스트입니다. 파리 남부 침례교 목사예요. 같은 목사를 만나니 너무 반갑네요!" 그는 어리둥절한 표정의 목사의 손을 잡고 힘차게 흔들었다. "이쪽은 여동생 로라입니다. 잠시 이야기 좀 나눌 수 있을까요?"

"그야 물론이죠." 그레그는 놀란 마음을 차분히 진정시키며 말했다.

"들어오십시오."

그들은 작은 집의 서늘한 내부로 들어갔다.

"이리 앉으시죠." 그레그는 아직까지도 얼떨떨해 보였다. 반면 펜더개스트는 최대한 편한 자세로 안락한 의자에 다리까지 꼬고 앉았다. 제 집처럼 편한 모습이었다.

"저희는 목회 일 때문에 찾아온 게 아닙니다." 그는 양복 주머니에서 노트와 펜을 꺼내면서 말했다. "하지만 목사님의 목회 활동과 봉사에 대한 명성은 익히 들은 비 있어요. 그래서 여기로 찾아온 겁니다."

"그러시군요." 전혀 알아듣지 못하는 표정이었지만 그레그 목사가 맞장구를 쳐주었다.

"목사님, 저는 목회 활동이 끝나고 남는 시간에 취미 생활을 즐깁니다. 아마추어 역사가로 신화나 전설을 수집하고 있죠. 이제는 잊힌 남부 지역 역사의 구석구석을 털어내고 있어요. 사실 책 한 권을 집필하고 있거든요. 《남부 늪지대의 신화와 전설》이라는 책입니다. 그래서 이 동네로 찾아오게 된 거고요." 펜더개스트는 의기양양한 목소리로 마지막 문장을 내뱉고 자리에 기대어 앉았다.

"정말 흥미로운 일이군요." 그레그가 대답했다.

"어디로 여행을 가든 항상 그 지역 목사님부터 찾아뵙습니다. 목사님들은 저를 절대로 실망시키지 않거든요. 한 번도 그런 적이 없었죠."

"그거 다행이군요."

"지역 목사님들은 마을 사람들을 훤히 꿰고 계시니까요. 전설도 물론 잘 아시고. 하지만 하느님의 일꾼들은 절대 미신을 신봉하지 않아요. 그 따위 미신에 흔들리지 않으니까요. 그렇죠, 목사님?"

"물론 이런저런 이야기를 전해 듣는 건 사실이죠. 하지만 그게 끝입니다, 펜더개스트 목사님. 전설일 뿐이죠. 사실 그런 쪽에는 별로 관심도 없습니다."

"맞습니다. 여기 블랙 브레이크 늪지대가 남부에서 가장 규모가 크고 전설도 많다던데, 그쪽에 대해서 잘 알고 계세요?"

"당연하죠."

"스페인 섬에 대해서 들어보셨습니까?"

"물론이죠. 사실은 섬이 아니라, 한 번도 벌목한 적 없는 사이프러스 나무들이 늘어선 갯벌에 가까운 곳이에요. 블랙 브레이크 늪지대 한가운데에 있는 처녀림입니다. 한 번도 가본 적은 없어요."

펜더개스트는 그 내용을 휘갈겨 쓰기 시작했다. "사람들 말로는 예전에 낚시와 사냥 캠프가 있었다던데요."

"그렇습니다. 브로디 가문의 소유였는데 30년 전에 문을 닫았어요. 부근의 흙이 썩어서 늪지대 속으로 사라진 것 같습니다. 보통 폐허가 된 건물들이 그렇게 유야무야 사라져버리니까요."

"스페인 섬에 얽힌 전설도 있나요?"

목사는 미소를 지었다. "그럼요. 흔한 유령들 얘기도 있고 불법 점유자들이나 마약 밀수범들이 근처에 숨어서 살았다는 소문들도 많았죠."

"유령 이야기요?"

"마을 사람들은 늪지대 중심부에 있는 스페인 섬에 대해서 온갖 소문들을 퍼트리곤 한답니다. 한밤에 이상한 불빛이 보인다거나, 이상한 소리가 들린다거나. 몇 년 전에는 개구리를 잡으러 갔던 자가 늪지대 근처에서 사라졌어요. 그리고 스페인 섬 부근 지류에서 수상선 한 척이 떠다니는 것도 발견했고요. 저는 그 사람이 술에 취해서 호수에 빠진 거라고 생각하지만, 마을 사람들은 그가 살해되었거나 블랙 브레이크 늪지대 때문에 미쳤다고들 합니다."

"미쳤다고요?"

"늪지대에서 너무 오랜 시간을 보내면, 늪의 기운에 사로잡혀 결국 미치게 된다고 하더군요. 그냥 마을 사람들끼리 하는 얘기죠. 저는 믿지 않지만요. 블랙 브레이크는 그저 무서운 곳이라고 생각할 따름이에요. 까딱하면 길을 잃기 십상이거든요."

펜더개스트는 흥미로운 표현을 전부 받아 적었다. "이상한 불빛이 보인다니, 그건 무슨 얘기죠?"

"가끔 밤에 개구리를 잡으러 나갔던 사람들이 늪지대 근처에서 이상한 불빛을 봤다고 떠들어대곤 합니다. 제 생각엔 서로의 손전등 불빛을 본 것 같은데 말이죠. 개구리를 잡으려면 손전등이 필요할 거 아닙니까? 그냥 자연적인 현상일 수도 있죠. 늪지대에서 뿜어져 나오는 가스가 빛을 뿜어낸다거나, 뭐 그런 거요."

"훌륭한 추론이십니다." 펜더개스트가 잠시 휘갈겨 쓰던 메모를 멈추고 맞장구를 쳤다. "정확히 제가 찾던 이야기군요. 또 다른 건 없나요?"

잔뜩 신이 난 그레그가 계속 말을 이어나갔다. "근처에 거대한 악어가 산다는 말도 있습니다. 남부 늪지대 부근에는 그와 비슷한 전설이 많이들 전해져 내려오죠. 물론 목사님도 한 번쯤 들어보셨을 겁니다. 가끔은 그런 이야기들이 사실로 판명되기도 하죠. 실제로 몇 년 전, 콘로 호수에서 7미터 길이의 악어를 총으로 쏴서 잡은 적이 있습니다. 당시 그 악어는 꽤 몸집이 큰 사슴을 먹고 있는 중이었답니다."

"놀라운 일이군요." 펜더개스트가 말했다. "만약 스페인 섬을 방문하고 싶어지면 어떻게 가야 할까요?"

"예전 지도에 섬의 위치가 표시되어 있어요. 사실상 지도가 문제가 아니라, 스페인 섬에 가면 미로 같은 수로와 흙 언덕이 사방에 늘어서 있다는 게 문제예요. 사이프러스 나무들도 도둑처럼 깊숙한 곳 여기저기 자라 있고요. 물이 낮을 때는 허리까지 자란 양치식물이나 덤불들 때문에 도저히 지나갈 수도 없을 겁니다. 그쪽으로는 스페인 섬으로 들어갈 수가 없어요. 솔직히, 수년간 스페인 섬을 찾아간 사람은 하나도 없을 겁니다. 아주 깊숙한 곳에 있는 데다 낚시와 사냥도 금지되어 있고, 섬에 들어가고 나오는 게 엄청나게 힘이 들거든요. 스페인 섬에 가신다면 진심으로 말리고 싶을 정도예요."

펜더개스트는 노트를 덮고 자리에서 일어났다. "정말 감사합니다, 목

사님. 아주 큰 도움이 되었어요. 혹시 나중에 궁금한 게 생기면 연락을
드려도 될까요?"

"물론이죠."

"감사합니다. 명함을 드렸으면 좋겠지만 마침 다 떨어져서요. 여기
제 연락처입니다. 혹시 연락할 일이 생기면 전화 주세요. 책이 출간되
는 대로 한 권 보내드리겠습니다."

롤스로이스로 돌아오며 헤이워드가 물었다. "이젠 어떻게 할 거죠?"

"말포셰에 있는 친구들에게 돌아갑시다. 아직 마무리하지 못한 일이
남아 있잖아요."

64

그들은 아까와 똑같은 주차장에 도착했고 아까와 똑같이 먼지가 낀 곳에 차를 세웠다. 조금 전에 봤던 남자들이 아직 부둣가 아래에 있었다. 모두 다시 등을 돌리고 두 사람을 쏘아보았다. 두 사람이 차에서 내렸을 때 펜더개스트가 중얼거렸다. "이번에도 제가 알아서 할 테니까 그냥 지켜봐주세요, 반장님."

헤이워드는 다소 실망한 표정으로 고개를 끄덕였다. 내심 전형적인 남부 백인 남자들 중 하나가 살짝 선을 넘어주기를 바랐기 때문이다. 그럼 곧장 뜨거운 맛을 보여주고 쇠고랑을 채울 수 있을 게 아닌가.

"신사 여러분!" 펜더개스트는 동네 사람들을 향해 걸어가면서 유쾌하게 말했다. "저희가 돌아왔습니다."

헤이워드는 다시 얼굴이 후끈 달아올랐다.

타이니라는 뚱뚱한 남자가 앞으로 나오더니 팔짱을 끼고 버텼다.

"타이니 씨, 에어보트 한 척을 빌려서 늪지대를 탐험하고 싶은데, 혹시 가능한가요?"

놀랍게도 타이니라는 자가 환하게 미소를 지었다. 나머지 사람들이 서로 눈빛을 주고받았다.

"물론이죠. 에어보트를 빌려드리리다." 타이니가 말했다.

"잘됐네요! 길을 안내해줄 사람은요?"

다시 사람들끼리 시선이 오고 갔다. "안내자는 없소." 타이니가 느릿느릿하게 말했다. "하지만 지도를 얻을 수 있는 곳을 알려드리죠. 우리 가게에서 지도를 팔거든요."

"저희는 스페인 섬에 가보고 싶습니다."

긴 침묵. "안 될 거 없죠." 타이니가 말했다. "저쪽으로 돌아서 개인 부두로 가면 배가 기다리고 있을 거요. 곧바로 떠날 준비를 하죠."

두 사람은 거구의 남자를 따라서 건물 뒤편 반대쪽에 있는 개인 부두로 갔다. 금방이라도 부서질 것처럼 낡은 배 여섯 척과 배스 낚시용 에어보트 한 대가 정박되어 있었다. 펜더개스트는 입술을 꼭 다물고 배들을 둘러본 다음, 그중에서 가장 새것처럼 보이는 에어보트를 골랐다.

30분 후, 그들은 펜더개스트가 빌린 최대 승선 인원 열네 명짜리 에어보트를 타고 레이크 엔드 쪽으로 뱃머리를 향했다. 탁 트인 호수가 나오자 펜더개스트는 속도를 높였고, 프로펠러 돌아가는 소리를 내면서 날렵한 에어보트가 미끄러지듯이 물 위로 나아갔다. 말포셰 마을의 허름한 부두와 낡고 허물어져 가는 건물들이 호수 표면에 걸린 희뿌연 안개 속으로 천천히 자취를 감추었다. 시커먼 양복에 눈부시게 하얀 셔츠를 갖춰 입은 FBI 요원이 조종간을 잡았다. 정말이지 어울리지 않는 모습이었다.

"이번엔 잘 넘어갔네요." 헤이워드가 말했다.

"그러게요." 펜더개스트가 호수 표면을 흘끗 살펴보면서 말했다. 그리고 헤이워드를 쳐다봤다. "반장님, 마을 사람들이 우리가 올 거라는 걸 미리 알고 있었다는 거 눈치채셨나요?"

"무엇 때문에 그렇게 생각하시죠?"

"물론 롤스로이스를 끌고 나타난 사람한테 어느 정도 적개심을 보일 거라는 건 충분히 예상할 수 있는 일이죠. 하지만 이렇게 눈에 보일 정도로 적개심을 드러내고 즉각적인 반응을 보인다는 건, 누군가 우리가 나타나기를 기다렸다는 걸로 해석할 수 있습니다. 게다가 자동차에 낙서까지 해놓은 걸 보면 우리를 환경보호 단체에서 나온 사람들이라고 생각하는 것 같습니다."

"들새를 연구하는 사람이라고 했잖아요."

"여기엔 들새를 연구하는 사람들이 자주 드나드니까요. 아니요, 반장님. 저 사람들은 우리를 환경보호 단체 관료이거나 정부에서 파견한 과학자라고 생각할 겁니다. 그걸 숨기려고 들새 연구자라고 속인 걸로 아는 거죠."

"우리 신원을 잘못 알고 있다?"

"그럴 가능성이 높아요."

에어보트는 호수의 갈색 물살을 헤치고 계속 나아갔다. 마침내 말포셰 마을이 시야에서 완전히 사라지자 펜더개스트는 뱃머리를 90도 각도로 돌렸다.

"스페인 섬은 서쪽이잖아요." 헤이워드가 말했다. "왜 북쪽으로 가죠?"

펜더개스트는 타이니에게 구입한 지도를 꺼냈다. 뚱뚱한 남자가 휘갈겨 쓴 글씨와 더러운 손자국이 지도 위를 온통 덮고 있었다. "스페인 섬으로 가는 모든 루트를 알려달라고 부탁했습니다. 이 친구들은 누구보다 늪지대에 대해서 잘 알고 있으니까요. 이 지도에 적힌 루트로 가는 게 가장 정확할 겁니다."

"그 사람을 믿는다는 말은 하지 마세요."

펜더개스트는 수수께끼 같은 미소를 지었다. "물론 그가 거짓말을 했다고 믿고 있죠. 덕분에 그가 표시한 모든 루트를 안전하게 피해갈 수 있게 된 거고요. 남은 루트는 북쪽으로 가는 거예요. 그래야 스페인 섬의 지류 서쪽에 있는 매복을 피할 수 있어요."

"매복이오?"

펜더개스트의 눈썹이 올라갔다. "반장님, 우리한테 보트를 빌려준 이유가 바로 우리를 늪지대에서 놀라게 할 계획 때문이라는 걸 모르세요? 그 남자, 혹은 그 여자는, 마을 사람들에게 우리가 찾아올 거라는 사실을 미리 알린 건 물론이고, 마을 사람들의 분노를 자극해서 블랙 브레이크 늪지대로 향하는 우리 둘을 위협하거나 더 심하면 죽이라고까지 했을 겁니다."

"우연의 일치일지도 모르잖아요." 헤이워드가 말했다. "정부에서 파견한 환경부 공무원이 진짜 말포세 마을에 올 계획인지도 모르고."

"당신의 뷰익을 타고 왔어도 그런 식으로 행동했을까 생각해봤습니다. 하지만 그 사람들이 예상했던 것과 우리 두 사람의 모습이 정확히 일치했다는 점에 대해서는 의심할 여지가 없어요. 우리가 차에서 내리자마자 마을 사람들은 뭔가 확신하는 것 같은 표정을 지었거든요."

"우리가 올 거라는 걸 누가, 어떻게 알았을까요?"

"훌륭한 질문입니다. 저도 아직 그 대답은 찾지 못했습니다."

헤이워드는 잠시 생각에 잠겼다. "그런데 왜 그렇게 삐딱하게 굴어서 반감을 불러일으킨 거죠? 도시의 부잣집 도련님처럼 능글맞게 굴었잖아요?"

"마을 사람들이 적개심을 품고 있다는 걸 확신하고 있었으니까요. 지도에 일부러 잘못된 루트를 표시할 거라는 사실도 확인해둬야 했고. 그래서 이쪽 루트가 정확하다고 확신할 수 있는 겁니다. 일반적으로 볼 때, 잔뜩 흥분하고 화나고 확신을 잃은 사람들은 괜히 친절하게 굴고 속으로는 복합적인 생각을 하고 있는 사람들보다 훨씬 속내가 잘 드러나게 마련이거든요. 지금까지 경험으로 미뤄 볼 때, 일반 사람들보다 성난 사람들에게서 훨씬 유용한 정보를 얻었다는 점에는 동의하실 거라고 생각합니다. 그런 점에서 보면, 롤스로이스를 끌고 다니는 게 오히려 유리하게 먹혀들어 간 셈이죠."

헤이워드는 별로 납득이 가지 않는 눈치였지만, 괜한 말싸움을 벌이고 싶지 않아서 아무 말도 하지 않았다.

펜더개스트는 조종간을 잡고 있던 한 손을 빼더니 양복 주머니에 있던 마닐라지 서류철을 꺼내서 헤이워드에게 건넸다. "여기, 구글 지도에서 찾은 늪지대 이미지입니다. 물론 크게 도움이 되지는 않아요. 섬 주변이 나뭇가지와 다른 초목에 가려져 있거든요. 하지만 북쪽으로 진입하는 게 스페인 섬으로 가는 가장 좋은 루트라는 건 확인할 수 있을 겁니다."

둥근 호 모양으로 구부러진 호수 저 멀리로 희뿌연 안개가 피어올랐고, 늪지대 끝자락에 늘어선 사이프러스 나무들의 낮고 검은 곡선이 한눈에 보였다. 몇 분 후, 두 사람의 눈앞에 사이프러스 나무숲이 위풍당당한 모습을 드러냈다. 끔찍한 지하 세계를 사수하는 시커먼 옷을 입은 수호자처럼, 사이프러스 나무 위로 검은 이끼가 잔뜩 드리워져 있었다. 두 사람이 탄 에어보트는 늪지대를 감싸고 있는 후끈하고 죽어버린 공기를 삼키며 서서히 나아갔다.

65

블랙 브레이크 늪지대

파커 우튼은 레이크 엔드 북쪽 끝의 막다른 지류에서 18미터 정도 움푹 들어간 곳에 소형 보트를 정박하고 있었다. 늪지대가 호수의 지류를 만나면서 깊은 수로를 이루는 지점이었다. 그는 물에 젖은 나무를 엮어 만든 텍사스리그 낚싯대에 가짜 애벌레를 미끼로 달아 크게 원을 그리며 호수 위로 천천히 드리웠다. 벌써 우드포드 리저브 위스키를 4분의 1병이나 비운 후였다. 지류 뒤편에서 낚시를 하기에는 완벽한 시간이었다. 다들 환경 보호자들을 쫓아내러 갔으니까. 작년 이맘때는 5킬로그램이 넘는 배스 한 마리를 낚았고, 레이크 엔드의 최고 기록을 세웠다. 그때 이후로 레몬헤드 지류에서 낚시를 하려면 경쟁자 수십 명과 피 터지는 신경전을 벌여야만 했다. 광란의 기운이 맴돌긴 했지만, 우튼은 호수 아래 커다란 녀석 하나가 도사리고 있다는 것을 확신하고 있었다. 녀석을 잡아들이려면 최대한 조용한 순간을 노려야 했다. 일반적으로 똑똑하기로 소문난 늙은 배스들은 플라스틱 미끼를 잘 구별하기 때문에 다들 타이니 가게에서 파는 살아 있는 미끼를 사용했다. 그러나 우튼은 낚시에 관해서 만큼은 정반대의 의견을 고수했다. 그는 늙고 똑똑한 배스들이 공격적이고 참을성이 부족하다는 점을 간파했고, 놈들을 잡으려면 뭔가 다른 방법을 사용해야 한다고 생각했다. 다른 사람들이 사용하는 들쥐나 큰 지렁이 따위는 별 쓸모가 없었다.

늪지대에 나올 때마다 반드시 챙기는 우튼의 워키토키 무전기는 채널 5번에 맞추어져 있었다. 덕분에 서쪽 지류에 제각각 위치를 잡고 숨어 있는 타이니 패거리가 몇 초 간격으로 주고받는 대화를 모두 들을 수 있었다. 파커 우튼은 이번 일에 가담하지 않을 생각이었다. 벌써 5년이라는 세월을 럼보 주립교도소에서 보냈고, 다시는 그 생지옥으로 돌아가고 싶지 않았다. 저 야만인 같은 것들이 무슨 짓을 하든 상관하지 않을 것이다. 그저 베스 낚시나 할 작정이었다.

우튼은 다시 물속에 미끼를 드리웠고, 살짝 낚싯대를 당기자 물속에 가라앉았던 찌가 위아래로 움직이면서 낚싯줄이 팽팽해졌다가 느슨해졌다. 물론 입질이 온 건 아니었다. 날씨가 워낙 더워서 물고기들이 호수 깊숙한 곳에 숨은 모양이었다. 어쩌면 지금 필요한 것은 파란 꼬리가 달린 폭죽인지도 모르겠다. 멀리서 배의 모터 소리가 들릴 때까지도 그는 여전히 낚싯줄을 감느라 여념이 없었다. 그는 아무렇게나 낚싯줄을 감아 올린 다음 쌍안경을 들어서 호수 너머를 살폈다. 잠시 후, 쌍안경 속으로 호수의 수면을 가르며 지나가는 에어보트 한 척이 들어왔다. 보트 아래쪽은 뿌연 물안개에 가려져 제대로 보이지 않았지만, 보트 바닥이 호수 물을 때리며 빠르게 움직이고 있었다. 잠시 후, 에어보트가 사라졌다.

파커는 소형 보트에 기대어 앉았다. 머리 회전을 돕기 위해서 우드포드를 한 모금 마셨다. 분명 환경보호 단체에서 나온 사람들이 맞는 것 같았지만 그들은 마을 사람들이 예상했던 곳에서 훨씬 멀리 떨어져 있었다. 다들 서쪽 지류에서 기다리고 있는데, 정작 그 사람들은 한참 떨어진 북쪽으로 이동하고 있지 않은가.

그는 술 한 모금을 더 마시고 워키토키를 켰다. "어이, 타이니. 나 파커일세."

"파커?" 잠시 후 타이니의 목소리가 들려왔다. "자네는 이번 일에서 빠지는 줄 알았는데."

"자네 말이 맞아. 지금 북쪽 지류 레몬헤드 늪지대 근처에서 낚시를 하고 있어. 한데 그거 아나? 방금 자네 에어보트가 지나가는 걸 봤어. 사람 둘이 타고 있더군."

"말도 안 돼. 그놈들은 서쪽 지류를 통과할 거야."

"진짜라니까. 방금 지나가는 걸 봤어."

"자네 헛걸 본 거 아냐? 아니면 술이 취해서 그래?"

"이것 봐." 우튼이 말했다. "자네가 믿건 말건 나는 상관없어. 그 사람들이 폰차트레인 호수 서쪽을 맘껏 누비는 동안, 거기서 잘들 기다려 봐. 나는 본 그대로 말해준 것뿐이고, 자네들이 어떻게 하든 그건 내가 알 바 아니니까."

우튼은 짜증을 내면서 워키토키를 꺼버렸고 곧바로 낚시 장비 속에 집어 던졌다. 요즘 들어 타이니의 건방이 하늘을 찔렀다. 겉보기에도 그랬고 실제로도 그랬다. 그는 우드포드 한 모금을 더 마시고 소중한 술병을 낚시 상자 안에 내려놓았다. 그리고 낚싯바늘에 걸려 있던 플라스틱 벌레를 떼어내고, 새로 미끼를 건 다음 다시 낚싯대를 던졌다. 한창 낚싯대를 올렸다 내렸다 하는 사이, 갑자기 손끝에 묵직한 입질이 느껴졌다. 그는 천천히, 아주 조심스럽게 낚싯줄을 풀었고 최대한 강약을 조절하면서 낚싯바늘을 조정했다. 곧이어 낚싯줄이 팽팽해졌고 낚싯바늘 끝이 꺾일 지경이었다. 이번에는 제대로 큰 놈이 걸렸다는 사실을 감지했고 순간 방금 전의 짜증스러운 기분이 눈 녹듯이 사라졌다.

66

수로 간격이 좁아지자 펜더개스트는 에어보트의 엔진을 껐다. 뒤이어 무거운 침묵이 따라왔다. 오히려 방금 전까지 윙윙대던 보트의 소리보다 더욱 무겁게 느껴졌다.

헤이워드가 흘끗 쳐다봤다. "이제 어쩔 거죠?"

펜더개스트는 양복 재킷을 벗어서 의자에 걸친 다음, 선반에 있던 긴 막대기 하나를 꺼냈다. "엔진을 켜고 지나가기엔 간격이 너무 좁아요. 괜히 3000마력짜리 엔진을 망가뜨리고 싶지도 않고. 여기서부터는 노를 저어서 가야 할 것 같아요."

펜더개스트는 선미에 자리를 잡고 앉아서 벌목 운반용 수로를 따라 천천히 노를 젓기 시작했다. 머리 위로는 사이프러스 나뭇가지가 늘어져 있었고 흑고무나무 줄기가 어지럽게 얽힌 채 자라나 있었다. 늦은 오후에 불과한 시간이었지만 늪지 위로는 벌써 어두운 그림자가 드리워져 있었다. 햇빛도 전혀 비치지 않았고 초록색과 갈색의 장막이 층층으로 덮여 있었다. 이제는 엔진 소리 대신 벌레와 새소리가 한적한 공간을 채웠다. 기이한 외침, 울음, 짹짹 소리, 수벌이 윙윙 우는 소리, 꺅꺅 소리.

"나중에 힘들면 얘기하세요. 제가 할게요." 헤이워드가 말했다.

"고맙습니다, 반장님." 에어보트가 미끄러지듯이 나아갔다.

헤이워드는 지도 두 개를 나란히 내려놓고 살폈다. 타이니가 준 지도와 구글에서 찾은 지도. 지금까지 두 시간쯤 달려왔으니, 스페인 섬에 도착하려면 절반 정도 남은 셈이었다. 지도상으로 볼 때, 조금만 더 가면 빽빽하고 미로 같은 늪지대가 나올 테고, 리틀 바이유라고 지도에 표시된 부분은 방금 전에 지나온 곳인 것 같았다.

"여기를 지나간 다음에는 어떻게 할 거죠?" 헤이워드는 출력한 지도를 가리켰다. "그 앞은 훨씬 비좁아 보여요. 통나무 운반용 수로도 끊길 테고."

"그때는 나 대신 반장님이 노를 저어주세요. 제가 길을 찾아볼게요."

"어떻게 하려고요?"

"강물은 동쪽에서 서쪽, 미시시피 강을 향해서 흘러가요. 계속 서쪽으로 가면 적어도 막다른 길이 나오지는 않겠죠."

"우리가 보트를 탄 후로 강물이 흐른다고 전혀 느끼지 못했는데요."

"아닙니다."

헤이워드는 잉잉거리는 모기를 때려잡았다. 모기 떼가 달라붙는 데 짜증이 난 헤이워드는 혐오스러운 표정으로 목과 머리에 붙은 벌레들을 떼어냈다. 드디어 눈앞에 이랑이 진 나무줄기들과 빛나는 햇살이 보였다.

"저기 있네요." 그녀가 말했다.

펜더개스트는 긴 막대기를 대고 에어보트를 앞으로 움직였고 나무줄기들이 점차 얇아졌다. 갑자기 탁 트인 물가가 눈앞에 나타났고, 깜짝 놀란 검둥오리 가족들이 날갯짓을 하며 물 위로 날아갔다. 펜더개스트는 막대기를 걷고 다시 엔진을 켰다. 에어보트는 다시 한 번 거울처럼 투명한 지류의 표면을 가르면서 서쪽 끝에 초록색과 갈색 나무숲으로 우거진 곳으로 나아갔다. 헤이워드는 등을 기대고 앉아서 온몸을 스치고 지나가는 차가운 공기를 느꼈고, 질릴 정도로 답답했던 늪지대를 지나서 탁 트인 곳으로 나온 해방감을 만끽했다.

곧이어 지류가 다시 좁아졌고 펜더개스트는 보트의 속도를 낮추었다. 잠시 후, 두 사람은 복잡한 지류들이 교차되는 지점에 멈추었다. 사방으로 지류가 흘렀고 돼지풀과 히아신스가 물 위에 드리워져 있었다.

헤이워드는 지도를 살펴보고 출력한 구글 지도를 살펴본 다음 어깨를 으쓱했다. "어느 쪽으로 가야 할까요?" 그녀가 물었다.

펜더개스트는 아무 대답도 하지 않았다. 엔진은 계속해서 느리게 돌아가고 있었다. 갑자기 그는 보트를 180도로 돌리면서 속도를 조절했다. 그와 동시에 헤이워드의 귓가에 우두두 소리가 들렸다.

"이게 무슨 소리죠?" 그녀가 말했다.

두 사람이 탄 에어보트는 탁 트인 지류 방향으로 엄청나게 큰 소음을 내면서 움직였지만 이미 때는 늦었다. 거대한 고기잡이배 열두 척이 양쪽 수로에서 나타나서 에어보트의 후퇴를 막았고, 어두운 늪지대 위로 으르렁거리면서 다가오기 시작했다.

뒷좌석에 앉아 있던 헤이워드는 재빨리 주위를 살폈다. 그리고 예상했던 것보다 더욱 절망적인 상황이라는 것을 깨달았다. 두 사람은 분명 마을 사람들의 매복에 걸려든 것이었다. 완전히 무장하고 고기잡이배와 소형 보트에 올라탄 족히 서른 명가량은 되어 보이는 장정들에게 포위를 당한 것이다. 저 멀리 보트 위에 버티고 서서 총지휘를 하고 있는 타이니의 모습이 보였다. 소시지처럼 퉁퉁한 손에는 반자동 연발총이 들려 있었다.

"둘 다 일어나!" 그가 말했다. "손 머리 위에, 천천히!" 머리 위로 경고성 총알 세례가 이어졌다.

헤이워드는 펜더개스트를 흘끗 보았다. 그는 운전석 뒤에 쭈그리고 앉아 있었다. 이마에 심하게 베인 상처에서 붉은 피가 흘러내리고 있었다. 그는 퉁명스럽게 고개를 끄덕인 다음 자리에서 일어서 손을 머리 위로 올렸다. 엄지 끝에 권총이 달랑거렸다. 헤이워드도 똑같이 따라

했다.

엄청난 소리를 내면서 타이니가 자신의 배를 에어보트 옆에 댔다. 뱃머리에는 삐쩍 마른 남자가 커다란 총을 들고 있었다. 타이니는 두 사람이 탄 에어보트로 뛰어 올랐고, 육중한 무게가 실리자 배가 좌우로 휘청거렸다. 그는 두 사람 손에 들린 총을 냉큼 뺏었다. 펜더개스트의 권총을 보자 만족스러운 소리를 내고는 벨트 춤에 끼웠다. 그리고 헤이워드의 글록 권총을 에어보트 밑바닥으로 집어 던졌다.

"좋아, 아주 좋았어." 그는 담배가 섞인 침을 강물 위로 뱉으면서 활짝 웃었다. "환경 보호자들께서 권총까지 가지고 다니는 줄은 몰랐네."

헤이워드가 그를 무섭게 쏘아보았다. "당신 지금 큰 실수 하는 거야." 그녀는 차분하게 말했다. "나는 뉴욕 경찰청 살인 사건 전담반 반장이야. 당장 무기를 치우지 않으면 나중에 후회할 일이 생길 거야."

타이니의 얼굴에 능글능글한 미소가 피어났다. "그러셔?"

"못 믿겠으면 신분증을 보여주지." 헤이워드가 말했다.

타이니가 앞으로 다가왔다. "아니, 내가 찾지." 그는 커다란 총으로 헤이워드의 머리통을 겨누고, 다른 손으로 그녀의 몸을 천천히 능글맞게 더듬기 시작했다.

"진짜 가슴이네." 그는 요란한 웃음소리를 내면서 말했다. "수박만 하잖아!"

그는 바지 주머니를 뒤적거리더니 신분증이 든 지갑을 꺼냈다. 그리고 지갑을 열었다. "이봐, 이것 좀 봐!"

그는 신분증을 꺼내서 주변 사람들에게 보여주었다. 그런 다음 가만히 신분증을 쳐다보면서 젖은 입술을 오므렸다. "L. 헤이워드 반장이라고 적혀 있군. 살인 사건 전담반. 여기 사진도 있어! 어디 만화책에서 잘라낸 건가?"

헤이워드는 그를 매섭게 노려봤다. '이 사람 바보 아니야?' 그렇게 생각하니 더욱 두려웠다.

타이니는 지갑을 닫고 엉덩이에 대고 휴지처럼 닦는 시늉을 하더니, 곧바로 호수 속으로 풍덩 소리가 나게 던져버렸다. "이게 내 대답이야." 그가 다시 말을 이었다. "래리, 이놈 신분증 좀 뒤져봐."

앙상하게 뼈만 남은 남자가 에어보트에 올라타더니 펜더개스트 쪽으로 다가갔다.

"괜한 거짓말만 해봐. 나한테 걸리면 뼈도 못 추려." 그는 총을 쏘는 시늉을 하면서 말했다. "이거 한 발이면 끝장이야."

ㄱ 남자는 펜더개스트의 몸을 수색하기 시작했다. 그러고는 여분의 권총, 연장, 종이 그리고 신분증을 꺼냈다.

"어디 봐." 타이니가 말했다.

래리라는 남자가 펜더개스트의 신분증을 건넸다. 타이니는 신분증을 살펴보고 담배가 뒤섞인 더러운 침을 뱉더니 곧바로 지갑을 호수로 던져버렸다. "아주 가지가지 하는군. 당신들 제법인데?"

헤이워드는 총구 끝이 그녀의 옆구리를 누르는 것을 느꼈다.

"진짜 특이한 놈들이군." 타이니는 점점 목소리를 높이면서 이렇게 말했다. "처음에는 조류 연구원이라고 거짓말을 하더니, 이제는 가짜 신분증까지 들이대면서 변명을 하고 있어. 비상 상황이 닥치면 그렇게 행동하라고 윗선에서 시켰나 보지? 잘 들어. 우리는 너희가 누구고, 왜 여기까지 왔는지 알아. 더는 우리 땅을 뺏을 생각은 하지 마. 여기는 우리 땅이고, 우리가 먹고사는 곳이야. 우리 할아버지가 아버지를 먹이고 키운 곳이고, 내가 내 새끼들을 먹이고 키우는 곳이기도 해. 시답잖은 양키들이 카약이나 타는 디즈니랜드가 아니라고. 여기는 우리의 늪지대야."

주위에서 동조하는 목소리가 터져 나왔다.

"얘기하는 데 끼어들어서 미안하지만……." 헤이워드가 말했다. "정말 난 경찰이고 이 사람은 FBI 요원이야. 너희 전부 철장에 처넣을 테니까 각오해."

"오오오오오오!" 타이니가 그의 뚱뚱한 얼굴을 헤이워드에게 들이대면서 말했다. "지이이인짜 무섭다." 위스키 냄새와 썩은 양파 냄새가 코끝을 찔렀다.

타이니는 주변을 둘러봤다. "이봐! 여기서 스트립쇼 한판 구경하는 거 어때?" 타이니는 엄지손가락을 거대한 가슴팍에 집어넣으면서 낄낄거렸다.

신나서 동조하는 소리, 야유 소리, 함성이 이어졌다.

"진짜 가슴 한번 구경해볼까!"

헤이워드는 펜더개스트를 쳐다봤다. 그의 표정은 전혀 읽을 수가 없었다. 래리라는 이름의 깡마른 남자가 그의 머리에 총구를 겨누고 있었고 스물네 개의 무기가 두 사람 방향으로 조준되어 있었다.

타이니는 손을 뻗어서 헤이워드의 블라우스 깃을 잡았고 위아래로 잡아당기면서 찢으려고 기를 썼다. 헤이워드는 몸을 비틀었고 블라우스 단추가 툭 하고 떨어졌다.

"어디서 앙탈이야!" 타이니는 이렇게 말하며 팔을 뒤로 젖혔다가 헤이워드의 얼굴에 손바닥을 날렸고, 그녀는 보트 바닥으로 나뒹굴었다.

"일어나." 그리고 낄낄거리며 웃는 사람들을 향해서 말했다. 타이니는 웃지 않았다. 헤이워드는 얼굴에 얼얼함을 느끼며 자리에서 일어났고 타이니는 총구로 그녀의 귓불을 꽉 눌렀다. "건방진 계집년 같으니. 셔츠 벗어. 오랜만에 눈요기 좀 하자."

"지옥에나 가버려." 헤이워드가 말했다.

"벗어!" 타이니는 헤이워드의 귀에 총구를 들이대면서 중얼거렸다. 헤이워드는 피가 거꾸로 솟구치는 기분이었다. 벌써 블라우스도 반쯤 찢긴 상태였다.

"벗으라고!"

그녀는 떨리는 손으로 블라우스 단추를 풀기 시작했다.

"그래!" 함성이 들려왔다. "오, 그렇지!"

헤이워드는 다시 한 번 펜더개스트를 쳐다봤다. 그는 꼼짝도 하지 않고 무표정하게 있었다. 대체 속으로 무슨 생각을 하고 있는 걸까?

"단추 풀고 바람 좀 쐬라고!" 타이니가 총으로 찌르면서 이렇게 소리쳤다.

헤이워드는 다시 단추를 풀었고, 연이어 함성이 들렸다. 그다음 단추를 풀었다.

67

갑자기 펜더개스트가 입을 열었다. "숙녀를 이런 식으로 대하면 안되지."

타이니는 펜더개스트를 향해서 몸을 돌렸다. "이런 식으로 대하면 안돼? 제길, 이 정도면 꽤 괜찮은 것 같은데!"

동조하는 목소리가 터져 나왔다. 헤이워드는 붉은 바다 빛에 상기되어 땀을 흘리며 열광하는 무리를 바라보았다.

"내 생각이 어떤지 듣고 싶으신가?" 펜더개스트가 말했다. "당신은 뚱보에다 머저리 자식이야."

타이니가 눈을 깜빡였다. "뭐?"

"뚱보 머저리 자식." 펜더개스트가 말했다.

타이니는 뚱뚱한 주먹을 뒤로 젖혔다가 펜더개스트의 명치를 가격했다. FBI 요원은 숨을 헐떡이면서 고꾸라졌다. 타이니는 명치를 다시 한번 때렸고 펜더개스트는 무릎을 대고 보트 바닥에 쓰러져 옆으로 고꾸라졌다.

타이니는 펜더개스트를 내려다보며 경멸하듯 침을 퉤 하고 뱉었다. "괜히 시간만 낭비했잖아." 그러더니 헤이워드의 셔츠를 붙잡고 힘껏 잡아당겼고, 남아 있던 단추들이 우두두 떨어져 나갔다.

주변을 둘러싸고 있던 배에서 동조하는 함성이 터져 나왔다. 타이니는 작업복 안에서 커다란 생선 칼을 꺼냈고 칼집에서 칼을 뽑았다. 그런 다음 엉망이 된 헤이워드의 셔츠를 갈기갈기 찢었고, 드디어 브래지어가 드러났다.

"죽이는데!" 누군가 소리쳤다.

타이니는 헤이워드의 풍만한 젖가슴을 굶주린 눈으로 쳐다보았다. 헤이워드는 괴로운 듯 침을 삼켰고 찢어진 셔츠로 알몸을 가리려고 애썼다. 하지만 타이니가 고함을 지르며 그녀의 손을 밀쳐냈고 날카로운 칼날로 브래지어 끈을 스치고 지나갔다. 그리고 아주 천천히 칼 끝부분을 둥근 브래지어 사이로 집어넣었다. 톡 하는 소리와 함께 칼날이 브래지어 끈을 잘랐고 젖가슴 두 개가 드러났다. 헤이워드의 젖가슴을 보자 사방에서 감탄사가 터져 나왔다.

헤이워드는 비틀거리며 일어나는 펜더개스트를 쳐다보았다. 타이니는 너무 정신이 없어서 미처 보지 못한 모양이었다.

펜더개스트는 한쪽으로 몸을 기대고 겨우 바닥에서 일어났다. 그리고 미처 눈치챌 사이도 없이 갑자기 무게 중심을 한쪽으로 이동했다. 배가 뒤뚱거리면서 타이니와 래리가 균형을 잃었다.

"이봐, 지금 뭐 하는……."

헤이워드는 순간 번쩍이는 쇠붙이를 본 것 같았다. 래리가 신음을 내면서 바닥에 엎어졌고 손에 움켜쥐고 있던 총으로 자기 발 쪽을 쏘았다. 갑자기 배 밑바닥에서 피가 솟구쳐 나왔다.

타이니는 끝까지 저항하면서 몸을 비틀었고 허공에 대고 총알을 갈겼지만, FBI 요원의 몸놀림이 워낙 빨라서 총알이 전부 빗나갔다. 펜더개스트는 타이니의 두꺼운 목덜미를 감싸고 그의 머리를 뒤로 잡아당겼고 목덜미에 날카로운 칼을 들이댔다. 그와 동시에 헤이워드가 타이니의 팔을 쳐서 총을 멀리 치워버렸다.

"움직이지 마." 펜더개스트가 남자의 목덜미에 칼날을 바짝 들이대면서 말했다. 그리고 다른 손으로는 남자의 허리춤에 끼워져 있던 권총을 날렵하게 꺼냈다.

타이니는 육중한 손을 뒤틀며 펜더개스트의 품에서 벗어나려고 기를 썼고, 그럴 때마다 칼날이 더욱 반짝이며 목덜미를 압박하고 들어갔다. 살짝 붉은 피가 보이는가 싶더니 곧바로 적막이 이어졌다.

"움직이면 죽어." 펜더개스트가 말했다.

헤이워드는 그 모습을 보자 더럭 겁에 질렸다. 너무 놀라서 알몸으로 서 있다는 사실조차 까맣게 잊을 정도였다. 펜더개스트는 남자의 목덜미를 칼날로 그었고 벌건 정맥이 그대로 드러났다. 칼날은 목 아래로 내려가면서 길고 붉은 상처를 냈다.

"나를 쏘면 이놈 모가지를 끊을 거야." 펜더개스트가 말했다. "나를 쓰러트리려고 해도 이놈 모가지를 벨 거고. 누구든 꼼짝만 해도 이놈은 죽어. 저 여자를 또다시 건드리면 그때도 마찬가지고."

"이런 젠장!" 타이니가 겁에 질려서 눈동자를 굴리며 소리쳤다. "대체 어떻게 된 거야? 내 목에서 피 많이 나?"

죽음과도 같은 침묵. 모든 총구가 두 사람을 향하고 있었다.

"얼른 쏴!" 타이니가 울부짖었다. "저년을 쏘라고! 지금 뭐 하고 있는 거야?"

아무도 움직이지 않았다. 헤이워드는 공포에 질린 채, 툭 불거져 나온 정맥 위로 붉은 피가 묻은 칼날이 번득이는 모습을 바라보았다.

펜더개스트는 배 앞에 달려 있던 사이드미러 쪽으로 고갯짓을 하면서 이렇게 말했다. "반장님, 거울 좀 가져와요."

헤이워드는 간신히 정신을 차리고 걸어가서 거울을 떼어냈다.

"타이니 씨가 볼 수 있도록 거울을 들어요."

그녀는 펜더개스트가 시키는 대로 따랐다. 타이니는 거울에 비친 자기 모습을 보고 공포로 동공이 확장되었다. "무슨 짓이야……. 오, 세상에, 제발, 목숨만 살려줘요……." 떨리는 목소리가 잦아들었고 붉게 충혈된 눈동자가 점점 커지면서 육중한 몸이 공포로 얼어붙었다.

"그 배에 있는 무기를 전부 이리로 던져." 펜더개스트는 바로 옆에 있는 텅 빈 배를 향해 고개를 끄덕이며 나지막이 말했다. "하나도 남기지 말고, 당장!"

아무도 움직이지 않았다.

펜더개스트는 붉은 피가 흘러내리는 정맥 근처에 칼날을 가져다 댔다. "당장 시키는 대로 하지 않으면 이놈은 죽어."

"무슨 소린지 못 들었어?" 타이니는 겁에 질려서 떨리는 목소리로 밀했다. "당장 무기를 가져와! 시키는 대로 하라고!"

헤이워드는 계속 거울을 들고 있었다. 타이니 부하들이 웅성거리면서 총을 앞 사람에게 전달해 에어보트 안으로 던졌다. 배의 평평한 바닥에 온갖 무기들이 수북이 쌓였다.

"칼이랑 최루가스까지, 하나도 빠짐없이."

몇 개 남은 물건들이 배 위로 떨어졌다.

펜더개스트는 깡마른 래리가 누워 있는 곳을 돌아봤다. 자상을 입은 팔뚝과 자기가 쏜 총에 맞은 발에서 흥건한 피가 흘렀다. "셔츠 벗어."

그는 잠시 머뭇거리다가 시키는 대로 했다.

"헤이워드 반장님한테 드려."

헤이워드는 땀에 절어 축축한 셔츠를 받았다. 그리고 몸을 돌리고 최대한 보이지 않으려고 애를 쓰면서 블라우스와 반으로 찢긴 브래지어를 벗고 피 묻은 셔츠를 걸쳤다.

펜더개스트가 헤이워드를 쳐다보며 말했다. "반장님, 어떤 무기를 쓰실래요?"

"반자동 연발총이 좋겠어요." 헤이워드가 총 한 무더기 중에서 매끈한 소총 하나를 집어 들면서 말했다. 그리고 탄창을 뽑아서 내부를 살피고 다시 집어넣었다. "완전 자동으로 개조를 했네요. 총알은 총 50개고요. 여기 있는 놈들을 전부 죽이고도 남겠어요."

"별로 우아하지는 않지만 탁월한 선택입니다." 펜더개스트가 조용히 말했다.

헤이워드는 뱃사람 무리 쪽으로 총구를 겨누었다. "계속 스트립쇼를 보고 싶은 사람?"

침묵. 타이니의 꺽꺽거리는 울음소리만 귓가에 들렸다. 뜨거운 눈물이 뺨을 타고 흘러내렸지만 그는 조각처럼 꼼짝도 않고 그대로 있었다.

"당신들은 엄청난 실수를 저질렀어. 이 숙녀분은 진짜 뉴욕 경찰청 살인 사건 전담반 반장이고, 나는 FBI 특별 수사관이야. 당신들이나 블랙 브레이크 마을과는 전혀 무관한 살인 사건을 수사하려고 이곳에 찾아왔지. 누가 환경보호 단체에서 나온 사람이라고 말했는지 몰라도, 그놈이 거짓말을 한 거야. 자, 내가 질문 하나 하지. 만족할 만한 대답이 나오지 않으면, 이놈 모가지를 벨 거고, 내 동료인 헤이워드 반장님께서 너희를 모조리 쏴서 죽일 거야. 물론 정당방위로 처리될 테고. 감히 법을 집행하는 데 방해를 하고 나섰잖아?"

침묵.

"내 질문은 이거야. 타이니 씨, 우리가 온다고 말한 게 누구지?"

타이니는 곧바로 대답을 하지 못했다. "벤투라, 마이크 벤투라, 마이크 벤투라……." 그는 꺽꺽대고 울면서 겨우 말문을 열었고, 점차 목소리가 잦아들었다.

"마이크 벤투라가 누군데?"

"이타 베나 쪽에 사는 남자인데 우리 마을에 자주 놀러 와요. 스포츠광이고 꽤 부자에다 늪지대에서 주로 시간을 보내요. 우리 술집에 와서, 당신들이 환경보호 단체 사람들이고, 남은 블랙 브레이크 늪지대 절반을 환경보호 구역으로 만들 수작을 부리고 있다고 했어요. 우리 마을 사람들의 일과 집까지 모조리 뺏을 거라고……."

"고마워." 펜더개스트가 말했다. "충분히 대답이 됐어. 앞으로 어떻게 할지 얘기해주지. 내 동료 헤이워드 반장과 나는 타이니의 훌륭한 무기들과 함께 이 배를 타고 가던 길을 계속 갈 거야. 물론 총은 우리가 챙겨야겠지. 당신들 모두 곧바로 집으로 돌아가. 알겠나?"

아무 말도 없었다.

그는 타이니의 동맥 아래에 대고 있던 칼을 더욱 바짝 들이댔다. "대답 안 할 거야?"

타이니는 뭐라고 웅얼거리더니 곧 고개를 끄덕였다.

"좋아. 우리가 완전 무장을 했다는 거 다들 알 거야. 우린 이 무기들을 아주 잘 다룰 수 있어. 반장님, 잠깐 시범을 보여주시겠이요?"

헤이워드는 늪지대 근처의 작은 나무를 조준하고서 방아쇠를 당겼다. 총알 세 발이 발사되었고 나무둥치가 물 위로 힘없이 쓰러졌다.

펜더개스트는 목덜미에 대고 있던 칼을 치웠다. "병원에 가서 몇 바늘 꿰매야 할 거야, 타이니."

뚱뚱한 남자는 계속 흐느끼고 있었다.

"타이니 씨의 목에 난 상처와 연로하신 래리 씨 발에 난 총상을 어떻게 설명할 건지 다 함께 머리를 맞대고 고민해봐. 우리는 더 큰 생선을 잡으러 가야 해서 더는 시간을 지체할 수가 없어. 이제 우리를 화나게 하진 않을 거라고 믿어보겠어. 내 차에 손을 대는 일도 물론 없어야 할 테고. 우리가 누굴 기소하거나 체포할 필요까지는 없을 것 같은데. 안 그래요, 반장님?"

헤이워드가 동조의 고갯짓을 보였다. 이제야 펜더개스트의 일 처리 방식이 이해되다니 참으로 우스운 일이었다. 난생처음 와보는 곳에서, 지원 병력도 없고, 뱃사람들이 보는 앞에서 돌아가면서 능욕을 당하고 결국 총에 맞아서 강물에 수장되는 것밖에 달리 빠져나갈 도리가 없었는데 말이다.

펜더개스트는 고기잡이배 위로 걸어갔고, 헤이워드도 갖가지 무기들을 헤치고 따라갔다. 그는 엔진을 켜고 앞으로 나아갔다. 주변을 막고 있던 배들도 마지못해서 길을 내주었다. "나중에 또 보자고." 그가 외쳤다. "이런 말까지 해서 미안하지만, 나중에 우리가 다시 마주치게 되는 날에는 오늘보다 더 끔찍한 일이 생길 수도 있어."

그 말을 마치고 나서 펜더개스트는 속도를 높였고 지류 끝자락의 넓은 민으로 향했다. 남쪽으로 지물이가는 지녁노을 이래로 시키먼 수풀이 우거져 있었다.

68

미시시피 주, 말포셰

마이크 벤투라는 에어컨을 최대로 높이고 주차장에 세워둔 캐딜락 에스컬레이드에 앉아서 타이니의 술집 너머, 하나둘씩 부두로 들어오는 배들을 바라보고 있었다. 태양이 수면 위로 떨어지면서 파란 하늘 군데군데가 오렌지색으로 물들었다. 갑자기 불안해졌다. 저건 성공적인 기습 작전을 펼치고 돌아오는 위풍당당한 모습이 아니었다. 오히려 음울하고 의기소침하고 너덜너덜한 것이 패잔병의 모습이라고 보는 편이 나았다. 마지막 배가 목덜미가 피투성이가 된 채 손수건을 두르고 붉게 물든 셔츠를 입은 타이니를 태우고 부두로 들어왔을 때, 그제야 무언가가 잘못되었다는 것을 깨달았다.

두 남자가 퉁퉁하게 살집이 오른 팔뚝을 잡고 타이니를 부축하더니, 비틀거리면서 가게 안으로 들어가 사라졌다. 그사이, 다른 마을 사람들이 벤투라를 보고서 뭔가 이야기를 나누더니 그가 있는 곳으로 걸어오기 시작했다. 표정이 별로 좋지 않았다.

벤투라는 손을 뻗어서 자동 잠금장치를 눌렀고 딱 소리가 나며 문이 닫혔다. 마을 남자들은 차 주위를 소리 없이 둘러쌌다. 붉게 상기된 얼굴에는 비 오듯 땀방울이 흘러내렸다.

벤투라가 창문을 빼꼼히 내렸다. "무슨 일이야?"

아무도 대답하지 않았다. 잠시 긴장이 흐른 다음, 한 남자가 주먹으로 차 지붕을 쾅 소리가 나게 내리쳤다.

"무슨 짓이야?" 벤투라가 소리쳤다.

"뭐라고?" 그 남자가 소리 질렀다. "무슨 짓이냐고?"

한 번 더 주먹으로 차 지붕을 내리쳤고, 누가 먼저랄 것도 없이 다들 차 주위를 발로 차고 때리면서 욕을 하고 침을 뱉어댔다. 더럭 놀란 벤투라는 창문을 닫고 전속력으로 후진을 했고, 밖에 있던 사람들은 차에 치이지 않으려고 한쪽으로 비켜섰다.

"나쁜 새끼!" 무리가 한목소리로 외쳤다. "거짓말쟁이!"

"짭새잖아, 멍청아!"

"거짓말을 해?"

벤투라는 미친 듯이 바퀴를 이리저리 돌렸고, 자동차를 180도로 돌리고는 속도를 올렸다. 주변으로 먼지와 자갈이 흩날렸다. 벤투라가 속도를 높이는 순간, 쿵 하고 돌멩이 하나가 날아와 뒤 창문에 거미줄 모양의 금을 냈다.

벤투라가 작은 고속도로로 진입하는 순간 핸드폰이 울렸다. 그는 전화를 받았다. 저드슨이었다. 젠장.

"거의 다 왔어." 저드슨의 목소리가 들렸다. "어떻게 됐어?"

"뭔가 잘못됐나 봐. 완전히 꼬였어."

벤투라가 늪지대 가장자리에 있는 깔끔한 집에 도착했을 때 이미 에스테르하지의 픽업트럭이 주차되어 있었다. 트럭 바로 옆에 카키색 옷을 입은 키 큰 남자가 사냥총을 내리고 서 있었다. 벤투라도 차를 세우고 내렸다. 에스테르하지가 고개를 돌렸고 그의 어두운 표정이 눈에 들어왔다.

"차는 어쩌다가 저 꼴이 됐어?" 그가 물었다.

"마을 사람들이 부숴놨어. 말포셰에서."

"그 사람들이 일을 처리했어?"

"아니. 타이니는 목에 상처를 입고 돌아왔고 다들 총을 뺏긴 눈치였어. 나를 붙잡아다가 매달 기세더라고. 앞으로 골치 좀 아프겠어."

에스테르하지가 그를 노려보았다. "그럼 놈들이 스페인 섬으로 가고 있는 거야?"

"그런 것 같아."

에스테르하지는 하얀색 페인트를 칠한 커다란 집과 개인 선착장 앞에 늘어선 당구장 크기의 풀밭을 바라보았다. 벤투라의 개인 보트 세척이 세워져 있었다. 라피트 소형 선박, 유압잭과 허밍버드 콘솔이 달린 신형 낚시 보트, 마지막으로 강력한 엔진이 달린 에어보트. 저드슨은 턱을 바짝 조였다. 그는 픽업트럭 뒤로 가서 마지막 남은 사냥총 가방을 꺼냈다. "이번 일의 교훈은……." 그가 느릿하게 말을 이어나갔다. "우리 문제는 우리가 알아서 처리해야 한다는 거군."

"당장 처리해야 해. 스페인 섬에 도착하면 끝이니까."

"그렇게 멀리 가도록 내버려두지는 않을 거야." 에스테르하지는 태양이 저무는 방향을 향해서 눈을 가늘게 떴다. "놈들이 얼마나 빨리 움직이느냐에 달렸지만. 어쩌면 벌써 도착했는지도 몰라."

"천천히 이동하고 있을 거야. 늪지대에 익숙하지 않으니까."

에스테르하지는 고기잡이 소형 선박을 바라보았다. "250마력짜리 배를 타고 간다면 놈들이 론퀼 아일랜드 근처 벌목 이동 통로를 지나갈 때 따라잡을 수 있을지도 몰라. 무슨 소린지 알지?"

"당연하지." 벤투라는 늪지대에 대한 자신의 해박함을 의심하는 말에 짜증 섞인 말투로 답했다.

"그럼 얼른 총을 챙겨서 출발하자." 저드슨이 말했다. "나한테 좋은 수가 있어."

69

블랙 브레이크 늪지대

버터처럼 노란 달이 헐벗은 사이프러스 나무의 거대한 줄기 사이로 떠오르고 있었고, 환한 달빛이 어둠이 내린 어둑한 늪지대에 희미한 빛을 뿜어내고 있었다. 배에 달린 환한 조명이 눈앞에 나무와 초목으로 엉킨 시야를 비췄고, 가끔 빛나는 눈동자들이 또렷이 눈에 들어왔다. 헤이워드는 그 눈동자들의 주인이 대부분 개구리나 두꺼비라는 걸 알고 있었지만, 그럼에도 유령을 본 것 같은 기분이 들었다. 어린 시절 블랙 브레이크에 대해서 들었던 온갖 이상한 이야기들이 그저 전설일 뿐이라는 걸 잘 알고 있었지만, 진짜로 악어들과 독사들이 우글거릴 것 같다는 생각이 드는 것이었다. 그녀는 긴 막대기를 이용해서 고기잡이 배를 앞으로 끌고 나갔다. 온몸이 땀에 젖었지만 계속해서 앞에서 뒤로 막대기를 대고 나아갔다. 래리의 셔츠가 맨살에 닿자 온몸이 따갑고 근질거렸다. 펜더개스트는 갑판에 앉아서 손전등으로 지도를 비추며 경로를 주의 깊게 관찰했다. 너무나 길고 느린 여행이었다. 가끔 막다른 길에 들어서거나 잘못된 길로 들어서기도 했지만 나름대로 최선을 다해서 길을 찾았다.

펜더개스트는 손전등으로 물속을 비추었고 컵에 묻은 먼지를 배 밖으로 털어내고는 물의 흐름을 관찰했다. "1.6킬로미터, 혹은 그 미만."

그는 다시 지도를 쳐다보며 혼자 중얼거렸다.

헤이워드는 긴 막대기를 꽂고 선미로 걸어갔다가 다시 막대기를 빼내고 앞으로 걸어갔다. 또 진흙 더미에 막대기가 박힌 모양이었다. 헤이워드는 주변을 둘러싸고 있는 초록빛 검은 정글 안에서 이대로 익사할 것 같은 기분이 들었다. "캠프가 사라졌으면 어쩌죠?"

아무 대답이 없었다. 하늘 높이 달이 떠 있었고, 헤이워드는 촉촉하고 향긋한 저녁 공기를 깊숙이 들이마셨다. 모기 한 마리가 귓가로 날아와서 미친 듯이 앵앵거리며 울었다. 그녀는 모기를 찰싹 잡아서 멀리 튕겨버렸다.

"바로 앞에 마지막 벌목용 수로가 있어요." 펜더개스트가 말했다. "그리고 조금 더 가면 스페인 섬으로 가는 마지막 늪지대의 지류가 나올 거고요."

배는 썩어가는 히아신스 사이를 헤치고 지나갔고 물에서 풍기는 시큼한 초목의 냄새가 주위를 감쌌다.

"조명 끄고 작은 전구를 켜주세요." 펜더개스트가 말했다. "우리 위치를 놈들에게 알리고 싶지 않아서요."

헤이워드는 시키는 대로 조명을 껐다. "정말 '그놈들'이 여기 있다고 생각해요?"

"분명히 스페인 섬에 뭔가 결정적인 단서가 있을 겁니다. 안 그러면 우리를 막으려고 여기까지 올 필요가 없잖아요?"

헤이워드는 눈이 어둠에 적응되자, 보름달 아래 늪지가 얼마나 밝은지를 깨닫고 깜짝 놀랐다. 바로 앞에 보이는 나무줄기들 사이로 반짝이는 물길이 보였다. 곧이어 배가 벌목용 수로로 미끄러져 들어갔고, 이제는 부초와 히아신스가 반쯤 자란 무성한 수풀 속으로 들어갔다. 사이프러스 나무줄기가 머리 위로 긴 터널을 만들며 뒤엉켜 있었다.

갑자기 배가 멈췄다. 헤이워드는 앞으로 휘청하다가 겨우 막대기를 잡고 몸을 지탱했다.

"밑바닥에 뭔가 걸렸나 봐요." 펜더개스트가 말했다. "나무뿌리나 쓰러진 나뭇가지일 거예요. 움직일 수 있는지 한번 확인해볼까요?"

헤이워드는 긴 막대기를 잡고 몸을 앞으로 숙였다. 선미가 좌우로 휘청거리며 시이프러스 나무줄기에 부딪치자 엄청난 충격이 전해졌다. 배는 한 번 휘청하더니 곧 잠잠해졌다. 헤이워드는 막대기에 무게를 싣고 몸을 굽히면서 벌목 수로 뒤로 돌아갔다. 바로 그때 길고 반짝이는 무언가가 눈에 들어왔고 머리 위로 자란 나뭇가지에서 시커먼 물체가 어깨 위로 떨어졌다. 그것은 헤이워드의 목을 타고 미끄러졌다. 차갑고 건조한 느낌. 헤이워드는 놀라움과 혐오감을 느끼며 간신히 울음을 참고 있었다.

"움직이지 마세요." 펜더개스트가 말했다. "눈도 깜빡이지 마요."

헤이워드는 얼음처럼 굳어서 서 있었고 펜더개스트가 천천히 그녀를 향해서 걸어왔다. 그리고 잠시 멈추어서 배 바닥에 쌓인 무기들 틈에서 조심스럽게 균형을 잡았다. 그리고 한 손을 앞으로 쭉 뻗더니 어깨를 감싸고 있던 두꺼운 무언가를 순식간에 낚아채서 강물에 던져버렸다. 헤이워드는 그것이 선미 쪽 물속으로 떨어지기 직전에 모습을 볼 수 있었다. 똬리를 틀고 있는 뱀으로 족히 1미터는 되어 보이는 놈이었다.

"아그키스트로돈 피스키보루스." 펜더개스트가 으스스한 목소리로 말했다. "늪살모사예요."

헤이워드는 아직도 어깨 부근이 얼얼했고 뭔가 끈적이는 것 같은 느낌을 지울 수가 없었다. 그녀는 곧바로 깊은 심호흡을 하고 다시 긴 막대기를 잡았다. 그들은 다시 수로로 돌아갔고 물속까지 깊이 자란 무성한 풀숲 요새를 뚫고 들어갔다. 펜더개스트는 주위를 둘러본 다음, 지도와 도표를 다시 살폈다. 헤이워드는 의심에 가득 찬 눈으로 머리 위를 덮고 있는 나무줄기를 쳐다보았다. 모기, 개구리, 뱀……. 이제 마지막으로 남은 건 악어뿐이었다.

"곧 배에서 내려서 걸어가야 할지도 모르겠어요." 펜더개스트가 중얼거렸다. "잠시 후 방해물이 나타날 거예요." 그는 지도를 쳐다보다가 고개를 들고 다시 한 번 주위를 둘러봤다.

헤이워드는 악어 생각뿐이었다. 걸어서? 좋지.

로라 헤이워드는 긴 막대기를 바닥에 꽂고 다시 배를 앞으로 끌었다. 갑자기 시커먼 배경 위로 뭔가 번쩍였다. 펜더개스트가 헤이워드의 허리를 붙잡고 뱃머리 너머 검은 물속으로 뛰어들었다. 헤이워드는 물속에서 일어서려고 버둥거렸지만, 발이 점차 늪으로 빠지자 당황해서 어쩔 줄 몰랐다. 겨우 발을 움직이면서 머리를 수면 위로 내밀자, 총알이 빗발치며 날아드는 소리가 들렸다.

쨍, 엔진을 맞히는 총소리가 났고 번쩍 불꽃이 튀었다. 쨍! 쨍! 총알은 어둠을 뚫고 헤이워드의 우측으로 날아왔다.

"무기를 가져와요." 펜더개스트가 그녀의 귓가에 대고 속삭였다.

헤이워드는 배를 붙잡고 총격이 잠잠해지기를 기다렸다가, 몸을 올리고 가장 가까이 놓인 무거운 소총을 잡아서 다시 물속으로 미끄러져 내려왔다. 곧바로 총알 소리가 빗발치듯이 쏟아졌고, 몇 발이 정확히 엔진을 맞혔다. 배의 바닥에 붉은 화염이 쏟아졌다. 기름통이 터진 것이다.

"아직 쏘지 마요!" 펜더개스트가 그녀를 밀치며 이렇게 속삭였다. "배 반대편으로 가서 저쪽에 뭐가 있나 봅시다."

헤이워드는 가능한 한 자세를 낮추고 반은 걷고 반은 수영을 하며 갔다. 뜨거운 화염에 휩싸인 배가 등 뒤에서 뜨거운 불꽃을 뿜어내면서 시커먼 물 위로 노란 불빛을 밝혔다. 잠시 후 우지끈 소리가 들리더니 배가 폭발하면서 엄청난 화력이 훅 하고 밀려왔다. 잠시 후 오렌지색 공 같은 게 어둠 속으로 솟구쳤다. 그 뒤로 작은 불꽃들이 탁탁 소리를 내면서 사방으로 튀기 시작했다.

순간 사방으로 총알이 날아오더니 물 위를 스치고 지나갔다.

"들켰어요." 펜더개스트가 급히 말했다. "얼른 물속으로 들어가요."

헤이워드는 숨을 크게 들이쉬고 물 아래로 들어갔고, 한 손에는 무거운 총을 들고 한 손으로는 어두운 물을 저으며 앞으로 이동하기 시작했다. 그러다 진흙 위로 발을 딛는 순간, 뭔가 단단하고 물컹한 물고기 같은 세 꿈틀거리는 느낌이 들었다. 헤이워드는 늪살모사나 수달, 20센티미터가 넘는 거대 거머리, 혹은 늪지대에 들끓는 온갖 파충류를 떠올리지 않으려고 애썼다. 총알들이 물속을 뚫고 들어오며 슉슉 소리를 냈다. 헤이워드는 숨이 턱까지 차올라서 잠시 수면 밖으로 고개를 내밀고 숨을 들이마신 후 다시 잠수를 했다.

연이은 총알 소리 덕분에 물이 살아 있는 것처럼 느껴질 정도였다. 펜더개스트의 행방은 알 수 없었지만, 헤이워드는 계속 잠수를 하면서 앞으로 이동했고 1분에 한 번씩 수면 위로 나와서 필요한 산소를 확보했다. 점점 발밑에 닿는 진흙이 높아지기 시작했다. 잠시 후, 헤이워드는 아주 얕은 물을 기듯이 이동했고, 운하 반대편으로 갑자기 나무숲이 나타났다. 저격수는 아직도 헤이워드의 우측을 향해서 총알 세례를 퍼부었고, 그 대신 머리 위의 나무줄기가 찢겨 나갔다. 드디어 총알이 발사되는 속도가 뜸해졌다. 분명 헤이워드를 놓치고 아무 데나 총알을 갈기고 있는 게 분명했다.

헤이워드는 무거운 발을 이끌고 미끄러운 강둑으로 걸어가다가 히아신스 가운데로 몸을 굴리며 가쁜 숨을 몰아쉬었다. 온몸이 진흙투성이였다. 워낙 순식간에 벌어진 일이라 생각할 겨를이 없었지만, 이제는 어느 정도 여유를 찾았다. 그와 함께 맹렬한 분노가 밀려왔다. 헤이워드가 생각하기에 이번 공격은 마을 사람들의 짓이 아닌 것 같았다. 사격수는 혼자 움직였다. 두 사람이 어디서 올지 잘 알고 있었고, 미리 잠복을 하고 있던 게 분명했다.

헤이워드는 주위를 둘러보았다. 펜더개스트의 모습은 보이지 않았다. 그녀는 한 손에 총을 꼭 잡고서 반쯤은 기고 반쯤은 수영을 해서 낮은 개울을 지나 나무가 수북이 자란 곳으로 갔다. 마침내 낡고 썩어가는 사이프러스 그루터기를 잡고 그 뒤에 몸을 숨겼다. 헤이워드가 숨을 위치를 확보한 순간, 작게 첨벙거리는 소리가 들렸다. 순간 펜더개스트가 온 줄 알고 하마터면 소리를 지를 뻔했다. 하지만 펜더개스트 대신 눈부신 스포트라이트 조명이 수로를 환하게 비추었고, 나무 뒤에 숨은 헤이워드를 제외하고 늪지의 모든 것들이 본연의 모습을 드러냈다.

헤이워드는 그루터기 뒤에 몸을 최대한 작게 웅크렸다. 그리고 아주 조심스럽게 천천히 총을 몸 앞으로 잡아당겼다. 총에도 진흙이 잔뜩 묻어 있었다. 그녀는 개울물에 총을 넣고 살살 씻어서 진흙을 털어낸 다음, 다시 총을 들고 길이로 총의 종류를 가늠해보았다. 레버 작동식 묵직한 8각형의 총열, 총알 구경은 45~70 정도, 올드 웨스트 라이플의 최신 복제품 같았다. 어쩌면 구식 브라우닝 윈체스터의 복제품일지도. 어쨌거나 총알을 발사하는 데는 문제가 없다는 뜻이었다. 탄창은 네 발에서 아홉 발 사이로 장전된 것 같았다.

환한 스포트라이트가 나무 사이를 뚫고 천천히 늪지대를 훑었다. 사격은 멈췄지만 빛이 점점 더 가까이 다가왔다.

헤이워드는 불빛이 비추는 방향으로 총알을 날리기로 했다. 사실상 불빛은 헤이워드의 유일한 목표물이었고 어차피 나머지는 빛 때문에 보이지도 않았다. 헤이워드는 최대한 천천히 움직이면서 마지막으로 개울물에 총을 담그고 살살 흔들었다. 그러고는 아주 조심스럽게 레버를 올리고 총알이 장전되는 것을 손끝으로 느꼈다. 지금까지는 좋았다. 드디어 불빛이 더욱 선명하게 보였다. 불빛은 천천히 수로를 따라 이동하고 있었다. 그녀는 목표를 조준하려고 총을 들었고, 순간 누군가 어깨에 손을 올렸다.

헤이워드는 헉 하고 놀라서 뒤로 나자빠졌다.

"쏘지 마요." 펜더개스트가 속삭이는 듯한 목소리로 말했다. "함정일 수도 있어요."

헤이워드는 너무 놀라서 침을 꿀꺽 삼키고 고개를 끄덕였다.

"따라와요." 펜더개스트는 등을 돌리고 개울 쪽으로 기어갔고, 헤이워드도 그를 따라갔다. 잠시 달이 구름 뒤로 숨었지만, 폭발이 일어난 배에서 불꽃이 잦아들고 있어서 주위를 살피기에는 충분했다. 수로는 더욱 좁아졌고, 잠시 후 두 사람은 발목 깊이까지 물이 찬 갯벌을 걸어갔다. 스포트라이트가 두 사람 앞을 천천히 훑고 지나갔다. 펜더개스트는 곧바로 걸음을 멈추고 숨을 들이쉰 다음 최대한 물속 깊숙이 들어갔다. 그도 헤이워드만큼이나 진흙을 뒤집어쓴 것 같았다. 헤이워드도 흙속에 거의 얼굴을 파묻다시피 했다. 환한 조명이 두 사람을 피해서 지나갔다. 헤이워드는 총알이 날아올까 싶어서 잔뜩 긴장했지만 별다른 총격은 없었다.

불빛이 지나고 나자 헤이워드가 자리에서 일어섰다. 평지 너머로 죽은 사이프러스 나무 그루터기와 썩은 줄기들이 수북이 쌓여 있는 것을 볼 수 있었다. 펜더개스트는 그쪽 방향으로 천천히 이동했다. 헤이워드도 그 뒤를 따라갔고 잠시 후 자리를 잡고 몸을 숨겼다.

헤이워드는 재빨리 몸에 묻은 진흙을 헹구고 총을 씻었다. 펜더개스트도 권총을 꺼내서 똑같이 했다. 두 사람은 신속하고 조용하게 일을 처리했다. 뒤쪽에서 불빛이 비추었고 이번에는 두 사람이 있는 쪽으로 더욱 가까이 다가왔다.

"함정인지 어떻게 알아요?" 헤이워드가 물었다.

"너무 뻔한 수작이에요. 저쪽에는 적어도 무장한 사람이 하나 이상이고, 우리가 불빛을 향해서 총을 쏘기만을 기다리는 겁니다."

"그럼 어떻게 하면 되죠?"

"기다려요. 조용히. 움직이지 말고."

불빛이 사라지고 다시 어둠이 깔렸다. 펜더개스트는 얽히고 꼬인 나무 그루터기 뒤에 쭈그리고 앉아 꼼짝도 하지 않았다.

헤이워드는 주의 깊게 귀를 기울였다. 물이 첨벙거리고 바스락거리는 소리가 주위를 가득 채웠다. 동물들이 움직이고 개구리가 뛰는 소리. 혹시 사람일까?

활활 불타던 배가 마침내 물속으로 가라앉았다. 휘발유가 급속도로 말라버린 후 늪지에는 서늘한 어둠만이 남았다. 두 사람은 계속 기다렸다. 다시 밝은 불빛이 켜졌고 이번에는 더욱 가까이 다가왔다.

70

저드슨 에스테르하지는 긴 장화를 신고 최대한 주위를 경계하면서 무성한 수풀을 헤치며 걸어갔다. 손에는 윈체스터 30연발 소총을 들고 있었다. 저격용 소총보다 훨씬 가볍고 다루기도 쉬웠다. 10대가 지난 후부터 사슴 사냥을 할 때마다 애용하던 총이었다. 강하고 매끈한 것이 마치 자신을 확장해놓은 것 같았다.

나무둥치 사이로 벤투라가 쏘아대는 스포트라이트가 보였다. 불빛은 펜더개스트와 여자가 지나갔을 법한 지역을 계속 비추고 있었다. 에스테르하지는 두 사람이 지나간 위치 90미터 후방부터 뒤쪽에서 훑어가고 있었다. 벤투라가 앞쪽에서 다가오는 사이 에스테르하지는 쓰러진 나무 틈에 숨어 있을 펜더개스트 일행을 뒤쪽에서 점차 조여가고 있는 것이다. 앞뒤로 범위를 좁히면서 양면 공격을 하리라는 건 꿈에도 모를 것이었다. 둘 다 잔뜩 웅크리고 어딘가 숨어 있겠지. 두 사람을 동시에 해치우려면 한 방이 필요했다. 정확한 한 방. 제대로만 된다면 돌멩이 하나로 두 마리 토끼를 잡을 수도 있었다. 결국에는 스포트라이트 조명에 발각되고 말 것이다.

에스테르하지의 계획은 완벽하게 진행되고 있었고 벤투라도 자기 역할을 잘 해냈다. 불빛, 긴 스포트라이트가 천천히 움직였고, 두 사람이 숨어 있는 위치 가까이까지 좁혀 들어갔다. 에스테르하지는 갑자기 사이프러스 나무뿌리와 잔뜩 썩어서 쓰러진 나무둥치 줄기 쪽으로 불빛이 이동하는 것을 감지했다. 저기 숨어 있는 게 분명하다. 근처에 달리 숨을 만한 공간도 없었다.

에스테르하지는 쓰러진 나무둥치가 있는 쪽으로 시선을 돌리며 서서히 작전을 개시했다. 이윽고 구름 뒤에 숨어 있던 환한 달이 하늘에 높이 떠올랐고, 늪지대의 움푹 꺼진 어두운 공간까지 옅은 빛을 드리웠다. 에스테르하지는 두 사람의 모습을 얼핏 볼 수 있었다. 통나무 뒤에서 쪼그리고 앉아서 눈앞에 보이는 불빛을 주시하고 있었다. 그들의 위치는 완전히 노출되어 있었다. 따로 스포트라이트를 밝힐 필요도 없을 정도로.

저드슨 에스테르하지는 천천히 야간용 가늠자를 통해서 목표를 살피면서 총구를 겨누었다. 어둠 속에서도 시야가 선명하게 확보되었다. 한 번에 둘을 명중시킬 수는 없었지만, 펜더개스트부터 쓰러트리고 나면 여자를 처리하는 것은 별로 어려운 일도 아니었다.

그는 몸을 살짝 움직이면서 가늠자를 조정했고, 가늠자의 십자선 한가운데 펜더개스트의 등을 조준하고 방아쇠를 당길 준비를 했다.

헤이워드는 환한 빛이 어둠 속을 이리저리 비추고 있는 사이, 썩은 나무줄기 뒤에 쪼그리고 있었다.

펜더개스트가 그녀의 귀에 대고 속삭였다. "장대에 조명을 묶어놓은 것 같아요."

"장대요?"

"네. 조명이 흔들리는 걸 봐요. 분명 함정이에요. 그렇다면 분명히 저격수가 한 명 따로 있을 거예요." 펜더개스트는 갑자기 헤이워드를 얕은 물속으로 집어넣었고, 헤이워드의 얼굴이 진흙 속에 잠겼다. 바로 그때 헤이워드의 머리 위로 슉 하고 총알이 지나가는 소리가 들렸고 잠시 후 나무둥치에서 둔탁한 소리가 났다.

헤이워드는 필사적으로 펜더개스트를 따라서 진흙탕을 기어갔고, 그는 나무뿌리 뒤에 자리를 잡고 헤이워드를 옆으로 잡아당겼다. 곧이어 총알 몇 발이 더 날아왔고, 이번에는 ㅣ나무뿌리 앞과 뒤를 차례로 관통했다.

"여기 있다간 총에 맞겠어요." 헤이워드가 가쁜 숨을 쉬면서 말했다.

"맞아요. 이대로는 안 되겠어요. 여기 있다가는 곧 총알받이가 될 거예요."

"어떻게 하죠?"

"난 우리 뒤에 있는 저격수를 맡을게요. 내가 움직이고 나서 정확히 90초를 세고 총을 쏘고, 다시 90초를 세고 총을 쏴요. 정확히 조준하려고 애쓸 필요 없어요. 총소리만 나면 되니까. 최대한 눈에 띄지 않게 총구를 감추는 거 잊지 말고요. 그리고 한두 발 정도는 허공에 대고 쏜 후에 조명이 비추는 곳을 향해서 쏴요. 일단 저놈부터 처리해야겠어요."

"알겠어요."

조명이 비추는 것과 동시에 펜더개스트가 늪지대 속으로 사라졌다. 그에 응답이라도 하듯 또다시 총소리가 들렸다.

헤이워드는 정확히 90까지 세고 총구를 낮춘 다음 방아쇠를 당겼다. 우르릉거리며 총알들이 튀어나갔고 반동이 너무 세서 깜짝 놀랐다. 우레 같은 총성이 늪지대 위로 울려 퍼졌다. 그에 답을 하듯이 무차별 총격이 시작되었고, 헤이워드의 머리 바로 위로 나무뿌리에 총알이 우수수 박혔다. 좌측에서 펜더개스트의 권총이 어둠을 가르며 총알을 내뱉는 소리를 들을 수 있었다. 총알은 그녀가 있는 곳에서 아주 먼 곳으로 향했다. 환한 조명이 계속 비추었지만 더 가까이 다가오지는 않았다.

그녀는 다시 숫자를 세고 방아쇠를 당겼고 무거운 총알이 차가운 밤공기를 갈랐다.

다시 한 번 총알이 그녀 쪽으로 날아왔고, 펜더개스트가 자기 위치에서 재빨리 반격을 했다. 이번에는 다른 방향이었다. 여전히 스포트라이트는 움직이지 않았다.

헤이워드는 몸을 돌리고 진흙 사이에 쭈그리고 앉아서 정확히 불빛을 향해 총구를 조준했다. 그리고 천천히 방아쇠를 당기자, 총구 끝에서 시끄러운 발사음이 들리면서 환한 불꽃이 연달아 튀었다.

헤이워드는 곧바로 자리에서 일어나서, 그녀의 몸을 빨아들이는 진흙을 헤치고 죽을힘을 다해 불빛이 비추는 곳으로 뛰어갔다. 뒤쪽에서 맹렬한 총소리가 오갔고, 펜더개스트가 저격수를 조준하는 것 같았다.

총알이 헤이워드 옆에 있는 양치식물을 뚫고 지나갔다. 그녀는 다시 목표를 조준하고 총을 쏠 준비를 마쳤다. 그리고 배 위에 쭈그리고 있는 상대를 발견하자 양치식물 사이로 총알을 발사했다. 깜짝 놀란 남자가 헤이워드 쪽을 쳐다보았고, 그녀는 물속으로 들어가서 아까처럼 목표를 향해 방아쇠를 당겼다. 그는 계속 총을 발사했고, 헤이워드의 다리가 잠시 따끔거리더니 곧바로 무감각해졌다. 그녀는 숨을 헐떡이면서 다리를 움직이려고 버둥거렸지만 몸이 말을 듣지 않았다.

헤이워드는 조금이라도 움직여보려고 미친 듯이 애를 썼지만 분명 치명적인 총상을 입은 게 분명했다. 하지만 더는 반격이 없는 걸로 봐서는 상대를 제대로 쓰러트린 거 하나만은 틀림없었다. 헤이워드는 초인적인 힘을 발휘해서 얕은 개울 위를 반은 기고 반은 절뚝거리면서 걸어갔고 드디어 배 안으로 총구를 조준했다.

한 남자가 배 바닥에 누워 있었고 어깨에서 시뻘건 피가 흘러나오고 있었다. 총 두 자루를 가지고 있었지만, 하나는 탄창이 비었는지 다른 권총을 잡으려고 한 손을 버둥거리고 있었다. 분명 아까 보았던 늪지대 근처에 사는 사람은 아니었다. 난생처음 보는 얼굴이었다.

"꼼짝 마!" 헤이워드는 고통을 삼키고 총구를 겨누면서 큰 소리로 외쳤다. 그리고 권총을 뺏고 그를 향해 계속 총구를 겨누었다. "일어나, 천천히. 내 눈에 손이 보이게 해."

그 남자는 신음을 내면서 한 팔을 들었다. 다른 팔은 옆구리에 힘없이 늘어져 있었다.

헤이워드는 다른 저격수가 있다는 것을 염두에 두고 최대한 자세를 낮추었다. 그리고 놈의 권총에 든 탄창에 총알이 가득 찬 것을 확인하고 무거운 소총을 강물 속에 던져버렸다.

그는 고통에 찬 신음을 흘렸고 환한 달빛이 어깨에서 천천히 흘러나오는 붉은 피를 비추었다. "총에 맞았어요." 그는 신음했다. "제발 살려줘요."

"치명적인 총상은 아니야." 헤이워드가 말했다. 그녀 역시 다리에 총을 맞아서 상처 부위가 욱신거렸고 납덩어리처럼 다리가 무거웠다. 제발 과다 출혈로 죽는 일은 없기만을 바랐다. 반쯤 물에 잠긴 채 서 있던 터라 상대는 그녀가 부상을 당했다는 사실을 모르고 있었다. 헤이워드는 온몸에 힘이 빠지는 기분이 들었고, 다리 상처 주변에서 뭔가 움찔거리는 것이 느껴졌다. 아마도 피 냄새를 맡고 물고기들이 모여드는 것 같았다.

헤이워드의 등 뒤로 다시 총성이 이어졌고, 펜더개스트의 총과 다른 저격수가 팽팽한 교전을 벌이는 소리가 귓가를 울렸다. 곧이어 산발적으로 총소리가 들렸고, 잠시 후 조용해졌다. 긴 침묵이 흘렀다.

"이름이 뭐야?" 헤이워드가 물었다.

"벤투라." 그 남자가 말했다. "마이크……."

슝 하는 총소리. 벤투라라는 이름의 남자가 뒤쪽으로 넘어갔고, 신음과 함께 온몸을 뒤틀면서 배의 바닥으로 쓰러졌다. 그리고 움직이지 않았다.

헤이워드는 갑자기 두려움을 느끼고 물속으로 들어가 한 손으로 뱃전을 잡았다. 기분 나쁜 물고기들이 다리에 난 상처 주위를 배회하고 있었고, 주위를 꿈틀거리는 거머리 떼를 느낄 수 있었다.

그 순간 누군가 총으로 물살을 가르며 다가오는 소리가 들렸다. 펜더개스트가 자세를 낮추고 강물을 가로지르며 천천히 헤이워드를 향해 걸어오고 있었다. 그는 헤이워드에게 조용히 하라는 손짓을 보낸 다음, 배를 잡고 잠시 주위를 세심하게 살펴보더니 한달음에 배 안으로 올라갔다. 헤이워드는 펜더개스트가 움직이는 소리를 들을 수 있었다. 그는 선미 쪽에서 다시 물속으로 내려갔고, 헤이워드 옆으로 다가왔다.

"괜찮아요?" 그가 속삭였다.

"아뇨. 총에 맞았어요."

"어디요?"

"다리."

"당장 물에서 나가야 해요." FBI 요원은 그녀의 팔을 잡고 강가로 걸어가기 시작했다. 주변에서는 아무 소리도 들리지 않았다. 급작스러운 충격으로 늪지대에 사는 온갖 생명체들이 놀랐는지 완전히 침묵에 잠겨 있었다. 첨벙거리는 소리, 개골개골 우는 소리, 짹짹, 바스락 소리 하나 없었다.

순간 물살이 일더니, 딱딱한 비늘로 덮인 무언가가 다리 주위를 스치고 지나갔다. 헤이워드는 터져 나오는 비명을 겨우 참았다. 달빛 아래로 강물의 표면이 움푹 들어가는가 싶더니 파충류의 눈 두 개가 수면 위로 보였고 비늘이 덮인 콧구멍까지 따라 올라왔다. 강물 위로 나온 무서운 물체가 헤이워드를 향해 달려들었다. 그와 동시에 펜더개스트가 총을 발사했다. 헤이워드는 날카롭고 거대한 이빨이 순식간에 다리 깊숙이 박히는 것을 느꼈다. 놈은 그녀를 계속해서 물속으로 잡아당겼고, 참을 수 없을 정도의 고통이 전해지면서 다리 통증이 극에 달했다.

펜더개스트는 있는 힘껏 그녀의 팔을 붙들었고 헤이워드도 죽어라 몸부림을 쳤지만, 거대한 악어가 그녀를 수로 끝에 있는 진흙으로 계속 끌어당기고 있었다. 비명을 지르려고도 했지만 입안에 물이 가득차서 소리가 나지 않았다. 헤이워드는 물 위로 펜더개스트가 총을 쏘는 소리를 들었다. 그녀는 다시 몸을 비틀었고 다리를 물고 있는 악어의 몸뚱이에 권총을 갖다 대고 방아쇠를 당겼다.

커다란 총성. 총알이 발사되는 순간, 악어가 격렬하게 발광을 했고 엄청난 폭발이 이어졌다. 힘껏 다리를 물고 있던 이빨이 스르르 풀리자 헤이워드는 진흙 더미 위에 배를 대고 숨을 힐떡이며 늪지대 가장자리로 기어갔다.

펜더개스트는 격렬한 몸짓으로 헤이워드를 강가까지 끌어냈고, 얕은 개울에 잠겨 있던 헤이워드를 양치식물이 있는 곳까지 끌고 갔다. 헤이워드는 바지가 찢어지는 것을 느꼈고, 펜더개스트가 정성스럽게 다리의 상처를 씻어내고 셔츠를 잘라 지혈을 하는 모습이 눈에 들어왔다.

"다른 놈은요?" 그녀가 어지러움을 느끼며 말했다. "잡았어요?"

"아니요. 놈이 숨어 있는 장소를 찾아서 총을 쏘긴 했는데, 늪지대 위로 그림자처럼 사라져버렸어요."

"왜 다시 공격하지 않는 거죠?"

"다른 장소를 찾아서 우리를 쏠 계획을 세우고 있는지도 몰라요. 배위에 있던 친구는 30구경 총알에 맞아서 즉사했어요. 우리가 쏜 게 아니란 뜻입니다."

"사고일까요?" 그녀는 애써 고통을 잊으려고 숨을 헐떡였다.

"아닐 겁니다."

그는 헤이워드의 팔을 어깨에 두르고 그녀를 일으켜 세웠다. "지금 우리가 할 일은 딱 하나뿐이에요. 당신을 데리고 스페인 섬으로 가는 것. 지금 당장 말입니다."

"하지만 다른 놈은요. 저기 어딘가에 숨어 있잖아요."

"압니다." 펜더개스트는 헤이워드의 다리를 향해서 고갯짓을 했다. "하지만 상처를 치료하는 건 더 미룰 수 없어요."

71

헤이워드는 한쪽 팔을 펜더개스트의 목에 두르고 걸음을 옮겼다. 발을 디딜 때마다 푹푹 꺼지는 진흙 위로 계속 미끄러지는 바람에 펜더개스트까지 진흙 속으로 빠질 뻔했다. 걸음을 옮길 때마다 벌겋게 달군 쇠막대를 정강이부터 허벅지까지 끼워 넣는 것 같은 고통이 느껴졌고, 목구멍까지 차오르는 비명을 죽을힘을 다해 참아야 했다. 아직도 저격수가 어둠 속에 숨어 있다는 걸 너무 잘 알고 있기 때문이었다. 너무나 고요한 늪지대가 오히려 헤이워드를 불안하게 만들었고, 어디선가 저격수가 두 사람을 기다리고 있을 것 같은 기분이 들었다. 숨이 턱턱 막히는 뜨거운 열기와 미지근한 늪지대의 물 온도에도 불구하고 헤이워드는 온몸이 부들부들 떨리고 머리가 어지러웠다. 자기 몸이 아닌 것처럼 느껴질 정도였다.

"헤이워드 반장, 정신 차려요." 펜더개스트의 부드러운 목소리가 들렸다. 그제야 헤이워드는 잠시 정신을 잃었다는 것을 깨달았다.

반장이라는 단어를 듣자 웬일인지 갑자기 발걸음을 내디딜 힘이 솟아서 두 걸음 정도 발을 뗐지만 또다시 비틀거리며 넘어졌다. 펜더개스트는 헤이워드를 거의 안다시피 끌고 갔다. 그의 팔뚝은 강철처럼 단단했고 부드러운 목소리를 들으니 훨씬 안심이 되었다. 하지만 점차 진흙이 깊어지면서 헤이워드의 다리는 다시 빠져나오기 힘들 정도로 깊숙이 박혔다. 휘청거리며 다리를 빼내려고 안간힘을 썼지만 점차 진흙 속으로 빠져드는 기분이 들었다.

펜더개스트는 비지땀을 흘리며 헤이워드를 끌어냈다. 멀쩡한 한쪽 다리는 그나마 움직일 수 있었지만 총상을 입은 다리가 진흙 속으로 너무 깊이 빠져버려서 움직이려고 애쓸 때마다 욱신거리는 고통이 참기 힘들 정도로 심해졌다. "안 되겠어요." 그녀는 고통으로 헐떡거리며 말했다. "더는 못 가요." 무거운 밤공기가 훅 하고 불어왔고 머리까지 얼얼해졌다. 하지만 펜더개스트가 계속 몸을 빼내려고 애를 쓰는 것만은 느낄 수 있었다.

펜더개스트는 조용히 그리고 조심스럽게 주위를 살폈다. "잠깐만요." 그가 속삭였다. 그는 잠시 조용히 있었고 헤이워드는 뭔가 찢어지는 소리를 들었다. 바로 펜더개스트의 양복 재킷이었다. 어두컴컴한 늪지대, 나무, 밝은 달이 주위로 빙글빙글 돌기 시작했다. 모기 떼까지 날아와서 콧구멍과 귓가를 맴돌며 앵앵 소리를 냈다. 그녀는 온몸을 진흙탕 속에 맡기고 맨해튼 집에 있는 침대처럼 진흙이 따뜻하고 안락하기를 바랐다. 그리고 바로 옆자리에는 빈센트가 조용히 숨을 내쉬며 잠들어 있기를…….

헤이워드는 어떻게든 자신의 팔을 어깨 위로 둘러보려고 애쓰는 펜더개스트의 모습을 보았다. 잠깐은 혼란스러워서 저항했지만, 펜더개스트가 그녀의 손을 잡으며 안심시켰다. "지금부터 내가 끌고 갈 테니까, 긴장 풀고 가만히 있어요."

헤이워드는 무슨 말인지 이해했다는 뜻으로 고개를 끄덕이고 천천히 온몸에 힘을 뺐다.

펜더개스트는 어깨에 두 개의 끈을 걸치고 그녀의 몸을 천천히 끌어당기기 시작했다. 처음에는 꿈쩍도 하지 않았다. 그러다 서서히 그녀를 붙잡고 있던 늪지대가 느슨해졌고, 물기가 서린 진흙 위로 몸이 미끄러졌다. 헤이워드는 좌우로 흔들리면서 점차 앞으로 이동하기 시작했다. 머리 위로 어렴풋이 나무줄기가 보였고, 검은 하늘에 박힌 은빛 달이 눈에 들어왔다. 서로 손을 맞잡은 나뭇가지들과 잎사귀들이 시커먼 어둠 속에서 반짝이고 있었다. 헤이워드는 온몸에 힘이 풀린 상태로 저격수가 어디에 숨어 있을까 생각했다. 왜 다시 총격이 시작되지 않는지도 궁금했다. 5분이 지난 건지, 30분 정도 지난 건지도 가늠할 수가 없었다. 이젠 시간 감각까지 잃은 모양이었다.

갑자기 펜더개스트가 멈췄다.

"무슨 일이죠?" 헤이워드가 신음했다.

"나무 사이에서 뭔가 번쩍였어요."

72

펜더개스트는 몸을 숙이고 조심스럽게 헤이워드의 상태를 살폈다. 쇼크 상태에 빠져 있었다. 의식이 몽롱하고 온통 진흙투성이인 데다 얼마나 피를 흘렸는지도 정확히 알 수 없었다. 달빛이 헤이워드의 얼굴 위로 비스듬히 비추었고, 진흙이 묻지 않은 부분은 유령처럼 창백했다. 펜더개스트는 그녀를 일으켜 앉혔고, 어깨에 묶고 있던 끈을 풀고 나무 줄기에 등을 기대어주었다. 그리고 양치류 식물로 그녀의 모습을 안 보이게 덮었다. 탁한 강물에 찢어낸 천을 헹궈서 헤이워드의 상처에 묻은 진흙을 털어냈고, 몸에 붙어 있던 셀 수 없을 정도로 많은 거머리들도 떼어냈다.

"좀 어때요, 반장님?"

헤이워드는 입을 오물거리며 침을 삼켰다. 두 눈을 깜빡였지만 도저히 초점을 맞출 수 없었다. 헤이워드는 쿵쿵, 맥박이 뛰는 것을 느꼈다. 낮고 빠른 맥박. 펜더개스트는 헤이워드의 귀에 대고 이렇게 속삭였다. "잠깐만 혼자 있어요. 잠시만."

순간 헤이워드는 공포로 두 눈을 크게 떴다. 하지만 곧 고개를 끄덕이면서 잔뜩 잠긴 목소리로 이렇게 말했다. "알겠어요."

"스페인 섬에 사는 사람이 누구든 간에 우리가 여기 온 걸 이미 알고 있어요. 분명 총소리를 들었겠죠. 또 다른 저격수도 스페인 섬에서 왔을 테고 어디선가 우리를 기다릴 거예요. 그래서 이렇게 조용한 거죠. 최대한 조심스럽게 접근해야 합니다. 무기 좀 보여주세요."

그는 헤이워드의 권총을 받았다. 32구경 총알의 탄창을 꺼내서 안을 살펴보고 다시 끼우더니 헤이워드의 손에 쥐여주었다. "앞으로 네 발 남았어요. 혹시 내가 돌아오지 못하면 이게 필요할 겁니다." 그는 헤이워드의 무릎 위에 손전등을 올렸다. "반드시 필요한 상황이 아니면 켜지 마세요. 달빛 아래서 빛나는 눈동자가 보이는지 잘 살펴요. 눈동자 사이의 거리가 5센티미터 이상이면, 그건 악어거나 저격수일 겁니다. 알아듣겠죠?"

헤이워드는 총을 잡으며 고개를 끄덕였다.

"이 정도면 제대로 위장이 된 것 같아요. 일부러 나오기 전까지는 밖에서 안 보일 거예요. 이제부터 내 말 잘 들어요. 절대로 정신을 잃으면 안 됩니다. 의식을 잃으면 죽는 겁니다."

"얼른 가보세요." 그녀는 중얼거렸다.

펜더개스트는 어둠 속을 바라봤다. 나무줄기 사이로 희미한 노란 불빛이 어슴푸레 반짝였다. 그는 칼을 꺼내서 커다란 나무줄기 맞은편에 커다랗게 X 자를 새겼다. 그리고 헤이워드를 뒤로하고 남쪽을 향해 이동했고, 저 멀리 떨어져 있는 소용돌이치는 듯한 불빛을 향해 점점 가까이 다가갔다.

그는 아주 조심스럽게 진흙에서 발을 뗐고 최대한 소리를 내지 않으려고 했다. 저만치 보이는 불빛은 움직이지도 않고 아무 소리도 내지 않은 채 검은 나무줄기 가운데서 빛났다. 펜더개스트가 번지는 불빛 쪽으로 다가가자, 나무줄기 사이가 벌어지면서 직사각형의 노란 불빛이 시야에 들어왔다. 커튼이 쳐진 창문이었다. 어둠 속에 붕 떠 있는 노란 불빛 위로 뾰족하게 솟은 지붕이 있는 건물들이 어렴풋이 눈에 들어왔다.

그로부터 10분 동안, 펜더개스트는 스페인 섬의 예전 사냥 캠프의 경관을 실컷 살펴볼 수 있었다.

물가 바로 위, 크레오소트 더미에 지어진 광활하고 탁 트인 공간. 큰 지붕을 얹은 건물들이 열댓 개 정도 늘어서 있었고, 그 사이로 스페인 이끼의 장막이 무겁게 드리워져 있었다. 둥치가 벗겨진 거대한 사이프 러스 나무들이 작은 지류의 오른쪽 가장자리에 서 있었다. 캠프는 고지 대에 있었고 양치식물, 덤불과 장초 틈에 가려져 있었다. 무성한 초목 들과 비집고 들어갈 수 없을 정도로 복잡하게 얽혀 있는 이끼들이 캠프 를 온통 뒤덮어 보호하고 있는 듯한 느낌이 들었다.

펜더개스트는 측면으로 이동했고 건물 주변을 돌면서 경비 상황이나 건물의 배치 상태를 조사했다. 한쪽 끝에는 커다란 나무 선착장이 지류 방향으로 툭 튀어나온 부양식 부두까지 길게 이어져 있었다. 부두에는 특이한 모양의 배 한 대가 정박해 있었다. 펜더개스트가 생각하기에는 베트남전 당시 해군들이 사용하던 소형 보트 같았다. 늪지대를 다니기 쉽게 제작된 것으로 7.5센티미터의 조용한 제트 엔진이 달려 있어서 늪 지대를 조용히 가르며 이동하기에 제격이었다. 별채 몇 채는 폐허가 되 어서 지붕까지 내려앉은 상태였지만 중앙에 있는 캠프는 잘 관리된 것 으로 보아 누군가 살고 있는 것 같았다. 큼직한 별채는 흠 잡을 데 없이 상태가 좋아 보였다. 창문 위로는 두꺼운 커튼이 드리워져 있었고, 안 에서 어스름한 노란빛이 새어 나오고 있었다.

펜더개스트는 순찰을 마치고 내심 놀랐다. 아무도 지켜보는 사람이 없는 것 같았다. 마치 무덤가처럼 주위가 조용했다. 만약 저격수가 어 딘가 숨어 있다면 꽤 실력이 좋은 놈일 것이다. 그는 가만히 귀를 기울 이면서 기다렸다. 작고 쓸쓸한 울음소리, 가녀린 새소리처럼 모든 희망 을 잃고 죽어가는 사람의 나지막한 소리. 그 소리가 잦아들자 늪지대에 완전한 고요가 찾아들었다.

펜더개스트는 권총을 꺼내 들고는 캠프 뒤쪽으로 돌아서 헤엄쳐 갔 다. 그리고 물 위로 건물을 지탱하고 있는 말뚝 끝자락에 빽빽하게 자란 양치식물 쪽으로 다가갔다. 다시 한 번 펜더개스트는 주변 소리에 귀를 기울였다. 아무 소리도 들리지 않았다. 머리 위 판자에서 들리는 발소리, 불빛, 목소리, 모든 게 사라졌다.

말뚝 하나에 완전히 썩어버린 나뭇조각을 얼기설기 겹쳐서 만든 미끄러운 나무 사다리가 달려 있었다. 몇 분 후, 펜더개스트는 반쯤은 기고 반쯤은 수영을 하면서 가장 낮은 계단을 붙잡고 몸을 위로 끌어올렸다. 그리고 계단을 하나씩 밟으면서 조심스럽게 올라갔다. 잠시 후 펜더개스트의 머리가 상단까지 이르렀다. 맨 위로 올라가서 주위를 살폈지만 아무것도 보이지 않았고, 보초를 서는 사람의 흔적도 찾을 수가 없었다.

상단에 이르자, 그는 거친 나무 널빤지 위로 데구루루 굴러서 바닥에 배를 대고 한 팔로 총을 들었다. 펜더개스트는 계속 주변 소리에 집중했고 이제는 뭐든 제대로 들을 수 있을 거라고 예상했다. 그의 초인적인 청력에도 불구하고, 나지막이 그리고 아주 천천히 단조로운 톤으로 웅얼거리는 소리만 들렸다. 마치 묵주기도를 암송하는 것 같았다. 머리 위에 떠 있는 달이 이제는 캠프와 나무숲 깊숙한 곳까지 비추었다. 펜더개스트는 조금 더 기다렸다. 그런 다음 자리에서 일어나 가장 가까운 건물의 어두운 그림자로 곧장 이동한 다음, 벽에 바짝 기댔다. 창문 위로 덮개가 드리워져 있었고 상단 바닥 위로 희미한 불빛이 비쳤다.

그는 조금씩 앞으로 이동했고 모퉁이를 돌아서 두 번째 창문 밑에 쭈그리고 앉았다. 또 다른 모퉁이를 돌면서 문으로 향했다. 녹슨 경첩이 달려 있고 오래전에 페인트가 벗겨지고 거의 허물어져 가는 문이었다. 펜더개스트는 조심스럽게 손잡이를 돌렸지만 잠겨 있다는 것을 깨달았다. 잠시 만지작거리자 문이 열렸다. 펜더개스트는 몸을 숙이고 앉아서 기다렸다.

아무 소리도 없다.

그는 천천히 손잡이를 돌렸고 문을 열고 무기를 든 채 조용히 안으로 들어갔다.

처음 눈에 들어온 것은 커다랗고 우아한 방, 어딘지 허물어져 가는 느낌의 방이었다. 한쪽 끝에는 거대한 돌 벽난로가 있었고, 벽에는 박세 악어가 달려 있고, 나무로 만든 담뱃대와 둥글납작한 탄산수 제조기가 커다란 목재로 된 벽난로 장식 위에 놓여 있었다. 한쪽 벽에는 빈 사냥총 케이스가 줄지어 있었고, 나머지 케이스에는 부패한 파리와 낚싯대가 가득 차 있었다. 그 옆에는 파리와 낚시용 미끼가 진열장에 가지런히 놓여 있었다. 진홍색 가죽으로 만든 가구는 오랜 세월 탓에 온통 얼룩이 지고 갈라져서 차갑게 식은 벽난로 앞에 놓여 있었다. 내부에는 먼지가 가득 쌓여 있었고 사용한 흔적이 전혀 없어 보였다. 너무 많은 공간들이 텅 빈 채 방치되어 있었다.

그때, 펜더개스트의 머리 위로 아주 작은 발소리가 들렸고, 누군가 중얼거리는 목소리도 들렸다.

석유램프 몇 개가 방 안을 밝히고 있었는데, 램프는 최대한 어둡게 조정되어 있었다. 펜더개스트는 램프 한 개를 들고 최대한 밝게 조절한 다음, 방을 가로질러서 두꺼운 카펫이 깔린 좁은 계단으로 향했다. 그는 천천히 계단에 발을 디디고 올라갔다.

1층과 2층이 확연하게 차이가 났다. 2층에는 물건이 여기저기 난잡하게 흩어져 있지도 않았고, 색감이나 모양, 무늬들도 혼란스러운 데가 없었다. 계단 끝자락에 도착해서 처음 눈에 들어온 것은 바로 긴 복도였다. 복도 양쪽으로 침실이 있었는데, 캠프에 손님이 몰릴 때 사용하던 곳 같았다. 그런데 기본적으로 방에 놓아두는 의자나 그림, 책장이 하나도 보이지 않았다. 침실 문이 활짝 열려 있었고 안으로 황량한 방이 보였다. 창문 위로는 얇은 천들이 덮여 있었다. 분명히 햇빛을 차단하는 용도인 것 같았다. 침실 내부는 온통 차분한 색으로 꾸며져 있었는데, 대부분 검은색과 흰색이었다. 작은 구멍 하나까지도 세심하게 막아두었다.

복도의 끝자락에 커다란 문 하나가 살짝 열려 있었고 그 틈으로 밝은 빛이 새어 나오고 있었다. 펜더개스트는 고양이처럼 살금살금 복도를 걸어갔다. 마지막으로 지나온 침실에는 누군가 다녀간 흔적이 남아 있었다. 검소하게 장식된 방이지만 매우 큼직하고 우아했고, 새로 만든 침대와 화장실, 드레스 룸이 따로 있었다. 반투명 유리 너머로 두 번째 방이 보였는데, 그 침실은 아까보다 자그마했고 소박하게 꾸며져 있었으며 커다란 침대 외에 다른 가구는 보이지 않았다.

펜더개스트는 복도 끝의 문으로 살금살금 다가가서 조용히 귀를 기울였다. 처음에는 발전기가 돌아가는 소리가 들렸다. 그 후부터는 아무 소리도 들리지 않았고 너무나 조용했다.

그는 한쪽에 자리를 잡은 다음, 재빨리 몸을 돌려 최대한 힘껏 문을 발로 찼다. 문이 열림과 동시에 펜더개스트가 바닥으로 나뒹굴었다.

펜더개스트 머리 위 문틀로 커다란 소리를 내며 총알이 관통했고 농구공만 한 덩어리들이 머리 위에서 가루처럼 우수수 떨어졌다. 저격수가 다음 총알을 장전하기 전에 펜더개스트는 반동을 이용해 몸을 한쪽으로 굴려서 자리에서 일어섰다. 두 번째 총알이 문 옆에 놓인 테이블을 날렸고, 그와 동시에 펜더개스트가 저격수 위로 올라가서 팔로 목덜미를 조였다. 펜더개스트는 저격수의 총을 뺏고 몸을 뒤로 돌렸다. 그리고 눈앞에 키가 크고 빼어난 미인이 서 있는 것을 보고 숨을 헉 들이켰다.

"이젠 놔줘도 괜찮아요." 여자가 침착하게 말했다.

펜더개스트는 목덜미를 붙잡고 있던 팔을 풀고 뒤로 한 걸음 물러섰다. 그리고 45구경 권총으로 방어를 하면서 소리쳤다. "움직이지 마. 두 손은 앞에 두고." 그는 재빠르게 방 안을 둘러보다가 소스라치게 놀랐다. 가히 예술적인 수준이라고 불릴 만한 최신 의학 기구들이 번쩍거리며 빛나고 있었다. 생리학적 모니터링 시스템, 휴대용 산소 포화도 측정기, 호흡 측정 모니터, 산소호흡기, 약물 자동 주입기, 긴급 조처용

약품 및 기기, 휴대용 엑스레이 장비, 여섯 개에 달하는 디지털 진단 장비까지, 모두 전기로 작동하는 기계들이었다.

"누구시죠?" 여자가 물었다. 목소리는 차가웠지만 아까보다는 평정심을 찾은 듯했다. 그녀는 장식도 무늬도 없는 우아한 옅은 크림색 원피스를 입고 있었는데, 척 보기에도 신경 써서 화장도 하고 머리까지 손질한 것 같았다. 펜더개스트는 무엇보다 차갑게 보이는 푸른 눈동자 뒤에 숨어 있는 날카로운 지성적인 면에 큰 인상을 받았다. 그는 그녀의 얼굴이 배턴루지 수사 기록에서 봤던 그 얼굴이라는 것을 곧바로 알아챘다.

"준 브로디." 펜더개스트가 말했다.

그녀의 얼굴이 아주 잠시 창백해졌다. 긴장으로 가득 찬 침묵이 뒤따랐고, 고통 때문인지 절망 때문인지 모를 희미한 신음이 맞은편 방문에서 새어 나왔다. 펜더개스트는 뒤를 돌아서 쳐다봤다.

준 브로디는 서늘한 목소리로 다시 입을 열었다 "당신의 예상치 못한 방문이 제 환자를 방해한 모양이네요. 정말 유감스러운 일이에요."

73

"환자?" 펜더개스트가 물었다.

브로디는 아무 말도 하지 않았다.

"그건 나중에 얘기하죠." 펜더개스트가 말했다. "늪지대에 부상당한 동료가 있어요. 당신 보트가 필요해요. 여기 있는 진료 시설도."

아무 반응이 없자 그는 손에 들고 있던 총을 흔들었다. "즉시 협조하지 않으면 당신 신변에 위험이 생길지도 몰라요."

"괜히 위협할 필요는 없어요."

"필요할 것 같은데요. 누가 먼저 총을 쐈는지 기억 안 나요?"

"기갑부대 특공대원처럼 몰래 들어와 놓고, 뭘 기대하신 거죠?"

"이런 언쟁은 나중에 하죠." 펜더개스트가 차갑게 말했다. "동료가 심하게 다쳤어요."

이번에도 준 브로디는 놀라우리만치 침착한 태도로 뒤로 돌아서더니, 벽에 설치된 내선 전화를 누르며 명령조로 말했다. "방문객이 있어요. 응급 환자를 받을 준비해요. 들것을 준비해서 부두로 와요."

브로디는 펜더개스트를 쳐다보지도 않고 곧바로 방을 나섰다. 펜더개스트는 그녀를 따라 복도를 걸어가며 언제라도 총을 쏠 준비를 했다. 그녀는 계단을 내려가서 캠프 오두막 가운데 응접실을 지나서 건물 문을 나섰고 곧바로 물에 뜨게 만들어놓은 부두를 향해서 걸어갔다. 그리고 우아한 자세로 계단을 내려가서 보트에 타더니 엔진에 시동을 걸었다. "줄을 풀어요." 그녀가 말했다. "그 총도 좀 치우고요." 펜더개스트는 총을 벨드에 꽂고 보트를 묶어놓은 줄을 풀었다. 준 브로디는 보트 엔진의 시동을 걸고 후진을 했다.

"동남쪽으로 2.7킬로미터 정도 떨어진 곳에 있어요." 펜더개스트가 어둠 속을 가리키며 말했다. "저쪽이에요." 그는 덧붙였다. "근처에 총을 가진 사람이 있어요. 물론 이미 알고 있을지도 모르지만. 그자 역시 다쳤을지도 몰라요. 멀쩡할 수도 있고."

준 브로디가 그를 쳐다봤다. "지금 동료를 데려오고 싶은 거 맞죠?"

펜더개스트는 보트의 제어판을 가리켰다.

여자는 아무 말 없이 속도를 높였고 진흙투성이 지류의 기슭을 따라갔다. 몇 분 후, 작은 수로에 들어서자 속도를 낮췄고 곧이어 구불거리고 미로처럼 갈라진 물길이 나왔다. 브로디는 노련하게 미로를 빠져나갔다. 펜더개스트는 달빛이 비춰도 앞이 제대로 보이지 않는데 어둠 속에서 구불거리는 수로를 쉽게 빠져나가는 모습을 보고 다소 놀랐다.

"조금 더 오른쪽으로." 펜더개스트는 나무를 쳐다보며 말했다. 보트에 달린 조명도 켜지 않은 상태였다. 달빛에 의지하는 편이 훨씬 더 나았다. 물론 안전성 면에서도 그렇고.

보트는 수로를 따라서 커브를 돌았다. 가끔 얕은 진흙에 부딪치기도 했지만 제트기처럼 쏜살같이 미끄러져 갔다.

"저기요." 펜더개스트가 나무줄기에 있는 X 표시를 가리켰다.

보트는 속도를 늦추고 진흙 언덕에 멈췄다. "보트로는 여기까지밖에 못 가요." 브로디가 중얼거렸다.

펜더개스트는 그녀를 쳐다보더니 순식간에 몸을 수색했고, 용케 숨겨놓은 무기를 찾아낸 다음 작은 목소리로 이렇게 말했다. "여기서 기다려요. 가서 동료를 데려오죠. 이대로만 협조해준다면 오늘 밤은 무사할 수 있을 겁니다."

"다시 말하지만, 날 위협할 필요는 없어요." 브로디가 말했다.

"협박이 아니라 사실을 말한 겁니다." 펜더개스트는 보트의 반대쪽으로 넘어가서 진흙 언덕을 가르면서 뛰어갔다.

"헤이워드 반장?" 그가 불렀다.

아무 대답이 없었다.

"로라?"

여전히 침묵이 흘렀다.

잠시 후, 펜더개스트는 헤이워드의 바로 옆에 있었다. 아직도 쇼크 상태였고 반쯤 의식을 잃은 채 썩은 나무둥치에 고개를 축 늘어트리고 있었다. 그는 혹시 주변에서 바스락거리는 소리나 나뭇가지가 부러지는 소리가 들리지 않는지 살폈다. 저격수의 위치를 드러내줄 번쩍이는 총구가 보이는지도. 주변에 아무것도 보이지 않는 것을 확인하고 나서야 헤이워드의 팔을 붙잡고 보트 뒤쪽으로 걸어갔다. 펜더개스트는 로라를 번쩍 들었고 브로디가 팔다리를 잡고 보트 바닥에 눕힐 수 있도록 도왔다.

브로디는 아무 말 없이 엔진에 시동을 걸었다. 그들은 수로를 돌아나와서 최고 속도로 캠프로 돌아갔다. 부두에 가까이 가자, 하얀 병원 옷을 입은 자그만 남자가 들것을 들고 서 있는 모습이 시야에 들어왔다. 펜더개스트와 브로디는 헤이워드를 보트 밖으로 들어서 들것에 눕혔다. 그 남자는 헤이워드가 누운 들것을 질질 끌고 오두막 캠프의 응접실로 갔다. 잠시 후, 펜더개스트는 그를 도와서 들것을 계단 위로 올렸고 복도를 지나서 최신 기계들로 가득한 응급실로 들어가서 응급 치료 장비 옆에 놓았다.

들것에 누운 헤이워드를 수술대 위로 옮기고 나서, 준 브로디는 하얀 병원 옷을 입은 작은 남자를 쳐다봤다. "관을 삽입해요." 그녀가 날카롭게 말했다. "기관 삽관. 산소 공급."

남자는 즉시 얇은 관을 헤이워드의 입에 넣고 산소를 주입했고, 두 사람은 수년간 손발을 맞춰왔던 경험을 바탕으로 재빠르게 응급 수술에 들어갔다.

"어떻게 된 거죠?" 브로디는 의학용 가위로 진흙이 잔뜩 묻은 소매 끝을 잘라내며 펜더개스트에게 물었다.

"총상을 당했고 악어한테 물렸어요."

준 브로디는 고개를 끄덕인 다음 헤이워드의 맥박을 재고 혈압을 측정하더니 펜라이트로 동공을 살펴봤다. 매우 숙련되고 전문가다운 모습이었다. "덱스트란을 걸어요." 그녀는 수술복을 입은 남자를 향해서 말했다. "정맥주사 14그램."

남자가 처치를 하는 동안, 브로디는 주삿바늘로 혈액 샘플을 채취해서 진공 튜브로 옮겼다. 그리고 바로 옆에 있는 살균한 쟁반에서 메스를 꺼내서 날랜 손놀림으로 갈기갈기 찢긴 바지를 잘라냈다.

"삽관해요."

남자는 식염수를 가득 채운 커다란 주사기를 건넸고, 브로디는 다리에 묻은 진흙과 오염물을 씻어낸 다음, 거머리들을 전부 떼어내서 빨간색 휴지통에 던져버렸다. 흉측하게 상처가 나 있는 다리 주변과 총상 근처에 주사기 바늘을 꽂으면서 브로디는 묵묵히 맡은 일을 처리해나갔다. 드디어 모든 이물질을 식염수와 소독약으로 씻어냈다. 마지막으로 브로디는 항생제를 주사하고 나머지 상처를 치료했다.

준 브로디가 펜더개스트를 쳐다보며 말했다. "괜찮을 거예요."

때마침 헤이워드가 눈을 떴고, 몸에 연결해둔 튜브에서 소리가 났다. 그녀는 수술대 위에서 몸을 움직였고 팔을 들어서 튜브를 가리켰다.

잠시 헤이워드의 상태를 살핀 후, 준이 튜브를 빼라고 지시했다. "나쁜 일이 생기는 것보다 이렇게 안전한 게 훨씬 낫겠네요."

헤이워드는 고통스럽게 침을 삼키고 주위를 둘러보았고 드디어 눈동자에 초점이 돌아왔다. "어떻게 된 거죠?"

"유령이 당신을 살렸어요." 펜더개스트가 말했다. "준 브로디 유령 말이오."

74

헤이워드는 흐릿한 형체들을 하나씩 쳐다본 다음 수술대에서 일어나려고 했다. 여전히 머리가 어지러웠다.

"도와드릴게요." 브로디가 다가와서 수술대 등받이를 세웠다. "가벼운 쇼크 상태였어요." 그녀가 말했다. "하지만 곧 정상으로 회복될 겁니다. 부상 전의 상태로요."

"내 다리가……."

"영구적인 손상은 없을 거예요. 그저 악어한테 살점이 뜯겨나간 상처일 뿐이죠. 일단 마취제를 주사했지만 약 기운이 떨어지면 어느 정도 통증이 있을 거고요. 나중에 항생제도 맞아야 해요. 악어 입에는 나쁜 세균들이 우글거리거든요. 기분이 어떠세요?"

"쓰러질 것 같아요." 헤이워드가 일어나면서 말했다. "여긴 어디죠?" 그녀가 준을 쳐다봤다. "준…… 준 브로디?" 그녀는 주위를 둘러봤다. 무슨 이런 사냥 캠프가 있지? 최신식 수술 장비가 갖추어진 응급실까지? 지금까지 보았던 응급실의 모습과는 완전히 다른 모습이었다. 조명도 흐릿했고 수술 장비들만 제외하고는 주변이 텅 비어 있었다. 책이나 그림, 포스터, 심지어 의자 하나도 보이지 않았다.

헤이워드는 침을 꿀꺽 삼키고 머리를 흔들면서 정신을 차리려고 했다. "왜 자살한 것처럼 꾸민 거죠?"

브로디는 뒤로 물러서서 그녀를 쳐다봤다. "당신들이 론지튜드 제약 회사를 헤집고 다닌다는 공무원들이군요. 뉴욕 경찰청 헤이워드 반장과 FBI 특별 수사관."

"그렇습니다." 펜더개스트가 말했다. "신분증을 보여주고 싶지만 늪지대에 잠시 맡겨놓고 와서요."

"그런 거 필요 없어요." 그녀가 냉정하게 말했다. "변호사를 부르기 전까지는 말을 아끼는 편이 좋겠네요."

펜더개스트는 가만히 준 브로디를 바라보았다. "괜히 말씨름이나 하고 싶지는 않습니다." 그는 다소 위협적이고 낮은 목소리로 말했다. "당신은 내 질문에 대답을 하게 될 겁니다. 변호사니 묵비권이니 하는 건 집어치워요." 그리고 하얀 수술복을 입은 남자를 쳐다보며 말했다. "저쪽으로 가서 서요."

그 남자는 서둘러 지시에 따랐다.

"이 사람이 그 환자입니까?" 펜더개스트가 브로디에게 물었다. "아까 환자가 있다고 했죠?"

그녀는 고개를 가로저었다. "기껏 동료 목숨을 구해줬더니 이런 식으로 대접하는 건가요?"

"나를 화나게 하지 마요."

브로디가 입을 다물었다.

펜더개스트는 그녀를 쳐다보았다. 그의 얼굴에는 끔찍한 표정이 서려 있었고 허리춤에는 권총 하나가 불안하게 걸려 있었다. "지금부터 내가 하는 질문에 똑바로 대답해요. 알아듣겠어요?"

여자는 고개를 끄덕였다.

"먼저, 왜 이런 대규모 의학 시설을 구비하고 있는 거죠? 당신의 '환자'는 누구고?"

"내가 그 환자요." 반대편 벽에 있던 문이 열리면서 잔뜩 갈라지고 낮은 목소리로 누군가 대답했다. "이 최고급 의료 시설은 전부 나를 위한 거고." 문밖의 어두컴컴한 곳에, 커다랗고 해골처럼 마르고 허수아비 같은 실루엣 하나가 나타났다. 너무 어두워서 얼굴도 제대로 보이지 않을 정도였다. 그는 웃음을 터뜨렸다. 얇고 건조한 웃음, 숨소리처럼 낮은 웃음소리. 잠시 후 어둠 속에 있던 그림자가 천천히 어스름한 조명 아래로 들어와서 아까보다 조금 더 큰 목소리로 이렇게 말했다.

"난 찰스 J. 슬레이드요!"

75

저드슨 에스테르하지는 250마력짜리 머큐리 레이싱 보트를 타고 낚시용 배를 향해서 위험할 정도로 높은 속도로 달렸다. 그 배는 한때 벌목용 배가 오갔던 남쪽 수로에 있었다. 마음속에 소용돌이치는 혼란스러움을 엄청난 의지로 겨우 잠재울 수 있었다. 이제 패배와 도주의 사슬을 끊을 때가 왔다는 점에는 의심할 여지가 없었다. 그는 펜더개스트와 총상을 당한 여자를 스페인 섬에서 2킬로미터 남짓 떨어진 늪지대에, 배 한 척도 남기지 않고 그대로 버리고 왔다. 이제 두 사람이 섬으로 가거나 말거나 상관할 바가 아니었다. 저드슨은 이제 안전해졌고 작전상 후퇴를 해야 할 때가 온 것이다. 물론 단호하게 행동을 해야 옳겠지만, 지금은 육지로 돌아가서 상처부터 치료하는 것이 가장 현명한 일이었다. 완전히 회복을 하고 힘을 키워서 다시 나타나는 것이다.

왠지 모르게 펜더개스트가 스페인 섬을 찾아가는 데 성공할 것 같다는 불안한 기분이 들었다. 그리고 그 섬에 살고 있는 자와 저드슨 사이에서 벌어진 모든 일들을 알아내고 말 것 같다는 생각. 그는 앞으로 다가올 일에 대비하기 위해 마음을 독하게 먹었다. 하지만 슬레이드를 무방비 상태로 혼자 남겨두고서 떠난다고 생각하니 마음이 너무나 불편했다.

하지만 마음속 깊은 곳에서는 참 이상한 일이라는 생각도 들었다. 펜더개스트가 저주받은 음모에 대한 사실을 알아내서 서배너에 찾아왔을 때부터 이런 결과가 있을 거라고 조금은 예상하고 있었다. 그는 초인 같았다. 12년 동안 치밀하게 속여온 깃을 단 2주 만에 까발려내다니. 빌어먹을 탄창 한쪽을 청소하지 않았다는 이유 때문에! 사소한 실수 하나가 이런 어마어마한 결과를 초래하다니, 정말 믿기 힘든 일이었다. 오듀본이나 뉴 마드리드에 대해서 아무 생각 없이 내뱉은 말이 펜더개스트를 이렇게 깊숙이 끌어들이는 결과를 초래할 줄은 꿈에도 몰랐다.

최소한 에스테르하지는 다른 사람들이 펜더개스트의 슬픔을 과소평가했던 것처럼 그의 상처를 대수롭지 않게 여기는 실수는 범하지 않았다고 자부했다. 펜더개스트는 저드슨이 이번 사건에 연관되어 있다는 사실을 까맣게 몰랐다. 반전의 카드를 쥐고 있다는 사실도. 한 치도 의심할 여지가 없었을 것이다. 저드슨이 모든 비밀의 열쇠를 쥐고 있는 한, 슬레이드 박사가 펜더개스트를 무덤이나 그 비슷한 곳으로 몰아넣을 것이라는 사실을 그는 잘 알고 있었다.

전속력으로 달리는 보트에 서자 차가운 밤공기가 온몸에 느껴졌다. 하늘 위로 별들이 반짝였고 달빛 아래 시커먼 나무들이 줄지어 있었다. 에스테르하지는 아까보다 훨씬 침착해졌다. 언제나 가능성이란 있는 법. 무엇보다 확실한 건 펜더개스트와 그 여자는 캠프에 가기 전에 늪지대에서 죽음을 맞이하게 될 거라는 점이었다. 어쨌거나 그 여자는 저드슨이 쏜 총알에 맞지 않았던가. 분명 과다 출혈로 숨통이 끊어지고 말 것이다. 물론 치명적인 총상은 아닐지라도, 늪지대 부근을 통과하다 보면 악어와 살모사가 우글거릴 테고, 거머리 떼가 달라붙고 숨도 제대로 쉬지 못할 정도로 모기 떼가 덤벼들어서 결국 지옥에 더욱 가까워질 것이었다.

드디어 수로의 틈새에 이르자 속도를 줄였다. 에스테르하지는 엔진을 끄고 물가를 돌아서 장대를 저으며 앞으로 나아가기 시작했다. 방금 전까지 머릿속으로 생각했던 끔찍한 모기 떼들이 이제 그의 곁으로 몰려들었고, 목덜미와 귀에 찰싹 달라붙어서 그를 괴롭혔다. 저드슨은 모기 떼를 손바닥으로 쳐내면서 욕설을 내뱉었다.

좁은 수로가 두 갈래로 나뉘었고, 그는 왼쪽으로 향했다. 저드슨은 늪지대 지리에 빠삭했다. 어군탐지기를 이용해서 계속 수심을 확인하는 것도 잊지 않았다. 달이 하늘 높이 떠 있었고 늪지대는 한낮처럼 밝았다. 자정. 동이 틀 때까지 여섯 시간 남았다.

저드슨은 그들이 스페인 섬에 도착하는 장면을 떠올리자 웬지 기분이 나빠지고 화가 났다. 그는 강물에 침을 뱉고 고개를 들었다. 더는 고민할 필요가 없었다. 벤투라는 헤이워드에게 붙잡혔지만, 저드슨이 그의 머리에 총알을 박기 전까지 아무 말도 하지 않았다. 블랙레터도 죽었다. 에이비언 플루 프로젝트에 연관된 모든 이가 세상을 떠났다. 이제는 에이비언 플루 프로젝트를 다시 병 속에 담을 수 있는 방법은 없을 것이다. 펜더개스트가 살아 있다면 앞으로 모든 사실을 파헤칠 테고 필요한 정보들을 얻을 것이다. 하지만 결국 모든 게 소용이 없어질 것이다. 지금 가장 중요한 것은 이번 사건에서 저드슨이라는 존재 자체를 완벽하게 지워버리는 것이었다.

지난주에 벌어진 일련의 사건들로 한 가지 사실은 분명히 알았다. 펜더개스트는 어떻게든 모든 걸 알아낼 거라는 점. 이제는 시간문제였다. 저드슨이 아무리 애를 써서 자신의 존재를 덮어버리더라도, 결국 수면에 드러나게 될 거라는 의미였다. 그것 때문이라도 펜더개스트는 죽어야 했다.

하지만 이번만은 에스테르하지의 방식대로 죽음을 맞게 될 것이다. FBI 요원이 전혀 예상치 못한 시간, 저드슨에게 가장 유리한 시기에 맞추어서 말이다. 그걸로 한 가지 이익만은 확실하게 얻어낼 수 있었다. 예상치 못한 놀라움. 펜더개스트도 강철 인간은 아니었다. 에스테르하지는 그의 약점이 무엇인지, 어떻게 그 약점을 공격해야 하는지 아주 잘 알고 있었다. 지금까지 그 사실을 생각하지 못했다니 정말 멍청했다. 그의 머릿속에 앞으로 계획이 떠오르기 시작했다. 간단하고, 깔끔하고, 효과적인 계획.

디시 엔진을 켜도 될 정도로 수심이 깊어졌다. 그는 엔진을 내리고 시동을 걸었다. 천천히 보트가 수로를 지나서 서쪽으로 향했고, 그는 계속해서 용골 밑의 수심을 확인했다. 그는 보트를 지류의 후미 쪽으로 급히 몰아갔고 완전히 새로운 사람이 되어서 늪지대에 나타났다. 뜻밖에도 《손자병법》 서문에 나오는 구절이 불현듯 떠올랐다.

"적이 소중히 여기는 것이 뭔지 알아냈다면, 어떻게든 그를 쓰러트리고 그걸 뺏어오는 것은 당신의 선택이다."

저드슨의 상황과 정확히 맞아떨어졌다.

76

갑자기 문 앞에 나타난 유령 같은 모습은 그 자체로도 헤이워드에게 엄청난 충격을 주었다. 2미터에 가까운 장신에 얼굴은 수척해서 볼이 쑥 꺼져 있었고, 커다랗고 무거운 이마 아래 검은 눈동자가 촉촉이 젖어 있었다. 목덜미와 턱 부근은 면도를 반쯤 하다가 만 것처럼 까칠했다. 길고 하얗게 센 머리카락은 빗질을 해서 귀 뒤로 넘긴 상태로 어깨까지 늘어져 있었다. 환자복 위에 진회색 브룩스 브라더스 양복을 걸쳐 입고 한 손에는 짧은 승마용 채찍을 들고 있었다. 다른 손으로는 링거액 거치대가 달린 휠체어를 붙잡고 있었다.

헤이워드의 눈에 그는 얇은 공기와도 같은 존재 같았다. 너무 조용해서 가까이 다가오는 것조차 느낄 수 없을 정도였다. 두 눈은 잔뜩 핏발이 서 있어서 보라색처럼 보였는데, 눈을 희번덕거리지 않는 걸 보면 완전 미치광이 같지는 않았다. 오히려 그 남자는 천천히 한 사람씩 빤히 쳐다보았다. 마치 속내를 꿰뚫어 보기라도 하듯이 모든 사람들을 차례대로 살폈다. 마침내 그의 눈동자가 헤이워드에게 멈추었을 때 그는 얼굴을 있는 대로 찡그리더니 눈을 감아버렸다.

"안 돼, 안 돼, 안 돼." 그는 바람결처럼 속삭이는 목소리로 말했다.

준 브로디는 뒤로 돌아 여분의 실험복을 꺼냈고 진흙이 묻은 래리의 셔츠 위를 덮었다. "밝은색은 안 돼요." 그녀가 헤이워드에게 속삭였다. "최대한 천천히 움직이고요."

슬레이드가 천천히 눈을 떴다. 고통스럽던 모습이 아까보다 훨씬 편해진 것 같았다. 그는 링거 거치대를 잡고 있던 손을 놓고 두꺼운 혈관이 툭 튀어나온 손을 천천히 들더니 성경에 나오는 선지자처럼 집게손가락을 들어서 펜더개스트를 가리켰다. "아내를 죽인 자를 찾는 분이로군." 그의 목소리는 종이처럼 얇았지만 어딘지 모르게 오만함이 깃들어 있었다.

펜더개스트는 아무 말도 하지 않고 그냥 가만히 쳐다볼 뿐이었다. 찢어진 양복에는 진흙 더미가 주렁주렁 매달려 있었고 창백한 머리카락은 온통 헝클어지고 꼬여 있었다.

슬레이드는 천천히 한쪽 팔을 옆으로 늘어뜨렸다. "당신 아내를 죽인 건 바로 나요."

펜더개스트가 권총을 들었다. "말해요."

"안 돼, 기다려요." 준이 다급히 말했다.

"조용히 해." 펜더개스트가 조용하고 위협적으로 말했다.

"조용히 하라고……." 슬레이드가 숨을 내쉬었다. "맞는 말이야. 내가 당신 아내를 죽이라고 시켰어. 헬렌 에스테르하지 펜더개스트."

"찰스, 저 사람은 총을 가졌어요." 준은 나지막하게 애원하는 투로 말했다. "당신을 죽일지도 몰라요."

"허튼소리." 그는 손가락을 공중에 들고 빙글빙글 돌렸다. "우리는 모두 누군가를 잃었어. 저 사람은 아내를 잃었고, 나는 아들을 잃었어. 인생이 그런 거야." 그리고 아까와 같은 희미한 목소리에 강렬함을 담아서 이렇게 반복했다. "나는 아들을 잃었어."

준 브로디가 작은 목소리로 펜더개스트에게 말했다. "아들 얘기를 꺼내게 해서는 안 돼요. 그럼 모든 게 수포로 돌아갈 거예요. 겨우 상태가 호전됐는데!" 그리고 목구멍까지 차 있던 울음을 뱉어내면서 흐느꼈다.

"그 여자를 죽여야만 했어. 우리 존재를 노출할 게 뻔했으니까. 아주 위험했지……. 우리 모두에게." 슬레이드가 갑자기 초점을 잃고 겁에 질린 듯 눈을 크게 뜨더니 텅 빈 벽을 노려봤다. "왜 거기 있어?" 그는 허공에 대고 중얼거렸다. "아직은 때가 아니야!" 그는 천천히 채찍을 머리 위로 들고 세차게 자신의 등을 한 번, 두 번, 세 번 내리쳤다. 한 번씩 내리칠 때마다 그는 앞으로 고꾸라졌고, 양복 재킷이 찢어져서 펄럭거렸다.

그래도 충격 덕분에 다시 현실로 돌아온 모양이었다. 남자는 허리를 곧게 세웠고 눈에도 초점이 돌아왔다. 주변이 쥐 죽은 듯 고요해졌다.

"보셨죠?" 준 브로디가 펜더개스트에게 말했다. "제발 저이를 자극하지 마세요. 안 그럼 계속 자해를 할 거예요."

"자극? 그보다 더한 걸 할 생각이었어요."

펜더개스트의 위협적인 목소리를 듣자 헤이워드는 소름이 돋았다. 하지만 그녀는 꼼짝도 못 하고 아무것도 할 수 없는 상태로 무기력하게 침대에 누워 링거나 맞고 있지 않은가. 헤이워드는 튜브를 잡고 팔 아래로 누르고는 순식간에 확 뽑아버렸다. 그리고 자리에서 일어나 침대에서 내려왔다. 머리가 띵하고 울렸다.

"내가 알아서 처리하겠습니다." 펜더개스트가 헤이워드에게 말했다.

"잊지 마세요." 헤이워드가 대꾸했다. "절대 죽이지 않겠다고 약속했던 거."

펜더개스트는 헤이워드의 말을 무시하고 그 남자를 쳐다보았다.

슬레이드의 눈동자가 갑자기 저 멀리로 향했고, 그곳에는 없는 무언가를 보고 있는 것 같았다. 입 주변이 꿈틀거리더니 메마른 입술이 비틀어지면서 잘 알아들을 수 없는 말을 중얼거렸다. 하지만 헤이워드는 그게 무슨 말인지 정확히 알아들을 수 있었다. "저리 가, 저리 가, 저리 가, 저리 가라고……." 그는 다시 채찍으로 등을 내리쳤고 정신이 들 때까지 때릴 모양이었다. 그리고 마치 물속에서 헤엄을 치기라도 하듯이 열심히 떨리는 손을 더듬거리며 휠체어에 달린 버튼을 꾹 눌렀다.

'마약이군. 마약에 중독됐어.' 헤이워드는 생각했다.

슬레이드는 정신이 돌아올 때까지 계속 흰자위를 번득거렸고, 마침내 다시 눈을 제대로 떴다. "그 얘기를 하는 거야 전혀 어렵지 않지." 그는 낮고 거친 목소리로 말했다. "헬렌……. 아주 멋진 여자였어. 그 탐스러운 엉덩이는 어떻고……. 자네 재미 좀 봤겠는데?"

헤이워드는 권총을 쥐고 있는 펜더개스트의 손이 살짝 떨리는 것을 볼 수 있었다.

"그 여자가 엄청난 발견을 했어……." 갑자기 숨이 턱 막히는 소리가 나면서 슬레이드의 눈이 초점을 잃고 텅 빈 구석을 노려보았다. 그리고 입술을 떨며 뭐라고 중얼거리면서 알아들을 수 없는 말을 내뱉었다. 채찍을 든 손이 무의미하게 흔들렸다.

펜더개스트는 순식간에 한 걸음을 내디뎠고 엄청난 힘을 실어서 그의 뺨을 올려붙였다. "계속 지껄여봐."

슬레이드가 정신을 차렸다. "이럴 때 영화에서 뭐라고 하더라? 고마워, 정말 필요했던 건데!" 그 늙은 남자는 고개를 흔들며 조용히 웃었다. "그래, 헬렌. 그녀가 발견한 사실은 정말 놀라운 것이었어. 내 생각에는 당신도 어느 정도는 알고 있을 것 같은데. 안 그런가?"

펜더개스트가 고개를 끄덕였다.

야윈 가슴팍에서부터 거친 기침이 튀어나왔고 경련으로 온몸이 앞뒤로 움직였다. 슬레이드는 쌕쌕거리는 숨소리를 내뱉고 주춤거리면서 다시 휠체어에 달린 버튼을 눌렀다. 잠시 후, 다시 제정신이 돌아왔다. "헬렌이 중개인을 통해서 에이비언 플루에 대한 자료를 보내왔어. 그래서 에이비언 플루 프로젝트를 시작하게 된 거야. 그 여자는 창조적인 능력을 개발하는 기적적인 결과가 나오기를 바랐지. 물론 오듀본의 경우에는 충분히 효과가 있었어. 얼마 동안은. 정신적인 능력이 급속도로 상승했잖아. 그 궁극의 치료제……."

"왜 포기한 거지?" 펜더개스트가 물었다. 그는 자제심을 가지고 말하는 듯했지만 헤이워드까지 속일 수는 없었다. 총을 든 손이 바늘바늘 떨리고 있었다. 펜더개스트가 이렇게 평정심을 잃은 모습을 보는 건 처음이었다.

"어마어마한 연구비가 들어갔어. 비용이 엄청났지. 다른 예산을 모조리 삭감했는데도, 결국 회사 돈이 바닥나기 시작했어." 그는 한 손을 들었고, 천천히, 아주 천천히 허공을 휘저었다.

"그래서 스페인 선에서 연구를 하게 된 거군." 펜더개스트기 말했다.
"바로 여기가 실험실이었어."

"빙고. 왜 그 비싼 땅덩이에다 값비싼 생화학 봉쇄 시설을 짓겠어? 부압과 실험복 그리고 온갖 장비까지 갖춰야 하는데. 이곳 늪지대에서라면 엄청난 경비를 절감할 수 있었어. 살아 있는 자연을 그대로 지키면서 말이야. 아무리 위험한 실험을 해도 누구도 모를 테고. 짜증나는 공무원 나부랭이들이 코를 들이밀고 찾아올 일도 없었지."

'그래서 론지튜드 제약 회사가 늪지대 쪽으로 부두를 만들었군.' 헤이워드는 속으로 생각했다.

"앵무새들은?" 펜더개스트가 물었다.

"론지튜드 제약 회사에 보관했어. 6번 연구동. 그런데 아까 말한 것처럼 큰 실수가 있었어. 새 한 마리가 탈출해서 한 가족을 감염시켰거든. 재앙? 내가 다른 사람들에게 이렇게 말할 때까지는 재앙이 아니었어. '수백 만 달러를 절약할 수 있는 방법을 찾은 거야. 앞으로 어떤 일이 일어나는지 한번 지켜보자고.'"

그는 다시 소리 없이 웃음을 터뜨렸고 면도를 하지 않은 목젖 부분이 흉측하게 쿨럭였다. 코에서 흘러나온 콧물이 양복 위로 얼룩을 남겼다. 그는 몸을 숙이고 입술 사이로 두툼한 가래를 뱉어냈다. 그리고 다시 몸을 일으켰다.

"헬렌은 우리 일 처리 방식에 반대했어. 여전사가 따로 없더군. 아마 당신이 사파리 여행을 가기 직전이었을 거야. 도앤 가족이 에이비언 플루에 감염되었다는 사실을 알게 되자, 정부 관계자를 찾아가서 우리 정체를 폭로하겠다고 협박했어. 사파리 여행에서 돌아오는 즉시 그럴 거리고 말이야." 그는 두 손을 펼쳤다. "그러니, 죽이는 것 말고는 다른 수가 없잖나?"

펜더개스트가 조용히 말했다. "'우리'가 누구지?"

"에이비언 플루 프로젝트에 속해 있던 사람들 말이야. 저기 있는 친애하는 비서 준. 물론 그때는 아무것도 몰랐지만. 화재가 일어나기 전까지는 준도 까맣게 몰랐어. 불쌍한 칼턴도 말이야." 그는 조용하게 서 있는 남자를 손가락으로 가리켰다.

"또 이름을 말해."

"당신도 알잖아. 블랙레터. 벤투라. 그런데 마이크는 어디 있지?"

펜더개스트는 대답하지 않았다.

"분명 늪지 어디서 썩고 있겠군. 고맙네. 펜더개스트, 자네도 지옥에나 가버려. 그자는 CEO들이 가장 필요로 하는 최고의 비서실장이었고 우리를 문명과 연결해주는 유일한 통로였어. 당신이 벤투라를 죽였겠지. 하지만 그를 죽이면 안 되는 거였어." 슬레이드의 낮은 목소리에는 자신감이 가득 차 있었다. "자네는 그 사람의 이름은 절대로 알아내지 못할 거야. 나중에 있을 깜짝 파티를 위해서 그 이름은 아껴두고 싶군. 자네가 마이크 벤투라에게 진 빚을 갚아야 할 때가 올 테니까." 그는 킬킬거리며 웃었다. "분명 꿈에도 예상하지 못했던 사람일 거야."

펜더개스트는 다시 총구를 겨누었다. "이름을 말해."

"안 돼요!" 준이 소리쳤다.

슬레이드가 다시 얼굴을 찡그렸다. "당신 목소리, 맙소사, 제발!"

브로디는 애원하는 것처럼 펜더개스트의 손을 붙잡으면서 말했다. "제발 죽이지 마요." 그녀가 간곡하게 애원했다. "좋은 사람이에요, 아주 좋은 사람! 당신이 이해해줘야 해요, 펜더개스트 씨. 저이도 희생양이에요."

펜더개스트의 눈이 그녀를 쳐다봤다.

그녀는 계속 말을 이었다. "보시다시피, 에이비언 플루 프로젝트에 또 다른 사고가 있었어요. 그래서 찰스도 병에 걸린 거죠."

펜더개스트는 무표정했고, 그 얘기를 듣고 놀랐는지는 알 길이 없었다. "저놈은 병에 걸리기 전에 내 아내를 죽이라고 지시했어요." 그는 무미건조한 목소리로 대답했다.

"모두 지나간 일이에요." 브로디가 말했다. "이래 봤자 부인이 돌아오는 것도 아니잖아요. 그냥 잊어주면 안 될까요?"

펜더개스트는 눈동자를 번뜩이면서 그녀를 노려봤다.

"찰스는 죽어가고 있어요." 브로디가 계속 말을 이어갔다. "그래서…… 우리한테 스페인 섬으로 가자고 말했죠. 남편은……." 브로디는 구석에 서 있는 조용한 남자를 보며 고개를 끄덕여 보였다. "나중에 이쪽으로 합류했고요."

"당신과 슬레이드는 내연 관계였죠." 펜더개스트가 말했다.

"그래요." 브로디는 얼굴도 붉히지 않고 말했다. 그리고 등을 똑바로 폈다. "지금도 사랑하는 사이예요."

"그래서 스페인 섬으로 왔다? 숨어서 살려고?" 펜더개스트가 말했다. "왜죠?"

그녀는 말이 없었다.

펜더개스트는 다시 슬레이드를 쳐다봤다. "말도 안 돼. 당신은 여기 오기 전에 이미 병에서 회복되었어. 정신적인 퇴보 현상은 시작되지도 않았지. 그러기엔 시기가 너무 일렀거든. 왜 여기서 숨어 산 거지?"

"칼턴과 내가 이 사람을 돌보고 있어요." 브로디가 황급히 대답했다. "목숨만이라도 붙어 있게 하려고요. 지나치게 화를 내면 더 버티기가 힘들어져요. 제발 더는 말을 걸지 말아줘요. 당신 때문에 상태가 악화되면……."

펜더개스트가 손목을 까닥하면서 그녀의 말허리를 잘랐다. "병에 대해서 정확히 말해봐요."

"이 병은 감정과 흥분을 억제하는 뇌 신경에 영향을 끼치는 거예요." 브로디는 펜더개스트의 정신을 흐려놓으려는 사람처럼 열성적으로 말했다. "육체에 전달되는 감각을 훨씬 강하게 느끼도록 뇌 신경을 압박하죠. 시각이나, 후각, 촉각 같은. 일종의 플라비 바이러스 변종 같은 거예요. 처음에는 급성 뇌염 증상으로 나타나요. 아직 살아 있는 걸로 봐서는 점차 회복되는 것 같아요."

"도앤 가족처럼 말이야." 슬레이드가 낄낄거렸다. "오, 나를 좀 보라고. 그래, 도앤 가족이랑 똑같아. 우리는 그 사람들을 아주 가까이서 관찰했지."

"하지만 바이러스는 뇌의 시상(감각이 전달될 때 중계 역할을 하는 회백질 덩어리 ─ 옮긴이)에도 지대한 영향을 줘요." 브로디가 계속 말했다. "특히 외측 슬상체(시상 뒷면에 있는 시각 처리의 중계소 ─ 옮긴이)예요."

"외측 슬상체." 슬레이드가 채찍으로 자기 몸을 내리치면서 말했다.

"대상포진과는 달라요." 브로디가 재빨리 말을 이어나갔다. "후근신경절에 수년 혹은 수십 년 동안 잠복해 있다가 대상포진처럼 나타나죠. 하지만 결국 주요 신경을 끊어버리게 되고요."

"마지막 결과는 광기야." 슬레이드가 속삭였다. 그의 눈동자는 초점을 잃었고 입술이 조용히 빠르게, 아주 빠르게 움직이기 시작했다.

펜더개스트는 총으로 슬레이드를 가리켰다. "이런 현상이 생길 때마다 모르핀을 투여하는 겁니까? 계속해서 감각이 분산되어서 발작이 일어나니까."

브로디가 열성적으로 고개를 끄덕였다. "그러니까, 자기가 하는 말에 책임을 질 수가 없는 거예요. 예전 모습을 되찾게 하려고 저희도 저희 나름대로 노력하고 있어요. 10년 넘는 세월을 노력해왔죠. 아직 희망이 있어요. 워낙 좋은 사람이고, 치유자고 좋은 일도 많이 했거든요."

펜더개스트는 총을 더욱 높이 들었다. 얼굴은 대리석만큼 창백했고 갈기갈기 찢긴 양복이 걸레처럼 몸에 걸쳐져 있었다. "아무리 좋은 일을 했다 해도 나와는 상관없어요. 내가 원하는 건 딱 하나뿐이에요. 에이비언 플루 프로젝트에 참여했던 마지막 주인공의 이름."

하지만 슬레이드는 다시 이상한 세계로 빠져들었고 텅 빈 벽에 대고 혼자 주절거리면서 손가락을 씰룩거렸다. 급기야 링거 거치대를 붙잡고 온몸을 부르르 떨기 시작했고, 휠체어도 따라서 흔들렸다. 그는 모르핀 주사 버튼을 두 번 눌렀고, 그제야 인정이 되었다.

"당신은 저 사람을 고문하고 있어요!" 브로디가 나지막이 말했다.

펜더개스트는 그녀의 말을 무시하고 슬레이드를 쳐다봤다. "내 아내를 죽이라고 한 게 바로 당신이었나?"

"그래. 처음에는 다른 사람들도 반대했어. 하지만 달리 선택의 여지가 없다는 것을 알게 되었지. 아무리 설득을 해도 말을 듣지 않았고 돈으로도 매수가 되지 않더군. 그래서 죽인 거야. 아주 교묘한 방법으로! 조련한 사자한테 당하는 걸로 말이야!" 그는 조용히 웃었고 다시 발작을 일으켰다.

펜더개스트의 손에 든 총이 눈에 보일 정도로 떨리기 시작했다.

"와그작와그작!" 슬레이드는 기쁨으로 눈이 커지면서 속삭였다. "아, 펜더개스트, 당신이 이번 사건을 조사하면서 열게 된 판도라의 상자에 무엇이 들었는지 아마 상상도 하지 못할 거야. 잠자는 개의 엉덩이를 걷어찬 꼴이지."

펜더개스트가 총구를 겨누었다.

"약속했잖아요." 헤이워드가 고집스러운 목소리로 낮게 말했다.

"저놈은 죽어야 해." 펜더개스트는 혼잣말처럼 중얼거렸다. "죽어도 싸다고."

"저놈은 죽어야 해." 슬레이드가 들릴락 말락 한 목소리로 조롱하듯이 말했다. "제발 죽여줘, 부탁이야. 나를 이 비극에서 꺼내줘!"

"나랑 약속했잖아요." 헤이워드가 똑같은 말을 반복했다.

순간 그의 육체를 뒤흔들던 보이지 않는 적이 사라진 것처럼 펜더개스트가 손에 들고 있던 총구를 내렸다. 그리고 슬레이드를 향해서 걸어가더니, 총을 반대로 돌려서 그에게 내밀었다.

슬레이드는 펜더개스트의 손에 있던 총을 잡았다.

"세상에!" 브로디가 소리쳤다. "무슨 짓이에요? 당신을 죽일 거예요!"

슬레이드는 능숙한 솜씨로 총을 빼앗더니 반대로 돌려 펜더개스트 쪽을 향해 천천히 조준했다. 그의 핼쑥한 얼굴에 뒤틀리고 흉측한 미소가 번졌다. "네 마누라가 있는 곳으로 보내주지." 슬레이드는 손가락을 구부려서 방아쇠에 대고 손끝에 힘을 주었다.

77

"잠깐." 펜더개스트가 말했다. "총을 쏘기 전에 잠시 얘기를 나누고 싶어. 우리 둘만 말이야."

슬레이드가 그를 쳐다봤다. 울퉁불퉁한 주먹 안에 있는 총이 마치 아이들 장난감처럼 보였다. 그는 링거액이 걸린 휠체어에 몸을 기댔다. "왜지?"

"당신이 꼭 알아야 할 얘기가 있어."

슬레이드는 잠시 쳐다봤다. "내가 만나본 사람 중에 가장 불쌍한 손님이군. 사무실로 가지."

준 브로디가 막으려고 나섰지만, 슬레이드는 총을 들고 문을 향해 손짓했다. "손님 먼저." 그가 말했다.

펜더개스트는 헤이워드에게 경고의 눈빛을 보낸 다음, 어두운 직사각형 문 안으로 사라졌다.

삼나무로 판을 대고 회색으로 칠한 복도. 천장에 달린 조명이 구석까지 비추었고, 중간 톤의 빡빡하고 부드러운 직물로 짜인 카펫 위를 은은하게 밝혔다. 슬레이드는 천천히 펜더개스트의 뒤를 따라갔고, 링거액이 달린 휠체어는 아무 소음도 내지 않고 천천히 굴러갔다. "좌측 마지막 방이야." 그가 말했다.

슬레이드의 사무실은 예전 사파리 캠프에서 오락실로 사용했던 곳이었다. 벽에는 다트 판이 걸려 있었고 의자 몇 개와 테이블 두 개가 벽에 붙어 있었다. 테이블 위에는 주사위 판과 체스 판이 있었다. 그 뒤로 보이는 당구대는 슬레이드가 책상으로 쓰는 것 같았다. 책상 위에는 정성스레 접힌 휴지, 십자말풀이 잡지와 미분방정식 책, 너무 오래 써서 끝이 해진 채찍 몇 개 말고는 텅 비어 있었다. 오래된 당구공들에는 온통 금이 가 있었고, 아직도 포켓 안에 쓸쓸히 들어 있었다. 다른 가구는 없었다. 이렇게 방이 큰데도 이상하리만치 아무것도 없었다. 창문에는 얇은 천으로 된 커튼이 드리워져 있었다. 방 자체가 고요한 무덤 같았다.

슬레이드는 조심스럽게 문을 닫았다. "앉아."

펜더개스트는 등받이가 있는 흔들의자를 끌고 와 책상 앞에 깔린 두꺼운 카펫 위에 놓고 앉았다. 슬레이드는 링거액이 달린 휠체어를 끌고 책상 뒤로 가더니 천천히 의자 위로 옮겨 앉았다. 그는 링거액 거치대에 달린 버튼을 눌렀고 모르핀이 혈관으로 퍼지자 눈꺼풀을 파르르 떨었다. 그는 한숨을 내쉬고 다시 펜더개스트를 향해 총구를 겨누었다. "좋아." 언제나처럼 속삭이는 듯한 느린 목소리로 말했다. "무슨 말인지 얼른 해봐. 그래야 자네를 쏠 수 있잖나." 그는 희미한 미소를 지었다. "물론 이 방은 엉망이 되겠지. 하지만 준이 말끔하게 처리해줄 거야. 내가 어지른 걸 치우는 데는 그만한 사람이 없거든."

"사실……." 펜더개스트가 입을 열었다. "당신은 날 쏘지 못할 거야."

슬레이드는 조심스럽게 기침을 했다. "쏘지 못한다고?"

"내가 하고 싶었던 말이 바로 그거야. 내가 아니라 당신 자신을 쏘게 될 테니까."

"왜 내가 그런 짓을 하겠어?"

대답 대신 펜더개스트는 의자에서 일어나 벽에 걸린 뻐꾸기시계 옆에 섰다. 그리고 시계추를 들어서 시계를 11시 50분에 맞추었고, 손끝으로 시계를 작동시키자 추가 움직일 때마다 째깍째깍 소리가 났다.

"11시 50분?" 슬레이드가 말했다. "그건 정확한 시간이 아닌데."

펜더개스트는 다시 의자에 앉았다. 슬레이드는 기다렸다. 째깍째깍 흐르는 뻐꾸기시계의 추가 무거운 침묵을 채웠다. 슬레이드의 몸이 점점 경직되는 것 같았다. 입술이 천천히 꿈틀거렸다.

"정의를 지키기 위해서라도 당신은 자살을 선택할 거야." 펜더개스트가 말했다.

"당신을 만족시키기 위해서겠지."

"아니, 나를 좌절시키기 위해서."

"난 절대로 자살하지 않아." 슬레이드는 큰 소리로 말했다. 그가 내뱉은 첫마디는 평소 작은 속삭임 같던 목소리보다 훨씬 컸다.

"나도 당신이 죽지 않기를 바라." 펜더개스트가 포켓에 든 당구공 두 개를 꺼내며 말했다. "솔직히 당신이 살아주었으면 좋겠어."

"미친 소리를 하고 있군. 나처럼 미친 사람한테 말이야." 슬레이드가 말했다.

펜더개스트는 한 손으로 당구공을 이리저리 돌리며 만지작거렸다. 끼익 소리를 내면서 공이 서로 부딪혔다.

"그만해." 슬레이드가 인상을 찌푸리면서 씩씩거렸다. "소름 끼쳐."

그러자 펜더개스트는 이번에는 더 크게 끼익 소리를 내면서 공을 부딪쳤다. "사실은 당신을 죽일 생각이었어. 하지만 지금 상태를 보니까, 그냥 이렇게 살도록 하는 게 더 잔인한 복수가 될 것 같아. 별다른 치료법이 없잖아. 당신은 영원히 고통받을 거고, 해를 거듭할수록 병약해지겠지. 정신적으로도 황폐해지고 끔찍한 고통을 겪게 될 거야. 차라리 죽는 게 구원이다 싶을 정도로."

슬레이드는 천천히 고개를 가로저으면서 입술을 달싹거렸고 말도 안 되는 소리를 중얼거리기 시작했다. 그리고 육체적인 고통이 느껴지는 사람처럼 고통스러운 신음을 냈고 다시 한 번 모르핀을 주입했다.

펜더개스트는 주머니에 손을 넣고 검고 작은 알갱이들이 든 시험관을 꺼냈다. 그리고 당구대의 끝부분을 따라서 하나씩 늘어놓았다.

그의 행동이 슬레이드의 관심을 끌었다. "지금 뭐 하는 거야?

"난 항상 활성탄을 가지고 다녀. 여러 가지 현장 실험을 할 때 유용하지. 과학자니까 당연히 알겠지? 하지만 미학적인 용도를 위해서 가지고 다니기도 해." 펜더개스트는 다른 주머니에서 라이터를 꺼내서 알갱이 끝에 불을 붙였다. "가령, 활성탄을 태우면 아주 아름답고 섬세한 모양으로 구부러지잖아. 게다가 냄새도 불쾌하지 않고."

슬레이드가 갑자기 뒤로 기댔다. 그리고 바닥에 내려두었던 총을 들고 다시 펜더개스트를 겨누었다. "당장 불 꺼."

펜더개스트는 그 말을 무시했다. 하얀 연기가 구불구불 감기면서 조용히 공기를 타고 올라갔다. 그는 의자 뒤에 기대서 앞뒤로 몸을 움직였고 오래된 등나무에서 삐거덕거리는 소리가 났다. 그러면서 당구공 두 개를 끼익 소리가 나게 굴렸다. "나도 알아. 그 고통의 본질이 무엇인지. 적어도 추측은 할 수 있지. 이 모든 것들을 견디는 게 얼마나 힘들까? 그 생각을 계속 해봤어. 삐걱삐걱, 째깍째깍, 탁탁, 끼익끼익. 온갖 소리들이 머릿속에 크게 들리겠지. 새들이 시끄럽게 울어대는 소리, 밝은 태양 빛, 연기 냄새……. 모든 사물들이 만들어내는 소리가 네 머릿속에 들어가면 매분, 매시간, 당신 삶을 고통스럽게 만들 거야. 전혀 아무것도 이뤄지지 않았지. 당신과 준 브로디, 두 사람의 독특한 관계조차 일시적인 전환 말고는 아무 진전도 보이지 못한 것처럼."

"브로디의 남편은 '사막의 폭풍(1991년 걸프 전쟁 때 연합군의 작전명—옮긴이)'에서 성기를 잃었어." 슬레이드가 말했다. "사제 폭탄 때문에 끝나버린 거지. 나는 그냥 틈새를 공략한 것뿐이야. 굳이 설명하자면 말이야."

"정말 좋으신 분이군." 펜더개스트가 말했다.

"그딴 케케묵은 도덕심 따위는 버려. 난 그딴 거 필요하지 않으니까.

당신도 준이 하는 말을 들었잖아." 웬일인지 그의 눈가에 서려 있던 광기가 사라졌고, 이제는 아주 진지해 보였다. "우리는 치료를 하고 있는 것뿐이야."

"도앤 가족들에게 무슨 일이 일어났는지 똑똑히 봤잖아. 당신은 생물학자야. 당신 병의 치료법을 찾을 수 없다는 걸 나만큼 잘 알겠지. 뇌세포는 대체할 수도, 다시 자라게 할 수도 없으니까. 뇌 손상은 영구적인 거야. 당신도 잘 알잖아."

슬레이드는 다시 정신이 나간 것처럼 입술을 빠르게, 더 빠르게 움직였고 폐에서 타이어 바람 빠지는 소리를 내면서 같은 말을 반복했다. "아니야! 아니야, 아니야, 아니야, 아니야!"

펜더개스트는 그 모습을 지켜보면서 몸을 앞뒤로 크게 흔들었고, 손에 쥐고 있던 당구공을 더 빠르게 굴려서 끼익끼익 소리를 냈다. 시계추가 재깍재깍 움직였고, 활성탄에서 하얀 연기가 피어올랐다.

"나도 어쩌다 보니까 우연히 알게 된 거야." 펜더개스트가 말했다. "당신의 오감으로 전달되는 방아쇠를 제어하기 위해서 주변에 어떤 장치를 해두었는지 말이야. 바닥에 깔린 두꺼운 카펫, 방음장치를 해놓은 벽, 밋밋하게 장식된 방들, 단조롭게 꾸민 가구, 무색무취의 건조한 방. 분명히 미세 먼지까지 말끔히 빨아들이고 있겠지."

슬레이드는 훌쩍거리기 시작했고 입술을 바들바들 떨면서 아주 천천히 중얼거렸다. 그리고 채찍을 들고 미친 듯이 온몸을 내리쳤다.

"아무리 채찍을 휘두르고 약을 먹고 모르핀 주사를 맞아봤자 별 소용이 없을 거야. 당신의 고통은 영원히 계속될 테니까. 바닥에 닿은 발, 의자에 기댄 등, 그리고 방 안의 모든 사물들을 보고 듣고 느끼고 있잖아. 내 목소리도 듣고 있을 테고. 내가 일일이 설명하지 않아도 수천 가지의 감각들이 당신을 끝없이 공격하고 있어. 하지만 내 뇌는 무의식적으로 그런 감각을 걸러낼 수 있지. 반대로 당신은 그런 감각을 조정할 수 없는 거야. 어떤 것도! 당구공이 끼익 거리는 소리를 들어봐! 뿌옇게 피어오르는 연기도! 연신 째깍거리며 흔들리는 시계추 소리를 들어보라고!"

슬레이드는 의자에 앉아서 부들부들 떨기 시작했다. "싫어싫어싫어싫어싫어어어어어!" 미처 단어를 끝내지도 못하고 입술 끝으로 미친 사람처럼 외쳤다. 한쪽 입가에서 침이 줄줄 흘러내리자 그는 머리를 뒤로 젖히면서 침을 털어냈다.

"궁금한 게 있는데, 음식을 먹을 때는 어때?" 펜더개스트가 계속 말을 이었다. "정말 끔찍하겠지. 강렬한 음식 맛, 끈적거리는 느낌, 당신 입술 모양과 그 사이로 전해지는 냄새, 음식이 식도를 타고 넘어갈 때 그 끈끈한 느낌……. 그래서 이렇게 바짝 마른 거야? 음식도 음료도 전혀 입에도 댈 수 없겠지. 그것도 10년이 넘는 세월 동안. 맛을 느끼는 미각 또한 당신이 제어할 수 없는 고통스러운 감각일 테니까. 그 링거 안에 모르핀이 든 게 아니라는 데 한 표 걸겠어. 지금 수액을 맞고 있는 거지?"

"아냐아냐아냐아냐아냐……." 슬레이드는 경련을 일으키면서 온몸을 채찍으로 때리다가, 급기야 채찍을 책상 위에 떨어뜨렸다. 한 손에 쥔 총이 파르르 떨렸다.

"음식의 맛, 부드럽고 진한 카망베르 치즈, 벨루가 캐비아, 훈제 철갑상어, 매일 먹는 달걀과 토스트와 잼, 이런 것들조차 도저히 견딜 수가 없겠지. 아마 아이들 이유식처럼 설탕, 양념 같은 거 하나도 넣지 않고 미지근하게 데운 것들만 겨우 넘길 수 있을 거야. 물론 그것도 아주 특수한 경우에만." 펜더개스트는 불쌍하다는 듯이 고개를 절레절레 흔들었다. "게다가 잠을 잘 수도 없어. 안 그래? 감각적인 자극을 느끼면 잠이 들지 못하니까. 내가 생각하기로 당신은 침대에 누워서 온갖 소리를 들을 것 같은데? 선반 사이를 기어가는 나무좀 벌레, 고막을 통해 들리는 두근두근 심장박동 소리, 집 안의 온갖 소음들, 쥐들이 뛰어다니는 소리. 눈을 감고 있어도 충분히 상상할 수 있잖아. 어둠도 색을 가지고 있으니까. 방을 어둡게 만들수록 더 많은 것들이 시야에 들어올 거야. 그리고 온갖 감각들이 한 번에 당신을 괴롭힐 거야. 한시도 쉬지 않고, 영원히 말이야."

슬레이드는 집게 같은 가녀린 손으로 귀를 틀어막고 소리를 질렀고, 몸 전체가 격렬하게 흔들리면서 링거 줄이 앞뒤로 흔들렸다. 고요한 방을 뒤흔들 정도로 엄청난 외침이었고, 슬레이드의 몸 전체에 경련이 일어난 것처럼 보였다.

"당신이 자살을 선택하게 되는 이유는 비로 그것 때문이야, 슬레이드 씨." 펜더개스트가 말했다. "당신은 충분히 그럴 수 있어. 내가 자살할 수 있도록 총을 주었잖아. 당신 손에."

"그래애애애애애애!" 슬레이드는 방금 비명을 지른 것에 대한 반응을 보이듯이 몸부림을 치고 소리를 지르면서 괴로워하며 꿈틀거렸다.

펜더개스트는 더욱 의자를 빨리 움직이면서 끽끽 소리를 냈고, 손에 쥔 당구공을 더욱 빨리 굴렸다.

"난 언제라도 죽을 수 있어!" 슬레이드가 외쳤다. "그런데 하필 왜 지금이어야 하지? 지금, 지금, 지금, 지금, 지금?"

"예전에는 그럴 수 없었으니까." 펜더개스트가 말했다.

"총은 준이 가지고 있어." 슬레이드가 말했다. "사랑스러운 총, 총, 총."

"당연히 준이 가지고 있겠지. 잠금장치까지 걸어서."

"모르핀도 내 맘대로 맞을 수 있어! 그냥 잠만 자면 돼, 잠!" 그는 횡설수설하면서 빠르게 되뇌었고, 마치 기계음을 듣는 것 같았다.

펜더개스트가 고개를 좌우로 흔들었다. "준은 정확한 양만 썼을 거야. 밤마다 아주 힘들었겠지. 지금처럼 말이야. 끝도 없는 영원한 밤이 시작되는데, 정확한 양의 모르핀만 주사하다니 너무 가혹하잖아."

"이야아아아아아아아아아!" 슬레이드는 또다시 거칠게 울부짖으며 비명을 질렀다.

"사실, 준과 남편은 당신의 삶을 셀 수 없을 정도로 많은 방식으로 제

어할 수 있을 거야. 넌 준의 환자가 아니라 수감자일 뿐이야."

슬레이드는 계속 머리를 흔들었고 입가를 계속 움직였지만 아무 소리도 나지 않았다.

"그 여자가 모든 권한을 가지고 있으니까." 펜더개스트가 계속 말을 이었다. "치료법을 선택하는 건 물론이고, 어쩌면 당신의 감각을 둔감하게 만들려고 더욱 기발한 방법을 사용할지도 몰라. 그렇다고 당신이 느끼는 갖가지 오싹한 감각들을 완벽하게 막을 수도 없잖아. 안 그래?"

슬레이드는 아무 대답도 하지 않았다. 한 번, 두 번, 세 번 버튼을 눌렀지만 아무것도 흘러나오지 않았다. 그는 앞으로 고개를 숙이고 큰 소리를 내면서 책상에 머리를 찧었고, 곧바로 뒤로 물러서더니 경련을 하는 것처럼 입술을 파르르 떨었다.

"사실 나는 자살이 비겁한 방법이라고 생각했어." 펜더개스트가 말했다. "하지만 당신 같은 경우에는 자살이 가장 현명한 해결책이라고 봐. 왜냐하면 당신 인생은 죽음보다 훨씬 더 끔찍하니까."

슬레이드는 대답하지 않았다. 그리고 계속해서 책상 위에 머리를 찧었다.

"아주 사소한 감각만 느껴도 미묘한 고통이 당신을 괴롭히잖아." 펜더개스트가 계속 말했다. "그래서 당신의 주변 환경이 이렇게 통제되고 최소화된 거야. 그런데 내가 새로운 요소들까지 몸소 소개해줬잖아. 내 목소리, 활성탄이 타는 냄새와 연기 색깔, 구불거리는 모습. 끽끽대는 의자 소리, 당구공 소리, 시계추가 재깍거리며 움직이는 소리. 이제 당신의 혈관은 온갖 자극들 때문에 폭발하기 직전의 상태가 됐을 거야."

펜더개스트는 계속해서 나지막한 목소리로 말했다. 마치 최면을 거는 것 같았다. "앞으로 1분 후면 뻐꾸기시계가 울 거야. 열두 번. 그럼 혈관이 터져버리겠지. 뻐꾸기가 몇 번이나 울어야 당신이 방아쇠를 당길지는 나도 잘 몰라. 네 번, 아니, 다섯 번, 잘하면 여섯 번까지 견딜 수도 있겠지. 하지만 당신이 방아쇠를 당길 거라는 사실 하나는 확실해.

왜냐하면 총소리가 당신이 듣는 마지막 소리가 될 테고, 유일한 해답이 니까. 지금 삶에서 해방될 수 있는 유일한 방법이기도 하고. 내가 주는 선물이라고 생각하고 고맙게 받아줬으면 좋겠어."

슬레이드가 고개를 들었다. 책상에 대고 연신 찧었던 이마는 붉어졌 고 눈동자는 제멋대로 굴러다녔다. 그는 총을 들고 펜더개스트를 겨누 었다가 다시 내렸다가, 다시 그를 겨누었다.

"잘 가, 슬레이드 박사." 펜더개스트가 말했다. "이제 몇 초밖에 안 남 있어. 당신을 위해서 숫자를 세어줄게. 5, 4, 3, 2, 1……."

78

헤이워드는 번쩍거리는 의학 장비로 가득 찬 응급실 안, 바퀴 달린 들것에 앉아서 기다렸다. 커다란 공간 반대편에는 준 브로디와 말 없는 남편이 조각상처럼 앉아서 복도 너머로 들리는 소리에 귀를 기울이며 기다리고 있었다. 가끔씩 분노 혹은 절망의 울음소리, 횡설수설하는 웃음소리가 들려왔지만 워낙 방음장치가 두껍게 되어 있어서 개미 소리처럼 자그맣게 들렸다.

헤이워드는 출구 두 개를 한눈에 볼 수 있다는 점에서 상당히 유리한 위치에 있었다. 한쪽은 슬레이드의 사무실로 연결되어 있는 문이고, 하나는 밖으로 나가는 계단과 연결되어 있는 곳이었다. 헤이워드는 또 다른 저격수가 캠프 어딘가에 있으리라는 사실을 너무 잘 알고 있었다. 언제라도 저 계단을 박차고 들어올 수 있었다. 헤이워드는 총을 들고 문을 유심히 쳐다보았다.

또다시 헤이워드의 시선이 펜더개스트와 슬레이드가 사라진 문 쪽으로 향했다. 무슨 일이 일어나고 있는 걸까? 지금까지 이렇게 기분이 불쾌했던 적은 거의 없었다. 온몸이 부서질 것처럼 지치고, 진흙투성이에다, 진통제 약발이 떨어졌는지 여기저기가 심하게 욱신거렸다. 두 사람이 자리를 비운 지 10분, 아니 15분 정도밖에 흐르지 않았지만, 그녀는 타고난 육감으로 응급실에 꼼짝 말고 있으라던 펜더개스트의 황급한 지시에 뭔가 다른 뜻이 있다는 것을 느낄 수 있었다. 그는 슬레이드를 죽이지 않겠다고 약속했다. 헤이워드는 그의 말을 믿어야 했다. 언제나 제멋대로인 사람이지만 자기가 한 말은 반드시 지키는 신사였으니까.

바로 그때, 권총이 발사되는 소리, 한 발의 총성이 응급실을 뒤흔들었다. 헤이워드가 무기를 들었고 준 브로디가 외마디 비명을 지르며 문을 향해서 뛰어갔다.

"잠깐!" 헤이워드기 말했다. "그대로 있어요."

더는 총성이 들리지 않았다. 1분이 지나갔고, 2분이 됐다. 그제야 아주 조용한, 하지만 분명한 소리가 문 가까이에서 다가왔다. 잠시 후, 카펫이 덮인 복도 위로 희미한 발소리가 들렸다. 헤이워드는 바퀴 달린 들것 위에서 일어나 허리를 곧추세웠다. 심장이 두방망이질 치면서 빠르게 뛰었다.

펜더개스트 요원이 문을 열고 나타났다.

헤이워드는 그를 빤히 노려봤다. 두꺼운 진흙으로 덮인 얼굴이 평소보다 더욱 창백해 보였지만 아무런 부상도 입지 않았다. 그는 세 사람을 차례대로 돌아봤다.

"슬레이드 씨는……?" 헤이워드가 물었다.

"죽었어요." 대답이 들려왔다.

"당신이 그이를 죽였어!" 준 브로디가 소리를 지르더니 펜더개스트를 지나서 복도로 뛰어갔다. 펜더개스트는 그녀를 그냥 내버려두었다.

헤이워드는 다리로 퍼지는 고통을 겨우 참으면서 침대 밑으로 내려갔다. "나쁜 자식, 나랑 약속했잖……."

"자살한 겁니다." 펜더개스트가 말했다.

헤이워드는 멈췄다.

"자살?" 브로디의 남편이 처음으로 입을 열었다. "그건 불가능해요."

헤이워드가 펜더개스트를 노려봤다. "그딴 말을 믿을 줄 알고! 빈센트에게 그를 죽이겠다고 했다더니, 진짜 죽였군요."

"맞아요." 펜더개스트가 대답했다. "자살하도록 부추겼어요. 그냥 이런저런 얘기만 했을 뿐이에요. 방아쇠는 그자가 직접 당긴 겁니다."

헤이워드는 입을 열었다가 닫았다가를 반복했다. 갑자기 더 알고 싶지 않다는 생각이 들었다. 그냥 얘기만 했다니, 대체 무슨 뜻이지? 갑자기 온몸에 소름이 돋았다.

펜더개스트는 그녀를 빤히 지켜보았다. "반장님, 생각해봐요. 슬레이드는 살인을 지시했어요. 직접 살인을 한 건 아니었죠. 우리에겐 아직 해결해야 할 일이 남았어요."

잠시 후, 준 브로디가 나타났다. 그녀는 아무 말 없이 흐느꼈다. 남편이 자리에서 일어나 아내에게 다가갔고 어깨에 팔을 두르고 위로를 하려고 했다. 준은 남편의 손을 밀쳐냈다.

"더는 여기 있을 이유가 없어요." 펜더개스트가 말했다. 그리고 준을 쳐다봤다. "당신 보트를 빌려야 할 것 같은데요. 내일 돌려드리죠."

"머리끝부터 발끝까지 무장한 경찰들 한 무리와 함께요?" 준이 씁쓸하게 웅얼거렸다.

펜더개스트가 고개를 흔들었다. "다른 사람까지 이번 일에 대해 알 필요는 없어요. 사실 이건 우리나 관심이 있지 다른 사람들은 아닐 테니까. 그냥 여기를 불태우고 멀리 떠나서 다시 돌아오지 말라는 말만 전하고 싶군요. 제가 아는 대로라면 당신은 슬레이드가 미치광이가 되어서 고통스러워할 때부터 옆에 있었고 그의 마지막까지 지켜주었어요. 그게 이야기의 시작이고 끝입니다. 이미 사망한 걸로 처리된 사람의 자살 소식까지 알릴 필요는 없어요. 당신 두 사람에 대한 언론의 관심을 최소화하기 위해서라도 뭔가 거짓으로 이야기를 지어내야 하잖아요. 스페인 섬도 그렇고."

"미치광이……." 준 브로디가 끼어들었다. 거의 말을 내뱉다시피 했다. "당신은 그이를 미치광이라고 부르는군요. 그보다는 나은 사람이었이요. 훨씬 더. 착한 사람이었죠. 좋은 일을 많이 했어요. 훌륭한 일을. 내가 그를 치료할 수만 있었다면, 더 좋은 일을 했을 거예요. 내가 말하려고 했는데 당신은 들은 척도 하지 않았죠. 내 말을 들으려고 하지 않았다고." 목소리가 갈라졌고, 준은 자신을 추스르려고 애썼다.

"치료는 불가능했어요." 펜더개스트가 말했다. 그리 불친절한 투는 아니었다. "게다가 실험에 대한 열정만 있었지 냉혈한 살인마라는 사실까지 상쇄할 정도는 아니었다고 봅니다."

"열정만 있었다고요? 그이가 이런 깃도 가능하게 했어요!" 그녀는 자기 가슴을 손가락으로 찔렀다.

"무슨 소리죠?" 펜더개스트는 진흙으로 뒤범벅된 얼굴에 놀란 표정을 지었다. 그러더니 놀란 표정이 어느새 사라졌다.

"나에 대해 많은 걸 알고 있다면 제 상태가 어떤지도 분명히 알겠죠." 그녀가 말했다.

펜더개스트가 고개를 끄덕였다. "근위축성 측색경화증. 이제야 알겠군요. 마지막까지 머릿속에 맴돌던 궁금증이 이제 풀렸어요. 왜 슬레이드가 미치기 전에 당신이 먼저 이 늪지대로 온 건지 말입니다."

"무슨 소린지 모르겠네요." 헤이워드가 말했다.

"루게릭병." 펜더개스트가 브로디를 쳐다보며 말했다. "지금은 병 때문에 고통을 받는 것 같지 않네요."

"더는 루게릭병 환자가 아니니까 고통도 없죠. 그의 발견 이후로, 슬레이드 역시 천재적인 능력이 상승하는 기간을 겪었어요. 엄청난 천재성. 당신이 말했던 에이비언 플루에 걸렸거든요. 그는 아주 훌륭한…… 계획을 가지고 있었어요. 나를 돕고…… 다른 사람들도 도울 수 있는 계획. 그는 루게릭병을 고치기 위해 신약을 개발했어요. 살아 있는 세포의 저장고에서 복합 단백질을 배양하는 거죠. 처음에는 생물학이라고 불렀어요. 찰스 슬레이드는 혼자서 신약을 개발했어요. 당시 제약 기술보다 10년이나 앞선 연구였죠. 결국 그 연구를 위해서 세상에서 사라져야 했고요. 바로 여기서 신약을 개발했어요. 그 모든 걸 바로 여기서 해냈다고요."

"왜 응급실이 이렇게 으리으리한지 그 이유를 알겠네요." 펜더개스트가 말했다. "여긴 실험실이었어요."

"그래요. 그거랑 비슷하죠. 그이가…… 변하기 전까지는."

헤이워드가 브로디를 쳐다봤다. "정말 대단한 일이군요. 그런데 왜 세상에 알리지 않았죠?"

"불가능해요." 브로디가 속삭이는 듯한 목소리로 말했다. "모든 게 그이 머릿속에만 있거든요. 아무리 사정을 해봐도 문서로 남기지 않았죠. 그러다 상태가 심각해졌고 그러다 적당한 때를 놓쳤어요. 그래서 슬레이드를 과거 상태로 되돌리려고 애썼던 거예요. 그때는 나를 사랑했죠. 그래서 나를 낫게 해주었던 거고. 그런데 이제 모든 비밀이 그와 함께 저세상으로 가버렸네요."

그들이 스페인 섬에서 멀어질 때 두꺼운 구름이 달을 가렸다. 저격수도 조종간을 잡은 사람도 시야를 거의 확보할 수 없었다. 펜더개스트는 무성한 초목 사이를 최대한 조용히 빠져나갔고 주변에 엔진 소리가 들리지 않도록 조심했다. 헤이워드는 뱃머리에 앉았고 바로 옆에 목발을 내려두었다. 그리고 조용히 생각에 잠겼다.

30분가량, 한 마디도 오가지 않았다. 마침내 헤이워드가 자리에서 일어나서 펜더개스트가 있는 쪽을 돌아보았다. 그는 열심히 보트 제어판을 조종하고 있었다.

"왜 그랬을까요?" 그녀가 물었다.

그녀를 보는 펜더개스트의 눈동자가 반짝였다.

"그러니까, 사라져버린 거요." 헤이워드가 계속 말했다. "세상을 등지고 늪지대로 들어왔잖아요."

"본인이 에이비언 플루에 감염되었다는 것을 깨달았으니까요." 펜더개스트는 잠시 후 다시 입을 열었다. "다른 사람들이 어떻게 변했는지도 두 눈으로 똑똑히 봤잖아요. 결국 자신도 미쳐갈 거라는 사실을 깨달은 거죠. 그보다 더한 상황이 일어날 수도 있다는 걸. 그는 자신의 광기를 제어를 할 수 있는지 확인해보고 싶었을 겁니다. 스페인 섬은 완벽한 선택이었죠. 만약 우리가 찾아오지 않았다면 영원히 세상에 알려지지 않았을 겁니다. 한때 실험실로 사용된 적이 있었기 때문에 이미 필요한 모든 장비들이 구비되어 있었을 테고요. 그는 분명 에이비언 플루에 대한 치료법을 발견할 수 있다는 희망을 가졌을 거예요. 준 브로디를 치료한 것처럼 자신의 치료법도 찾을 수 있다고 믿었겠죠."

"그래요. 그런데 왜 그렇게 정교하게 꾸민 걸까요? 본인을 위한 죽음을 설정하고, 브로디 부인까지 죽은 걸로 설정하고. 그러니까 내 말은, 애초부터 정부 법에 따라서 운영하던 연구실도 아니었잖아요."

"아뇨, 법 때문에 그런 건 아니죠. 그냥 극도로 조심하려던 것 같아요. 법 같은 걸 두려워했던 사람 같지도 않고요."

"어쨌든 이제 슬레이드는 죽었어요." 그녀는 계속 말을 이었다. "마음이 편해졌나요? 전부 해결된 거죠?"

잠시 동안 FBI 요원은 대답하지 않았다. 그리고 마침내 입을 열었을 때는 너무나 무미건조하고 무덤덤한 목소리였다. "아니요."

"이유가 뭐죠? 미스터리도 풀렸고 당신 부인을 죽인 살인마한테 복수도 했잖아요."

"슬레이드가 말했던 거 기억나요? 앞으로 상상도 못 했던 일이 생길 거라고. 그건 우리를 노렸던 두 번째 저격수를 얘기한 거예요. 그자는 어딘가에 숨어 있을 겁니다. 그자가 마음껏 거리를 활보하고 다니는 한, 당신과 빈센트, 심지어 나에게도 영원히 위협적인 존재로 남을 거고요. 그리고…….." 그는 잠시 말문을 흐렸다. "다른 것도 있어요."

"계속 말해요."

"헬렌의 죽음에 대한 책임을 물을 자가 하나라도 남아 있는 한, 나는 편히 쉴 수 없어요."

　헤이워드가 쳐다보자 그는 갑자기 시선을 다른 데로 돌렸다. 보름달을 보는 순간, 펜더개스트는 이상하게도 완전히 얼어붙은 것 같았다. 한한 보름달이 구름을 헤치고 나와서 늪지대를 밝게 비추고 있었다. 한한 달빛이 펜더개스트의 얼굴 위로 비추었고, **빽빽하게** 자란 둥근 초목 사이로 점차 저무는가 싶더니 마침내 수평선 너머로 사라졌다. 보름달이 사라지자 주변을 비추던 빛이 가시고 다시 늪지대에 어둠이 내렸다.

79

미시시피 주, 말포셰

펜더개스트는 해군 보트의 조종간을 움직여서 '타이니의 낚시용품점 & 바' 너머 부두의 틈새로 미끄러져 들어갔다. 정오에 가까운 시각, 태양이 하늘 높이 떠 있었고 계절에 걸맞지 않는 뜨거운 열기를 내뿜는 바람에 진흙탕 물가의 구석구석 습기가 가득했다.

부두로 뛰어오른 펜더개스트는 배를 묶고 헤이워드가 올라오는 걸 도운 다음 목발을 건넸다.

아직 정오도 되지 않은 시간이었지만 금방이라도 무너질 것 같은 타이니의 술집에서 콧소리가 섞인 컨트리 웨스턴 음악 소리가 멀리까지 새어 나왔다. 펜더개스트는 준 브로디의 12구경 펌프 연사식 산탄총을 꺼내서 머리 위로 올렸다.

"뭐 하는 거예요?" 헤이워드가 목발을 짚으면서 물었다.

"사람들의 관심을 끄는 거죠. 아까 얘기한 것처럼 아직 끝내지 못한 일이 남았거든요." 펜더개스트가 허공에 총알을 쏘자 어마어마한 폭발음이 들렸다. 잠시 후 벌집에서 말벌들이 몰려나오듯 타이니의 바에서 맥주를 손에 든 사람들이 우르르 몰려나왔다. 타이니와 래리의 모습은 보이지 않았지만, 헤이워드의 눈에 족히 수십 명은 되어 보였다. 헤이워드는 마을 사람들의 적대적인 눈빛, 욕설을 내뱉던 땀이 서린 얼굴을 생생히 기억하고 있었다. 수를 헤아릴 수 없을 정도로 많은 사람들이 두 사람을 말없이 쏘아보았다. 스페인 섬을 떠나기 전에 깨끗이 씻고 준이 건네준 말끔한 블라우스로 갈아입었지만 남들 눈에는 진흙투성이로 보일 것 같았다.

"이리 와요, 여러분. 내가 어떻게 하는지 잘 보라고!" 펜더개스트가 타이니의 바와 다른 부두가 있는 쪽으로 가면서 외쳤다.

군중은 잠시 머뭇거리더니 조심스럽게 두 사람을 따라갔다. 마침내 개중에서 용기가 있어 보이는 한 남자가 한 걸음 앞으로 걸어 나왔다. 몸집이 크고, 비열하고 족제비 같은 얼굴이 별 특징 없는 몸뚱이 위에 얹혀 있었다. 그는 파란 사팔뜨기 눈으로 두 사람을 노려봤다. "대체 원하는 게 뭐요?" 맥주 캔을 물속에 휙 집어 던지면서 그가 물었다. 헤이워드는 그가 브래지어가 두 동강이 났을 때 가장 큰 소리로 환호하던 놈이라는 것을 한눈에 알아보았다.

"더는 괴롭히지 않겠다고 했잖아." 누군가 외쳤다.

"체포하지 않겠다고 했지. 다시 괴롭히지 않겠다고는 안 했어."

그 남자가 바지춤을 추켜올렸다. "정말 짜증나게 하는군."

"잘됐네!" 펜더개스트는 타이니 가게 뒤쪽 다양한 배들이 늘어선 갑판으로 걸어갔다. 헤이워드는 그 배들이 마을 사람들이 매복을 할 때 탔던 배라는 걸 알아차렸다. "자, 여기 멋진 배들 중에서 래리의 배가 어떤 거지?"

"당신이랑 상관없잖아."

펜더개스트는 별 고민 없이 총구를 기울이더니 근처에 있는 배를 조준하고 방아쇠를 당겼다. 호수 위로 커다란 폭발음이 퍼졌고 배가 산산조각 나면서 좌우로 흔들렸다. 주변으로 잔물결이 일면서 용접을 해둔 알루미늄 선체에 30센티미터가량의 구멍이 뚫렸다. 배 안으로 흙탕물이 스며들면서 뱃머리가 점차 호수 속으로 기울기 시작했다.

"무슨 짓이야?" 한 남자가 소리쳤다. "저건 내 배라고!"

"미안, 난 래리 놈의 배인 줄 알았지. 좋아, 래리 배는 어떤 거지? 이 거?" 펜더개스트는 바로 옆의 배를 향해 총구를 겨누고 방아쇠를 당겼다. 다시 한 번 하얀 물살이 사람들 머리 위로 흩뿌렸고, 배가 공중에 튀어 올랐다가 곧바로 물속으로 가라앉기 시작했다.

"개자식!" 또 다른 남자가 소리쳤다. "래리 배는 2000 레전드야! 저기 있잖아!" 그는 맨 끝에 있는 고기잡이배를 가리켰다.

펜더개스트는 그쪽으로 걸어가서 찬찬히 살폈다. "쓸 만한데. 래리한테 내 신분증을 늪지에 던져버린 대가라고 전해." 다시 한 빈 총알이 튀어 나갔고 엔진 바깥쪽을 관통하면서 한쪽 뚜껑이 공중으로 날아갔다. "그리고 이건 래리가 천하의 몹쓸 놈이라 주는 선물이야." 두 번째 총알이 배의 가로대에 명중했고 물살이 솟구쳤다. 선미로 물이 새어 들어왔고 뱃머리가 기울어지면서 엔진이 물속에 잠겼다.

"맙소사! 저 새끼 미쳤어!"

"맞아." 펜더개스트는 다시 부두로 걸어왔고, 새로 총알을 장전하고 태연하게 다음 배를 조준했다. "이번 건 엉뚱한 루트를 가르쳐준 대가야." 빵!

무심한 발걸음. "이건 타이니가 내 명치를 두 번이나 때린 대가고."

빵.

"이건 나한테 침을 뱉은 몫이고."

쾅. 쾅. 총알 두 발이 배에 꽂혔다.

펜더개스트는 45구경 권총을 꺼내서 헤이워드에게 건넸다. "총알 장전하는 동안 놈들을 감시해요." 그는 주머니에서 총알 한 줌을 꺼내서 천천히 끼워 넣었다.

"이건 내 존경하는 동료를 모욕하고, 그 저속하고 음탕한 시선을 받게 한 것에 대한 아주 특별한 선물이야. 내가 저번에 말했지? 여자를 그런 식으로 대하면 안 된다고." 펜더개스트는 갑판 위를 걸어가면서 마지막까지 남아 있는 배의 바닥에 대고 총알을 갈겼다. 한 발, 또 한 발,

총알을 장전할 때마다 잠시 걸음을 멈췄다. 군중은 커다란 충격을 받아서 아무 말 없이 쳐다만 보고 있었다.

펜더개스트는 땀을 흘리고 벌벌 떨면서 맥주 냄새를 풍기는 남자들 한 무리 앞에 멈췄다. "술집에 다른 사람은 없나?"

아무도 대답하지 않았다.

"이러면 안 되지." 목소리가 갈라진 남자가 말했다. "이건 불법이야."

"그럼 FBI를 불러야겠네." 펜더개스트가 말했다. 그는 '타이니의 낚시용품점 & 바'의 문을 향해서 걸어갔고, 벌컥 문을 열고 가게 안을 들여다봤다. "부인?" 그가 말했다. "잠시 나오세요."

머리를 금발로 염색하고 커다란 손톱을 새빨갛게 칠한 여자가 허둥지둥 뛰쳐나오더니 주차장으로 한걸음에 뛰어갔다.

"구두 한 짝이 떨어졌는데요!" 펜더개스트는 여자를 불렀지만 그 여자는 절름발이 말처럼 뒤뚱거리며 뛰어갔다.

펜더개스트는 바 안으로 들어갔다. 헤이워드는 한 손에 권총을 들고 펜더개스트가 문을 열고 닫고 소리치는 걸 계속 듣고 있었다. 다시 술집 앞에 펜더개스트가 모습을 드러냈다. "집주인이 자리를 비우셨군."

그는 다시 앞으로 걸어와서 마을 사람들과 대면했다. "다들 주차장으로 가서 차 뒤에 숨어."

아무도 움직이지 않았다.

빵! 펜더개스트는 총알을 사람들 머리 위로 날렸고, 모두 걸음아 나 살려라 흙투성이 주차장 쪽으로 뛰어갔다. 펜더개스트는 건물 뒤로 걸어갔고, 다시 총알을 장전하고 가게 옆에 세워놓은 커다란 프로판가스 탱크를 향해 조준을 했다. 그리고 헤이워드를 쳐다봤다.

"반장님, 여기를 날리려면 나 혼자론 부족해요. 셋을 세고 함께 쏘죠."

헤이워드는 45구경 권총을 들었다. '이런 식이라면 펜더개스트의 방식에 익숙해질 수도 있겠어.' 헤이워드는 커다랗고 하얀 가스탱크를 조준하면서 생각했다.

"하나……."

"제길, 안 돼!" 흐느끼는 소리가 들렸다.

"둘……."

"셋!"

두 사람은 동시에 방아쇠를 당겼고, 45구경 총알이 순식간에 튀어 나
갔다. 엄청난 폭발이 일어났고 거대한 열기와 엄청난 압력이 두 사람을
휩쓸고 지나갔다. 건물 전체가 순식간에 무너졌고 뜨거운 불꽃이 주위
를 에워쌌다. 하늘 위로 거대한 불덩이가 솟구쳤고, 검은 연기가 사방
으로 올라가더니 수만 조각의 잔해들이 비처럼 머리 위로 쏟아졌다. 꿈
틀거리는 큰 지렁이, 벌레, 불에 탄 구더기, 산산조각 난 낚싯대, 깨진
술병, 돼지 족발, 피클, 라임 조각, 컵 받침, 폭발한 맥주 캔까지.

가게의 잔해들이 떨어져 내리는 사이, 시뻘건 불덩어리에서 피어오
른 연기가 하늘 위로 작은 버섯 모양의 구름을 만들어냈다. 마침내 검
은 연기가 사라지자 불에 탄 건물의 잔해가 눈에 들어왔다. 별로 남은
게 없었다.

펜더개스트는 어깨에 총을 둘러메고 부두를 내려와서 헤이워드 쪽
으로 다가왔다. "반장님, 이제 갈까요? 이제 빈센트를 보러 가야 할 시
간이 된 것 같은데. 제아무리 보초를 세워놓는다고 해도 빈센트를 다른
데로 옮기지 않고는 마음이 편치 않겠어요. 뉴욕처럼 멀지 않고 한적한
곳으로 옮기도록 해요. 우리가 24시간 지켜볼 수 있는 곳으로."

"저야 좋죠." 헤이워드는 얼마 후면 펜더개스트와 같이 일하지 않아
도 된다고 생각하니 기분이 좋아졌다. 처음 예상했던 것보다 조금 재미
있기는 했지만.

80

뉴욕 시

존 펠더 박사는 뉴욕 시청 복지부의 맨해튼 남부 지부 상담실에 앉아 있었다. 8층, 정신위생과 사무실이 있는 곳이었다. 그는 작지만 깔끔하게 정돈된 사무실을 찬찬히 살펴보았고 모든 것들이 제자리에 정돈된 것을 보고 심리적인 안정감을 얻었다. 책장에는 먼지를 털어낸 의학 서적들이 나란히 꽂혀 있었고, 벽에는 별 개성은 없지만 완벽한 수준의 예술적인 그림이 걸려 있었다. 책상 앞 적당한 위치에 의자가 놓여 있고, 책상 위로는 군더더기 없이 필요한 물건들만 준비되어 있었다.

보통 때는 사무실에서 손님을 맞지 않았다. 그는 대부분의 시간을 자기 전문 분야의 일을 하면서 시간을 보냈다. 감금 병동과 경찰 보호실과 응급실, 그리고 파크 대로 남쪽의 작은 상담실에서 가끔 상담 환자를 진료하는 게 전부였다. 하지만 이번 약속은 달랐다. 펠더가 먼저 그 신사를 초대했다는 점에서 그랬다. 정신과 의사는 그 신사의 뒷배경에 대해 이미 조사한 바 있었고, 그가 알아낸 사실은 무척 당혹스러운 것이었다. 이번 초대가 실수라고 판명이 날 수도 있었다. 그렇다고 하더라도, 그 신사는 콘스턴스 그린의 미스터리를 풀 수 있는 유일한 열쇠인 것 같았다.

조용하게 문을 두드리는 소리가 들렸다. 펠더는 시계를 봤다. 정확히

10시 30분. 시간 약속을 잘 지키는군. 그는 일어나서 문을 열었다.

유령 같은 모습의 남자가 문 앞에 서 있었다. 펠더의 불안감을 잠재우는 데는 별 도움이 되지 않는 모습이었다. 키가 크고 마르고 깔끔하게 옷을 차려입은 남자. 창백한 피부가 검은 양복과 완벽히 대조를 이루었다. 눈동자 역시 피부만큼이나 창백해서 어디가 어딘지 구별할 수 없을 정도였다. 그래서 더욱 호기심이 느껴지는, 뭐랄까, 뭔가 재미있는 게 숨어 있을 것 같은 모습이었다.

펠더는 그를 쳐다보고 있다가 남자의 시선을 느꼈다. "들어오시죠." 그는 재빨리 말했다. "펜더개스트 씨?"

"그렇습니다."

펠더는 상담용 의자를 내어줬고 본인은 책상 뒤로 가서 앉았다. "죄송합니다만, 펜더개스트 박사님이라고 부르면 될까요? 사실은 당신 배경을 조사한 적이 있습니다."

펜더개스트는 머리를 한쪽으로 기울였다. "박사 학위가 두 개 있기는 하지만 법률을 집행할 때 사용하는 직책인 특별 수사관 쪽으로 불리는 게 좋습니다."

"알겠습니다." 펠더는 경찰과 상담을 해본 적은 있지만, FBI 요원은 처음이라 어디서부터 시작해야 할지 몰랐다. 단도직입적인 접근법이 가장 좋을 것 같았다.

"콘스턴스 그린이 당신의 피후견인 맞습니까?"

"그렇습니다."

펠더는 자연스럽게 다리를 꼬면서 의자에 기대어 앉았다. 편하고 격식에 얽매이지 않는 사람이라는 인상을 주고 싶었기 때문이다. "저에게 콘스턴스 그린 씨에 대해서 뭔가 얘기해주실 수 있을까 싶어서 이렇게 만남을 청하게 됐습니다. 어디서 태어났고, 어린 시절은 어땠는지, 그런 얘기들 말입니다."

펜더개스트는 여전히 무표정으로 이 남자를 쳐다보았다. 펠더는 왠지 모르게 안달이 나기 시작했다.

"당신이 그린의 사건을 담당한 정신과 의사였나요?" 펜더개스트가
물었다.

"비자발직 공판에서 제 소견서가 증거로 채택되었습니다."

"당신 의견이 판결을 좌우했겠군요."

펠더는 유감스러운 표정으로 웃었다. "그렇습니다. 선고 공판 때 증
인석에 서는 걸 거절하셨던데, 충분히 이해합……."

"정확한 진단명이 무엇이었나요?"

"워낙 전문적인 내용이라……."

"설명해주시죠."

펠더는 잠시 망설였다. "알겠습니다. 기본적으로 편집적 정신분열증
이 계속적으로 진행되는 상태와, 둘째로 잠재된 정신분열 기질이 동시
에 해리성 둔주(전혀 다른 공간에서 다른 사람으로 생활하면서 기존의 기억
을 잊고 사는 장애―옮긴이)와 결합되어 있는 걸로 진단했습니다."

펜더개스트는 천천히 고개를 끄덕였다. "어떤 증거를 기반으로 진단
하신 거죠?"

"간단합니다. 자신을 콘스턴스 그린이라고 생각하는 망상 증세 때문
이었죠. 콘스턴스 그린이라는 사람은 벌써 150년 전에 태어났던 사람
이었어요."

"한 가지만 물어보죠, 박사님. 그린의 내외적인 상태를 살피면서, 그
러니까, 망상 말입니다. 그 망상이 중단되거나 규칙성이 없다는 점도
함께 고려해보셨습니까?"

펠더는 인상을 찌푸렸다. "무슨 말씀이신지 모르겠네요."

"그린의 망상 증세가 내면적으로 일관성을 가지고 있던가요?"

"물론 자신의 아이가 악마라고 믿는 것을 넘어서, 그린 씨의 망상 증
세는 눈에 띌 정도로 일관성을 가지고 있었습니다. 그래서 제가 관심을
가지게 되었고요."

"정확히 뭐라고 하던가요?"

"가족이 북부 농장에서 워터가로 이사를 왔고, 1870년대 초반에 태어났으며 부모님은 폐결핵으로 돌아가셨고, 언니는 연쇄살인범 손에 살해당했다고요. 본인은 고아가 되어서 리버사이드 드라이브 891번지에서 살고 있다고 했어요. 한데 그런 기록은 전혀 없습니다. 그 후에 당신이 그 집의 소유주가 되면서 피후견인이 되어 그린 씨를 양육할 책임을 맡게 되었다고 했습니다."

펜더개스트는 펠더가 뭔가 주지하는 깃을 눈치챈 것 같았다. "저에 대해서는 뭐라고 하던가요?"

"죄책감 때문에 자신의 보호자가 되기로 했다고요."

침묵이 흘렀다.

"펠더 박사님 말씀해보십시오." 펜더개스트가 한참 후에 물었다. "콘스턴스 그린이 자신의 어린 시절과 최근에 배에 타고 왔던 시점 사이에 무슨 일이 있었는지 말하던가요?"

"아니요."

"자세한 이야기, 아무것도요?"

"아무것도요."

"그렇다면 콘스턴스 그린이 295.30 유형의 분열성 인격 장애라는 가정을 하는 건 불가능하겠군요. 차라리 특정 정신분열성 장애로 분류해놓으셨어야죠. 사실 박사님은 그린의 예전 상태에 대해서 전혀 모르고 계십니다. 박사님이 아는 건, 콘스턴스 그린의 망상 증세가 최근에 시작되었다는 것이죠. 최근 대서양을 건널 때부터 생긴 거라고 생각하셨을 겁니다."

펠더 박사는 몸을 앞으로 숙였다. 펜더개스트는 DSM-IV(미국 정신분열증의 진단 및 통계 지침―옮긴이) 코드를 인용했고, '특정 정신분열성 장애'라는 전문용어를 사용했다. "혹시 정신의학을 공부한 적이 있습니까, 특별 수사관 펜더개스트 씨?"

펜더개스트는 어깨를 으쓱했다. "주요 관심사 중 하나죠."

펠더 박사는 현 상황과는 상관없이 갑자기 짜증이 솟구치는 것을 느꼈다. 예전에는 전혀 상관없는 남처럼 굴더니, 이제 와서 왜 저렇게 관심을 보이는 것일까? "한마디 하겠습니다." 그기 말했다. "당신의 결론은 비전문적이고 피상적인 것에 불과합니다."

펜더개스트의 눈동자가 반짝였다. "그럼 저를 여기까지 불러서 콘스턴스에 대한 질문들을 하면서 괴롭히는 이유가 뭔가요? 이미 콘스턴스 그린의 병을 정확하게 진단하고 판결까지 내린 상태잖습니까?"

"그건 말이죠……." 은빛 눈동자가 빤히 쳐다보는 것이 느껴졌다.

"그저 가벼운 호기심 때문입니까? 아니면……." 펜더개스트는 미소를 지었다. "전문 서적이라도 출판하고 싶어서 그런 겁니까?"

펠더는 뻣뻣하게 굳었다. "당연히 이번 사례에 새로운 요소가 있다면 출판물을 통해서 동료들과 경험을 공유하고 싶지요."

"의사로서 명성도 높아지겠군요, 아마도." 펜더개스트의 눈동자가 심술궂게 반짝였다. "연구소에서 구미에 맞는 제안을 받아낼 수도 있겠고. 예전에 록펠러 대학 외래 교수직을 노리고 있었다고 하던데요."

펠더는 경악을 금치 못했다. 어떻게 그런 것까지 알아낸 걸까?

마치 말로 표현하지 않은 것에 대답을 하는 것처럼 펜더개스트는 태연하게 손을 흔들면서 말했다. "저 역시 박사님에 대해서 조금 알아봤습니다."

펠더는 자신이 했던 말을 그대로 받자 얼굴이 붉어졌다. 그는 어떻게든 마음을 진정시키려고 노력했다. "이건 제 전문가적인 목표와는 무관한 겁니다. 사실, 이렇게 진짜 같은 망상 증세를 가진 환자는 한 번도 본적이 없습니다. 콘스턴스 그린 씨는 정말 19세기 사람처럼 보였어요. 말하는 것도 그렇고, 옷을 입는 법이나 걷는 모습, 가만히 있을 때조차도, 심지어 생각하는 것도요. 그래서 이렇게 오시라고 청한 겁니다. 콘스턴스 그린 씨에 대해서 자세히 묻고 싶었어요. 이런 망상 증세를 촉발한 결정적인 트라우마가 무엇일까요? 예전에는 어땠죠? 그린 씨의 인생에서 중요한 사건들이 있었나요? 대체 콘스턴스 그린 씨의 정체는 뭡니까?"

펜더개스트는 아무 말 없이 박사를 빤히 쳐다봤다.

"그뿐만이 아닙니다. 사실 우연히 기사를 하나 발견했습니다." 펠더는 책상 위에 있는 마닐라지 서류철을 열고 《뉴욕 데일리 인콰이어러》지의 '놀이를 즐기는 부랑자들'이라는 제목의 삽화가 그려진 기사를 펜더개스트에게 건네주었다.

FBI 요원은 기사를 주의 깊게 살펴보고 다시 돌려줬다. "그린과 똑같이 닮은 여자애가 눈에 띄는군요. 예술적인 상상력의 결과물인가요?"

"이 얼굴을 보세요." 펠더가 말했다. "정말 진짜 같잖아요. 분명 직접 그 아이의 모습을 보고 그린 거예요."

펜더개스트는 불가사의한 미소를 지었고 펠더는 그의 창백한 눈동자에서 새로운 면을 발견했다. "정말 흥미로운 일이군요, 박사님." 펜더개스트는 말을 멈췄다. "어쩌면 제가 당신을 도울 수 있을지도 모르겠어요. 박사님께서 저를 도와주신다면 말입니다."

펠더 박사는 그의 말이 무슨 소리인지 이해하지 못하고 의자의 팔걸이를 움켜쥐었다. "무슨 소리죠?"

"콘스턴스 그린은 매우 연약한 사람입니다. 심리적으로도 신체적으로도요. 물론 적절한 환경만 주어진다면 충분히 꽃필 수 있죠. 하지만 잘못된 환경에서는……." 펜더개스트가 박사를 쳐다보며 물었다. "지금은 어디에 있죠?"

"벨뷰 정신병동 1인실에 있습니다. 현재 베드퍼드 힐스의 정신 교정 시설로 이감하기 위해 서류 작업이 진행되고 있습니다."

펜더개스트는 고개를 가로저었다. "거긴 경비가 삼엄한 곳인데요. 콘스턴스 그린 같은 사람을 그런 데 수감하면 상태만 더욱 악화될 겁니다."

"다른 수감자에게 악영향을 받을 거라는 우려는 하실 필요 없습니다.

왜냐하면 그쪽 직원들이…….”

“그런 게 아닙니다. 콘스턴스 그린은 갑작스러운 경향이 있어요. 가끔은 폭력적이고 정신병적인 증상이 드러납니다. 베드퍼드 힐스 같은 시설은 그런 경향을 더욱 강화시킬 테고요.”

“그럼 어떤 제안을 하고 싶으신데요?”

“본인이 성장했던 곳과 비슷한 환경이 필요할 겁니다. 편하고, 구시대적이고, 스트레스가 없는 곳으로. 하지만 안전해야겠죠. 자신에게 익숙한 물건들이 주변에 있으면 좋겠죠. 물론, 무엇보다 책을 고르는 취향이 무척 까다롭습니다.”

펠더는 고개를 가로저었다. “그런 곳이 딱 하나 있긴 하죠. 마운트 머시 병원이라고, 모든 것이 갖추어져 있어요. 대기자 명단도 엄청나게 길고요.”

펜더개스트가 미소를 지었다. “제가 알기로는, 아마 3주 전에 자리가 하나 났을 겁니다.”

펠더가 그를 쳐다봤다. “그래요?”

펜더개스트는 고개를 끄덕였다. “공판 담당 정신과 의사 정도면, 살짝 새치기를 할 수도 있잖습니까? 그린을 그쪽에 보내려면 말이죠. 콘스턴스 그린에게 가장 적합한 환경이라고 강력하게 주장하셔도 좋겠죠.”

“그럼, 한번 알아보겠습니다.”

“그냥 알아보는 것보다 더 노력하셔야 할 텐데요. 그것만 약속해주시면 콘스턴스 그린에 대해서 아는 것을 전부 공유하겠습니다. 굉장히 값진 거래가 되겠죠. 박사님의 정신의학적 관심이라는 거대한 꿈을 실현하게 될 테니까요. 제가 드리는 정보를 이용해서 현실적으로 전문 서적을 출판하느냐 마느냐는 박사님 손에 달려 있습니다. 얼마나 신중하게 자신의 재량을 발휘하는가에 따라서 달라지겠죠.”

펠더는 심장이 두방망이질 치는 것을 느꼈다. “감사합니다.”

“오히려 제가 감사하죠. 이만 작별 인사를 해야겠네요, 펠더 박사님.

다시 만나게 될 겁니다. 콘스턴스 그린이 마운트 머시 병원에 안락하게 자리를 잡게 된다면 말입니다."

펠더는 FBI 요원이 사무실을 걸어 나가서 조용히 문을 닫는 모습을 지켜보았다. 이상했다. 펜더개스트도 19세기에서 막 걸어 나온 사람 같았다. 그리고 처음으로 스스로에게 이렇게 자문해보았다. 그토록 세심하게 계획했던 만남의 주도권을 잡은 사람은 둘 중 누구이고, 또 누가 더 만족스러운 결과를 얻었는지.

에필로그

조지아 주, 서배너

저드슨 에스테르하지는 휫필드 스퀘어에 있는 집 서재에 비스듬히 기대어 앉아 있었다. 5월치고는 무척 쌀쌀한 날이었고, 난로에 타오르던 조그만 불씨가 사그라지면서 자작나무의 탄내가 방 안에 퍼졌다.

저드슨은 지하 창고에서 꺼내 온 감칠맛 나는 하이랜드 몰트위스키 한 모금을 마시고 목구멍으로 넘기기 전에 혀 위로 살살 굴렸다. 술이 너무 썼다. 지금 그의 기분만큼이나.

펜더개스트가 슬레이드를 죽였다. 자살이라고 했지만 저드슨은 그 말이 새빨간 거짓말이라는 것을 잘 알고 있었다. 펜더개스트는 무슨 수를 써서라도 타살을 자살로 위장하고도 남을 위인이었다. 지난 10년 동안 끔찍한 시간을 보냈던 것처럼 그 늙은 남자의 최후 역시도 분명 끔찍했을 것이다. 아마 상상도 할 수 없을 정도로 엄청난 고통을 겪었을 터였다. 펜더개스트가 놀라운 솜씨로 다른 사람을 조종하는 것을 익히 봐 왔던지라, 슬레이드가 인지 장애에 걸렸다는 사실을 이용했을 거라는 점에는 한 치의 의심의 여지도 없었다. 이건 살인이다. 아니, 살인보다 더욱 잔인한 것인지도.

파르르 손이 떨리는 바람에 출렁이던 위스키 잔에서 술 몇 방울이 테이블 위로 떨어졌다. 그는 술잔을 탁 하고 내려놓았다. 하지만 슬레이드가 자신을 배신하지 않았으리라는 것에 대해서만큼은 강한 자신감을 가지고 있었다. 그 늙은 남자는 저드슨을 아들처럼 사랑했다. 아무리 병에 걸려 하루가 다르게 미쳐가고 끔찍한 고통을 겪었다고 해도, 마지막까지 저드슨의 비밀을 지켜주었을 것이다. 슬레이드에게는 광기를 초월한 뭔가가 있었다.

한때는 슬레이드를 흠모했지만, 그 감정은 이미 12년 전에 사라졌다. 그 대신 그는 슬레이드의 다른 면을 보았고, 그건 바로 익숙함 같은 것이었다. 어릴 시절에 부았던, 잔혹하기 짝이 없는 아버지를 연상시킨다고 할까. 저드슨 또한 너무 잘 알고 있는 진저리 나는 연구에 대한 뜨거운 열정. 어쩌면 그런 게 세상 모든 아버지의 운명이고 아버지라는 존재인지도 몰랐다. 실망하고, 배신당하고, 늙어가고, 현명해지고, 점점 쪼그라드는 현실.

그는 고개를 가로저었다. 지금까지 일어난 모든 일들은 실수였다. 그 얼마나 끔찍하고 잔혹한 실수인가! 이제 와 회상해보면 정말로 아이러니한 일이었다. 말 그대로 헬렌은 우연히 오듀본에게 관심을 가지게 되었고, 자신이 생각한 것을 의논하고 싶다면서 오빠를 찾아왔다. 저드슨도 헬렌도 정말 기적에 가까운 발견을 하게 되었다. "이건 정말 환상적인 약이 될 거야." 동생이 말했었다. "제약 회사들을 찾아가서 이걸 연구해보자고 제안해봐. 오빠는 어디로 가야 하는지 알잖아." 그래, 알고 있었다. 어디를 찾아가야 재정적인 후원을 받을 수 있는지 잘 알고 있었다. 신약을 개발할 만한 최적의 제약 회사가 어딘지도. 론지튜드. 대학원 논문 지도 교수였던 찰스 슬레이드가 민간 부문 투자를 전담으로 맡고 있는 회사였다. 저드슨은 노교수의 카리스마에 완전히 매료되었고, 졸업한 후에도 계속해서 연락을 주고받았다. 그런 신약을 개발하는 데는 슬레이드 교수가 적임자였다. 그는 창의적이고 독립적인 사상가였고, 위험을 두려워하지 않지만 극도로 신중한 사람이었다…….

이제 그는 죽었고, 그 점에 대해서는 오히려 펜더개스트에게 고마웠다. 펜더개스트는 과거를 온통 헤집어놓았고, 과거의 상처를 들쑤셨고, 결국 직접적으로 또는 간접적으로 여러 사람들의 목숨을 앗아가는 데 일조했다.

그는 유리잔을 들고 벌커벌커 위스키를 들이켰고 맛을 음미하지도 않고 곧바로 삼켜버렸다. 바로 옆 테이블에는 술병과 작은 잔, 그리고 멋들어진 광고 전단이 놓여 있었다. 에스테르하지는 전단지를 들고 집게손가락으로 천천히 한 장씩 넘겼다. 순간 분노가 만족스러움으로 바뀌었다. 고상함이 묻어나는 광고 전단지에는 스코틀랜드의 하이랜드 지역에 위치한 킬천 슈팅 로지가 새로 개장했다는 소식이 실려 있었다. 광활한 바람이 몰아치고, 로크 듀인과 그램피언 산맥이 한눈에 내려다보이는 산꼭대기에 지어진 거대한 석조 건물. 스코틀랜드의 그 어느 곳보다 생동감이 넘치고 고립된 지역이었다. 석조로 지어진 산장에서는 최고의 사냥감인 들꿩과 자고새를 사냥할 수 있었고, 연어잡이와 레드 비어까지 마음껏 즐길 수 있었다. 선별된 극소수의 손님들만이 킬천 로지 산장을 이용할 수 있었고, 무엇보다 사생활 보호와 비밀 보장이 산장 최고의 모토였다. 사냥은 가이드를 동행할 수도 있고, 손님 취향에 따라서 혼자서 즐길 수도 있었다.

물론 저드슨은 혼자 즐기는 사냥을 선호했다.

10년 전, 에스테르하지와 펜더개스트도 킬천 로지에서 1주일을 지냈다. 킬천 로지 산장은 5만 평에 달하는 거대한 야생의 한가운데 위치해 있었다. 한때 애톨의 지주가 개인 사냥터로 소유했던 곳이었다. 에스테르하지는 방대하고 바위로 가득한 풍경에 매우 깊은 인상을 받았다. 산맥 깊숙한 곳마다 작은 호수들이 숨겨져 있고, 물살이 빠른 호수에는 송어와 연어가 자유롭게 뛰놀았다. 세찬 바람이 몰아치는 황야와 험악한 파울미어 지대, 히스 풀이 뒤덮인 언덕과 나무가 빽빽이 자라난 협곡, 이런 곳이라면 누구든 흔적도 없이 사라질 수 있을 것이었다. 뼈는 썩어서 가루가 될 테고 세찬 비바람에 쓸려가서 결국 아무것도 남지 않을 것이다.

저드슨은 천천히 싱글 몰트 위스키를 한 모금 더 마셨다. 손바닥의 온기로 적당히 따스해진 술을 마시자 조금은 마음이 가라앉았다. 결과적으로 보면 모든 것을 잃은 건 아니었다. 아주 오랜 시간이 흐르고 나서야 마침내 좋은 쪽으로 바뀐 것도 있었다. 그는 광고 전단을 한쪽으로 치우고, 크림색 두꺼운 종이에 예스러운 글씨로 흘겨 쓴 편지를 집어 들었다.

뉴욕 시, 다코타
4월 24일

친애하는 저드슨

친절한 초대에 진심으로 감사드립니다. 심사숙고 끝에 기쁜 마음으로 당신의 제안을 수락하기로 결심했습니다. 최근 사상자가 발생했던 사건에 대해서는 당신의 견해가 옳을지도 모르겠습니다. 오랜 세월이 흘렀지만, 다시 킬천 로지를 방문할 수 있다니 정말 기쁩니다. 2주간 휴가를 즐기면서, 숨을 돌릴 수 있는 기회를 가지면 좋겠지요. 게다가 당신이 함께 있다면 더할 나위 없이 즐거운 휴가가 될 겁니다.

그리고 질문에 대한 대답을 드리자면, 저는 퍼디 16구경, 홀란드 앤드 홀란드 로열 2연발 410 칼리버, 그리고 사슴 사냥용으로 300 홀란드 앤드 홀란드 볼트 액션을 가져갈 계획입니다.

따스한 애정을 담아서
알로이시어스 펜더개스트

옮긴이_ 정윤희

서울여자대학교 영문과 번역학 박사 과정을 수료하고, 현재 세종대학교, 청강문화산업대학교, 서울
디지털대학교, 한국사이버대학교, EBS에서 영어, 소설 번역, 영상 번역, 영문학 등을 강의하고 있
다. EBS, OnStyle, MGM, 하나TV 등 공중파 및 케이블 채널과 소니, 디즈니, CJ 엔터테인먼트 등
에서 개봉관 외화 번역가와 영화제 번역가로 활동했으며, 현재 번역가 에이전시 하니브릿지에서 전
문 출판 번역 작가로 활동하고 있다. 옮긴 책으로는 《별 벽을 좋아하나요?》《어신》《그리고 파디는
끝났다》《플래쉬포워드》《얼음성》, 〈가디언의 전설〉 시리즈,《하울의 움직이는 성(3, 4)》《저스틴 비
버―영원을 향한 첫걸음: 나의 이야기》《고고학 탐험대》《쇼핑 테라피: 가상 유혹적인 인생 레슨》《
인생을 바꾸는 마음의 발견》《핀투 여행기(하)》《마티스》 등이 있다. 그리고 장동건의 할리우드 영
화 진출작 〈워리어스 웨이〉를 번역하였다.

피버 드림

초판 1쇄 인쇄 2016년 9월 13일
초판 1쇄 발행 2016년 9월 30일
지은이 | 더글러스 프레스턴·링컨 차일드
옮긴이 | 정윤희
발행인 | 강봉자·김은경

펴낸곳 | (주)문학수첩
주소 | 경기도 파주시 회동길 192(문발동 513-10) 출판문화단지
전화 | 031-955-4445(대표번호), 4500(편집부)
팩스 | 031-955-4455
등록 | 1991년 11월 27일 제16-482호

홈페이지 | www.moonhak.co.kr
블로그 | blog.naver.com/moonhak91
이메일 | moonhak@moonhak.co.kr

ISBN 978-89-8392-626-5 03840

「이 도서의 국립중앙도서관 출판예정도서목록(CIP)은 서지정보유통지원시스템
홈페이지(http://seoji.nl.go.kr)와 국가자료공동목록시스템(http://www.nl.go.kr/
kolisnet)에서 이용하실 수 있습니다.(CIP제어번호: CIP2016021335)」

* 파본은 구매처에서 바꾸어 드립니다.